www.bragelonne.fr

Terry Goodkind

Le Temple des Vents

L'Epée de Vérité - livre quatre

Traduit de l'anglais (États-Unis) par Jean Claude Mallé

Bragelonne

Collection dirigée par Stéphane Marsan et Alain Névant

Titre original : *Temple of the Winds*
Copyright © 1997 by Terry Goodkind
Publié avec l'accord de l'auteur,
c/o BAROR INTERNATIONAL, INC.,
Armonk, New York, U.S.A.
© Bragelonne 2005 pour la présente traduction

1ere édition : juin 2005
2e tirage : novembre 2005
3e tirage : mai 2006

Illustration de couverture :
© Keith Parkinson

Carte :
© Terry Goodkind

ISBN : 2-915549-29-X

Bragelonne
35, rue de la Bienfaisance - 75008 Paris - France

E-mail : info@bragelonne.fr
Site Internet : http://www.bragelonne.fr

À mon amie Rachel Kahlandt,
qui comprend

REMERCIEMENTS

Merci à mon directeur d'ouvrage, James Frankel, pour son aide et sa patience. À toute l'équipe de Tor, qui travaille très dur, à ma directrice d'ouvrage anglaise, Caroline Oakley, si pertinente, et à mon agent, Russel Galen, toujours prêt à me guider et à me soutenir. Sans oublier mon ami, le docteur Donald L. Schassberger, dont les conseils me sont si précieux, et Keith Parkinson, pour ses merveilleuses couvertures.

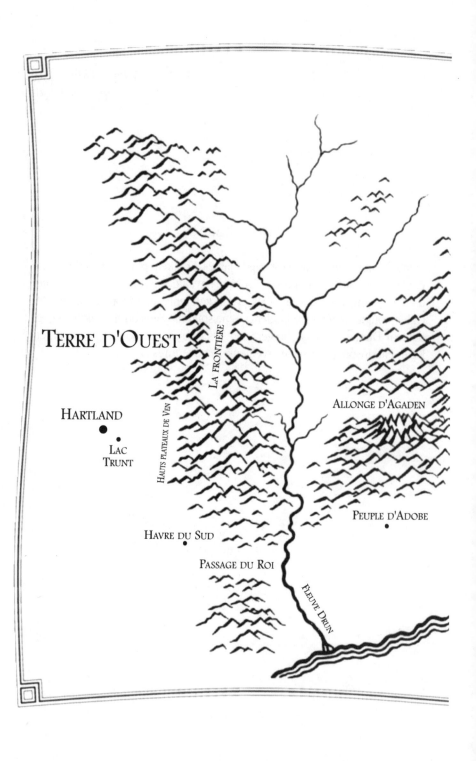

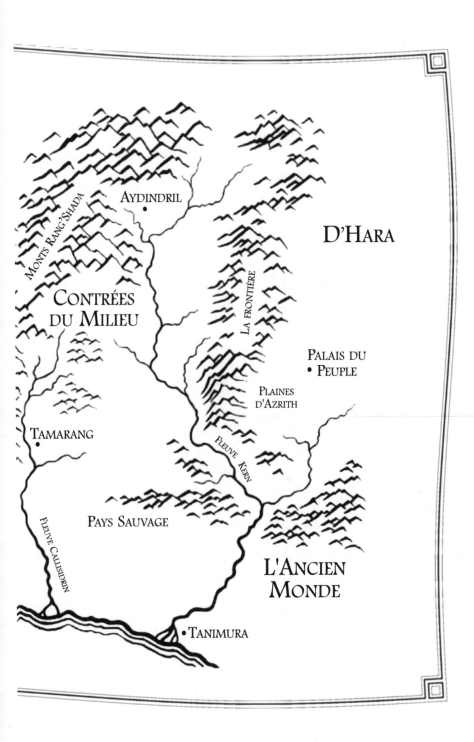

Chapitre premier

— L aissez-moi le tuer ! insista Cara.

Sur les dalles de marbre, ses grandes enjambées furieuses produisaient un vacarme épouvantable.

— Pas question ! répéta Kahlan.

Les bottes en cuir souple qu'elle portait sous sa longue robe blanche d'Inquisitrice bruissaient à peine tandis qu'elle s'efforçait de suivre le rythme de la Mord-Sith – sans pour autant courir. Une question d'amour propre…

Cara ne dit plus rien, ses yeux bleus rivés sur le bout de l'interminable couloir qu'elles remontaient. Devant elles, une dizaine de soldats d'harans en uniforme de cuir et cotte de mailles traversaient une intersection. Même s'ils ne brandissaient pas leurs armes traditionnelles – des épées très simples ou des haches au tranchant en forme de croissant –, ils gardaient les mains près de leurs poignées. Tous les sens aux aguets, ils sondaient la pénombre, entre les colonnes et sous les embrasures de porte. Immergés dans leur concentration, ils gratifièrent la Mère Inquisitrice de hochements de tête à peine polis.

— Le tuer ne suffira pas, dit Kahlan. Il nous faut des réponses…

La Mord-Sith plissa le front, l'air étonné.

— Quand ai-je dit qu'il ne parlerait pas avant de mourir ? Attendez que je me sois occupée de lui, et vous verrez comme il sera volubile. (Cara eut un sourire sans joie.) C'est la définition même du travail d'une Mord-Sith : obtenir des réponses d'un sujet… (le sourire s'élargit, comme toujours quand elle évoquait ses compétences professionnelles)… avant de l'entendre pousser son dernier soupir.

— Cara, soupira Kahlan, combien de fois devrai-je te dire que ce n'est plus ton travail ? Ni ta vie… Aujourd'hui, ton devoir est de protéger Richard.

— C'est pour ça que cet homme doit mourir ! L'épargner mettrait en danger le seigneur Rahl.

— Tu te trompes ! Pour le bien de Richard, nous découvrirons ce qui se trame, mais pas en utilisant tes méthodes douteuses.

— À vos ordres, Mère Inquisitrice ! lâcha froidement la Mord-Sith, son sourire volatilisé.

Kahlan se demanda comment Cara avait pu se changer si vite. Dès que des ennuis se profilaient, une des trois Mord-Sith – au moins – jaillissait de nulle part, miraculeusement vêtue de son uniforme de cuir rouge.

Comme elles le précisaient volontiers, sur cette couleur, le sang ne se voyait pas...

— Tu es sûre que cet homme a dit ça ? Ce sont vraiment ses paroles ?

— Mot pour mot, Mère Inquisitrice. Je vous en prie, permettez-moi de le tuer avant qu'il tente de mettre ses menaces à exécution.

Occupée à ne pas se laisser distancer, Kahlan jugea inutile de gaspiller son souffle en répondant.

— Où est Richard ? demanda-t-elle.

— Vous voulez que j'aille le chercher ?

— Non, mais je désire savoir où le trouver, en cas de problème.

— Parce que selon vous, nous n'en avons pas déjà un ?

— À t'en croire, deux cents soldats pointent leurs armes sur cet homme. Avec autant de haches, d'épées et d'arcs prêts à le tailler en pièces, quel mal peut-il faire ?

— Darken Rahl, mon ancien maître, savait que l'acier ne suffit pas toujours à écarter le danger. C'est pour ça que nous étions toujours à ses côtés, prêtes à agir.

— Ce monstre faisait exécuter des gens sans prendre la peine de savoir s'ils en voulaient à sa vie. Richard n'est pas comme ça, et moi non plus. Quand une menace est réelle, tu sais que je n'hésite pas à l'éliminer. Mais si notre homme est plus puissant qu'il ne le paraît, pourquoi tremble-t-il devant de vulgaires armes ? Pour finir, souviens-toi que les Inquisitrices ne sont pas sans ressources face aux périls insensibles à l'acier...

» Gardons la tête froide, Cara. Quand on exerce le pouvoir, les jugements hâtifs sont dangereux.

— Si vous estimez que l'homme est inoffensif, pourquoi suis-je obligée de courir pour ne pas arriver dix minutes après vous ?

S'avisant qu'elle avait pris un demi-pas d'avance sur sa compagne, Kahlan ralentit l'allure.

— Parce qu'il s'agit de la sécurité de Richard, souffla-t-elle.

— Bref, vous êtes aussi inquiète que moi ! triompha Cara.

— Bien entendu ! Mais si cet homme est plus que ce qu'il semble être, le tuer risque d'amorcer un piège mortel.

— Peut-être... Et c'est justement pour ça que les Mord-Sith existent.

— Bon, où est Richard ?

Cara saisit l'extrémité de son gant renforcé de fer, près de sa manche, le remonta au maximum, plia le poing et fit osciller l'Agiel pendu à son poignet par une chaîne d'argent. Cette banale lanière de cuir d'un pied de long et d'un pouce de large était en réalité un instrument de torture. Sa copie conforme pendait autour du cou de Kahlan. Pour elle, il ne s'agissait pas d'une arme, mais d'un cadeau de Richard, symbole de la douleur qu'ils avaient tous deux endurée – et des sacrifices qu'ils avaient consentis.

— Il est derrière le palais, dans un des jardins privés. (Cara lança une main derrière son épaule.) Celui qui se trouve par là... Raina et Berdine l'accompagnent.

Rassurée d'apprendre que les deux Mord-Sith veillaient sur son bien-aimé, Kahlan s'autorisa une question plus personnelle.

— C'est lié à la surprise qu'il me prépare ?

— Quelle surprise ?

— Allons, Cara, il t'en a sûrement parlé !

— Bien entendu, puisqu'il ne me cache presque rien…

— Alors, de quoi s'agit-il ?

— J'ai juré de me taire.

— Si tu me mets dans la confidence, je ne vendrai pas la mèche.

Comme les précédents, le sourire de la Mord-Sith n'exprima aucune joie.

— Le seigneur Rahl a le don de découvrir les choses qu'on préférerait lui cacher…

Pour l'avoir vérifié plusieurs fois par elle-même, Kahlan ne contesta pas cette affirmation.

— Dis-moi ce qu'il fait dehors !

— Des choses qu'on ne peut pas faire dedans, éluda Cara, les mâchoires serrées. Vous le connaissez, il adore ça !

D'un coup d'œil, Kahlan confirma ses soupçons : les joues de la Mord-Sith étaient plus rouges que son uniforme.

— Quel genre de choses ?

Une main gantée devant la bouche, Cara murmura :

— Il apprivoise des tamias.

— Pardon ? Tu ne peux pas parler un peu plus fort ?

— D'après lui, ces écureuils miniatures se sont montrés parce que le temps se radoucit. Et il a décidé de les apprivoiser. (Accablée, la Mord-Sith ajouta :) En leur donnant des graines.

Kahlan sourit en imaginant Richard, le nouveau maître de D'Hara – et depuis peu des Contrées du Milieu, qui venaient lui manger dans la main – occupé à convaincre des tamias de picorer également dans sa paume.

— Cara, voilà une activité qui semble bien innocente…

Alors qu'elles dépassaient deux gardes d'harans, la Mord-Sith s'assouplit de nouveau le poing droit.

— Il leur apprend à manger dans les mains de Berdine et de Raina ! précisa-t-elle, indignée. Si vous les entendiez glousser comme des oies parce que ça les chatouille ! (Désespérée, elle leva les bras au ciel.) Des Mord-Sith qui pouffent de rire !

Kahlan serra les dents pour ne pas en faire autant.

Cara tira en avant la longue natte blonde qui pendait dans son dos et la caressa nerveusement. La Mère Inquisitrice frissonna : ce geste lui rappelait la façon dont Shota, la voyante, flattait ses serpents.

— Tu sais, fit-elle pour apaiser l'ire de la Mord-Sith, elles n'aiment peut-être pas ça. N'oublie pas qu'elles sont liées à Richard. Quand il leur donne un ordre, elles n'ont pas le choix…

Cara en resta bouche bée de surprise. Voilà qu'on essayait de la calmer en lui faisant gober un pieux mensonge !

Si les trois Mord-Sith étaient prêtes à défendre Richard au péril de leur vie – comme elles l'avaient souvent prouvé – le lien magique ne les empêchait pas d'ignorer ses ordres quand elles les jugeaient sans importance, dictés par un caprice ou mal avisés. Et Kahlan le savait parfaitement !

À dire vrai, les trois femmes en rajoutaient dans l'insubordination. Ravies que Richard les ait affranchies des règles strictes de leur profession, elles usaient avec enthousiasme de leur liberté. Darken Rahl, le père de leur nouveau seigneur, les aurait abattues sur-le-champ s'il avait *soupçonné* qu'elles envisageaient de désobéir à un de ses ordres – aussi peu vital fût-il.

— Il faut que vous l'épousiez au plus vite, Mère Inquisitrice, dit enfin Cara. Quand il viendra vous manger dans la main, il n'aura plus le temps de forcer de pauvres Mord-Sith à se ridiculiser.

Kahlan rayonna à l'idée de ce que deviendrait sa vie quand elle aurait épousé Richard. À savoir, très bientôt…

— Il m'a demandé ma main, et il l'aura. Mais tu devrais te douter, comme tout le monde, qu'il ne viendra jamais y manger. Ce n'est pas son genre, et je ne voudrais pour rien au monde qu'il le fasse.

— Si vous changez d'avis, consultez-moi, et je vous dirai comment vous y prendre…

Cara regarda les soldats qui grouillaient à présent autour d'elles. Sur ses ordres, ils inspectaient tous les couloirs et ouvraient toutes les portes…

— Egan aussi est dans le jardin, continua la Mord-Sith. Le seigneur Rahl ne risquera rien pendant que nous nous occuperons de cet homme.

Kahlan oublia aussitôt ses rêves d'avenir.

— Au fait, comment est-il entré ? Il s'est infiltré avec les pétitionnaires ?

— Non, répondit Cara, revenue au ton glacial caractéristique de sa profession. Mais croyez-moi, je le découvrirai… Selon ce que j'ai compris, il a abordé une patrouille, près de la salle du Conseil, et demandé où il trouverait le seigneur Rahl. Comme si le maître de D'Hara tenait une boucherie ouverte à tous les badauds en quête d'un gigot de mouton !

— C'est là que les gardes lui ont demandé pourquoi il voulait voir Richard ?

— Oui… Mère Inquisitrice, nous devrions tuer ce type !

Un frisson glacé courut le long de l'échine de Kahlan. Cara n'était pas une garde du corps agressive qui se fichait d'étriper des innocents. Elle avait peur pour Richard, et cette seule idée suffisait à lui glacer les sangs.

— Je veux savoir comment cet homme est entré ! Il n'aurait jamais dû pouvoir se présenter à une patrouille *à l'intérieur* du palais. S'il y a une faille dans notre sécurité, il faut la découvrir avant qu'un intrus moins courtois n'en profite !

— Laissez-moi faire, et nous saurons tout.

— C'est trop risqué ! S'il meurt avant d'avoir parlé, nous n'apprendrons rien, et Richard sera encore plus en danger.

— Très bien, capitula Cara, nous agirons à votre manière. Mais n'oubliez pas que j'ai des ordres à exécuter.

— Des ordres ?

— Le seigneur Rahl nous a dit de vous protéger comme nous le protégerions. (D'un coup de tête, Cara renvoya sa natte blonde derrière son épaule.) Si vous êtes imprudente, Mère Inquisitrice – ou si vos scrupules mettent en danger la vie de mon maître – je serai contrainte de ne plus approuver votre union. Car vous savez, bien sûr, que je lui ai permis de vous garder…

Le rire de Kahlan s'étrangla dans sa gorge quand elle vit l'expression fermée de Cara. Avec les Mord-Sith, on ne savait jamais sur quel pied danser. Était-ce une plaisanterie, ou une menace ?

— Allons par là, dit la Mère Inquisitrice. C'est plus court, et après cette étrange intrusion, j'aimerais voir les pétitionnaires du jour. Notre homme peut être un leurre visant à détourner notre attention du véritable ennemi – caché parmi les visiteurs officiels.

— Comment avez-vous deviné que j'avais fait boucler et mettre sous bonne garde le hall des pétitions ?

— Tu as agi discrètement, au moins ? Inutile de terroriser d'innocents pétitionnaires, si ça n'est pas indispensable.

— J'ai dit aux officiers de ne pas les malmener gratuitement. Mais la protection du seigneur Rahl est prioritaire.

Kahlan ne trouva rien à objecter à cette profession de foi.

Imité par une vingtaine de collègues postés un peu à l'écart, un duo de gardes tout en muscles s'inclina devant les deux femmes avant d'ouvrir la lourde porte revêtue de bronze qui donnait sur les arcades du hall des pétitions. Une rampe de pierre, soutenue par des balustres en forme de vasque, courait derrière les colonnes de marbre blanc. Censée séparer les arcades de la salle où attendaient les pétitionnaires, cette barrière était en réalité symbolique.

Placées à trente bons pieds de haut, des lucarnes laissaient filtrer la lumière du jour dans la salle. Cette illumination ne les atteignant pas, les arcades étaient éclairées par la lueur diffuse des lampes pendues dans les petites niches du plafond.

Fidèles à une antique coutume, des requérants – appelés les pétitionnaires – se présentaient régulièrement au Palais des Inquisitrices pour exprimer des doléances de natures très diverses. Souvent, des citoyens venus se plaindre de l'envahissante présence des vendeurs à la sauvette dans les rues côtoyaient des ambassadeurs en quête d'aide militaire pour régler un conflit frontalier. Les affaires mineures, du ressort des fonctionnaires municipaux, étaient orientées vers les bureaux idoines. À condition d'être assez importantes, ou impossibles à traiter autrement, les requêtes politiques se réglaient devant le Conseil. Et le hall des pétitions servait en quelque sorte de centre de tri…

Lors de l'attaque de Darken Rahl, beaucoup d'officiels d'Aydindril avaient perdu la vie. Saul Witherrin, le chef du protocole, comptait au nombre des victimes avec la plus grande partie de ses collaborateurs.

Après avoir vaincu Darken Rahl, et pris sa place à la tête de D'Hara – une succession dont il se serait bien passé, mais qu'il était né pour assumer –, Richard avait mis un terme aux incessantes querelles des royaumes membres des Contrées du Milieu. Radical, il avait exigé leur reddition inconditionnelle afin d'en faire une force apte à affronter l'Ordre Impérial – une menace venue de l'Ancien Monde qui risquait de les balayer tous.

Kahlan s'était d'abord inquiétée. Serait-elle aux yeux de l'Histoire la Mère Inquisitrice responsable de la disparition des Contrées ? Alors que sa mission, justement, était d'assurer la pérennité de cette alliance de pays souverains ?

Une question sans importance, avait-elle conclu. Sauver les populations passait avant le respect et la défense des traditions. Si rien n'était fait, l'Ordre

Impérial réduirait le monde entier en esclavage. Alors, les peuples qu'elle chérissait ne vaudraient guère mieux que du bétail. Comme son père, Richard s'était lancé à la conquête des Contrées du Milieu. À l'inverse de Darken Rahl, il avait réussi, mais ses motivations étaient totalement différentes. Car il avait pris le pouvoir pour le bien de tous – et quasiment contre son gré.

Leur mariage unirait à jamais D'Hara et les Contrées du Milieu. Ce n'était pas rien… et pourtant secondaire aux yeux de la jeune femme, qui y voyait surtout la consécration de leur amour et la réalisation de leur plus cher désir : ne plus faire qu'un.

Les compétences de Saul Witherrin manquaient cruellement à Kahlan. Après la mort violente de tous les conseillers, et l'annexion des Contrées par D'Hara, l'administration était à la dérive. Très mal à l'aise, quelques officiers d'harans avaient pris place derrière la rampe, où ils tentaient de satisfaire les requêtes des pétitionnaires. Dès qu'elle fut entrée, Kahlan balaya la foule du regard pour se faire une idée de ce qui les attendait aujourd'hui. À leurs vêtements, ces hommes et ces femmes étaient pour l'essentiel des citoyens d'Aydindril. Une belle brochette d'ouvriers, de boutiquiers et de gros commerçants.

Dans un coin, la Mère Inquisitrice reconnut le petit groupe d'enfants que Richard et elle, la veille, avaient regardé jouer au Ja'La. Cette première expérience était positive : le jeu ne manquait pas d'intérêt, et voir des gosses s'amuser lui avait permis d'oublier ses problèmes pendant quelques heures.

Les gamins venaient sûrement demander à Richard d'assister à une autre partie. L'aimaient-ils autant parce qu'il avait soutenu les deux équipes avec le même enthousiasme ? Kahlan en doutait. Une attitude plus partisane n'aurait rien changé. Le jeune homme attirait les enfants, sensibles d'instinct à sa bonté naturelle.

La Mère Inquisitrice repéra aussi quelques représentants de royaumes dits « mineurs ». Sauf mauvaise surprise, ils étaient là pour prêter allégeance à D'Hara et à Richard. Connaissant les dirigeants de ces pays, il aurait été surprenant qu'ils refusent de se joindre au combat pour la liberté.

Il y avait aussi dans l'assistance des diplomates de royaumes très importants et militairement puissants. Leur visite était prévue. Dans quelques heures, Richard et Kahlan leur donneraient audience pour entendre leur décision. D'ici là, d'autres ambassadeurs seraient arrivés au palais…

Comme d'habitude, Richard n'accepterait pas de se changer pour les recevoir. Ses vêtements de laine n'avaient rien de critiquable, mais ils ne correspondaient plus à l'image que devait donner un homme dans sa position. Qu'il le veuille ou non, Richard Rahl n'était plus un simple guide forestier…

Nommée très tôt au poste de Mère Inquisitrice, Kahlan avait vite appris que tout allait mieux quand on correspondait aux attentes des gens. Naguère, les riches voyageurs auraient-ils engagé Richard pour les guider, s'il avait été vêtu comme un courtisan ? Aujourd'hui, des peuples attendaient de lui qu'il les aide à s'orienter dans un monde nouveau, né d'alliances fragiles et menacé par des ennemis inconnus.

Comme son bien-aimé lui demandait souvent son avis, Kahlan décida de lui parler au plus tôt de ce problème vestimentaire.

Dès qu'ils virent la Mère Inquisitrice sous les arcades, les pétitionnaires se turent et s'agenouillèrent les uns après les autres. Bien qu'elle fût très jeune pour sa charge, Kahlan détenait le pouvoir suprême dans les Contrées du Milieu. Les choses fonctionnaient ainsi depuis des lustres, et la personnalité ou l'aspect de la Mère Inquisitrice n'avaient aucune importance. On ne s'inclinait pas devant une femme, mais face à l'antique autorité dont elle était investie.

Les affaires des Inquisitrices restaient une énigme pour les peuples des Contrées. Ils savaient néanmoins qu'elles nommaient la Mère Inquisitrice, et que l'âge ne comptait quasiment pas à leurs yeux.

Bien que la mission de Kahlan fût de défendre la liberté et les droits des peuples, fort peu de gens voyaient les choses ainsi. Pour eux, tous les dirigeants se ressemblaient. En réalité, il y en avait des bons et des mauvais, comme dans toutes les corporations. Plus puissante que les rois et les reines, la Mère Inquisitrice aidait les bons et surveillait les mauvais. S'ils se révélaient *très* mauvais, elle avait le pouvoir de les éliminer. Bref, sa fonction consistait plus à réguler qu'à régner. Mais pour les citoyens, ces affaires de gouvernement, totalement inaccessibles, passaient pour du « bla-bla de politiciens ».

Dans un silence total, Kahlan s'immobilisa et salua les visiteurs.

Une jeune femme, debout contre le mur du fond, n'avait pas bronché alors que tous s'agenouillaient. Après avoir regardé la Mère Inquisitrice, elle jeta un coup d'œil aux autres pétitionnaires puis s'empressa de les imiter.

Kahlan plissa le front, intriguée.

Dans les Contrées du Milieu, la longueur des cheveux d'une femme indiquait son statut et sa puissance. Et les questions d'étiquette, aussi anodines qu'elles paraissent, y étaient prises très au sérieux. Aucune reine n'avait jamais eu les cheveux plus longs que ceux des Inquisitrices – qui les gardaient elles-mêmes plus courts que ceux de la *Mère* Inquisitrice.

Cette femme arborait une crinière châtaine qui égalait quasiment celle de Kahlan !

La Mère Inquisitrice se devait de connaître tous les puissants des Contrées. Avec de tels cheveux, cette pétitionnaire occupait nécessairement une position élevée. Pourtant, Kahlan aurait juré ne l'avoir jamais vue. Étrange, puisqu'à part elle-même, il ne devait pas y avoir en ville un homme ou une femme d'un rang supérieur à celui de l'inconnue. Si elle était vraiment originaire des Contrées...

— Levez-vous, mes enfants, dit Kahlan, récitant mot pour mot la formule rituelle.

Les robes et les manteaux bruissèrent quand tous les pétitionnaires lui obéirent. Mais beaucoup gardèrent les yeux baissés en signe de respect – ou d'une crainte qu'ils n'avaient aucune raison d'éprouver. Les mains crispées sur son fichu sans ornement, la femme se redressa aussi et regarda autour d'elle. Comme pour la génuflexion, elle imita ses compagnons et riva les yeux sur le sol.

— Cara, souffla Kahlan, tu vois cette femme, là-bas, avec les cheveux longs ? Pourrait-elle être d'harane ?

Vite familiarisée avec les coutumes des Contrées, la Mord-Sith avait déjà remarqué l'inconnue et sa chevelure « déplacée ». La sienne était presque aussi longue que celle de la Mère Inquisitrice, mais ça ne voulait rien dire, car elles ne venaient pas de la même culture.

— Son nez est trop mignon pour qu'elle soit de chez moi.

— Cara, c'est sérieux ! Est-elle originaire de D'Hara ?

— J'en doute… Nos femmes ne portent pas de robes imprimées, et surtout pas coupées ainsi. Mais on peut changer d'habitudes vestimentaires pour s'adapter à une mode locale…

La tenue de la fille aux cheveux châtains ne correspondait pas aux critères actuellement en vogue en Aydindril. Mais elle n'aurait pas choqué dans un lointain royaume des Contrées.

Kahlan fit signe d'approcher à un capitaine de la garde.

— Vous voyez cette femme, à ma gauche, avec de longs cheveux châtains ?

— La jolie fille en bleu ?

— Oui. Savez-vous pourquoi elle est ici ?

— Elle voudrait parler au seigneur Rahl.

Kahlan fronça les sourcils. Cara aussi, remarqua-t-elle.

— À quel sujet ?

— Elle cherche un homme, Cy… je-ne-sais-trop-quoi. Désolé, mais je n'ai pas mémorisé ce nom. Selon elle, il s'est volatilisé depuis l'automne dernier, et on lui a assuré que le seigneur Rahl pourrait l'aider.

— C'est bien possible…, répondit Kahlan. A-t-elle dit pourquoi elle s'intéresse à ce disparu ?

Le capitaine jeta un coup d'œil à la femme, puis il passa une main dans ses cheveux blonds.

— Elle devait l'épouser, Mère Inquisitrice…

— Je vois… C'est peut-être une personne importante. Mais dans ce cas, à ma courte honte, j'avoue ignorer son nom…

L'officier consulta une feuille de parchemin couverte de pattes de mouche.

— Elle s'appelle Nadine, et n'a pas précisé de titre.

— Assurez-vous que dame Nadine attende dans une chambre où elle sera à son aise. Dites-lui que je viendrai lui parler. Faites-lui apporter à manger, et tout ce qu'elle voudra d'autre. Enfin, transmettez-lui mes excuses en précisant qu'une affaire urgente me retient, mais que je ferai mon possible pour l'aider…

Si cette femme était vraiment séparée de son amoureux, Kahlan comprenait sa détresse mieux que quiconque, parce qu'elle avait connu cette situation.

— Je m'en occupe immédiatement, Mère Inquisitrice.

— Encore une chose, capitaine, fit Kahlan, les yeux rivés sur Nadine, qui tordait nerveusement son fichu. Dites-lui qu'en ces temps troublés, avec la guerre en cours contre l'Ancien Monde, il est vital pour sa sécurité de ne pas sortir de la chambre tant que je ne serai pas venue la voir. À tout hasard, postez un garde costaud devant la porte, et des archers aux deux extrémités du couloir.

» Si elle tente de partir, qu'on l'en dissuade poliment, en lui rappelant que l'ordre vient de moi. Au cas où elle voudrait s'enfuir… (Kahlan plongea son regard dans les yeux bleus du capitaine.) Tuez-la !

L'officier s'inclina alors que la Mère Inquisitrice s'éloignait déjà, Cara sur les talons.

— Eh bien, dit la Mord-Sith quand elles furent sorties du hall, la Mère Inquisitrice semble revenue à la raison. Je savais que je ne m'étais pas trompée en donnant mon autorisation. Vous serez une très bonne épouse pour le seigneur Rahl.

Kahlan s'engagea dans un couloir mal éclairé. La pièce où on gardait l'intrus n'était plus très loin.

— Je n'ai pas changé d'avis, Cara. Dans la situation présente, et malgré notre curieux prisonnier, je donne à Nadine toutes les chances de rester en vie – jusqu'à un certain point. Ne va surtout pas croire que j'hésiterais s'il faut protéger Richard. En plus d'être l'homme que j'aime, il tient entre ses mains l'avenir et la liberté des Contrées et de D'Hara. Pour l'éliminer, l'Ordre Impérial est capable de tout, et je le sais.

Cara eut enfin un vrai sourire.

— Il vous aime à la folie, dit-elle. C'est pour ça que je m'inquiète tant à votre sujet. S'il vous arrive malheur, le seigneur Rahl m'écorchera vive !

— Richard est né avec le don. Mais j'ai aussi des pouvoirs innés. Pour tuer les Inquisitrices, Darken Rahl a dû envoyer des *quatuors*. Un homme seul ne peut rien contre moi.

Kahlan sentait toujours l'angoisse liée à la mort de ses sœurs de pouvoir. Alors que le massacre datait d'un an, il lui semblait appartenir à un lointain passé. Au début, et pendant des mois, elle s'en était voulue de ne pas avoir péri avec les autres. Comme si échapper aux pièges tendus sur son chemin avait été une trahison. Aujourd'hui, elle acceptait d'être la dernière survivante…

D'un coup de poignet, Cara fit voler l'Agiel dans sa paume.

— Même un homme né avec le don, comme le seigneur Rahl ? Vous n'avez rien à craindre d'un sorcier ?

— Presque rien, y compris s'il sait se servir de son pouvoir – à l'inverse de Richard. Je maîtrise parfaitement le mien, et j'ai une grande expérience. Voilà longtemps que j'ai perdu le compte des…

Alors que la voix de Kahlan mourait, Cara brandit fièrement son Agiel.

— Avec moi à vos côtés, le danger sera encore moins grand…

Quand les deux femmes trouvèrent enfin le couloir aux murs lambrissés qu'elles cherchaient, il débordait de soldats armés jusqu'aux dents et prêts à frapper. L'intrus était gardé dans un petit salon de lecture proche de celui où Richard aimait convoquer ses officiers et étudier le journal intime découvert dans la Forteresse du Sorcier. Pour lui interdire toute tentative d'évasion, les gardes avaient incarcéré l'intrus le plus près possible de l'endroit où il les avait abordés.

Kahlan prit doucement le coude d'un homme pour l'inciter à s'écarter. Son impressionnante musculature bandée, le soldat pointait vers la porte une pique qui ne tremblait pas d'un pouce. Une cinquantaine d'armes similaires visaient le battant fermé. À droite et à gauche des lanciers, des hommes d'épées et des porteurs de hache se tenaient prêts à intervenir.

— Laisse-moi passer, soldat, dit Kahlan quand l'homme se tourna vers elle.

Il obéit aussitôt et certains de ses camarades l'imitèrent. Sans hésiter à jouer des coudes, Cara ouvrit un chemin à la Mère Inquisitrice. Beaucoup de soldats se laissèrent pousser à contrecœur. Non par manque de respect, comprit Kahlan, mais parce qu'ils redoutaient le danger tapi derrière la porte aux superbes sculptures.

Une odeur de sueur et de cuir flottait dans le salon sans fenêtre. Assis sur un tabouret, l'intrus semblait trop maigre pour que toutes les armes braquées sur lui aient la place de s'enfoncer dans sa chair. Dès qu'il aperçut Kahlan au milieu d'une forêt de visages fermés et de lances, il leva vers elle un regard soudain brillant.

Le garde placé derrière lui vit aussi la Mère Inquisitrice.

— À genoux, vermine ! rugit-il, sa botte venant caresser les reins du prisonnier.

Ridicule dans un uniforme trop grand aux pièces dépareillées, le jeune homme aux cheveux noir en bataille s'écroula sur le sol et jeta un regard indifférent au soldat qui l'avait brutalisé. Puis il inclina la tête et leva un bras pour se protéger les yeux d'un nouveau coup.

— Arrêtez ça ! ordonna Kahlan. Cara et moi voulons parler au prisonnier. Allez tous attendre dehors.

Les soldats ne bronchèrent pas, leurs armes toujours braquées sur le jeune homme.

— Vous n'avez pas entendu ? demanda Cara. Dehors !

— Mais…, commença un officier.

— Tu penses qu'une Mord-Sith est en danger face à un gringalet pareil ? Dehors, te dis-je !

Kahlan s'étonna que sa compagne n'ait pas élevé la voix. En général, les Mord-Sith n'en avaient pas besoin pour se faire obéir, mais Cara semblait nerveuse face au prisonnier recroquevillé sur le sol.

Les gardes se retirèrent, non sans se tordre le cou pour vérifier que le jeune homme ne bougeait pas. Les phalanges blanches sur la garde de son épée, l'officier sortit le dernier et referma doucement la porte derrière lui.

— Vous allez me faire exécuter ? demanda l'intrus sans baisser le bras.

— Nous sommes venues te parler, se contenta de répondre Kahlan. Je suis la Mère Inquisitrice, et…

— La Mère Inquisitrice ! s'écria le prisonnier. Vous êtes si belle ! Je ne m'attendais pas à ça !

Voyant qu'il faisait mine de se lever, Cara brandit son Agiel.

— Reste où tu es !

Le jeune homme étudia l'objet apparemment inoffensif tendu devant son visage, puis se laissa retomber lourdement sur le sol. À la lumière vacillante de deux petites lampes, Kahlan et Cara constatèrent qu'il sortait à peine de l'adolescence.

— Puis-je avoir mes armes ? demanda-t-il. Si vous ne voulez pas me rendre l'épée, j'aimerais au moins récupérer mon poignard.

Kahlan réussit à devancer la réponse mordante de Cara.

— Tu es dans une position délicate, mon garçon, dit-elle. S'il s'agit d'une blague, elle est de très mauvais goût, et ne t'attends pas à de l'indulgence de notre part.

— Je comprends… Mais ce n'est pas une farce, je vous le jure !

— Dans ce cas, répète-moi ce que tu as dit aux soldats.

Tout sourires, le jeune homme désigna la porte du bout d'un index.

— Eh bien, quand j'ai croisé ces gentilshommes, il m'a paru judicieux de…

Les poings sur les hanches, Kahlan avança d'un pas.

— Je t'ai dit qu'il ne s'agit pas d'un jeu ! C'est grâce à moi que tu as encore la tête sur les épaules, jeune crétin ! Je veux savoir ce que tu fiches ici, compris ? Répète-moi tes paroles !

Le prisonnier battit des paupières, comme s'il revenait à la réalité.

— Je suis un assassin envoyé par l'empereur Jagang pour abattre Richard Rahl. Pouvez-vous me dire où le trouver ?

Chapitre 2

— À présent, souffla Cara, je peux le tuer ?

Kahlan ne daigna pas répondre. Incrédule, le cœur cognant contre les côtes, elle étudia l'invraisemblable jeune homme. Presque squelettique, l'air inoffensif, il était agenouillé sur un tapis rouge, au milieu d'un palais où grouillaient des milliers de soldats dévoués corps et âme à leur maître. Et il déclarait benoîtement vouloir abattre un certain Richard Rahl…

Personne ne pouvait être aussi fou !

— Et comment comptes-tu faire ? demanda l'Inquisitrice.

D'instinct, elle avait reculé d'un pas. Une réaction qui ne l'étonna pas quand elle en prit conscience.

— Eh bien, répondit le tueur, comme s'il parlait de la pluie et du beau temps, je pensais utiliser mon épée. Ou mon poignard, si ça s'imposait. (Il souriait de nouveau, mais il n'avait plus du tout l'air d'un adolescent.) C'est pour ça qu'il faut me les rendre, vous comprenez ?

— N'espère pas revoir un jour tes armes, lâcha Kahlan.

— Tant pis ! Après tout, j'ai d'autres moyens de tuer Rahl.

— Tu ne lui feras jamais de mal, parole de Mère Inquisitrice ! Ta seule chance est de coopérer. Révèle-nous ton plan, et vite ! Pour commencer, comment es-tu entré ici ?

— Par la porte, tout simplement. Personne ne m'a remarqué. Vos hommes ne sont pas très malins, Mère Inquisitrice.

— Assez pour t'avoir arrêté, rappela Cara. Et copieusement caressé les côtes…

Le prisonnier ignora l'intervention, comme s'il était seul avec Kahlan.

— Si nous ne te rendons pas tes armes, que se passera-t-il ?

— Une catastrophe. Au bout du compte, Richard Rahl souffrira davantage. L'empereur m'a chargé de lui offrir une mort miséricordieuse. C'est un homme compatissant, vous savez ? Toute souffrance inutile le révulse. Celui qui marche dans les rêves est un pacifiste, croyez-moi. Mais il peut faire montre d'une détermination sans égale.

» J'ai peur de devoir vous tuer aussi, Mère Inquisitrice. Une faveur que je vous ferai, comme à Rahl... Mais j'avoue qu'exécuter une si jolie femme, même pour lui épargner des tourments, ne me plaît pas beaucoup. (Le sourire du tueur s'élargit.) Quel gaspillage !

Kahlan se demanda si elle pourrait en entendre davantage. L'adjectif « compatissant », appliqué à Jagang, lui donnait envie de vomir.

— De quels tourments parles-tu ?

Le jeune homme écarta les mains en signe d'impuissance.

— Je suis un minuscule grain de sable, Mère Inquisitrice. Jagang ne me confie pas ses plans. Mais il me charge d'exécuter ses ordres. En l'occurrence, il veut que Richard Rahl et vous quittiez promptement ce monde. Si vous m'empêchez d'agir, sa fin et la vôtre seront abominables. Pourquoi vous condamner à une mort atroce ? Allons, laissez-moi faire, et tout sera pour le mieux.

— Tu peux toujours rêver..., grogna Cara.

Le prisonnier daigna enfin la regarder.

— Vous parlez de rêve ? Et si j'étais votre pire cauchemar ?

— Je n'en fais jamais, répondit la Mord-Sith. Mais j'en donne aux autres...

— Sans blague ? Avec cet accoutrement ridicule ? Qui croyez-vous être ? Vous a-t-on habillée ainsi pour éloigner les oiseaux des champs, au moment des semailles ?

À l'évidence, comprit Kahlan, cet homme ignorait tout des Mord-Sith. Mais comment avait-elle pu lui trouver des airs adolescents, au début ? Son comportement trahissait une grande maturité, et pas mal d'expérience. Ce n'était pas un « garçon » et une aura de danger l'enveloppait.

Assez bizarrement, Cara se contenta de sourire sous ce flot d'insultes fleuries.

Kahlan eut le souffle coupé quand elle s'aperçut que le prisonnier était debout. Elle ne se rappelait pas l'avoir vu bouger...

Le tueur tourna la tête vers une des lampes, qui s'éteignit aussitôt. La deuxième brilla plus fort et projeta une vive lumière sur une moitié de son visage.

Tout devint clair dans l'esprit de la Mère Inquisitrice. L'intrus était un sorcier !

Face au danger qui menaçait Richard, elle oublia son désir de ne pas brutaliser gratuitement un éventuel innocent. Le tueur avait eu une chance de s'en sortir indemne. Mais il allait lui dire tout ce qu'il savait, qu'il le veuille ou non. Car une Inquisitrice le forcerait à se confesser.

Pour ça, il lui suffirait de le toucher.

À Ebinissia, Kahlan avait vu les corps de milliers de pauvres gens taillés en pièces par les bouchers de l'Ordre Impérial. Devant les cadavres de femmes et d'enfants mutilés au nom de Jagang, elle avait promis de châtier ces criminels jusqu'au dernier. L'intrus se vantait d'appartenir à l'Ordre. Ennemi juré de la liberté, il obéissait aveuglément à celui qui marche dans les rêves.

Kahlan se concentra sur le pouvoir tapi au plus profond d'elle-même... et toujours prêt à en sortir. Pour qu'il frappe, il suffirait qu'elle cesse de le contenir, comme une digue qui cède devant l'océan. Cet acte était plus rapide que la pensée. Un éclair qui jaillissait d'un orage d'instinct...

Aucune Inquisitrice n'aimait détruire l'esprit d'une personne afin de la soumettre à sa volonté. Kahlan partageait cette réticence. À l'inverse de ses défuntes collègues, elle ne *détestait* pas sa magie, qui lui paraissait être une part d'elle-même à laquelle il fallait s'accoutumer. Elle ne l'invoquait jamais avec de mauvaises intentions, mais n'hésitait pas dès qu'il s'agissait de protéger les autres. Ainsi, elle était en paix avec elle-même face à ses actes, y compris les plus violents.

Richard avait su la voir comme un être humain, et l'aimer malgré le pouvoir. Ne redoutant pas l'inconnu, il n'avait jamais eu peur d'elle. Très vite, il l'avait acceptée totalement – avec sa magie et tout le reste. Et comme par miracle, ils avaient pu s'aimer sans qu'elle détruise sa personnalité au moment le plus intime de leur union.

Elle allait frapper pour défendre Richard, une perspective qui l'incitait – un événement rarissime – à remercier le ciel de l'avoir fait naître avec le don de ravager l'esprit de ses ennemis. Dès qu'elle aurait touché cet homme, la menace disparaîtrait. Et un sbire de Jagang aurait payé pour ses crimes.

Le regard rivé sur le prisonnier, Kahlan pointa un index impérieux vers Cara.

— Il est à moi. Ne t'en mêle pas.

Quand l'homme tourna la tête vers la dernière lampe, la Mord-Sith vint pourtant se placer devant la Mère Inquisitrice. À une vitesse incroyable, son poing ganté de fer s'écrasa sur la bouche du prisonnier.

Kahlan faillit hurler de rage face à cet acte d'insubordination.

Étendu sur le tapis, l'homme s'assit, l'air sincèrement surpris. Quand il sentit le sang de sa lèvre éclatée ruisseler sur son menton, il exprima un mécontentement tout aussi authentique.

Cara vint se camper au-dessus de lui.

— Quel est ton nom, chien ?

Kahlan n'en crut pas ses yeux. Alors qu'elle affirmait redouter la magie, la Mord-Sith provoquait délibérément un homme qui la contrôlait…

Le prisonnier recula en rampant sur le dos. Sans quitter la Mère Inquisitrice des yeux, il répondit à Cara :

— Je n'ai pas de temps à perdre avec les épouvantails de cour !

Puis il regarda de nouveau la lampe et plongea la pièce dans l'obscurité.

Kahlan plongea vers l'endroit où il se tenait. Un bref contact, et tout serait terminé.

Elle rencontra… le vide… et s'écroula sur le sol. Dans l'obscurité, comment savoir de quel côté le sorcier s'était écarté ? Elle agita les bras avec l'espoir de le frôler. Ce serait suffisant, et ses vêtements, aussi épais fussent-ils, ne le protégeraient pas.

Quand ses doigts se refermèrent sur un bras, Kahlan faillit libérer son pouvoir. Mais elle reconnut à temps le cuir de l'uniforme de Cara.

— Où es-tu ? cria la Mord-Sith. Tu n'as pas une chance de t'échapper. Abandonne !

Kahlan entreprit de ramper sur le tapis. Pouvoir ou pas, il leur fallait de la lumière, ou les choses risquaient de tourner mal. Reconnaissant au toucher la bibliothèque qu'elle savait adossée au bon mur, elle la longea jusqu'à ce qu'un rai de lumière, au ras du sol, lui apprenne qu'elle avait trouvé la porte. Inquiets d'entendre des bruits de lutte, des soldats la martelaient de coups.

Kahlan se releva et chercha à tâtons la poignée. Hélas, elle se prit les pieds dans l'ourlet de sa robe, trébucha et s'étala de tout son long.

Un mal pour un bien, constata-t-elle quand un objet très lourd s'écrasa contre la porte et rebondit sur son dos.

Un rire masculin retentit dans le noir.

Non sans mal, Kahlan parvint à se libérer de la chaise que le tueur lui avait jetée dessus.

Puis elle entendit Cara crier de douleur quand elle percuta une autre bibliothèque, au fond de la pièce. Dans le couloir, les soldats essayaient d'enfoncer la porte, qui ne bougeait pas d'un pouce. Pourtant, elle n'était pas verrouillée…

Alors que des livres tombaient sur le sol, partout autour d'elle, la Mère Inquisitrice se leva d'un bond et tendit la main vers l'endroit où devait se trouver la poignée.

Au moment où elle posa les doigts dessus, un éclair l'envoya voler en arrière. Déséquilibrée, elle ne put se retenir et s'étala de nouveau, cette fois sur le dos. Autour de la serrure, l'air crépitait d'étincelles comme un feu de cheminée.

Le sorcier avait érigé un champ de force devant la porte ! Pas étonnant que les gardes ne parviennent pas à la défoncer…

Alors qu'elle se relevait, la main et le bras encore engourdis, Kahlan s'avisa que la tactique du prisonnier pouvait se retourner contre lui. Car à la lueur des étincelles, elle voyait ce qui se passait dans la pièce.

Et Cara aussi ! S'emparant d'un livre, elle le jeta sur l'homme, debout au centre du petit salon. Pour l'éviter, il se plia en deux.

La Mord-Sith bondit et lui décocha un coup de pied dans la mâchoire. Pris par surprise, il vola dans les airs.

Avant que les étincelles s'éteignent, Kahlan estima l'endroit où il atterrirait et se prépara à lui sauter dessus.

— Tu vas crever, épouvantail ! cria l'homme, fou de rage. J'en ai assez que tu me mettes des bâtons dans les roues ! Maintenant, tu vas sentir la morsure de mon pouvoir.

Au bout des doigts du sorcier, des flammèches blanches dansèrent, annonciatrices d'une frappe mortelle. Si Kahlan n'intervenait pas vite, la Mord-Sith était perdue.

Hélas, elle ne fut pas assez rapide. Avec un ricanement haineux, l'homme tendit les mains vers Cara…

… Et hurla de douleur ! Titubant comme un ivrogne, il tenta de ne pas tomber, mais n'y parvint pas. En position fœtale sur le sol, il se prit le ventre à deux mains comme s'il venait de recevoir un coup de poing dans l'estomac.

Puis les ultimes étincelles moururent, et la Mère Inquisitrice ne vit plus rien. Pariant que l'attaque de Cara – quelle que fût sa nature – avait brisé le champ de force du prisonnier, elle tendit de nouveau la main vers la poignée, les mâchoires serrées en prévision du nouveau choc qu'elle risquait d'encaisser.

Mais rien ne se produisit.

Soulagée, Kahlan ouvrit la porte et un flot de lumière se déversa dans le petit salon.

Les gardes avancèrent, arme au poing.

Il n'aurait plus manqué que ça : des dizaines de soldats s'offrant en sacrifice comme des agneaux pour la protéger d'une menace qu'ils ne comprenaient pas !

— Il a le don ! cria Kahlan en repoussant le premier homme. Restez dans le couloir !

Les D'Harans avaient une peur panique de la magie. Heureux d'être l'acier qui s'opposait à l'acier, ils laissaient à Richard le soin de les en protéger.

— Il me faut de la lumière !

Plusieurs hommes décrochèrent des lampes de leur support et firent la chaîne avec. Kahlan saisit la première qui arriva jusqu'à elle et referma la porte d'un coup de pied. Pas question qu'une bande de costauds hérissés d'armes vienne lui traîner dans les jambes en ce moment !

Cara était accroupie près du prisonnier, qui vomissait du sang en se tordant de douleur. Son Agiel à la main, la Mord-Sith attendait, les coudes appuyés sur les genoux.

Quand l'homme cessa d'avoir des haut-le-cœur, elle le saisit par les cheveux et se pencha vers lui.

— Tu as commis une grossière erreur, petit chien…, fit-elle, triomphante. Il ne faut jamais utiliser son pouvoir contre une Mord-Sith. Au début, tu t'es retenu, mais j'ai réussi à t'énerver assez pour que tu oublies la prudence. Et qui a l'air idiot, maintenant ?

— Qu'est-ce… qu'une… Mord-Sith ? parvint à demander l'homme entre deux hoquets.

Cara lui tira la tête vers le haut si violemment qu'il hurla de douleur.

— Ton pire cauchemar ! Notre mission est de neutraliser les ennemis dans ton genre. Désormais, je contrôle ta magie. Devenu mon petit chien, tu ne peux pas t'y opposer. Mais ça, tu le découvriras bien assez tôt…

» Tu aurais pu essayer de m'étrangler ou de me rouer de coups, mais surtout pas de me « faire sentir la morsure de ton pouvoir ». Quand on utilise la magie contre une Mord-Sith, elle se l'approprie.

Kahlan frissonna de terreur. C'était ainsi que Denna, par le passé, avait capturé Richard.

Cara appuya son Agiel contre les côtes de l'homme. Pris de convulsions, il cria quand du sang commença à imbiber sa tunique de laine.

— À partir de maintenant, quand je pose une question, j'entends obtenir une réponse. Tu as compris ?

L'homme crut malin de résister. Cara fit rouler l'Agiel sur son flanc jusqu'à ce qu'une de ses côtes éclate.

Le souffle coupé, le prisonnier ne parvint même pas à hurler.

Kahlan se tétanisa, incapable de lever un cil. Richard lui avait parlé du calvaire qu'il avait vécu entre les mains des Mord-Sith…

Denna adorait lui casser des côtes de cette façon. Respirer devenait une torture, et quand on s'acharnait ensuite à vous faire crier, chaque hurlement vous faisait souhaiter une mort rapide. Après une séance de ce type, le « sujet » n'avait plus une once d'énergie ou de volonté.

— Debout ! lâcha Cara en se levant.

L'homme obéit péniblement.

— Maintenant, tu vas découvrir pourquoi je porte un uniforme rouge.

Sans avertissement, mais avec un cri de rage, la Mord-Sith gifla le prisonnier. Il bascula en arrière tandis que son sang aspergeait la bibliothèque. Sans le laisser reprendre son souffle, Cara lui tira un coup de pied dans le flanc, puis un deuxième, de l'autre côté.

— Je vois les images qui défilent dans ta tête, petit chien. Quel méchant garçon ! Tu voudrais me faire si mal que ça ? (Cara écrasa son talon sur le sternum de l'homme.) C'est un avant-goût de ce que tu subiras pour avoir de si mauvaises pensées. À ta place, j'abandonnerais toute idée de résistance. Tu as saisi ?

Elle se pencha et enfonça l'Agiel dans le ventre du tueur.

— Réponds !

Le cri de l'homme vit frissonner Kahlan. Ce spectacle la révoltait. Connaissant d'expérience – mais une seule fois – le mal que faisait un Agiel, comment pouvait-elle ne pas intervenir ? Alors que Richard lui-même avait subi ce genre de « séances »…

Elle avait donné une chance à cet homme. Libre de ses mouvements, il aurait tué le Sourcier. C'était pour ça, pas parce qu'il menaçait de l'abattre aussi, que l'Inquisitrice n'arrêterait pas Cara.

— Bien, fit la Mord-Sith en abattant son Agiel sur la côte cassée de sa victime, à présent, quel est ton nom ?

— Marlin Pickard…

Couvert de sueur, le prisonnier tentait en vain de refouler ses larmes.

Impitoyable, Cara lui plaqua son Agiel sur l'aine. Fou de douleur, il battit des jambes comme s'il se noyait.

— Quand je te poserai la prochaine question, réponds vite, et appelle-moi « maîtresse Cara ».

— Cara, intervint Kahlan, il n'est pas nécessaire de…

Malgré ses efforts, elle ne pouvait pas s'empêcher de voir Richard à la place de Marlin.

La Mord-Sith leva la tête et foudroya du regard l'inconsciente qui osait l'importuner. Après lui avoir tourné le dos, Kahlan écrasa la larme qui roulait sur sa joue. Puis elle alla retirer l'abat-jour en verre d'une lampe et l'alluma avec celle qu'elle tenait. Quand la mèche se fut enflammée, elle remit l'abat-jour et posa sa lampe sur un guéridon.

Les yeux de la Mord-Sith lui avaient glacé les sangs. Et Richard avait vécu des semaines sous un regard au moins aussi cruel…

— Nous voulons des réponses, rien de plus, dit la Mère Inquisitrice en se retournant.

— Et j'en obtiens !

— Peut-être, mais les cris ne sont pas nécessaires. Ici, on ne torture pas les gens.

— Qui parle de torture ? Je ne l'ai même pas encore vraiment bousculé… (Cara se leva et jeta un regard méprisant à Marlin.) Et s'il avait tué Richard, vous voudriez aussi que je lui fiche la paix ?

— Oui, parce que dans ce cas, c'est moi qui me serais chargée de lui. Et tes sévices, comparés à ce que je lui aurais infligé, sont de douces caresses. Mais il n'a pas fait de mal à Richard.

— Il en avait l'intention, c'est pareil ! Selon la loi des esprits du bien, penser à une mauvaise action suffit pour en être coupable. Échouer ne dédouane pas un criminel de sa responsabilité.

— C'est vrai, mais les esprits font quand même une différence entre une intention et un acte. Je voulais m'occuper de cet homme. Pourquoi m'as-tu désobéi ?

— Parce que ma mission est de vous protéger, le seigneur Rahl et vous. Et j'ai réussi.

— Je t'ai dit de me laisser faire.

— Hésiter peut être fatal pour soi-même… ou signer la perte de ceux qu'on aime. (Une ombre passa sur le visage de Cara, mais elle se ressaisit très vite.) J'ai appris à ne jamais être indécise.

— L'as-tu provoqué pour qu'il t'attaque avec sa magie ?

Du dos de la main, Cara essuya le sang qui coulait sur sa joue. Une blessure récoltée quand Merlin l'avait propulsée contre la bibliothèque.

— Oui, répondit-elle en avançant d'un pas. (Avec un regard de défi pour Kahlan, elle lécha lentement le sang, sur ses doigts.) Pour les Mord-Sith, c'est la seule façon de voler la magie d'un adversaire.

— Je croyais que vous aviez toutes peur du pouvoir ?

— C'est exact, sauf quand on nous attaque avec. Dans ce cas, nous nous l'approprions.

— Tu prétends tout ignorer de la magie, et voilà que tu contrôles celle de Merlin ? Saurais-tu l'utiliser ?

Cara baissa les yeux sur le prisonnier.

— Non. Mais je peux la retourner contre lui, et le faire souffrir avec. Parfois, nous sommes effleurées par la magie. Hélas, nous ne parvenons pas à l'appréhender comme le seigneur Rahl sait le faire. Donc, elle nous est inaccessible, sauf pour tourmenter nos sujets.

— Comment est-ce possible ? demanda Kahlan, désorientée par tant de contradictions.

Le visage impassible de Cara achevait de la troubler. Cette expression ressemblait tant au masque de l'Inquisitrice que sa mère lui avait appris à adopter pour dissimuler ses sentiments…

— Un lien mental s'établit à travers la magie, expliqua la Mord-Sith. Je vois ce que pense mon sujet quand il envisage de me blesser, de résister ou de désobéir. Alors, il me suffit de *vouloir* qu'il souffre pour que ça se produise. (Elle baissa de nouveau les yeux sur Marlin, qui hurla aussitôt de douleur.) Vous voyez le principe ?

— Oui… Mais cesse de t'amuser avec lui. S'il refuse de répondre, je t'autorise à prendre les… mesures… nécessaires. Mais je ne cautionnerai aucune violence gratuite. C'est compris ?

Kahlan regarda Marlin, puis Cara, et ne put retenir la question qui lui brûlait les lèvres.

— Tu as connu Denna ?

— Bien entendu.

— Était-elle aussi douée que toi pour infliger de la souffrance ?

— Que moi ? répéta Cara avec un petit rire. Personne ne lui arrivait à la cheville ! Sinon, pourquoi aurait-elle été la préférée de Darken Rahl ? Elle pouvait faire subir des choses incroyables à un sujet. Par exemple…

Ses yeux se posant sur l'Agiel pendu au cou de Kahlan – celui de Denna –, Cara comprit soudain le sens profond de cet interrogatoire.

— C'est du passé, à présent… Nous étions liées à Darken Rahl, et tenues de lui obéir. Aujourd'hui, Richard l'a remplacé. Nous ne lui ferons jamais de mal, et nous sommes prêtes à mourir pour lui. (Cara baissa le ton, à la limite du murmure.) Le seigneur Rahl n'a pas seulement tué Denna. Il lui a tout pardonné, Mère Inquisitrice…

— C'est vrai. Mais pas moi ! Je sais comment elle a été formée, et j'admets qu'elle ne pouvait pas désobéir. Son spectre nous a réconfortés et aidés, je l'avoue. Quant à son sacrifice final, il force l'admiration. Pourtant, je lui en veux toujours d'avoir tourmenté l'homme que j'aime.

— Je comprends, souffla Cara. Si vous faisiez du mal au seigneur Rahl, vous ne devriez pas compter sur mon pardon. Et encore moins sur ma clémence…

— J'en ai autant à ton service… Ne dit-on pas que le pire sort, pour une Mord-Sith, est d'être touchée par le pouvoir d'une Inquisitrice ?

— C'est ce qu'il paraît…, fit Cara avec l'ombre d'un sourire.

— Alors, réjouissons-nous d'être dans le même camp. Comme je l'ai déjà dit, il y a des choses que je refuse de pardonner. Parce que j'aime Richard plus que tout au monde.

— Toutes les Mord-Sith savent que la pire douleur nous est infligée par la personne qu'on aime.

— Sur ce plan, Richard n'a rien à craindre de moi.

Cara pesa soigneusement ses mots avant de répondre.

— Darken Rahl n'a jamais couru ce risque, parce qu'il n'a aimé aucune femme. Son fils est différent. Et quand l'amour est en jeu, le vent peut brutalement souffler dans une autre direction.

— Cara, je suis aussi incapable que toi de blesser Richard. Je préférerais mourir ! Parce que je l'adore, comprends-tu ?

— Moi aussi… D'une façon différente, mais pas moins… féroce. Le seigneur Rahl nous a rendu notre liberté. À sa place, n'importe qui nous aurait fait exécuter sans jugement. Lui, il nous a donné une chance de lui prouver notre valeur…

» Il est peut-être le seul d'entre nous qui comprenne vraiment un des préceptes essentiels des esprits du bien : on ne peut pas aimer pour de bon avant d'avoir pardonné à ceux qui nous ont fait vivre des horreurs.

Kahlan sentit qu'elle rosissait de honte. Elle n'aurait jamais cru qu'une Mord-Sith puisse comprendre aussi subtilement le concept de « compassion ».

— Denna était ton amie ?

— Oui.

— Et tu as pardonné à Richard, qui l'a tuée ?

— Oui, mais c'est différent… Je comprends ce que vous éprouvez au sujet de Denna. À votre place, je réagirais de la même façon.

— Quand j'ai dit à Denna, ou plutôt à son fantôme, que je ne parvenais pas à lui pardonner, elle m'a répondu qu'elle comprenait. Et qu'elle avait déjà obtenu la seule absolution qui lui importait. Elle a ajouté qu'elle aimait Richard, même par-delà la mort.

Comme il avait vu la femme cachée derrière l'Inquisitrice, le Sourcier avait su reconnaître l'être humain prisonnier de l'apparence et du conditionnement d'une Mord-Sith. Et Kahlan était bien placée pour savoir ce que Denna avait dû ressentir...

— Le pardon de l'être aimé est la seule chose qui compte dans la vie. L'unique remède aux blessures de l'âme et du corps...

» Mais je ne pardonnerai jamais à quelqu'un qui s'attaque à Richard.

— Et moi, m'avez-vous pardonné ?

— Pardonné quoi ?

Cara baissa les yeux et serra très fort son Agiel. Une expérience atrocement douloureuse pour elle – et le prix paradoxal à payer quand on était un bourreau.

— D'être une Mord-Sith...

— Pourquoi devrais-je te pardonner ça ?

— Si Darken Rahl m'avait confié Richard, à l'époque, j'aurais été aussi impitoyable que Denna. Il en va de même pour Berdine, Raina et toutes les autres.

— Ne t'ai-je pas dit que les esprits font une différence entre les intentions et les actes ? Eh bien, moi aussi. Tu n'es pas responsable de ce que les autres t'ont imposé ou de ce qu'ils ont fait de toi. Je n'ai pas demandé à être une Inquisitrice, et Richard n'a pas à rougir parce que son père était un assassin.

— Mais vous fiez-vous vraiment à nous ? demanda Cara sans relever la tête.

— Aux yeux de Richard comme aux miens, vous avez amplement fait vos preuves. Tu n'es pas Denna, et ses choix ne doivent pas peser sur ta conscience. (Du bout d'un index, Kahlan essuya une traînée de sang sur la joue de la Mord-Sith.) Cara, si je ne me fiais pas à vous, aurais-je laissé Richard sous la garde de Raina et de Berdine ?

La Mord-Sith regarda de nouveau l'Agiel pendu au cou de la Mère Inquisitrice.

— Pendant notre combat contre le Sang de la Déchirure, dit-elle, j'ai vu avec quel courage vous vous êtes battue pour défendre Richard et les citoyens d'Aydindril. Toutes les Mord-Sith savent qu'il faut parfois être impitoyable. Bien que n'étant pas des nôtres, je sens que vous en êtes également consciente. Mère Inquisitrice, vous êtes la protectrice dont le seigneur Rahl a besoin. Et la seule femme normale que je connaisse digne de porter un Agiel.

» Comprenez, je vous prie, qu'il s'agit d'un compliment. À mes yeux, c'est un honneur, car le but ultime de cette arme est de défendre le seigneur Rahl.

Kahlan sourit, heureuse de cerner un peu mieux Cara. Mais quel genre de personne était-elle avant qu'on l'arrache à sa famille pour la conditionner à devenir une Mord-Sith ? D'après Richard, cette « formation » était cent fois pire que tout ce qu'il avait pu subir.

— Je me sens honorée de porter un Agiel, Cara, parce que Richard me l'a donné. Ainsi, je suis son garde du corps, comme toi. Et en un sens, nous sommes toutes deux des Sœurs de l'Agiel.

Cara hocha la tête et sourit.

— Dois-je comprendre que tu obéiras à mes ordres et à ceux de Richard, pour changer un peu ?

— Les Mord-Sith vous obéissent toujours…

Avec un sourire désabusé, Kahlan décida de laisser tomber le sujet.

— Il répondra à vos questions, dit Cara en désignant le prisonnier. Et je jure de ne pas le… stimuler… plus que nécessaire.

Le cœur serré en pensant à l'atroce rôle que d'autres l'avaient contrainte à jouer, Kahlan serra gentiment le bras de la Mord-Sith.

— Merci, Cara. À présent, occupons-nous de nos problèmes… (L'Inquisitrice baissa les yeux sur Marlin.) Essayons encore… Quel était ton plan ?

Le tueur la foudroya du regard… et Cara lui titilla les côtes du bout du pied.

— Réponds honnêtement… Sinon, je chercherai un endroit bien doux et fragile où appliquer mon Agiel. Tu vois ce que je veux dire ?

— Oui.

La Mord-Sith se pencha et agita son instrument de torture devant les yeux de Marlin.

— On dit : « Oui, maîtresse Cara. »

Son ton menaçant, flagrante contradiction de tout ce qu'elle venait de promettre, fit frissonner jusqu'à Kahlan.

— Oui, maîtresse Cara.

— C'est beaucoup mieux… Maintenant, réponds à la Mère Inquisitrice.

— Eh bien, je prévoyais de tuer Richard, puis de vous abattre.

— Quand Jagang t'a-t-il donné ces ordres ?

— Il y a près de deux semaines…

Une bonne nouvelle. Après tout, l'empereur était peut-être mort lors de la destruction du Palais des Prophètes. Car il avait envoyé Marlin en mission *avant* que Richard ne fasse sauter l'édifice.

— Et que peux-tu me dire d'autre ?

— Rien… Je devais m'introduire dans le palais et vous assassiner. C'est tout.

— Ne mens pas ! cria Cara.

Elle ponctua son avertissement d'un coup de pied qui fit craquer la côte cassée du prisonnier.

Kahlan l'écarta doucement et s'agenouilla près du jeune homme, qui luttait pour reprendre son souffle.

— Marlin, ne prends pas mon dégoût de la torture pour un manque de détermination. Si tu ne parles pas, je te laisserai seul avec Cara, le temps d'aller manger un morceau et de prendre un peu l'air. Je sais qu'elle est… excessive… mais ça ne m'arrêtera pas. À mon retour, si tu t'entêtes, j'utiliserai mon pouvoir sur toi. En comparaison, Cara est une gentille dame de compagnie. Elle contrôle ton esprit et ta magie. Moi, je peux les détruire. C'est ce que tu veux ?

Les mains pressées sur les côtes, Marlin secoua la tête.

— Non, par pitié… Je vous dirai tout, mais… je ne sais pas grand-chose. L'empereur est venu me voir dans mes rêves, et il m'a dit quoi faire. Connaissant le prix d'un échec, j'ai suivi ses instructions à la lettre. Mes ordres étaient de m'infiltrer au palais et de vous abattre tous les deux. Jagang m'a ordonné de me procurer un uniforme et des armes, puis de vous ôter la vie. Pour nous forcer à obéir, il utilise des sorciers et des magiciennes…

Kahlan se leva, étonné par les propos de Marlin, qui ressemblait de nouveau à un adolescent… Quelque chose lui échappait, et elle ne parvenait pas à mettre le doigt dessus. Superficiellement, l'histoire se tenait, car Jagang était tout à fait du genre à envoyer un tueur. En profondeur, ça ne collait pas.

L'Inquisitrice approcha de la table, s'y appuya, tourna le dos à Marlin et se massa les tempes.

— Vous allez bien ? demanda Cara.

— L'inquiétude me donne la migraine, c'est tout.

— Si le seigneur Rahl vous posait un baiser ou deux sur le front, ça irait sans doute mieux.

Kahlan sourit de l'air soucieux de la Mord-Sith.

— Je suis sûre que ça marcherait, oui… (Elle agita une main devant ses yeux, comme pour chasser un moucheron. En réalité, c'était ses doutes qu'elle tentait de conjurer.) Tout ça n'a aucun sens !

— Vous trouvez que l'empereur n'a pas de raisons de vouloir tuer ses ennemis ?

— C'est plus compliqué que ça…

L'Inquisitrice regarda Marlin, qui se tenait les côtes en se berçant comme un enfant. Même écarquillés de terreur, ou lorsqu'ils n'étaient pas braqués sur elle, ses yeux la faisaient frissonner.

Elle se tourna vers Cara et baissa la voix.

— Jagang savait sûrement qu'un seul homme, fût-il un sorcier, ne réussirait pas. Richard reconnaît du premier coup d'œil ceux qui ont le don, et le palais grouille de soldats prêts à cribler d'acier les intrus.

— Il avait tout de même une chance, objecta Cara. Et celui qui marche dans les rêves se fichait qu'il soit tué. Il ne manque pas de serviteurs, vous savez…

C'était logique. Pourtant, il devait y avoir une raison aux doutes qui harcelaient Kahlan.

— Même si Marlin avait abattu quelques soldats grâce à sa magie, ils auraient été beaucoup trop nombreux. Une armée de mriswiths n'est pas parvenue à éliminer Richard. Et il réagit immédiatement aux menaces magiques. Comme toi, il ne contrôle pas son pouvoir, mais il aurait été alarmé, à tout le moins… Cette histoire est absurde ! Puisque Jagang n'est pas idiot, il doit y avoir autre chose. Un plan caché derrière le premier. Une ruse que nous ne voyons pas…

Cara croisa les mains dans son dos et inspira à fond avant de se tourner vers le prisonnier.

— Marlin ? (Il leva la tête, prêt à répondre.) Quel était le plan de Jagang ?

— Je devais tuer Richard Rahl et la Mère Inquisitrice…

— Et ensuite ? demanda Kahlan. Qu'y avait-il de plus ?

— Je n'en sais rien… Ma mission était de me procurer un uniforme et des armes, puis de vous abattre. Et j'ai tenté de l'accomplir.

— Nous ne posons pas les bonnes questions, soupira Kahlan.

— Que peut-il y avoir de plus ? Marlin nous a avoué le pire. Et nous connaissons ses cibles…

— Quelque chose me tracasse toujours. Richard trouvera peut-être… Après tout, c'est à ça que sert le Sourcier de Vérité. Il mettra le doigt sur la bonne question, et…

Kahlan sursauta comme si on l'avait giflée. Puis elle approcha de Marlin.

— Jagang t'a également soufflé la manière de te… hum… présenter ?

— Oui. Une fois dans le palais, je devais exposer les raisons de ma venue.

Plus blanche que sa robe, l'Inquisitrice tira Cara à l'écart sans quitter Marlin des yeux.

— Il ne faut peut-être pas parler de cette affaire à Richard. Le danger est trop grand.

— Marlin est sous mon contrôle. Il ne peut rien faire.

Comme si elle n'avait pas entendu, Kahlan regarda nerveusement autour d'elle.

— Nous devons trouver un endroit sûr où l'enfermer, dit-elle en se mordillant l'ongle d'un pouce. Cette pièce ne convient pas…

— Pourquoi ? demanda Cara. Il ne peut pas s'en échapper, ni communiquer avec l'extérieur.

Kahlan cessa de se grignoter l'ongle et étudia attentivement le prisonnier.

— Non. Il faut trouver un lieu plus sûr. Cara, nous venons de commettre une grave erreur. Et les ennuis ne font que commencer.

Chapitre 3

— Laissez-moi régler le problème, dit Cara. Un coup d'Agiel au bon endroit, et son cœur cessera instantanément de battre.

Pour la première fois, Kahlan envisagea d'accéder à la requête de la Mord-Sith. Bien qu'elle eût déjà tué des gens et ordonné des exécutions, elle résista à la tentation. Il ne fallait pas se précipiter. La mort de Marlin faisait peut-être partie du plan de Jagang, même si elle ne voyait pas ce qu'il y gagnerait. Mais l'empereur avait sûrement une idée derrière la tête. Loin d'être idiot, il ne pouvait pas avoir ignoré que Marlin se ferait prendre.

— Non, il doit vivre, parce que nous n'en savons pas assez. L'éliminer pourrait être une énorme erreur. Nous nous sommes déjà engagées tête baissée sur un terrain marécageux. Cette fois, il convient de réfléchir…

— Que voulez-vous faire ? demanda Cara, résignée.

— Pour l'instant je n'en sais rien. Jagang savait que son assassin se ferait capturer ou tuer. Alors, pourquoi l'a-t-il envoyé ? C'est la question prioritaire. Tant que la réponse nous échappera, pas question d'exécuter Marlin. Mais il faut l'empêcher de nuire.

— Mère Inquisitrice, dit Cara avec une patience trop exagérée pour être sincère, il ne s'évadera pas. Je contrôle son pouvoir, et croyez-moi, j'ai de l'expérience en la matière. Marlin ne peut pas agir contre ma volonté. Laissez-moi vous montrer…

La Mord-Sith alla ouvrir la porte. Les soldats levèrent aussitôt leurs armes et sondèrent le petit salon avec une impassibilité hautement professionnelle. Grâce à la lumière venue du couloir, Kahlan put prendre toute la mesure du désastre. Du sang avait giclé sur les bibliothèques et le tapis en était imbibé. Le visage tuméfié, Marlin plaquait ses mains écorchées sur sa tunique trempée de sueur, de vomi et de fluide vital.

— Toi, dit Cara en désignant un homme, donne-moi ton épée ! (Le soldat obéit sans hésiter.) Maintenant, écoutez-moi tous ! La Mère Inquisitrice a besoin d'une petite démonstration, car elle doute des pouvoirs d'une Mord-Sith. Si vous ne m'obéissez pas, vous finirez tous comme ce chien. (Elle désigna le prisonnier.) C'est compris ?

Personne n'émit d'objections.

— S'il atteint la porte, vous le laisserez passer, parce qu'il sera libre. (Des murmures réprobateurs montèrent des rangs de gardes.) Ne mettez pas mes ordres en question !

Les D'Harans se turent. Les Mord-Sith n'étaient jamais une fréquentation recommandable. Mais quand elles contrôlaient la magie d'un sujet, mieux valait les fuir comme la peste. À moins de vouloir plonger la main dans un chaudron de sorcellerie remué par une folle furieuse !

Cara revint près de Marlin et lui tendit l'épée, garde en avant.

— Prends-la ! (Le tueur hésita, puis obéit quand sa maîtresse plissa le front, menaçante.) Mère Inquisitrice, nous laissons toujours leurs armes à nos sujets, pour souligner leur impuissance. Car leur acier ne peut rien contre nous…

— Je sais…, souffla Kahlan. Richard me l'a raconté…

Cara fit signe à Marlin de se lever. Jugeant qu'il n'obéissait pas assez vite, elle le gratifia d'un nouveau coup de pied dans les côtes.

— Qu'est-ce que tu attends ? Debout ! Maintenant, écarte-toi de ce tapis !

Quand Marlin eut obéi, la Mord-Sith saisit un coin du tapis et le tira sur le côté.

— Reviens où tu étais ! ordonna-t-elle.

Le tueur avança, chaque pas lui arrachant des gémissements de douleur.

— Crache ! ordonna Cara.

Elle le prit par la nuque pour l'obliger à se pencher.

Malgré sa gorge sèche, Marlin parvint à laisser tomber à ses pieds un peu de bave sanglante.

— Maintenant, écoute bien ! cria Cara en le forçant à se relever. Tu sais ce qui t'attend si tu me déplais. Ou as-tu besoin d'une autre démonstration ?

— Surtout pas, maîtresse Cara !

— Quel bon garçon ! Quand je t'ordonne quelque chose, je veux que tu le fasses, c'est compris ? Si tu te rebelles, ta magie te déchirera les entrailles. Et ça empirera jusqu'à ce que tu te plies à ma volonté. Hélas pour toi, le pouvoir ne te tuera pas, parce que j'y veillerai. Et ne perds pas ton temps à m'implorer de mettre fin à tes souffrances. Je ne donne jamais le coup de grâce à mes petits chiens.

Marlin blêmit et ne put s'empêcher de trembler.

— Bien… Viens te placer à l'endroit où tu as craché.

Le tueur posa les deux pieds sur la souillure rouge. Cara lui saisit la mâchoire de la main gauche et, de la droite, lui brandit son Agiel devant les yeux.

— Je veux que tu restes là, sans bouger d'un pouce, jusqu'à ce que je t'ordonne de te déplacer. À partir de maintenant, tu ne lèveras plus jamais la main sur moi ou sur quiconque d'autre. Je l'exige ! Tu as compris, petit chien ?

Marlin hocha la tête – non sans peine, puisqu'elle était prise dans un étau.

— Oui, maîtresse Cara. Je jure de ne jamais vous faire de mal. Et de ne pas bouger tant que vous ne m'y autoriserez pas. (Des larmes perlèrent de nouveau aux paupières du tueur.) J'obéirai, c'est juré ! Par pitié, ne me faites plus souffrir !

— Tu me dégoûtes, petit chien ! lâcha Cara en détournant le regard. Les hommes aussi faciles à briser sont répugnants. J'ai connu des fillettes qui résistaient plus longtemps à mon Agiel. (Elle tendit un bras vers le couloir.) Ces hommes ne te feront rien. Si tu atteins la porte, contre ma volonté, la douleur cessera et tu seras libre. Vous m'entendez, guerriers d'harans ? S'il arrive sur le seuil, il n'aura plus rien à craindre. (Les soldats acquiescèrent.) Et il en ira de même s'il me tue.

Cette fois, la Mord-Sith dut répéter son ordre pour obtenir l'assentiment des soldats. Satisfaite, elle se tourna vers Kahlan.

— Ce que je viens de dire vaut pour vous, Mère Inquisitrice. S'il me tue, ou s'il atteint la porte, il aura gagné sa liberté.

— Pourquoi fais-tu ça ? demanda Kahlan, décidée à ne pas respecter les termes de ce marché.

Marlin voulait tuer Richard. Ce n'était pas un jeu...

— Parce qu'il faut que vous compreniez. Et que vous me fassiez confiance.

— Dans ce cas, tu peux continuer...

Une déclaration qui ne m'engage à rien...

Cara tourna le dos au prisonnier et croisa les bras.

— Tu sais ce que je veux, petit chien. Si tu rêves d'évasion, voilà ta chance ! Marche jusqu'à la porte, et tu seras libre. Et si tu désires me tuer pour te venger, là aussi, c'est le moment idéal !

Marlin ne bronchant pas, la Mord-Sith en rajouta un peu.

— Je ne t'ai pas encore vu saigner vraiment, petit chien. Quand cette histoire idiote sera finie, je te conduirai dans un endroit tranquille où la Mère Inquisitrice ne pourra pas intercéder en ta faveur. Aujourd'hui, je me sens d'humeur à te punir jusqu'à la tombée de la nuit, et même au-delà. À l'aube, tu regretteras d'être né... (Cara haussa les épaules.) Sauf si tu me passes cette épée à travers le corps. Ou si tu t'échappes.

Alors qu'un silence de mort régnait dans le salon et tout au long du couloir, Cara attendit, les bras toujours croisés. Marlin regarda autour de lui, dévisageant les soldats puis Kahlan.

Ses phalanges blanchirent sur la garde de l'épée tandis qu'il réfléchissait. Le dos vulnérable de la Mord-Sith semblait le fasciner. Avant de frapper, il fit un petit pas sur le côté, pour voir ce qui se passerait.

Kahlan eut l'impression qu'une massue invisible venait de le frapper au ventre. Plié en deux, il gémit de douleur, mais tenta quand même de tituber jusqu'à la porte.

Avant d'avoir fait deux pas, il s'écroula, les mains plaquées sur l'abdomen. Avait-il déjà perdu la bataille ?

Non. Entêté, il tenta de ramper, ses ongles griffant désespérément le parquet. Mais la porte était encore si loin... Et chaque pouce gagné lui valait tellement de douleur.

Kahlan grimaça de dégoût devant ce spectacle.

Conscient qu'il n'atteindrait jamais la porte, Marlin mobilisa ses dernières forces pour se redresser et lever l'épée au-dessus de sa tête.

L'Inquisitrice se raidit. Même s'il ne pouvait pas ordonner à son bras de frapper, Marlin risquait de basculer en avant et de blesser Cara. Voire de la tuer.

Kahlan fit un pas au moment où l'assassin, en hurlant de rage, essayait d'abattre sa lame sur la Mord-Sith.

D'un index levé, Cara indiqua qu'elle ne voulait pas qu'on intervienne.

Simultanément, Marlin lâcha son arme, se plia de nouveau en deux et s'effondra. Les mains sur le ventre, il haleta comme un poisson qu'un pêcheur vient de jeter sur la berge d'une rivière.

— Que t'ai-je dit, Marlin ? demanda doucement Cara. Qu'est-ce que je voulais ?

Le prisonnier comprit, comme s'il était en train de se noyer, et qu'un sauveteur crie qu'il allait lui envoyer une corde. Il balaya le sol du regard, repéra la tache rouge et rampa aussi vite que la douleur le lui permettait. Au prix d'un effort terrible, il se releva, les poings sur les hanches, et s'efforça de rester en position malgré ses tremblements et ses sanglots.

— Les deux pieds, petit chien…, souffla Cara.

Marlin baissa les yeux et vit que sa chaussure droite n'était pas sur la souillure. Il la rapprocha de la gauche, s'affaissa sur lui-même et cessa de pleurer.

Kahlan faillit vomir. Les yeux fermés, le souffle court, couvert de sueur, le tueur tremblait comme un enfant battu.

— Vous avez saisi ? lança Cara à la Mère Inquisitrice.

Puis elle ramassa l'épée, approcha de la porte et ne cilla pas quand les soldats reculèrent tous d'un pas. À contrecœur, le propriétaire de la lame tendit le bras pour récupérer son bien.

— Des questions, messires ? demanda la Mord-Sith d'une voix glaciale. Non ? Dans ce cas, n'osez plus jamais frapper à ma porte quand je suis occupée.

Sur ces mots, elle referma le battant…

… Et comme Kahlan le redoutait, revint se camper devant son petit chien.

— Je ne me rappelle pas t'avoir permis de fermer les yeux. M'as-tu entendue t'y autoriser ?

— Non, maîtresse Cara ! répondit Marlin en levant aussitôt les paupières.

— Alors, pourquoi les as-tu fermés ?

— Je suis navré, maîtresse Cara. Par pitié, pardonnez-moi ! Je ne le ferai plus !

— Cara…, souffla Kahlan.

La Mord-Sith se retourna, surprise comme si elle avait oublié qu'elle n'était pas seule avec le prisonnier.

— Quoi ?

— Nous devons parler… Viens près de la table.

— Vous avez vu ? demanda Cara quand elle eut obéi. Tout est clair pour vous, maintenant ? Marlin est inoffensif. Aucun homme ne s'est jamais soustrait à l'emprise d'une Mord-Sith.

— À part Richard…

— Le seigneur Rahl est différent… Ce minable n'a rien à voir avec lui. Nous avons prouvé des milliers de fois notre infaillibilité. Aucun autre sujet n'a tué sa maîtresse, récupéré sa magie et recouvré sa liberté.

— Statistiques ou pas, Richard a démontré que vous n'êtes *pas* infaillibles. Je me fiche que des milliers de Mord-Sith l'aient été. Une seule exception suffit à m'inquiéter. Cara, je ne mets pas en cause tes… compétences…, mais nous ne devons pas prendre de risques. Quelque chose cloche. Pourquoi Jagang aurait-il envoyé un agneau dans un repaire de loups ? Et en lui demandant de bêler pour mieux s'annoncer ?

— Mère Inqui…

— Je sais : l'empereur est peut-être mort. Dans ce cas, nous n'avons rien à redouter. Mais s'il a survécu, et si quelque chose tourne mal avec Marlin, c'est Richard qui en subira les conséquences. Mettrais-tu sa vie en danger pour satisfaire ton orgueil ?

La Mord-Sith réfléchit un moment, jeta un coup d'œil au prisonnier, toujours aussi misérable, et soupira.

— Que voulez-vous de plus ? Ce salon n'a pas de fenêtre et barder la porte de fer sera un jeu d'enfant. Quel endroit serait plus sûr ?

— Les oubliettes, répondit Kahlan, l'estomac noué par d'atroces souvenirs.

L'Inquisitrice s'immobilisa devant la porte rouillée et se tordit nerveusement les mains. Un peu derrière elle, dans le couloir chichement éclairé par des torches, une foule de soldats d'harans entouraient Marlin, qui haletait comme un chiot terrorisé.

— Que se passe-t-il ? demanda Cara.

— Pardon ?

— Je voudrais savoir ce qui vous arrive. Vous semblez craindre que la porte vous morde.

— Mais non, tout va bien…, mentit Kahlan.

Elle se détourna et décrocha l'anneau garni de clés pendu au mur, près de la porte.

— On dit toujours la vérité à une Sœur de l'Agiel, souffla Cara.

L'Inquisitrice eut un sourire contrit.

— Désolée… Les condamnés à mort attendent leur exécution dans ces oubliettes. J'ai une demi-sœur, Cyrilla, qui était à l'époque la reine de Galea. Présente en Aydindril quand l'Ordre Impérial en a pris le contrôle, elle fut jetée dans ce trou puant où croupissaient une dizaine de meurtriers.

— Vous avez dit « j'ai une demi-sœur »… Elle s'en est tirée vivante ?

— Oui, mais elle est restée des jours avec ces brutes. Le prince Harold, notre frère, l'a sauvée alors qu'on la conduisait vers le billot. Depuis, elle n'est plus la même, comme si elle s'était repliée au plus profond de son âme. Parfois, elle a quelques instants de lucidité. C'est ainsi que je suis devenue la nouvelle reine de Galea : son peuple, insistait-elle, avait besoin d'une souveraine apte à le guider. De guerre lasse, j'ai fini par céder. (Kahlan marqua une courte pause.) S'il y a des hommes autour d'elle quand elle reprend connaissance, Cyrilla hurle comme une possédée.

Les mains dans le dos, Cara attendit la suite.

— J'ai… séjourné… aussi dans cette oubliette. (La bouche trop sèche, Kahlan dut s'y reprendre à deux fois pour déglutir.) Avec les hommes qui l'ont violée… (S'arrachant à ses souvenirs, elle chercha le regard de Cara.) Mais ils ne m'ont pas eue, contrairement à elle.

L'Inquisitrice jugea inutile de préciser qu'il s'en était fallu de peu.

— Combien en avez-vous tué ? demanda la Mord-Sith avec un petit sourire.

— Je n'ai pas pris le temps de compter avant de m'évader… Mais cette expérience m'a terrorisée.

Encore maintenant, elle en avait le cœur qui battait la chamade.

— Dans ce cas, proposa la Mord-Sith, il vaudrait peut-être mieux choisir un autre endroit pour Marlin ?

— Non. Cara, je suis navrée de me comporter ainsi, mais ce sont les yeux de cet homme… Ils me semblent étranges, comprends-tu ? Et… Désolée, vraiment… Tu me connais depuis peu, mais crois-moi, d'habitude, je ne suis pas aussi froussarde. Tout allait peut-être trop bien, ces derniers jours. Après une longue séparation, retrouver Richard était si délicieux. Et nous pensions que Jagang avait péri lors de la destruction du Palais des Prophètes…

— Rien ne dit que c'est faux. Marlin a reçu ses ordres il y a deux semaines. Selon le seigneur Rahl, l'empereur voulait conquérir le palais. Il devait être à la tête de ses hommes, et il sera mort avec eux.

— En toute logique, oui… Mais je m'inquiète pour Richard, et ça affecte mon jugement. Maintenant que tout semble arrangé, il serait tellement terrible de le perdre.

— Inutile de vous excuser, car je comprends ce sentiment. Depuis que le seigneur Rahl nous a libérées, mes sœurs et moi, l'expression « avoir quelque chose à perdre » ne nous semble plus vide de sens. C'est sans doute pour ça que je suis nerveuse, comme vous. (Cara désigna la porte.) Ce n'est pas la seule prison possible. Trouvons un endroit qui ne vous bouleverse pas ainsi.

— Non. La sécurité de Richard passe avant tout. Les oubliettes restent le meilleur choix. En ce moment, elles sont vides, et il est impossible d'en sortir. Ça ira, ne t'en fais pas…

— Impossible d'en sortir ? répéta Cara. Vous avez pourtant réussi !

Libérée de l'étau de ses souvenirs, Kahlan sourit et flanqua une tape amicale sur l'épaule de la Mord-Sith.

— Marlin Pickard n'est pas la Mère Inquisitrice… (Elle jeta un bref coup d'œil au prisonnier.) Mais il y a en lui quelque chose qui… Bon sang, c'est difficile à définir ! Il m'effraie, et ça paraît absurde, puisque tu contrôles sa magie.

— Un excellent résumé de la situation. Vous n'avez rien à craindre, parce qu'aucun sujet ne s'est jamais soustrait à mon emprise.

Cara prit l'anneau que tenait L'Inquisitrice et déverrouilla la porte. D'un coup d'épaule, elle la fit pivoter sur ses gonds rouillés qui grincèrent atrocement. La bouffée d'air moisi qui monta aux narines des deux femmes retourna l'estomac de Kahlan, de nouveau agressée par ses souvenirs.

Cara recula d'un pas.

— Il n'y a pas de… rats… là-dedans, n'est-ce pas ?

— Des rats ? (L'Inquisitrice se pencha et sonda l'oubliette obscure.) Non… Comment y entreraient-ils ? Regarde toi-même…

Derrière les deux femmes, les soldats attendaient toujours avec Marlin. Saisissant la longue échelle posée contre le mur de droite, Kahlan la mit en place avec l'aide de Cara. Quand elles eurent fini, la Mord-Sith claqua des doigts pour ordonner au prisonnier d'avancer.

Il trottina vers elle, terrorisé à l'idée de lui déplaire.

— Prends la plus petite torche accrochée au mur et descends dans le trou, lâcha Cara.

Marlin obéit sans l'ombre d'une hésitation.

Lorsque Kahlan lui fit signe de le suivre, la Mord-Sith fronça les sourcils mais s'engagea à son tour sur l'échelle.

— Sergent Collins, vos hommes et vous nous attendrez ici.

— Vous êtes sûre, Mère Inquisitrice ?

— Vous brûlez d'envie d'être au fond de ce puits, en compagnie d'une Mord-Sith déchaînée ?

L'homme glissa un pouce dans son ceinturon et baissa les yeux sur le gouffre noir.

— Nous attendrons ici, selon vos ordres…

— Tout ira bien, assura Kahlan en commençant à descendre.

— Pourquoi l'avons-nous accompagné ? demanda Cara dès qu'ils furent tous les trois en bas.

Kahlan se frotta les mains pour les débarrasser de la rouille des barreaux. Après avoir pris sa torche à Marlin, elle approcha de la paroi, se dressa sur la pointe des pieds et la glissa dans un support en fer.

— En chemin, j'ai pensé à d'autres questions à lui poser, avant de le laisser seul ici.

Cara regarda Marlin et désigna le sol.

— Crache ! ordonna-t-elle. Puis prends ta position.

Le tueur obéit, attentif à placer ses deux pieds sur le crachat.

La Mord-Sith balaya la minuscule salle du regard en insistant sur les recoins sombres. Cherchait-elle à s'assurer de l'absence de rats ? se demanda Kahlan.

— Marlin, quand as-tu reçu les derniers ordres de Jagang ?

— Il y a deux semaines, comme je vous l'ai dit.

— Et depuis, il ne t'a plus contacté ?

— Non, Mère Inquisitrice.

— S'il était mort, le saurais-tu ?

— Je l'ignore. Il vient à moi ou non, selon ses désirs. Entre deux entrevues, je ne sais rien de lui.

— De quelle façon vient-il à toi ?

— Il s'introduit dans mes rêves.

— Et il ne les a plus visités depuis deux semaines ?

— C'est exact, Mère Inquisitrice.

Marchant d'un mur à l'autre, Kahlan poussa plus loin sa réflexion.

— Quand tu m'as vue, tu ne m'as pas reconnue… (Marlin acquiesça.) Aurais-tu identifié Richard ?

— Oui, Mère Inquisitrice.

— Comment est-ce possible ?

— Je l'ai vu au Palais des Prophètes, où j'étais étudiant. Un jour, sœur Verna l'y a amené, et elle nous l'a présenté à tous.

— Tu as vécu au Palais des Prophètes ? Dans ce cas… Marlin, quel âge as-tu ?

— Quatre-vingt-treize ans, Mère Inquisitrice.

Tout s'expliquait ! Si Marlin avait séjourné au palais, son air adolescent et son comportement mature n'avaient plus rien de contradictoire. Et l'étrange sagesse, dans ses yeux si juvéniles, perdait tout son mystère.

Le palais se chargeait de la formation des jeunes garçons doués pour la magie. Afin que les Sœurs de la Lumière disposent du temps nécessaire – très long, car elles n'avaient pas les compétences d'un sorcier aguerri –, un antique sort altérait l'écoulement du temps sur l'île Kollet.

Tout cela était terminé. Pour que Jagang ne s'en empare pas, Richard avait détruit le palais et les prophéties qu'on y conservait. Ces textes auraient aidé l'empereur à conquérir le monde et l'édifice ensorcelé lui aurait permis de régner pendant des siècles sur ses conquêtes…

— Maintenant, je sais pourquoi il me semblait étrange, souffla Kahlan, soulagée d'un lourd fardeau.

Cara ne sembla pas partager son optimisme.

— Pourquoi as-tu annoncé tes intentions aux soldats ? demanda-t-elle à Marlin.

— Maîtresse, l'empereur n'explique jamais ses ordres.

— Jagang venait de l'Ancien Monde, dit Cara à l'Inquisitrice. À l'évidence, il n'avait jamais entendu parler des Mord-Sith. Il a dû croire qu'un sorcier, en se présentant comme l'a fait Marlin, déclencherait une panique générale.

— C'est possible… Les Sœurs de l'Obscurité, dont il a brisé la volonté, ont dû l'informer que Richard ne maîtrisait pas vraiment son don. Lui envoyer un sorcier avait une chance de réussir. Et si l'homme échouait, quelle importance ? Celui qui marche dans les rêves a d'autres séides à sa disposition…

— Qu'en penses-tu, petit chien ?

— Je ne sais pas, maîtresse Cara, répondit Marlin, des larmes aux yeux. L'empereur ne m'a jamais confié ses secrets, je le jure ! Mais la Mère Inquisitrice a raison : il se fiche que ses agents meurent. Nos vies ne comptent pas pour lui.

— D'autres questions ? demanda Cara à Kahlan.

— Pas pour le moment… Tout ça se tient, dirait-on. Mais nous reviendrons quand j'aurai eu le temps de réfléchir.

La Mord-Sith brandit son Agiel sous les yeux de Marlin.

— Jusqu'à notre retour, je veux que tu restes debout sur ton crachat, sans bouger d'un pouce. Qu'il te faille patienter deux heures ou deux jours n'a aucune importance. Si tu t'assieds, ou si tu touches le sol autrement qu'avec tes semelles, tu te tordras de douleur en nous attendant. C'est compris ?

— Oui, maîtresse Cara.

— Est-ce vraiment nécessai…, commença Kahlan.

— Oui, coupa la Mord-Sith. Je connais mon travail, alors, ne vous en mêlez pas. Les enjeux sont trop importants pour courir le moindre risque.

— Très bien…

Kahlan agrippa un barreau et commença à gravir l'échelle. À mi-chemin, elle s'arrêta, regarda derrière elle et redescendit.

— Marlin, es-tu venu seul en Aydindril ?

— Non, Mère Inquisitrice.

Cara saisit le tueur par le col de sa tunique.

— Quoi ? D'autres t'accompagnaient ?

— Oui, maîtresse Cara.

— Combien de gens ?

— Une seule personne, maîtresse Cara. C'était une Sœur de l'Obscurité…

La main de Kahlan vola aussi vers le cou du prisonnier.

— Son nom, vite !

Terrorisé par ces deux furies, Marlin tenta de reculer, mais elles étaient trop fortes pour lui.

— Je ne le connais pas, gémit-il. Je le jure !

— Elle vivait au palais où tu as passé près d'un siècle, et tu ignores son nom ? rugit Kahlan.

— Des centaines de sœurs y séjournaient, sanglota Marlin. Les règles étaient très strictes, et nous avions chacun nos formatrices. Dans les endroits qu'on nous interdisait, des sœurs se chargeaient de l'administration. Celles-là, par exemple, on ne les voyait jamais. J'ai croisé cette femme au palais, mais sans connaître son nom, et elle ne me l'a pas dit pendant le voyage vers Aydindril.

— Où est-elle !

— Je n'en sais rien, jura Marlin. En arrivant en ville, nous nous sommes séparés, et je ne l'ai plus revue.

— Décris-la ! ordonna Kahlan.

— Je ne sais pas comment m'y prendre…, pleurnicha le tueur. Elle était jeune – sans doute assez récemment sortie du noviciat. Et assez jolie, comme vous, Mère Inquisitrice. Oui, très jolie, je crois… Et elle avait de longs cheveux châtains.

— Nadine ! s'écrièrent en chœur Kahlan et la Mord-Sith.

Chapitre 4

— M aîtresse Cara ? appela Marlin du fond de son oubliette.
La Mord-Sith s'accrocha de la main droite à un barreau et se retourna, la torche dans la gauche.

— Quoi, encore ?

— Comment vais-je dormir, maîtresse Cara ? Si vous ne revenez pas ce soir, je n'aurai pas le droit de m'étendre, et…

— Je me fiche que tu dormes ou non ! N'as-tu pas compris ? Tu dois rester debout là où tu es ! Si tu désobéis, la douleur te tiendra compagnie dans le noir jusqu'à mon retour. Cette fois, tu as saisi ?

— Oui, maîtresse Cara…, souffla le prisonnier.

Dès qu'elle fut hors de l'oubliette, Kahlan se pencha pour prendre la torche à sa compagne, qui put ainsi grimper plus vite.

L'air soulagé, le sergent sourit quand la Mère Inquisitrice lui tendit la torche.

— Collins, j'aimerais que vos hommes et vous restiez ici. Mais ne déverrouillez pas la porte, et ne descendez sous aucun prétexte dans l'oubliette. Interdisez même qu'on y jette un simple coup d'œil.

— À vos ordres, Mère Inquisitrice. C'est si dangereux que ça ?

— Non. Cara contrôle la magie du prisonnier. Mais on ne sait jamais…

Kahlan sonda le couloir et estima qu'une centaine d'hommes y étaient entassés.

— Je ne suis pas sûre que nous revenions ce soir, ajouta-t-elle. Faites dire à vos autres hommes de descendre. Répartissez-les en escouades, et établissez des tours de garde. Je veux qu'il y ait au moins cent soldats ici à toute heure du jour et de la nuit. Verrouillez les portes et postez des archers devant, ainsi qu'aux deux extrémités de ce couloir.

— Je croyais qu'il ne pouvait pas recourir à son pouvoir ?

— Si quelqu'un vous attaque et permet l'évasion du prisonnier de Cara, aimeriez-vous en répondre devant elle ?

Collins regarda la Mord-Sith et gratta pensivement sa barbe de trois jours.

— Compris, Mère Inquisitrice. Personne n'approchera de cette porte.

— Vous doutez toujours de moi ? lança Cara à Kahlan quand elles furent hors de portée d'oreille des soldats.

— Mon père, le roi Wyborn, était un grand guerrier. Il m'a appris qu'on ne prend jamais assez de précautions avec les prisonniers.

— C'était un sage... N'allez pas croire que je suis vexée, mais Marlin est aussi inoffensif qu'un agneau.

— Je sais... Et je ne comprends toujours pas pourquoi tu crains la magie, alors que tu peux la contrôler ainsi.

— Pour ça, je vous l'ai dit, il faut qu'on m'attaque avec.

— Mais comment fais-tu ?

En marchant, la Mord-Sith fléchit le poignet pour faire osciller son Agiel.

— De quelle façon l'expliquer, alors que je n'en sais rien moi-même ? Le seigneur Rahl participait en personne à la formation des Mord-Sith. À ce moment-là, ce pouvoir nous était conféré. Il ne vient pas de nous, je crois, mais nous le *recevons*.

— Bref, vous ne savez pas ce que vous faites, et ça marche quand même !

— Pour que la magie fonctionne, inutile de savoir ce qu'on fait !

— Peux-tu préciser ta pensée ?

— Eh bien, le seigneur Rahl nous a dit qu'un enfant était le fruit d'une variante de magie. Celle de la Création ! Et pour tomber enceinte, il n'est pas indispensable de connaître le mode d'emploi !

» Je me souviens de la fille, très naïve, d'un employé du Palais du Peuple, en D'Hara. Un jour, cette gosse de quatorze ans m'a dit que le Petit Père Rahl – mon ancien maître adorait qu'on l'appelle comme ça –, lui avait donné un bouton de rose. Et quand il lui avait souri, la fleur s'était ouverte entre ses doigts. Selon elle, la magie du maître avait planté une graine dans son ventre...

Cara eut un sourire sans joie.

— Elle le croyait vraiment, vous comprenez ? Qu'il l'ait prise d'abord dans son lit ne lui a jamais paru lié à sa grossesse. Bref, elle a participé à la magie de la Création – sans savoir comment elle s'y était prise.

Kahlan s'arrêta sur un palier mal éclairé et prit le bras de Cara pour la forcer à l'imiter.

— Richard n'a plus de famille... Darken Rahl a tué son père adoptif, sa mère est morte quand il était jeune, et son demi-frère... Tu connais l'histoire, je crois ? Michael l'a livré à Denna. Après sa victoire sur Darken Rahl, Richard lui a pardonné ce crime-là, mais pas d'avoir provoqué la mort de milliers d'innocents. Le cœur brisé, il l'a condamné à la peine capitale...

» Je sais ce que la famille représente pour lui. Cara, il serait fou de joie d'apprendre qu'il a un autre demi-frère ! Tu crois que nous pourrions le faire venir de D'Hara, et...

— N'y pensez plus, coupa la Mord-Sith, son regard fuyant celui de Kahlan. Dès sa naissance, Darken Rahl a testé l'enfant pour savoir s'il avait le pouvoir. Il voulait un héritier né avec le don. Toute autre progéniture lui semblait monstrueuse... et inutile.

— Ce bébé n'avait pas le don..., devina Kahlan. Qu'est devenue la mère ?

Cara soupira, consciente que l'Inquisitrice ne la lâcherait pas avant de connaître toute l'histoire.

— Darken Rahl avait souvent des crises de colère. Après l'avoir forcée à le regarder tuer l'enfant, il a étranglé la pauvre fille de ses mains. Quand on lui présentait un fils né sans le don, ça le rendait fou de rage et il se défoulait à sa façon...

Kahlan lâcha le bras de Cara.

— Quelques Mord-Sith ont connu le même sort. Par bonheur, je ne suis jamais tombée enceinte quand il me choisissait pour égayer ses nuits.

L'Inquisitrice finit par briser le long silence qui suivit cette confession.

— Je suis heureuse que Richard vous ait libérées de ce monstre. Et qu'il en ait débarrassé l'univers.

Cara hocha la tête, les yeux plus froids que jamais.

— Pour nous, il est bien plus que le seigneur Rahl ! Quiconque voudra lui nuire devra en répondre devant les Mord-Sith. Moi la première...

Kahlan vit soudain sous un nouveau jour la fameuse « autorisation ». Lui permettre de garder sa bien-aimée, malgré les risques inhérents à l'amour, était ce que Cara pouvait faire de plus gentil pour Richard. Une authentique preuve d'affection...

— Il vous faudra d'abord attendre que j'en aie fini, dit simplement Kahlan.

— Implorons les esprits du bien de ne jamais devoir nous disputer à ce sujet...

— J'ai une meilleure idée : empêcher qu'on fasse du mal à Richard ! Cela dit, quand nous serons devant Nadine, n'oublie pas que nous ne savons pas qui elle est. Les Sœurs de l'Obscurité sont mortellement dangereuses, mais nous aurons peut-être affaire à une dignitaire animée de bonnes intentions. Ou à la fille d'une famille noble qui a banni le garçon de ferme dont elle est amoureuse. Je refuse que tu tourmentes une innocente. Alors, gardons la tête froide.

— Mère Inquisitrice, je ne suis pas un monstre...

— Je sais, et je ne l'ai pas insinué. J'ai dit : « *Gardons* la tête froide. » Ça me concernait aussi. La volonté de protéger Richard peut nous faire perdre notre bon sens. À présent, en route pour le hall des pétitionnaires !

— Pourquoi ne pas aller directement dans la chambre de Nadine ?

Kahlan s'attaqua à la seconde volée de marches, les négociant deux par deux.

— Ce palais compte deux cent quatre-vingt-huit chambres d'invités réparties dans six ailes différentes. Comme j'ai omis de dire aux gardes où la loger, nous devons aller le leur demander.

D'un coup d'épaule, Cara ouvrit la porte palière et entra la première dans le couloir, pour s'assurer qu'il n'y avait aucun danger.

— Un étrange concept..., marmonna-t-elle. Pourquoi avoir séparé les chambres d'invités ?

— Ce sera plus court par là, dit Kahlan en désignant un corridor latéral.

Deux gardes s'écartèrent pour les laisser passer, puis reprirent aussitôt leur position.

— Quand le Conseil se réunit, beaucoup d'émissaires séjournent au palais. Si on leur donne les mauvais voisins, ils se montrent vite très peu *diplomates*, si tu vois ce que je veux dire. Préserver la paix entre des alliés est un jeu compliqué, tu peux me croire. Le moindre détail compte.

— Mais tous les ambassadeurs disposent de palais, dans l'avenue des Rois…

— Ça fait partie du jeu, ma chère !

Tout le monde s'agenouilla de nouveau quand les deux femmes déboulèrent sous les arcades. Avant de parler avec le capitaine, Kahlan dut respecter le délai de rigueur et autoriser les pétitionnaires à se lever.

Dès qu'elle sut où était Nadine, l'Inquisitrice se dirigea vers la sortie. Mais un des petits joueurs de Ja'La se détacha du groupe, enleva son bonnet de laine froissé et courut vers les arcades.

— Il est là pour.voir le seigneur Rahl, dit le capitaine. (Il eut un sourire indulgent.) Je lui ai permis d'attendre, sans lui promettre qu'il obtiendrait une audience. Le moins que je pouvais faire, à vrai dire… J'ai regardé la partie, hier, avec mes hommes, et ce gamin m'a fait gagner trois pièces d'argent.

Serrant nerveusement son bonnet, le garçon s'agenouilla de l'autre côté de la rampe.

— Mère Inquisitrice, nous… voudrions, si ce n'est pas trop demander… que…

Il s'interrompit, à court de souffle.

— Ne crains rien, l'encouragea Kahlan. Quel est ton nom ?

— Yonick, Mère Inquisitrice.

— Eh bien, Yonick, je suis désolée, parce que Richard ne pourra pas venir vous voir jouer aujourd'hui. Nous sommes trop occupés, mais ça ira sans doute mieux demain. La partie nous a beaucoup plu, crois-moi. Alors, un autre jour, ce sera de bon cœur…

— Il ne s'agit pas de ça, dit le gamin. Mon frère, Kip, est très malade. J'ai pensé que le seigneur Rahl pourrait l'aider avec sa magie.

Kahlan tendit le bras et serra gentiment l'épaule de Yonick.

— Richard ne sait pas faire ça, j'en ai peur. Tu devrais aller consulter un des guérisseurs de la rue Stentor. Décris-lui les symptômes de ton frère, et il te donnera des herbes qui le soulageront.

— Nous n'avons pas d'argent, Mère Inquisitrice… Kip va très mal, alors j'espérais…

Kahlan se redressa et dévisagea le capitaine.

Après une brève hésitation, l'officier s'éclaircit la gorge.

— Yonick, dit-il, je t'ai vu jouer, hier. Ton équipe est très bonne. (Regardant Kahlan du coin de l'œil, le militaire fourra la main dans sa poche et en sortit une pièce. Penché par-dessus la rampe, il la posa dans la paume du gosse.) Je connais ton frère, et il a marqué un but magnifique, hier… Va lui acheter des herbes, comme la Mère Inquisitrice te l'a conseillé.

Le gamin baissa les yeux sur la pièce d'argent.

— Il n'y a pas besoin d'autant…

Le capitaine agita négligemment une main.

— Je n'ai rien de plus petit… Avec le reste, offre quelque chose à ton équipe, pour fêter sa victoire. Et maintenant, file d'ici ! Nous avons des affaires urgentes à traiter.

Yonick se redressa et tapa du poing sur son cœur – le salut rituel des militaires.

— À vos ordres, messire !

— Et entraîne-toi un peu à tirer, mon garçon ! lança l'officier alors que le gamin courait déjà rejoindre ses amis. Tu manques parfois de précision.

— Merci beaucoup, capitaine… ? dit Kahlan.

— Harris, répondit l'homme avec une grimace. Merci à vous, Mère Inquisitrice.

— Cara, allons voir Nadine.

— Dame Nadine a-t-elle tenté de partir, capitaine Nance ? demanda Kahlan au chef des soldats qui montaient la garde dans le couloir.

— Non, Mère Inquisitrice, répondit l'homme après avoir dûment incliné la tête. Elle semble reconnaissante qu'on ait accordé de l'attention à sa requête. Quand je lui ai parlé de « problèmes en cours », et demandé de rester dans sa chambre, elle a promis de suivre mes instructions. (Il jeta un coup d'œil à la porte.) Elle a assuré qu'elle se tiendrait bien pour ne pas me « mettre dans la mouise ».

— Merci, capitaine. (Kahlan tendit la main vers la poignée de la porte.) Si elle sort sans nous, tuez-la. Ne perdez pas de temps à la menacer ou à l'interroger. (Voyant l'homme plisser le front, elle ajouta :) Si elle s'en va seule, c'est qu'elle nous aura tuées avec sa magie, comprenez-vous ?

Un peu verdâtre, le capitaine claqua des talons et se tapa du poing sur la poitrine.

Dans le salon, le rouge dominait. D'un cramoisi à donner le frisson, les murs étaient « mis en valeur » par des plinthes et des encadrements de porte roses ornés de moulures – de modestes couronnes blanches. Le parquet, très regardable, était hélas recouvert d'un grand tapis à friselis surchargé de motifs floraux. Comble du raffinement, les pieds sculptés de la table en marbre et des fauteuils revêtus de velours rouge reprenaient ce thème lourdement printanier. Dépourvue de fenêtre, l'étrange pièce était illuminée par une dizaine de lampes en cristal taillé d'un style aussi tape-à-l'œil que le reste.

Aux yeux de Kahlan, ce décor voyant, qu'on retrouvait dans d'autres chambres d'invités, était le pire du palais. Pourtant, certains diplomates le demandaient expressément. Sans doute parce que ça les mettait dans l'état d'esprit idoine pour négocier ferme.

L'Inquisitrice se méfiait toujours quand un locataire des chambres rouges prenait la parole…

Nadine n'étant nulle part en vue, elle déduisit qu'elle attendait dans la chambre, dont la porte était entrebâillée.

— J'aime beaucoup…, murmura Cara. On pourrait mettre à ma disposition une de ces suites ?

Kahlan lui fit signe de se taire. Elle n'eut pas besoin de demander pourquoi la Mord-Sith rêvait d'avoir des quartiers rouges…

Cara sur les talons, elle poussa la porte intérieure.

Aussi impossible que cela parût, la chambre était encore plus criarde que la pièce adjacente. Tapis rouge, dessus-de-lit écarlate, colonnes et cheminée en marbre rose… Avec son uniforme de « travail », en se tenant immobile, la Mord-Sith se serait à coup sûr fondue dans le décor.

Ici, seule la moitié des lampes brûlaient. Sur la table, le guéridon et le bureau, des coupes remplies de pétales de rose mêlaient leur odeur de jardin automnal à celle de la fumée.

Entendant la porte grincer, la femme étendue sur le lit ouvrit les yeux, reconnut Kahlan et se leva d'un bond. Prête à toucher Nadine avec son pouvoir, si elle tentait quoi que ce fût d'agressif, l'Inquisitrice tendit un bras pour interdire à Cara de prendre le même genre d'initiative qu'avec Marlin.

Si la visiteuse aux cheveux longs invoquait la magie, il faudrait agir très vite.

Nadine se frotta les yeux, lourds de sommeil, puis se fendit d'une révérence maladroite – la preuve irréfutable qu'il ne s'agissait pas d'une personne de haute naissance. Cela dit, ça ne l'empêchait pas d'être une Sœur de l'Obscurité…

Après avoir tiré sur sa robe, et dévisagé fort impoliment Cara, la jolie visiteuse s'adressa à Kahlan sans y avoir été invitée.

— Désolée, reine, mais le voyage a été long, et j'avais bien besoin d'une sieste. Du coup, je ne t'ai pas entendu frapper. Au fait, je m'appelle Nadine Brighton.

Profitant d'une deuxième révérence disgracieuse, Kahlan balaya la pièce du regard. Sur la table de toilette, la cuvette et l'aiguière n'avaient visiblement pas été utilisées. Les serviettes, encore pliées, étaient toujours à leur place. Au pied du lit, un vieux sac de voyage gisait misérablement. La visiteuse n'en avait sorti aucun objet personnel, à part la brosse à habits et le gobelet en fer-blanc posés sur la table.

Malgré la fraîcheur printanière, et l'absence de feu dans la cheminée, Nadine n'avait pas défait le lit. Pour ne pas s'entraver dans les draps en cas d'urgence ? se demanda Kahlan.

— On doit m'appeler « Mère Inquisitrice », dit-elle d'un ton subtilement menaçant, et sans s'excuser d'avoir omis de frapper. Je suis également reine, mais c'est… accessoire. Et je n'apprécie guère qu'on me tutoie ainsi…

Nadine s'empourpra, faisant quasiment disparaître les taches de rousseur qui constellaient le haut de ses joues et son joli petit nez. Bien qu'ils ne fussent pas en bataille, elle passa nerveusement une main dans ses épais cheveux châtains.

Moins grande que Kahlan, elle devait avoir à peu près son âge. Très belle, il fallait en convenir, elle semblait parfaitement inoffensive. Mais l'Inquisitrice avait appris à se méfier des apparences trop engageantes.

Au premier coup d'œil, Marlin le tueur passait pour un jeune homme mal dégrossi. Et pourtant…

Cela dit, il n'y avait pas, dans les yeux de Nadine, l'espèce d'*intemporalité* qui avait alarmé Kahlan.

Une raison insuffisante pour baisser sa garde…

Nadine tourna le dos à ses visiteuses et tapota le dessus-de-lit pour le défroisser.

— Veuillez me pardonner, Mère Inquisitrice, je ne voulais pas tout salir. Mais j'ai brossé mes vêtements, avant de m'étendre. J'avais d'abord pensé me coucher sur le sol, vous savez ? Et puis je n'ai pas résisté à la tentation d'essayer un si joli lit. J'espère que vous n'êtes pas fâchée ?

— Bien sûr que non, puisque tu es mon invitée…

Alors que l'Inquisitrice finissait sa phrase, Cara la contourna et avança résolument vers Nadine.

Décidément, s'en tenir aux ordres n'était pas dans ses habitudes. Mais comment s'en étonner ? Bien qu'il n'y eût pas de hiérarchie visible entre les Mord-Sith, Raina et Berdine ne discutaient jamais les décisions de Cara. Quant aux soldats d'harans, ils lui obéissaient comme de gentils toutous…

— Cara ! cria Kahlan alors que Nadine écarquillait les yeux de terreur.

— Ton complice Marlin croupit dans une oubliette ! lança la Mord-Sith. Et tu le rejoindras bientôt.

Cara enfonça un index dans le creux du cou de Nadine, qui bascula en arrière et atterrit sur la chaise placée près du lit.

— Eh, mais ça fait mal ! protesta-t-elle, avant de se relever d'un bond.

Cara la saisit à la gorge et lui brandit son Agiel devant les yeux.

— Ce n'est rien à côté de ce qui t'attend !

— D'une façon ou d'une autre, rugit Kahlan en saisissant la natte de la Mord-Sith, tu apprendras à obéir aux ordres !

Sur ces mots, elle tira de toutes ses forces.

Sans abandonner sa proie, Cara se retourna, l'air incrédule.

— Fiche-lui la paix ! Je t'ai dit de me laisser faire. Tant que cette femme ne se montrera pas menaçante, tu n'as pas à la tourmenter. Alors, obéis, ou va attendre dehors.

La Mord-Sith lâcha Nadine – non sans lui flanquer une bourrade qui la réexpédia sur la chaise.

— Cette garce est dangereuse, je le sens. Vous devriez me laisser en finir avec elle.

Lèvres serrées, Kahlan foudroya Cara du regard jusqu'à ce qu'elle consente, pas de bon cœur, à s'écarter.

Nadine se releva très lentement et se massa la gorge en toussotant.

— Pourquoi m'avez-vous attaquée ? s'indigna-t-elle, des larmes aux yeux. Je ne vous ai rien fait ! Regardez, la chambre est aussi bien rangée qu'à mon arrivée ! Vous êtes très mal élevés, dans ce pays ! (Elle pointa un index accusateur sur l'Inquisitrice.) Rien ne justifie qu'on traite les gens comme ça !

— Détrompe-toi, dame Nadine…, fit Kahlan. Aujourd'hui, un jeune homme à l'air innocent s'est introduit dans le palais. Lui aussi voulait voir le seigneur Rahl. Pour le tuer, figure-toi ! Et grâce à Cara, nous l'en avons empêché.

— Vraiment ? souffla Nadine, son courroux presque oublié.

— Et ce n'est pas le pire, continua l'Inquisitrice. Il a avoué avoir pour complice une jolie fille aux longs cheveux châtains.

Nadine cessa de se masser la gorge. Après un coup d'œil à Cara, elle s'adressa de nouveau à Kahlan.

— Avec tout ça, je comprends que vous vous soyez méprises, toutes les deux…

— Tu as demandé à voir le seigneur Rahl. Dans ce contexte, tout le monde s'est inquiété. Ici, la protection du maître est une sorte d'obsession, tu saisis ?

— Oui, et je ne vous en veux pas.

— Cara est une des gardes du corps du seigneur Rahl. Ça suffit à expliquer son agressivité, je crois…

— Bien sûr… Sans le vouloir, j'ai affolé tout le monde.

— L'ennui, c'est que rien ne prouve que tu n'es pas la complice de Marlin. Et les choses iront très mal pour toi si tu ne démontres pas vite ton innocence.

— Moi, un assassin ? s'écria Nadine. Mais je suis une femme !

— Moi aussi, lâcha Cara. Et pourtant, je répandrai ton sang dans toute la pièce jusqu'à ce que tu aies dit la vérité.

Nadine s'empara de la chaise et la brandit comme un bouclier, les pieds en avant.

— N'approchez pas ! Et faites bien attention ! Un jour, Tommy Lancaster et son copain Lester ont essayé de « s'amuser avec moi », comme ils disaient. Depuis, ils n'ont plus de dents de devant pour mâcher leur viande.

— Pose cette chaise, siffla Cara, ou tu n'auras plus de tête pour avaler la tienne !

Nadine lâcha son « arme » comme si elle lui brûlait les doigts.

— Laissez-moi ! implora-t-elle en reculant jusqu'au mur. Je n'ai rien fait !

Kahlan prit doucement le bras de la Mord-Sith et la tira en arrière.

— Si tu laissais ta Sœur de l'Agiel gérer cette affaire ? murmura-t-elle. J'ai dit « tant que cette femme ne se montrera pas menaçante », c'est exact, mais je ne pensais pas vraiment à une chaise…

— D'accord, grogna Cara. Pour le moment…

— Bien… Nadine, il me faut des réponses. Si tu n'as aucun rapport avec cet assassin, je te devrai des excuses, et je ferai mon possible pour que tu oublies notre manque d'hospitalité. Au cas où tu ourdirais de sombres desseins, sache une chose : les gardes ont l'ordre de t'abattre si tu sors seule de cette chambre. Tu as compris ?

La jeune femme hocha la tête.

— Parfait… Pourquoi veux-tu voir le seigneur Rahl ?

— Parce qu'il peut m'aider à rejoindre mon amoureux. Nous devions nous marier, mais il a disparu l'automne dernier… On m'a dit que je le retrouverais si j'allais voir le seigneur Rahl. C'est pour ça que j'ai demandé une audience.

— Je vois…, dit Kahlan. Avoir perdu son bien-aimé est une terrible épreuve. Comment s'appelle ce jeune homme ?

— Richard, répondit Nadine.

Elle tira un mouchoir froissé de sa manche et s'essuya les yeux.

— Et son nom de famille ?

— Cypher… Richard Cypher.

Kahlan réussit à empêcher sa mâchoire inférieure de lui tomber sur la poitrine. En revanche, parler lui parut un effort insurmontable.

— Qui ? demanda Cara.

— Richard Cypher. Il était guide forestier à Hartland, où nous vivons. En Terre d'Ouest, bien sûr…

— Comment ça, vous deviez vous marier ? réussit enfin à dire Kahlan. Il te l'a promis ?

— Eh bien, pas vraiment… Mais il me courtisait, alors… Après sa disparition, une femme est venue me voir. Le ciel lui avait parlé, disait-elle, et mon destin était d'épouser Richard. C'était une sorte de devineresse, je crois. Elle connaissait un tas de choses sur Richard : sa gentillesse, sa force, sa beauté. Et sur moi aussi, d'ailleurs... Selon elle, nous sommes faits pour nous unir.

— Une femme ? s'étrangla l'Inquisitrice.

— Oui. Nommée Shota...

Les poings serrés, Kahlan retrouva soudain sa voix.

— Shota ! Y avait-il quelqu'un avec elle ?

— Oui, un petit... type... aux yeux jaunes. Il me faisait peur, mais il était inoffensif, selon elle. C'est Shota qui m'a conseillé d'aller voir le seigneur Rahl pour retrouver mon Richard.

La description de Nadine collait parfaitement à Samuel, l'inséparable compagnon de Shota...

Bouleversée d'avoir entendu les mots « mon Richard » sortir de la bouche de cette fille, Kahlan parvint par miracle à se maîtriser.

— Nadine, tu aurais l'obligeance d'attendre ici ?

— Oui – surtout si vous me le demandez gentiment. Tout est arrangé ? Vous me croyez, n'est-ce pas ? Chaque mot est la pure vérité.

Sans répondre, l'Inquisitrice tourna les talons et sortit de la chambre. Cara la suivit, prenant la précaution de fermer la porte derrière elle.

— Mère Inquisitrice, quelque chose ne va pas ? Vous êtes plus rouge que les murs, et... Au fait, qui est cette Shota ?

— Une voyante.

La Mord-Sith se raidit d'instinct.

— Et Cypher, vous le connaissez ?

— Richard Rahl a été élevé par un père adoptif. Avant de découvrir sa véritable filiation, il croyait se nommer Richard Cypher !

Chapitre 5

— Je la tuerai…, grogna Kahlan, le regard dans le vide. Oui, je l'étranglerai à mains nues, et très lentement.

Cara se tourna vers la porte de la chambre.

— Je m'en chargerai. Ce sera mieux comme ça.

— Je parlais de Shota, souffla l'Inquisitrice en retenant la Mord-Sith par le bras. (Elle désigna la pièce attenante.) Cette pauvre fille est totalement dépassée. Comment se serait-elle méfiée de Shota ?

— Mais vous, vous la connaissez, n'est-ce pas ?

— Et comment ! Depuis le début, elle essaie de me séparer de Richard.

— Pourquoi ?

— Je l'ignore. À chaque fois, elle avance une raison différente. Parfois, je me dis qu'elle a des vues sur lui…

— Dans ce cas, pourquoi vouloir lui faire épouser cette catin de village ?

— Qui peut le dire ? Shota ourdit sans cesse des plans compliqués. Et elle adore nous mettre des bâtons dans les roues. (L'Inquisitrice serra les poings.) Mais cette fois, ça ne marchera pas. Je m'assurerai qu'elle ne fourre plus ses sales pattes partout. Après, Richard et moi pourrons nous marier. (Elle baissa le ton, comme si elle se faisait une promesse intime.) Si je la touche avec mon pouvoir avant de l'expédier dans le royaume des morts, elle nous fichera la paix.

Cara croisa les bras et plissa pensivement le front.

— Et Nadine ? Il vaudrait peut-être mieux s'en débarrasser aussi ?

— Elle n'y est pour rien, te dis-je ! Un simple pion sur l'échiquier de Shota…

— Un fantassin peut dans certains cas être plus dangereux qu'un général, et…

Cara se tut, décroisa les bras et tendit l'oreille comme si elle entendait le vent souffler dans le couloir.

— Le seigneur Rahl approche.

L'aptitude des Mord-Sith à sentir la proximité de Richard à travers leur lien avait quelque chose de troublant et… de franchement agaçant.

Dix secondes après l'affirmation de Cara, la porte du salon s'ouvrit pour laisser passer Berdine et Raina, en uniforme de cuir brun.

Plus petites que leur collègue, mais au moins aussi attirantes, les deux femmes arboraient la natte emblématique de leur profession. Les yeux bleus, Berdine était un rien plus en chair que Cara, à la musculature longiligne. En dépit de ses cheveux noirs et de ses yeux sombres, Raina lui ressemblait beaucoup.

Elle leva un sourcil en voyant l'uniforme rouge de Cara, mais n'émit aucun commentaire. L'air impénétrable, les deux Mord-Sith se placèrent de chaque côté de la porte.

— Veuillez accueillir le seigneur Rahl, déclara sentencieusement Berdine, Sourcier de Vérité, légitime détenteur de l'Épée de Vérité, messager de la mort, maître de D'Hara, chef suprême des Contrées du Milieu, grand commandeur du peuple garn, champion de tous les hommes libres, fléau des méchants... (elle posa les yeux sur Kahlan) et futur époux de la Mère Inquisitrice.

D'un geste théâtral, elle désigna la porte.

Kahlan se demanda quelle mouche avait piqué les deux Mord-Sith. Enclines à une certaine espièglerie, quand elles ne s'acharnaient pas à faire mourir les gens de peur, ces femmes, jusque-là, ne s'étaient jamais comportées avec une telle pompe.

Richard entra, son regard d'aigle rivé sur Kahlan. Un instant, tout disparut autour des deux jeunes gens, comme s'ils étaient seuls au monde.

Le Sourcier sourit, les yeux pleins d'amour.

Oui, pensa Kahlan, ils étaient seuls au monde. Et ce sourire était l'incarnation même de *son* Richard.

Heureusement, parce que le reste de sa personne avait de quoi déconcerter !

Bouche bée de surprise, l'Inquisitrice se posa une main sur le cœur. Depuis leur rencontre, elle ne l'avait jamais vu porter autre chose que ses habits de forestier. Mais là...

Bien qu'on leur eût ajouté quelques ornements – des lanières de cuir cloutées de petits motifs géométriques en argent – la jeune femme reconnut les bottes noires du Sourcier. Tout le reste était nouveau...

En pantalon de laine noire, Richard avait opté pour une chemise de la même couleur et une jaquette, également sombre, bordée d'une large bande d'or décorée des mêmes motifs géométriques que ses bottes. À sa taille, une magnifique ceinture en cuir, elle aussi rehaussée d'argent, soutenait les deux bourses en fil d'or qui battaient sur ses hanches. Équipé de son bon vieux baudrier, où pendait le fourreau incrusté d'or et d'argent de l'Épée de Vérité, Richard s'était drapé les épaules d'une cape qui semblait elle aussi tissée en fils d'or. Décorés d'anneaux imbriqués où s'affichaient les mêmes motifs étranges, des serre-poignets d'argent rembourrés de cuir complétaient le tableau.

Ainsi vêtu, le Sourcier semblait à la fois noble et dangereux. Majestueux et terrifiant, tel le maître incontesté de tous les rois du monde, il était devenu la vivante incarnation du surnom – le messager de la mort – que lui donnaient les prophéties.

Kahlan n'aurait jamais cru que Richard puisse paraître *encore plus* beau, fort, autoritaire et imposant.

Elle se trompait.

Alors qu'elle essayait de parler – en vain –, il traversa la pièce, se pencha sur elle et lui embrassa les tempes.

— Très bonne initiative, approuva Cara. La Mère Inquisitrice en avait besoin pour guérir une méchante migraine. (Elle regarda Kahlan.) Ça va déjà mieux ?

Le souffle coupé, l'Inquisitrice entendit à peine la question de la Mord-Sith… et ne daigna pas y répondre. Comme pour vérifier qu'elle ne rêvait pas, elle toucha du bout des doigts le torse du Sourcier.

— Ça te plaît ? demanda-t-il.

— Si ça me plaît ? Par les esprits du bien…

— Dois-je prendre ça pour un « oui » franc et massif ?

Disposée à lui montrer son enthousiasme par des actes, Kahlan regretta qu'ils ne soient pas seuls.

— Mais… Richard, comment as-tu eu tout ça ?

Incapable de retirer sa main de la poitrine du Sourcier, la jeune femme s'émerveilla de la sentir se soulever au rythme de sa respiration. Sous ses doigts, le cœur du jeune homme cognait plus fort que de coutume.

— Eh bien, dit-il, je savais que tu voulais me voir dans d'autres vêtements…

— Pardon ? T'ai-je jamais dit ça ?

— Non, mais tes magnifiques yeux verts parlaient pour toi. Quand ils se posaient sur mes vieilles nippes, aucun discours n'était nécessaire.

— Comment as-tu eu tout ça ? répéta Kahlan en reculant d'un pas.

Richard posa une main sous le menton de la jeune femme et le souleva pour la regarder dans les yeux.

— Tu es si belle… En t'imaginant dans ta robe de mariée bleue, j'ai compris que je devrais être à ta hauteur, le jour de notre union. Alors, pour ne pas retarder ce moment délicieux, j'ai passé une commande très urgente.

— Aux couturières du palais, précisa Cara. C'était ça, la fameuse surprise. Seigneur Rahl, je n'ai pas vendu la mèche. La Mère Inquisitrice s'est acharnée à me tirer les vers du nez, mais j'ai résisté.

— Merci, mon amie, dit le Sourcier. Je sais que ça n'a pas dû être facile.

— C'est un chef-d'œuvre, en tout cas ! s'écria Kahlan. Maîtresse Wellington et ses petites mains ont créé tout ça pour toi ?

— Presque tout, oui… J'ai décrit ce que je voulais, et elles ont travaillé jour et nuit. Sacrément bien, je crois…

— Je complimenterai maîtresse Wellington. Non, je la serrerai dans mes bras, parce que ça vaut bien ça ! (Kahlan prit la cape entre le pouce et l'index.) C'est son œuvre ? Je n'ai jamais rien vu de pareil. Comment s'y est-elle prise ?

— Pour tout dire, la cape et quelques autres… accessoires… viennent de la Forteresse du Sorcier.

— Tu y es encore allé ? s'inquiéta Kahlan.

— Lors de ma première visite, j'ai traversé les anciens quartiers des sorciers. J'y suis retourné pour voir de plus près leurs possessions.

— Quand ?

— Il y a quelques jours, pendant que tu recevais des émissaires de nos nouveaux alliés.

Les yeux baissés sur la cape, Kahlan fronça les sourcils.

— Les sorciers de cette époque portaient ce genre de vêtements ? Je croyais qu'ils s'habillaient très sobrement.

— Eh bien, il y avait au moins une exception.

— Laquelle ?

— Les sorciers de guerre…

Kahlan en tressaillit de surprise. Bien qu'il ignorât presque tout de son don, Richard était le premier sorcier de guerre à arpenter le monde depuis près de trois mille ans.

Désireuse de bombarder son compagnon de questions, l'Inquisitrice se rappela à temps que des problèmes plus urgents les attendaient.

Aussitôt, elle se rembrunit.

— Richard, il y a une visite pour toi.

À cet instant, la porte de la chambre grinça.

— Richard ? lança Nadine, figée sur le seuil. J'ai cru entendre sa voix…

— Nadine ?

— C'est bien toi ! s'écria la visiteuse, les yeux ronds comme des couronnes d'or sanderiennes.

— Bonjour, Nadine, dit le Sourcier avec un sourire poli.

Mais ses yeux restèrent d'une froideur mortelle.

Une expression que Kahlan ne lui connaissait pas. Elle l'avait vu en colère, enragé par la magie de l'Épée de Vérité… ou d'un calme plus effrayant que tout le reste – quand il faisait tourner au blanc la lame de son arme. Métamorphosé par l'action, ce jeune homme bon et doux pouvait glacer les sangs de n'importe qui.

Mais ce que la Mère Inquisitrice lisait sur son visage était pire que la fureur ou que la soif de sang induite par la magie. Un désintérêt si profond et définitif qu'on en pâlissait de terreur…

Qu'il la regarde un jour ainsi, pensa Kahlan, et son cœur exploserait instantanément dans sa poitrine.

Sans doute parce qu'elle le connaissait moins bien que l'Inquisitrice, Nadine n'y vit que du feu et sourit aux anges.

— Richard ! cria-t-elle avant de traverser la petite pièce au pas de course.

Elle jeta ses bras autour du cou du Sourcier et se retint de justesse de mêler ses jambes aux siennes.

D'un regard, Kahlan dissuada Cara d'intervenir.

Il lui fut moins facile de se persuader de rester à l'écart. Malgré la profondeur de leur relation, cette affaire ne la regardait pas. Et même s'ils s'étaient confié beaucoup de choses, le passé amoureux de Richard restait pour elle un territoire inconnu…

… Qui lui avait paru sans importance, jusqu'à ce moment précis.

Plutôt que de faire une gaffe, l'Inquisitrice se força à ne rien dire. Pour l'heure, son destin était entre les mains de Richard et de la fille qui se collait à lui.

Ou pire, entre celles de Shota…

Se fichant qu'il tourne la tête pour esquiver ses assauts, Nadine tenta désespérément d'embrasser le jeune homme. De guerre lasse, il la prit par les hanches et la repoussa sans trop de ménagement.

— Nadine, que fais-tu ici ?

— Je te cherche, espèce d'idiot…, souffla la jeune femme. Depuis ta disparition, tout le monde s'étonne et s'inquiète. Tu as manqué à mon père, tu sais ?

Et je ne te parle même pas de moi... (Elle soupira.) Tu te volatilises, Zedd et Michael aussi, et pour finir, voilà que la frontière disparaît ! Il y a de quoi s'affoler, non ? Je sais que l'assassinat de ton père t'a bouleversé, mais de là à t'enfuir comme un voleur...

Profitant d'une pause dans la logorrhée de Nadine, Richard lâcha :

— C'est une longue histoire, et je doute qu'elle t'intéresse.

Son souffle repris, Nadine continua comme si elle n'avait rien entendu.

— J'ai dû m'occuper de tant de choses, avant de partir à ta recherche... D'abord, il m'a fallu convaincre Lindy Hamilton de procurer ses racines à papa. Tu sais, il a du mal à s'en sortir depuis que tu n'es plus là pour lui apporter les plantes spéciales que tu es le seul à trouver. J'ai fait mon possible, mais tu connais tellement mieux la forêt que moi. Espérons que Lindy se débrouillera jusqu'à ce que je t'aie ramené... Ensuite, j'ai dû boucler mes bagages et décider quelle direction prendre. Je te cherche depuis si longtemps, mon Richard. J'étais venue ici pour demander de l'aide au seigneur Rahl, et voilà que je te trouve avant même de l'avoir vu !

— Je suis le seigneur Rahl.

Là encore, parler à un mur eût été plus efficace. Après avoir reculé d'un pas, Nadine examina Richard de pied en cap.

— Que fiches-tu dans ces vêtements ? Et pour qui veux-tu te faire passer, jeune homme ? Va te changer, et rentrons chez nous. Tout ira bien, maintenant que je t'ai retrouvé. Dès que nous serons à la maison, tout rentrera dans l'ordre. Après notre mariage...

— Après quoi ? s'étrangla le Sourcier.

— Notre mariage, tu es sourd ? Tu construiras une nouvelle maison, bien mieux que ta vieille bicoque, et nous aurons des enfants. Une petite armée ! Des fils, grands et forts comme mon Richard. (Nadine eut un sourire béat.) Je t'aime tant, et nous allons enfin être unis.

— Qui t'a mis dans la tête une idée pareille ? demanda Richard, son sourire disparu – aussi vide fût-il.

Nadine gloussa bêtement puis se souvint enfin qu'ils n'étaient pas seuls. Après avoir regardé autour d'elle, et découvert des mines sombres, elle cessa de rire et implora Richard du regard.

— Toi et moi, nous sommes faits l'un pour l'autre, tu le sais bien. Et nous allons nous marier, comme il a toujours été prévu.

— Vous auriez dû me laisser l'égorger..., souffla Cara à l'oreille de Kahlan.

Un regard glacial de Richard effaça le rictus mauvais de la Mord-Sith, soudain blanche comme un linge.

— Nadine, où as-tu été pêcher ça ?

La jeune femme repassa à son sujet de prédilection.

— Richard, tu as l'air d'un pantin ! Parfois, je me demande si tu as une once de bon sens. À quoi ça t'avance, de jouer les rois ? Et où as-tu trouvé cette épée ? Je sais que tu ne l'as pas volée, parce que je te connais, mais tu n'as certainement pas pu la payer. Si c'est l'enjeu d'un pari, ou quelque chose dans ce genre, tu la vendras pour que nous...

Richard prit Nadine par l'épaule et la secoua sans douceur.

— Nous n'avons jamais été fiancés, ni même proches l'un de l'autre ! Pourquoi ce délire ? Et que fiches-tu dans ce palais ?

Nadine s'aperçut enfin que quelque chose clochait.

— Richard, je n'étais jamais sortie de Hartland, et le voyage fut si dur… Ça ne représente rien pour toi ? Tu t'en moques complètement ? Tu sais que je ne serais pas partie de chez moi, sauf pour te retrouver. Richard, je t'aime !

Ulic, un des deux colosses qui veillaient aussi sur le Sourcier, entra dans le salon et s'inclina respectueusement.

— Seigneur Rahl, si vous n'êtes pas trop occupé, le général Kerson voudrait vous parler d'un problème assez grave…

— Qu'il attende un peu ! répondit sèchement Richard.

Bien que ce maître-là n'ait pas pour habitude de le rudoyer ainsi, le garde du corps ne broncha pas.

— Je vais le lui dire, seigneur Rahl.

Perplexe, Nadine attendit que le colosse fût sorti pour recommencer à jacasser.

— Seigneur Rahl ? Richard, de quoi parlait cet homme ? Et dans quels ennuis t'es-tu fourré ? Tu étais pourtant si raisonnable, au pays… Pourquoi trompes-tu ces gens ? C'est un jeu dangereux, tu sais, parce qu'ils ne sont pas commodes…

— Nadine, soupira le Sourcier, un rien radouci, c'est une longue histoire, je te l'ai dit, et je ne suis pas d'humeur à te la raconter. Mais sache que je ne suis plus le même homme… Depuis mon départ de Terre d'Ouest, beaucoup d'eau a coulé sous les ponts. Et des événements très complexes se sont produits. Désolé que tu aies fait un si long voyage pour rien, mais ce qu'il y avait jadis entre nous…

Richard ne termina pas sa phrase. Kahlan espéra qu'il lui jetterait un regard contrit, mais elle en fut pour ses frais.

Nadine regarda de nouveau autour d'elle et leva les bras au ciel.

— Vous êtes tous cinglés, dans ce palais ? s'exclama-t-elle. Pour qui le prenez-vous ? C'est Richard Cypher, un guide forestier sans valeur, sauf pour moi. Un garçon tout simple de Hartland qui joue les hommes importants. Mais il se moque de vous ! Seriez-vous aveugles ? C'est mon Richard, et nous allons nous marier !

Cara se décida à briser le long silence qui suivit.

— Nous savons tous qui est cet homme – à part toi, semble-t-il. Le seigneur Rahl règne sur D'Hara et sur ce qui fut naguère les Contrées du Milieu. En tout cas, sur les royaumes qui lui ont déjà juré allégeance. Dans cette pièce, et probablement partout en Aydindril, il n'est pas un être humain qui refuserait de donner sa vie pour lui. Car c'est grâce à lui que nous ne l'avons pas perdue.

— Nadine, souffla Richard, sais-tu ce que m'a dit un jour une femme très sage ? *« Nous sommes seulement ce que nous sommes, rien de plus ou de moins ! »*

Nadine marmonna entre ses dents des imprécations que Kahlan ne comprit pas.

Richard s'approcha de sa bien-aimée et lui passa un bras autour de la taille. Comprenant le sens profond de ce message d'amour et de réconfort, l'Inquisitrice eut soudain pitié de la pauvre fille de la campagne qui venait maladroitement de livrer les secrets de son cœur devant des étrangers.

— Nadine, reprit Richard, je te présente Kahlan, la femme qui m'a dit ces mots. Et celle que je vais épouser. Très bientôt, nous partirons d'ici pour être unis par nos amis du Peuple d'Adobe. Et rien au monde ne nous en empêchera.

Nadine sembla avoir peur de détourner le regard du jeune homme, comme si elle refusait de voir la réalité.

— Le Peuple d'Adobe ? Au nom des esprits du bien, de quoi parles-tu ? Ça me fait froid dans le dos ! Richard, tu...

La jeune femme se concentra pour mobiliser ses dernières forces et lancer un ultime assaut qu'elle devait savoir perdu d'avance.

— Richard Cypher, je ne sais pas à quoi tu joues, mais je ne marche pas. (Elle brandit un index sur le Sourcier.) Écoute-moi, espèce de gros balourd ! Tu vas aller faire tes bagages, et nous rentrons chez nous !

— Je suis déjà chez moi, Nadine...

Cette fois, la belle visiteuse n'eut plus la force de continuer à s'aveugler.

— Qui t'a parlé de cette histoire de mariage ? demanda Richard.

— Une femme étrange nommée Shota..., répondit Nadine, vidée de toute son énergie.

Kahlan se raidit en entendant ce nom. Quoi qu'elle dise ou réclame, l'amie d'enfance du Sourcier n'était pas dangereuse. Mais Shota...

À cet instant, Richard réagit de la seule façon qu'elle n'aurait pas crue possible, considérant les drames qu'ils avaient vécus à cause de la voyante.

Sous les regards stupéfaits des cinq femmes, il éclata de rire. À s'en tenir les côtes !

Comme par magie, les angoisses de Kahlan se volatilisèrent. Cette façon de traiter les sombres manœuvres de Shota réduisait à néant la menace. Soudain, le cœur de l'Inquisitrice déborda de joie. Ils allaient se marier chez le Peuple d'Adobe, que Shota le veuille ou non, et c'était tout ce qui comptait.

Quand elle sentit Richard la serrer plus fort contre lui, Kahlan sourit pour la première fois depuis un long moment.

— Nadine, ce n'est pas de toi que je ris, précisa le Sourcier quand il se fut un peu calmé. Mais Shota n'en est pas à sa première tentative, et ses trucs minables ne m'impressionnent plus. Je suis navré qu'elle se soit servie de toi. Hélas, les voyantes ne reculent devant rien.

— Shota est vraiment une voyante..., murmura Nadine, accablée.

— Oui, confirma Richard. Par le passé, elle nous a entraînés dans ses machinations, mais c'est terminé. Je me moque de ce qu'elle dit. Et plus question d'entrer dans son jeu !

— Elle m'a manipulée avec sa magie ? demanda Nadine. Pourtant, elle a affirmé que le ciel lui avait parlé...

— Tant mieux pour elle ! Même si le Créateur en personne s'était adressé à elle, je n'en aurais rien à faire.

— Elle a dit que le vent te traque... Ça m'a inquiétée, et j'ai voulu t'aider.

— Voilà que le vent me traque, à présent ? Décidément, elle n'est jamais à court d'idées.

— Et qu'advient-il de nous deux dans tout ça, Richard ? souffla Nadine.

— Il n'y a pas de « nous deux », répliqua le Sourcier, redevenu glacial. Et tu devrais le savoir mieux que quiconque !

— Je ne vois pas de quoi tu parles ! s'indigna Nadine.

Richard la dévisagea un long moment, comme s'il voulait en dire plus. Mais il y renonça.

— Si tu préfères le prendre comme ça…

Pour la première fois, Kahlan se sentit gênée. Quoi qu'ait signifié ce dialogue énigmatique, elle en était exclue. Et Richard aussi semblait mal à l'aise.

— Désolé, Nadine, mais j'ai des affaires urgentes à régler. S'il te faut de l'aide pour rentrer chez toi, je ferai tout ce qui est en mon pouvoir. As-tu besoin d'un cheval, de vivres ou de je ne sais quoi d'autre ? Demande, et tu l'obtiendras. De retour à Hartland, salue tous mes amis de ma part et dis-leur que je vais bien.

Richard se tourna vers Ulic, revenu attendre sur le seuil de la porte avec son inséparable Egan.

— Le général Kerson est arrivé ?

— Oui, seigneur Rahl.

— Eh bien, je ferais mieux d'aller voir ce qu'il veut.

Le Sourcier fit un pas vers la porte, mais l'officier entra d'un pas décidé, car il avait entendu son nom. Grisonnant, musclé et en forme, il était du genre impressionnant, même si Richard le dépassait d'une bonne tête.

— Seigneur Rahl, il faut que je vous parle ! lança-t-il en se tapant du poing sur le cœur.

— Eh bien, je t'écoute.

— Je voulais dire « en privé », seigneur…

— Il n'y a pas d'espions ici, général. Tu peux t'exprimer sans crainte.

— C'est à propos de mes hommes, seigneur. Beaucoup sont malades.

— Et qu'ont-ils donc ?

— Hum, c'est un peu délicat…

— Au fait, général !

L'officier regarda les femmes, l'air gêné.

— Seigneur, plus de la moitié de mes soldats doivent passer leur temps… accroupis dans l'herbe pour satisfaire aux exigences de la… diarrhée.

— Vraiment ? Tu m'en vois navré, général. J'espère qu'ils se rétabliront vite, parce que c'est très pénible.

— Ce genre de maladie frappe souvent les armées en campagne, mais c'est le nombre qui m'inquiète. Seigneur, nous devons intervenir !

— Assure-toi qu'ils boivent beaucoup, et donne-moi de leurs nouvelles.

— Seigneur, il faut agir ! Et vite ! On ne peut pas rester comme ça.

— Voyons, ils n'ont pas la variole, général.

Kerson croisa les mains dans son dos et prit une grande inspiration.

— Seigneur Rahl, avant de partir pour le sud, le général Reibisch nous a dit que vous encouragiez les officiers supérieurs à vous parler de tout ce qui leur semblait important. Au cas où ça ne vous plairait pas, a-t-il ajouté, vous leur souffleriez peut-être dans les bronches, mais sans les punir de s'être exprimés franchement. Toujours selon Reibisch, nos opinions vous intéressent, parce que nous avons plus d'expérience que vous de la vie militaire.

— Tu as raison, général, reconnut Richard. En quoi ton problème est-il vital ?

— Seigneur, je suis un des héros qui matèrent la révolte de Shinavont, une province de D'Hara. À l'époque, j'étais lieutenant, et à trois mille, nous devions attaquer sept mille rebelles retranchés dans une forêt très dense. L'assaut commença à l'aube… La révolte fut enterrée à la tombée de la nuit. Et pour cause, puisqu'il ne restait pas un insurgé vivant !

— Très impressionnant, général.

— Pas vraiment… Presque tous ces types avaient le pantalon roulé sur les chevilles. Vous avez déjà essayé de combattre avec les intestins en feu, seigneur ?

Richard dut admettre qu'il n'avait jamais connu cette infortune.

— On nous a qualifiés de héros, mais croyez-moi, fendre le crâne d'un homme n'a rien de courageux, quand la diarrhée le force à se tordre de douleur sur le sol. Cet « exploit » ne m'a jamais rempli de fierté, mais c'était notre devoir, et en écrasant la rébellion, nous avons évité de verser davantage de sang, plus tard. Sans parler des massacres que les insurgés auraient perpétrés…

» Nous les avons taillés en pièces parce que la dysenterie les empêchait de tenir debout. La moitié de mes hommes sont malades, et nous sommes en sous-effectifs depuis le départ du général Reibisch. Il faut agir, seigneur. Si l'ennemi lance une attaque massive, nous risquons de perdre Aydindril. J'espérais que vous trouveriez une solution.

— Pourquoi moi ? Vous n'avez pas de guérisseurs ?

— Ils soignent les blessures causées par l'acier, pas ce genre d'indispositions. Nous avons contacté les guérisseurs et les herboristes de la ville, mais ils ne peuvent pas traiter un tel nombre de malades. J'ai cru que le seigneur Rahl saurait quoi faire.

— Tu as encore raison, général, les herboristes ne peuvent pas fournir d'énormes quantités… (Richard se pinça le menton et réfléchit.) L'ail devrait tirer nos soldats d'affaire, s'ils en mangent beaucoup. Surtout associé à des airelles. Gave tes hommes d'ail, et finis de remplir leurs estomacs avec des airelles. Le problème des quantités ne se posera pas, avec ces produits-là.

— De l'ail et des airelles ? Ce n'est pas une blague ?

— Mon grand-père m'a révélé pas mal de secrets sur les plantes… N'aie pas d'inquiétude, ça marchera. Il faudra aussi leur faire boire de l'infusion d'écorce de chêne rouge, très riche en tanin. Oui, de l'ail, des airelles et cette infusion, et ils devraient guérir vite. Qu'en penses-tu, Nadine ?

— C'est une bonne prescription, mais de la poudre de bistorte agirait encore plus vite.

— J'y ai pensé… Hélas, on ne trouve pas de bistortes en cette saison, et les herboristes n'en auront pas assez.

— Sous cette forme, il n'en faut pas tant que ça, et ce sera plus efficace. Combien avez-vous de malades, messire général ?

— Cinquante mille, selon le dernier rapport en date. Mais ça a pu s'aggraver.

Nadine ne cacha pas sa surprise.

— Je n'ai jamais vu autant de bistortes de ma vie… Ces pauvres gars seront morts de vieillesse avant que nous en ayons cueilli assez. Allons-y pour l'ail, les airelles et l'écorce de chêne. De l'infusion de consoude marcherait aussi, mais ça repose le problème de la quantité. Cela dit, ces chênes sont difficiles à trouver. S'il n'y en a pas dans le coin, de l'écorce de cyprès serait mieux que rien.

— Ne t'inquiète pas, dit Richard, j'ai vu des chênes au nord-est, sur les hautes crêtes.

— Seigneur, fit Kerson en se grattant la barbe, j'ai un petit problème. C'est quoi, un chêne rouge ?

— Une variété d'arbre, général. Celle qui guérira tes hommes. Il faudra faire l'infusion avec l'intérieur de l'écorce, qui est jaune.

— Un arbre… Seigneur Rahl, je peux identifier toutes les sortes d'acier au toucher, les yeux bandés. Mais je ne distinguerais pas un saule pleureur d'un baobab !

— Il doit bien y avoir des paysans parmi tes hommes ?

— Richard, intervint Nadine, c'est le nom que nous donnons à ces arbres en Terre d'Ouest. En chemin, j'ai cueilli des racines et des plantes très familières qu'on appelle différemment ici. Si les malades ne boivent pas la bonne infusion, ils n'en mourront pas – avec un peu de chance – mais ça ne résoudra pas leur problème. Si l'ail et les airelles agiront sur leurs intestins, il leur faudra se réhydrater. L'infusion les empêchera de perdre davantage d'eau, et ils se rétabliront plus vite.

— Je sais…, soupira Richard. Général, il nous faut environ cinq cents chariots, et des chevaux, au cas où les sentiers seraient impraticables. Je sais où sont ces arbres, et je vous y conduirai. (Il eut un petit rire.) Guide un jour, guide toujours !

— Les hommes seront touchés que vous vous souciiez de leur santé, seigneur. Et sachez que j'apprécie aussi…

— Merci, général. Occupe-toi des préparatifs, et ne traîne pas. J'aimerais être là-haut avant le coucher du soleil. S'aventurer dans ces cols la nuit n'est pas recommandé, surtout avec des chariots. Et la pleine lune ne suffira pas à nous éclairer.

— Nous serons prêts avant que vous ayez gagné les écuries, seigneur ! assura le général.

Il salua et fila au pas de course.

— Merci de ton aide, dit Richard à Nadine avec un de ses sourires vides et froids…

Puis il se tourna vers la Mord-Sith vêtue de rouge.

Chapitre 6

R ichard prit Cara par le menton et la força à lever la tête.

— Qu'est-ce que c'est ? demanda-t-il en étudiant la coupure qui barrait la joue de sa garde du corps.

— Un homme a refusé mes avances, répondit la Mord-Sith avec un regard en coin pour la Mère Inquisitrice.

— Il n'a pas dû aimer ton uniforme rouge…

Richard lâcha Cara et se tourna vers Kahlan.

— Que se passe-t-il ici ? Le palais grouille de soldats si nerveux qu'ils ont vérifié mon identité avant de me laisser entrer. Des archers sont postés dans tous les escaliers, et je n'ai plus vu autant d'armes dégainées depuis l'attaque du Sang de la Déchirure. Enfin, qui avez-vous jeté dans les oubliettes ?

— Je vous avais dit qu'on ne pouvait rien lui cacher, souffla Cara à Kahlan.

Le plan original – ne pas parler de Marlin à Richard, afin qu'il ne s'expose pas – ne valait plus rien depuis que le tueur avait parlé de sa complice. Le Sourcier devait savoir qu'une Sœur de l'Obscurité rôdait en ville.

— Un assassin s'est introduit au palais, et tu étais sa cible. (L'Inquisitrice désigna Cara.) Notre magicienne malgré elle l'a poussé à utiliser son pouvoir contre elle, afin de le capturer. Par souci de sécurité, nous avons incarcéré ce type dans une oubliette.

— Magicienne malgré elle ? répéta Richard. Pas mal trouvé… Mais pourquoi l'as-tu laissée faire ?

— L'homme proclamait son désir de te tuer. Cara a voulu l'interroger à sa façon.

— Était-ce vraiment nécessaire ? demanda le Sourcier à la Mord-Sith. Une armée entière me protège. Que pourrait un homme seul contre moi ?

— Il prévoyait aussi d'assassiner la Mère Inquisitrice.

— Dans ce cas, j'espère que tu ne lui as pas montré la face ensoleillée de ta personnalité…

— Ne vous inquiétez pas pour ça, seigneur Rahl…

— Richard, intervint Kahlan, c'est plus grave qu'il n'y paraît. L'homme est un sorcier venu du Palais des Prophètes. Il est arrivé en Aydindril avec une Sœur de l'Obscurité que nous n'avons pas encore capturée.

— Rien que ça ? Vraiment génial… Comment avez-vous découvert les intentions de ce type ?

— Crois-le ou non, mais il les criait sur tous les toits. Jagang l'a envoyé, dit-il, et ordonné de faire connaître ses buts dès qu'il serait dans le palais.

— Alors, comme l'empereur n'est pas idiot, son plan n'était sûrement pas que l'homme nous tue. Pourquoi la Sœur de l'Obscurité est-elle en ville ? Le prisonnier l'a-t-il dit ?

— Marlin semble l'ignorer, répondit Kahlan. Et après ce que Cara lui a fait, j'ai tendance à le croire.

— Comment se nomme cette sœur ?

— Marlin n'en sait rien.

— Ce n'est pas invraisemblable… A-t-il séjourné longtemps à Aydindril avant d'entrer au palais ?

— Je ne le lui ai pas demandé, avoua Kahlan. Mais je suppose qu'il était là depuis quelques jours.

— Pourquoi n'est-il pas venu directement ici ?

— Encore une fois, je ne sais pas…

— Il est resté longtemps avec la sœur ? Qu'ont-ils fait pendant qu'ils étaient en ville ?

— Richard, je n'ai pas pensé à lui poser ces questions.

— Puisqu'elle était avec lui, elle doit bien lui avoir dit quelque chose. Ou lui avoir donné des ordres. Car elle dirigeait sans doute les opérations.

— Richard…, implora Kahlan, honteuse de n'avoir pas pensé à ces questions.

— Marlin a-t-il vu quelqu'un d'autre pendant son séjour ? D'ailleurs, où est-il descendu ?

Ce n'était plus Richard qui interrogeait l'Inquisitrice, mais le Sourcier de Vérité. Sans qu'il ait élevé la voix, ou pris un ton menaçant, Kahlan sentit qu'elle s'empourprait.

— Je… n'ai pas… demandé, souffla-t-elle.

— Qu'ont-ils fait ensemble ? La sœur avait-elle emporté un objet ? En a-t-elle acheté ou récupéré un ? A-t-elle contacté quelqu'un qui pourrait être un autre membre de l'équipe ? Devaient-ils s'en prendre à d'autres cibles ?

— Je… je…, balbutia Kahlan.

Fidèle à son vieux tic, Richard se passa une main dans les cheveux.

— Personne ne demande à un tueur d'annoncer poliment ses intentions aux protecteurs de sa cible. À moins de vouloir que l'assassin se fasse traverser le corps par une multitude d'épées. Jagang avait peut-être chargé votre homme d'une autre mission, hors du palais, et jugé malin de l'offrir en pâture à nos soldats, afin de le sortir du jeu pendant que la sœur achevait le véritable travail… Une vie de plus ou de moins n'a aucune importance pour l'empereur, parce qu'il ne manque pas de serviteurs zélés…

Kahlan croisa les mains dans son dos et se les tordit nerveusement. Elle ne s'était jamais sentie aussi stupide. Et le regard irrité du Sourcier, sous son front plissé, ne l'aidait pas à reprendre confiance en elle.

— Richard, nous savions qu'une femme avait également demandé à te voir.

Et personne ne connaissait Nadine, qui correspondait à la description de Marlin : jeune, séduisante, de longs cheveux châtains… Craignant qu'il s'agisse de notre ennemie, nous avons abandonné le prisonnier pour aller l'interroger. Aurions-nous dû laisser une Sœur de l'Obscurité en liberté dans le palais ? Nous poserons ces questions à Marlin plus tard. Il ne risque pas de partir…

Le regard du Sourcier s'adoucit.

— Vous avez bien agi, dit-il. Tu as raison, Kahlan, l'interrogatoire était moins urgent. Désolé, je n'aurais pas dû douter de toi… Mais à partir de maintenant, je m'occuperai de Marlin. (Il se tourna vers Cara.) Tu as compris ? Kahlan et toi ne devez plus aller le voir. Si un malheur arrivait…

Sans l'ombre d'une hésitation, la Mord-Sith aurait donné sa vie pour Richard s'il l'avait fallu. Mais elle semblait en avoir assez qu'on mette en doute ses compétences.

— Naguère, Denna promenait partout dans le Palais du Peuple un grand costaud qu'elle tenait au bout d'une laisse. Ce noble guerrier était-il dangereux pour les gens qu'ils croisaient ? Ou suffisait-il qu'elle tire un coup sec sur la longe pour que son petit chien obéisse ? A-t-il une seule fois tenté de s'échapper ?

L'homme en question était Richard…

Des éclairs crépitaient dans les yeux bleus de Cara, comme si un orage allait y éclater. Kahlan redouta que le Sourcier dégaine l'Épée de Vérité pour décapiter l'impudente. Mais il se contenta de la regarder, impassible, l'air d'attendre la suite.

L'Inquisitrice aurait été incapable de dire si les Mord-Sith redoutaient une mort violente… ou si elles l'imploraient en secret.

— Seigneur Rahl, je contrôle son pouvoir. Il ne peut rien arriver.

— Je n'en doute pas… Mais je refuse que Kahlan coure des risques, même minimes, quand ce n'est pas nécessaire. Si tu veux, nous interrogerons Marlin ensemble dès mon retour. Je te confierai ma vie les yeux fermés. Quand il s'agit de ma future épouse, c'est différent…

» Jagang a sous-estimé les Mord-Sith parce qu'il ne connaît pas assez bien le Nouveau Monde. Une grosse erreur… N'en commettons pas une aussi énorme, d'accord ? Quand je reviendrai, nous tirerons cette affaire au clair.

Dans les yeux de Cara, la tempête s'était calmée, vaincue par la tranquille assurance de Richard. On eût dit que rien ne s'était produit, au point que Kahlan se demanda si elle avait bien entendu la cruelle tirade de la Mord-Sith.

Avait-elle rêvé ? Hélas, non…

L'Inquisitrice regretta amèrement de ne pas être allée au bout de l'affaire Marlin quand elle en avait eu l'occasion. Trop inquiète pour Richard, elle n'avait pas réfléchi assez loin. Ça aussi, c'était une grossière erreur. On ne devait jamais se laisser aveugler par ses angoisses, car c'était le meilleur moyen qu'elles se réalisent…

Richard lui glissa une main sur la nuque et lui embrassa le front.

— Je suis soulagé que tu sois indemne. Ta tendance à faire passer ma sécurité avant la tienne me terrorise. Tu ne recommenceras plus ?

Kahlan sourit… mais ne promit pas.

— Te voir quitter le palais m'inquiète, dit-elle, pressée de changer de sujet. Surtout quand une Sœur de l'Obscurité rôde dans les environs.

— Il ne m'arrivera rien…

— Richard, l'ambassadeur de Jara et les émissaires de Grennidon sont là. Ces royaumes disposent de solides armées. Il y a aussi des représentants de plus petits pays : Mardovia, l'Allonge de Pendisan et Togressa. Tous espéraient te rencontrer ce soir.

— Ils peuvent annoncer leur reddition devant toi. Dans cette guerre, on est avec nous ou contre nous. Pour prêter allégeance, ils n'ont pas besoin de me voir.

— Peut-être, mais tu es le seigneur Rahl, maître de D'Hara. C'est toi qui leur as plaqué le couteau sur la gorge, et ils pensent que tu seras présent.

— Dans ce cas, ils attendront demain soir. Kerson a raison : les hommes passent avant tout. S'ils restent longtemps hors d'état de se battre, nous aurons des ennuis. L'armée d'harane est le principal argument qui persuade les royaumes de se rendre. Faisons montre de faiblesse, et ils penseront pouvoir reprendre leur parole.

— Je ne veux pas être séparée de toi…, souffla Kahlan.

— Moi non plus, mais c'est important.

— Jure d'être prudent !

— C'est promis. Et tu sais qu'un sorcier tient toujours parole.

— Bien… Mais reviens vite !

— Compte sur moi. Quant à toi, n'approche pas de Marlin. (Le Sourcier se tourna vers ses autres compagnons.) Cara, Raina et toi resterez ici avec Egan. Ulic, je suis désolé de t'avoir rudoyé. Tu m'accompagneras pour me le faire regretter en me foudroyant du regard. Berdine, tu viendras aussi. Si je vous laissais toutes les trois ici, vous m'empoisonneriez la vie, à mon retour.

— Je suis la favorite du seigneur Rahl, minauda la Mord-Sith en regardant Nadine dans les yeux.

La jeune femme ne réagit pas, l'air perplexe, comme pendant la plus grande partie de la conversation. Enfin, elle se tourna vers Richard, croisa les bras et riva sur lui un regard peu amène.

— Tu vas aussi jouer les chefs avec moi ? Me dire que faire et où aller, comme à tous ces pauvres gens ? Et à un tas de royaumes ?

Le Sourcier n'explosa pas. On eût dit que tout ce qui venait de Nadine ne l'atteignait pas.

— Beaucoup de personnes luttent pour que l'Ordre Impérial n'envahisse pas les Contrées du Milieu, D'Hara et Terre d'Ouest. Je les dirige parce que les circonstances m'ont propulsé au pouvoir. Je n'aime pas l'exercer, et je n'y prends aucun plaisir. Mais c'est ma mission.

» À mes ennemis, avérés ou potentiels, j'adresse des exigences. Mes alliés, eux, reçoivent des ordres. N'étant ni l'une ni l'autre, Nadine, tu peux faire ce qui te chante.

La visiteuse s'empourpra de nouveau.

Richard s'assura que l'Épée de Vérité glissait bien dans son fourreau.

— Berdine, Ulic, rendez-vous aux écuries, dans une heure. (Il prit la main de Kahlan et la tira vers la porte.) Je veux parler à la Mère Inquisitrice. En privé !

Ils remontèrent le couloir bondé de soldats d'harans et s'engagèrent dans un passage latéral désert.

Richard tira sa compagne dans un coin sombre et la poussa doucement contre un mur lambrissé de lattes de merisier patinées par le temps.

— Je ne voulais pas partir sans t'embrasser…

— Et tu préférais ne pas le faire devant une ancienne petite amie ?

— Tu es la femme que j'aime, et la seule que j'aie jamais aimée. (Richard mima un profond chagrin.) Tu imagines ce que je ressentirais si un de tes anciens amoureux réapparaissait ?

— Non, je n'imagine pas. Et pour cause !

Le jeune homme blêmit puis s'empourpra jusqu'aux oreilles.

— Désolé, j'ai parlé sans réfléchir…

Les Inquisitrices n'avaient pas d'amour de jeunesse.

Toute personne touchée par le pouvoir devenait un pantin animé par une seule obsession : plaire à celle qui s'était emparée de son esprit. Pour éviter de regrettables accidents, les femmes comme Kahlan devaient en permanence contenir leur magie. En général, c'était assez simple. Nées avec leur don, elles apprenaient à le contrôler en grandissant, comme on fait l'acquisition de la marche ou du langage.

Dans le feu de la passion – une expérience à laquelle rien ne pouvait préparer – aucune Inquisitrice n'était en mesure de maintenir cette emprise. Inéluctablement, au plus fort de son plaisir, elle détruisait l'esprit de son amant.

Même si elles désiraient qu'il en soit autrement, ces femmes n'avaient pas d'amis – à part leurs collègues – parce que les gens normaux les redoutaient. En particulier les hommes, qui s'en tenaient aussi loin que possible.

Oui, elles n'avaient pas d'amoureux…

Quand venait l'heure de choisir un compagnon, elles pensaient au père qu'il ferait, et aux qualités qu'il transmettrait à leur fille. L'amour n'entrait pas en ligne de compte, car l'élu était condamné à la destruction mentale. En l'absence de candidats à ce triste destin, les Inquisitrices volaient l'esprit de leur « promis » avant le mariage. Pour les hommes, celles qui étaient célibataires passaient à juste titre pour des prédatrices acharnées à leur perte.

Richard avait vaincu cette malédiction, et triomphé de la magie. Par amour, il avait neutralisé le pouvoir de Kahlan, devenue la seule Inquisitrice, à sa connaissance, qui ait pu être aimée d'un homme et l'aimer en retour. Et elle n'avait même jamais *rêvé* qu'un tel miracle soit possible.

Autour d'elle, on disait souvent qu'on avait un seul grand amour dans sa vie. En ce qui la concernait, plus qu'un charmant dicton, c'était la stricte et froide vérité.

L'essentiel restait qu'elle aimait Richard à la folie, et qu'il éprouvait la même chose pour elle. Un bonheur auquel elle avait parfois du mal à croire…

— Alors, tu n'as jamais pensé à Nadine ? demanda-t-elle enfin. Tu ne t'es jamais imaginé que…

— Non ! Kahlan, je la connais depuis que je suis haut comme trois pommes. Son père, Cecil Brighton, tient une herboristerie. À l'occasion, je lui rapportais des plantes rares. Quand une variété lui manquait, il me prévenait, et pendant mon travail de guide, je tentais de la trouver.

» Nadine a toujours voulu suivre les traces de son père et elle rêve de prendre un jour sa succession. Parfois, elle m'accompagnait pour apprendre à reconnaître les plantes.

— Elle te suivait seulement pour ça ?

— Eh bien, non… Il y avait un tout petit peu plus. Il m'arrivait de lui rendre visite chez ses parents, et de l'emmener avec moi, même quand son père ne m'avait pas passé de commande. L'été dernier, j'ai dansé avec elle pour la fête de la mi-été, avant de te rencontrer. Je l'aimais bien, mais je ne lui ai jamais laissé penser que je voulais l'épouser.

Kahlan sourit et décida d'abréger la pénible épreuve de son compagnon. Lui passant les bras autour du cou, elle l'embrassa passionnément. Dans un coin de sa tête, elle se souvint de l'énigmatique « ce qu'il y avait jadis entre nous » que Richard avait évoqué devant Nadine. Mais le contact des bras du jeune homme et de ses lèvres contre les siennes chassa très vite cette pensée désagréable.

Hélas, elle en eut une autre – si pénible qu'elle repoussa le Sourcier.

— Et Shota ? demanda-t-elle. Que ferons-nous si elle continue à nous harceler ?

Richard battit des paupières pour revenir à la réalité… et oublier le désir qui l'avait submergé.

— Qu'elle pourrisse dans le royaume des morts, cette harpie !

— À chaque fois, insista Kahlan, il y avait un fond de vérité dans ses machinations. Comme si elle essayait en même temps de nous aider.

— Elle ne nous empêchera pas de nous marier !

— Je sais, pourtant…

— Dès mon retour, nous célébrerons la cérémonie, un point c'est tout ! (Richard sourit, un spectacle qui aurait fait pâlir bien des levers de soleil.) Je veux… dormir… avec toi dans le grand lit dont tu me parles depuis si longtemps.

— Richard, comment nous marier avant d'en avoir terminé ici ? Le territoire du Peuple d'Adobe est très loin d'Aydindril. Oublies-tu que nous avons promis à l'Homme Oiseau, à Weselan, à Savidlin et à tous les autres de nous unir selon les rites de leur… de *notre*… peuple ? Chandalen m'a protégée sur le chemin d'Aydindril, et je lui dois la vie. Et Weselan, qui a sacrifié pour ma robe un rouleau de tissu qui lui a coûté des années de travail ? Ces hommes et ces femmes nous ont adoptés, et certains ont donné leur vie pour nous ou pour notre cause.

» Ce n'est pas le genre de mariage dont rêvent la plupart des femmes, je le sais. Des gens à demi nus qui dansent autour d'un feu pour implorer les esprits… Une fête qui dure des jours, avec ces étranges tambours et les danseurs qui miment de vieilles légendes… Sans parler du… reste. Pourtant, aucune cérémonie, aussi fastueuse fût-elle, ne sera plus *sincère* que celle-là…

» Mais pour l'instant, quitter Aydindril est hors de question. Il y a une guerre, et tout dépend de nous.

— Je sais, soupira Richard avant de poser un baiser sur le front de la jeune femme. Je veux aussi que le Peuple d'Adobe nous unisse. Et il en sera ainsi. Et si tu me faisais confiance, pour changer ? Je suis le Sourcier, après tout. Sur cette question, ma réflexion est déjà bien avancée, et… (Il s'interrompit.) Il faut que j'y aille, à présent. Je te laisse le commandement, Mère Inquisitrice. Mais je serai de retour demain, c'est juré !

Kahlan le serra si fort qu'elle en eut mal au bras.

Quand il eut trouvé la force de se détacher d'elle, Richard la regarda dans les yeux.

— Je dois filer... Si la nuit nous surprend dans les cols, il risque d'y avoir des blessés. Kahlan, encore un détail... Si Nadine demande quelque chose, tu peux t'assurer qu'elle l'obtienne ? Ce n'est pas une mauvaise fille, et je ne lui veux pas de mal. Elle ne méritait pas que Shota la manipule ainsi...

Kahlan acquiesça et posa la tête contre la poitrine de Richard pour entendre battre son cœur.

— Merci d'avoir choisi de si superbes vêtements pour m'épouser. Tu es encore plus beau qu'avant. (L'Inquisitrice ferma les yeux et osa aborder le sujet qui lui donnait encore envie de pleurer.) Pourquoi es-tu si resté si calme quand Cara t'a dit ces horreurs ?

— Parce que je sais ce qu'on a fait à ces femmes... Kahlan, j'ai vécu dans leur monde, où régnait la folie. La haine m'aurait détruit, et un pardon sincère m'a sauvé. Je refuse que la haine *les* détruise, tu comprends ? Quelques mots ne doivent pas saboter ce que je tente de faire... Il faut qu'elles apprennent la confiance. Et pour l'inspirer aux autres, il est souvent indispensable de leur donner d'abord la tienne...

— Je crois que ta tactique a des résultats. Malgré son éclat de tout à l'heure, quand nous étions ensemble, Cara m'a dit quelque chose qui va dans ton sens. (Kahlan sourit.) J'ai cru comprendre que tu apprivoisais des tamias avec Raina et Berdine, aujourd'hui...

— Les tamias sont très sociables... En réalité, je m'attelais à une tâche bien plus délicate : apprivoiser des Mord-Sith. (Richard se rembrunit, comme s'il se replongeait dans de terribles souvenirs.) Si tu les avais vues rire comme des petites filles ! J'en ai eu les larmes aux yeux...

— Et moi qui pensais que tu perdais ton temps à des futilités ! Combien y a-t-il de Mord-Sith au Palais du Peuple, en D'Hara ?

— Des dizaines...

— Tant que ça... (Une idée terrifiante...) Heureusement que les tamias ne sont pas une espèce en voie de disparition !

Richard serra la jeune femme dans ses bras et lui caressa les cheveux.

— Je t'aime, Kahlan Amnell. Merci d'être si compréhensive.

— Je t'aime aussi, Richard Rahl... Mais j'ai peur de Shota. Promets que tu m'épouseras vraiment !

— Je t'aime plus que je ne saurais le dire, fit Richard avec un gentil petit sourire. Il n'y a personne d'autre, je le jure sur mon don ! Tu es la seule que j'aime, que j'ai aimée, et que j'aimerai...

Le cœur de Kahlan s'accéléra, affolé. Ce n'était pas ça qu'elle lui avait demandé de promettre...

— Je dois partir, dit le Sourcier en tournant les talons.

— Mais...

— Quoi ? Je vais finir par être en retard !

Kahlan le chassa d'un revers de la main.

— Alors, file, et reviens-moi vite !

Richard lui souffla un dernier baiser et s'en fut.

Appuyée au mur, l'Inquisitrice le regarda descendre le couloir, puis s'engager dans le suivant. Un cliquetis de cottes de mailles et un roulement de bottes ferrées lui apprirent qu'une horde de gardes venait de lui emboîter le pas.

Chapitre 7

Cara, Raina et Egan attendaient dans le salon rouge. Et la porte de la chambre était fermée.

— Raina et Egan, je veux que vous partiez avec Richard, dit Kahlan dès qu'elle fut entrée.

— Le seigneur Rahl nous a ordonné de rester avec vous, Mère Inquisitrice, rappela la collègue de Cara.

— Depuis quand l'écoutez-vous lorsque sa sécurité est en jeu ?

Événement rare, Raina eut un sourire matois.

— Aucun problème pour nous… Mais il sera furieux que nous vous ayons laissée seule.

— Seule ? Avec Cara, dans un palais rempli de gardes et surveillé par une petite armée ? Le plus grand danger est qu'un de ces colosses me marche sur les pieds. Richard n'a que cinq cents hommes, et deux gardes du corps. Ça ne suffit pas.

— Et s'il nous renvoie ?

— Dites-lui… hum… un moment.

Kahlan s'approcha du bureau et prit de quoi écrire. Après une courte réflexion, elle trempa la plume dans l'encrier et rédigea un petit mot.

« *N'attrape pas froid et couvre-toi bien pour dormir. En montagne, les nuits sont fraîches, même au printemps. Je t'aime, Kahlan.* »

Elle plia la feuille et la tendit à Raina.

— Suivez la colonne à distance. Quand il fera noir, entrez dans le camp et remettez ce message à Richard. Dites-lui que c'est de ma part – et très important. Il n'osera pas vous renvoyer en pleine nuit.

Raina ouvrit deux boutons de sa tunique de cuir et glissa le message entre ses seins.

— Il sera quand même furieux, mais contre vous.

— Les grands costauds ne me font pas peur ! Et j'ai mes petits trucs pour le calmer…

— J'ai cru remarquer, souffla Raina. (Elle se tourna vers Egan, qui semblait positivement ravi.) Allons délivrer au seigneur Rahl le message vital de la Mère Inquisitrice. Il faudra trouver des chevaux très lents…

Dès que la Mord-Sith et son compagnon furent sortis, Kahlan jeta un coup d'œil à Cara, toujours sur ses gardes, puis frappa à la porte de la chambre.

— Entrez…, dit la voix étouffée de Nadine.

Cara emboîta le pas à l'Inquisitrice, qui ne prit pas la peine de lui dire d'attendre dehors. Dès que sa sécurité était en jeu, de près ou de loin, ces femmes ne la lâchaient pas d'un pouce, et aucun ordre ne pouvait les en dissuader.

Nadine tentait de ranger son misérable sac de voyage. La tête penchée, sa crinière châtaine dissimulant ses traits, elle se tamponnait régulièrement les yeux avec un mouchoir.

— Tu vas bien, Nadine ? lui demanda Kahlan.

La jeune femme ravala un sanglot et ne leva pas la tête.

— Pour la plus grande imbécile que les esprits aient jamais vue, je me porte comme un charme.

— Shota m'a aussi roulée dans la farine. Je comprends ce que tu ressens…

— C'est ça, oui…

— Tu as besoin de quelque chose ? Richard veut que je m'occupe de toi. Il s'inquiète à ton sujet.

— Et les poules ont des dents ! Il est pressé que je fiche le camp d'ici, oui !

— Tu te trompes. Il a dit que tu es une fille bien.

Nadine se releva et écarta des mèches châtaines de son visage. Après s'être essuyé les joues, elle fourra le mouchoir dans sa manche.

— Je suis désolée, Mère Inquisitrice. Vous me détestez, pas vrai ? Je ne voulais pas débouler ici et tenter de vous voler votre homme. Je ne savais pas, c'est juré ! Sinon, je n'aurais pas fait une chose pareille. Mais je pensais que Richard m'ai…

La deuxième syllabe du verbe « aimer » fut noyée sous un torrent de larmes.

Kahlan s'imagina à la place de Nadine, rejetée par Richard, et éprouva pour elle une sympathie inattendue. Après avoir serré la malheureuse dans ses bras, elle l'incita à s'asseoir sur le lit, où elle sortit derechef son mouchoir.

Kahlan s'assit à côté de la jeune amoureuse déçue.

— Si tu me parlais un peu de tout ça ? proposa-t-elle. Parfois, une oreille compatissante fait beaucoup de bien.

— Je me sens tellement idiote, avoua Nadine entre deux sanglots. Mais je suis la seule responsable. Comme tout le monde chez nous, j'adorais Richard. Il était si gentil… Je ne l'avais jamais vu aussi froid qu'aujourd'hui. On dirait qu'il a changé.

— Il est différent, oui, confirma Kahlan. Depuis notre rencontre, l'automne dernier, il a traversé tant d'épreuves. Sacrifier son ancienne vie n'a pas été facile, tu sais ? Et la nouvelle se résume souvent à lutter ou mourir… En plus, il a appris que George Cypher n'était pas son vrai père…

— George ? répéta Nadine, stupéfaite. Mais alors, de qui est-il le fils ? Un homme nommé Rahl ?

— Darken Rahl, oui. L'ancien maître de D'Hara.

— Avant la disparition de la frontière, je pensais que ce pays était le royaume du mal…

— Et tu avais raison… Darken Rahl était un tyran avide de conquêtes. Pour arriver à ses fins, il ne reculait devant aucune horreur. Il a capturé Richard, et l'a fait torturer. Tout ça à cause de Michael, qui a trahi son propre frère...

— Michael... Enfin quelque chose qui ne me surprend pas ! C'était un homme important, et Richard l'adorait, mais il ne le méritait pas. Quand il voulait quelque chose, piétiner les autres ne le gênait jamais. Bien que personne n'ait eu le courage de le dire, sa disparition n'a pas brisé beaucoup de cœurs, chez nous.

— Il est mort pendant la guerre contre Darken Rahl.

Cette nouvelle ne sembla pas émouvoir Nadine. Kahlan jugea inutile de préciser que Richard avait fait exécuter son frère, complice de la mort de tant d'innocents.

— Darken Rahl essayait de s'approprier une antique magie qui lui aurait donné un pouvoir absolu sur le monde. Richard s'est évadé, il a tué son vrai père et sauvé tous les peuples de D'Hara, des Contrées et de Terre d'Ouest. Darken Rahl était un sorcier très dangereux.

— Un sorcier ? Et Richard l'a vaincu ?

— Oui. Nous lui devons tous beaucoup...

— Alors, Richard est également une sorte de sorcier ! lança Nadine, très fière de sa plaisanterie.

Kahlan n'esquissa pas un sourire et Cara se rembrunit davantage.

— Ce n'est pas... Ne me dites pas que...

— Si... Zedd est son grand-père, et lui aussi contrôle la magie, comme Darken Rahl. Richard est né avec le don, mais il ne sait pas trop quoi en faire...

— Zedd a également disparu...

— Au début, il était avec nous. Il a combattu à nos côtés, pour aider Richard, mais nous ne savons pas où il est, actuellement. J'ai peur qu'il ait été tué lors d'une bataille, dans la Forteresse du Sorcier qui domine Aydindril. Richard refuse de croire à sa mort. (L'Inquisitrice haussa les épaules.) À part lui, je n'ai jamais connu quelqu'un qui ait autant de ressources que ce vieil homme.

Nadine se tamponna une nouvelle fois les yeux.

— Richard et ce vieux fou étaient les meilleurs amis du monde. Maintenant, je comprends ce qu'il voulait dire, en parlant de son grand-père qui lui a tout appris sur les plantes. (La jeune femme bomba fièrement le torse.) Mon père est un grand herboriste, vous savez ? Je rêve d'avoir un jour la moitié de ses connaissances sur les herbes médicinales. Pourtant, il affirme être un vulgaire amateur, comparé à Zedd. Le grand-père de Richard... Eh bien, je ne m'en suis jamais doutée !

— Personne ne le savait, y compris Richard. C'est une longue histoire, mais je peux essayer de la résumer. (Kahlan contempla ses mains, croisées sur son giron.) Après avoir vaincu Darken Rahl, Richard a été capturé par les Sœurs de la Lumière, qui vivent dans l'Ancien Monde. Pour le former à la magie, elles voulaient le garder au Palais des Prophètes, où un sortilège ralentissait le cours du temps. Normalement, Richard aurait dû y rester des siècles, et nous l'aurions perdu à jamais.

» Le palais était infesté de Sœurs de l'Obscurité qui complotaient pour libérer le Gardien du royaume des morts. Elles ont tenté de se servir de Richard, mais il s'est évadé, là encore, et a ruiné leur plan. Pour cela, il a dû détruire les Tours de la Perdition, qui séparaient l'Ancien Monde du Nouveau.

» N'étant plus confiné dans l'Ancien Monde, le chef de l'Ordre Impérial,

Jagang, veut conquérir D'Hara, les Contrées et Terre d'Ouest. Son premier objectif est bien sûr de tuer Richard. L'empereur dispose d'une énorme armée. Contre notre volonté, nous sommes engagés dans une guerre pour la liberté et la survie. Et Richard est notre chef.

» Fort de son rang de sorcier du Premier Ordre, Zedd l'a nommé Sourcier de Vérité. C'est un très ancien titre, créé il y a trois mille ans, pendant l'Antique Guerre. En principe, on devrait l'accorder à des individus hors du commun, et seulement dans des situations extrêmes. Mais ça, c'est une autre histoire...

» Un vrai Sourcier est au-dessus des lois, et la magie de l'Épée de Vérité lui permet d'asseoir son autorité. Le destin nous touche parfois tous d'une manière qui nous dépasse. Dans le cas de Richard, son influence est permanente.

— Mais pourquoi lui ? s'écria Nadine. Comment s'est-il retrouvé au centre de tout ça ? Un simple guide forestier... Un garçon de Hartland, anonyme et insignifiant...

— Quand des chatons naissent dans un coffre à linge, ça ne fait pas d'eux des chaussettes... Où qu'ils aient vu le jour, leur destin est de grandir et de chasser les rats. Richard n'a rien d'un sorcier « ordinaire ». Depuis trois mille ans, il est le premier à contrôler les deux sortes de magie. L'Additive et la Soustractive, si ça te dit quelque chose. Il n'a pas choisi d'être un sorcier de guerre, et il se bat parce que nous avons tous besoin de lui pour rester libres. Tu l'imagines les bras ballants, pendant que des innocents souffrent ?

— Non..., souffla Nadine. (Elle froissa nerveusement son mouchoir.) Tout à l'heure, je vous ai un peu menti...

— À quel sujet ?

— Les dents de Tommy et de Lester... J'ai laissé entendre que je leur ai flanqué une raclée. En réalité, j'étais en chemin pour rencontrer Richard. Nous devions aller chercher des viornes à feuille d'érable. Mon père avait besoin d'un peu d'écorce, pour soigner les coliques d'un bébé. Évidemment, Richard savait où en trouver...

» Dans les bois, j'ai rencontré Tommy Lancaster et son copain Lester, de retour de la chasse. J'avais repoussé en public les avances de Tommy, le faisant passer pour un crétin. Je crois même l'avoir giflé et copieusement insulté...

» Tommy a voulu profiter de cette rencontre inattendue pour se venger. Pendant que Lester me tenait, il a... hum... Alors qu'il baissait son pantalon, Richard est apparu. Évidemment, ça a coupé tous les effets de Tommy. Très calmement, Richard leur a dit de filer... et qu'il en parlerait à leurs parents.

» Au lieu d'être raisonnables, Tommy et Lester ont voulu planter quelques fléchettes à oiseaux dans le ventre de Richard, histoire de lui apprendre à se mêler de ses affaires. C'est depuis ce jour qu'ils n'ont plus de dents de devant. Pour les punir de ce qu'ils avaient voulu me faire, a expliqué Richard. Et pour ce qu'ils entendaient *lui* faire, il a cassé en deux leurs précieux arcs en bois d'if. Enfin, il a menacé Tommy, s'il me touchait encore, de lui couper le... Enfin, vous voyez ce que je veux dire.

— Ça lui ressemble bien..., fit Kahlan avec un sourire. Au fond, il n'a pas tant changé que ça. Mais les Tommy et Lester qu'il affronte sont plus forts, et bien plus méchants.

— J'en ai peur, oui… (Surprise, Nadine prit le gobelet que Cara lui tendait après l'avoir rempli avec l'eau de l'aiguière.) Merci bien… (Elle but une gorgée.) Je ne peux pas imaginer que quelqu'un veuille tuer Richard. Même Tommy et Lester ne seraient pas allés jusque-là… (Elle posa le gobelet sur ses genoux.) Et dire que son propre père cherchait à l'abattre ! Et qu'il l'a fait torturer… Comment s'y est-il pris ?

Kahlan regarda Cara du coin de l'œil.

— C'est du passé… Inutile de réveiller les mauvais souvenirs.

— Désolée, fit Nadine, rouge comme une pivoine. J'ai failli oublier que vous… enfin, que vous deux… (Des larmes perlèrent à ses paupières.) C'est si injuste ! Vous avez déjà tout ! Ce palais, par exemple. Je n'aurais jamais cru qu'un lieu pareil existait. On dirait une vision venue du monde des esprits… Tous ces objets, ces vêtements magnifiques… Avec cette robe, vous ressemblez à un esprit du bien.

Nadine plongea son regard dans celui de Kahlan.

— Et vous êtes si belle ! C'est injuste, vraiment ! Prenez vos splendides yeux verts, comparés aux miens, bêtement marron. Les hommes doivent vous poursuivre de leurs assiduités depuis toujours. Une femme a-t-elle jamais eu plus de soupirants que vous ? Avec un tel choix, pourquoi avoir jeté votre dévolu sur un garçon de chez moi ?

— L'amour est rarement une affaire de justice, répondit Kahlan. Et tes yeux sont magnifiques. (Elle s'éclaircit la voix.) De quoi parlait Richard quand il a dit : « il n'y a pas de "nous deux", et tu devrais le savoir mieux que quiconque » ?

Nadine ferma les yeux et détourna la tête.

— Chez nous, beaucoup de filles avaient des vues sur lui. Ce n'était pas un garçon comme les autres, vous comprenez ? Un jour, alors qu'il avait onze ou douze ans, il a convaincu deux hommes de ne pas se battre. Il a toujours eu quelque chose de spécial. Après avoir ri ensemble, les deux costauds sont sortis de la boutique de mon père en se tenant par l'épaule. Oui, Richard a toujours été une personne comme on en rencontre rarement…

— La marque d'un sorcier, dit Kahlan. Si j'ai bien compris, il avait beaucoup de petites amies.

— Non… Il était gentil, poli et serviable avec tout le monde, mais il n'est jamais tombé amoureux. Et ça lui valait plus de succès encore auprès des femmes ! Il n'avait pas de promise, et toutes rêvaient d'occuper la première place dans son cœur. Après que Tommy et Lester eurent essayé de… me… de…

— De te violer, tu peux le dire.

— C'était vraiment ça, oui ! Je n'aime pas penser qu'on ait voulu faire une chose pareille. Me renverser sur le sol et… Mais il faut appeler les choses par leur nom, et c'était une tentative de viol.

» Beaucoup de gens refusent de voir la vérité en face… Souvent, quand un garçon viole une fille, il la considère comme sa propriété. Les parents disent qu'elle l'a provoqué, et ils arrangent un mariage avant que le ventre de la malheureuse ne soit trop rond. Je connais des jeunes femmes qui ont subi ça.

» Dans les campagnes, les unions sont généralement décidées longtemps à l'avance, sans le consentement des principaux intéressés. Quand un garçon n'aime pas sa promise, il peut s'en sortir en prenant de force une autre fille, dont on lui donnera la main pour éviter la naissance d'un bâtard ou étouffer un scandale. Tommy devait épouser Rita Wellington, mais il la détestait parce qu'elle était trop maigre à son goût...

» Il arrive que la fille encourage vraiment son violeur, afin d'échapper à une union qui la révulse. Mais le plus souvent, les jeunes gens obéissent à leurs parents.

» Les miens refusaient de décider à ma place. Selon eux, les arrangements sont le plus sûr moyen de faire le malheur d'un enfant. Et ils me savaient assez intelligente pour choisir toute seule. L'ennui, c'est que toutes les filles dans mon cas voulaient Richard ! Comme moi, certaines ont attendu longtemps après l'âge où elles auraient donné deux ou trois bambins à un époux...

» Après l'histoire avec Tommy, Richard s'est beaucoup occupé de moi, et j'ai commencé à croire que je l'intéressais. En tant que femme, si vous voyez ce que je veux dire ? Pas seulement comme une amie qu'on protège...

» Au festival de la mi-été, l'an dernier, je n'ai plus eu de doutes. Il a dansé avec moi plus qu'avec toutes les autres filles. Et vous auriez dû les voir verdir de jalousie quand il me serrait de près. Moi, je voulais passer ma vie avec lui, rien de plus ni de moins !

» Après, j'ai espéré qu'il se déclarerait, mais rien n'a changé...

Nadine recommença à torturer son pauvre mouchoir.

— J'avais d'autres soupirants, et je ne voulais surtout pas finir vieille fille. Alors, je me suis décidée à pousser un peu Richard aux fesses.

— Le pousser aux fesses ? répéta Kahlan, plus amusée que choquée.

— Michael, son frère, faisait partie de mes admirateurs. Sans doute parce qu'il était jaloux de Richard, mais je ne l'ai pas compris tout de suite. À l'époque, son intérêt me flattait, et je savais qu'il avait un grand avenir. Mon pauvre Richard, lui, semblait condamné à faire le guide forestier toute sa vie. Surtout, n'allez pas croire que ça me gênait. Je ne suis pas une grande dame non plus, et il adorait la forêt...

— Ça n'a pas changé, assura Kahlan. Si c'était possible, il reprendrait sa vie d'avant sans hésiter. Mais continue ton histoire, je t'en prie.

— En le rendant un peu jaloux, je pensais le forcer à franchir le pas. Ma grand-mère disait toujours que les hommes ont besoin qu'on les pousse aux fesses. Et pour pousser, j'ai poussé !

Nadine toussota pour se donner du courage.

— Je me suis arrangée pour qu'il me voie embrasser Michael. Sans qu'il puisse douter que ça me plaisait...

Kahlan eut un soupir accablé. Bien qu'elle eût grandi avec Richard, Nadine ne le connaissait pas...

— Il n'a pas été jaloux, furieux ou désespéré. Toujours gentil avec moi, il a continué à me protéger, comme un grand frère. Mais nous ne nous sommes plus jamais promenés ensemble, et il a cessé de venir me voir chez mes parents. Quand j'ai voulu lui expliquer mon comportement, il n'a pas paru intéressé.

» Son regard était le même qu'aujourd'hui. Une indifférence totale... Jusqu'à ces dernières heures, je n'avais pas compris pourquoi il me traitait ainsi. À présent, c'est clair : je comptais à ses yeux, et il espérait que je me montre loyale pour lui prouver que je partageais ses sentiments. Mais je l'ai trahi.

Nadine se tut, le souffle court. Ce qu'elle venait de saisir était terrible – et tellement définitif !

— En entendant les « prédictions » de Shota, j'étais si heureuse que je me suis délibérément aveuglée. Tout à l'heure, je refusais de voir ce que signifiait ce regard. Et d'entendre ce que Richard me disait pourtant clairement…

— J'ai beaucoup de peine pour toi, Nadine, dit Kahlan.

La visiteuse se leva et posa le gobelet sur la table.

— Pardonnez-moi d'avoir semé la pagaille comme ça… C'est vous qu'il veut, pas moi. Et il ne m'a jamais aimée. Je suis heureuse pour vous, Mère Inquisitrice. Vous aurez un bon mari qui s'occupera de vous et vous protégera. Oui, je sais qu'il en sera ainsi…

L'Inquisitrice se leva aussi, prit la main de Nadine et la serra doucement.

— Kahlan, je m'appelle Kahlan…

— Kahlan… C'est joli… Dites-moi, il embrasse bien ? Je me suis toujours posé la question, la nuit, quand j'ai du mal à m'endormir.

— Quand on aime quelqu'un, ses baisers sont toujours délicieux.

— J'imagine… On ne m'a jamais bien embrassée. Pas comme dans mes rêves, en tout cas. (Nadine lissa sa robe, sans doute pour se donner une contenance.) J'ai choisi du bleu parce que c'est sa couleur préférée. Mais vous le savez sûrement.

— Oui…, murmura Kahlan.

Nadine tira son sac près d'elle.

— Je me demande où j'ai la tête ? Ressasser de vieilles histoires au point d'oublier mon métier…

Elle fouilla dans ses affaires et en sortit une demi-corne de bélier gravée de lignes et de cercles et fermée par un bouchon.

Après l'avoir ouverte, elle y plongea un index puis le tendit vers Cara.

— Quelle mouche te pique ? demanda la Mord-Sith en reculant d'un pas.

— C'est un onguent à base de feuilles d'aum – pour apaiser la douleur – de consoude et d'achillée, afin que la plaie cicatrise plus vite. La coupure de votre joue saigne toujours. Si ce produit ne suffit pas, j'ai aussi de la pourprée, mais je crois que ce ne sera pas nécessaire. Le secret d'un baume, comme dit toujours papa, ce n'est pas les ingrédients, mais les proportions !

— Je n'ai pas besoin de ton onguent !

— Avec un si joli visage, vous ne voudriez pas avoir une balafre ?

— Je suis couverte de cicatrices qu'on ne voit pas.

— Où sont-elles ? demanda Nadine, très professionnelle.

Cara la foudroya du regard, mais elle ne capitula pas.

— Bon, vas-y…, lâcha la Mord-Sith. Tartine-moi de ton truc, si ça peut me débarrasser de toi ! Mais je ne me déshabillerai pas pour te montrer mes cicatrices !

Nadine accepta le marché et appliqua l'onguent sur la joue de Cara.

— Avant de calmer la douleur, ça risque de piquer un peu, mais ce sera très vite fini.

Bien entendu, Cara ne cilla pas. Cela dut surprendre la guérisseuse, car elle la dévisagea un moment avant d'achever son intervention. Quand elle eut fini, elle reboucha la corne et la rangea dans le sac.

— Je n'avais jamais vu une si belle chambre, dit-elle. Merci de m'avoir laissée l'occuper.

— C'est bien naturel, répondit Kahlan. As-tu besoin de quelque chose ?

Nadine secoua la tête, se tamponna une dernière fois les yeux et le nez, puis glissa le mouchoir dans sa manche. Se souvenant du gobelet, elle alla le prendre, le vida et le rangea aussi dans le sac.

— C'est un long voyage, mais il me reste quelques pièces d'argent. Tout ira bien. (Elle baissa les yeux sur ses mains, qui tremblaient un peu.) Je n'aurais jamais cru que ça finirait comme ça. À Hartland, tout le monde se moquera de moi. Et que dira papa ?

— Shota lui a raconté que tu épouserais Richard ?

— Non. À Hartland, je ne l'avais pas encore rencontrée…

— Que veux-tu dire ? Ce n'est pas elle qui t'a conseillé de venir ici pour retrouver Richard ?

— Eh bien… Ce n'est pas arrivé exactement comme ça.

— Je vois… Si tu me racontais tout ?

— Je vais encore passer pour une idiote… Pire qu'une gamine de douze ans…

— Nadine, je t'en prie !

— Si vous y tenez… J'ai commencé à avoir des… Ma foi, je ne sais pas comment appeler ça. Je croyais avoir vu Richard du coin de l'œil, mais quand je tournais la tête, il s'était volatilisé. Un jour, dans la forêt, alors que je cherchais de jeunes pousses, j'ai pensé le voir adossé à un arbre, et il n'y était plus l'instant d'après.

» À chaque fois, je savais qu'il avait besoin de moi. Ne me demandez pas comment, mais j'en étais sûre ! Il avait des problèmes, et je devais l'aider. Je l'ai dit à mes parents, qui m'ont laissée partir.

— Ils ont cru à tes visions ? Sans chercher plus loin ?

— Je ne suis pas entrée dans les détails… J'ai prétendu que Richard m'avait envoyé un message. Le plus dur a été de faire semblant de savoir où j'allais.

À l'évidence, constata Kahlan, Nadine avait tendance à omettre une partie de la vérité dès que ça lui facilitait la vie.

— C'est là que tu as rencontré Shota ?

— Non. Richard avait besoin de moi, alors, je me suis mise en route.

— Seule ? Et sans savoir où commencer à le chercher ?

— La question ne m'a jamais effleurée. Je devais l'aider, c'était vital, et il n'y avait pas de temps à perdre. (Nadine sourit, comme si elle voulait rassurer Kahlan.) D'ailleurs, je l'ai trouvé sans coup férir. Tout a marché comme prévu. (Elle rosit.) Sauf à la fin…

— Nadine, as-tu fait des rêves étranges, ces derniers temps ?

— Non. En tout cas, pas plus que d'habitude. Vous savez, les rêves sont toujours bizarres…

— À quoi ressemblent les tiens ?

— Eh bien… Parfois, redevenue enfant, je suis perdue dans la forêt, et aucun chemin ne conduit là où il devrait. Ou alors, il me manque des ingrédients pour une tourte, et je vais les acheter dans une grotte à un ours qui parle. Des rêves, quoi ! Je peux aussi voler et respirer sous l'eau, par exemple. Des choses folles, mais qui reviennent tout le temps.

— Ces rêves ont-ils changé depuis que tu cherches Richard ?

— Non. Ceux dont je me souviens n'ont rien de nouveau.

— Eh bien, tout ça paraît très normal.

— Je ferais bien d'y aller, dit Nadine en tirant un manteau de son sac. Avec un peu de chance, je serai chez moi pour les fêtes du printemps.

— Si tu y arrives pour le solstice d'été, tu pourras t'estimer heureuse !

— Vous plaisantez ? Le retour ne peut pas être plus long que l'aller ! Il m'a fallu environ deux semaines. Quand je suis partie, la lune en était à son deuxième quart, et elle n'est toujours pas pleine.

— Deux semaines…, répéta Kahlan, décontenancée.

Le voyage aurait dû prendre des mois. Et traverser les monts Rang'Shada, en hiver, n'était pas un jeu d'enfant.

— Ton cheval doit avoir des ailes.

Nadine éclata de rire puis elle cessa et plissa le front.

— Excusez-moi, j'ai trouvé votre remarque amusante. Parce que je suis venue à pied…

— Quoi ?

— Oui… Mais depuis mon départ, dans mes rêves, je chevauche un étalon volant.

Kahlan comprit qu'il lui faudrait un moment pour reconstituer le puzzle que constituait l'histoire de Nadine. Quelles questions aurait posées Richard ? se demanda-t-elle, résolue à ne plus jamais se sentir ridicule devant lui. Même s'il l'avait consolée en assurant qu'elle s'était bien comportée, avoir saboté l'interrogatoire de Marlin continuait à l'embarrasser.

Les Inquisitrices n'avaient jamais besoin de questionner les gens. Une fois touchés par leur pouvoir, ils se confessaient d'eux-mêmes, avouant leurs crimes sans dissimuler le moindre détail.

L'exercice n'exigeait aucune compétence particulière. Mais c'était un moyen infaillible d'empêcher que les rois et les reines se débarrassent de leurs opposants en les accusant de crimes imaginaires passibles de la peine de mort.

— Quand Shota t'a-t-elle contactée ? demanda Kahlan, résolue à être presque aussi bonne que le Sourcier, cette fois. Tu ne me l'as toujours pas dit.

— Elle ne m'a pas vraiment contactée… En fait, je suis passée par chez elle en traversant les montagnes. Son château est très joli, mais je n'ai pas eu le temps de le visiter. Il fallait repartir à la recherche de Richard.

— Que t'a dit la voyante ? Au mot près, si tu t'en souviens ?

— Voyons… (Nadine se posa un index sur les lèvres pour s'aider à réfléchir.) Après avoir déclaré qu'elle m'attendait, elle m'a préparé du thé et s'est assise avec moi. Quand Samuel a voulu prendre mon sac, elle l'en a empêché, et m'a conseillé de ne pas avoir peur de lui. Puis elle m'a demandé pourquoi je voyageais. Je lui ai parlé de Richard… (Nadine se concentra.) Ensuite, elle m'a raconté des événements de son passé que je croyais être seule à savoir. Ça m'a étonnée, mais j'ai pensé qu'elle l'avait rencontré…

» Puis elle m'a dit, à mon sujet, des choses qu'elle n'avait aucun moyen de connaître. Mon ambition de devenir herboriste ou guérisseuse, par exemple. À ce moment-là, j'ai compris qu'elle avait un pouvoir. Désolée, mais je ne me souviens pas de ses paroles exactes.

» Enfin, elle a déclaré que Richard avait vraiment besoin de moi, et que nous allions nous marier. Le ciel le lui avait révélé, a-t-elle affirmé. (Nadine détourna le regard.) J'étais si heureuse ! Plus que jamais dans ma vie !

— Le ciel…, soupira Kahlan, accablée. Et après ?

— Elle a assuré qu'elle ne voulait pas me retarder… Le vent traquait Richard – quoi que ça puisse vouloir dire – et je devais me hâter de le rejoindre pour l'aider. Enfin, elle m'a souhaité bonne chance.

— C'est tout ? Elle a dû dire autre chose !

— Non, répondit Nadine en fermant son sac. À part une prière pour Richard.

— Shota, une prière ? Qu'a-t-elle récité ?

— Quand elle s'est détournée de moi, pour regagner son château, je l'ai entendue murmurer : « Puissent les esprits avoir pitié de son âme. »

Le souffle coupé, Kahlan sentit la chair de poule remonter le long de ses bras, sous ses manches de satin blanc.

— Bon, je vous ai fait assez de peine, dit Nadine en soulevant son sac. Il vaut mieux que j'y aille.

— Et si tu restais un peu ici ? parvint à dire Kahlan.

— Pourquoi cette invitation ?

L'Inquisitrice chercha désespérément un prétexte.

— J'adorerais entendre des histoires sur la jeunesse de Richard. Tu me parlerais de tous les ennuis dans lesquels il s'est fourré. (Kahlan se força à sourire.) Ce serait si agréable !

— Richard n'aimera pas ça. S'il me trouve ici à son retour, il sera furieux. Vous n'avez pas vu son regard ?

— Il ne te renverra pas sans te permettre de prendre un peu de repos, voyons ! Tu sais bien qu'il n'est pas comme ça. Il m'a dit de te donner tout ce dont tu avais besoin. Eh bien, je crois qu'il te faut marquer une pause avant de repartir !

— Merci, mais c'est non. Vous m'avez déjà mieux traitée que je le méritais. Richard et vous êtes faits l'un pour l'autre. Je vous gênerais… Encore merci pour cette proposition. Je ne m'étonne plus qu'il vous aime, parce que vous êtes adorable. N'importe quelle femme, à votre place, m'aurait fait tondre puis sortir de la ville dans un chariot rempli d'ordures.

— Nadine, je voudrais que tu restes. S'il te plaît !

Implorer ainsi une rivale arrachait la gorge de Kahlan. Mais elle se consola en pensant que l'idée du chariot d'ordures pourrait toujours resservir.

— Et si ça créait des malentendus entre Richard et vous ? Je ne suis pas du genre à semer la zizanie, vous savez ?

— Si j'avais ce genre de craintes, je ne t'inviterais pas. Reste au moins quelques jours. Tu garderas cette chambre, puisque tu l'aimes tant. Ça me serait… tellement agréable.

— C'est vrai ? Vous ne dites pas ça pour me faire plaisir ?

— Pas du tout, mentit l'Inquisitrice en s'enfonçant les ongles dans les paumes. C'est juré !

— Eh bien, pour être franche, je ne suis pas pressée d'aller avouer mon imbécillité à papa et maman. Si vous y tenez tant, c'est d'accord : je reste un moment ! Et merci encore…

Bien qu'elle ait des raisons sérieuses d'inviter Nadine, l'Inquisitrice se fit l'impression d'être un papillon qui approche d'une flamme.

Chapitre 8

—**P**arfait ! s'exclama joyeusement Kahlan, étonnée d'être si bonne comédienne. T'avoir au palais me ravit. Nous parlerons de Richard, et je me régalerai de ses aventures de jeunesse. Nadine, je m'en fais déjà une joie !

S'avisant qu'elle jacassait – la mauvaise influence de sa visiteuse, déjà – l'Inquisitrice s'arrêta net.

— Je pourrai dormir dans le lit ? demanda Nadine.

— Bien entendu ! Où coucherais-tu, sinon ?

— Par terre, enroulée dans ma couverture… Comme ça, je ne froisserais pas les draps.

— Pas question ! Tu es mon invitée, et je veux que tu te sentes comme chez toi.

— Dans ce cas, ce sera le sol ! À Hartland, j'ai une paillasse installée dans la petite pièce du fond, au-dessus de la boutique.

— Mais ici, tu auras droit à un lit. (Avant de continuer, Kahlan jeta un coup d'œil à la Mord-Sith.) Plus tard, si ça t'amuse, nous ferons le tour du propriétaire. En attendant, déballe tes affaires, installe-toi et prends un peu de repos. Cara et moi avons des problèmes urgents à régler.

— Lesquels ? demanda la Mord-Sith.

Elle avait tenu sa langue tout du long, pensa Kahlan, et voilà qu'elle posait la seule question qu'il ne fallait pas !

— Des problèmes *marlinesques*, si tu vois ce que je veux dire ?

— Le seigneur Rahl nous a interdit de l'approcher.

— On l'a envoyé tuer Richard. Pas question d'en rester là !

— Je viens aussi, déclara Nadine. Qu'on veuille assassiner quelqu'un me dépasse, alors, quand il s'agit de Richard… Il faut que je regarde ce tueur dans les yeux.

— Non. Nous devons interroger cet homme, et ce ne sera pas un spectacle plaisant.

— Vraiment ? demanda la Mord-Sith, pleine d'espoir.

— Qu'allez-vous lui faire ?

— N'insiste pas, Nadine ! fit Kahlan en levant un index menaçant. Je parle dans ton intérêt : Marlin est dangereux, et tu dois t'en tenir loin. Une invitée qui sait se comporter respecte la volonté de son hôte.

— C'est vrai... (Nadine baissa les yeux.) Veuillez m'excuser.

— Si tu as besoin de quelque chose – prendre un bain, manger, boire... – demande à un garde, qui t'enverra une domestique. À mon retour, nous dînerons tout en faisant la conversation.

Nadine se tourna vers son sac, qu'elle avait posé sur le lit.

— Je ne veux surtout pas déranger..., marmonna-t-elle.

L'Inquisitrice lui tapota doucement l'épaule.

— Je ne désirais pas te rudoyer, tu sais ? Mais la présence de cet assassin me rend très nerveuse. Navrée de t'avoir parlé durement. Profite de ton séjour au palais et de cette magnifique chambre.

— Je comprends que vous soyez énervée. Merci de votre gentillesse.

Nadine était vraiment jolie, et il y avait en elle une innocence que ne démentait pas, bien au contraire, sa tendance à modifier la réalité selon les besoins du moment. L'Inquisitrice comprenait très bien que Richard l'ait trouvée attirante.

Par quel caprice du destin le jeune homme avait-il fini avec elle, au lieu d'épouser son amie de jeunesse ? Quelle que fût la raison, Kahlan remerciait les esprits du bien de leur générosité. Et elle les implorait de ne pas reprendre ce qu'ils lui avaient donné.

Si elle l'avait pu, Kahlan aurait renvoyé à Hartland le cadeau empoisonné de Shota. Cette jeune femme séduisante, désirable et dangereuse aurait dû être le plus loin possible de Richard. Mais pour l'instant, ce n'était pas envisageable.

Après avoir ordonné aux gardes de traiter Nadine comme une invitée d'honneur, Kahlan et Cara remontèrent le couloir et s'engagèrent dans un escalier désert.

— Seriez-vous folle ? lâcha la Mord-Sith.

Elle s'arrêta sur un palier, et, la tirant par le bras, força l'Inquisitrice à l'imiter.

— De quoi parles-tu, Cara ?

— Une voyante offre une deuxième fiancée à votre homme, et vous l'invitez à rester au palais ?

— Il le fallait ! Ça ne te semble pas évident ?

— Une seule chose l'est pour moi : comme elle l'a suggéré, vous auriez dû faire tondre cette catin et l'expulser de la ville au fond d'un chariot plein d'ordures.

— Dans cette histoire, Nadine est une victime. La dupe de Shota...

— Cette fille ment comme elle respire ! Elle veut toujours Richard. Si vous ne l'avez pas lu dans ses yeux, c'est que vous êtes aveugle !

— J'ai confiance en lui, donc ça ne m'inquiète pas. La loyauté est une de ses vertus principales. Entre ses mains, mon amour sera toujours en sécurité.

» Si je cédais à la jalousie et renvoyais Nadine, qu'en penserait-il ? Ne pas se fier à lui revient à mettre en doute sa loyauté. Il en aurait le cœur brisé, et à juste titre.

— Cette chanson ne marchera pas avec moi, Mère Inquisitrice. Je ne dis pas que vous mentez, mais vous avez invité Nadine pour d'autres raisons. En réalité, vous mourez d'envie de l'étrangler, comme moi – et peut-être plus encore ! Je le lis dans vos yeux...

— Abuser une Sœur de l'Agiel n'est pas facile..., soupira Kahlan. Tu as raison, Cara. J'ai invité Nadine parce que quelque chose de dangereux est en cours. Et la chasser n'éliminera pas la menace.

Du dos d'une main, Cara écarta une mèche blonde de son front.

— Quelle sorte de danger ?

— Tout le problème est là ! Je n'en sais rien... Et n'ose même pas *penser* à torturer cette pauvre fille pour en apprendre plus ! Je dois découvrir ce qui se trame, et elle peut m'être utile. La laisser partir et être obligée de la rattraper plus tard m'a semblé absurde.

» Cette comparaison t'aidera à comprendre. Aurait-il été bon de chasser Marlin du palais, après sa surprenante déclaration d'intentions ? Crois-tu que ça aurait résolu le problème ? En l'interrogeant, nous en apprendrons plus sur le plan de notre ennemi. Et il en va peut-être de même avec Nadine.

L'air dégoûté, la Mord-Sith essuya la traînée d'onguent, sur sa joue.

— À mon avis, vous avez convié le démon à votre table.

— Je sais..., souffla Kahlan. La solution évidente, que je brûle de mettre en application, serait de la renvoyer chez elle sur l'étalon le plus rapide du palais. Mais on ne règle jamais les problèmes aussi facilement. Surtout quand ils viennent de Shota.

— Vous pensez à ce que la voyante a dit au sujet du vent, qui traquerait le seigneur Rahl ?

— Entre autres choses, oui... J'ignore le sens de cette phrase, mais elle ne ressemble pas à une invention malveillante... Quand elle veut nuire, Shota se montre plus directe.

» De toute façon, il y a pire... La prière : « Puissent les esprits avoir pitié de son âme. » J'ignore pourquoi Shota a dit ces mots, et ils me terrifient. Surtout au moment où je commets peut-être la pire erreur de ma vie. Mais quel choix ai-je ? Deux intrus ont fait irruption au palais le même jour. Un pour tuer Richard, l'autre pour l'épouser... Quelle menace est la plus dangereuse ? Je n'en sais rien, et il ne faut en négliger aucune. Quand quelqu'un tente de t'enfoncer un couteau entre les omoplates, fermer les yeux n'éloigne pas le péril.

Cara cessa d'afficher son masque de Mord-Sith, redevenant une femme comme les autres – et pleine de compassion pour leurs angoisses communes.

— Je veillerai sur vous... Si cette vipère se glisse entre les draps du seigneur Rahl, je l'en expulserai avant qu'il se soit aperçu de sa présence.

— Merci. À présent, en route pour les oubliettes !

Cara ne bougea pas d'un pouce.

— Le seigneur Rahl vous a interdit d'y aller.

— Depuis quand obéis-tu à ses ordres ?

— Depuis que je le connais, Mère Inquisitrice. Et spécialement quand il est *très* sérieux. Comme dans ce cas.

— Très bien. Surveille donc Nadine pendant que je serai en bas.

Kahlan voulut s'éloigner, mais Cara la retint par le bras.

— Le seigneur Rahl ne veut pas que vous vous mettiez en danger !

— Et moi, j'entends qu'il ne lui arrive rien ! Quand il a énuméré les questions que j'aurais dû poser à Marlin, je me suis sentie tellement stupide... Je dois obtenir les réponses !

— Le seigneur Rahl a dit qu'il se chargerait de l'interrogatoire.

— Il ne sera pas de retour avant demain soir ! Et si c'était trop tard pour arrêter le complot en cours ? Imagine que Richard meure parce que nous n'avons rien fait, à part lui obéir bêtement ? Il s'inquiète pour moi, et ça l'empêche de réfléchir. Marlin nous livrera des informations précieuses. Cara, il ne faut jamais perdre de temps quand le danger rôde. Ne m'as-tu pas dit tout à l'heure qu'hésiter pouvait être fatal pour soi-même... ou signer la perte de ceux qu'on aime ?

La Mord-Sith encaissa le coup mais ne riposta pas.

— Quand il s'agit de Richard, je n'hésite jamais, continua Kahlan. Marlin va parler, et tout de suite !

Cara s'autorisa enfin à sourire.

— J'aime votre façon de penser, Mère Inquisitrice. Vous êtes bien une Sœur de l'Agiel ! Les ordres du seigneur Rahl n'étaient pas très judicieux – voire totalement idiots. Les Mord-Sith se plient à ses exigences absurdes quand sa fierté masculine est en jeu. Jamais lorsqu'il est question de sa vie.

» Nous allons *bavarder* avec Marlin, et obtenir toutes les réponses aux questions que vous évoquiez, et à d'autres... À son retour, nous donnerons au seigneur Rahl les informations dont il a besoin. Si nous n'avons pas déjà éliminé la menace...

— Ça, c'est la Cara que je connais ! lança Kahlan.

Elles repartirent, quittèrent l'étage aux luxueux murs lambrissés et s'enfoncèrent dans des corridors obscurs où l'air empestait le moisi.

Kahlan aurait aimé ne pas connaître aussi bien ce chemin. Mais c'était là, dans les oubliettes, qu'elle venait très souvent recueillir les confessions des condamnés. Elle y avait détruit son premier esprit, celui d'un homme justement accusé d'avoir violé et tué les filles de ses voisins.

À l'époque, un sorcier l'accompagnait chaque fois qu'elle devait user de son pouvoir. Aujourd'hui, un sorcier l'attendait au fond du puits...

Quand elles eurent dépassé le détachement de gardes qui surveillait une intersection, un peu avant celle qui les conduirait au couloir de l'oubliette, bondé de soldats, Kahlan jeta un coup d'œil à sa compagne. Aussi jolie qu'elle fût, lorsqu'elle regardait ainsi autour d'elle, prête à tout, sa seule vue glaçait les sangs.

— Cara, je peux te poser une question personnelle ?

— Bien sûr, puisque vous êtes une Sœur de l'Agiel !

— Quand tu m'as parlé de l'hésitation et des risques qu'elle implique, tu te référais à ta propre expérience, n'est-ce pas ?

Cara ralentit le pas et s'arrêta. Même dans la pénombre, Kahlan vit qu'elle avait blêmi.

— Voilà une question *très* personnelle !

— Rien ne t'oblige à répondre. Je ne t'ai pas donné un ordre... C'est une simple preuve d'intérêt, de femme à femme. Tu sais tant de choses sur moi, alors que j'ignore tout de toi, à part que tu es une Mord-Sith.

— Et je ne l'ai pas toujours été..., souffla Cara.

À présent, elle ressemblait à une petite fille terrorisée. Comme si elle ne voyait plus les murs sinistres du couloir, autour d'elle, mais de très anciens souvenirs.

Affreux, hélas…

— Je n'ai aucune raison de vous cacher ça… Vous l'avez dit vous-même : je ne suis pas responsable de ce que d'autres m'ont imposé…

Cara prit une profonde inspiration.

— En D'Hara, chaque année, quelques fillettes sont sélectionnées pour suivre une formation de Mord-Sith. Le principal critère est qu'elles aient un cœur particulièrement tendre, parce que c'est de la bonté, dit-on chez moi, qu'on peut tirer la plus grande cruauté. Pour obtenir une liste de candidates, le Palais du Peuple offre des récompenses très stimulantes. J'étais fille unique, une autre condition requise, et j'avais l'âge voulu…

» Comme toujours, mes parents furent emmenés avec moi, car la mort de son père et de sa mère fait partie du conditionnement d'une Mord-Sith. Les miens ignoraient qu'on avait vendu nos noms aux « recruteurs »…

Cara était redevenue de marbre, comme si elle parlait de la pluie et du beau temps. Mais ses paroles, malgré un ton monocorde, exprimaient assez ses émotions.

— Mon père et moi étions dans la cour, derrière la maison, en train de tuer des poulets. Quand *ils* sont arrivés, je n'ai pas compris ce qui se passait. Mon père, lui, les avait repérés depuis un moment, sur la colline, et il savait ce qui nous attendait. Au début, sa résistance les a surpris, et il a même eu l'avantage. Mais ils étaient trop nombreux pour lui…

» Il m'a crié de prendre le couteau, et j'ai obéi. Puis il m'a ordonné de frapper les trois hommes qu'il était parvenu à immobiliser. "Cari !", a-t-il hurlé, "poignarde-les, vite !"

Cara plongea son regard dans celui de Kahlan.

— Je n'ai pas bougé… Blesser un être humain, alors que je ne parvenais pas à égorger un poulet, lui laissant toujours cette partie du travail ? Bref, j'ai hésité…

La Mord-Sith se tut et Kahlan se demanda si elle allait continuer. Dans le cas contraire, décida-t-elle, elles en resteraient là sur ce sujet. À tout jamais…

— Quelqu'un s'est approché de moi… Aussi longtemps que je vivrai, jamais je n'oublierai cette superbe femme aux longs cheveux blonds nattés et aux yeux bleus plus limpides que le ciel. Ni la façon dont les rayons de soleil faisaient briller son uniforme de cuir rouge !

» En souriant, elle s'est penchée vers moi et m'a pris le couteau, comme si c'était la chose la plus naturelle au monde. Mais son sourire, Mère Inquisitrice, n'avait rien de chaleureux. Il ressemblait plutôt au rictus d'une vipère. D'ailleurs, c'est ainsi que je l'ai surnommée ensuite. *Vipère*…

» Après s'être relevée, elle a sifflé, comme un serpent : "N'est-ce pas mignon ? La gentille petite Cari ne veut blesser personne avec son méchant couteau… Hésiter a fait de toi une Mord-Sith, très chère. Et ta nouvelle vie vient de commencer." »

Cara se figea, comme si elle se transformait en pierre.

— Ils m'ont enfermée dans une minuscule pièce, avec un soupirail en bas de la porte. Les barreaux étaient trop serrés pour que je puisse sortir, mais assez écartés pour laisser passer les rats. La nuit, quand je ne pouvais plus résister au sommeil, ils venaient me mordre les doigts et les orteils.

» Vipère m'a rouée de coups quand j'ai tenté d'obstruer le soupirail avec mes vêtements. Les rats adorent le sang…

» J'ai appris à dormir roulée en boule, les poings fermés et plaqués sur mon estomac, pour préserver mes doigts. Les orteils, c'était plus difficile. J'ai tenté de m'envelopper les pieds dans ma chemise, mais dès que je ne dormais plus sur le ventre, les rats venaient me mordre les tétons. Rester étendue la poitrine contre la pierre froide, et les mains sous les hanches, était une torture. Au moins, ça me gardait éveillée plus longtemps.

» Hélas, rien n'arrête les rats ! Ils s'en sont pris à mes oreilles, à mon nez et même à mes mollets. Réveillée par la douleur, je les chassais en criant et en gesticulant comme une folle…

» Bien entendu, j'entendais les autres filles hurler à chaque morsure. Ensuite, elles sanglotaient ou appelaient leur mère. Parfois, c'était ma propre voix qui gémissait : "Maman… Maman…"

» Souvent, je me réveillais parce que les rats me griffaient le visage, leur museau glacial collé contre mes lèvres, à la recherche d'une miette de pain. À ces moments-là, leurs moustaches me chatouillaient les joues, et c'était pire que tout le reste.

» Un jour, je n'ai rien mangé, laissant sur le sol mon bol de gruau et ma tranche de pain dur. Avec un peu de chance, m'étais-je dit, ces horribles bêtes dévoreraient mon repas et me ficheraient la paix.

» Ça n'a pas marché, car l'odeur de la nourriture a attiré des hordes de rats, qui l'ont vite engloutie. Après, j'ai avalé tout ce que Vipère m'apportait, jusqu'à la dernière bouchée.

» Elle aimait se moquer de moi quand elle me donnait ma pitance. "N'hésite pas à manger, Cara, sinon tes petits amis se régaleront à ta place !" Bien entendu, elle employait à dessein le verbe "hésiter" – pour me rappeler ce que mon manque de détermination avait coûté à mes parents. Le jour où ils ont torturé maman à mort, devant mes yeux, elle a lancé : "Tu vois ce qui arrive parce que tu as été trop timide ? À cause de ton hésitation ?"

» On nous a enseigné très vite que Darken Rahl était le "Petit Père Rah", notre seul véritable parent. Quand on m'a brisée pour la troisième fois, m'ordonnant de tuer lentement mon vrai père, Vipère m'a conseillé de ne pas hésiter, cette fois. Et je l'ai écoutée…

» Papa m'a suppliée. "Cari, par pitié ! Ne leur fais pas le plaisir de devenir un monstre !" Mais je n'ai pas failli. Ensuite, je n'ai plus eu qu'un père : Darken Rahl.

D'un coup de poignet, Cara fit voler son Agiel dans sa paume et le regarda longuement.

— C'est comme ça que je l'ai gagné… Celui avec lequel on m'a dressée… Oui, ce jour-là, j'ai enfin eu le droit de porter le titre de Mord-Sith.

Cara chercha de nouveau le regard de Kahlan, comme si elles étaient séparées par un gouffre infranchissable, non par deux ou trois pas. Le gouffre de la folie que d'autres lui avaient imposée…

L'Inquisitrice aussi crut se transformer en pierre.

— Plus tard, j'ai agi comme Vipère, face à des fillettes trop gentilles pour frapper quelqu'un avec leur couteau…

Depuis toujours, Kahlan détestait les serpents. Après cette histoire, ça ne risquait pas de s'arranger.

— Je suis désolée pour toi, Cara, dit-elle, les larmes aux yeux.

L'estomac noué, elle aurait tout donné pour pouvoir enlacer et consoler la jeune femme blonde en cuir rouge. Mais elle ne parvenait pas à bouger un cil.

Au loin, elle entendit l'écho étouffé de conversations. Les gardes plaisantaient pour tromper l'ennui – et peut-être aussi l'angoisse.

L'eau qui gouttait de la voûte formait une flaque de boue verdâtre au milieu du couloir.

— Le seigneur Rahl nous a libérées de tout ça, conclut Cara.

En voyant Raina et Berdine rire comme des gamines, avec les tamias, Richard aussi avait eu les larmes aux yeux. Et c'était normal, parce qu'il comprenait en profondeur la folie de ces femmes. Pour elles, il ne s'agissait pas seulement de se « décoincer », mais de revenir du bout d'une abominable nuit. Et même si elles se perdaient en chemin, il leur aurait donné une chance de s'en sortir…

— Allons voir comment Marlin prévoyait de tuer le seigneur Rahl, dit Cara, redevenue une Mord-Sith jusqu'au bout des ongles. Mais n'espérez pas que je sois clémente s'il… hésite… à répondre.

Sous le regard vigilant du sergent Collins, un soldat d'haran déverrouilla la porte bardée de fer et recula comme s'il s'était brûlé aux flammes du royaume des morts. Deux de ses camarades s'emparèrent sans effort apparent de la lourde échelle.

Alors que Kahlan allait ouvrir la porte, elle s'interrompit, troublée par des bruits de pas et des échos de voix. Toutes les têtes se tournèrent vers l'entrée du couloir…

Nadine approchait, flanquée de quatre solides D'Harans.

Après s'être frotté les mains, comme si elle avait froid, elle se fraya un chemin parmi les gardes éberlués.

Kahlan répondit par un rictus au grand sourire de sa rivale.

— Que fiches-tu là ?

— Je suis une invitée, non ? La chambre est magnifique, mais j'avais envie de me dégourdir les jambes. Alors, j'ai demandé à ces gentilshommes de me conduire aux oubliettes. Parce que je veux voir le tueur.

— Je t'ai dit d'attendre là-haut ! Venir ici t'était interdit !

— Peut-être, mais j'en ai assez d'être traitée comme une péquenaude ! (Nadine pointa fièrement le menton.) Chez moi, on respecte les guérisseuses, et on les écoute. Quand je donne un ordre, figurez-vous qu'on l'exécute ! Même les conseillers restent au lit et boivent leur potion trois fois par jour, lorsque je le leur prescris.

— Je me moque qu'on t'obéisse à Hartland ! explosa Kahlan. Ici, c'est moi qui claque des doigts et toi qui t'exécutes. C'est compris ?

Nadine plaqua les poings sur ses hanches et serra les lèvres.

— Ça ne se passera pas comme ça, siffla-t-elle. En chemin, j'ai crevé de peur, de froid et de faim, puis je me suis fait rouler dans la farine par des gens que je ne connaissais pas ! Je menais ma petite vie sans ennuyer personne, avant qu'on me force à faire ce stupide voyage. Et tout ça pour quoi ? Arriver ici, où on me traite comme une lépreuse, alors que je propose mon aide ? Dans votre beau palais, des inconnus m'ont rudoyée, et un ami d'enfance m'a humiliée comme jamais !

» Je pensais épouser l'homme que j'ai toujours voulu, et mon monde s'est écroulé parce que c'est vous qu'il aime, Mère Inquisitrice. Me suis-je révoltée contre ce coup du sort ? Non. Mais quand on ose me dire que la sécurité de Richard ne me concerne pas…

Nadine brandit un index accusateur sur Kahlan.

— Richard Cypher m'a sauvé de Tommy Lancaster, qui m'aurait violée puis épousée de force. Aujourd'hui, il est marié à Rita, et sans Richard, c'est moi qui aurais les yeux au beurre noir à longueur d'année. Et qui croupirais dans sa cabane minable, le ventre lourd de sa foutue progéniture !

» Tommy se moquait de moi parce que je voulais devenir guérisseuse. Selon lui, une femme n'y connaissait rien, et mon père avait intérêt à avoir très vite un fils, s'il voulait que quelqu'un lui succède. Sans Richard, je n'aurais jamais pu *espérer* exercer un jour ce métier.

» Sous prétexte que je ne l'épouserai pas, devrais-je me désintéresser de lui ? C'est un ami d'enfance, et un garçon de chez moi. En Terre d'Ouest, nous nous serrons les coudes entre gens du pays, même quand on n'est pas parents ! J'ai le droit de savoir quel danger le menace. Et de connaître le monstre de *votre* pays qui veut tuer quelqu'un qui m'a tant aidée !

Kahlan n'était pas d'humeur à polémiquer – et encore moins à épargner des traumatismes à Nadine. Elle l'étudia, tentant de savoir si Cara avait raison. Espérait-elle encore récupérer Richard ? Peut-être, mais sonder son regard ne suffisait pas à le déterminer…

— Tu veux voir l'homme qui prévoyait de nous assassiner, Richard et moi ? (Kahlan saisit la poignée et ouvrit la porte.) Eh bien, que ton désir soit exaucé !

L'Inquisitrice fit signe aux deux hommes qui portaient l'échelle. Aussitôt, ils la mirent en place dans le trou.

— Que dame Nadine contemple ce qu'elle désire voir ! (Kahlan décrocha une torche de son support.) Prends ça, très chère, et ne te brûle pas avec !

Cara évalua du regard la détermination de l'Inquisitrice. La jugeant plus solide que le roc, elle entreprit de descendre au fond de l'oubliette.

— Viens donc ! lança Kahlan. Découvre mon univers, et celui de Richard !

Après une seconde d'hésitation, Nadine suivit la Mord-Sith dans le gouffre obscur.

— Sergent Collins, dit l'Inquisitrice, si cet homme passe la porte avant nous, assurez-vous qu'il ne sorte pas vivant du couloir. Sinon, Richard mourra.

— Sur mon honneur de soldat d'haran, Mère Inquisitrice, personne ne touchera à un cheveu du seigneur Rahl.

Obéissant à un geste de leur chef, tous les gardes dégainèrent leurs armes. Plus loin, les archers armèrent leurs arcs.

Kahlan salua cette belle discipline d'un hochement de tête. Puis elle s'empara d'une autre torche et commença à descendre.

Chapitre 9

Une bouffée d'air putride monta aux narines de l'Inquisitrice tandis qu'elle suivait Nadine sur l'échelle. Obligée de tenir le cadre à deux mains pour se stabiliser, elle sentait la flamme de sa torche lui roussir la joue.

Mais pour une fois, elle apprécia l'odeur de la poix, tellement préférable à la puanteur de la fosse.

Au pied de l'échelle, la lueur des torches éclairait déjà les murs de pierre nue et la silhouette plantée au centre de la pièce.

Kahlan arriva au fond au moment où Cara plaçait sa torche dans un support mural. L'Inquisitrice fit de même, sur la paroi d'en face.

Pétrifiée, Nadine fixait l'homme couvert de sang debout devant elle. Kahlan la contourna pour venir se camper près de Cara.

Le front plissé, la Mord-Sith étudiait Marlin.

La tête posée sur la poitrine, les yeux fermés, la respiration lente et régulière…

— Il dort…, murmura Cara.

— Quoi ? souffla Kahlan. Debout, comme ça ? C'est impossible !

— Je… hum… je ne comprends pas… Les nouveaux prisonniers ont toujours droit à ce traitement, parfois pendant une semaine. Sans personne à qui parler, et rien à faire, sinon penser à ce qui les attend, ils perdent vite toute envie de résister. Nous les vidons de leur flamme, en quelque sorte. Une torture très insidieuse… Certains implorent qu'on les batte ou qu'on les écorche vifs, plutôt que de les laisser ainsi.

Et Marlin qui ronflait paisiblement !

— Il arrive souvent qu'ils s'endorment, comme lui ? demanda Kahlan.

— Quelques-uns piquent du nez, mais ils se réveillent vite ! Dès qu'ils s'éloignent d'un pouce du crachat, ou de tout autre repère, la douleur frappe à travers le lien magique. Même si nous sommes très loin du sujet… Je n'ai jamais entendu parler d'un prisonnier capable de dormir debout !

Kahlan leva les yeux et regarda en haut de l'échelle, où on apercevait le sommet du crâne de quelques soldats. Aucun n'avait eu le cran de se pencher pour regarder au fond de cette fosse où se tapissait la magie.

— C'est un sort, dit Nadine en tendant le cou entre les épaules des deux autres femmes. De la sorcellerie…

Foudroyée du regard par une Inquisitrice et une Mord-Sith, elle recula sans demander son reste.

Plus par curiosité que pour le réveiller, Cara tapota l'épaule de Marlin. Puis elle lui enfonça un index dans la poitrine et l'estomac.

— Plus dur que du marbre ! Tous ses muscles sont tétanisés.

— C'est pour ça qu'il peut rester debout. Un truc de sorcier, peut-être…

L'air peu convaincu, Cara plia le poignet et saisit son Agiel au vol. Comme toujours, la souffrance que cela lui valait ne s'afficha pas sur son visage.

— Inutile de recourir à ce moyen, dit Kahlan. Le réveiller suffira. Et n'utilise pas ton contrôle mental pour le faire souffrir, sauf si c'est absolument nécessaire. En fait, attends que je te l'ordonne.

La Mord-Sith ne cacha pas son mécontentement.

— Pour moi, le torturer est déjà indispensable. Et je refuse d'hésiter quand…

— Cara, il y a un gouffre entre la prudence et l'hésitation. Depuis le début, tout ce qui concerne Marlin est très étrange. Avançons pas à pas. Puisque tu le contrôles, inutile de nous précipiter. Car tu l'as en ton pouvoir, n'est-ce pas ?

— Bien sûr que oui ! Puisque vous insistez, j'utiliserai la manière douce, pour une fois…

Cara se pencha, glissa le bras gauche autour du cou de Marlin, lui releva la tête et l'embrassa doucement sur la bouche.

Kahlan sentit qu'elle s'empourprait. Denna réveillait parfois Richard ainsi, avant de le torturer plus durement que d'habitude.

La Mord-Sith s'écarta du prisonnier, qui ouvrit instantanément les yeux.

Kahlan y vit de nouveau l'indéfinissable sagesse – ou rouerie – qui la terrorisait tant. Mais cette fois, il y avait plus : le regard d'un homme qui n'a jamais connu la peur.

Comme pour défier les trois femmes, Marlin s'étira avec la grâce d'un félin ravi à la perspective d'une bonne journée de chasse.

— Eh bien, eh bien, fit-il avec un rictus obscène, mes deux petites chéries sont de retour ? Et elles m'ont amené une autre catin ?

Sa voix, naguère presque adolescente, était désormais grave et râpeuse, comme si elle sortait d'une poitrine deux fois plus large et musclée que la sienne. Sûre de sa puissance et de son autorité, elle exprimait une tranquille certitude d'invincibilité. Et une malveillance sans bornes…

Kahlan prit Cara par un bras et la fit reculer d'un pas avec elle.

Même si Marlin n'avait pas bougé, le félin pouvait bondir à tout instant.

— Cara, dis-moi que tu le contrôles ! souffla Kahlan, en tendant un bras derrière elle pour pousser Nadine. Tu le domines, n'est-ce pas ?

— Quoi ? fit la Mord-Sith, surprise comme si on l'arrachait à une transe.

Elle frappa sans crier gare, son gant renforcé de fer percutant à la volée la joue de Marlin.

Sa tête bougea à peine. Pourtant, un coup pareil aurait dû l'envoyer valser dans les airs.

— Bien essayé, ma chérie, ironisa le prisonnier. Mais ton lien avec Marlin est désormais sous *mon* emprise.

Cara plaqua son Agiel sur le ventre de l'homme. Il se convulsa et battit des bras…

… Sans cesser de sourire, le regard toujours aussi dominateur.

La Mord-Sith recula de deux pas.

— Que se passe-t-il ? demanda Nadine. Je croyais qu'il ne pouvait rien faire ?

— Sortez d'ici, souffla Cara à Kahlan. Vite ! Je le retiendrai ! Une fois dehors, verrouillez la porte !

— On veut me quitter ? demanda Marlin de sa voix grave et râpeuse. Si vite ? Avant d'avoir eu une petite conversation ? Au fait, merci pour vos bavardages, devant moi. Très instructifs, vraiment… À présent, j'en sais long sur les Mord-Sith. Et sur d'autres choses…

— De quoi parlez-vous ? cria Kahlan.

— De votre amour poignant pour Richard Rahl, chacune à sa façon. Et de sa maîtrise incomplète du don… Me révéler son point faible était vraiment courtois, même si je m'en doutais un peu. Je soupçonnais aussi qu'il reconnaîtrait un autre détenteur du don, mais une petite confirmation ne fait jamais de mal. D'ailleurs, la Mère Inquisitrice aussi a vu que quelque chose clochait dans le regard de Marlin.

— Qui êtes-vous ? demanda Kahlan en poussant Nadine vers l'échelle.

« Marlin » éclata d'un rire de gorge.

— Rien de plus que votre pire cauchemar, mes petites chéries !

— Jagang ? s'écria Kahlan. Est-ce possible ? L'empereur en personne ?

Le rire du faux Marlin se répercuta contre les murs de pierre de l'oubliette.

— Damnation, je suis fait ! Oui, je l'avoue, celui qui marche dans les rêves se tient en face de vous. Pour vous rendre une petite visite, j'ai emprunté le corps de ce pauvre crétin.

Cara abattit son Agiel. Un bras raide comme celui d'un pantin se leva et dévia le coup.

La Mord-Sith ne renonça pas. Elle visa les reins du prisonnier, résolue à le faire tomber. Inébranlable, il tendit une main, saisit au vol la natte blonde de la femme et l'envoya bouler contre un mur comme une poupée de chiffon.

Sonnée, du sang dans les cheveux, Cara s'écroula et ne bougea plus.

— Dehors ! cria Kahlan à Nadine. Par l'échelle, vite !

Puis elle avança vers Marlin/Jagang – ou qui que ce fût d'autre. Il fallait en finir…

Avec son pouvoir !

Hurlant de terreur, Nadine passa devant l'Inquisitrice, incapable de s'arrêter comme si elle glissait sur de la glace.

Le prisonnier attendit qu'elle soit à sa portée et la saisit à la gorge d'une seule main.

Kahlan s'immobilisa.

— Excellente réaction, approuva Jagang. Un pas de plus et je lui broie la trachée artère.

L'Inquisitrice recula d'un pas. La pression se relâchant, Nadine parvint à aspirer un peu d'air.

— Sacrifier une vie pour sauver des multitudes d'innocents? Vous croyez que la Mère Inquisitrice reculera devant ce choix?

À ces mots, l'amie d'enfance de Richard se débattit comme une tigresse. En vain, bien entendu.

De toute façon, elle était fichue. Si Jagang ne l'étranglait pas, il ne la lâcherait pas avant que le pouvoir le touche, et son esprit disparaîtrait avec celui de l'empereur.

— Je sais que tu as des tripes, ma petite chérie! Mais tu ne veux pas savoir d'abord ce que je fais ici? Et ce que je prépare à ton cher amour, le grand seigneur Rahl?

Kahlan tourna la tête et leva les yeux vers le puits d'accès.

— Sergent Collins, fermez la porte! Et verrouillez-la!

Le sous-officier obéit instantanément. Avec un bruit métallique, le battant de fer occulta la lumière qui filtrait du couloir.

À la chiche lueur des torches, Kahlan se plaça face à Marlin. Sans le quitter des yeux, elle commença à faire lentement le tour de la pièce.

— Qui êtes-vous? demanda-t-elle. Quel genre de créature?

— Une délicate question philosophique, très chère! Saurai-je répondre en des termes qui te soient accessibles? Bon, essayons toujours… Ceux qui marchent dans les rêves, comme moi, peuvent se glisser dans les minuscules interstices de temps qui séparent deux pensées. Un lieu où la personne – son essence même – n'existe pas. Ainsi, nous pouvons envahir l'esprit d'un sujet. Devant vous se dresse Marlin, un de mes chiots domestiques. Moi, je suis une puce nichée dans ses poils, et il m'a permis de m'introduire ici. Bref, c'est un hôte que j'utilise pour certaines… missions.

Nadine se débattit de nouveau, contraignant Jagang à lui serrer plus fort le cou. Kahlan lui fit signe de se calmer. Si elle insistait, il finirait par l'étrangler.

Enfin consciente que sa vie en dépendait, la guérisseuse cessa de s'agiter et fut autorisée à aspirer quelques bouffées d'air.

— Votre hôte sera bientôt un cadavre…, lâcha Kahlan.

— Marlin est sacrifiable. Grâce à lui, les dégâts sont déjà faits, et c'est tout ce qui compte.

D'un bref coup d'œil sur le côté, Kahlan évalua la distance qui la séparait encore de Cara, toujours étendue sur le ventre.

— Quels dégâts? demanda-t-elle.

— Marlin vous a abattus, Richard Rahl et toi. N'est-il pas un serviteur obligeant? Bien sûr, il vous reste encore à subir le sort que j'ai imaginé pour vous, mais il a accompli sa mission. Et j'ai eu le privilège d'assister à son triomphe!

— De quoi parlez-vous? Et qu'êtes-vous venu faire en Aydindril?

— Prendre un peu de bon temps, très chère, ricana Jagang. Hier, j'ai même assisté à une partie de Ja'La. Tu y étais aussi, avec ton maudit Richard Rahl. De quel droit a-t-il remplacé le broc? Ce nouveau modèle n'est plus dangereux du tout… Un jeu de fillettes, voilà ce qu'il a fait de mon spectacle favori! Le broc doit être lourd, sinon, ce n'est plus drôle! Et les vrais joueurs, ceux qui meurent d'envie de gagner, sont des brutes sans cervelle qui crèvent parfois pour de bon sur le terrain. Tu sais ce que veut dire le mot « Ja'La », ma petite chérie?

Occupée à recenser les possibilités qui s'offraient à elle – et à définir sa liste de priorités – Kahlan secoua distraitement la tête.

L'urgence incontournable était d'utiliser son pouvoir pour empêcher Marlin et son « locataire » de sortir de l'oubliette. Mais d'abord, elle devait en apprendre plus sur le plan de l'empereur. Sinon, elle n'aurait aucun moyen de le saboter…

Ayant déjà échoué une fois, elle se jura que ça ne se reproduirait pas.

— Le nom complet est *Ja'La dh Jin*. Dans ma langue natale, cela signifie : « Le Jeu de la Vie ». J'abomine la façon dont Richard Rahl l'a corrompu.

— Si j'ai bien compris, fit Kahlan, qui avait presque atteint Cara, vous avez envahi l'esprit d'un homme pour venir voir jouer une bande de gamins ? J'aurais cru que l'empereur Jagang, futur maître du monde, avait mieux à faire…

— Mais c'était le cas, très chère, et tu ignores à quel point ! (Le sourire de Jagang s'élargit.) Vous m'avez cru mort, n'est-ce pas ? Eh bien, sachez, Richard et toi, que votre tentative d'assassinat, au Palais des Prophètes, fut un lamentable échec. En fait, je n'y étais même pas, trop occupé à me régaler des charmes d'une jeune femme délicieuse. Une de mes nouvelles esclaves, si tu veux le savoir…

— Bref, vous êtes en pleine forme, ironisa Kahlan. Pour nous l'apprendre, il aurait suffi d'envoyer une lettre ou un messager. Jagang, vous êtes ici pour une autre raison. Et je sais qu'une Sœur de l'Obscurité accompagnait Marlin…

— Amelia avait une petite mission à remplir… Incidemment, elle n'est plus une Sœur de l'Obscurité. Pour m'aider à tuer Richard Rahl, elle a trahi son serment de fidélité au Gardien.

Du bout du pied, Kahlan tenta de réveiller Cara.

— Pourquoi n'avez-vous rien dit de tout ça lors du précédent interrogatoire ? Ça semble vous amuser tellement…

— J'ai préféré attendre qu'Amelia revienne avec ce que je l'avais envoyée chercher. Je ne suis pas du genre à prendre des risques, très chère. Enfin, *plus* du genre…

— Et qu'a-t-elle volé en Aydindril pour vous plaire ?

— En Aydindril ? Tu n'y es pas du tout, ma petite chérie… Elle a fait un petit tour dans la Forteresse du Sorcier !

— Et son serment au Gardien, pourquoi l'a-t-elle renié ? demanda Kahlan en s'agenouillant près de la Mord-Sith. Cette nouvelle ne me brise pas le cœur, mais au nom de quoi aurait-elle fait ça ?

— Parce que je l'ai piégée dans un étau… En clair, je lui ai offert un choix truqué : rejoindre tout de suite son maître et subir son courroux jusqu'à la fin des temps – pour avoir échoué face à ton cher Richard –, ou le trahir et lui échapper pendant un temps, au risque de l'enrager encore plus quand elle arrivera dans le royaume des morts…

» Cela dit, ma petite chérie, tu *devrais* en avoir le cœur brisé, parce que la décision qu'elle a prise signe l'arrêt de mort de Richard Rahl.

— Une menace en l'air…, lâcha Kahlan, bien qu'elle en fût de moins en moins sûre.

— Je n'en lance jamais, répondit Jagang. D'après toi, pourquoi me suis-je donné tant de mal ? Pour être là à l'heure de ma victoire, et vous faire savoir que je vous ai écrasés. Si vous pensiez être victimes d'un coup du sort, ça me gâcherait la moitié du plaisir…

Kahlan se leva d'un bond et avança vers le prisonnier.

— Dis-moi tout, ordure ! Qu'as-tu fait ?

Marlin leva sa main libre, un index tendu. Au même instant, Nadine eut un râle terrifiant.

— Retiens-toi, Mère Inquisitrice, ou tu n'auras jamais l'occasion d'entendre la suite. (Kahlan recula et la proie de l'empereur fut de nouveau autorisée à respirer.) Gentille fille…

» En détruisant le Palais des Prophètes, Richard Rahl a cru me priver des connaissances qu'il contenait. L'imbécile ! Comme s'il n'y avait pas ailleurs des livres de prophéties ! La Forteresse du Sorcier, ici même, en est pleine ! Et je ne te parle même pas de l'Ancien Monde, où il suffit, quand on cherche un Prophète, de tirer un coup de pied dans une poubelle ! J'ai trouvé un gisement de textes de ce genre en fouillant les ruines d'une cité jadis florissante – à l'époque de l'Antique Guerre, pour être précis…

» Dans le lot, j'ai découvert un écrit qui condamne irrémédiablement Richard Rahl. Il appartient à une catégorie très rare : les prophéties à Fourche-Étau ! Tu vois le tableau ? Une prédiction à deux branches qui se referment sur leur proie comme les mâchoires d'un piège à loups !

» Sache que j'ai invoqué cette prophétie !

Aussi content de lui qu'ait paru l'empereur – par Marlin interposé – Kahlan n'aurait su dire de quoi il parlait.

Elle s'accroupit et souleva la tête de Cara, qui la foudroya du regard et murmura :

— Je vais bien, espèce d'idiote ! Lâchez-moi… Quand vous aurez vos réponses, faites-moi signe et j'utiliserai le lien magique pour le tuer.

Kahlan obéit à la Mord-Sith, se releva, et recula lentement vers l'échelle.

— Tu t'enivres de vaines paroles, Jagang !

L'Inquisitrice recula plus vite, comme si elle était terrifiée d'avoir constaté la mort de sa compagne. Battre en retraite vers l'échelle était une feinte, car elle n'avait aucune intention de fuir. Nadine ou pas Nadine, elle allait toucher Marlin avec son pouvoir !

— Je ne connais rien aux prophéties, dit-elle, et ton discours est incohérent !

— Serais-tu moins intelligente qu'on le dit ? Si tu as besoin d'un dessin, le voilà ! Si Richard ne tente pas d'éteindre l'incendie que j'ai allumé pour vous abattre, il brûlera vif, réalisant ainsi une des branches de la prophétie. S'il se bat, la deuxième branche deviendra son avenir, et il disparaîtra aussi. Sur celle-là, il est détruit, dois-je préciser…

» Tu comprends, maintenant ? Il ne peut pas gagner, quoi qu'il fasse ! Bien entendu, un seul des deux événements peut advenir. Richard Rahl déterminera lequel, mais il sera vaincu dans tous les cas.

— Tu délires, empereur ! Il ne choisira rien du tout…

— Grossière erreur, Mère Inquisitrice ! Par l'intermédiaire de Marlin, j'ai invoqué la prophétie. Quand c'est fait, il est impossible d'échapper à l'étau. Mais berce-toi d'illusions, si ça t'amuse. La chute n'en sera que plus dure !

— Je ne te crois pas, dit Kahlan en s'immobilisant.

— Tu changeras d'avis, fais-moi confiance !

— Des fanfaronnades ! Quelle preuve peux-tu avancer ?

— La lune rouge l'apportera…

— Là, tu sombres dans le ridicule ! Il n'existe pas de lune rouge, et tu es un menteur !

Sa peur balayée par la colère, l'Inquisitrice pointa un index sur son adversaire.

— À présent, écoute ma menace, Jagang, et sache qu'elle n'est pas vaine ! À Ebinissia, devant les cadavres de femmes et d'enfants innocents, j'ai juré de détruire l'Ordre Impérial. Et ta prophétie ne m'empêchera pas de réussir !

Toutes les provocations seraient bonnes pour forcer Jagang à révéler la double prédiction. Ainsi, ils pourraient la neutraliser…

— Voilà ma prophétie, Jagang ! Contrairement à la tienne – une minable mystification – je la prononce à haute voix !

— Une mystification ? ricana Marlin. Regarde bien, Mère Inquisitrice, et tu ravaleras tes insinuations !

La main libre de Marlin se leva et un éclair jaillit dans la geôle obscure. Kahlan se baissa pour l'éviter. Craignant que le bruit ne lui fasse exploser les tympans, elle se plaqua les mains sur les oreilles tandis que des éclats de pierre volaient dans les airs.

Un de ces projectiles lui ouvrit le bras gauche et un autre s'enfonça dans son épaule. Aussitôt, du sang ruissela sur la manche de sa robe.

Au-dessus de sa tête, l'éclair s'attaquait à la muraille, y gravant des lettres qu'elle ne parvenait pas à distinguer clairement avec cette lumière aveuglante. Puis le phénomène cessa, et laissa dans son sillage l'odeur de la poussière et de la fumée.

Des points blancs dansant devant les yeux, l'Inquisitrice attendit que les échos du vacarme meurent sous son crâne.

— Voilà ce que tu demandais, ma petite chérie…

Kahlan se redressa et tenta de déchiffrer la phrase gravée sur le mur.

— Encore un de tes trucs, Jagang ? Ça ne veut rien dire, mon pauvre ami…

— C'est du haut d'haran, femme ignorante ! Si on en croit les archives, lors de l'Antique Guerre, nous avons capturé un sorcier doublé d'un Prophète. Comme il était fidèle à la Maison Rahl, mes ancêtres ne purent pas s'infiltrer dans son esprit. Mais ils le torturèrent, et ceux qui marchent dans les rêves sont des maîtres en la matière !

» Dans son délire, la moitié des boyaux arrachée, il leur livra cette prophétie. Demande donc à Richard Rahl de la traduire ! (Jagang se pencha vers Kahlan, un rictus sur les lèvres.) Cela dit, je doute qu'il veuille te révéler sa teneur…

Rayonnant, l'empereur posa un baiser sur la joue de Nadine.

— Ce voyage m'a beaucoup plu, mais il est temps que Marlin s'en aille. Dommage pour vous que le Sourcier n'ait pas été là avec son épée. Lui aurait pu abattre ma marionnette…

— Cara ! cria Kahlan en avançant vers le prisonnier.

Mentalement, elle implora la pauvre Nadine de lui pardonner ce qu'elle allait lui infliger. Malgré tous ses défauts, elle n'avait pas mérité ça.

La Mord-Sith se releva d'un bond.

Avec une force inhumaine, Jagang projeta Nadine dans les airs. Hurlant de terreur, elle percuta de plein fouet Kahlan, qui bascula en arrière, le souffle coupé.

La vision brouillée, elle ne sentait plus son corps. L'impact lui avait-il brisé la colonne vertébrale ? Par bonheur, le phénomène ne dura pas. La douleur revenant en même temps que le reste de ses sensations, elle haleta et lutta pour se dégager de Nadine.

De l'autre côté de la pièce, Cara tomba à genoux, se protégea le visage avec les bras et hurla à la mort.

Marlin sauta sur l'échelle et la gravit en s'aidant des bras et des jambes, comme un chat qui escalade un tronc d'arbre.

Alors qu'il riait à gorge déployée, toutes les torches s'éteignirent.

Cara continua à crier, comme si on la démembrait lentement.

Enfin libérée de Nadine, Kahlan rampa vers l'échelle en gémissant. À présent, sa manche était imbibée de sang…

Quand elle tendit un bras vers le premier barreau, la douleur, dans son épaule, lui arracha un cri rauque. L'éclat de pierre lui déchirait les chairs comme une lame.

De l'autre main, elle l'arracha, les dents serrées. Aussitôt, un geyser de sang jaillit de la plaie.

L'Inquisitrice se releva quand même, puis entreprit de gravir l'échelle. Il fallait arrêter Marlin, et personne d'autre ne pouvait le faire. En l'absence de Richard, n'était-elle pas la magie chargée de combattre la magie pour protéger les fidèles du Sourcier ?

Son bras blessé affaibli et tremblant, elle faillit lâcher le cadre de l'échelle.

— Vite ! cria Nadine, derrière elle. Il va s'enfuir !

Au fond de l'oubliette, les cris de Cara, qui augmentaient d'intensité, vrillaient les nerfs de Kahlan.

Un jour, elle avait brièvement expérimenté la douleur que générait un Agiel. Condamnées à souffrir chaque fois qu'elles refermaient la main sur leur arme, les Mord-Sith ne tressaillaient même pas. Un effet de leur formation, qui les conditionnait à ignorer la torture qu'elles s'infligeaient…

Pour que Cara hurle ainsi, que devait-elle endurer ? Quoi que ce fût, cela la tuerait, il n'y avait pas l'ombre d'un doute…

Kahlan glissa sur un barreau et son épaule blessée heurta celui du dessous. Résolue à rattraper Jagang, elle ramena violemment sa jambe vers le haut, s'aperçut trop tard qu'elle frottait contre le montant de l'échelle, et jura quand elle sentit le fer rouillé entailler la chair de son mollet.

Elle continua, atteignit par miracle l'ouverture circulaire du puits, en sortit, dérapa sur une bouillie de viscères et de sang et tomba à quatre pattes sur les dalles rougies.

Le sergent Collins était mort, le torse ouvert de la gorge jusqu'à l'aine. Une dizaine de ses hommes agonisaient sur le sol, et d'autres ne bougeaient déjà plus. Des épées et des haches étaient enfoncées dans le mur de pierre, aussi facilement traversé que du bois tendre.

Un sorcier avait massacré ces hommes, mais pas sans en payer le prix. Un avant-bras gisait sur les dalles, coupé net au niveau du coude. À la couleur du moignon de manche, l'Inquisitrice comprit que c'était le tribut acquitté par Marlin pour recouvrer sa liberté.

Les doigts de la main s'ouvraient et se fermaient avec une tranquille régularité…

Kahlan aida Nadine à sortir du puits. Blanche comme un linge, elle ne s'évanouit pas et ne beugla pas comme une possédée en découvrant le charnier.

Un point pour elle !

Dans la partie droite du couloir, au-delà de la porte défoncée, des soldats accouraient, les armes à la main. Sans hésiter, l'Inquisitrice tourna à gauche.

Ajoutant un deuxième point à son crédit, Nadine lui emboîta le pas. Au fond de l'oubliette, Cara continuait à crier comme si on l'écorchait vive.

Chapitre 10

Au-delà de la dernière torche, le couloir se perdait dans l'obscurité. Au milieu de l'ultime îlot de lumière, un soldat gisait sur le sol tel un vulgaire ballot de linge sale. Une épée à la lame carbonisée et brisée reposait au milieu du corridor, témoignage de son inutile bravoure.

Kahlan plissa les yeux et tendit l'oreille. Hélas, il n'y avait rien à voir ou à entendre. Marlin pouvait être tapi au fond de toutes les alcôves, l'horrible rictus de Jagang sur son visage de jeune homme.

— Nadine, tu restes ici…, souffla Kahlan.

— Non. Je vous l'ai dit : chez nous, les gens sont solidaires. Cet homme veut tuer Richard et je ne lui lâcherai pas les basques tant que j'aurai une chance de l'en empêcher.

— Et tu finiras par te faire tuer…

— Je viens avec vous !

L'Inquisitrice n'était pas d'humeur à polémiquer, et le temps pressait. Puisque Nadine voulait risquer sa vie, autant qu'elle se rende utile !

— Dans ce cas, prends la torche, dans ce support… Ne pas devoir la porter me donnera un petit avantage.

Nadine obéit et regarda sa compagne, l'air perplexe.

— Je dois le toucher…, daigna expliquer Kahlan. Si j'y parviens, il mourra.

— Qui ? Marlin ou Jagang ?

— Marlin, j'en ai peur… Si l'empereur a pu entrer dans son esprit, pourquoi aurait-il du mal à en sortir ? Mais sait-on jamais ? Au moins, Jagang quittera le palais, et son « hôte » sera mort. Dans l'immédiat, nos ennuis seront terminés.

— C'est ce que vous vouliez faire dans l'oubliette ? Quand vous avez dit qu'une seule vie – la mienne ! – ne vous arrêterait pas ?

L'Inquisitrice saisit à deux mains la tête de Nadine et lui appuya très fort sur les joues.

— Écoute-moi bien ! Nous ne sommes pas face à un Tommy Lancaster en quête d'une proie à violer. Notre ennemi veut nous tuer tous, et je dois l'en empêcher. Si quelqu'un est en contact avec lui quand je frapperai, il y aura *deux* victimes. C'est inévitable, et je n'hésiterai pas, même s'il s'agit de toi. Tu comprends ? L'enjeu est trop important pour qu'une seule vie compte. Y compris la mienne !

Nadine ayant hoché la tête, Kahlan la lâcha et focalisa de nouveau sa rage contre leur ennemi.

Avec son bras gauche quasiment inutilisable, attaquer vite serait plus facile si la guérisseuse jouait les porteuses de torches.

Encore que… N'était-ce pas de nouveau une erreur ? Et si elle ralentissait l'Inquisitrice, au contraire ?

Ou si… En frissonnant, Kahlan espéra qu'elle n'autorisait pas Nadine à l'accompagner pour une raison… inavouable.

Très sûre d'elle, l'amie d'enfance de Richard prit la main droite de l'Inquisitrice et la posa sur son épaule gauche.

— Je n'ai pas le temps de vous soigner… Tant que vous n'aurez pas besoin de votre main, serrez aussi fort que possible les lèvres de la plaie. Sinon, l'hémorragie vous affaiblira, et vous serez impuissante contre Jagang.

Un peu vexée de ne pas y avoir pensé toute seule, Kahlan obéit.

— Merci… Tant qu'il y aura du danger, reste derrière moi et contente-toi de m'éclairer le chemin. Si les soldats n'ont rien pu faire, ce n'est pas toi qui le terrasseras. Je refuse que tu sois blessée pour rien…

— Compris ! Je vous suivrai comme votre ombre.

— N'oublie surtout pas cette consigne, et ne viens pas traîner dans mes pattes ! (L'Inquisitrice se tourna vers les soldats qui attendaient en silence derrière les deux femmes.) Les ordres sont les mêmes pour vous. Si vous le voyez, utilisez vos arcs ou vos lances, mais ne passez jamais devant moi. Pour l'instant, allez chercher d'autres torches. Nous devons le mettre aux abois, comme un cerf pendant une chasse.

Quelques hommes firent demi-tour et s'éloignèrent.

Kahlan avança au pas de course, Nadine sur les talons. Ayant très vite trouvé des torches, les gardes d'harans leur emboîtèrent le pas.

Avec la lumière, le bruit des bottes, le cliquetis des cottes de mailles ou des armes et les échos de respirations haletantes, la colonne faisait un vacarme épouvantable. Pourtant, Kahlan croyait encore entendre les cris de Cara…

Elle s'arrêta à une intersection, eut quelque peine à reprendre son souffle, puis sonda le couloir latéral, sur sa droite, et l'obscurité qui semblait s'étendre à l'infini devant elle.

— Il est passé par là…, souffla Nadine en désignant des gouttes de sang, sur le sol.

Devant les chasseurs d'hommes, le couloir débouchait sur un escalier qui donnait accès au premier niveau du palais. Celui de droite, en revanche, s'enfonçait dans les entrailles de la terre à travers un labyrinthe de caves, de tunnels d'inspection et d'entretien – les fondations d'un bâtiment pareil exigeaient une surveillance régulière – et d'énormes biefs de drainage prévus pour dévier les eaux de pluie infiltrées et les cours d'eau souterrains. Au bout de ces conduites, d'imposantes grilles de pierre laissaient passer le liquide mais interdisaient toute intrusion.

— Non, dit l'Inquisitrice, il faut aller à droite.

— Le sang indique qu'il est allé tout droit, protesta Nadine.

— Tu en as vu avant cette intersection ? C'est une ruse, rien de plus. Ce chemin mène au palais. Jagang a choisi l'autre, parce qu'il se doute qu'il n'y aura personne dans les sous-sols.

L'Inquisitrice s'engagea dans le couloir de droite. Nadine la suivit sans capituler pour autant.

— Pourquoi s'inquiéterait-il de rencontrer des gens ? insista-t-elle. Il a tué tant de soldats en sortant de l'oubliette !

— Mais ça lui a coûté un bras, rappela Kahlan. Marlin est blessé… Jagang se fiche qu'il soit tué, mais s'il parvient à fuir, il pourra encore l'utiliser pour nous nuire. Donc, il le conduit en sécurité.

— S'il retourne au palais, Marlin fera un massacre avant de succomber. N'est-ce pas un objectif satisfaisant pour Jagang ?

— Moins que la Forteresse du Sorcier, répondit Kahlan. L'empereur a le pouvoir de marcher dans les rêves, à part ça, il ne maîtrise pas la magie. Mais il peut tirer parti de quelqu'un qui la contrôle. Cela dit, il n'est pas très doué à ce jeu, d'après ce que j'ai vu. Des éclairs, un champ de force rudimentaire, quelques trucs classiques… Pour un sorcier, ce n'est pas très imaginatif ! Jagang se sert de ses marionnettes pour faire des choses très simples et brutales. Un avantage pour nous, je te l'assure…

» À sa place, j'irais dans la Forteresse et je tenterais d'exploiter la magie qu'elle contient pour provoquer un maximum de destruction.

Kahlan s'engagea dans un antique escalier taillé à même la roche et dévala les marches. Arrivée en bas, elle découvrit deux tunnels qui partaient dans des directions opposées.

— Soldats, séparez-vous ! ordonna-t-elle. Une moitié de chaque côté. Nous sommes au dernier niveau du palais. Explorez toutes les ramifications de ces boyaux, et mémorisez le chemin que vous empruntez. Sinon, vous risquez d'errer sous terre pendant des jours. Vous avez vu de quoi notre adversaire est capable. Si vous le repérez, ne tentez pas de le capturer ! Après avoir posté des sentinelles pour le coincer, envoyez-moi des messagers.

— Comment vous trouveront-ils ? demanda un des hommes.

— À chaque intersection, à partir d'ici, je prendrai à droite. Ainsi, vous n'aurez aucun mal à me rejoindre. À présent, mettons-nous en route ! Il cherche un moyen de sortir du palais. S'il entre dans la Forteresse, il pourra traverser des champs de force qui m'immobiliseront. N'oubliez pas : cet homme est un sorcier !

Avec Nadine et la moitié des D'Harans sur les talons, Kahlan s'engagea dans le tunnel de droite. Ils traversèrent une enfilade de grottes, puis abordèrent une série d'intersections. À chacune, l'Inquisitrice ordonna aux hommes de se séparer.

— C'est quoi, la Forteresse du Sorcier ? demanda Nadine sans ralentir le pas.

— Le fief des sorciers de jadis… Elle existait bien avant le Palais des Inquisitrices. Il y a très longtemps, presque tout le monde naissait avec le don. Depuis trois mille ans, la magie se détourne de plus en plus de l'humanité…

— Et qu'y a-t-il dans ce *fief*?

— Des quartiers d'habitation déserts depuis des lustres, des bibliothèques, des pièces de toute sorte… Des objets y sont entreposés : grimoires, armes, amulettes… Les champs de force interdisent l'accès de certaines zones à ceux qui ne contrôlent pas la magie. Étant née avec un pouvoir, certains ne m'arrêtent pas, mais d'autres risquent de me tuer.

» En comparaison, le palais est un modeste manoir. À l'époque de l'Antique Guerre, il y a trois mille ans, des sorciers et leurs familles vivaient dans la Forteresse. Selon Richard, c'était un lieu plein de vie et de joie. En ce temps-là, tous les sorciers contrôlaient les deux variantes de magie.

— Les deux variantes ? répéta Nadine, un peu perdue.

— L'Additive et la Soustractive, oui…

— Et c'est différent aujourd'hui ?

— Très différent ! Richard est le seul sorcier né avec les deux dons.

Kahlan hésita, puis décida que Nadine ne pourrait pas faire un mauvais usage de ce qu'elle allait lui révéler.

— À certains endroits, les champs de force sont si puissants que je ne peux pas les traverser. Et sache que les sorciers avec qui j'ai grandi n'y parvenaient pas non plus ! Sans parler des lieux protégés par les deux magies, où nul ne s'est plus aventuré depuis des millénaires.

L'Inquisitrice marqua une courte pause.

— À part Richard ! Et j'ai peur que Marlin en soit capable aussi…

— Cet endroit a l'air terrifiant…

— J'y ai passé une bonne partie de ma vie à suivre l'enseignement des sorciers et à étudier les langues. À mes yeux, c'est un second foyer…

— Et vos sorciers, où sont-ils ? Leur aide nous serait précieuse !

— Ils se sont suicidés au début de la guerre contre Darken Rahl.

— Quelle horreur ! Pourquoi ont-ils fait ça ?

Kahlan ne répondit pas tout de suite. Cela semblait si loin… Comme les lambeaux d'un rêve qu'elle aurait fait dans une autre vie.

— Nous devions trouver le Premier Sorcier, pour qu'il nomme le Sourcier de Vérité. Ce vieil homme, Zedd, vivait en Terre d'Ouest, de l'autre côté de la frontière. Cet obstacle étant lié au royaume des morts, personne ne pouvait le traverser…

» Darken Rahl aussi cherchait Zedd. Les sorciers ont combiné leurs pouvoirs pour m'aider à franchir la frontière. Afin de ne pas me trahir si notre adversaire les capturait et usait sur eux de sa magie noire, ils se sont donné la mort…

» Darken Rahl a quand même réussi à m'envoyer des tueurs. Heureusement, j'ai rencontré Richard et il m'a défendue…

— La falaise du mont Dentelé ? s'écria Nadine, stupéfaite. Dans les rochers, on a découvert les cadavres de quatre colosses en uniforme de cuir. Ils étaient bardés d'armes, et personne n'avait vu des gens pareils avant ce jour.

— C'était bien eux…

— Qu'est-il arrivé ?

— Eh bien, c'est un peu comme ta mésaventure avec Tommy Lancaster…

— Richard a tué ces brutes ?

— Deux membres du *quatuor*, seulement… J'ai touché le troisième avec mon pouvoir, et il a éliminé le dernier. Richard n'avait jamais rencontré des hommes prêts à l'abattre parce qu'il entendait protéger quelqu'un. Depuis ce jour, sur la falaise, il a dû faire beaucoup d'autres choix difficiles…

Pendant une petite éternité – en réalité quinze ou vingt minutes – Kahlan et ses compagnons continuèrent à remonter des tunnels où l'air empestait de plus en plus. Ici, les blocs de pierre qui composaient les murs étaient bien plus gros et approximativement taillés que partout ailleurs dans le palais. Pourtant, remarqua distraitement l'Inquisitrice, ils semblaient être jointoyés au mortier avec la même précision que ceux des plus belles salles d'apparat.

Par endroits, de l'eau suintait de la pierre. Disposés au pied des murs à intervalles réguliers, des tuyaux d'évacuation la dirigeaient vers les biefs principaux. Certains de ces conduits étant bouchés par des débris, des flaques boueuses se formaient de-ci de-là.

Maîtres incontestés des lieux, les rats utilisaient ces tuyaux comme des tunnels. Dérangés par les intrus, ils détalaient devant eux en couinant d'indignation…

Kahlan repensa à Cara et se demanda si elle était encore vivante. Il semblait si injuste qu'elle meure avant d'avoir vraiment goûté à sa nouvelle vie.

D'intersection en intersection, le groupe qui accompagnait l'Inquisitrice se réduisit à deux soldats et Nadine. Engagés dans un passage étroit à la voûte très basse, Kahlan et sa suite progressaient en file indienne et quasiment pliés en deux.

N'ayant plus vu de sang, la jeune femme supposa que Jagang avait usé de son pouvoir sur l'esprit et le corps de Marlin pour enrayer l'hémorragie. Cependant, à plusieurs endroits, elle remarqua que la moisissure qui couvrait les murs portait des égratignures horizontales. Quelqu'un était passé récemment, sans pouvoir éviter de se frotter aux parois…

Kahlan fit la même expérience. Le dos des phalanges de sa main droite, toujours pressée sur son épaule blessée, racla contre la pierre, la faisant gémir de douleur.

Oui, Jagang les avait précédés, et lui aussi s'était heurté aux murs. À l'idée d'être sur sa piste, l'Inquisitrice se sentit à la fois soulagée et… terrifiée. L'idée de l'affronter de nouveau lui glaçait les sangs…

Le passage rétrécit encore et la voûte, de plus en plus basse, les força à s'accroupir pour continuer d'avancer. Dans un environnement si exigu, la fumée de leurs torches devint vite incommodante.

Abruptement, le tunnel se transforma en un toboggan. Entraînés par la pente, les deux femmes et leurs compagnons s'écorchèrent les coudes et les genoux pour ralentir leur descente. Miraculeusement, Nadine parvint à ne pas lâcher sa torche, et un des soldats vint l'aider à se stabiliser.

Kahlan parvint à s'immobiliser près de la gueule ronde du passage. Non loin devant, elle entendit de l'eau couler.

Ils allaient déboucher dans un des biefs de drainage, où se déversait un petit torrent !

— Que faisons-nous, Mère Inquisitrice ? demanda un des soldats.

— On applique le plan… Nadine et moi allons prendre sur la droite, dans le sens du courant. Vous irez dans l'autre direction.

— S'il veut sortir du palais, objecta l'homme, il aura choisi d'aller à droite. C'est logique, puisque l'eau s'évacue par là. Nous devrions venir avec vous.

— Non, parce qu'il peut savoir que nous le poursuivons, et anticiper ce genre de raisonnement. Vous deux, sur la gauche ! Nadine, tu me suis ?

— Là-dedans, avec de l'eau jusqu'à la taille ?

— Et même un peu plus haut, j'en ai peur... D'habitude, il y en a moins, mais avec les fontes du printemps... Il y a un passage, de l'autre côté, mais il est immergé. Nous pourrons quand même l'emprunter. Bien sûr, il faudra d'abord traverser...

Kahlan fit un grand écart, et, du bout du pied, localisa très vite la pierre de gué centrale, juste sous la surface de l'eau. Elle y prit appui, ramena son autre jambe sur ce perchoir, tendit la main à Nadine et l'aida à la rejoindre. Puis elles sautèrent sur une sorte de corniche qui longeait l'autre mur. Ici, l'eau leur montait à peine jusqu'aux chevilles. Mais elle était glacée et s'infiltrait très vite dans les bottes souples de l'Inquisitrice – à travers les trous des lacets...

— Tu vois ? lança Kahlan à sa compagne. Prends garde où tu poses les pieds, parce que ce n'est pas une corniche régulière !

Elle sauta sur la pierre suivante et tendit de nouveau la main à Nadine. Puis elle fit signe aux soldats de traverser et de partir dans l'autre sens. Ils obéirent, l'obscurité engloutissant rapidement la lumière de leurs torches.

Kahlan espéra que celle de Nadine durerait assez longtemps...

— Sois prudente..., murmura-t-elle.

Nadine fit signe qu'elle n'avait pas entendu. Rien d'étonnant, avec le vacarme de l'eau ! L'Inquisitrice approcha la bouche de l'oreille de la guérisseuse et répéta son conseil. Pas question de crier et d'alerter l'empereur...

Même avec plusieurs torches, leur visibilité n'aurait pas été meilleure, car le bief tournait sans arrêt. Craignant de tomber, Kahlan s'appuya contre le mur pour assurer son équilibre.

L'exercice devint de plus en plus périlleux, car le conduit, d'abord en pente douce, prit une inclinaison plus abrupte. Un seul faux pas, dans des conditions pareilles, et on avait vite fait de se fouler une cheville – ou pire.

Avec Jagang dans les environs, être blessée ne souriait à aucune des deux femmes.

Le sang qui continuait d'imbiber sa manche rappela à l'Inquisitrice qu'elle était *déjà* blessée. Mais au moins, elle pouvait marcher.

À cet instant, Nadine bascula dans le vide en hurlant.

— Ne lâche pas la torche ! lui cria Kahlan.

De l'eau jusqu'aux épaules, l'amie d'enfance de Richard parvint à tenir son flambeau à bout de bras, pour le garder au sec. Kahlan lui saisit le poignet au vol, faillit ne pas pouvoir résister au courant, mais réussit à caler ses talons au bord de la pierre de gué, juste à temps pour ne pas être emportée.

De sa main libre, Nadine chercha la pierre suivante, la trouva et y monta avec l'aide de l'Inquisitrice.

— Par les esprits du bien, gémit-elle, cette eau est gelée !

— Je t'avais dit de faire attention !

— Quelque chose m'a attrapé la jambe... Un rat, je crois...

— Il était sûrement mort, et il t'a simplement heurté le mollet. J'en ai vu plusieurs flotter à côté de nous. À présent, sois prudente...

Honteuse de sa bévue, Nadine hocha la tête. Suite à sa mésaventure, elle ouvrait à présent la marche. Inverser leurs positions paraissant compliqué – et propice à déclencher une nouvelle polémique – Kahlan lui fit signe d'avancer.

Nadine allait obéir quand une silhouette massive jaillit de l'eau noire. Émergeant du cloaque, Marlin tendit son bras unique et saisit la cheville de la jeune femme aux longs cheveux châtains.

Qui eut droit à son deuxième plongeon de la journée...

Chapitre 11

En tombant, les pieds en avant, Nadine abattit sa torche et toucha Marlin entre les deux yeux. Il grogna de douleur, la lâcha, porta une main à son front puis fut entraîné par le courant.

Kahlan sortit sa compagne de l'eau pour la dernière fois – au moins, elle l'espérait.

— Je te félicite de n'avoir pas lâché ta torche, dit-elle quand elles eurent repris leur souffle. Et au moins, maintenant, nous savons où il va…

— Je n'ai jamais appris à nager…, souffla Nadine en tremblant de froid. À présent, je comprends pourquoi. C'est très déplaisant…

— Il faut repartir ! L'attaque m'a surprise, et je n'ai même pas tenté de le toucher. Laisse-moi passer devant.

Comme prévu, la manœuvre, effectuée sur la pointe des pieds, fut très acrobatique. Contrainte de se serrer contre Nadine, Kahlan s'aperçut qu'elle était plus froide qu'un poisson dans un lac gelé.

Même sans plongeon, l'Inquisitrice elle-même frissonnait et ses orteils commençaient à s'ankyloser.

— Et s'il remontait le courant pour nous échapper ? lança soudain Nadine en claquant des dents.

— Avec un seul bras, il n'y arriverait pas… Il a dû s'accrocher à une pierre, s'immerger et attendre que nous passions.

— Et s'il recommence ?

— Je suis devant toi, désormais. S'il me fait le même coup, ce sera sa dernière erreur.

— Et s'il attend que j'arrive à sa hauteur ?

— Frappe-le plus fort que la première fois !

— J'ai fait ce que j'ai pu, vous savez…

Kahlan sourit et serra gentiment le bras de sa compagne.

— Tu t'en es très bien tirée, ne t'inquiète pas…

Elles repartirent et négocièrent une succession de coudes, un œil toujours rivé sur l'eau au cas où Marlin leur tendrait une nouvelle embuscade. Mais elles ne virent rien, à part des débris indéfinissables et quelques cadavres de rats.

La torche agonisait. Heureusement, le conduit ne devait plus être très long, après la distance qu'elles avaient déjà parcourue.

Enfant, Kahlan avait exploré de long en large les sous-sols du palais. Mais jamais à l'époque de la fonte. De plus, son estimation pouvait être faussée par la lenteur de leur progression. Et même en ce temps-là, certains biefs lui avaient paru incroyablement longs.

À mesure qu'elles avançaient, le rugissement des eaux semblait… changer de ton, en quelque sorte. Était-ce un bon signe ? L'Inquisitrice dut admettre qu'elle n'en savait rien.

Devant elles, le tunnel tournait vers la droite – presque à quatre-vingt-dix degrés…

Alarmée par un bruit qu'elle sentit au creux de sa poitrine plus qu'elle ne l'entendit, Kahlan leva la main droite pour ordonner à Nadine de s'arrêter.

Devant elle, le mur humide reflétait une lumière blanc-bleu qui semblait provenir de la partie invisible du conduit, au-delà de l'angle droit. Et il y avait comme un sifflement, à peine audible…

Une boule de feu jaillit une seconde plus tard et vola vers les deux femmes en gémissant sinistrement.

Du feu de sorcier ! La mort assurée, s'il touchait ses cibles.

— Retiens ta respiration ! cria Kahlan en tirant Nadine par les cheveux.

Elle plongea une fraction de seconde avant l'impact. Le souffle coupé par le froid, elle faillit crier. Un réflexe mal avisé, dans l'eau…

Bien qu'il fût difficile de distinguer le haut et le bas, dans un tel torrent, l'Inquisitrice ouvrit les yeux et tenta de se repérer. Une lueur aveuglante, au-dessus de sa tête, lui indiqua la direction qu'il fallait à tout prix éviter.

Bien entendu, les bras et les jambes battant follement, Nadine se dirigeait droit vers le danger !

De la main gauche – et malgré la douleur – Kahlan s'arrima à une pierre de gué. Lançant le bras droit, elle ceintura sa compagne et l'empêcha de remonter à la surface. Terrorisée à l'idée de mourir noyée, Nadine se débattit comme une possédée.

Alors, l'Inquisitrice céda à la panique.

Un rideau de brouillard noir devant les yeux, elle se propulsa vers le haut et permit à sa tête de crever la surface. À côté d'elle, Nadine toussait tant qu'elle en oubliait d'essayer de respirer.

Leurs cheveux trempés collés sur les yeux, les deux femmes ne voyaient plus rien.

Mais Kahlan entendit le deuxième sifflement.

— Respire à fond ! cria-t-elle.

Après avoir suivi son propre conseil, elle replongea et entraîna Nadine avec elle.

Si on lui avait donné le choix, l'amie de Richard, à l'évidence, eût préféré mourir carbonisée plutôt que noyée. Mais l'eau était leur seule chance…

Au-dessus de leurs têtes, le feu de sorcier se déchaînait, fidèle reflet de la détermination de l'homme qui l'avait invoqué.

Ce jeu mortel ne pouvait pas continuer longtemps. Un séjour prolongé dans une eau si froide les tuerait aussi sûrement que la magie de Marlin. Il fallait contre-attaquer !

Séparées de Jagang par le feu de sa marionnette, elles devraient s'approcher de lui en nageant sous l'eau.

Kahlan chassa de son esprit l'angoisse de la noyade, assura sa prise sur la taille de Nadine et lâcha la pierre qu'elle avait jusque-là serrée comme une bouée de sauvetage.

Le courant les emporta aussitôt.

Ballottée par les eaux, Kahlan percuta plusieurs fois la paroi ou les pierres plates, le plus souvent avec son épaule blessée. Pour ne pas crier, elle se mordit les lèvres jusqu'au sang.

Avec le manque d'oxygène, le rideau noir tomba de nouveau devant ses yeux. Danger ou pas, elle devait remonter à la surface. Sinon, tout était perdu.

Sans lâcher Nadine, elle soumit une nouvelle fois son bras gauche à la torture en s'agrippant à une pierre. Avec le poids de sa compagne en plus, elle eut un instant la certitude que le courant lui disloquerait l'épaule.

Au-dessus de l'eau, l'incendie magique faisait toujours rage. À moins de vingt pas de là, une grille de pierre laissait filtrer la lumière de la fin d'après-midi.

Le bout du tunnel…

Une expression très mal adaptée, quand on allait sûrement mourir !

Après avoir tiré la tête de Nadine hors de l'eau, Kahlan lui plaqua une main sur la bouche. Un seul cri, et tout serait terminé.

Sur une pierre de gué, près de la grille, Marlin avançait vers la liberté, le dos tourné aux deux femmes.

Une demi-douzaine de flèches plantées entre les omoplates, la marionnette de Jagang titubait d'une façon qui ne trompait pas. Poussé au-delà de ses limites, ce corps ne vivrait plus très longtemps. Mais son moignon de bras ne saignait toujours pas, prouvant qu'un autre esprit l'habitait toujours.

Escompter qu'il meure avant d'atteindre la Forteresse eût été irresponsable. Animé par la rage de Jagang – qui ne risquait strictement rien –, le pantin de chair pouvait fonctionner au-delà de l'imaginable. Gardé en vie par son maître, insensible au calvaire qu'il endurait, il restait une arme dévastatrice…

Doigts écartés, Marlin tendit une main vers la grille. Il allait lancer un poing d'air, comprit Kahlan, qui n'avait pas grandi pour rien au milieu d'un groupe de sorciers.

Une seconde plus tard, la moitié de la grille explosa vers l'extérieur dans un nuage de poussière et d'éclats de pierre.

Confrontée à moins de résistance, l'eau jaillit vers l'ouverture à la vitesse d'un cheval au galop. Trahie par son bras gauche, Kahlan lâcha la pierre de gué et partit à la dérive.

Nadine aussi lui échappa, comme happée par une main invisible.

L'Inquisitrice chercha désespérément une prise et n'en trouva pas. Rudoyée par les eaux, les poumons toujours vides, elle mobilisa ses dernières forces pour contenir l'angoisse générée par l'asphyxie.

Au moment de jaillir hors du conduit, elle parvint à saisir une arête vive, au bord de la grille à demi brisée. Mécontente qu'on lui arrache sa proie, l'eau la poussa violemment vers le bas de l'obstacle. La tête et le haut de l'épaule émergeant miraculeusement, l'Inquisitrice aspira un mélange d'air et d'eau glacée qui lui brûla la trachée artère comme de l'acide.

Quand elle leva les yeux, ce fut pour découvrir le rictus malveillant de Marlin. Debout à quelques pas d'elle, il rayonnait comme un prédateur certain que sa proie ne lui échappera plus.

Plaquée contre la grille par le courant, Kahlan n'avait plus assez de force pour se dégager. Alors, pour bondir sur son adversaire…

Elle jeta un coup d'œil derrière son épaule, et en perdit le peu de souffle qu'il lui restait. Ils se trouvaient sur le flanc est du palais, à l'endroit où les fondations étaient les plus élevées. Avant de s'écraser sur les rochers, l'eau qui se déversait du conduit dévalait un à-pic de quelque cinquante pieds.

— C'est très gentil à toi, ma petite chérie, ricana Jagang. Venir assister à ma glorieuse évasion, quelle délicatesse !

— Où comptes-tu aller ? parvint à articuler l'Inquisitrice.

— Je ferais bien un petit tour dans la Forteresse…

Kahlan voulut respirer et avala une immonde gorgée d'eau boueuse.

— Pourquoi… la… Forteresse… ? demanda-t-elle entre deux quintes de toux. Que comptes-tu… y… trouver ?

— Tu me crois assez bête pour te révéler des choses que tu ne dois pas connaître ?

— Qu'as-tu fait à Cara ?

L'empereur sourit et ne répondit pas. Forçant sa marionnette à lever une main, il lança un poing d'air qui arracha une nouvelle partie de la grille, à côté de Kahlan.

La pierre où elle se retenait se délogea. Le dos raclant contre l'arête vive de la pierre, l'Inquisitrice chercha une autre prise et la trouva une fraction de seconde avant d'être éjectée du conduit.

Pouce après pouce, et en se cassant les ongles, elle parvint à se hisser de nouveau derrière les vestiges de la grille. Mais le courant continuait à lui interdire de s'en écarter.

— Un problème, ma petite chérie ?

Kahlan voulut crier de rage, mais les sons s'étranglèrent dans sa gorge. À la merci de Jagang, incapable de bouger, il ne lui restait plus qu'à attendre la mort.

Au moment où Marlin tendit la main vers elle, les doigts écartés, elle pensa très fort à Richard.

Nadine jaillit de l'eau derrière l'empereur. Se retenant d'une main à une pierre de gué, elle leva l'autre, qui serrait encore la torche éteinte. Les yeux fous, elle arma son bras, frappa de toutes ses forces et atteignit Jagang à l'arrière des genoux.

Les jambes déjà mal assurées de Marlin cédèrent sous lui et il bascula dans l'eau, juste devant Kahlan. Accroché d'une main à la grille, il découvrit le gouffre qui l'attendait et tenta de reculer.

À l'évidence, il n'avait pas prévu que le conduit ne débouchait pas vraiment sur la liberté…

Nadine s'accrocha à sa pierre de gué et ne bougea plus.

Kahlan tendit le bras gauche derrière elle, enfonça ses doigts dans une anfractuosité, sous l'eau, et ferma le poing pour s'arrimer solidement. Puis, de sa main valide, elle saisit l'empereur à la gorge.

— Quelle pêche miraculeuse, ironisa-t-elle. Le grand Jagang en personne !

— Sans vouloir te décevoir, ma petite chérie, c'est ce minable de Marlin que tu tiens au bout de ta ligne !

Kahlan tira sa proie vers elle.

— Tu en es sûr ? Ignores-tu que la magie des Inquisitrices est plus rapide que la pensée ? Quand nous frappons, personne ne nous échappe. Et mon lien magique avec Richard t'interdit de contrôler mon esprit. Désormais, celui de Marlin est notre champ de bataille. Selon toi, qui de nous est le plus rapide ? Tu paries que je te détruirai en même temps que ton pantin ?

— Deux esprits d'un coup ? Tu te surestimes, ma petite chérie…

— Qui sait ? Et si la guerre contre l'Ordre Impérial s'arrêtait ici et maintenant ?

— Ta stupidité me déçoit, Mère Inquisitrice. L'homme est destiné à se libérer des chaînes de la magie. Même si tu réussis à me tuer, ce dont je doute, l'Ordre me survivra. Son sort n'est lié à la vie d'aucun homme, y compris la mienne, parce qu'il combat au nom de l'humanité tout entière !

— Tu veux me faire croire que tu n'agis pas dans ton seul intérêt ? Par goût du pouvoir ?

— J'aime le pouvoir, c'est vrai… Mais je tiens les rênes d'un cheval déjà lancé au galop. Il te piétinera, Mère Inquisitrice, parce que tu crois encore à la magie, cette religion agonisante !

— En attendant, je te tiens à la gorge, Jagang. Et tu vas crever ! Vaincu par la magie, dont tu prétends vouloir affranchir les hommes, mais que tu utilises pour arriver à tes fins !

— Provisoirement… Après sa disparition, je serai un maître assez audacieux et puissant pour régner sans elle.

La fureur submergea Kahlan. Elle tenait à sa merci le boucher d'Ebinissia, coupable de la mort de milliers d'innocents. Le tyran qui voulait réduire le monde en esclavage…

… Et qui rêvait d'assassiner Richard.

Au plus profond de son esprit, au cœur même du pouvoir, là où le froid, la fatigue et la peur n'existaient pas, l'Inquisitrice avait tout le temps du monde. Même s'il tentait de lui échapper, Jagang était perdu. Il lui appartenait.

Comme elle l'avait si souvent fait par le passé, elle cessa de contenir son pouvoir.

Une fraction de seconde, le phénomène fut différent de tout ce qu'elle avait connu. Quelque chose lui résistait, et c'était en principe impossible.

Une sorte de mur…

Tel de l'acier chauffé au rouge qui transperce du verre, sa magie se joua de l'obstacle.

Une tempête mortelle se déchaîna dans l'esprit de Marlin.

Il y eut un roulement de tonnerre silencieux…

Des gravats se détachèrent de la voûte et de la vapeur monta de l'eau bouillonnante.

Toujours accrochée à sa pierre, Nadine cria de douleur. Une réaction normale quand on était aussi près d'une Inquisitrice libérant son pouvoir.

La mâchoire de Marlin s'affaissa. Son esprit détruit par la magie, il n'aurait désormais plus qu'une obsession : obéir à Kahlan pour lui plaire…

En tout cas, il aurait dû en être ainsi. Le pantin de Jagang continua à lutter, et du sang jaillit de son nez et de ses oreilles. Puis ses yeux se révulsèrent et tout fut terminé.

Kahlan lâcha le cadavre et l'abandonna au courant et à une chute vertigineuse.

Une victoire pour rien ! Car Jagang, elle le sentait, s'en était tiré. Celui qui marche dans les rêves s'était montré trop vif pour la magie d'une Inquisitrice, pourtant plus rapide que la foudre !

— Kahlan, cria Nadine, un bras tendu, prenez ma main ! Je ne pourrai pas m'accrocher indéfiniment à cette pierre !

La vraie fiancée de Richard mêla ses doigts à ceux de la fausse. Après avoir frappé, une Inquisitrice était vidée de ses forces. Plus puissante que ses collègues, Kahlan avait besoin de quelques heures pour reconstituer sa magie – un exploit incroyable qui en faisait une exception dans l'histoire des Contrées du Milieu. L'épuisement, lui, ne la quittait pas si vite. Incapable de lutter, sans aide, elle se serait fracassée sur les rochers, comme Marlin.

Avec l'assistance de Nadine, elle parvint à se hisser sur la pierre de gué. Transies de froid, toutes les deux se relevèrent.

La tension de la lutte retombée, l'amie d'enfance de Richard éclata en sanglots. Trop épuisée pour verser des larmes, Kahlan comprit néanmoins cette réaction.

— Quand vous avez utilisé votre pouvoir, je n'étais pas en contact physique avec Marlin. Pourtant, j'ai eu le sentiment que mes articulations se disloquaient. Ai-je été… touchée ? Vais-je mourir ?

— Rassure-toi, il ne t'arrivera rien. Tu as eu mal parce que tu étais trop près, c'est tout. Un simple contact, même du bout des doigts, et ton esprit n'y aurait pas résisté.

Nadine hocha sombrement la tête. Émue, Kahlan l'enlaça et lui murmura à l'oreille un « merci » venu du cœur. Un grand sourire chassa les dernières larmes de la jeune femme.

— Nous devons retourner auprès de Cara, dit l'Inquisitrice. C'est urgent.

— Comment faire ? La torche est fichue et il n'y a pas moyen de passer par l'extérieur. Rebrousser chemin sans lumière est exclu. Il faut attendre que des soldats viennent nous chercher.

— Ce n'est pas si compliqué que ça, affirma Kahlan. Nous avons toujours tourné à droite. Pour revenir, il suffira de poser une main sur le mur de gauche et de ne jamais s'en écarter.

— Ça marchera dans les couloirs… Avant, il faudra remonter ce conduit d'évacuation… et retrouver l'endroit où nous avons traversé. Et ça, c'est impossible.

— Tu te trompes. Quand elle passe sur la pierre de gué centrale, l'eau fait un bruit différent. Tu ne t'en souviens pas ? Moi, ça m'a frappée. (Kahlan prit la main de sa compagne.) Cara a besoin d'aide. Nous devons essayer !

Nadine ne parut pas convaincue. Pourtant, elle finit par lâcher :

— D'accord… Mais avant de partir, j'ai quelque chose à faire…

Déchirant l'ourlet de la robe de Kahlan, elle lui enveloppa l'épaule avec ce bandage improvisé et serra très fort pour fermer la blessure.

— En route, Mère Inquisitrice ! Mais restez prudente tant que je n'aurai pas recousu cette entaille et posé un cataplasme dessus.

Chapitre 12

Remonter le conduit leur prit un temps fou. L'obscurité, le froid et les pierres de gué glissantes s'unissant pour les terroriser, elles faillirent regretter le moment béni où Marlin était leur unique adversaire.

Quand le rugissement de l'eau s'altéra, Kahlan prit Nadine par la main, et, du bout du pied, chercha la pierre centrale.

Elle était bien là !

Stimulées par ce succès, les deux femmes reprirent leur route d'un pas plus assuré. À mi-chemin de leur point de départ, elles rejoignirent des soldats munis de torches qui proposèrent aussitôt de leur ouvrir la voie. Au bord de l'évanouissement, Kahlan avait du mal à mettre un pied devant l'autre. Aussi glacial que fût le sol, elle aurait donné cher pour pouvoir s'y étendre.

Devant l'oubliette et des deux côtés du couloir, une multitude de soldats montaient la garde, l'air sinistre. Tous brandissaient leurs armes, et les archers étaient prêts à tirer.

Des épées et des haches restaient plantées dans le mur. Existait-il une magie capable de les en arracher ? Aussi désagréable que ce fût, Kahlan dut s'avouer qu'elle en doutait.

Même si on avait évacué les morts et les blessés, des taches de sang, sur le sol, indiquaient qu'un drame venait de se dérouler en ces lieux.

Seul point positif – enfin, en principe… – Cara ne criait plus.

Kahlan reconnut le capitaine Harris, présent dans le hall des pétitions quelques heures plus tôt.

— Quelqu'un est descendu l'aider ? demanda-t-elle.

— Non, Mère Inquisitrice.

L'officier ne prit même pas la peine de paraître honteux. Les D'Harans avaient peur de la magie, et ils n'en faisaient pas mystère. Le seigneur Rahl se chargeait de ces menaces-là et eux maniaient l'acier contre des adversaires de chair et d'os. C'était aussi simple que ça.

Kahlan n'eut pas le cœur de reprocher à ces hommes d'avoir abandonné Cara. Durant le combat contre Marlin, ils avaient fait montre de bravoure, beaucoup le payant de leur vie. Mais à leurs yeux, descendre au fond de l'oubliette n'entrait pas dans leur mission. Aussi bizarre que ce fût pour des braves qui s'étaient dressés sans faillir contre la menace qui en sortait...

Face à l'acier, ils luttaient jusqu'à la mort. Contre la magie, ils s'en remettaient au seigneur Rahl.

— Le tueur qui s'est évadé de l'oubliette est mort, annonça Kahlan. C'est terminé...

Des soupirs de soulagement montèrent du couloir. À l'expression toujours aussi anxieuse du capitaine Harris, l'Inquisitrice conclut qu'elle devait ressembler à une morte fraîchement déterrée.

— Mère Inquisitrice, dit l'officier, nous devrions aller chercher de l'aide... hum... pour vous.

— Plus tard ! (Kahlan se dirigea vers l'échelle et Nadine la suivit.) Depuis quand ne crie-t-elle plus, capitaine ?

— Environ une heure...

— Au moment où Marlin est mort, en somme... Venez avec nous et amenez deux ou trois costauds, pour que nous la sortions de là.

Cara était recroquevillée contre un mur, au fond de la salle. Apparemment, elle n'avait plus bougé depuis l'évasion de Marlin.

Kahlan et Nadine s'agenouillèrent de chaque côté de la Mord-Sith. Pour qu'elles voient mieux, les deux soldats brandirent leurs torches.

Cara tremblait comme une feuille. Pire encore, elle se convulsait, les yeux fermés, et ses membres s'agitaient comme ceux d'une marionnette manipulée par un gamin pervers.

Elle s'étouffait lentement dans son vomi...

Kahlan la prit par l'épaule et la fit rouler sur le flanc.

— Nadine, ouvre-lui la bouche !

La guérisseuse se pencha, saisit le menton de Cara d'une main, posa l'autre sous l'arête de son nez et tira. L'index et le majeur serrés, Kahlan les enfonça plusieurs fois au fond de la gorge de la Mord-Sith pour dégager ses voies respiratoires.

— Respire, Cara ! Je t'en prie, respire !

Nadine tapa plusieurs fois dans le dos de Cara, qui vomit de nouveau, toussa, manqua s'étrangler et prit enfin une inspiration hésitante.

Ses convulsions ne cessèrent pas pour autant.

— Je ferais mieux d'aller chercher mon sac..., souffla Nadine.

— Tu sais ce qu'elle a ?

— Pas vraiment... Mais nous devons faire cesser ces spasmes, et j'ai peut-être ce qu'il nous faut dans mon bagage.

Kahlan se tourna vers les deux soldats.

— Allez avec elle et montrez-lui le chemin. Mais laissez-moi une torche.

Un des D'Harans glissa son flambeau dans un support, puis il suivit Nadine et son compagnon le long de l'échelle.

— Mère Inquisitrice, dit Harris, un Raug'Moss est venu dans le hall des pétitions, peu après votre départ.

— Un quoi ?

— Un Raug'Moss qui arrivait de D'Hara.

— Je ne sais pas grand-chose de votre pays, capitaine. Qui sont ces gens ?

— Ils appartiennent à une secte très fermée. Pour être franc, je n'en sais guère plus que vous. Les Raug'Moss restent entre eux, et on les voit rarement…

— Pas de cours magistral, capitaine ! coupa Kahlan. Que fait cet homme ici ?

— C'est le grand prêtre des Raug'Moss, Mère Inquisitrice. On dit que ce sont de très bons guérisseurs. Ayant senti qu'un nouveau seigneur Rahl dirigeait D'Hara, celui-là est venu lui offrir ses services.

— Vous ne pouviez pas le dire plus tôt ? Allez le chercher, bon sang ! S'il peut nous être utile, c'est maintenant !

Harris se tapa du poing sur le cœur et courut vers l'échelle.

Kahlan souleva la tête de Cara puis la posa sur ses genoux, avec l'espoir qu'un peu de chaleur humaine aurait un effet apaisant. À part ça, elle ignorait que faire. Si elle était experte dans l'art de blesser les autres, les soigner dépassait de loin ses compétences.

Une situation qui lui pesait de plus en plus. Quand pourrait-elle cesser de frapper pour apprendre à soulager ? Comme le faisait Nadine, par exemple…

— Accroche-toi, Cara, murmura-t-elle en berçant doucement la Mord-Sith. De l'aide arrive !

Levant les yeux, elle aperçut les mots gravés sur le mur, en face d'elle. Comme toute Inquisitrice, elle maîtrisait à la perfection les langages et dialectes en usage dans les Contrées du Milieu. Le haut d'haran était une autre affaire, car peu de gens le comprenaient…

Richard s'acharnait à l'apprendre. Avec l'aide de Berdine, il s'efforçait de traduire un texte – le journal de Kolo – découvert dans la Forteresse. Vieux de trois mille ans, il parlait de l'Antique Guerre.

Avec un peu de chance, le Sourcier déchiffrerait la prophétie écrite sur le mur.

De la chance, vraiment ? Kahlan ne tenait pas à connaître le sens de ces mots. Car les prophéties compliquaient toujours les choses – quand elles ne les aggravaient pas.

L'Inquisitrice refusait de croire que Jagang avait vraiment allumé l'incendie qui les détruirait tous. Mais c'était un acte de foi gratuit, puisqu'elle n'avait aucune raison logique de mettre en doute ses propos.

Elle baissa la tête, posa sa joue contre celle de Cara et ferma les yeux. Si elle ne la voyait plus, la prophétie disparaîtrait-elle, comme une ombre menaçante dans la chambre d'un enfant ?

Des larmes roulèrent sur les joues de Kahlan. Cara ne devait pas mourir ! Il fallait…

Dans un coin de son esprit, l'Inquisitrice se demanda pour quelle raison elle se souciait tant de la Mord-Sith. La réponse ne fut pas difficile à trouver : parce que tous les autres s'en fichaient !

Les soldats n'étaient pas venus voir pourquoi elle ne criait plus, et ils l'auraient laissé mourir dans son vomi, si personne ne s'en était mêlé. Une fin absurde, sans intervention de la magie, parce que des hommes pourtant braves avaient peur de Cara. Ou parce qu'ils se moquaient comme d'une guigne de son sort ?

— Accroche-toi, Cara ! Moi, je me soucie de toi. (Kahlan écarta du front de son amie une mèche de cheveux poisseuse de sueur.) Nous voulons que tu vives !

Serrant plus fort l'agonisante, la bien-aimée de Richard prit enfin conscience que Cara et elle n'étaient pas très différentes l'une de l'autre... Au fond, ne les avait-on pas toutes les deux formées à faire souffrir leurs victimes ?

Même si c'était pour la bonne cause, la magie de Kahlan détruisait des esprits. Les Mord-Sith, par d'autres moyens, arrivaient au même résultat. Protéger leur maître et la vie de tous les D'Harans ne semblait pas une motivation moins noble que celle des Inquisitrices...

Kahlan était-elle la sœur jumelle des femmes qu'elle prétendait vouloir arracher à la folie ?

Alors qu'elle serrait Cara, l'horrible instrument de torture de Denna appuyait sur sa poitrine comme un fer qui eût tenté de la marquer au rouge. Était-elle pour de bon une Sœur de l'Agiel ?

Avant de la connaître un peu mieux, aurait-elle sourcillé si Nadine avait été tuée ? Pourtant, la femme qu'elle tenait pour une rivale consacrait sa vie à aider les gens, pas à les détruire. Dans ces conditions, comment s'étonner que Richard ait été attiré par sa belle amie d'enfance ?

Kahlan essuya ses larmes, qui coulaient maintenant à flots.

Son épaule la torturait et tout son corps lui faisait mal. Pourquoi Richard n'était-il pas là pour la serrer contre lui ? Quand il saurait ce qu'elle avait fait, il serait furieux, mais ça ne l'empêchait pas de vouloir qu'il soit près d'elle – même pour tempêter comme un digne sorcier de guerre.

Tenir Cara sur ses genoux ne faisait rien pour soulager son bras gauche. Mais elle ne l'aurait lâchée pour rien au monde !

— Bats-toi, Cari ! Tu n'es pas toute seule, et je ne te laisserai jamais tomber. C'est juré !

— Elle va mieux ? demanda Nadine dès qu'elle fut au pied de l'échelle.

— Non. Elle n'a pas repris conscience, et ses spasmes sont toujours aussi violents.

La guérisseuse vint s'agenouiller près de Kahlan et laissa tomber son sac sur le sol.

— J'ai dit aux soldats d'attendre en haut. Ils ne serviraient à rien ici, parce que nous ne pouvons pas la transporter dans cet état.

Nadine sortit de son sac des sachets d'herbes, des bourses de cuir et des demi-cornes fermées par un bouchon et les posa devant elle.

— Du cohosh bleu, marmonna-t-elle en déchiffrant le marquage énigmatique d'une bourse. Non, ça ne marcherait pas, et de toute façon, elle devrait en boire des litres... (Elle prit un sachet.) De l'immortelle nacrée... Pas trop mal, mais il faudrait pouvoir lui en faire fumer. Dans son état, c'est impossible ! (Elle passa à une corne.) Alors, de l'armoise commune ? Non, ça n'est pas mieux ! De la grande camomille ? (Elle mit cette corne-là sur ses genoux.) Ce serait bien, associé à de la bétoine.

Kahlan ramassa une des cornes dont Nadine n'avait pas voulu et la déboucha. Les narines agressées par une puissante odeur d'anis, elle la referma et la reposa.

Sa curiosité éveillée, elle en prit une autre, marquée de deux cercles barrés par une ligne horizontale, et tenta de faire sauter le bouchon.

— Non ! cria Nadine en lui arrachant la corne des mains.

— Désolée… Je ne voulais pas fouiller dans tes affaires, mais…

— Le problème n'est pas là ! C'est de la poudre de poivre-chien. Si on ne fait pas attention en l'ouvrant, on risque de s'en mettre sur les mains, ou pire encore, sur le visage. Cette substance, très puissante, peut immobiliser momentanément une personne. Si je vous avais laissée faire, vous seriez couchée sur le flanc, aveugle, incapable de respirer et convaincue que votre dernière heure a sonné.

» J'ai envisagé d'utiliser cette substance sur Cara, pour qu'elle cesse de trembler. Mais ce n'est pas une bonne idée. La paralysie est en partie induite par des troubles de la respiration. On n'y voit plus, et on a l'impression d'avoir les organes en flammes. L'effet est impressionnant, quoi ! Et tenter de laver les zones atteintes est déconseillé, car la poudre mouillée devient huileuse et se répand d'autant mieux.

» Cela dit, ça ne laisse aucune séquelle, et on se remet très vite. Infliger un choc de ce genre à Cara me semble beaucoup trop risqué. Avec l'insuffisance respiratoire dont elle souffre déjà…

— Nadine, tu bavardes parce que tu ne sais pas comment l'aider ? C'est ça, pas vrai ?

— Non… J'ai une idée, mais son syndrome est très rare, et il me reste des doutes. Mon père m'a parlé d'une affection de ce genre. Hélas, il n'a pas approfondi le sujet.

Kahlan ne trouva pas cette déclaration rassurante.

Nadine sortit une fiole de son sac, l'étudia à la lueur de leur unique torche puis la déboucha.

— Soulevez-lui la tête…

— Que vas-tu lui donner ? demanda l'Inquisitrice en obéissant.

— De l'huile de lavande, répondit la guérisseuse. (Elle ne fit pas boire Cara, mais lui massa les tempes avec le médicament.) Au moins, ça calmera ses maux de tête.

— J'ai peur qu'elle ait bien plus qu'une simple migraine…

— Je sais… En attendant de trouver mieux, ça apaisera la douleur et il y aura une chance qu'elle se calme un peu. Une seule substance ne suffira pas à la guérir. Je dois imaginer un traitement qui en associe plusieurs.

» L'ennui, c'est que les spasmes nous interdisent de lui faire boire des décoctions ou des infusions. Le tilleul, par exemple, est un calmant connu, mais on doit en vider au moins une chope. Du marrube noir viendrait à bout des vomissements. Là, il faudrait au minimum cinq bols par jour. Tant qu'elle aura des convulsions, nous ne lui ferons rien avaler… à part un peu de grande camomille, qui ne suffira pas… Heureusement, j'ai un espoir.

Nadine se pencha sur son sac, fouilla dedans et en sortit une autre fiole.

— Oui, j'en ai amené !

— De quoi s'agit-il ?

— De la teinture de passiflore... Un sédatif très puissant, et un excellent antalgique. Mon père le prescrit aux gens qui font des crises de nerfs. Puisqu'il s'agit d'une teinture, nous pourrons en déposer quelques gouttes sur sa langue, et elle les avalera avec sa salive.

Cara tremblant de plus en plus fort, Kahlan la serra contre elle jusqu'à ce que la crise soit passée. Se fier aux tâtonnements de Nadine ne lui disait rien qui vaille, mais elle n'avait pas le choix. Et il fallait agir vite.

La guérisseuse allait ouvrir la fiole quand une ombre occulta la lumière qui filtrait de l'entrée de l'oubliette.

Kahlan et Cara, pétrifiées, regardèrent un homme en manteau à capuche descendre souplement l'échelle.

Chapitre 13

Nadine cessa de gratter du bout de l'ongle le bouchon de cire.

— Qui est-ce ? demanda-t-elle.

— Une sorte de guérisseur, répondit Kahlan. Il vient de D'Hara, m'a-t-on dit, pour offrir ses services à Richard. Je crois que c'est un personnage important.

— Et que compte-t-il faire sans herbes ni décoctions ? Apparemment, il n'a rien sur lui…

L'Inquisitrice fit signe à Nadine de se taire. L'homme approchait, sa grande silhouette masquant la lumière de la torche placée dans son dos. Incapable de voir ses traits, sous sa grande capuche, Kahlan constata qu'il était de la taille de Richard, avec des épaules aussi larges.

— Une Mord-Sith…, dit-il d'une voix douce et autoritaire qui rappelait celle du Sourcier.

Il tendit une main et fit signe à Kahlan de s'écarter. Elle obéit, convaincue que les présentations pourraient attendre qu'il ait fini d'examiner Cara.

— Que lui est-il arrivé ? demanda-t-il après quelques secondes.

— Elle contrôlait un homme qui…

— Un sorcier ? coupa le guérisseur. Et elle était liée à lui ?

— Oui. Elle s'était appropriée son pouvoir… Mais celui qui marche dans les rêves possédait cet individu et…

— Celui qui marche dans les rêves ?

— Quelqu'un qui a le pouvoir de s'introduire dans l'esprit d'un individu en se glissant dans l'intervalle qui sépare ses pensées. L'homme que Cara contrôlait était une sorte de marionnette…

— Je vois… La suite ?

— Nous étions venues interroger le prisonnier…

— Bref, le torturer, coupa l'inconnu.

— Non ! J'avais prévenu Cara que nous n'aurions pas recours d'emblée à ses méthodes. Mais si ce tueur chargé d'éliminer le seigneur Rahl était resté muet, elle aurait fait ce qu'il fallait pour protéger son maître.

» Nous n'en sommes jamais arrivées là. Celui qui marche dans les rêves a utilisé le pouvoir du prisonnier pour graver une prophétie dans le mur, derrière vous.

Le guérisseur ne daigna pas tourner la tête.

— Et après ?

— Le tueur, Marlin, a tenté de s'évader. Bien entendu, Cara a voulu l'en empêcher…

— En utilisant le lien magique ?

— Oui. Elle a poussé un cri inhumain et s'est écroulée, les mains plaquées sur les oreilles. Avec mon amie (Kahlan désigna Nadine) nous avons poursuivi Marlin. Désormais, il ne fera plus de mal à personne. Quand nous sommes revenues, Cara se convulsait toujours sur le sol.

— Vous n'auriez pas dû la laisser seule. Elle aurait pu s'étouffer dans son vomi.

Kahlan ne répondit pas. Parfaitement immobile, le guérisseur continua à observer la Mord-Sith.

L'Inquisitrice épuisa vite sa réserve de patience.

— Cette femme fait partie de la garde personnelle du seigneur Rahl. Elle est très importante. Vous avez l'intention de la secourir, ou de la regarder mourir ?

— Silence…, ordonna l'homme comme s'il s'adressait à un enfant turbulent. Avant d'agir, il faut analyser, sinon, le remède risque d'être pire que le mal.

Au terme d'une longue réflexion, l'inconnu daigna enfin s'accroupir. Assis sur les talons, il prit le poignet de Cara dans une de ses énormes mains et glissa un pouce entre la manche et le gant de la Mord-Sith.

De l'autre bras, il désigna les cornes, les sachets et les fioles de Nadine.

— Que sont ces objets ?

— Mes instruments de travail, répondit l'amie d'enfance de Richard. Je suis une guérisseuse.

Sans lâcher la Mord-Sith, l'inconnu ramassa une bourse de cuir, étudia son marquage et la reposa. Puis il saisit les deux cornes, sur les genoux de Nadine, les examina et grogna d'agacement.

— De la grande camomille ? marmonna-t-il. Et de la bétoine. (Il lâcha dédaigneusement les deux cornes.) Tu es une herboriste, pas une guérisseuse.

— Comment osez-vous…, commença Nadine.

— À part l'huile de lavande, lui as-tu donné quelque chose ?

— Comment savez-vous que… ? Non, je n'ai pas eu le temps.

— Un coup de chance. La lavande ne sert à rien. Au moins, elle ne l'achèvera pas.

— Je savais que ça n'arrêterait pas les convulsions. Mais c'est excellent contre la douleur. Pour faire cesser les spasmes, j'allais lui donner de la teinture de passiflore.

— Vraiment ? On peut dire que je suis arrivé à temps.

— Et pourquoi ça ? demanda Nadine.

— Parce que ce traitement l'aurait tuée.

— C'est un puissant sédatif ! L'idéal pour calmer des convulsions… Sans votre intervention, elle irait déjà mieux.

— Tu crois ça ? Lui as-tu seulement pris le pouls ?

— Non. Mais qu'est-ce que ça change ?

— Il est faible et irrégulier. Cette femme mobilise toutes ses forces pour empêcher son cœur de s'arrêter. Avec un sédatif, elle n'aurait plus pu lutter. Tu vois ce que je veux dire ?

— Non... je... comment... ?

— Face à la magie, il convient d'être prudent. Tout le monde devrait le savoir, même une vulgaire herboriste.

— La magie..., répéta Nadine. Je viens de Terre d'Ouest, où elle est inconnue. J'ignorais qu'elle modifiait l'action de mes herbes... Désolée...

L'homme ignora ses excuses et désigna la poitrine de Cara.

— Ouvre sa tunique !

— Pourquoi ?

— Obéis ! Tu préférerais la voir mourir ? Si on ne fait rien, elle ne tiendra plus longtemps.

Nadine entreprit de défaire la rangée de petits boutons. Quand elle eut fini, l'homme lui fit signe d'écarter le vêtement. Perplexe, la jeune femme consulta du regard Kahlan, qui hocha la tête.

— Puis-je connaître votre nom ? demanda l'Inquisitrice pendant que Nadine dévoilait la poitrine de Cara.

— Drefan...

Sans daigner s'enquérir de l'identité des deux femmes, le guérisseur plaqua une oreille entre les seins de la Mord-Sith. Puis il releva la tête, se déplaça, força Kahlan à se pousser davantage et étudia la plaie béante, au-dessus de l'oreille gauche de Cara. Semblant la juger sans gravité, il sonda soigneusement la base du cou de sa patiente.

L'Inquisitrice ne distinguait toujours pas les traits de Drefan, dissimulés par le capuchon. De toute façon, la torche ne dispensait pas assez de lumière...

Drefan se pencha et saisit les seins de Cara à pleines mains.

— Que faites-vous ? s'indigna Kahlan.

— Je l'examine...

— Moi, je dirais plutôt que vous la pelotez.

Impassible, Drefan se rassit sur les talons.

— Touche ses seins, femme...

— Pourquoi ?

— Pour savoir ce que j'ai découvert.

L'Inquisitrice laissa courir le bout de ses doigts sur le sein gauche de la Mord-Sith.

— Sa peau est brûlante de fièvre...

— Maintenant, essaie l'autre...

Kahlan obéit. Ce sein-là était froid comme de la glace.

Sur l'invitation de Drefan, Nadine se livra au même examen.

— Qu'est-ce que ça signifie ? demanda-t-elle.

— Pour le moment, je réserve mon diagnostic. Mais ce n'est pas très bon...

Drefan posa les doigts sur la carotide de Cara et reprit son pouls. Après avoir passé les pouces sur son front, il se pencha, plaqua une oreille sur celle de la Mord-Sith puis huma son haleine. Lui soulevant la tête, il la fit délicatement tourner – et eut une grimace peu encourageante.

Il écarta les bras de sa patiente, ouvrit davantage sa tunique et lui palpa doucement l'abdomen.

— Alors ? s'impatienta Kahlan.

Drefan semblait être un maître de l'examen. Soit, mais elle aurait préféré qu'il agisse !

— Son aura est très perturbée, souffla le guérisseur.

Sous le regard stupéfait de Kahlan, il glissa une main dans le pantalon de la Mord-Sith et descendit jusqu'à son entrejambe. Le cuir rouge se souleva quand il introduisit un index plié dans le sexe de Cara.

De toutes ses forces, l'Inquisitrice lui flanqua une manchette sur le haut du bras, visant le nerf.

Avec un cri de douleur, Drefan retira sa main et bascula à demi sur le flanc.

— C'est une femme importante, je vous l'ai dit ! De quel droit osez-vous la tripoter comme ça ? Je ne le tolérerai pas, c'est compris ?

— Je ne la tripotais pas…

— Alors, vous appelez ça comment ? cria Kahlan, toujours furieuse.

— Je cherche à savoir ce que lui a fait celui qui marche dans les rêves. Il a troublé son aura, dévié ses flux d'énergie et brisé la connexion entre son corps et son esprit.

» Il ne s'agit pas de convulsions, mais de contractions musculaires incontrôlables. J'ai vérifié qu'il n'avait pas stimulé la zone de son cerveau qui commande l'excitation sexuelle. Bref, s'il ne l'avait pas plongée dans une sorte d'orgasme ininterrompu. Pour la guérir, je dois savoir où il est intervenu, et quelles fonctions il a altérées.

— La magie peut faire ça ? demanda Nadine, les yeux écarquillés. Provoquer un… une réaction pareille ?

— Si le sorcier est doué, ça n'est pas très difficile, confirma Drefan en pliant et repliant son bras douloureux.

— Et vous avez ce genre de pouvoir ?

— Non, parce que je n'ai pas le don, ni aucune autre forme de magie. Mais je sais remettre les choses dans l'ordre, si les dégâts ne sont pas trop graves. (Drefan se tourna vers Kahlan.) Je continue, ou nous la regardons mourir ?

— Continuez… Mais si vous lui touchez encore l'entrejambe, vous serez un guérisseur manchot !

— Cet examen m'a appris tout ce que je voulais savoir…

— Est-elle… hum… eh bien… ? demanda Nadine.

— Non. (Le guérisseur eut un geste agacé.) Enlève-lui ses bottes.

Nadine s'empressa d'obéir. Les traits toujours cachés par sa capuche, Drefan tourna un peu plus la tête vers Kahlan.

— C'était un coup de chance, ou tu visais le nerf ?

— J'ai suivi un entraînement très poussé, pour me défendre et protéger les autres.

— Eh bien, je suis impressionné. Avec des connaissances pareilles en anatomie, tu devrais apprendre à guérir les gens, pas à les malmener. (Il se concentra de nouveau sur Nadine.) Fais pression sur le troisième axe antérieur du méridien externe.

— Pardon ?

— Entre le tendon d'Achille et l'arrière de l'os rond de la cheville ! Appuie avec le pouce et l'index, sur les deux jambes.

Nadine s'exécuta pendant que Drefan glissait ses auriculaires derrière les oreilles de Cara, les pouces plaqués sur le haut de ses épaules.

— Appuie plus fort, femme ! dit-il en posant les deux paumes sur le sternum de la Mord-Sith. Et passe au deuxième méridien.

— Quoi ?

— Descends d'un demi-pouce et recommence. Sur les deux chevilles. (Très concentré, il déplaça ses doigts sur le crâne de la Mord-Sith.) Parfait. Premier méridien.

— Je descends encore d'un demi-pouce ? demanda Nadine.

— Oui. Dépêche-toi !

Drefan laissa retomber la tête de Cara et lui saisit les deux coudes entre le pouce et l'index, les soulevant légèrement.

Avec un soupir, il lâcha sa patiente et se rassit sur les talons.

— Je n'ai jamais rien vu de tel… Et ce n'est pas bon du tout !

— Vous ne pouvez rien faire ? demanda Kahlan.

Le guérisseur eut un geste irrité de la main et ne daigna pas répondre.

— J'ai posé une question ! insista l'Inquisitrice.

— Femme, quand je voudrai que tu me casses les pieds, je te le ferai savoir !

— Vous savez à qui vous parlez ? demanda Nadine, sincèrement indignée.

— À son allure, répondit Drefan en palpant les oreilles de Cara, à une femme de ménage du palais… qui aurait rudement besoin de prendre un bain.

— Désolée, mais je sors de l'eau…, grogna Kahlan.

— Eh bien, messire guérisseur, vous vous fourrerez le doigt dans l'œil ! triompha Nadine. Mon amie est la propriétaire du palais ! Bref, la Mère Inquisitrice en personne !

— Sans blague ? marmonna Drefan. J'en suis ravi pour elle. À présent, fichez-moi la paix !

— Elle est aussi la future épouse du seigneur Richard Rahl, ajouta Nadine.

Drefan se pétrifia.

— Le seigneur Rahl étant le maître de D'Hara, j'en déduis qu'il est aussi le vôtre. Si j'étais vous, je témoignerais plus de respect à sa future reine. Il est très pointilleux au sujet de la galanterie. Je l'ai déjà vu casser les dents de quelques malotrus…

Pendant ce discours, Drefan n'avait pas osé bouger un cil.

La présentation de Nadine, pensa Kahlan, ne péchait pas par sa subtilité. Cela dit, on pouvait difficilement être plus efficace.

— Et pour finir, c'est elle qui a éliminé le tueur. Avec sa magie !

Le guérisseur s'éclaircit péniblement la gorge.

— Veuillez me pardonner, Majesté…

— Mère Inquisitrice, corrigea Kahlan.

— J'implore votre clémence, Mère Inquisitrice. J'ignorais que… et je ne voulais pas…

— Oublions ça ! coupa Kahlan. Comme moi, soigner Cara vous semble plus important que le protocole. Vous pouvez l'aider ?

— Oui.

— Alors, faites-le !

Drefan se remit immédiatement au travail. Passant les mains au-dessus de la poitrine de sa patiente, il dessina dans l'air des arabesques complexes, les doigts crispés par un effort intense bien qu'invisible.

Agenouillée aux pieds de Cara, Nadine croisa agressivement les bras.

— Vous appelez ça des soins ? Mes herbes agiraient bien mieux que vos trucs de charlatan, et beaucoup plus vite !

— Des trucs de charlatan ? répéta Drefan en levant les yeux. C'est ce que tu penses, herboriste ? Des absurdités, selon toi ? As-tu la moindre idée de ce que nous affrontons ?

— Une crise de convulsions. Il faut y mettre un terme, et pas avec des incantations.

— Je suis le haut prêtre des Raug'Moss, et mes soins n'ont rien d'incantatoire. (Nadine ricana méchamment.) Tu persistes à douter ? Tu veux voir la vérité en face ? Avoir une preuve que ton minable cerveau d'herboriste peut comprendre ?

— Face à si peu de résultats, ce serait bienvenu, oui !

— Dans ton bric-à-brac, j'ai vu une corne d'armoise commune. Tu vas me la confier. Tu dois aussi avoir une bougie dans ce sac. Je la veux – allumée, bien entendu.

Pendant que Nadine s'exécutait en maugréant, Drefan ouvrit son manteau et sortit plusieurs petits objets de sa bourse. Quand la jeune femme lui eut tendu la bougie allumée, il fit couler un peu de cire sur le sol et la posa dessus. Puis il tira de sa ceinture un long poignard et pressa la pointe entre les seins de Cara. Lorsqu'une goutte rouge eut perlé, il rangea l'arme et récupéra le sang avec une cuillère à long manche.

Se relevant à demi, il ouvrit la corne et versa un peu de poudre d'armoise sur le sang.

— Tu oses appeler ça de l'armoise commune ? On doit prélever l'intérieur pelucheux de la feuille ! Tu as tout réduit en poudre, la tige avec !

— Et alors ? C'est toujours de l'armoise !

— De très mauvaise qualité… Un herboriste digne de ce nom utilise une poudre hautement concentrée. Je me demande où tu as appris ton métier…

— Ce produit est très efficace, répliqua Nadine, rouge de colère. Vous cherchez un prétexte pour excuser un échec inéluctable ? Accuser mon armoise me paraît un peu facile.

— La concentration est suffisante pour ce que je veux en faire, assura Drefan. Mais pas pour les objectifs que *tu* vises ! La prochaine fois, procède correctement, et tes malades s'en porteront beaucoup mieux.

Le guérisseur se pencha et maintint la cuillère au-dessus de la flamme jusqu'à ce que la poudre d'armoise s'embrase, dégageant une fumée noire et une odeur musquée.

Puis il passa la cuillère au-dessus de l'estomac de Cara, bientôt surplombé par un cercle de fumée.

— Tiens cet objet entre ses pieds, dit-il en tendant son étrange ustensile à Nadine.

Les doigts posés sur son front, il chantonna doucement.

— À présent, herboriste, dit-il en écartant les mains de sa tête, regarde bien et tu découvriras ce que je peux voir et sentir sans avoir besoin de cette fumée.

Les pouces sur les tempes de Cara, Drefan lui plaqua ses auriculaires de chaque côté du cou.

Le cercle de fumée noire se rida comme une flaque d'eau où on vient de jeter un caillou.

Les yeux ronds, Kahlan le regarda se diviser en une infinité de lignes qui formèrent un réseau complexe autour de Cara. Sur un geste du guérisseur, cette toile d'araignée s'immobilisa. Un ensemble de lignes emmêlées, semblant jaillir de la poitrine de la Mord-Sith, reliait son sternum à ses seins, ses épaules, ses hanches et ses cuisses. Un autre, apparemment issu du haut de son crâne, le connectait à une multitude de points, tout au long de son corps.

Drefan suivit une ligne du bout du doigt.

— Vous voyez ce « chemin » qui conduit de sa tempe gauche à la jambe correspondante ? À présent, regardez bien ! (Il appuya sur le cou de Cara, du côté gauche. Aussitôt, la ligne de fumée alla se rattacher à sa jambe droite.) Voilà, c'est là qu'elle doit être…

— Je vois, mais je ne comprends pas, dit Kahlan. De quoi s'agit-il ?

— De ses lignes méridiennes, répondit Drefan. Le flux perpétuel de sa force et de sa vie. Son aura, en quelque sorte. C'est plus compliqué que ça, mais avec des profanes, il faudrait des heures d'explication… Pour être simple, la fumée a le même effet qu'un rayon de soleil sur la poussière en suspension dans l'air : révéler ce qu'on ne voit pas sinon…

— Mais vous avez fait bouger ces lignes…, murmura Nadine. Comment est-ce possible ?

— J'ai utilisé ma force vitale pour imposer une réorientation de l'énergie là où c'était nécessaire.

— Alors, vous êtes un sorcier !

— Non. C'est une affaire d'entraînement. Appuie sur ses chevilles, là où je te l'ai dit la première fois.

Nadine posa la cuillère et obéit. Les lignes entremêlées qui descendaient le long des jambes de Cara se dissocièrent et formèrent des parallèles impeccables reliant ses pieds à ses hanches.

— Et voilà, dit Drefan, tu as remis les choses en ordre. Tu vois, ses jambes ne tremblent plus.

— J'ai fait ça ? demanda Nadine, incrédule.

— Oui. Mais c'était le plus facile… Regarde par là… (Il désigna le réseau de lignes qui partait du crâne de Cara.) Voilà l'essentiel de l'œuvre destructrice de celui qui marche dans les rêves. Il faut démêler cet écheveau ! Pour le moment, la Mord-Sith ne peut pas contrôler ses muscles, elle est aveugle et ne parvient pas à parler. Tu vois la ligne qui sort de ses oreilles, décrit un demi-cercle et vient se connecter à son front ? Celle-là est en place. Mais c'est la seule ! Notre patiente entend ce que nous disons et comprend chaque mot. Mais elle ne peut pas communiquer avec nous.

— Elle nous entend…, répéta Kahlan, accablée.

— Oui, Mère Inquisitrice. Rassurez-vous, elle sait que nous tentons de l'aider. Maintenant, j'aurais besoin de me concentrer. Si je ne procède pas dans le bon ordre, nous la perdrons…

— Allez-y, souffla Kahlan. Et faites *tout* ce qui est nécessaire pour l'aider.

Drefan se pencha et appuya du bout des doigts ou du plat de la paume sur différents points du corps de Cara. De temps en temps, il recourut de nouveau à son poignard, sans jamais faire perler plus d'une goutte de sang. À chacune de ses interventions, plusieurs lignes se dénouaient et changeaient de position. Certaines se collèrent aux flancs de la Mord-Sith tandis que d'autres ondulaient comme des serpents avant de rejoindre un nouvel emplacement.

Quand il comprima la chair, entre le pouce et l'index de Cara, les lignes qui couraient le long de son bras redevinrent impeccablement droites. La Mord-Sith gémit de soulagement, tourna plusieurs fois la tête et fit rouler ses épaules. Sa première réaction normale depuis que Jagang l'avait attaquée !

Lorsque Drefan lui perça délicatement le haut des chevilles avec son poignard, sa respiration redevint régulière, bien qu'un peu rapide.

Kahlan soupira de soulagement.

Drefan passa enfin à la tête de sa patiente. Comprimant des points très précis, le long de son nez puis sur son front, il élimina les ultimes spasmes. Aussitôt, la poitrine de Cara se souleva et s'abaissa à un rythme parfaitement normal.

— Et maintenant, la touche finale, murmura Drefan en appuyant la pointe du poignard entre les sourcils de la Mord-Sith.

Cara ouvrit les yeux et chercha le regard de Kahlan.

— J'ai tout entendu…, murmura-t-elle. Merci, ma Sœur de l'Agiel…

L'Inquisitrice comprit de quoi parlait la Mord-Sith. À l'évidence, elle l'avait entendue l'implorer de s'accrocher et de vivre, parce que quelqu'un se souciait d'elle.

— J'ai tué Marlin, mon amie.

— Je suis très fière de servir à vos côtés, Mère Inquisitrice. Et je regrette que vous vous soyez donné tant de peine pour me sauver, puisque ça ne servira à rien…

Kahlan plissa le front. Que voulait donc dire Cara ?

— Comment allez-vous ? demanda Drefan en se penchant sur la Mord-Sith. Tout est de nouveau normal ?

Cara tressaillit comme si elle venait de voir un fantôme.

— Seigneur Rahl, c'est vous ? demanda-t-elle.

— Non. Je me nomme Drefan…

Quand le guérisseur rabattit sa capuche, Kahlan et Nadine écarquillèrent les yeux.

— Darken Rahl était mon père. Bref, je suis le demi-frère de Richard Rahl.

Kahlan eut du mal à en croire ses yeux. De la même taille que le Sourcier, Drefan était aussi musclé que lui. Mais il avait les cheveux blonds, comme leur père, et des yeux bleu acier presque identiques aux siens. Brun aux yeux gris, le Sourcier partageait avec son demi-frère le regard hypnotique caractéristique de la lignée Rahl.

Drefan avait hérité de la beauté parfaite de son géniteur – des traits qu'on eût dits ciselés dans le marbre par un sculpteur de génie. À bien le regarder, il ressemblait plus à Darken Rahl qu'à Richard...

Bien qu'ils n'aient rien de jumeaux, on ne pouvait douter que ces deux hommes étaient frères.

Comment Cara avait-elle pu prendre Drefan pour Richard ? se demanda Kahlan.

Voyant l'Agiel, dans le poing de la Mord-Sith, elle comprit enfin. L'esprit encore troublé, Cara n'avait pas pris le guérisseur pour son nouveau seigneur...

... Mais pour l'ancien !

La malheureuse avait cru que Darken Rahl était penché sur elle !

Chapitre 14

Le bras gauche appuyé sur la table soigneusement polie, un pouce sous le menton et l'index tendu le long de la tempe, Richard Rahl s'efforçait de garder son calme. Mais il était furieux...

Tapotant la garde de son épée du bout de l'ongle de son pouce droit – un bruit qui évoquait un roulement de tonnerre dans ce silence de mort – il contemplait quatre de ses fidèles gardes du corps, immobiles comme des statues.

Cette fois, Berdine, Raina, Ulic et Egan avaient dépassé les bornes, et ils le savaient.

Mais comment les punir ? Après avoir passé en revue une série de châtiments, le Sourcier les avait tous rejetés. Pas parce qu'ils lui semblaient trop sévères, loin de là. Mais ils ne serviraient à rien, alors que la vérité, plus cruelle que des tortures, les toucherait au cœur.

Sur les murs de son salon favori, de petits tableaux vantaient les merveilles d'une vie simple et idyllique à la campagne. Mais en face de lui, par la fenêtre ouverte, le Sourcier apercevait la silhouette massive de la Forteresse du Sorcier, qui semblait le foudroyer de son regard de pierre.

Revenu en Aydindril depuis une heure, Richard avait amplement eu le temps d'apprendre ce qui s'était passé en son absence. Ses quatre gardes du corps, eux, avaient regagné la ville à l'aube. Furieux de voir débouler Raina et Egan, il les avait renvoyés en pleine nuit, en dépit de ce qu'ils avaient prévu. Une terrible erreur de jugement de plus !

Le regard dur, Richard les avait dissuadés de jouer à leur petit jeu préféré. L'insubordination, ce soir-là, n'était pas de mise.

Le Sourcier aussi était rentré plus tôt que prévu. Après avoir montré les arbres idoines aux soldats, et rapidement décrit ce qu'ils devaient prélever, il était reparti seul bien avant le lever du soleil. Incapable de dormir, avec ce qu'il avait vu dans la nuit, il avait tenu à regagner la ville aussi vite que possible.

Toujours impassible, Richard étudia ses quatre gardes du corps.

En uniforme de cuir sombre, Berdine et Raina n'avaient pas pris le temps d'arranger leurs nattes mises à mal par la longue chevauchée.

Ulic et Egan, les deux colosses blonds, portaient leurs tenues de combat, également en cuir. Au centre de leurs poitrines, un « R » gravé sur deux épées croisées attestait de leur appartenance à la Maison Rahl. Autour de leurs bras, juste au-dessus du coude, des cercles de métal hérissés de pointes brillaient sous les rayons de soleil qui pénétraient à flot par la fenêtre.

Seuls les gardes du corps du seigneur Rahl avaient le droit d'utiliser ces armes. Autant que de redoutables atouts, lors des corps à corps, c'étaient des insignes honorifiques que leur rareté rendait plus précieux encore. À cette heure, Richard ignorait toujours comment on obtenait le privilège de les arborer.

Devenu le maître d'un peuple qu'il ne connaissait pas, le Sourcier s'interrogeait sur ses coutumes – souvent énigmatiques – et ne savait quasiment rien de ses attentes ou de ses désirs.

Depuis leur retour, les quatre D'Harans avaient également appris ce qui s'était passé avec le nommé Marlin, la nuit précédente. Sachant très bien pourquoi ils comparaissaient devant leur maître, ils s'étonnaient qu'il n'ait encore rien dit.

Comment auraient-ils deviné qu'il tentait de contrôler sa fureur, pour ne pas aller trop loin ?

— Seigneur Rahl ?

— Oui, Raina ?

— Êtes-vous en colère parce que nous sommes venus, contre vos ordres, vous apporter le message de la Mère Inquisitrice ?

Le « message » en question était un foutu prétexte, et ils le savaient aussi bien que lui.

— Ce sera tout. Vous pouvez disposer. Tous les quatre.

L'air vaguement soulagé, aucun des gardes du corps ne fit mine de tourner les talons.

— Disposer ? répéta Raina. Sans recevoir de punition ? (La Mord-Sith se permit un sourire malicieux.) Du genre nettoyer les écuries pendant une semaine ?

Richard serra les dents et se leva. Aujourd'hui, il n'était pas d'humeur à supporter des plaisanteries oiseuses…

— Il n'y aura pas de punition, Raina. À présent, sortez d'ici !

Les deux Mord-Sith sourirent. Se penchant vers Raina, Berdine lui murmura quelques mots à l'oreille – assez fort pour que Richard entende.

— Il a compris que personne ne le protégerait mieux que nous…

Avec un bel ensemble, les quatre D'Harans tournèrent les talons et se dirigèrent vers la porte.

— Il y a quand même une chose que vous devez savoir ! lança Richard.

— Quoi donc ? demanda Berdine.

Le Sourcier contourna ses gardes du corps et les passa lentement en revue.

— Vous m'avez déçu…

— Quoi ? s'exclama Raina. Il n'y aura pas de cris, ni de punition, simplement de la… déception ?

— Exactement. Je pensais pouvoir me fier à vous, mais c'était une erreur. Voilà, vous pouvez sortir.

— Seigneur Rahl, osa rappeler Berdine, Ulic et moi étions avec vous sur votre ordre.

— C'est vrai... Donc, si je vous avais chargés de protéger Kahlan, vous auriez refusé de porter le message ? (La Mord-Sith ne répondit pas.) J'avais confiance en vous, et vous m'avez fait passer pour un imbécile ! (Tenté de hurler, Richard se contenta de serrer les poings.) Si j'avais su que vous n'étiez pas fiables, j'aurais pris d'autres dispositions pour assurer la sécurité de Kahlan !

S'accoudant au rebord de la fenêtre, le Sourcier contempla le paysage. Une matinée de printemps fraîche et grisâtre, comme son humeur...

— Seigneur Rahl, dit enfin Berdine, nous donnerions nos vies pour vous.

— En laissant mourir Kahlan ! cria Richard. (Il se retourna et baissa de nouveau la voix.) Donnez vos vies pour moi, si ça vous amuse ! Et continuez à vous gonfler d'importance parce que vous êtes mes gardes du corps. Je m'en fiche, à condition que vous ne traîniez plus dans mes pattes, ni dans celles des gens qui m'aident vraiment à combattre l'Ordre Impérial. À présent, dehors, et vite !

Les deux Mord-Sith se consultèrent brièvement du regard.

— Seigneur Rahl, si vous avez besoin de nous, dit Berdine, nous serons dans le couloir.

— Dans ce cas, vous risquez d'attendre longtemps, répondit Richard avec un regard si glacial qu'il fit blêmir les deux femmes. Il me faut des alliés de confiance, et vous n'êtes pas du lot.

— Mais..., commença Berdine.

— Quoi, encore ?

— Sans moi, comment traduirez-vous le journal de Kolo ?

— Je me débrouillerai... Une autre remarque de ce genre ? (Tous secouèrent la tête.) Alors, rompez !

Avant de passer la porte derrière ses trois compagnons, Raina se retourna, les yeux baissés.

— Seigneur Rahl, irons-nous nourrir les tamias, cet après-midi ?

— Je suis occupé, et ils s'en sortiront très bien sans nous.

— Et... et Reggie ?

— Qui ?

— Reggie, celui auquel il manque le bout de la queue. Vous savez, il vient s'asseoir dans ma main... Le pauvre risque de nous attendre.

Richard regarda un long moment la Mord-Sith, se demandant s'il devait la serrer dans ses bras ou l'agonir d'injures. Mais il avait déjà essayé de cajoler ces gens – à sa façon, bien sûr – et Kahlan avait failli y perdre la vie.

— Peut-être un autre jour. À présent, dehors !

— Oui, seigneur Rahl.

Après s'être essuyé le bout du nez du dos de la main, la Mord-Sith sortit et ferma la porte derrière elle.

Richard revint s'asseoir sur son fauteuil et fit distraitement tourner le journal de Kolo sur la table. Kahlan aurait pu mourir pendant qu'il était allé montrer une variété d'arbre à des soldats ! Tout ça parce que ses prétendus protecteurs n'en faisaient qu'à leur tête !

Il frémit en pensant à la fureur qui l'aurait submergé s'il avait dégainé l'Épée de Vérité, ajoutant la rage de la magie à la sienne. De sa vie, sans toucher l'arme, il n'avait jamais éprouvé une colère pareille. Qu'aurait-il fait, avec la lame au poing ?

Heureusement pour eux, Raina et les autres n'avaient pas eu l'occasion de le découvrir...

La prophétie gravée sur le mur de l'oubliette retentit de nouveau dans son esprit, comme si elle se réjouissait de le harceler. Quelqu'un frappa à la porte, la réduisant pour un temps au silence.

C'était la visite que le Sourcier attendait. Il n'avait pas le moindre doute.

— Tu peux entrer, Cara.

La grande Mord-Sith blonde se glissa dans le salon et referma la porte d'un coup d'épaule. La tête baissée, l'air misérable, elle ne ressemblait plus à la femme dure et indomptable que Richard connaissait.

— Puis-je vous parler, seigneur Rahl ?

— Pourquoi portes-tu ton uniforme rouge ?

— C'est... eh bien... une affaire intime de Mord-Sith, seigneur.

Richard ne daigna pas demander une explication dont il n'avait en réalité rien à faire. Depuis son retour, il attendait de voir Cara, la véritable cause de sa fureur.

— Soit... Que veux-tu ?

La Mord-Sith approcha de la table. Elle avait la tête bandée, mais ce n'était rien de bien terrible, d'après ce qu'on avait dit au Sourcier. À ses yeux cernés, il devina qu'elle n'avait pas dormi de la nuit.

— Comment va la Mère Inquisitrice, ce matin ? demanda Cara.

— Quand je l'ai quittée, elle se reposait... Elle se remettra vite, parce que ses blessures ne sont pas aussi graves qu'elles auraient pu l'être. Après ce qui est arrivé, elle a de la chance d'être en vie, tu ne crois pas ? L'ennui, c'est qu'elle n'aurait jamais dû descendre dans l'oubliette, puisque je le lui avais interdit. À toi aussi, d'ailleurs, si ma mémoire ne me trompe pas...

— Seigneur Rahl, je suis la seule à blâmer. C'est moi qui l'ai entraînée dans cette aventure. Elle a tenté de me convaincre, mais je n'ai pas écouté. Alors, elle m'a suivie, répétant à chaque pas que je ne devais pas vous désobéir.

Moins furieux, Richard aurait éclaté de rire. Même si Kahlan ne lui avait pas déjà raconté la vérité, il connaissait assez sa bien-aimée pour ne pas gober les balivernes de la Mord-Sith. Cela dit, Cara n'avait pas fait beaucoup d'effort pour la convaincre de se tenir loin de Marlin.

— Je pensais contrôler le prisonnier, et je me trompais...

— N'ai-je pas dit que vous ne deviez pas interroger cet homme ?

Cara se voûta davantage et hocha la tête sans lever les yeux.

— Réponds ! cria Richard en tapant du poing sur la table. L'ai-je dit, oui ou non ?

— Oui, seigneur Rahl.

— Y avait-il une once d'ambiguïté dans cet ordre ?

— Non, seigneur Rahl.

— Ton erreur est là, Cara ! Tu comprends ce que je veux dire ? Ne pas avoir contrôlé Marlin est excusable, parce que c'était au-delà de ton pouvoir. Mais rien ne t'obligeait à descendre dans l'oubliette. Et ça, c'est une faute grave.

» J'aime Kahlan plus que tout au monde, tu le sais. Rien n'est plus précieux pour moi que sa vie, et je te l'avais confiée !

— Seigneur Rahl, je mesure la gravité de mon échec, et j'en assume les conséquences. Puis-je quand même formuler une requête ?

— Laquelle ?

Cara tomba à genoux, prit son Agiel à deux mains et le leva vers son maître comme une offrande.

— Choisir la façon dont je mourrai, seigneur.

— Pardon ?

— Pour son exécution, une Mord-Sith porte toujours son uniforme rouge. Quand elle a loyalement servi, jusqu'à sa disgrâce, on l'autorise à choisir l'arme qui lui ôtera la vie.

— Et à laquelle penses-tu ?

— Mon Agiel, seigneur Rahl. Je sais que je vous ai trahi, mais avant cette impardonnable transgression, vous n'avez jamais eu à vous plaindre de moi. Permettez-moi de mourir ainsi, je vous en supplie ! Berdine se chargera de m'exécuter. Ou Raina… C'est égal, puisqu'elles savent toutes les deux comment s'y prendre.

Richard contourna la table et vint se camper devant la Mord-Sith.

— Permission refusée, lâcha-t-il en croisant les bras.

— Seigneur, puis-je savoir quelle arme vous choisirez ?

— Cara, regarde-moi…, murmura Richard. (La Mord-Sith leva les yeux.) C'est vrai, je suis furieux. Mais je n'ordonnerai jamais ton exécution, ni celle des quatre autres…

— Vous le devez, seigneur ! Mon erreur est impardonnable.

— Tu crois vraiment qu'il existe des *erreurs* impardonnables ? Certaines trahisons le sont, je te le concède. Mais les bévues ? Si on exécutait les gens qui en commettent, voilà longtemps que je ne serais plus de ce monde. Cara, dans ma vie, je les ai collectionnées. Et certaines n'étaient pas minces, tu peux me croire !

— Seigneur, une Mord-Sith sait quand elle mérite la peine capitale. C'est mon cas aujourd'hui. Si vous ne me condamnez pas, c'est moi qui serai le juge et le bourreau.

Certain de la détermination de Cara, Richard l'observa un long moment. Quelle était, dans son attitude, la part due au devoir et celle liée à la folie ? Tout dépendait de cette question…

— Tu as envie de mourir, Cara ?

— Non, seigneur Rahl. Pas depuis que je vous sers. Une raison de plus pour que je périsse ! Je vous ai trahi, et le code d'honneur des Mord-Sith ne m'autorise plus à vivre. Aucun de nous deux ne peut y changer quelque chose. Mon existence est terminée. Si vous ne me faites pas exécuter, je prendrai les choses en main…

Richard ne douta pas que la Mord-Sith tiendrait parole. Elle n'était pas du genre à tenter de l'attendrir, et encore moins à bluffer. S'il ne la convainquait pas qu'elle méritait de vivre, elle se suiciderait.

Soudain conscient qu'il n'avait qu'une solution, il surmonta la nausée que cette idée lui inspirait. Pour sauver Cara, il allait devoir franchir la frontière qui séparait la raison de la folie, ce territoire où errait une partie de l'esprit de la Mord-Sith. Et du sien, redoutait-il…

En une fraction de seconde, le Sourcier prit sa décision.

Il dégaina son épée, laissant la note métallique qu'il connaissait si bien retentir dans la petite pièce et pénétrer jusqu'à la moelle de ses os.

Alors, la rage de l'arme se déversa en lui, abattant la digue derrière laquelle bouillonnaient les flots dévastateurs de la mort. Un vent glacé parut souffler dans le salon, emportant avec lui la raison de Richard Rahl, Sourcier de Vérité et prétendument futur maître du monde.

— Dans ce cas, dit-il, la *magie* sera ton juge et ton bourreau.

Cara ferma les yeux.

— Regarde-moi ! cria Richard.

La furie de l'arme se déchaînait en lui, l'obligeant à lutter pour garder un lien avec la réalité, si ténu fût-il. Une fragile assurance qu'il ne basculerait pas à tout jamais dans la démence.

— Je veux que tu me regardes dans les yeux pendant que je te tue !

Cara obéit, les larmes aux yeux. Tout le bien qu'elle avait jamais fait, tout son courage, toute sa dévotion au devoir... Oui, tout avait été balayé par sa disgrâce !

Et son seigneur lui avait dénié le droit de mourir comme elle l'entendait. La seule punition au monde capable de lui arracher des sanglots...

Richard passa la lame sur son avant-bras pour lui donner un avant-goût du festin de sang qui l'attendait. Puis il se toucha le front avec l'acier glacé et murmura l'invocation qui n'appartenait qu'à lui :

— Mon épée, combats pour la vérité, aujourd'hui !

Devant lui se tenait la femme dont la présomption, sans une chance miraculeuse, aurait pu lui coûter Kahlan. À savoir bien plus que sa propre vie...

Cara le regarda lever la lame. Dans ses yeux, elle vit danser les flammèches de la magie et brûler une juste fureur.

Le messager de la mort... de *sa* mort !

Sur la garde de l'Épée de Vérité, les phalanges du Sourcier blanchirent.

S'il voulait avoir une chance, Richard savait qu'il ne devait pas tricher avec la magie. Au fond de son âme, il souhaita la mort de la femme qui avait failli à une mission sacrée : protéger Kahlan ! À cause de son arrogance, il aurait pu perdre sa bien-aimée, son avenir et toute raison de continuer à vivre. Il lui avait confié son bien le plus précieux, et elle s'était permise de manquer à son devoir.

Il s'imagina de retour en Aydindril pour découvrir le cadavre de Kahlan. Par la faute de Cara, et de personne d'autre !

Chacun lisant dans le regard de l'autre le reflet de sa propre folie, le bourreau et la victime comprirent qu'il n'y avait plus d'autre chemin pour eux. En un éclair, ils surent qu'ils avaient ensemble basculé dans la démence qui les suivait sans cesse comme leur ombre.

Richard se jura de couper la Mord-Sith en deux d'un seul coup.

La rage de l'épée l'exigeait.

Et il souscrivait à son désir !

Oui, il verrait jaillir le sang de la traîtresse !

Hurlant de rage il abattit son arme.

Comme si le temps ralentissait son cours, le Sourcier vit la lame briller en traversant un rayon de soleil.

En suspension dans l'air, il distingua les gouttes de sueur qui tombaient de son front, si nettes qu'il aurait pu les compter.

Au cœur de cette seconde dissociée de tout ce qui l'avait précédée – et de tout ce qui suivrait – Richard vit l'endroit précis où l'acier fendrait le crâne de sa victime.

Et Cara partageait sa vision, il le savait.

À moins d'un pouce de la chair, juste entre les yeux de la Mord-Sith, la lame s'arrêta comme si elle avait percuté un mur impénétrable.

Inondé de sueur, les bras tremblants, Richard hurla de frustration. Puis il écarta l'épée de Cara.

Les yeux écarquillés, le souffle court, la Mord-Sith gémit de détresse.

— Désolé, mais il n'y aura pas d'exécution…, lâcha Richard d'une voix étrangement rauque.

— Mais… comment… comment est-ce possible ? Une lame ne peut pas s'arrêter ainsi…

— La magie a choisi, et elle veut que tu vives. Que ça te plaise ou non, il faudra lui obéir.

Cara osa enfin croiser le regard de son seigneur.

— Vous l'auriez fait… Vous m'auriez tuée…

— Oui, dit simplement Richard en rengainant sa lame.

— Alors, pourquoi suis-je toujours vivante ?

— Parce que la magie n'a pas voulu de ton sang. Ses décisions sont sans appel, et nous devons les respecter.

Richard avait parié que l'Épée de Vérité ne le laisserait pas faire jaillir le sang de Cara. Elle ne l'autorisait pas à tuer un allié. Toute sa stratégie avait reposé là-dessus.

Pourtant, il avait eu un doute. Bien que ce ne fût pas intentionnel, la Mord-Sith avait mis en danger la vie de Kahlan. Dans ces conditions, la lame aurait pu prendre une autre décision. Car avec l'Épée de Vérité, il n'existait jamais de certitude absolue.

En lui remettant l'arme, Zedd l'avait prévenu que le danger était là. L'acier abattrait ses ennemis et épargnerait ses amis, mais la magie se fiait au jugement de celui qui la maniait, pas à une vérité objective. Ainsi, Richard risquerait toujours d'abattre un allié ou de laisser la vie à un adversaire.

Pour atteindre son objectif, il avait dû jouer le jeu à fond, sans garde-fou ni filet. Sinon, Cara aurait cru à une comédie, et mis fin à ses jours comme elle l'avait promis.

Les entrailles nouées, le jeune homme redouta un instant que ses jambes refusent de le porter davantage. Sans savoir s'il gagnerait son pari, il s'était immergé dans un monde de folie et de terreur.

Et maintenant, il n'aurait pas juré qu'épargner Cara n'était pas une erreur…

Il saisit le menton de la Mord-Sith et la força à relever la tête.

— L'Épée de Vérité a prononcé son jugement. Elle veut que tu vives et t'offre une seconde chance. Tu dois te plier à sa volonté.

— Je le ferai, seigneur Rahl.

Richard prit le bras de Cara et l'aida à se relever. Alors qu'il avait du mal à tenir debout, comment parvenait-elle à ne pas vaciller ? À sa place, il se serait écroulé.

— Je me rachèterai, seigneur Rahl !

Richard attira la Mord-Sith vers lui et la serra dans ses bras – une impulsion à laquelle il ne souhaitait plus résister. Elle s'abandonna contre lui, tremblante de reconnaissance.

— C'est tout ce que je demande, mon amie !

Cara s'écarta de lui, fit volte-face et se dirigea vers la porte.

— Encore une chose ! la rappela Richard. Il faut quand même que tu sois punie.

— C'est vrai, seigneur Rahl…

— Demain après-midi, tu iras apprendre à nourrir les tamias.

— Je vous demande pardon ?

— Tu as envie d'essayer ?

— Non, seigneur !

— Donc, ce sera ton châtiment. Emmène Raina et Berdine. Il serait injuste qu'elles s'en tirent comme ça !

Dès que la Mord-Sith fut sortie, Richard ferma la porte, s'y appuya et baissa les paupières. La rage de l'épée avait consumé sa colère, le laissant vide et épuisé. Et ces tremblements nerveux qui ne voulaient pas cesser !

Il faillit vomir au souvenir du regard de Cara, alors qu'il abattait son arme sur elle, certain qu'il allait lui ôter la vie. Oui, il avait accepté l'idée de tuer une personne qu'il aimait. Était-il tellement meilleur que Jagang et sa clique d'assassins ?

Probablement, puisqu'il avait agi pour sauver la Mord-Sith. Mais le prix restait élevé…

Quand la prophétie retentit de nouveau sous son crâne, il ne put plus résister et se laissa glisser sur le sol, malade de chagrin et de terreur.

Chapitre 15

Les soldats que Richard avait postés dans le couloir, autour des quartiers de la Mère Inquisitrice, le saluèrent et s'écartèrent pour le laisser passer. Puis ils reprirent leur position, piques levées, pour barrer le chemin aux trois Mord-Sith et aux deux colosses blonds qui suivaient leur seigneur à distance. En leur affectant cette mission, le Sourcier leur avait remis une liste – très courte – des personnes autorisées à franchir le barrage. Et les noms de ses gardes du corps n'y figuraient pas.

Richard se retourna et vit, comme il s'en doutait, que les trois femmes brandissaient déjà leurs Agiels. Il chercha le regard de Cara, le soutenant sans broncher jusqu'à ce qu'elle lâche son arme, vite imitée par Raina et Berdine.

Les cinq gardes du corps reculèrent et se campèrent à quelques pas des soldats pour improviser une seconde ligne de défense. Sur un geste de Cara, Raina et Ulic firent demi-tour et remontèrent le couloir. À l'évidence, leur « chef » entendait qu'ils trouvent un moyen de contourner l'obstacle, pour surveiller l'autre bout du corridor.

Au coin d'un couloir, juste avant celui qui donnait sur les quartiers de Kahlan, Richard eut la relative surprise de découvrir Nadine. Assise sur une chaise aux pieds dorés à la feuille, elle balançait les jambes comme une fillette qui meurt d'ennui en attendant qu'on l'autorise à aller jouer dehors.

Dès qu'elle aperçut le jeune homme, elle se leva d'un bond.

Sa belle crinière brillant de tous ses feux, Nadine avait l'air fraîche comme une rose.

Richard remarqua aussitôt que sa robe semblait plus moulante que la veille. Davantage serrée sur les hanches et les flancs, elle mettait en valeur ses formes épanouies. Bizarrement, ça ne correspondait pas à ce dont il se souvenait…

Encore un tour de son imagination ! C'était la même robe, et elle n'avait pas pu rétrécir par miracle.

Mais voir sa silhouette ainsi flattée – ou en avoir l'impression – lui rappela l'époque pas si lointaine où…

Contrôlant son enthousiasme, la jeune femme enroula coquettement une mèche châtaine autour de son index droit et eut un sourire timide. Quand le

Sourcier s'arrêta devant elle, elle recula d'un pas, comme si elle avait vaguement peur de lui.

— Bonjour, Richard... J'ai entendu dire que tu étais déjà de retour... Moi, je... (Du menton, Nadine désigna la porte, un peu plus loin – un excellent prétexte pour ne pas regarder son interlocuteur dans les yeux.) Eh bien, je viens voir comment va Kahlan. Tu comprends, il faut que je change son cataplasme. Mais je ne voulais pas la réveiller...

— Elle m'a dit que ton aide lui a été précieuse. Merci, Nadine. Ça me touche plus que tu ne l'imagines.

— Nous sommes de Hartland, et entre gens du pays, on se serre les coudes ! (En quête d'une excuse pour baisser les yeux, la jeune femme s'intéressa à un fil qui dépassait de sa robe.) Au fait, Tommy et Rita Wellington se sont mariés. Tu te souviens de Rita, la maigrichonne ?

— Ce n'est pas une surprise. Leurs parents avaient prévu leur union de longue date.

— Il la bat comme plâtre, dit Nadine sans relever la tête. Un jour, elle saignait tellement que j'ai dû lui poser un cataplasme... eh bien... tu devines où, je suppose ? Mais les gens disent que ce n'est pas leur affaire, et ils font comme s'ils ne savaient rien.

Où voulait en venir Nadine ? se demanda Richard. Espérait-elle qu'il retourne au pays pour sermonner ce voyou de Tommy Lancaster ?

— S'il continue, les frères de Rita finiront par lui fendre le crâne...

Nadine garda les yeux baissés.

— J'aurais pu être à sa place... Mariée à Tommy, et pleurant sur l'épaule de mes amies chaque fois qu'il m'aurait... Enfin, tu devines ce que je veux dire. Richard, j'aurais pu être enceinte, et morte d'angoisse à l'idée qu'une raclée provoque une nouvelle fausse couche !

» Je sais ce que je te dois, mon ami. En plus, nous sommes de la même ville, et... Enfin, j'étais venue pour t'aider, au cas où tu aurais eu des problèmes. (La jeune femme haussa une épaule, l'air désabusé.) Kahlan est très gentille. À sa place, la plupart des femmes auraient... Tu sais, je n'ai jamais vu une aussi belle fille ! Rien à voir avec moi...

— Tu ne me dois rien, assura Richard. Je serais intervenu pour sauver toute femme agressée par Tommy. En revanche, je te suis reconnaissant d'avoir aidé Kahlan.

— Quelle idiote j'ai été ! Penser que tu l'avais empêché de me violer parce que...

Conscient d'avoir été d'une maladresse rare, Richard posa une main sur l'épaule de Nadine, à l'évidence au bord des larmes.

— Nadine, tu es très jolie aussi, tu sais ?

— Vraiment ? C'est ce que tu penses ?

Après avoir tiré sur sa robe bleue, au niveau des hanches, la jeune herboriste leva enfin les yeux et sourit.

— Si tu étais un laideron, tu crois que j'aurais dansé avec toi, l'an dernier ?

— J'ai adoré ça ! Tu sais quelles initiales j'ai gravées sur le tronc de l'arbre aux fiancés ? « N.C. », pour Nadine Cypher.

— Désolé, mon amie, mais Michael est mort.

— Michael ? Il n'était pas question de lui, mais de toi !

Se souvenant qu'il avait des soucis plus importants, Richard décida que cette conversation avait assez duré.

— Aujourd'hui, je suis Richard Rahl et le passé est mort. Quant à mon avenir, il est auprès de Kahlan.

Le jeune homme voulut tourner les talons, mais Nadine le retint par un bras.

— Ne te méprends pas, Richard. Je sais que tu l'aimes, et je reconnais avoir commis une grosse erreur, avec Michael.

Au dernier moment, Richard ravala la réplique mordante qui lui brûlait les lèvres. Comme il l'avait dit lui-même, le passé était mort et rouvrir les vieilles blessures ne rimait à rien.

— Encore merci d'avoir aidé Kahlan, conclut-il. À présent, je suppose que tu as hâte de retourner chez toi. Dis à tout le monde que je vais bien, et que je viendrai faire un tour dans le coin dès que…

— Kahlan m'a invitée à rester quelque temps, coupa Nadine.

Richard s'attendait à tout, sauf à ça. Un détail dont sa bien-aimée avait omis de l'informer.

— Vraiment ? Alors, tu comptes rester un jour ou deux ?

— J'aimerais bien, oui… Au fond, ce sont mes premières vacances loin de la maison. Si tu n'y vois pas d'inconvénient, bien sûr. Je ne voudrais surtout pas…

— Aucun problème, assura Richard en dégageant doucement son bras. Si Kahlan t'a invitée, je n'ai rien à y redire.

Nadine rayonna, comme si elle n'avait pas remarqué que l'expression du jeune homme démentait ses paroles.

— Richard, tu as vu la lune, la nuit dernière ? demanda-t-elle soudain. Tout le monde ne parle que de ça ! C'était aussi fantastique qu'on le dit ?

— Absolument fabuleux…, grogna Richard, de plus en plus agacé.

Sans laisser à Nadine le temps de placer un mot, il se détourna et s'éloigna.

Après que Richard y eut frappé discrètement, une domestique rondelette au visage rubicond entrouvrit la porte des appartements de Kahlan.

— Seigneur Rahl, Nancy aide la Mère Inquisitrice à s'habiller. Elle sera prête dans quelques minutes.

— S'habiller ? s'écria le Sourcier alors que la servante lui claquait le battant au nez. (Il entendit le verrou se mettre en place.) Elle devrait être au lit, bon sang !

En l'absence de réponse, il décida d'attendre plutôt que de faire un scandale. Jetant un coup d'œil sur le côté, il eut le temps de voir la tête de Nadine disparaître au coin du couloir. Savoir qu'elle jouait les espionnes ne le mit pas dans de meilleures dispositions à son égard.

Il faisait les cent pas depuis un moment quand la servante ouvrit en grand et lui fit signe d'entrer.

Le seuil franchi, il eut le sentiment de s'aventurer dans un autre monde. Le palais entier l'intimidait, avec sa splendeur, son aura de pouvoir et sa glorieuse histoire. Mais ici, dans le fief de Kahlan, c'était encore pire. Conscient d'être un simple guide forestier, il se sentait hors de son élément.

Les quartiers de la Mère Inquisitrice avaient tout d'un sanctuaire majestueux – un décor digne de la femme que tous les monarques recevaient en s'agenouillant. S'il avait connu ces lieux avant de rencontrer Kahlan, aurait-il eu le cran de lui adresser la parole ? Pour être franc, il en doutait...

Aujourd'hui encore, il rougissait de lui avoir appris à poser des collets et à déterrer des racines, à l'époque où il ignorait son identité.

Au souvenir de la soif d'apprendre de sa compagne, il eut un sourire émerveillé. Par bonheur, Kahlan Amnell – la *femme* – avait croisé son chemin avant qu'il découvre l'*Inquisitrice*, avec sa toute-puissance politique et sa redoutable magie. Les esprits du bien en soient loués, elle était entrée dans sa vie, et il priait pour qu'elle n'en sorte plus. Parce qu'elle était tout pour lui, désormais.

Des flammes crépitaient dans les trois cheminées en marbre du salon où il attendait. Filtrée par les somptueuses tentures qui protégeaient les immenses fenêtres, la lumière du jour était tout juste suffisante pour éviter qu'on allume des lampes. Une pénombre normale dans un sanctuaire, pensa Richard tout en se demandant combien de maisons, à Hartland, auraient été trop grandes pour ne pas tenir dans cette seule pièce.

Sur une table en acajou aux pieds dorés à la feuille reposait un plateau en argent lesté d'une théière, d'une tasse, d'un bol de soupe, d'un assortiment de biscuits, de poires au sirop et d'épaisses tranches de pain complet. Ce spectacle rappela à Richard qu'il n'avait rien avalé depuis près de vingt-quatre heures. Pourtant, il ne réveilla pas son appétit.

Le long d'un mur, trois servantes en robe grise, avec de la dentelle blanche aux manches et au col, regardaient le visiteur comme s'il s'apprêtait à mal se comporter – voire à entrer carrément dans la chambre de la Mère Inquisitrice !

— Elle est habillée ? demanda Richard.

— Dans le cas contraire, messire, répondit la domestique rougeaude, je ne vous aurais pas laissé entrer.

— Ça va de soi... (Sous le regard des trois vieilles chouettes, le Sourcier avança vers la porte de la chambre, s'arrêta et se retourna.) Merci pour tout, nobles dames. Vous pouvez disposer.

À contrecœur, les servantes se retirèrent en lui jetant des coups d'œil assassins. Pour elles, comprit-il, il devait être indécent que le fiancé d'une jeune femme reste seul avec elle dans sa chambre. Et plus encore quand il s'agissait de la Mère Inquisitrice !

Richard eut un soupir agacé. Chaque fois qu'il s'aventurait dans les quartiers de Kahlan, les domestiques se relayaient pour venir demander toutes les trois minutes si leur maîtresse avait besoin de quelque chose. En la matière, leur imagination forçait son admiration, car aucune, à ce jour, n'était venue lui proposer *directement* de défendre sa vertu. Hors des limites du sanctuaire, les servantes ne lui battaient pas froid. Elles plaisantaient même avec lui quand il les taquinait, ou les aidait à porter quelque chose. En fait, très peu avaient peur de lui. Pourtant, elles se transformaient en mères chattes dès qu'il empiétait sur leur territoire.

Le grand lit à baldaquin de la Mère Inquisitrice était adossé au mur du fond richement lambrissé. L'épais couvre-lit, brodé de fil d'or, tombait sur ses flancs comme une cascade multicolore figée au milieu de sa chute. Paresseux, un rayon de soleil rampait sur le somptueux tapis et caressait voluptueusement la moitié inférieure des meubles.

Kahlan lui avait souvent décrit cette chambre – le nid d'amour où ils se réfugieraient après leur mariage – en insistant tout particulièrement sur la douceur des draps et le moelleux du matelas. Depuis la nuit, dans un lieu entre les mondes, qu'ils avaient *pleinement* passée ensemble, Richard rêvait de dormir avec sa bien-aimée. Mais ce lit l'intimidait, il devait l'admettre. Ne risquait-il pas de la perdre derrière quelque oreiller géant ?

Selon Kahlan, il n'y avait aucun danger, et elle voulait bien en mettre sa tête à couper !

Debout devant une grande baie vitrée, la jeune femme contemplait pensivement la Forteresse du Sorcier nichée à flanc de montagne. Dans sa magnifique robe blanche, ses longs cheveux bruns cascadant sur ses reins, Kahlan était d'une beauté à couper le souffle. De quoi oublier la taille du lit, les servantes acariâtres et bien d'autres tracas…

Quand Richard lui toucha doucement l'épaule, Kahlan sursauta.

— Je croyais que c'était Nancy, dit-elle en se retournant, un magnifique sourire sur les lèvres.

— Comment ça, Nancy ? Tu n'as pas senti que c'était moi ?

— Parce que j'aurais dû deviner, le dos tourné ?

— Bien sûr. Quand tu entres dans une pièce, je le sais sans avoir besoin de regarder.

— Voilà un mensonge, ou je ne m'y connais pas !

— C'est la pure vérité !

— Et à quoi m'identifies-tu ?

— Ton parfum, le bruit de tes pas, le rythme de ta respiration… Et même ta manière de t'immobiliser ! Tout ça est unique, que tu le saches ou non.

— Tu plaisantes ? (Richard secoua la tête.) Sérieusement ?

— C'est la stricte vérité ! Ça ne te fait pas pareil avec moi ?

— Non. Mais tu as passé ta vie dans les bois, à aiguiser tous tes sens… (Kahlan enlaça le jeune homme de son bras valide.) Pourtant, je n'y crois pas vraiment…

— Mets-moi à l'épreuve, à l'occasion, et tu verras ! Comment vas-tu ? Ton bras gauche te fait mal ?

— À peine… C'était bien pire quand Toffalar m'a poignardée, chez les Hommes d'Adobe. Tu te souviens ?

— Je ne risque pas d'oublier… Mais que fais-tu debout ? Ne t'a-t-on pas prescrit du repos ?

— Arrête ça ! lança Kahlan en repoussant gentiment le Sourcier. Je suis en pleine forme ! (Elle le détailla des pieds à la tête.) Et toi, tu es splendide ! Une telle métamorphose, rien que pour me plaire ! Vous êtes beau comme un dieu, seigneur Rahl !

Richard posa un petit baiser sur les lèvres de la jeune femme… et recula quand elle voulut l'entraîner dans une étreinte plus passionnée.

— J'ai peur de te faire mal…

— Richard, je vais bien, crois-moi ! Après avoir touché Marlin avec mon pouvoir, j'étais épuisée. Surtout après une poursuite aussi mouvementée. Du coup, on m'a cru plus gravement blessée que je l'étais.

Le Sourcier étudia un moment sa compagne, puis décida qu'un baiser digne de ce nom n'était pas contre-indiqué dans son état.

— Voilà qui était beaucoup mieux…, souffla Kahlan quand ils s'écartèrent l'un de l'autre. (Elle repoussa doucement le jeune homme.) Tu as vu Cara ? Quand tu m'as quittée, tu avais ce regard qui me glace les sangs… Nous n'avons pas eu le temps de parler vraiment. Richard, elle n'y était pour rien !

— Je sais. C'est la première chose que tu m'as dite.

— Alors, tu ne t'en es pas pris à elle ?

— Nous avons eu une petite conversation, c'est tout…

— Une conversation ? Qu'a-t-elle avancé pour sa défense ? Elle n'a pas tenté de s'accuser de tout, j'espère ?

— Pourquoi as-tu invité Nadine au palais ? éluda Richard.

Comme si elle venait de voir enfin ce qui aurait dû lui crever les yeux, Kahlan saisit le poignet du Sourcier.

— Il y a du sang sur ton bras… Tu te l'es entaillé ? C'est ça ? Par les esprits du bien, qu'as-tu fait à Cara ? Pourquoi t'es-tu coupé le bras avec ton épée ? Tu… Comment va Cara ? Dis-moi que tu n'as pas…

— Elle voulait mourir, Kahlan. Sur mon ordre, ou de son propre fait. Alors, je m'en suis remis à mon épée, comme ce fameux jour, avec les anciens du Peuple d'Adobe.

— Elle va bien ? Jure-moi qu'elle va bien !

— Très bien, ne t'inquiète pas…

— Et toi ? Ne me mens pas, Richard !

— J'ai connu de meilleurs moments… Kahlan, pourquoi as-tu invité Nadine ?

— Ça m'a paru courtois, voilà tout… Tu as rencontré Drefan ?

— Ne change pas de sujet ! Pourquoi cette invitation ?

— Richard, il le fallait… Quand des ennuis viennent de Shota, on ne s'en débarrasse pas si facilement. Tu as payé pour le savoir, non ? Avant de riposter, nous devons découvrir ce que trame cette maudite voyante !

Le Sourcier se tourna vers la baie vitrée et regarda la Forteresse du Sorcier, qui semblait les toiser de haut, plus méprisante que jamais.

— Je n'aime pas du tout ça…

— Moi non plus, souffla Kahlan. Mais elle m'a aidée ! J'aurais juré qu'elle s'affolerait, et elle a su garder son sang-froid. Bien entendu, tout ça l'a perturbée… Quelque chose se prépare en sous-main, et nous devons réfléchir, au lieu de nous cacher la tête sous les couvertures.

— Je déteste toujours ça, mais tu as raison… Un coup de chance, parce que j'épouse exclusivement des femmes intelligentes !

Derrière lui, Richard entendit Kahlan tirer distraitement sur sa robe. Le délicieux parfum qui vint caresser ses narines l'apaisa un peu.

— Je comprends que tu aies… apprécié… Nadine, souffla l'Inquisitrice. Une guérisseuse doublée d'une jolie femme. Le coup a dû être dur à encaisser.

Alors que la pierre noire, à flanc de montagne, semblait absorber jusqu'aux rayons du soleil, Richard pensa qu'il devait à tout prix retourner dans la Forteresse.

— Quel coup ?

— L'avoir surprise en train d'embrasser Michael. Elle m'a tout raconté.

— Elle t'a raconté quoi ? s'écria Richard en se retournant.

Kahlan désigna la porte, comme si Nadine pouvait entrer et parler en son propre nom.

— Eh bien, que tu l'as vue embrasser ton frère.

— L'embrasser ?

— C'est ce qu'elle a dit, oui…

— Une drôle de façon de présenter les choses…

— Mais… Ils ne faisaient quand même pas… hum… ?

— Kahlan, seize hommes sont morts près des oubliettes, hier, et une dizaine d'autres ne passeront sans doute pas la journée. J'ai sur les bras des gardes du corps incapables de protéger la femme que j'aime, et une voyante consacre sa vie à empoisonner la mienne. Et si c'était tout ! Jagang nous envoie des messages par l'intermédiaire de pantins vivants, une Sœur de l'Obscurité rôde en ville, et la moitié de nos soldats, malades à en crever, ne sont pas en état de se battre. (Richard marqua une courte pause.) Tu en veux encore ? Des ambassadeurs attendent de nous voir, et j'ai hérité d'un demi-frère dont j'ignorais l'existence. Incidemment, je l'ai placé sous bonne garde… Alors, excuse-moi, mais la manière dont Nadine arrange la vérité à sa sauce ne me semble pas un sujet prioritaire.

— C'est moche…, soupira Kahlan. À présent, je comprends pourquoi tu avais ce regard.

— Tu te souviens du dicton que tu m'as cité un jour ? « Ne laisse jamais une fille choisir ton chemin à ta place quand il y a un homme dans son champ de vision… »

— Nadine ne choisit pas mon chemin… Je l'ai invitée avec une idée derrière la tête.

— Quand elle veut quelque chose, cette fille est plus entêtée qu'un chien lancé sur la piste d'un lièvre. Mais je parlais de Shota. Elle t'a indiqué une direction, et tu la suis aveuglément.

— Parce qu'il faut découvrir ce qu'il y a au bout du chemin. Et pourquoi la voyante désire que nous le suivions.

— Kahlan, je veux savoir tout ce qu'a dit Marlin – ou Jagang, si tu préfères. Essaie de te souvenir de chaque mot.

— Et si tu m'insultais un bon coup, avant de passer à autre chose ?

— Je n'ai aucune envie de t'infliger un sermon. Tu as failli me faire mourir de peur, en descendant dans cette oubliette. Je veux être près de toi, te protéger… et t'épouser. (Richard sourit.) À ce propos, j'ai eu une idée… Si ça marche, nous serons bientôt chez les Hommes d'Adobe.

— C'est vrai ? Comment ferons-nous ?

— D'abord, répète-moi les paroles de Jagang.

Le Sourcier se tourna de nouveau vers la Forteresse pendant que Kahlan lui racontait toute l'histoire. La présence de Jagang à la partie de Ja'La – le Jeu de la Vie dans sa langue natale –, son désir de voir ce que Marlin avait accompli, la mission d'Amelia dans la Forteresse du Sorcier, la découverte et l'invocation de la prophétie à Fourche-Étau…

— C'est tout, conclut-elle. Pourquoi fixes-tu la Forteresse comme ça ?

— Je me demande ce que sœur Amelia est allée y faire. Et pourquoi Marlin voulait s'y rendre aussi. Tu as une idée ?

— Non. Jagang ne m'a pas donné d'indice. Tu as vu la prophétie, au fond de l'oubliette ?

— Oui, répondit le Sourcier, l'estomac noué.

— Que dit-elle ?

— Je ne l'ai pas encore traduite…

— Richard, je veux bien croire que tu me reconnais quand j'entre dans une pièce, même si tu me tournes le dos. Moi, je peux dire que tu mens sans avoir besoin de te regarder dans les yeux !

Le jeune homme ne put s'empêcher de sourire.

— Les prophéties sont ambiguës, et tu le sais très bien. Les mots n'y ont pas le même sens que dans les phrases normales. Et puis, même si Jagang en a trouvé une, rien ne dit qu'il ait pu l'invoquer.

— C'est vrai, et j'y ai déjà pensé. Selon lui, la preuve qu'il l'a fait sera apportée par une lune rouge. Ce n'est pas demain que…

— Qu'as-tu dit ? demanda Richard en se retournant. Tu ne m'as jamais parlé de ça…

— J'avais oublié… jusqu'à maintenant. Quand j'ai déclaré que je ne le croyais pas, au sujet de la prophétie invoquée, il a répondu que la preuve viendrait avec la lune rouge. Tu sais ce que ça signifie ?

— Hier, la lune était rouge… J'ai passé ma vie dans la nature, sans jamais rien voir de semblable. On aurait cru l'observer à travers un verre de vin rouge. Ça m'a donné la chair de poule, et c'est pour ça que je suis rentré plus tôt.

— Richard, révèle-moi la prophétie !

Le Sourcier réfléchit à un mensonge crédible… et il n'eut aucune idée.

— « L'incendie viendra avec la lune rouge. Celui qui est lié à l'épée verra mourir les siens. S'il n'agit pas, ceux qu'il aime périront avec lui dans la fournaise, car aucune lame, qu'elle soit en acier ou née de la magie, ne peut blesser cet ennemi-là. »

— Et la suite ? demanda Kahlan, pâle comme une morte. Jagang m'a parlé d'une Fourche-Étau… Dis-moi tout, Richard ! Et n'essaie pas de me mentir. Nous luttons ensemble depuis le début. Si tu m'aimes, il ne faut rien me cacher.

Esprits du bien, faites qu'elle entende seulement les mots, et pas mon angoisse. Aidez-moi à lui épargner ça !

La main gauche du Sourcier se posa sur la garde de son épée, et il sentit les lettres du mot « Vérité » s'enfoncer dans sa paume.

Ne montre pas ta peur !

— « Pour éteindre l'incendie, il devra trouver un remède dans le vent. Mais sur ce chemin, la foudre le frappera, car sa bien-aimée le trahira dans son sang. »

Chapitre 16

— **R**ichard…, souffla Kahlan, des larmes roulant sur ses joues, tu sais que jamais je… Tu ne penses pas que…? Sur ma vie, je jure… Il faut me croire !

Alors qu'elle ne parvenait pas à contenir un gémissement d'angoisse, le Sourcier prit la jeune femme dans ses bras.

— Richard, dit-elle quand elle se fut un peu calmée, tu sais que je ne te trahirai jamais. Rien en ce monde ne me pousserait à agir contre toi. Et je refuserais, même si ça devait me valoir une éternité de tourments dans le royaume des morts, entre les mains du Gardien.

— Bien sûr, que je le sais… Souviens-toi qu'il ne faut jamais prendre une prophétie à la lettre. Si tu te laisses atteindre, Jagang aura gagné. Mais lui-même ignore ce que ça veut dire ! Il a gravé ces mots sur le mur parce qu'ils lui semblaient aller dans son sens.

— Mais… je…

— Calme-toi !

L'étreinte de Richard ne parvint pas à apaiser Kahlan. La terreur de la nuit précédente et l'horreur de la prophétie étaient plus qu'elle n'en pouvait supporter. Face au danger, quel qu'il fût, elle n'avait jamais versé une larme. Dans les bras de Richard – le seul endroit où rien de mal ne risquait de lui arriver – elle était incapable de se contrôler, emportée par un flot d'émotions au moins aussi puissant que le courant qui avait failli la tuer, dans les sous-sols du palais.

— Kahlan, ne crois pas à ces sornettes, je t'en prie !

— La prédiction… elle dit que…

— Écoute-moi un peu… Ne t'ai-je pas ordonné de rester loin de Marlin, parce que je m'occuperais de lui à mon retour ? N'ai-je pas souligné que c'était trop dangereux pour toi ?

— Oui, mais je m'inquiétais, et…

— Tu as agi contre ma volonté ! Tes raisons importent peu, parce qu'elles ne changent rien. (Kahlan hocha la tête.) C'est peut-être ça, la trahison dont parle la prophétie. De plus, ta blessure saignait beaucoup. Réfléchis ! Tu m'as trahi, et tu étais couverte de sang. Ça correspond, non ?

— Ce n'était pas une trahison, Richard. J'ai agi par amour pour toi, et pour te protéger.

— Les intentions non plus n'ont aucune importance ! C'est bien pour ça qu'il ne faut jamais se fier aux prophéties. Dans l'Ancien Monde, Warren et Nathan m'ont mis en garde contre une interprétation trop littérale de ces textes. Les mots ont un lien très indirect avec leur signification profonde.

— Pourtant, je doute que mon comportement soit une trahison...

— Ce n'était qu'un exemple. Une façon de te montrer qu'il n'y a rien à craindre, si on ne perd pas son bon sens. Les prophéties sont redoutables quand on se laisse influencer par elles. Oppose ta logique à cette prédiction-là !

— Zedd pense la même chose que toi. Il a refusé de me révéler les prophéties qui me concernent, de peur que je les croie. Selon lui, tu as raison de ne pas te laisser impressionner. Mais là, c'est différent. Il est dit que je te trahirai.

— Ce sera peut-être un truc tout simple et sans conséquence. Comme manger mon petit déjeuner, par exemple !

— La foudre n'est pas un « truc simple et sans conséquence ». C'est une image de la mort... ou de la façon précise dont tu périras. La prophétie annonce que je te trahirai, et que ça entraînera ta fin.

— Eh bien, je n'y crois pas ! Je t'aime, et je sais que tu ne feras jamais rien pour me nuire.

Kahlan eut une nouvelle crise de larmes, plus longue à apaiser que la précédente.

— Richard... c'est pour ça que Shota a envoyé Nadine. Elle veut que tu épouses une autre femme, parce qu'elle sait que je provoquerai ta perte. Elle essaie de te protéger d'une ennemie mortelle – moi !

— Elle nous a déjà fait ce coup-là une fois, tu t'en souviens ? Et elle s'était trompée du tout au tout ! Si nous l'avions écoutée, Darken Rahl aurait vaincu, et nous vivrions sous son joug. Cette prophétie est de la même eau... (Richard écarta Kahlan de sa poitrine et la tint par les hanches pour la regarder dans les yeux.) M'aimes-tu vraiment ?

Bien que son bras et son épaule gauches la mettent à la torture, l'Inquisitrice ne tenta pas de se dégager.

— Plus que ma propre vie !

— Alors, fais-moi confiance. Cette prophétie ne nous détruira pas. Je te le jure ! Au bout du chemin, tout sera pour le mieux, tu verras. Quand on pense trop au problème, on oublie de se concentrer sur la solution.

Kahlan s'essuya les yeux et sourit. Le Sourcier était si confiant et sûr de lui ! Comment avait-elle pu douter de leur avenir ?

— Tu as raison. Et je m'excuse d'avoir craqué...

— Tu veux toujours m'épouser ?

— Bien sûr ! Mais comment faire ? Le voyage sera très long, et nos responsabilités, ici...

— La sliph ! coupa Richard.

— Pardon ?

— La sliph, dans la Forteresse du Sorcier ! Sa magie nous conduira dans l'Ancien Monde, puis nous ramènera ici. Deux jours pour faire l'aller-retour, Kahlan ! Il me suffira de la réveiller, et nous serons en route !

— Elle nous conduira à Tanimura, et Jagang doit encore y être...

— Possible, mais nous serons moins loin du territoire des Hommes d'Adobe qu'en partant d'Aydindril. De plus, la sliph doit pouvoir nous amener ailleurs. Quand je l'ai réveillée, elle m'a demandé où je voulais aller. Si elle n'avait pas d'autres destinations en réserve, cette question n'aurait eu aucun sens.

Son désespoir envolé, Kahlan tourna la tête vers la Forteresse.

— En quelques jours, nous serons mariés et de retour aux affaires... Nous pouvons nous permettre une courte absence, n'est-ce pas ?

— Évidemment !

— Comment fais-tu pour trouver des solutions à tous les problèmes ? demanda Kahlan, sincèrement émerveillée.

— Une affaire de motivation..., répondit Richard en désignant le lit.

Folle de joie, Kahlan sauta au cou du Sourcier. Elle allait lui proposer de prendre un peu d'avance sur leur programme – en matière de lit, justement – quand un importun frappa à la porte.

Une importune, plutôt – et qui n'attendit pas qu'on l'invite pour entrer.

— Vous allez bien, Mère Inquisitrice ? demanda Nancy, une des trois vieilles chouettes de mauvaise mémoire.

Histoire de préciser sa pensée, elle foudroya Richard du regard.

— Oui. Que se passe-t-il ?

— Dame Nadine veut savoir si elle peut changer votre cataplasme.

— Elle attend dehors ?

— Oui, Mère Inquisitrice. Mais si vous êtes... occupée..., je lui dirai de patienter jusqu'à ce que vous ayez... terminé.

— Qu'elle vienne ! lança le Sourcier.

— Mère Inquisitrice, fit Nancy, pour accéder à la blessure, il faudra ouvrir le haut de votre robe...

— Je vais filer..., souffla Richard à l'oreille de Kahlan. Il faut que je parle à Berdine. Un petit travail à lui confier...

— J'espère qu'il ne consiste pas à nettoyer une écurie.

— Non. Je veux qu'elle étudie le journal de Kolo.

— Pourquoi ?

Richard posa un chaste baiser sur le front de sa bien-aimée.

— La connaissance est une arme, et je tiens à être armé jusqu'aux dents. (Il se tourna vers Nancy.) Vous avez besoin d'aide, pour la déshabiller ?

La servante réussit l'exploit de s'empourprer de honte tout en lui jetant un regard assassin.

— Je suppose que la réponse est « non »... (Richard gagna la porte et se retourna.) Quand Nadine aura fini, nous irons voir Drefan. J'ai aussi une mission pour lui. Et je voudrais que tu sois avec moi...

Dès que le jeune homme eut fermé la porte, Nancy vint se placer derrière sa maîtresse et entreprit de déboutonner sa robe.

— La tenue que vous portiez hier est tout juste bonne à devenir une serpillière, dit-elle d'un ton plein de reproches.

— Je m'en doutais un peu…

Kahlan avait une armoire pleine d'ensembles blancs – l'apanage de la Mère Inquisitrice, puisque toutes ses collègues portaient du noir.

De fil en aiguille, la jeune femme pensa à la robe de mariée bleue qu'elle mettrait bientôt.

— Nancy, tu te souviens de l'époque où ton mari te courtisait ?

— Oui, Mère Inquisitrice.

— Et tu aimais qu'on entre sans ton accord, quand tu étais seule quelque part avec lui ?

Nancy entreprit de faire glisser le tissu sur les épaules de Kahlan.

— Mère Inquisitrice, avant le mariage, je ne suis jamais restée seule avec lui ! Mes parents me l'interdisaient, et ils avaient raison, parce que j'étais jeune et ignorante.

— Moi, je suis adulte, et je dirige ce palais. Je veux que vous cessiez toutes de me déranger quand Richard est avec moi. C'est compris ? Ouille ! Ne tire pas si fort !

— Désolée de vous avoir fait mal, Mère Inquisitrice… Quant au reste, ce n'est pas convenable.

— Tu me permettras d'en juger.

— À votre guise…

— Exactement, fit Kahlan en tendant le bras droit pour que Nancy fasse glisser plus facilement la manche de sa robe.

— Vous avez été conçue dans cette chambre, dit la servante, sur un lit qui ressemblait beaucoup à celui-là. Des générations de Mères Inquisitrices furent fécondées ici, pour donner naissance à des filles souvent destinées à les remplacer. Le poids de la tradition pèse sur vos épaules. Avant d'accueillir un homme entre ses draps, une Mère Inquisitrice doit l'avoir épousé.

— Aucune des femmes dont tu parles ne s'est mariée par amour. Ma mère non plus… Ce ne sera pas mon cas, et mon enfant, si j'en ai un, sera le fruit de l'amour.

— Raison de plus pour qu'il soit conçu avec la bénédiction des esprits du bien, et dans les liens sacrés du mariage.

Kahlan ne jugea pas nécessaire de préciser que les esprits du bien, dans le lieu mystérieux entre les mondes, avaient déjà béni leur union.

— Les esprits du bien savent ce qu'il y a dans nos cœurs. Richard et moi sommes faits l'un pour l'autre, et il en sera ainsi à jamais.

— Et vous êtes pressés de passer à l'acte, marmonna Nancy en commençant à défaire le bandage. Comme ma fille et son fiancé…

Pressés ? Par bonheur, la servante ne savait pas à quel point !

— Ce n'est pas du tout ça ! J'ai simplement dit que je ne voulais pas qu'on me dérange quand Richard est avec moi. Le mariage est pour bientôt, et notre engagement sera irréversible…

» L'amour ne se réduit pas à vouloir sauter dans un lit. On peut avoir envie d'être dans les bras l'un de l'autre, pour se cajoler. Tu peux comprendre ça ? Si tes collègues et toi entrez toutes les cinq minutes dans ma chambre, tu crois que je peux embrasser tranquillement mon futur époux, ou lui permettre de me consoler quand je suis blessée ?

— Non, Mère Inquisitrice…, concéda Nancy.

Juste avant qu'on frappe de nouveau à la porte… restée ouverte.

— Je peux entrer ? demanda Nadine.

— Bien sûr ! Pose donc ton sac sur une chaise. Nancy, tu peux nous laisser. Et merci pour tout.

Sans cacher sa désapprobation, la servante sortit et ferma la porte derrière elle. Nadine fit signe à Kahlan de s'asseoir sur le lit et finit de défaire le bandage.

— Dis-moi, fit Kahlan, pensive, tu portes bien la même robe qu'hier ?

— Oui.

— Elle semble plus… moulante.

Nadine baissa les yeux et s'examina.

— Vos dames de compagnie l'ont lavée, mais je doute qu'elle ait rétréci… Attendez, je sais ce qui s'est passé ! Les coutures se sont déchirées, hier, quand nous avons fait un peu de natation. J'ai dû les reprendre, et couper le tissu trop abîmé.

» Heureusement que je n'ai pas trop d'appétit, depuis mon départ de Hartland. Le souci fait maigrir, vous savez ce que c'est. Sinon, je n'aurais plus pu mettre cette robe. Mais elle ne me serre pas trop, pas vrai ?

— Pour te remercier de ton aide, je m'assurerai qu'on t'en procure une autre, plus confortable.

— Inutile. Celle-là ira très bien.

— Je vois…

— La plaie n'est pas plus infectée qu'hier, c'est encourageant… (Très délicatement, Nadine acheva de retirer le cataplasme.) J'ai croisé Richard, en entrant. Il avait l'air perturbé. Vous ne vous êtes pas disputés, j'espère ?

— Non, grogna Kahlan, de moins en moins bien disposée envers l'amie d'enfance de Richard. Il était troublé par autre chose.

Nadine sortit une demi-corne de son sac, l'ouvrit et badigeonna l'épaule de Kahlan d'un produit à la forte odeur de poix. Quand elle eut terminé, elle entreprit de refaire le bandage.

— Inutile d'être gênée, dit-elle d'un ton léger. Les amoureux se chamaillent parfois. Et ils ne se séparent pas pour autant ! Richard finira par revenir à la raison.

— En fait, je lui ai parlé de ce qui s'est passé entre vous, en assurant que je le comprenais. C'est ça qui l'a bouleversé.

— Pourquoi donc ?

— Tu te souviens de l'histoire que tu m'as racontée au sujet de Michael ? Quand il t'a surprise en train de l'embrasser ?

— Oh, ça…, lâcha Nadine en achevant de nouer le bandage.

— Oui, ça…

Sans lever les yeux, Nadine aida Kahlan à renfiler sa robe, puis elle rangea vivement la demi-corne dans son sac.

— Et voilà ! Je referai le cataplasme ce soir.

Sur ces mots, la jeune femme récupéra son sac, fila vers la porte… et se pétrifia quand l'Inquisitrice la rappela.

— Tu m'as menti, dirait-on. Richard m'a tout raconté.

Nadine s'empourpra jusqu'aux oreilles.

— Si tu me donnais ta version des faits ? Va donc t'asseoir sur ce fauteuil, en face de moi.

Nadine hésita puis obéit à contrecœur.

— Eh bien, je voulais le stimuler un peu, dit-elle, les yeux baissés sur ses genoux.

— Tu appelles ça une « stimulation » ?

— Hum… Je savais que les garçons perdent souvent la tête quand ils… enfin, à cause du désir. J'estimais que c'était ma meilleure chance de le pousser à… se mettre dans l'obligation de m'épouser.

Kahlan ne comprit rien à cette déclaration, mais elle prit garde à ne pas le montrer.

— Ce n'était pas un peu tard pour ça ?

— Pas nécessairement… En principe, quand j'ai laissé Richard me surprendre nue sur Michael, et toute contente de ce que je faisais, j'aurais dû épouser à coup sûr un des deux. Car Michael en pinçait pour moi, je le savais.

— Et comment espérais-tu que…

— J'avais tout prévu. En me voyant chevaucher son demi-frère, folle de plaisir, il aurait dû me désirer à en mourir. Cette vision, plus mon ardeur à la tâche… Vous voyez ce que je veux dire ? J'espérais qu'il perde la tête et veuille me posséder aussi.

— Et en admettant, pourquoi t'aurait-il épousée après ?

— Parce qu'il aurait aimé ça, pardi ! Et croyez-moi, j'aurais fait ce qu'il fallait pour qu'il en redemande ! Ensuite, je lui aurais refusé de recommencer, et après avoir goûté à mes charmes, j'étais sûre qu'il serait disposé à tout pour m'avoir. Si Michael avait réagi comme lui, le choix me serait revenu, et j'aurais pris Richard.

» En cas de grossesse, s'il était resté sur sa réserve, je lui aurais dit que l'enfant était de lui. Tel que je le connais, il m'aurait épousée. Sans bébé ni demande de Richard, il me restait Michael. Un second choix est toujours mieux que rien…

Ignorant la fin de l'histoire, puisque le Sourcier ne lui avait rien raconté, Kahlan redouta que Nadine en reste là. En même temps, elle tremblait d'angoisse à l'idée de découvrir la suite. Et si ce plan bizarre avait marché, au moins jusqu'à un certain point ? Dans la version du simple baiser, Richard avait tourné les talons. Mais rien n'était vrai là-dedans…

L'Inquisitrice croisa les bras et attendit.

Nadine hésita puis se jeta à l'eau :

— En tout cas, c'était mon plan, et il semblait excellent. Au mieux, je récupérais Richard, et au pire, Michael…

» Hélas, ça n'a pas marché… Quand il est entré, Richard s'est pétrifié. Je me suis retournée pour lui sourire et l'inviter à participer aux réjouissances. Ou à venir me voir plus tard, s'il préférait un tête-à-tête.

Kahlan retint son souffle.

— C'est la première fois qu'il a eu ce regard, vous savez… Sans dire un mot, il est sorti de la pièce.

Nadine eut un soupir accablé.

— Je croyais pouvoir me consoler avec Michael, mais il m'a ri au nez quand je lui ai dit qu'il devait m'épouser. Oui, ri au nez ! Après, il n'a plus jamais voulu de moi. Ce porc avait eu ce qu'il désirait, et je ne l'intéressais plus. En revanche, les autres filles…

— Mais si tu visais… Par les esprits du bien, pourquoi n'as-tu pas séduit Richard, tout simplement ?

— Parce que j'avais peur qu'il s'y attende, et qu'il ait érigé ses défenses. Vous savez, il n'a pas dansé qu'avec moi, cet été-là. Je redoutais qu'il ne veuille pas s'engager. Au fond, il aurait pu vouloir s'amuser un peu, puis me laisser tomber après. Chez nous, on raconte que Bess Pratter a essayé la tactique dont vous parlez – et lamentablement échoué. Il me fallait une stimulation assez forte.

» La jalousie aurait dû lui faire perdre la tête. Avec la lubricité, c'est la principale motivation des hommes, à ce qu'on dit…

Nadine leva les mains et repoussa derrière sa tête son abondante chevelure.

— Je n'en reviens pas qu'il vous ait tout raconté. J'aurais juré qu'il garderait ça pour lui.

— Et il l'a fait…, murmura Kahlan. Quand j'ai mentionné ton histoire de « baiser », il s'est fermé comme une huître. Mais j'ai prêché le faux pour savoir le vrai, et tu es tombée dans le panneau.

Accablée par sa propre bêtise, Nadine se prit la tête à deux mains.

— Tu as grandi avec Richard, continua Kahlan, mais tu ne sais rien de lui ! Rien du tout !

— Ça aurait pu marcher ! C'est vous qui ne le connaissez pas si bien que ça ! Richard est un petit gars de Hartland qui n'a jamais rien eu. Le luxe lui a tourné la tête, sans parler de tous ces gens qui lui obéissent. Mon plan était bon parce qu'il désire ce qu'il voit, tout simplement. Et je voulais lui montrer ce que j'avais à lui offrir !

Sentant poindre une migraine, Kahlan ferma les yeux et se massa le front.

— Nadine, avec les esprits du bien pour témoins, j'affirme que tu es la femme la plus stupide que j'ai rencontrée !

— Stupide ? (L'herboriste se leva d'un bond.) Vous aimez Richard et vous le voulez pour époux. (Elle se frappa la poitrine d'un index rageur.) Vous savez ce qu'on ressent, quand on aime cet homme ? Mes sentiments n'étaient pas moins forts que les vôtres ! Et si vous êtes un jour à ma place, vous agirez comme moi ! Aussi bien que vous pensiez le connaître, vous le feriez, si c'était votre seule chance ! Osez me dire le contraire !

— Nadine, tu ne connais rien à l'amour… Il ne s'agit pas de capturer une proie, mais de rendre heureuse la personne qu'on porte dans son cœur.

— S'il le faut, vous ferez comme moi ! siffla Nadine.

La prophétie retentit dans l'esprit de Kahlan.

Mais sur ce chemin, la foudre le frappera, car sa bien-aimée le trahira…

— Tu te trompes ! Je ne lui ferai du mal pour rien au monde, m'entends-tu ? Pour ne pas le blesser, je suis prête à mener une vie misérable et solitaire. Et plutôt que de le voir souffrir, je préférerais te le laisser !

Chapitre 17

Essoufflée mais rayonnante, Berdine s'arrêta près de Kahlan, qui regardait Nadine s'éloigner à grands pas dans le couloir.

— Mère Inquisitrice, s'exclama la Mord-Sith, le seigneur Rahl veut que je passe la nuit à travailler pour lui ! N'est-ce pas merveilleux ?

— Si tu le dis…

Enthousiaste, Berdine partit à la course dans la direction qu'avait empruntée Nadine. À l'autre bout du corridor, Richard parlait avec un petit groupe de soldats. Un peu plus loin, Cara et Egan montaient la garde.

Dès que le Sourcier vit Kahlan, il mit fin à sa conversation et s'empressa de la rejoindre. Quand il fut à sa portée, elle l'attrapa par sa chemise et le tira vers elle.

— J'ai une question, messire Richard Rahl ! siffla-t-elle.

— Laquelle, noble dame ?

— Pourquoi as-tu dansé avec cette putain de bas étage ?

— Kahlan, je n'avais jamais entendu un mot pareil dans ta bouche ! Comment as-tu réussi à lui faire avouer ça ?

— En la roulant dans la farine !

— Tu as prétendu que je t'avais tout raconté ?

— Exactement.

— Je savais bien que j'avais une mauvaise influence sur toi…

— Richard, je suis navrée de l'avoir invitée. Si Shota me tombe entre les mains, je l'étranglerai ! Pardonne-moi de t'imposer la présence de Nadine.

— Tu n'as pas à t'excuser. Mes émotions m'ont aveuglé. Heureusement, tu as pris la bonne décision.

— Tu es sûr ?

— Shota et la prophétie parlent du « vent »… Nadine est impliquée dans tout ça, donc, nous devons l'avoir à l'œil. Je vais la faire surveiller, pour qu'elle ne file pas en douce.

— Inutile, car elle ne bougera pas d'ici.

— Comment le sais-tu ?

— Les vautours n'abandonnent jamais. Ils tournent au-dessus de leur proie tant qu'ils espèrent pouvoir la becqueter. Cette garce a même eu le front de dire que j'agirais comme elle, si j'étais un jour dans sa situation...

— J'ai de la peine pour elle, avoua Richard. Elle ne manque pas de qualités, mais l'amour véritable lui passera toujours très au-dessus de la tête, j'en ai peur.

— Et Michael ? Comment a-t-il pu te faire ça ? Dire que tu as réussi à lui pardonner...

— C'était mon frère, et aucun acte dirigé contre moi n'aurait pu briser ce lien. Un jour, je comparaîtrai devant les esprits du bien. Pas question de leur donner une raison de conclure que je n'étais pas meilleur que lui !

» Mais je n'ai pas pu l'absoudre du mal qu'il avait fait aux autres.

Kahlan posa une main sur le bras du Sourcier.

— Je comprends pourquoi tu veux que je sois à tes côtés quand tu rencontreras Drefan... Avec Michael, les esprits du bien t'ont mis à l'épreuve. Ce frère-là sera d'un autre calibre. Pour commencer, c'est un guérisseur, donc un homme qui aime aider les autres – comme toi. Cela dit, il est un peu arrogant, je te préviens. (L'Inquisitrice sourit tristement.) De toute façon, il aurait du mal à être aussi tordu que Michael !

— Tu sais, Nadine est une guérisseuse, et...

— Elle n'a aucun talent, comparée à Drefan. Son art n'est pas très éloigné de la magie.

— Tu crois qu'il a le don ?

— Non, mais je ne suis pas qualifiée pour le dire.

— Moi, je le saurai. S'il a un pouvoir, ça ne m'échappera pas.

Richard donna quelques ordres aux gardes postés devant les quartiers de la Mère Inquisitrice. Puis les deux jeunes gens remontèrent le couloir et s'arrêtèrent devant Cara et Egan.

Le colosse se mit au garde-à-vous. Kahlan trouva que la Mord-Sith avait l'air épuisée... et déprimée.

— Cara, dit Richard, je vais aller voir le guérisseur qui t'a sauvée. Il paraît que c'est un bâtard de Darken Rahl, comme moi. Tu veux bien m'accompagner ? Je serais content d'avoir une amie à mes côtés.

— Si c'est votre volonté, seigneur Rahl, répondit la Mord-Sith, au bord des larmes.

— C'est ma volonté, oui... Egan, tu viens aussi ! Au fait, j'ai dit aux soldats que vous étiez autorisés à passer – tous les cinq. Va chercher Raina et Ulic, et rejoignez-nous.

— À vos ordres, seigneur Rahl ! répondit Egan avec un grand sourire.

Le premier que Richard lui voyait depuis très longtemps.

— Où est Drefan ? demanda Kahlan.

— Dans une chambre d'invité de l'aile sud-ouest.

— À l'autre bout du palais ? Pourquoi ?

— Parce que c'est l'endroit le plus éloigné de tes quartiers...

Les gardes postés aux abords de l'aile sud-ouest du palais saluèrent Richard, Kahlan, Egan, Ulic et Raina avant de les laisser passer. En voyant Cara, toujours vêtue de rouge, ils baissèrent les yeux et reculèrent d'un pas de plus que nécessaire. Aucun D'Haran ne tenait à attirer l'attention d'une Mord-Sith en « tenue de travail »...

Quand ils arrivèrent devant une porte gardée par plusieurs colosses armés jusqu'aux dents, le Sourcier vérifia d'instinct que l'Épée de Vérité coulissait bien dans son fourreau.

— Je crois qu'il a plus peur que toi..., souffla Kahlan. C'est un guérisseur, et il dit être venu pour t'aider.

— En débarquant le même jour que Marlin et Nadine ? Tu sais bien que je ne crois pas aux coïncidences.

Dans les yeux de Richard, l'Inquisitrice vit qu'il puisait dans son arme – sans même la toucher – une réserve de magie mortelle. Toute son attitude montrait qu'il était prêt à tuer si cela s'imposait.

Sans frapper, il ouvrit la porte et entra dans la petite chambre dépourvue de fenêtres. Très modestement meublée, elle était réservée aux hôtes de moindre importance. Dans un coin, une petite cheminée dispensait juste assez de chaleur pour qu'on ne grelotte pas de froid.

Peu désireuse d'être sur l'éventuelle trajectoire de sa lame, Kahlan resta un demi-pas derrière le Sourcier. Ulic et Egan se campèrent de chaque côté de la porte, comme d'habitude. Cara et Raina se placèrent devant eux, prêtes à bondir au premier geste suspect.

Au fond de la pièce, Drefan était agenouillé devant une table basse où brûlaient des dizaines de chandelles. Sans précipitation, il se releva et se tourna vers ses visiteurs.

Son regard se riva dans celui de Richard, comme s'il était entré seul. Plongés dans des pensées que nul ne pouvait deviner, les deux hommes se toisèrent un long moment en silence.

Puis Drefan se prosterna, le front plaqué contre le sol.

— Maître Rahl nous guide ! Maître Rahl nous dispense son enseignement ! Maître Rahl nous protège ! À sa lumière, nous nous épanouissons. Dans sa bienveillance, nous nous réfugions. Devant sa sagesse, nous nous inclinons. Nous existons pour le servir et nos vies lui appartiennent.

Les deux colosses et les Mord-Sith faillirent s'agenouiller pour se joindre aux dévotions de Drefan. Ce réflexe n'étonna pas Kahlan, qui voyait chaque jour une multitude de D'Harans se jeter à terre devant leur maître. Avec le Sourcier, c'était habituel, puisque les Sœurs de la Lumière, à Tanimura, avaient fait de même pour lui jurer fidélité...

Au Palais du Peuple, du temps de Darken Rahl, tout le monde devait passer quatre heures par jour – deux le matin et deux le soir – à répéter cette litanie dans les cours de dévotion.

Drefan se releva et adopta une position décontractée qui en disait long sur sa confiance en lui. Chaussé de cuissardes noires, il portait son manteau à capuche, une chemise blanche à dentelle largement ouverte sur sa poitrine virile et un pantalon noir si serré sur l'entrejambe que l'Inquisitrice, consciente qu'elle rougissait, préféra s'intéresser à la large ceinture du guérisseur, où pendaient plusieurs bourses en cuir fermées par des épingles en os.

Aussi grand et musclé que Richard, sa peau mate mise en valeur par ses cheveux blonds, le deuxième fils de Darken Rahl était d'une beauté saisissante. Un étrange mélange entre le Sourcier et leur monstrueux géniteur…

— Qu'est-ce que ça signifie ? demanda Richard en désignant les chandelles.

— Je priais, seigneur Rahl. Afin d'être en paix avec les esprits du bien, si je devais les rejoindre aujourd'hui.

Une simple exposition des faits, sans embarras ni timidité, comme s'il parlait à un vieil ami.

— Cara, dit Richard, tu restes avec nous. Raina, Ulic et Egan, veuillez nous attendre dehors. (Avant que les trois gardes du corps n'aient refermé la porte, il ajouta :) Moi le premier…

Un code bien rodé : si Drefan sortait seul de la pièce, il ne devrait pas faire trois pas avant d'être truffé d'acier. Le genre de précaution que Kahlan prenait aussi…

— Seigneur Rahl, je me nomme Drefan, et je suis votre serviteur, si vous voulez de moi. (Le guérisseur s'inclina devant Kahlan.) Mère Inquisitrice…

— Pourquoi as-tu parlé de rejoindre les esprits du bien ? demanda Richard.

— C'est une longue histoire, seigneur, répondit Drefan en glissant les mains dans les manches de son manteau.

— Si tu me la racontais ? Mais d'abord, sors tes mains de là !

— Désolé, seigneur, fit le guérisseur en obéissant aussitôt.

Il écarta un pan de son manteau pour dévoiler le long poignard pendu à sa ceinture. Après l'avoir dégainé entre le pouce et l'index, il le lança en l'air et le rattrapa par la pointe.

— Veuillez me pardonner… J'avais l'intention de m'en débarrasser avant votre arrivée.

Drefan jeta négligemment l'arme par-dessus son épaule – et ne parut pas étonné quand il l'entendit se planter dans le mur lambrissé. Se penchant, il sortit un couteau de sa botte droite et lui fit suivre le même chemin. La lame se ficha à cinq pouces de la première, et exactement à la même hauteur.

Enfin, glissant une main dans son dos, Drefan en sortit une dague qu'il propulsa, toujours sans regarder, entre les deux autres.

— Ce sont tes seules armes ? demanda Richard, imperturbable.

Le guérisseur tendit les bras.

— Oui, à part mon savoir et mes mains. Mais n'ayez aucune crainte, seigneur, elles ne seraient pas assez rapides pour vaincre votre magie. Désirez-vous me fouiller pour vérifier que je ne mens pas ?

Richard déclina l'offre d'un haussement d'épaules.

— Alors, ton histoire ?

— Je suis le fils illégitime de Darken Rahl.

— Moi aussi…

— Pas exactement, seigneur. Vous avez hérité de son don, et la différence n'est pas mince.

— Hérité, dis-tu ? Darken Rahl a violé ma mère. Plus d'une fois, j'ai tenu ma magie pour une malédiction…

— Si c'est ainsi que vous voyez les choses, seigneur… Mais Darken Rahl avait une autre conception de la paternité. À ses yeux, il y avait son héritier – vous – et des mauvaises herbes. Comme moi…

» L'ancien maître de D'Hara ne s'embarrassait pas d'amour courtois ni de respect. Les femmes devaient lui apporter du plaisir et accueillir sa semence. Celles qui lui donnaient des fruits pourris tels que moi ne valaient pas mieux, à ses yeux, que des terres stériles. Cela dit, il n'aurait pas traité votre mère avec plus d'égards, après votre précieuse naissance…

— Cara m'a raconté la même chose, souffla Kahlan à Richard. D'après elle, Darken Rahl éliminait ce que Drefan appelle des « fruits pourris ».

— Il tuait mes frères et mes sœurs ?

— Oui, seigneur, confirma Cara. Mais pas méthodiquement – plutôt au gré de ses caprices, ou de sa colère.

— Je ne sais rien de ses autres enfants, dit Richard. Il y a moins d'un an, j'ignorais même qu'il était mon père. Par quel miracle as-tu survécu, Drefan ?

— Ma mère n'a pas connu… (Le guérisseur marqua une pause, en quête d'une manière délicate de présenter les choses.) Eh bien, un sort aussi cruel que la vôtre, seigneur…

» Ambitieuse et cupide, elle a vu en notre père un moyen d'accéder au sommet de l'échelle sociale. D'après ce qu'on m'a dit, elle était assez belle pour que Darken Rahl la prenne régulièrement dans son lit. Une « fidélité » dont il n'était pas coutumier… Mais elle a dû savoir se l'attacher. Bref, c'était une putain très douée !

» Elle espérait lui donner un *héritier*, afin de devenir à ses yeux plus qu'un objet de plaisir. Hélas, elle a échoué, puisque je suis venu au monde.

— Un échec pour elle, dit Richard, mais pas aux yeux des esprits du bien. Pour eux, tu ne vaux pas moins que moi.

— Merci, seigneur Rahl… Peu d'hommes, dans votre position, reconnaîtraient une chose pareille. « Devant sa sagesse, nous nous inclinons… » Ces mots ont rarement eu autant de sens.

Drefan s'efforçait de se montrer courtois et respectueux sans basculer dans la servilité. Aussi sincère qu'elle fût, sa déférence ne le contraignait pas à abdiquer sa noblesse naturelle. D'une politesse exquise – contrairement à sa première prestation, dans l'oubliette –, il restait fier et indomptable comme un Rahl digne de ce nom. Aucune allégeance ne le privait de sa confiance en lui : un autre point commun avec Richard.

— Qu'est-il arrivé ?

— Tout de suite après ma naissance, elle m'a montré à un sorcier, espérant que j'aurais le don. Dans ce cas, elle se voyait déjà régner aux côtés de Darken Rahl, mort d'amour pour elle. Ai-je précisé que c'était une parfaite idiote ?

Richard ne fit pas de commentaires.

— Le sorcier réduisit ses rêves absurdes à néant. Loin d'avoir donné le jour à un garçon né avec le don, elle avait accouché d'une calamité. Car Darken Rahl, c'était connu, adorait éviscérer lentement les mères de ses rejetons ratés.

— À l'évidence, tu es parvenu à ne pas attirer son attention. De quelle manière ?

— Grâce à une judicieuse initiative de ma mère… Elle aurait pu m'élever et sauver sa peau – à condition de cacher la vérité à son maître –, mais sursauter de terreur chaque fois qu'on frapperait à sa porte ne lui disait rien. Elle m'a donc confié à une communauté de guérisseurs – des gens très solitaires – avec l'espoir qu'ils préserveraient mon anonymat et interdiraient ainsi à mon père de s'en prendre à moi.

— Vous abandonner n'a pas dû être facile, compatit Kahlan.

Drefan se tourna vers elle.

— Pour soigner son chagrin, elle s'est prescrit un médicament imparable. Une dose massive de jusquiame noire que les guérisseurs se sont empressés de lui fournir.

— Un poison…, lâcha sombrement Richard.

— Oui. Très rapide, mais atrocement douloureux, à ce qu'on dit.

— Et des guérisseurs lui ont donné le moyen de se suicider ? s'indigna le Sourcier.

Le regard hypnotique de Drefan se riva de nouveau sur lui.

— Le devoir d'un guérisseur est de fournir le médicament adapté à la maladie. L'affection de ma mère étant de vivre, ils l'ont aidée à mourir.

— Ce n'est pas ma définition de ce métier…, dit Richard, les yeux aussi durs que ceux de son frère.

— La mort est le plus beau cadeau qu'on puisse faire à un malade condamné à une cruelle agonie…

— Ta mère n'était pas dans ce cas.

— Si Darken Rahl l'avait retrouvée, elle aurait atrocement souffert. Notre père, au cas où vous ne le sauriez pas, se montrait d'une remarquable inventivité en matière de tortures. À force d'angoisse, la pauvre femme risquait de devenir folle, et elle éclatait en sanglots chaque fois qu'une ombre bougeait dans sa chambre. Les guérisseurs ne pouvaient pas la soustraire à la fureur de Darken Rahl. Et s'ils l'avaient cachée parmi eux, ils auraient tôt ou tard fini étripés, comme elle. Alors, elle s'est sacrifiée pour me donner une chance…

Une bûche éclata dans la cheminée et Kahlan sursauta. Richard et Drefan, eux, ne bronchèrent pas.

— Je suis désolé, dit le Sourcier. Mon grand-père a amené ma mère en Terre d'Ouest, pour la mettre hors d'atteinte de Darken Rahl. Il savait ce qu'elle risquait – et moi avec !

— Décidément, nous nous ressemblons : deux enfants exilés pour fuir leur père. Mais vous, seigneur, il ne vous aurait jamais tué.

— Détrompe-toi, il a tout fait pour ça !

— Vraiment ? Après avoir tant rêvé d'un héritier, il a voulu l'assassiner ?

— À l'époque, il ne savait pas que j'étais son fils. Mais c'est une autre histoire… Pourquoi voulais-tu être en paix avec les esprits du bien, au cas où tu les rejoindrais aujourd'hui ?

— Les guérisseurs ne m'ont jamais menti sur mon identité. J'ai toujours su que j'étais le fils de Darken Rahl, et qu'il pouvait à tout moment venir me tuer. Depuis ma plus tendre enfance, chaque soir, je remercie les esprits du bien de m'avoir accordé un jour de plus loin de mon père et de ses sévices.

— Tes protecteurs n'avaient pas peur pour eux-mêmes ? Si Darken Rahl avait tout découvert, il les aurait taillés en pièces.

— Je n'ai jamais su s'ils s'inquiétaient… Devant moi, ils prétendaient ne rien risquer, parce que j'aurais pu être un enfant abandonné devant leur porte…

— Tu n'as pas eu une vie facile, Drefan, dit Richard.

Son demi-frère se tourna vers l'autel de fortune et le contempla un long moment en silence.

— Peut-être, mais c'est la seule que j'ai connue…, dit-il enfin. Avec le temps, redouter que chaque matin soit le dernier finit par devenir pesant…

— Darken Rahl est mort. Tu n'as plus rien à craindre de lui.

— C'est pour ça que je suis là… Quand j'ai senti le lien se briser, puis appris officiellement qu'il n'était plus de ce monde, j'ai décidé que mon cauchemar avait assez duré. Depuis mon arrivée au palais, on me surveille, et je connais la valeur des hommes dont vous vous entourez, seigneur. Mais j'ai pris le risque d'être à leur merci…

» Rien ne m'assure que le nouveau seigneur Rahl ne voudra pas m'éliminer aussi. Si c'est le cas, tant pis ! Vivre avec la peur ne me dit plus rien. Si vous voulez de moi, je vous offre ma loyauté. Sinon, ma tête est prête à se poser sur le billot, pour expier le crime de ma naissance.

» L'essentiel, c'est que mon cauchemar se termine, d'une façon ou d'une autre.

Les yeux humides, Drefan se tourna vers Richard.

— Mon sort est entre vos mains, seigneur Rahl. Pardonnez-moi… ou prenez ma vie. Dans les deux cas, je serai enfin libre.

En silence, Richard étudia longuement son demi-frère. Kahlan imagina le conflit intérieur qui le déchirait : tuer serait facile, et se montrer clément risquait de se retourner contre lui. Devait-il écraser une bonne fois pour toutes le passé sous sa botte, ou parier une fois encore sur un avenir meilleur ?

Drefan le décevrait-il autant que Michael ?

— Appelle-moi Richard, Drefan. Et tutoie-moi. Bienvenue au sein de D'Hara, un pays qui combat désormais pour la liberté. Si nous gagnons, plus personne ne vivra dans la peur, comme tu y fus condamné.

Les deux hommes se prirent par les poignets. Leurs mains, remarqua Kahlan, étaient exactement de la même taille.

— Merci, *Richard*…, souffla Drefan.

Chapitre 18

— On m'a dit que tu as sauvé Cara, fit le Sourcier. C'est moi qui te remercie... Ça n'a pas dû être facile, sachant qu'il s'agissait d'une de mes gardes du corps, et qu'elle risquait de devoir te tuer, si les choses tournaient mal pour toi...

— Je suis un guérisseur, sei... Richard. Excuse-moi, mais j'aurai sûrement des difficultés à t'appeler par ton prénom. Je sens le lien, comprends-tu, et pour moi, tu es le seigneur Rahl.

— Moi, je n'ai pas encore l'habitude qu'on me donne ce titre à tout bout de champ. (Le Sourcier se gratta pensivement le menton.) Tu sais si nous avons... d'autres frères et sœurs ?

— Je le parierais ! Certains ont dû survivre, comme moi. Selon les rumeurs, nous avons au moins une petite sœur...

— Une sœur ? s'enthousiasma Richard. Tu sais où elle vit ? Et comment elle s'appelle ?

— Hélas, je ne connais rien d'elle, à part son prénom : Lindie. Si elle n'est pas morte, elle doit avoir quatorze ou quinze ans. La personne qui m'en a parlé ne savait rien de plus. Sinon qu'elle est née en D'Hara, au sud-ouest du Palais du Peuple.

— Rien d'autre ?

— Je t'ai communiqué tout ce que je sais, sei... Richard. (Drefan se tourna vers Kahlan.) Comment allez-vous ? L'herboriste dont j'ai oublié le nom vous a-t-elle soignée correctement ?

— Oui, *Nadine* s'en est très bien tirée. J'ai encore mal, et tout ça m'a déclenché une migraine – d'autant plus forte que j'ai très mal dormi, cette nuit. Mais ça pourrait être pire.

Drefan s'approcha de l'Inquisitrice. Vif comme l'éclair – et sans demander sa permission –, il lui prit le bras gauche, le leva, le fit tourner en tout sens et voulut savoir si ces mouvements étaient douloureux. Son examen terminé, il se plaça derrière sa patiente, lui posa quatre doigts sur la clavicule et lui comprima la nuque avec un pouce.

La douleur fit tressaillir Kahlan. Elle eut l'impression que la pièce tournait autour d'elle.

Drefan appuya très fort sous son bras et entre ses omoplates.

— Voilà… C'est mieux ?

L'Inquisitrice plia son bras et sourit.

— Je n'ai presque plus mal… Merci beaucoup.

Le guérisseur la prit par la main et la tira doucement jusqu'à un fauteuil, près de la table. Quand elle fut assise, il se campa devant elle, l'empêchant de voir Richard.

Il lui saisit les deux mains, lui fit tendre les bras et appuya très fort sur la masse charnue, entre son pouce et son index.

Drefan avait des mains épaisses et puissantes, comme Richard, mais nettement moins calleuses. Son intervention faisait un mal de chien à Kahlan – mais elle ne se plaignit pas, convaincue qu'il savait ce qu'il faisait.

Avec la position adoptée par le guérisseur, elle dut détourner les yeux pour ne pas fixer le renflement, sur le devant de son pantalon moulant. Alors que des mains puissantes pétrissaient sa chair, elle se souvint de ce qui était arrivé à Cara.

Les doigts de Drefan se glissant sous le cuir rouge, puis s'introduisant en elle…

L'Inquisitrice se dégagea brutalement.

— Merci, je vais déjà beaucoup mieux, mentit-elle.

Le frère de Richard sourit à sa patiente, ses yeux bleus à la fois glaciaux et hypnotiques – comme ceux de tous les Rahl.

— Je n'ai jamais guéri une migraine aussi vite. Vous êtes sûre que ça va ?

— Ce n'était pas bien grave, et je ne sens plus rien… Encore merci…

— Ce fut un plaisir… (Drefan fixa un long moment Kahlan, puis il se tourna vers Richard.) Il paraît que tu vas épouser la Mère Inquisitrice ? Décidément, tu es un seigneur Rahl très différent de notre père… Il n'aurait jamais pensé à se marier, sais-tu ? Mais il n'a sûrement jamais eu sous les yeux une telle beauté ! Puis-je vous féliciter tous les deux ? Au fait, la cérémonie est pour quand ?

— Très bientôt ! répondit Kahlan en venant se placer près du Sourcier.

— Oui, confirma celui-ci, très bientôt. La date n'est pas fixée, parce que nous avons encore quelques détails à mettre au point.

» Drefan, tu as proposé de me servir, et j'accepte volontiers. Plusieurs soldats sont gravement blessés, victimes de l'homme qui s'en est pris à Cara. Si tu les examinais, je t'en serais très reconnaissant.

Le guérisseur récupéra ses lames et les remit en place sans même regarder ce qu'il faisait.

— Je suis venu pour aider ! lança-t-il en se dirigeant vers la porte.

— Tu ferais mieux de me laisser passer d'abord, lui conseilla Richard en le retenant par un bras. Tant que je n'aurai pas annulé cet ordre, mes hommes te tueront si tu sors d'ici avant moi. Ce serait dommage, non ?

Alors qu'elle suivait Richard, Kahlan croisa le regard de Cara. Selon Drefan, son ouïe n'avait pas été affectée par l'attaque de Marlin. Incapable de réagir, elle avait néanmoins tout entendu pendant sa « crise ». Y compris quand l'Inquisitrice avait ordonné au guérisseur de ne plus toucher un certain endroit.

La Mord-Sith s'était sans doute aperçue de ce que faisait Drefan, mais sans pouvoir l'en empêcher. À ce souvenir, Kahlan sentit qu'elle s'empourprait.

Enlaçant Richard, elle sortit avec lui…

Le Sourcier jeta un coup d'œil à droite et à gauche. Constatant que le couloir était désert, il poussa doucement Kahlan contre le mur lambrissé, juste devant l'entrée de ses quartiers, et l'embrassa.

La jeune femme se réjouit que Drefan ait soulagé son épaule gauche, un peu plus tôt dans la journée. Désormais, jeter ses bras autour du cou de Richard ne lui faisait presque plus mal.

Elle eut un gémissement étouffé. Pas à cause de son épuisement, ni des vestiges de la douleur, mais parce que le désir la submergeait.

Richard la serra dans ses bras, la souleva presque du sol, et pivota sur lui-même pour se retrouver adossé au mur.

Leur étreinte se fit de plus en plus passionnée.

— Je n'arrive pas à croire que Nancy ou une autre servante ne va pas nous tomber sur le dos, dit le jeune homme quand ils s'écartèrent un peu pour reprendre leur souffle.

Il avait posté les gardes dans le corridor précédent, à bonne distance. Bref, ils étaient seuls – un luxe qui devenait de plus en plus rare.

Bien qu'elle eût grandi ainsi, Kahlan commençait à trouver horripilant qu'une foule de gens collent sans cesse à ses basques. Depuis sa rencontre avec Richard, la notion d'intimité avait pris une nouvelle valeur à ses yeux.

— Nancy ne nous dérangera pas…, souffla-t-elle.

— Vraiment ? Alors, Mère Inquisitrice, qui protégera ta vertu ?

— Personne, si les esprits du bien ont écouté mes prières !

— Que penses-tu de Drefan ? demanda soudain le Sourcier – un changement de sujet aussi abrupt que surprenant.

— Et toi ? fit Kahlan, prise de court.

— J'aimerais croire que j'ai hérité d'un frère digne de confiance… Le guérisseur militaire a été impressionné par son intervention auprès des blessés. Un de ces soldats, au moins, n'aurait pas survécu sans les soins de Drefan. Et Nadine est plus qu'intéressée par les produits que contiennent les bourses pendues à sa ceinture. Si mon demi-frère a vraiment pour vocation d'aider les gens, je m'en réjouirai. Car il n'y a rien de plus noble que ce métier…

— Tu crois qu'il a un pouvoir… magique ?

— Je n'en ai pas vu trace dans ses yeux… Ne me demande pas pourquoi, mais je vois le don crépiter autour d'une personne ou dans son regard. Selon moi, Drefan est un guérisseur doué, rien de plus.

» Je lui suis reconnaissant d'avoir sauvé Cara. Si c'est vrai… Imagine qu'elle se soit remise toute seule, après la mort de Marlin ? Parce que son lien avec lui était brisé…

— Donc, tu ne te fies pas à Drefan, conclut Kahlan, qui n'avait pas poussé aussi loin sa propre réflexion.

— Je n'en sais rien… Les coïncidences continuent à me laisser sceptique… (Richard soupira d'agacement.) Kahlan, je veux que tu sois franche et directe ! Ne me laisse pas m'aveugler parce qu'il est mon demi-frère. Sur ce sujet, j'ai déjà commis une dramatique erreur de jugement. Si tu as le moindre doute, n'hésite pas à m'en parler.

— Marché conclu !

— Alors, commence tout de suite, et dis-moi pourquoi tu lui as menti.

— Pardon ?

— Au sujet de ta migraine ! J'ai vu que son traitement ne t'avait rien fait. Mais tu as prétendu le contraire.

— Je voudrais que tu sois fier de ton frère, Richard. Mais ta remarque, au sujet des coïncidences, m'a rendue méfiante.

— Il n'y a rien d'autre ?

— Non. J'espère que Drefan t'apportera un peu d'amour fraternel… et que son arrivée en même temps que Marlin et Nadine n'est qu'un hasard.

— Je l'espère aussi…

— Toutes les servantes sont folles de lui. À mon avis, il aura bientôt brisé beaucoup de cœurs… Cela dit, s'il me donne des raisons de le soupçonner, je t'en ferai part.

— Merci, répondit Richard.

La remarque sur les succès féminins de Drefan ne lui arracha pas un sourire.

Avec elle, pensa Kahlan, il ne s'était jamais montré jaloux, car elle ne lui donnait aucune raison – et il en serait allé ainsi même si elle n'avait pas été une Inquisitrice. Mais il restait cette douloureuse histoire, avec Michael et Nadine… Une plaie encore à vif, elle le devinait.

Richard voulut l'embrasser, mais elle le repoussa gentiment.

— Pourquoi as-tu amené Nadine avec toi, cet après-midi ?

— Qui ?

— Nadine ! Tu sais, la fille qui porte une robe moulante.

— Ah, celle-là…

— Donc, tu as remarqué sa tenue !

Richard se rembrunit.

— Tu penses qu'elle était différente, aujourd'hui ?

— Et comment ! Mais réponds à ma question !

— Je l'ai amenée parce qu'elle est une excellente guérisseuse. Tu sais, ce n'est pas un monstre, malgré ses défauts… Tant qu'elle est là, autant qu'elle se rende utile, non ? Je crois que ça l'aidera à se sentir mieux. Je l'ai chargée de superviser la fabrication de l'infusion d'écorce, pour s'assurer que nos hommes s'en sortaient bien. Elle a paru ravie de nous aider.

Kahlan se souvint du petit sourire de Nadine, quand Richard lui avait demandé de l'accompagner. Elle avait été ravie, certes, mais pas de soulager l'humanité souffrante. Ce sourire en disait long, comme la robe aux coutures reprises…

— Si j'ai bien compris, dit Richard, tu trouves Drefan très beau, et toutes les femmes partagent ton opinion.

Kahlan estimait surtout que le pantalon du guérisseur était trop moulant. Elle tira Richard vers elle et l'embrassa, espérant qu'il ne la verrait pas rougir – ou se méprendrait sur la cause de cette réaction.

— Qui est beau ? souffla-t-elle quand ils se furent écartés l'un de l'autre.

— Drefan. Tu sais, le type au pantalon serré ?

— Désolée, mais je ne vois pas de qui tu parles…

Ce n'était pas loin de la vérité. Kahlan avait envie de Richard, et rien d'autre ne comptait.

Dans son esprit, il n'y avait aucune place pour Drefan. Le souvenir de la nuit passée ensemble dans l'étrange lieu entre les mondes la poursuivait. Elle voulait connaître de nouveau ce sentiment d'union totale. Et tout de suite, si possible !

Mais Richard, elle le savait, se faisait un point d'honneur à ne pas ressembler à son père, pour qui les femmes étaient de vulgaires objets de plaisir. Voilà pourquoi il se laissait si facilement expulser par les servantes. Bien qu'il fasse mine de discuter, il n'usait jamais de son statut pour les empêcher de le jeter dehors.

Les trois Mord-Sith s'efforçaient aussi de préserver ce qu'elles appelaient la « réputation » de la Mère Inquisitrice. Dès que les deux jeunes gens songeaient à s'isoler, même pour parler en paix, Cara, Raina ou Berdine ne les lâchaient pas d'un pouce, posant des questions lourdes de sous-entendus qui leur coupaient tous leurs élans. Quand leur seigneur s'énervait, elles lui rappelaient ses ordres : protéger à tout prix la Mère Inquisitrice. Et il n'avait jamais songé à les modifier d'un iota…

Aujourd'hui, les trois femmes se montraient scrupuleusement obéissantes. Au point de ne pas avoir protesté quand il leur avait ordonné de ne pas les suivre jusqu'à la porte des quartiers de Kahlan.

Découragés par tous ces obstacles, et certains d'être bientôt mariés, les deux jeunes gens avaient décidé d'attendre, même s'ils s'étaient déjà unis de cette manière-là. Cela semblait tellement irréel, en un lieu où n'existaient ni le temps ni l'espace. Un endroit qui ignorait la chaleur et le froid. Un refuge où ils avaient pu se voir malgré l'absence de source de lumière, et… s'allonger… bien qu'il semblât ne pas y avoir de sol.

Kahlan se souvenait de chaque instant de ce merveilleux interlude offert par les esprits du bien. Richard et elle, cette nuit-là, avaient été l'origine de la chaleur, de la lumière et des sentiments qui les avaient transfigurés.

Cette tempête se déchaînait de nouveau tandis que la jeune femme caressait la poitrine musclée de son compagnon. Le souffle court, elle voulait sentir sa bouche partout sur son corps, et lui rendre chacun de ses baisers.

Pour ça, il fallait qu'il consente à franchir cette fichue porte !

— Richard, reste avec moi, cette nuit. Je t'en prie !

— Kahlan, n'avons-nous pas décidé de…

— S'il te plaît ! Je veux t'avoir dans mon lit… et en moi.

Le jeune homme allait capituler de bon cœur quand une voix lança :

— J'espère que je ne vous dérange pas ?

Richard sursauta et Kahlan se retourna. Sur les épais tapis, ils n'avaient pas entendu la guérisseuse approcher.

— Nadine, souffla Kahlan, que veux-tu ?

Elle croisa les mains dans son dos, se demandant depuis combien de temps l'importune les espionnait. Les avait-elle vus s'abandonner au désir ? Probablement que oui…

De nouveau, l'Inquisitrice s'empourpra.

— Je ne voulais pas vous embêter. Mère Inquisitrice, je venais changer votre cataplasme… et m'excuser.

— De quoi ?

— De ce que je vous ai dit, ce matin. Comme j'étais bouleversée, mes paroles ont dépassé ma pensée, et j'en suis désolée. Vous comprenez ?

— Il n'y a pas de mal. Ce genre de chose nous arrive à tous.

— Et le cataplasme ? insista la guérisseuse.

— Mon bras ne me fait pas mal… Il suffira que tu interviennes demain matin. Drefan s'est occupé de ma blessure, et je vais beaucoup mieux.

— Je vois… Donc, vous allez filer au lit, tous les deux ?

— Nadine, intervint Richard, étrangement calme, merci d'être venue voir comment se portait Kahlan. Et bonne nuit !

— Tu n'attendras pas de l'avoir épousée ? siffla la guérisseuse. Tu vas la jeter sur le matelas et la besogner, comme une vulgaire fille rencontrée dans les bois ? Pour le grand seigneur Rahl, voilà qui semble un peu brutal ! Et dire que tu te prétends meilleur que nous, les gens du peuple…

Nadine foudroya le Sourcier du regard puis se tourna vers Kahlan.

— Comme je vous l'ai dit ce matin, ce pauvre garçon veut tout ce qu'on lui fait miroiter… Shota m'a parlé de vous, et on dirait que vous en connaissez un bout, quand il s'agit de *stimuler* un homme. Au fond, c'est *vous* qui feriez n'importe quoi pour l'avoir. Bref, je retire mes excuses, parce que vous ne valez pas mieux que moi !

Sur ces mots, Nadine se détourna et s'éloigna.

— La vérité sort de la bouche des catins…, souffla Kahlan quand elle fut hors de vue.

— Cela dit, elle n'a pas totalement tort…

— C'est possible…, admit Kahlan à contrecœur.

— Dans ce cas, bonne nuit. Et dors bien, surtout.

— Toi aussi. Je t'imaginerai dans cette minuscule chambre d'invité…

— Je n'irai pas au lit tout de suite.

— Et que feras-tu ?

— Je ne sais pas trop… Un bain dans un abreuvoir à chevaux me remettrait peut-être les idées en place.

— Richard, je ne supporterai plus cette torture très longtemps ! Marions-nous avant qu'une nouvelle catastrophe ne nous en empêche.

— Je réveillerai la sliph dès que certains problèmes seront réglés. Par les esprits du bien, je te le promets !

— Quels problèmes ?

— D'abord, la santé de nos soldats. Avant de partir, je veux m'assurer que Jagang ne pourra pas tirer parti de la situation. Dans deux jours, nos hommes devraient être sur pied. Deux jours, pas davantage !

— Richard, je t'aime… Qu'il faille attendre deux jours ou une éternité, je suis à toi. Cérémonie ou pas, nous ne faisons qu'un.

— Nous sommes unis dans nos cœurs, et les esprits du bien le savent. Ils désirent que nous soyons ensemble, comme ils l'ont déjà prouvé. Ne t'inquiète pas, la cérémonie aura bientôt lieu, parce qu'ils ne nous abandonneront pas.

Richard fit volte-face, mais se retourna aussitôt, une ombre dans le regard.

— J'aimerais tant que Zedd assiste à notre mariage. Esprits du bien, rendez-le-moi ! J'aurais tellement besoin de ses conseils.

Quand il eut tourné l'angle, au bout du couloir, Kahlan entra dans ses quartiers, traversa le salon, passa dans la chambre et se jeta sur son lit.

Une phrase de Nadine tournait et retournait dans sa tête.

« *Shota m'a parlé de vous…* »

L'Inquisitrice en pleura de rage.

— Alors, vous n'allez pas dormir… hum… ici, cette nuit ? lança Cara quand le Sourcier passa devant elle.

— Qu'est-ce qui t'a fait penser le contraire ?

— L'ordre d'attendre dans ce couloir…

— Et si j'avais simplement voulu embrasser ma fiancée sans me soumettre au jugement de deux Mord-Sith ?

Pour la première fois de la journée, Cara et Raina sourirent.

— Seigneur, je vous ai déjà vu embrasser la Mère Inquisitrice. Considérant l'effet que ça lui fait, vous devez être très doué.

Bien qu'il ne fût pas d'humeur joyeuse, Richard sourit, ravi de voir que ses gardes du corps avaient repris du poil de la bête.

— Ça prouve qu'elle m'aime, pas que je suis doué.

— On m'a déjà embrassée, dit Cara, et je vous ai vu à l'œuvre. Je crois être assez qualifiée pour vous décerner une excellente note. D'autant plus que nous vous avons observés, il y a quelques minutes…

Richard s'empourpra et tenta de paraître indigné.

— Je vous avais ordonné de ne pas bouger d'ici !

— Notre mission est de vous protéger, seigneur. Pour ça, nous devons vous voir. Désolée, mais nous n'obéirons jamais à des ordres de ce genre.

Richard n'eut pas le cœur d'exploser de colère. Comment leur en vouloir de risquer sa fureur pour mieux le défendre ? Surtout quand leur insubordination ne mettait pas Kahlan en danger ?

— Cara, Raina, que pensez-vous de Drefan ?

— C'est votre frère, seigneur, répondit Raina. La ressemblance ne trompe pas.

— Je sais ! Mais je veux connaître votre opinion sur lui.

— Nous ne le connaissons pas, seigneur.

— Moi non plus, bon sang ! Je ne vous en voudrais pas si vous ne l'aimez pas, mais je désirerais le savoir. Cara, que dirais-tu de lui ?

— Je ne l'ai jamais embrassé, et vous non plus. Mais d'après ce que j'ai vu, si j'avais le choix, je vous préférerais…

— Ce qui signifie, en clair ?

— Il m'a aidée, hier, c'est vrai… Mais son arrivée ici, en même temps que Marlin et Nadine…

— Tu détestes ça aussi, pas vrai ? Bon sang, je demande aux gens de ne pas me juger à cause de mon père, et voilà que j'agis comme eux ! J'aimerais me fier à Drefan. Mais si vous avez des doutes ou des soupçons sur lui, ne me les cachez surtout pas.

— Eh bien, je n'aime pas ses mains, dit Cara.

— Pardon ?

— Elles me rappellent celles de Darken Rahl. Je l'ai vu lutiner des servantes énamourées. Votre père le faisait aussi…

— Quand a-t-il eu le temps de… ? Il était avec moi presque toute la journée.

— Il s'est débrouillé pour s'amuser pendant que vous parliez aux soldats, puis que vous supervisiez les opérations, avec Nadine. Les femmes lui fondent dessus comme une horde de loups sur une biche. Reconnaissez qu'il n'est pas désagréable à regarder.

— Je ne vois pas ce que vous lui trouvez, toutes…, grogna Richard. Ces femmes étaient-elles consentantes ?

— Oui, seigneur.

— J'ai vu d'autres hommes se comporter ainsi, et certains étaient mes amis. Ils aiment les femmes, et elles leur rendent bien. Tant qu'elles sont d'accord, je n'ai rien à dire… Mais d'autres choses m'inquiètent…

— Lesquelles ?

— Je donnerais cher pour le savoir !

— S'il n'a pas de mauvaises intentions, et désire seulement vous aider, vous pourrez être fier de lui, seigneur Rahl. Car Drefan est un homme important.

— Vraiment ? Quel genre d'importance ?

— Il dirige sa secte de guérisseurs.

— Ça alors ! Il ne m'en a pas parlé…

— Par respect, sans doute. Se montrer humble devant le seigneur Rahl est normal pour tout D'Haran. Et cette très ancienne secte prône aussi la modestie.

— Donc, Drefan est un chef ?

— Oui, répondit Cara. Le haut prêtre des Raug'Moss.

— Quel nom as-tu dit ?

— Les Raug'Moss, seigneur.

— Tu sais ce que ça signifie ?

— Eh bien, « guérisseur », je crois. Vous lui voyez un autre sens, seigneur ?

— Où est Berdine ?

— Dans son lit, je suppose…

Richard s'éloigna à grands pas en criant des ordres.

— Cara, organise une garde autour des quartiers de Kahlan. Raina, va chercher Berdine et dis-lui de me rejoindre dans mon bureau.

— À cette heure tardive ?

— Oui !

Le Sourcier accéléra encore le pas, pressé d'arriver dans le petit salon où attendait le journal de Kolo.

En haut d'haran, *Raug'Moss* voulait dire : « le vent divin ».

Shota avait affirmé à Nadine que le vent traquait le Sourcier. Et la prophétie, dans l'oubliette, annonçait qu'il chercherait le remède dans le vent.

Chapitre 19

— **C**ette fois, dit Annalina, c'est moi qui parlerai. Compris ?

Elle plissa tellement le front que ses sourcils furent à deux doigts de se toucher. Puis elle se pencha vers Zedd – si près qu'il sentit la délicieuse odeur de saucisse, dans son haleine – et tapota son collier du bout d'un index. Un autre avertissement, mais muet, celui-là.

— Si ça peut te faire plaisir, chère dame, répondit le vieux sorcier, vivante incarnation de l'innocence. Mais sache que mes affabulations visent toujours à servir tes intérêts.

— Et vos fines plaisanteries me ravissent immanquablement l'âme, lâcha Anna avec un sourire forcé.

Zedd jugea l'effet redondant. L'ironie aurait amplement suffi. En matière de joute verbale, il y avait des règles, et cette fichue Dame Abbesse devrait un jour apprendre à ne pas dépasser les bornes.

Le vieil homme cessa de regarder son interlocutrice et s'intéressa de nouveau à l'entrée chichement éclairée de l'auberge. Sis de l'autre côté de la rue, entre deux entrepôts, le sinistre établissement était signalé par une minuscule pancarte qui annonçait sa raison sociale : *Le Fief de Jester*.

Zedd ignorait le nom de la grande ville où ils étaient entrés bien après la tombée de la nuit. À vrai dire, il s'en fichait, car il aurait volontiers sauté cette étape.

Et au moins choisi une autre auberge, si la décision avait dépendu de lui.

Le Fief de Jester ne tenait visiblement pas à se faire remarquer. Une démarche étonnante pour une affaire commerciale, sauf si ses propriétaires jugeaient préférable de ne pas attirer l'attention des honnêtes gens et des forces de l'ordre. À l'allure des clients que Zedd y avait vu entrer – exclusivement des hommes, du genre mercenaires ou bandits de grand chemin – cette hypothèse devait être la bonne.

— Je n'aime pas ça…, marmonna le vieux sorcier.

— Tout vous déplaît ! lâcha Anna, agacée. Vous êtes l'homme le plus désagréable dont j'ai eu le malheur de croiser le chemin.

— Pourquoi cette animosité ? s'étonna Zedd, sincèrement, pour une fois. On m'a souvent dit que j'étais un excellent compagnon de voyage. Au fait, il nous reste un peu de cette saucisse ?

— Non ! Qu'est-ce qui vous dérange, ce coup-ci ?

Avant de répondre, Zedd s'intéressa au quidam à l'air louche qui regarda plusieurs fois des deux côtés de la rue, hésita, et s'engouffra enfin dans l'auberge.

— Pourquoi Nathan aurait-il choisi un endroit pareil ?

— Pour se restaurer et passer une nuit au chaud. S'il est là-dedans, bien entendu.

— Femme, je t'ai appris à reconnaître le lien magique qui l'unit à mon nuage-espion. Tu sais que Nathan est ici, parce que tu as senti sa présence.

— C'est vrai, reconnut Anna. Et alors que nous l'avons enfin rattrapé, vous faites la fine bouche ?

— Exactement…, grogna Zedd.

La Dame Abbesse se rembrunit, consciente que le vieil homme ne la gratifiait pas d'un caprice de plus.

— Qu'est-ce qui vous inquiète ?

— Regarde la pancarte, gente dame. Juste après le nom…

— Vous voulez parler de ces deux jambes de femmes, si joliment… hum… levées et écartées ?

— Oui.

Anna se retourna et regarda le sorcier comme s'il était soudain frappé de sénilité.

— Zedd, Nathan n'est pas sorti du Palais des Prophètes depuis près de mille ans…

— Et pour cause ! fit le vieil homme en tapotant le Rada'Han qu'Anna lui avait mis autour du cou afin qu'il fasse ses quatre volontés. À mon avis, l'idée de porter de nouveau un collier ne l'enchante pas. Il a dû lui falloir des siècles de préparation pour mettre au point son évasion. Et une patience infinie, parce qu'il fallait encore que la bonne occasion se présente ! À moins qu'il n'ait utilisé ses prophéties pour orienter les événements dans le sens qui l'arrangeait. As-tu pensé à cette inquiétante possibilité, chère Anna ? T'es-tu demandé si Nathan ne nous avait pas tous manipulés ?

» Et tu veux me faire croire qu'il descendrait dans une maison de tolérance alors qu'il sait que tu lui colles aux basques ?

— Zedd, fit Anna, les yeux ronds, vous croyez qu'il a pu influencer le cours de l'histoire pour favoriser son évasion ?

— Je ne crois rien du tout… Mais tout ça ne me plaît pas.

— Tel que je le connais, la perspective d'une nuit de plaisir lui aura fait oublier le danger. Vous savez, il adore les femmes, et…

— Tu le fréquentes depuis plus de neuf siècles, dis-tu ? En quelques heures, j'en ai appris plus long que toi sur lui ! Nathan est un sorcier très doué, et il n'a rien d'un imbécile. Prends garde à ne pas le sous-estimer…

Anna réfléchit un court moment.

— Vous avez raison, il pourrait s'agir d'un piège. Il ne me tuerait pas pour rester libre, mais à part ça, il est capable de tout…

— Tu vois que je ne raconte pas n'importe quoi ! triompha le vieux sorcier.

— Zedd, ce n'est pas un jeu ! Nous devons retrouver Nathan ! Même s'il m'a souvent aidée quand nous avons découvert des prédictions dangereuses, il reste avant tout un Prophète. Ces hommes sont redoutables, y compris quand ils n'ont pas l'intention de nuire. C'est lié à la nature même des prophéties, et…

— Inutile d'enfoncer des portes ouvertes ! coupa le vieil homme. Je sais tout ça.

— Depuis toujours, nous enfermons les Prophètes au palais pour les empêcher de provoquer des catastrophes. Et pour les protéger, même quand ils ne préparent aucun mauvais coup, parce que les gens s'en prennent souvent au messager, quand le message ne leur plaît pas. Comme si connaître la vérité vous en rendait responsable…

» Les prédictions ne sont pas conçues pour les profanes, vous le savez… Un jour, comme nous le faisions parfois, à son insistance, une femme fut autorisée à passer la nuit avec Nathan.

— Tu lui payais des catins ? s'indigna Zedd.

— Nous avions conscience de sa solitude, oui… Je sais que ce n'était pas une solution idéale, mais comment le priver de ce bonheur ? Les Sœurs de la Lumière ont du cœur, vous savez ?

— Je vois ça, oui !

Anna détourna la tête.

— L'enfermer était notre devoir, mais nous avions de la peine pour lui. Après tout, il n'a pas choisi de naître avec un don pour les prédictions.

» Bien entendu, il avait ordre de ne pas parler des prophéties à ses… compagnes. Ce jour-là, il a désobéi, et la femme s'est enfuie du palais en hurlant comme une possédée. Hélas, nous n'avons pas pu la retenir…

» Avant que nous l'ayons retrouvée, elle a répété un peu partout la prophétie. Peu après, une guerre civile a éclaté, faisant des milliers de victimes, y compris des femmes et des enfants…

» Parfois, Nathan semble comme fou, et je me dis qu'il est le déséquilibré mental le plus dangereux que je connaisse. Mais il ne voit pas le monde comme nous, et ça explique beaucoup de choses. Vu à travers le filtre des prophéties qui envahissent son esprit, l'univers doit être terrifiant.

» Quand je l'ai interrogé, il a prétendu n'avoir rien dit à cette femme – ou ne plus s'en souvenir. Beaucoup plus tard, en recoupant une série de prédictions, j'ai découvert qu'un des enfants morts aurait dû un jour régner par la torture et le meurtre. Des dizaines, voire des centaines de milliers d'innocents auraient péri s'il était devenu adulte. Grâce à Nathan, cette Fourche de la prophétie ne s'est pas réalisée. Zedd, j'ignore l'étendue de tout ce que cet homme sait sans vouloir le révéler…

» Dans ce cas, il a agi pour le bien commun. Mais s'il lui prenait l'envie d'accéder au pouvoir, il aurait une bonne chance de régner sur le monde. Et la même chose vaut pour tous ses semblables.

— Et afin d'éviter ça, vous les emprisonnez.

— Exactement.

— Anna, je suis le Premier Sorcier. Si je ne comprenais pas tout ça, je ne serais pas là pour t'aider.

— Merci…, murmura la Dame Abbesse.

Zedd recensa mentalement les possibilités qui s'offraient à eux… et n'en trouva pas beaucoup.

— Si j'ai bien suivi ton discours, dit-il, Nathan est peut-être complètement cinglé. Et même s'il ne l'est pas, il reste mortellement dangereux.

— On peut résumer les choses comme ça… Pourtant, il m'a souvent aidée à épargner des souffrances aux innocents. Voilà des siècles, il m'a parlé de Darken Rahl, et annoncé qu'un sorcier de guerre viendrait au monde pour le combattre. Bien entendu, il s'agissait de Richard… Ensemble, nous nous sommes assurés qu'il grandirait en paix, pour que vous ayez le temps d'en faire un homme bon, juste et dévoué aux autres.

— Pour ça, ma gratitude t'est acquise, dit Zedd. Mais tu m'as affublé d'un collier, et ça m'énerve !

— Je vous comprends… N'allez pas croire que j'adore le faire, ou que j'en sois fière. Mais dans certaines situations, tous les mauvais coups sont permis. Au bout du chemin, les esprits du bien jugeront mes actes et prononceront la sentence requise…

» Dès que nous aurons retrouvé Nathan, je vous rendrai votre liberté. Utiliser la contrainte sur vous me répugne. Hélas, l'enjeu est trop important pour que j'écoute la voix de ma conscience.

Du pouce, Zedd désigna le ciel.

— Je n'aime pas beaucoup ça non plus…

Anna n'eut pas besoin de lever les yeux pour savoir de quoi il parlait.

— Quel rapport y a-t-il entre cette lune rouge et Nathan ? s'étonna-t-elle. C'est un événement étrange, mais où est le lien ?

— Ai-je dit qu'il y en avait un ? Je déteste ça, c'est tout…

Sous un ciel constamment plombé, Anna et Zedd n'avaient pas pu avancer très vite. Ralentis par l'obscurité, ils avaient également eu un mal de chien à localiser le nuage-espion que le sorcier avait connecté à Nathan. Par bonheur, ils étaient vite arrivés assez près de leur proie pour sentir le lien magique. Dans ce cas, voir ou pas le nuage n'avait plus aucune importance.

À présent, ils étaient à moins de cent pas du Prophète. À cette distance, le lien magique affectait le pouvoir de Zedd, d'habitude considérable. Tel un chien lancé sur une piste, sa magie, trop concentrée sur la traque, ne lui permettait plus d'apercevoir autre chose, comme s'il portait des œillères. Et cette forme très particulière de cécité ne faisait rien pour apaiser son malaise.

Il aurait pu briser le lien, évidemment. Mais c'était trop risqué, avant d'avoir coincé Nathan, parce qu'il faudrait un contact physique pour le restaurer.

Ces derniers jours, des chutes de neige les avaient ralentis. Quelques heures plus tôt, les nuages s'étaient enfin éclaircis, chassés par un vent glacial qui avait fini de les épuiser. En approchant de Nathan, ils avaient prié pour que la lune, dans un ciel plus clément, se lève enfin et éclaire leur chemin.

Stupéfaits, ils avaient vu apparaître un astre nocturne rouge sang.

Au début, ils avaient pensé à une bizarrerie atmosphérique tel qu'un brouillard persistant. Quand la lune avait atteint son zénith, ils avaient dû admettre que ce n'était pas le cas. Plus inquiétant encore, avec la couverture nuageuse des nuits précédentes, il ignorait depuis quand l'astre arborait cette couleur rubiconde.

— Zedd, demanda enfin Anna, vous savez ce que ça signifie ?

— Et toi, femme ? Après une si longue vie – en tout cas, bien plus longue que la mienne – tu devrais avoir ta petite idée.

— Devant de telles manifestations, je m'en remets volontiers à la science d'un sorcier du Premier Ordre.

— Tiens, je ne suis plus un vieux grincheux, tout d'un coup ?

— Zedd, arrêtez ça cinq minutes !

— Je n'ai jamais vu de lune rouge, mais je me souviens d'une référence, dans un texte qui remonte à l'époque de l'Antique Guerre. On n'y donnait pas de précision sur le sens de ce phénomène, sinon qu'il est très alarmant.

Zedd recula dans l'ombre du bâtiment où ils se cachaient et fit signe à Anna de l'imiter.

— Dans la Forteresse du Sorcier, continua-t-il, on trouve des bibliothèques au moins aussi grandes que celles de tes catacombes, au Palais des Prophètes. Et elles regorgent de grimoires truffés de prédictions.

Certains de ces ouvrages, jugés trop dangereux, étaient conservés derrière les champs de force qui défendaient l'entrée de l'enclave privée du Premier Sorcier. Du temps de la jeunesse de Zedd, ses vieux mentors n'avaient pas le droit de consulter ces textes. Devenu Premier Sorcier, il n'avait pas eu les tripes de les lire tous, car les plus anodins lui avaient déjà valu d'atroces cauchemars.

— Il y a tant de livres, dans la Forteresse, que je n'ai même pas pu poser les yeux sur tous leurs titres. Chaque bibliothèque était gérée par plusieurs conservateurs, qui se répartissaient les rangées d'étagères. Il y a des lustres, bien avant mon époque, on les réunissait dès qu'une question exigeait une réponse. Tous connaissaient « leurs » livres sur le bout des doigts. En somme, ils servaient de thesaurus vivant.

» Dans ma jeunesse, il n'en restait que deux. Sorciers ou pas, comment auraient-ils pu recenser une telle quantité de connaissances ? Si ces ouvrages regorgent d'informations, localiser celles qu'on cherche est un défi, même lorsqu'on contrôle la magie.

» C'est un peu comme mourir de soif dans l'océan. Ou vouloir trouver un grain de sable particulier dans un désert… Pendant ma formation, on m'a appris à dénicher les principaux ouvrages d'histoire, les livres de sorts et les recueils de prophéties. Et je me suis limité à ces références…

— La lune rouge ! coupa Anna. Qu'en dit-on dans vos archives ?

— Je me souviens d'un seul petit texte, très énigmatique. J'aurais dû approfondir le sujet, mais je n'ai pas eu le temps, parce que ce livre traitait aussi de problèmes plus immédiats et…

— Que disait ce texte ? s'impatienta Anna.

— Si ma mémoire ne me trompe pas – et je n'en mettrais pas ma main au feu – il était question d'une faille entre les mondes. Si elle devait advenir, une lune rouge l'annoncerait. Trois nuits de suite, si je me souviens bien.

— Trois nuits…, répéta Anna. Avec les nuages de ces derniers temps, nous en sommes peut-être déjà à la dernière. Si le ciel ne s'était pas éclairci, nous n'aurions pas vu le signe.

Le front plissé de concentration, Zedd tenta de puiser davantage d'informations dans sa mémoire.

— Non… Celui à qui s'adresse l'avertissement est censé le voir dans tous les cas… et les trois nuits de suite…

— Quelle est la signification de cet oracle ? demanda Anna. Je ne vois pas de quelle « faille » il peut être question.

— Moi non plus, avoua le vieux sorcier. Quand Darken Rahl a ouvert les boîtes d'Orden, il n'y a pas eu de lune rouge. Et pas davantage lorsque la Pierre des Larmes est passée dans notre monde. Ni quand le Gardien a failli traverser le voile…

— Vous mélangez peut-être deux textes, avança Anna. L'un parlait de la faille, et l'autre de la lune rouge.

— C'est possible… Mais je me souviens très bien de ce que j'ai pensé à l'époque : « Grave l'image d'une lune rouge dans ton esprit, et si tu en vois une, un jour, sache que le danger est proche, et cherche immédiatement à en savoir plus sur ce phénomène. »

Avec une compassion dont elle n'avait jamais fait montre jusque-là, Anna posa une main sur le bras du vieux sorcier.

— Zedd, nous capturerons le Prophète ce soir, j'en suis sûre. Dès que ce sera fait, je vous retirerai le Rada'Han et vous filerez en Aydindril consulter vos archives. En fait, nous irons tous ensemble. Nathan mesurera le péril, et il acceptera sans doute de nous aider.

Furieux que cette femme ait prétendu le contraindre à agir, Zedd avait pourtant vite compris qu'elle était vraiment effrayée par l'évasion de Nathan. Ayant conscience qu'elle avait besoin de son aide, il sentait parfois faiblir son indignation – une réaction qui l'amenait à se demander s'il ne se ramollissait pas avec l'âge.

Cela dit, Anna avait raison. Si Nathan répandait ses prophéties aux quatre vents, les conséquences seraient tragiques. Depuis sa plus tendre enfance, on lui avait rabâché de se méfier des prédictions.

— L'échange semble équitable… Je t'aide à récupérer le Prophète, et tu le convaincs de travailler avec nous sur la lune rouge.

— Marché conclu ! s'exclama Anna. Désormais, nous collaborerons de notre plein gré. J'avoue que ça m'est beaucoup plus agréable.

— Vraiment ? Dans ce cas, pourquoi ne pas m'enlever ce maudit collier ?

— Je le ferai… quand nous aurons capturé Nathan.

— Femme, ce Prophète t'est plus cher que tu veux l'admettre !

— Eh bien… Peut-être, oui… Voilà des siècles que nous travaillons ensemble. C'est le roi des casse-pieds, mais son cœur reste plein de noblesse. (Anna détourna la tête – trop lentement pour que Zedd ne la voie pas écraser une larme sur sa joue.) Oui, je tiens beaucoup à cet incorrigible enquiquineur ! Parce que c'est un homme merveilleux…

Zedd jeta un nouveau coup d'œil à l'auberge.

— Je déteste toujours ça…, marmonna-t-il. Quelque chose cloche, et je ne sais pas quoi.

— Qu'allons-nous faire ? demanda Anna d'une petite voix.

— Tu ne voulais pas te charger de tout ?

— Zedd, vous m'avez convaincue que la prudence s'imposait. Quel plan proposez-vous ?

— J'entre seul et je demande une chambre. Si j'arrive à coincer Nathan, je le neutraliserai. S'il sort avant moi, pour une raison ou une autre, tu t'occuperas de lui.

— Nathan est un sorcier. Son pouvoir dépasse de beaucoup le mien, sauf quand il porte un Rada'Han.

Le vieux sorcier réfléchit quelques instants. Ils ne pouvaient pas courir le risque de laisser filer le Prophète – surtout s'il blessait Anna au passage.

Et même s'il ne lui faisait rien, continuer la traque prendrait trop de temps, avec l'urgence de la lune rouge.

— Tu as raison, dit enfin Zedd. Je vais tisser une Toile de Sorcier devant la porte. S'il sort avant moi, il s'y empêtrera, et tu pourras lui mettre ton foutu collier autour du cou.

— Excellente idée... Quelle sorte de Toile utiliserez-vous ?

— Tu as dit toi-même qu'échouer est hors de question... Fichtre et foutre, je n'aurais jamais cru faire un truc pareil ! Donne-moi le collier de Nathan !

Anna glissa une main sous son manteau, ouvrit la bourse qu'elle portait à la ceinture et en sortit un Rada'Han qui brilla sinistrement à la lueur de la lune rouge.

— C'est vraiment le sien ? demanda Zedd.

— Oui, et il l'a porté pendant près de mille ans.

Le vieux sorcier saisit le détestable objet et laissa son pouvoir s'y déverser. Mélange de Magie Additive et Soustractive, cet artefact le fascinait... et le répugnait.

— Voilà, dit-il en rendant le collier à Anna, le sort est verrouillé à ton instrument de torture.

— Quel genre de sort ? demanda la Dame Abbesse, soupçonneuse.

— Une Toile de Lumière. Si Nathan sort de l'auberge avant moi, tu auras vingt secondes pour lui mettre le Rada'Han autour du cou. Après, le sort s'activera.

Si Anna n'agissait pas dans le délai imparti, Nathan serait carbonisé. Sans le collier, il mourrait. Avec, il redeviendrait un prisonnier condamné à perpétuité.

Un étau imparable !

Et pas de quoi être très fier de moi, pensa Zedd.

— Et si quelqu'un d'autre sort ? demanda Anna.

— J'ai lié la Toile au nuage-espion. Elle reconnaîtra sa cible, sans risque d'erreur. (Le vieux sorcier baissa la voix.) Si tu ne t'assures pas de Nathan, il brûlera, et tous ceux qui auront le malheur d'être près de lui seront blessés ou tués. En cas d'échec, ne reste surtout pas à ses côtés, c'est compris ? S'il préfère la mort à la servitude, ne le laisse pas t'entraîner dans le néant...

Chapitre 20

Alors qu'il entrait dans l'établissement obscur, Zedd s'avisa que sa tenue – une longue tunique bordeaux aux manches noires avec des broderies sur la poitrine, au col et aux poignets – n'était guère adaptée à la situation. La ceinture en satin rouge, avec sa boucle en or, ne faisait rien pour arranger les choses.

Zedd regrettait ses anciens vêtements, dont il s'était séparé sur l'insistance d'Adie, qui avait choisi son nouvel accoutrement. Pour un puissant sorcier, la sobriété vestimentaire était l'équivalent de l'uniforme d'un soldat. La vieille magicienne, à n'en pas douter, avait cédé à des penchants esthétiques douteux.

Adie lui manquait, et il se désolait qu'elle le croie mort, comme tous ses autres compagnons. Dès que ce serait possible, il demanderait à Anna d'écrire un petit mot dans son livre de voyage. Ainsi, ses amis sauraient que la nouvelle de sa fin était prématurée…

Le vieux sorcier s'inquiétait surtout pour Richard, qui avait terriblement besoin de lui. Né avec le don, il lui fallait un mentor compétent. Sinon, il risquait d'être aussi impuissant qu'un aiglon tombé du nid. Par bonheur, l'Épée de Vérité le protégerait jusqu'à leurs retrouvailles – imminentes si ce fichu Nathan voulait bien se laisser mettre la main dessus.

Le tenancier du bouge écarquilla les yeux dès qu'il aperçut son riche client. Sur la droite, dans une alcôve enfumée, quelques buveurs misérablement vêtus tournèrent la tête vers le noble visiteur. Au fond de la salle deux « tables » – en réalité, des planches posées sur des tréteaux – attendaient d'éventuels dîneurs.

— Une pièce d'argent la nuit, lâcha l'aubergiste d'un ton las. Et une de plus pour avoir de la compagnie.

— On dirait que mon bon goût vestimentaire me coûte cher, fit Zedd.

L'homme eut un sourire en coin et tendit une main, paume vers le plafond.

— Le prix est le même pour tout le monde. Alors, vous la voulez, cette chambre ?

Zedd laissa tomber une pièce d'argent dans la pogne du type.

— Troisième porte à gauche, au fond du couloir, derrière moi… Alors, vieil homme, on a envie de ne pas se coucher seul ?

— Si j'accepte votre proposition, vous devrez partager les bénéfices avec ma… dame de compagnie. Que diriez-vous d'une affaire beaucoup plus rentable ?

L'aubergiste ferma le poing sur la pièce d'argent et plissa le front.

— De quel genre ?

— J'ai appris qu'un vieil ami à moi est descendu dans votre charmant établissement. Voilà un moment que je ne l'ai pas vu, ce chenapan ! S'il est là ce soir, et si vous m'indiquez sa chambre, je vous donnerai une pièce d'or. Pour un si petit service, avouez que c'est royal.

— Et il a un nom, cet ami ?

— Comme beaucoup de vos clients, les patronymes lui posent un problème. À croire qu'il a du mal à s'en souvenir. Du coup, le pauvre en change tout le temps. Mais je peux vous le décrire : grand, vieux, de longs cheveux blancs qui tombent sur ses épaules musclées…

— Je vois qui c'est, mais il est… hum… occupé.

Zedd exhiba la pièce d'or et retira la main quand l'aubergiste voulut s'en emparer.

— Ça, mon ami, c'est vous qui le dites. Je jugerai par moi-même s'il convient de le déranger.

— Dans ce cas, ça vous coûtera une pièce d'argent supplémentaire.

— En quel honneur ?

— Pour payer la dame.

— Je n'ai aucune intention de m'offrir ses services.

— On parie ? Quand vous la verrez, votre vieux corps rabougri se souviendra qu'il a été jeune un jour… La politique de la maison est très simple : on paie d'avance. Si la fille me dit que vous ne l'avez pas touchée, je vous rendrai la pièce d'argent.

Zedd ne crut pas un mot de ce joli discours. Pas née de la dernière pluie, la prostituée mentirait, et il ne reverrait jamais son « avance ». Aussi irritante que fût la méthode, l'argent n'avait aucune importance dans l'affaire en cours. Il tira donc de sa poche une nouvelle pièce.

— Dernière porte sur la droite, dit l'aubergiste en s'en emparant. Dans la chambre d'à côté, il y a une cliente qui ne veut pas être dérangée.

— Pas d'inquiétude, je serai très discret…

— Bien qu'elle soit assez ordinaire, je lui ai proposé de lui tenir compagnie – gratuitement, en plus. Mais elle a promis de m'écorcher vif si quelqu'un perturbait son repos. Quand une femme a assez de cran pour venir seule ici, on ne prend pas ses menaces à la légère… Si vous la réveillez, je devrai lui rembourser la chambre. Mais l'argent sortira de votre bourse. C'est compris ?

Zedd acquiesça distraitement et songea un instant à se commander un repas, car il avait l'estomac dans les talons. À regret, il renonça à ce projet.

— Avez-vous une porte de derrière, demanda-t-il, au cas où j'aurais envie de prendre l'air ? (Si Nathan n'empruntait pas la bonne issue, le plan tomberait à l'eau.) Si la réponse me coûte un supplément, je ne discuterai pas…

— L'auberge est adossée à l'atelier du forgeron, répondit le tenancier en s'éloignant. Désolé, mais il n'y a pas d'autre sortie.

La dernière porte à droite, et une seule issue… Quelque chose ne collait pas. Nathan n'était pas aussi stupide. Pourtant, Zedd sentait la magie du lien crépiter dans l'air.

Bien qu'il trouvât étrange que le Prophète se laisse aussi obligeamment coincer, il avança dans le couloir obscur, tous les sens aux aguets. Mais il ne capta rien, à part les gémissements de plaisir parfaitement imités d'une professionnelle aguerrie, dans la deuxième chambre sur la gauche.

Au bout du couloir, une chandelle anémique brûlait dans son support en bois. De la pièce attenante à celle qu'il visait montaient les ronflements légers de la dame qui ne voulait pas être dérangée. Si tout se passait bien, elle dormirait comme un bébé…

Zedd plaqua l'oreille contre le battant de la chambre où Nathan était censé prendre du bon temps. De fait, il entendit un rire de femme. Si ça tournait mal, la malheureuse risquait d'être blessée. Voire de rendre l'âme, en cas de catastrophe…

Devait-il attendre un peu ? Non, car surprendre le Prophète en pleine action lui donnerait un net avantage. Ce gaillard était un sorcier, et tout dépendait de l'horreur que lui inspirait l'idée d'être repris par sa geôlière.

S'imaginant comment il réagirait à sa place, le vieil homme décida de mettre toutes les chances de son côté.

Il ouvrit la porte à la volée, tendit une main et projeta dans la chambre un petit vortex de lumière et de chaleur.

Le couple nu sur le lit fut aveuglé, comme prévu. Invoquant un poing d'air, Zedd arracha Nathan à sa compagne d'une nuit et le fit basculer du lit. Alors que le Prophète grognait de douleur et de rage, il saisit la femme par un poignet et la tira hors de la couche. Au passage, elle eut le réflexe d'attraper un drap.

Alors que les éclairs continuaient à crépiter, Zedd lui jeta un sort de paralysie, la pétrifiant avant qu'elle ait eu le temps de couvrir sa jolie poitrine. Aussitôt après, il lança sur l'homme un sort similaire, mais bardé de toutes les protections idoines, au cas où il tenterait de s'en libérer. Nathan risquerait de se blesser gravement, mais l'heure n'était pas aux demi-mesures.

La chambre redevint aussi silencieuse et calme qu'un sanctuaire. Ravi d'avoir pu épargner la fille, Zedd fit le tour du lit pour observer l'homme pétrifié, la bouche ouverte sur un cri qu'il n'avait pas pu pousser.

Une opération rondement menée…

… Sauf que ce gaillard n'était pas Nathan !

Zedd n'en crut pas ses yeux. Il sentait toujours le lien magique, et c'était bien celui qu'il avait imposé au Prophète.

Il se pencha sur l'inconnu.

— L'ami, je sais que tu peux m'entendre, alors, ouvre bien les oreilles. Je vais te libérer de mon sortilège. Mais si tu cries, je le lancerai de nouveau, et tu resteras figé jusqu'à la fin des temps. Alors, réfléchis bien avant d'appeler à l'aide. Comme tu l'as sans doute remarqué, je suis un sorcier. Si tu m'énerves, personne ne pourra t'arracher à mes griffes.

Zedd passa les mains au-dessus du type, qui recouvra aussitôt sa liberté de mouvement et se plaqua contre le mur – en silence, heureusement pour lui.

Âgé, mais l'air quand même plus jeune que Nathan, il arborait des cheveux bouclés notablement moins longs que ceux du Prophète. Mais l'aubergiste s'était sans doute mépris de bonne foi sur la description sommaire du sorcier.

— Qui es-tu, l'ami ?

— Je me nomme William... Vous êtes Zedd ?

— Comment sais-tu ça ?

— L'homme que vous cherchez me l'a dit. (William désigna une chaise bancale.) Je peux remettre mon pantalon ? Apparemment, je n'ai aucune chance de finir ce que j'ai commencé, cette nuit...

— Habille-toi, mais n'arrête pas de parler. Surtout, n'oublie pas qu'un sorcier devine quand on lui ment. Et sache que je suis de très mauvaise humeur.

Comme tout un chacun, un sorcier pouvait être abusé par un affabulateur doué. Mais comment William l'aurait-il su ? Quant à la mauvaise humeur, ce n'était absolument pas du bluff !

— J'ai rencontré l'homme que vous traquez, messire Zedd. Il ne m'a pas dit son nom, mais proposé... (Tout en enfilant son pantalon, William jeta un coup d'œil à la prostituée.) Elle m'entend ?

— Ne t'inquiète pas d'elle, l'ami. C'est moi, ton pire cauchemar. Parle !

— Il m'a offert une bourse bien pleine, si je consentais à lui faire une faveur...

— Laquelle ?

— Prendre sa place... (William regarda de nouveau la femme paralysée – et maintenant informée qu'il était plein aux as.) Jusqu'à cette ville, je devais chevaucher comme si j'avais le Gardien aux trousses. Ensuite, je pouvais ralentir, prendre un peu de repos ou même m'arrêter. Il m'a prévenu que vous finiriez par me rattraper.

— Et que t'a-t-il dit d'autre ?

William finit de boutonner son pantalon, s'assit sur la chaise et entreprit d'enfiler ses bottes.

— Que je ne devais pas être pris avant d'arriver ici – au minimum. Comme j'ai filé plus vite que le vent, j'ai cru avoir le temps de dépenser un peu de mon argent. Je ne vous croyais pas si près de moi...

Il se leva et passa un bras dans la manche de sa chemise marron.

— Enfin, il m'a chargé de vous remettre un message.

— Quoi ?

William finit d'enfiler sa chemise, plongea une main dans la poche de son pantalon et en sortit une bourse effectivement rondelette.

— C'est là-dedans...

— Laisse-moi voir ça ! fit Zedd en s'emparant de la bourse.

Il l'ouvrit et découvrit une petite fortune en pièces d'or et d'argent. Quand il en saisit une entre le pouce et l'index, il sentit aussitôt le picotement caractéristique de la magie. À l'évidence, Nathan savait transformer le cuivre en or...

Une très mauvaise nouvelle. Cette « alchimie » était dangereuse, et le vieil homme lui-même y recourait exclusivement en cas d'extrême urgence.

Au milieu des pièces, Zedd découvrit une feuille de parchemin pliée et repliée. Il la sortit et la regarda attentivement, en quête de quelque piège magique.

— C'est le message que je devais vous remettre, confirma William.

— T'a-t-il confié autre chose ?

— Avant de me quitter, il m'a regardé dans les yeux et il a soufflé : « Dis à Zedd que ce n'est pas ce qu'il croit. »

— Et dans quelle direction est-il parti ?

— Je n'en sais rien… J'étais déjà en selle. Sans crier gare, il a flanqué une grande claque sur la croupe de mon cheval…

Zedd lança la bourse à William. Sans cesser de le surveiller du coin de l'œil, il déplia le message.

« Désolé, Anna, mais j'ai une affaire urgente à régler. Une de tes sœurs s'apprête à faire une grosse bêtise, et je dois l'en empêcher – si je peux. Au cas où il m'arriverait malheur, je tiens à dire que je t'aime, mais je suppose que tu t'en doutes, depuis le temps. Évidemment, je préférais le taire tant que j'étais ton prisonnier…

Zedd, si une lune rouge se lève, comme je le pense, c'est que nous sommes tous en danger de mort. Et si cela se produit trois nuits de suite, nous saurons que Jagang a invoqué une prophétie à Fourche-Étau. Dans ce cas, tu dois à tout prix trouver le trésor des Jocopos. Ne perds surtout pas de temps à me poursuivre, car ça signerait notre arrêt de mort… et le triomphe absolu de Jagang.

Une prophétie à Fourche-Étau piège doublement sa victime, et dans ce cas, il s'agit de Richard. Puissent les esprits avoir pitié de son âme !

Si je comprenais cette maudite prédiction, je te dirais tout, mais les esprits du bien ne m'ont pas donné accès à cette terrible connaissance.

Anna, accompagne Zedd, car il aura besoin de ton aide. Que les esprits vous protègent tous les deux… »

Alors qu'il battait des cils pour éclaircir sa vision troublée par les larmes, Zedd sentit une étrange protubérance sous ses doigts, au verso de la feuille. La retournant, il s'avisa que c'était une traînée de cire. Le message avait été scellé, et…

Le vieux sorcier leva les yeux au moment où la matraque de William s'abattait sur lui. Il tenta d'esquiver le coup, mais n'y parvint pas et s'écroula comme une masse.

L'homme se jeta sur lui et lui plaqua un couteau sur la gorge.

— Où est le trésor des Jocopos, vieillard ! Parle, ou je te vide de ton sang !

Zedd tenta de focaliser sa vision, mais la nausée l'en empêcha.

— Parle ! beugla William. (Il enfonça sa lame dans le bras du sorcier.) Où est le trésor !

Une main jaillie de nulle part saisit le vieux bandit par les cheveux et l'envoya s'écraser contre le mur du fond.

Une femme d'âge moyen vêtue d'un long manteau noir se pencha sur Zedd.

— Laisser fuir Nathan était une grosse erreur, siffla-t-elle. En vous suivant, toi et ta vieille bique de compagne, je pensais bien trouver ma proie. Mais qu'y a-t-il au bout de ton prétendu lien magique ? Un vieux truand sans intérêt ! Du coup, je vais devoir te maltraiter, mon pauvre ami. Parce que je veux capturer le Prophète !

L'inconnue se tourna et tendit une main vers la prostituée paralysée. Un rayon noir fusa de ses doigts, traversa la chambre en grondant et coupa en deux la pauvre femme et le drap qu'elle tenait. Du sang macula les murs et le torse de la fille tomba sur le sol comme celui d'une statue qu'on vient de scier en deux. Alors que ses entrailles se répandaient sur le plancher, ses jambes et ses hanches restèrent debout, toujours pétrifiées.

La femme se plaça de nouveau face à Zedd.

— Tu veux savoir ce que la Magie Soustractive peut faire à un homme, vieillard ? C'est très instructif, surtout quand on traite un membre après l'autre… Donne-moi ce message !

Zedd tendit la main, comme s'il voulait obéir. Parvenant à se concentrer malgré sa nausée, il embrasa le parchemin, qui se consuma en une fraction de seconde.

Folle de rage, la femme se tourna vers William.

— Que disait ce message, vermine ?

Jusque-là tétanisé par la panique, le scélérat aux cheveux blancs se releva tant bien que mal et sortit de la chambre en boitillant.

— Quand je reviendrai, promit la femme à Zedd, tu me diras tout ce que tu sais, avant de mourir !

Alors qu'elle courait vers la porte, le vieux sorcier sentit une étrange combinaison de magie s'attaquer au bouclier qu'il avait érigé à la hâte.

La douleur explosa dans son crâne.

Il tenta en vain de la repousser et ne réussit pas davantage à la dominer. Sans être paralysé, il ne parvenait pas à ordonner à ses jambes de le remettre debout. Comme une tortue renversée sur le dos, il dut se contenter de battre stupidement des membres. Au bord de l'inconscience, il se prit la tête à deux mains et appuya très fort, espérant ainsi l'empêcher d'éclater.

Soudain, une explosion retentit, suivie par une onde de choc qui souleva à demi le vieil homme du sol.

Le toit de la chambre se désintégra et un éclair illumina la pièce. Alors que des échardes de bois et des gravats volaient en tous sens, Zedd s'aperçut qu'il ne souffrait plus.

La Toile de Lumière venait de s'activer.

Des débris embrasés tombèrent sur le vieux sorcier, qui se roula en boule pour limiter les dégâts. Le vacarme l'assourdissait comme s'il s'était réfugié sous un toit en tôle pendant une averse de grêlons.

Quand le silence revint, Zedd écarta les mains de sa tête et regarda autour de lui. À sa grande surprise, le bâtiment tenait encore debout – plus ou moins. Il ne restait plus rien du toit, et les murs étaient constellés de trous, comme une vieille couverture mangée aux mites. Les restes sanguinolents de la prostituée gisaient près du lit.

Après un rapide examen, Zedd s'étonna d'être en si bon état, toute chose égale par ailleurs. Sa tête saignait abondamment, suite au coup de matraque de William, et son bras le lançait à l'endroit où ce crétin l'avait poignardé. À part ça, il était indemne. De quoi se réjouir, étant donné les circonstances.

Quelque part, une femme poussait des cris hystériques. Plus loin, des sauveteurs déblayaient déjà les débris, cherchant sans doute les morts et les blessés.

Ce qui restait de la porte s'ouvrit à la volée pour laisser passer une silhouette heureusement familière.

— Zedd ! Vous êtes vivant ?

— Fichtre et foutre, femme, ai-je l'air d'un cadavre ?

— Non, admit Anna, mais il s'en faut de peu. Et votre crâne pisse le sang.

Zedd gémit de douleur quand la Dame Abbesse l'aida à s'asseoir.

— Ravi de te voir en pleine forme, chère amie, dit-il. C'est un coup de chance, quand on est si près du point focal d'un sort de lumière.

Anna écarta les cheveux poisseux de sang du vieil homme et étudia sa blessure.

— Ce n'était pas Nathan…, dit-elle. J'avais presque passé le collier au cou de cet homme, quand il a activé la Toile. Mais sœur Roslyn est sortie à son tour, et elle s'est jetée sur lui en hurlant je ne sais quoi au sujet d'un message.

» Roslyn est une Sœur de l'Obscurité… Mes vieilles jambes ne sont plus ce qu'elles étaient, pourtant, j'ai couru comme une gazelle quand je l'ai vue invoquer la Magie Soustractive pour neutraliser votre Toile.

— Apparemment, ça n'a pas marché, lâcha Zedd. Elle n'avait jamais dû se frotter à un sort lancé par un Premier Sorcier. Mais je n'avais pas prévu de faire un tel carnage. Hélas, la Magie Soustractive a renforcé ma Toile, et des innocents ont été blessés ou tués.

— Au moins, cette maudite Roslyn est morte avec eux.

— Anna, guéris-moi et allons aider les survivants !

— D'abord, dites-moi qui était cet homme ? Et pourquoi a-t-il activé la Toile ? Enfin, où est Nathan ?

Zedd tendit un bras et ouvrit le poing, révélant le petit tas de cendres qu'il contenait. Le front plissé par la concentration, il laissa sa magie déferler dans les résidus noirâtres qui changèrent de couleur puis se réunirent pour reconstituer la feuille de parchemin d'origine.

— Je n'aurais pas cru qu'on puisse faire une chose pareille…, souffla Anna.

— Par bonheur, sœur Roslyn ne le savait pas non plus. Sinon, nous serions sacrément dans la mouise… Être Premier Sorcier a ses avantages…

Anna prit le message et le lut. Quand elle eut fini, des larmes roulaient sur ses joues.

— Créateur bien-aimé…, soupira-t-elle.

— Ça, tu peux le dire, femme…, souffla Zedd, ses propres yeux embués.

— Le trésor des Jocopos… Vous savez ce que c'est ?

— J'espérais que tu me le dirais, gente dame ! Pourquoi Nathan n'a-t-il rien précisé ? C'est absurde !

Dehors, des gens criaient de douleur et appelaient au secours. Plus loin, un mur ou une partie du toit s'écroula sur le sol. Les hommes beuglaient toujours en fouillant les décombres.

— Nathan oublie souvent qu'il est différent des autres, dit Anna. S'il sait depuis des siècles ce qu'est le trésor des Jocopos, il a pu penser que c'était de notoriété publique.

— Possible, mais ça ne nous avance pas beaucoup.

— Nous trouverons, Zedd ! Il le faut, et je tiens déjà un début de piste. (Anna brandit un index vengeur sur le vieil homme.) Vous viendrez avec moi ! Nathan est toujours dans la nature, donc, votre collier restera là où il est ! Compris ? Et je ne veux entendre aucun argument oiseux !

Zedd leva les bras et ouvrit négligemment le Rada'Han.

La Dame Abbesse le regarda, les yeux ronds.

— Il faut trouver le trésor des Jocopos, dit-il en lançant le collier à sa compagne. Nathan ne me semble pas du genre à raconter n'importe quoi. L'affaire est grave, et nous sommes tous en danger. Bien sûr que je viendrai avec toi, femme ! Mais cette fois, nous brouillerons notre piste – magiquement, bien sûr...

— Co-comment avez-vous pu..., bredouilla Anna. Ouvrir un Rada'Han est impossible !

Zedd la foudroya du regard – un bon moyen pour cesser de pleurer à cause du danger qui rôdait autour de Richard.

— Comme je l'ai déjà mentionné, être Premier Sorcier a ses avantages.

— Alors vous..., commença Anna, rouge comme une pivoine. Depuis quand avez-vous compris comment faire ?

— Il m'a fallu deux jours pour saisir le truc. Depuis, je peux retirer le collier à volonté.

— Pourtant, vous ne m'avez pas quittée. Pourquoi ?

— J'aime les femmes qui optent pour des solutions désespérées. Selon moi, c'est une preuve de caractère. Anna, tu crois tout ce que Nathan dit dans son message ?

— J'aimerais répondre par la négative... Hélas, c'est impossible. (La Dame Abbesse soupira.) Avez-vous remarqué qu'il a écrit : « Puissent les esprits avoir pitié de son âme » ? Pas : « *les esprits du bien* ».

— Tous les esprits ne sont pas bienveillants, loin de là ! Anna, que sais-tu sur les prophéties à Fourche-Étau, celles qui piègent doublement les gens ?

— Contrairement à un Rada'Han – comme je viens de l'apprendre – il est impossible d'échapper aux griffes d'une de ces prédictions. Mais pour invoquer la Fourche-Étau, il faut que le cataclysme mentionné dans le texte soit advenu. Dans le cas qui nous occupe, cet événement, quel qu'il soit, s'est déjà produit, ou ne tardera plus, puisque nous avons vu la lune rouge. Une fois la prophétie invoquée, sa victime est condamnée à choisir une des deux branches de la Fourche. Ou des deux mâchoires de l'étau, si vous préférez... Mais vous le saviez sûrement ? Un Premier Sorcier est informé de ces choses.

— J'espérais t'entendre dire que j'avais tout compris de travers, avoua Zedd. Bon sang, pourquoi Nathan n'a-t-il pas au moins recopié la prophétie dans son message ?

— Parce que c'est un homme de cœur...

Chapitre 21

D ans la tour de pierre de l'abbaye, Clarissa agrippa de la main droite le rebord craquelé de la fenêtre et le serra très fort pour tenter de faire cesser ses tremblements. La gauche posée sur son cœur affolé, elle battit des paupières, les yeux irrités par la fumée âcre qui montait de la ville, et continua à observer le tumulte, dans les rues et sur la place, juste au-dessous d'elle.

Le vacarme était abominable.

Des épées, des haches ou des fléaux d'armes au poing, les envahisseurs chargeaient en beuglant à tue-tête leur cri de guerre. Au-dessus du fracas de l'acier frappant l'acier et du sifflement des volées de flèches, les hennissements de panique des chevaux perçaient les tympans de Clarissa.

Venues des bois environnants, des boules de feu martelaient les murs de pierre de la cité. Dans le mugissement de leurs cornes de bataille, les envahisseurs s'engouffraient par toutes les brèches, terrifiante marée qui submergeait inexorablement les défenseurs. Partout, des colonnes de flammes rugissaient comme si elles voulaient dévorer les bâtiments et leurs occupants.

Sanglotant sans retenue ni pudeur, les citadins imploraient une pitié qu'on ne leur accordait jamais. À travers un rideau de fumée grise, Clarissa aperçut le corps ensanglanté d'un des membres du Conseil des Sept. Attaché à un cheval par une corde, le cadavre était exhibé comme un trophée de chasse…

Dans toute la ville, des femmes hurlaient de désespoir tandis qu'on assassinait devant elles leurs enfants, leurs maris, leurs frères et leurs pères.

Un vent chaud charriait la puanteur d'une cité incendiée, infâme mélange de poix, de bois, de tissu, de peau et de chair. Plus forte que tout le reste, l'odeur du sang agressait en permanence les narines de Clarissa.

Tout se passait comme *il* l'avait prédit. Et dire que Clarissa lui avait ri au nez ! Aujourd'hui, elle doutait d'être capable de rire de nouveau, aussi longue que soit sa vie.

De toute façon, pensa-t-elle, les jambes tremblantes, elle serait très courte !

Non, il ne fallait pas désespérer. Ici, elle était en sécurité, car l'ennemi ne s'en prendrait pas à l'abbaye. Sous ses pieds, dans la grande salle, la foule venue se placer sous la protection divine hurlait de terreur. Mais dans ce sanctuaire dédié à l'adoration du Créateur et des esprits du bien, ces braves gens n'avaient rien à craindre. Même les bêtes sauvages qui attaquaient Renwold n'oseraient pas verser le sang en ce lieu.

Et pourtant, *il* lui avait dit le contraire.

Autour de l'abbaye, l'ultime ligne de défense venait d'être submergée. Jusqu'à ce jour, les défenseurs de Renwold n'avaient jamais laissé un envahisseur franchir le mur d'enceinte. On disait la cité inexpugnable, comme si le Créateur en personne se chargeait de sa sécurité. Au fil des siècles, combien de barbares venus du Pays Sauvage s'étaient cassé les dents sur un morceau trop gros à avaler pour eux ? Des multitudes, plongées dans l'oubli après leur piteuse déroute.

Et voilà, comme *il* l'avait prévu, que Renwold était tombée…

Payant sa résistance au prix fort, la population tombait sous les coups des vainqueurs, résolus à ne pas faire de quartier.

Quelques voix, peu nombreuses, s'étaient élevées pour prêcher la reddition. La lune rouge des trois dernières nuits, selon ces défaitistes, augurait d'une catastrophe. On ne les avait pas écoutés, car Renwold, mauvais présage ou pas, resterait imprenable jusqu'à la fin des temps.

Hélas, les esprits du bien et le Créateur s'étaient détournés de la ville et de ses habitants. Afin de les punir de quel crime ? Clarissa l'ignorait, mais il devait être affreux, pour leur valoir une telle disgrâce.

De son point d'observation, au sommet de l'abbaye, la femme avait vu l'ennemi regrouper des centaines de malheureux dans les rues, sur les esplanades de marché ou dans les cours d'immeubles. D'autres citadins, également traités comme du bétail, avaient été poussés vers la petite place, juste sous sa fenêtre. Avec leurs armures hérissées de piques, leurs ceinturons en cuir cloutés et leurs tuniques de fourrures, les envahisseurs correspondaient parfaitement à l'image que Clarissa se faisait des barbares venus du Pays Sauvage.

Depuis quelques minutes, ils avaient entrepris de faire le tri entre les prisonniers. Tous les hommes exerçant un métier intéressant – les forgerons, les armuriers, les boulangers, les brasseurs, les bouchers, les meuniers et les charpentiers – étaient enchaînés ensemble et serviraient d'esclaves à leurs vainqueurs. Les vieillards, les jeunes garçons et les travailleurs jugés non indispensables – tels que les valets, les secrétaires, les taverniers, les fonctionnaires ou les commerçants – mouraient sur place, abattus d'un coup d'épée, de lance, de poignard ou de fléau d'armes.

En matière d'exécution, les conquérants semblaient ne pas se soucier de la méthode, tant que le résultat les satisfaisait.

Clarissa vit un barbare abattre frénétiquement son gourdin sur le crâne d'un homme qui ne se décidait pas à mourir. Un jour, devant ses yeux, un pêcheur s'était acharné ainsi sur une anguille plus résistante que la moyenne. Et le tueur au gourdin ne montrait pas plus de compassion pour sa victime que s'il s'était agi d'un poisson…

La tête de Gus le Débile, un simple d'esprit qui gagnait sa pitance en rendant de menus services aux boutiquiers et aux aubergistes, finit par exploser comme un fruit trop mûr.

Clarissa se plaqua une main sur la bouche pour ne pas vomir. Ravalant à grand-peine le contenu de son estomac, elle tenta désespérément de reprendre son souffle.

C'était un cauchemar, se dit-elle. Bientôt, elle se réveillerait.

Ce n'est pas vrai, ce n'est pas vrai, ce n'est pas vrai..., se répéta-t-elle mentalement.

Hélas, ça l'était. Par le Créateur bien-aimé, elle ne rêvait pas !

À présent, les envahisseurs triaient leur butin vivant en fonction du sexe. Après avoir tué sur place les plus vieilles femmes, ils poussèrent les autres, apparemment en état de travailler, loin de leurs compagnons, et effectuèrent une nouvelle sélection, cette fois en fonction de l'âge et de la beauté.

Alors que des brutes hilares les ceinturaient, d'autres barbares passèrent devant ces prisonnières, leur tirèrent sur la lèvre inférieure, la traversèrent avec une aiguille, y passèrent un anneau et le refermèrent avec leurs dents plus solides que l'acier.

L'homme avait également décrit cette scène à Clarissa, qui s'était esclaffée de plus belle. Pourquoi aurait-elle cru ces absurdités, plus ridicules encore que les fadaises qu'aimait répéter feu Gus le Débile ?

Clarissa plissa les yeux pour mieux voir, et découvrit que la couleur des « marquages » différait selon les groupes de femmes. Les plus âgées portaient des anneaux couleur cuivre, alors que les plus jeunes, qui se débattaient en vain, étaient identifiées par des cercles d'argent.

Quand deux d'entre elles eurent été passées au fil de l'épée, les survivantes cessèrent de lutter.

Le plus petit groupe, composé de jeunes beautés, avait reçu des anneaux d'or. Terrorisées, ces malheureuses étaient entourées par une meute d'envahisseurs aux yeux lubriques. Le sang qui coulait de leurs lèvres maculait leurs jolies robes.

Clarissa connaissait la plupart de ces filles, parce qu'on oublie rarement le visage des gens qui vous humilient. Encore célibataire à plus de trente ans, elle était un objet de moquerie pour presque toutes les femmes. Mais rien n'égalait la cruauté de ces damoiselles-là, toujours prêtes à ricaner sur son passage et à l'affubler, assez fort pour qu'elle entende, de surnoms tels que « la vieille chouette » voire « la sorcière ».

Clarissa n'avait pas choisi de vivre seule, et elle rêvait d'avoir des enfants. Comment s'était-elle retrouvée ainsi, ballottée par le flot de la vie et du temps sans avoir eu la chance de se trouver un mari ?

À dire vrai, elle n'en savait rien.

Sans être laide, elle pouvait au mieux se qualifier d'« ordinaire ». Une silhouette banale, ni trop grosse ni trop maigre, et un visage qui ne la faisait pas hurler d'horreur quand elle se regardait dans la glace. Bien sûr, il n'y avait pas là de quoi inspirer un barde, mais rien non plus qui fût susceptible de repousser un honnête homme...

Hélas, quand l'offre était largement supérieure à la demande, être « ordinaire » ne suffisait plus. Les jolies donzelles, courtisées de toute part, ne pouvaient pas comprendre la détresse de Clarissa. Les femmes mûres, déjà délaissées, se montraient plus compréhensives. À leurs yeux, elle restait néanmoins un fruit sec qu'il valait mieux ne pas trop fréquenter. Peut-être parce qu'elles voyaient le défaut secret – une sorte de marque d'infamie congénitale – qui faisait fuir les hommes plus sûrement que les lésions de la petite vérole…

À présent, elle ne trouverait plus de mari, car elle était trop vieille pour faire une bonne « reproductrice ». Piégée par le temps, elle n'aurait plus aucune consolation que son travail, très prenant, mais loin de la rendre heureuse comme l'aurait pu une famille.

Blessée par les piques de ces arrogantes jeunettes, Clarissa avait souvent prié pour qu'elles connaissent un jour le sens du mot « humiliation ». Et le destin était allé bien au-delà de ses souhaits…

Hilares, les envahisseurs avaient entrepris d'examiner leurs proies. Déchirant les beaux chemisiers en soie, ils tâtaient les poitrines comme un marchand de fruits en quête de melons bien mûrs…

— Créateur bien-aimé, murmura Clarissa, faites qu'elles ne subissent pas ces horreurs parce que je rêvais qu'elles se sentent un jour aussi honteuses et dégradées que moi. Je ne pensais pas à un châtiment si cruel, veuillez le croire, par pitié ! Sur mon âme, je jure que c'est vrai !

Clarissa sursauta quand elle vit des barbares courir vers l'abbaye en portant un bélier. S'ils disparurent très vite sous une corniche, elle ne put pas douter longtemps de leurs intentions, car le bâtiment trembla au moment du premier impact contre la porte.

En bas, dans la grande salle, la foule hurla de plus belle.

Au troisième coup de boutoir, le battant de bois explosa.

Ces chiens osaient violer le sanctuaire du Créateur ! Exactement comme l'avait prédit le Prophète.

Clarissa serra à deux mains le devant de sa robe, juste à l'endroit du cœur. Sous ses pieds, le massacre commençait. Quand ce serait fini, les barbares monteraient à l'étage, et ils la trouveraient.

Quel sort lui réserveraient-ils ? Un anneau à la lèvre suivie d'une vie d'esclavage ? Ou une exécution sommaire ?

Aurait-elle le courage de préférer la mort à la soumission ?

Non, inutile de se leurrer, elle le savait… Confrontée à ce choix, elle opterait pour la vie, aussi misérable fût-elle. Pas question de se laisser tailler en pièces, comme ces pauvres gens, sur la place. Ou d'avoir le crâne éclaté, comme Gus le Débile. Parce que la mort, à ses yeux, était plus terrifiante que la vie…

Elle cria quand la porte s'ouvrit à la volée.

— Clarissa ! cria le Père Supérieur en courant vers elle.

Plus tout jeune, et franchement enveloppé, le pauvre homme haletait après sa course dans l'escalier. Son visage rond, d'habitude rougeaud, était livide comme celui d'un cadavre de trois jours.

— Les livres… Nous devons fuir ! Mais il faut emporter les livres et les cacher…

Clarissa le regarda, incrédule. Pour emballer tous ces ouvrages, une semaine n'aurait pas suffi. Sans compter les dix chariots qu'il aurait fallu charger…

D'ailleurs, où fuir et où se cacher ? Comment fendre la masse grouillante d'envahisseurs et quitter la ville ?

Des ordres ridicules dictés par la terreur !

— Père Supérieur, il n'y a aucun moyen de s'échapper.

Le gros homme prit les mains de Clarissa.

— Ils ne nous remarqueront pas ! lança-t-il, les yeux fous. Si nous faisons semblant de vaquer à nos occupations, ils ne prendront même pas la peine de nous interroger.

Clarissa se demanda que répondre à ces divagations.

L'irruption de trois barbares aux vêtements couverts de sang lui évita de se creuser en vain la cervelle. Paraissant plus grands encore dans la minuscule pièce, ils bondirent sur le Père Supérieur.

Deux de ces hommes avaient des tignasses noires bouclées et collées par la crasse. Le troisième, totalement chauve, portait comme ses compagnons une barbe mal entretenue. Tous arboraient un anneau d'or à la narine gauche.

Le chauve saisit le Père Supérieur par sa tignasse blanche et lui renversa la tête en arrière.

— Ton métier, vermine ! Quel est ton métier ?

Les yeux rivés au plafond, le Père Supérieur écarta les mains, implorant.

— Je dirige cette abbaye, couina-t-il. Je prie pour le salut du monde, et... et celui des livres ! Oui, celui des livres !

— Des livres ? Et où sont-ils, tes livres ?

— Le cercle littéraire... Les archives sont là... Clarissa peut vous montrer. Elle aime aussi les livres, c'est même son travail...

— Bref, vieillard, tu n'as pas de métier ?

— Je suis un homme de prière, vous dis-je ! Vous verrez, je demanderai au Créateur et aux esprits du bien de veiller sur vous. Gratuitement, bien sûr ! Oui, vous n'aurez rien à donner, et...

Le chauve tira un peu plus en arrière la tête du Père Supérieur. Puis il dégaina un coutelas et lui trancha la gorge d'un coup sec.

— Nous n'avons rien à foutre des hommes de prière, grogna-t-il avant de lâcher négligemment sa victime.

Un flot de sang jaillit de la gorge du Père Supérieur et aspergea le visage de Clarissa.

Les yeux écarquillés d'horreur, elle regarda mourir un être qu'elle avait connu presque toute sa vie. Un homme qui l'avait prise en pitié, lui permettant de subsister tant bien que mal grâce au seul don que le Créateur lui eût consenti : savoir lire.

Ce talent ne courait pas les rues, heureusement pour elle.

Subir les assauts du Père Supérieur, avec ses doigts boudinés et ses lèvres molles, avait été le prix à payer pour conserver son travail de scribe. Au début, le gros homme ne s'était permis aucune privauté. Une fois bien formée à son poste, et certaine de ne plus risquer la misère, Clarissa avait découvert le revers peu glorieux de la médaille.

Des années plus tôt, alors qu'il refusait de la laisser en paix, elle l'avait menacé de rendre la chose publique...

Des accusations aussi scandaleuses, avait-il dit, et contre un Père Supérieur unanimement respecté, lui vaudraient à coup sûr le bannissement de Renwold. Dans une région si dure, quelles chances de survie aurait une vagabonde solitaire ? Et combien de fois se ferait-elle violer avant de finir égorgée dans un ravin ?

Clarissa s'était résignée, vaincue par ces arguments. La fierté n'avait jamais rempli un ventre vide, et beaucoup de femmes subissaient des compagnons bien pires que le Père Supérieur, qui se faisait un point d'honneur de ne jamais la battre.

Elle ne lui avait jamais voulu de mal, souhaitant seulement qu'il cesse de la lutiner. Au fond, alors que tant de gens se moquaient d'elle, cet homme l'avait recueillie et protégée…

Le chauve avança vers Clarissa, qui cessa de s'intéresser à l'agonie de son « bienfaiteur ».

Après avoir rengainé son coutelas, le barbare saisit sa prise par le menton, lui fit tourner la tête, puis l'étudia de la tête au pied, lui palpant les hanches au passage.

Clarissa sentit qu'elle s'empourprait sous ce regard de maquignon.

— Mets-lui un anneau, lâcha le chauve en se tournant vers un de ses compagnons.

Clarissa ne comprit pas tout de suite ce que ça signifiait. Mais ses jambes se dérobèrent quand un des colosses aux mains rouges de sang vint se camper devant elle, et sortit une aiguille rouillée.

Si elle résistait, son sort serait vite réglé. Voulait-elle finir comme le Père Supérieur et Gus le Débile ? Non, surtout pas ! Chaque minute de survie était un inestimable trésor !

— Quel anneau, capitaine Mallack ?

— En argent…, répondit le chauve, le regard plongé dans celui de Clarissa. De l'argent… Pas du cuivre… Créateur bien-aimé, pas du cuivre !

Un rire hystérique éclata dans la tête de Clarissa au moment où la brute lui prenait la lèvre inférieure entre le pouce et l'index. Ces hommes, passés maître en l'art d'évaluer la chair humaine, lui accordaient plus de valeur que les braves gens qu'elle avait côtoyés toute sa vie. Même s'ils entendaient faire d'elle une esclave, ils ne l'avaient pas classée dans la plus basse catégorie !

Clarissa parvint à ne pas crier quand l'aiguille s'enfonça dans sa chair. Les yeux embués de larmes, alors que le barbare forçait pour lui traverser la lèvre, elle battit des paupières, résolue à continuer de voir son tourmenteur.

Elle n'avait pas eu droit à un anneau d'or, bien entendu. Mais l'argent restait plus flatteur que le cuivre, pas vrai ?

Était-il admissible de se rengorger d'une telle « distinction », alors que tant d'innocents avaient péri ? Peut-être pas, mais que lui restait-il d'autre ?

Le barbare puant la sueur, le sang et la suie lui passa l'anneau d'argent à la lèvre et le ferma avec ses immondes dents jaunâtres.

Clarissa ne prit même pas la peine d'essuyer le sang qui ruisselait sur son menton.

— Tu es désormais la propriété de l'Ordre Impérial, annonça le capitaine Mallack en la regardant de nouveau dans les yeux.

Chapitre 22

Clarissa crut qu'elle allait s'évanouir. Comment une personne pouvait-elle appartenir à qui que ce fût ? À sa courte honte, elle dut aussitôt admettre que sa relation avec le Père Supérieur ne lui permettait pas de regarder les choses de haut. À sa façon, le gros homme avait été bon avec elle, mais il l'avait tenue pour sa propriété.

Les brutes qui l'avaient capturée ignoraient jusqu'à la notion de « bonté ». Ce que ces barbares lui feraient, elle n'en doutait pas, serait bien pire que les attouchements d'un Père Supérieur aviné et à demi impuissant. Et le regard du capitaine Mallack indiquait que ces hommes-là ne prenaient pas de gants lorsqu'ils désiraient une femme…

Au moins, elle portait un anneau d'argent. Aussi stupide que ce fût, cela comptait pour elle.

— Le vieillard a parlé de livres, dit Mallack. Contiennent-ils des prophéties ?

Le Père Supérieur aurait été inspiré de la fermer, pour une fois ! Mais le mal était fait, et Clarissa refusait de mourir pour préserver ces ouvrages. De toute façon, ils ne seraient pas difficiles à trouver, puisque Renwold avait la réputation d'être imprenable. Pourquoi cacher des trésors quand personne ne risquait de les voler ?

— Oui, ils en contiennent.

— L'empereur veut qu'on lui apporte tous les grimoires de ce genre. Nous montreras-tu où ils sont ?

— Bien entendu.

À cet instant, une voix, derrière les trois hommes, lança un « bonjour » amical.

— Comment ça va, les amis ? continua-t-elle. Tout est en ordre ? On dirait que vous avez les choses bien en main…

Mallack et ses deux hommes se retournèrent vers le vieillard étrangement vigoureux campé sur le seuil de la porte. Ses cheveux blancs lui tombant sur les épaules, il portait des bottes hautes, un pantalon marron, une chemise à jabot et une veste verte. L'ourlet de sa longue cape sombre frôlant le sol, il arborait sur la hanche gauche un élégant fourreau dont dépassait la garde ouvragée d'une épée.

C'était le Prophète !

— Qui êtes-vous ? demanda le capitaine Mallack.

D'un geste négligent, le vieil homme expédia sa cape derrière son épaule gauche.

— Un homme qui cherche une esclave…, dit-il.

Écartant du coude un des barbares, il approcha de Clarissa et lui prit le menton pour la forcer à tourner la tête.

— Celle-là fera l'affaire. Combien en voulez-vous ?

— Les esclaves appartiennent à l'Ordre Impérial ! cracha Mallack. (Il saisit le vieillard par les pans de sa chemise.) Ils sont la propriété exclusive de l'empereur !

Le Prophète baissa un regard furibond sur les mains de Mallack, puis il se dégagea vivement.

— J'aime cette chemise, mon ami, et tu as les mains sales.

— Bientôt, elles risquent d'être rouges de ton sang… Qui es-tu, vermine ? Et quel est ton métier ?

— Je crains que ma profession n'intéresse personne, en ces temps troublés… Combien pour l'esclave ? Je suis prêt à payer grassement. À votre place, les gars, je songerais à me remplir les poches, et pas seulement celles de l'empereur. Tout honnête travailleur mérite un salaire.

— Pour ramasser du butin, il suffit de nous baisser, grogna Mallack. (Il se tourna vers l'homme à l'aiguille.) Tue-le !

Le Prophète tendit une main apaisante, paume ouverte.

— Je ne vous veux pas de mal, les amis… (Il se pencha davantage vers les trois barbares.) Vous ne préférez pas repenser à ma proposition ?

Mallack ouvrit la bouche mais il se ravisa, comme si aucun mot ne consentait à en sortir.

Clarissa entendit les ventres des trois hommes gargouiller bizarrement, comme s'ils avaient les entrailles en ébullition.

— Un problème ? demanda le Prophète. Si je peux vous aider… Non ? Bon, et cette proposition, les gars ? Combien pour cette esclave ?

Les trois hommes grimacèrent de douleur et Clarissa eut les narines agressées par une odeur déplaisante.

— Eh bien…, fit Mallack. Je pense… (Il grimaça de nouveau.) Bon, je crois qu'on doit y aller…

— Merci de votre générosité, les gars, dit le Prophète en s'inclinant. Filez donc, s'il le faut ! Mais saluez mon ami Jagang de ma part, quand vous le verrez.

— Et ce type ? demanda un des soldats à Mallack alors que les trois hommes s'éloignaient.

— Quelqu'un finira tôt ou tard par lui trouer la peau, répondit le capitaine en franchissant la porte.

Le Prophète se tourna vers Clarissa. Son sourire évanoui, il riva sur elle son regard d'aigle.

— Alors, que penses-tu de tout ça ?

Clarissa sentit qu'elle tremblait de tous ses membres. Qui devait-elle redouter le plus ? Les envahisseurs, ou le Prophète ? Les barbares la feraient souffrir, c'était certain. Mais que lui infligerait ce vieillard ? Lui révélerait-il quand et comment elle perdrait la vie ?

Il l'avait prévenue qu'une cité entière serait rasée, et c'était arrivé. Tout ce qu'il racontait pouvait bel et bien advenir. Parce que les Prophètes contrôlaient la magie...

— Qui êtes-vous ? souffla-t-elle.

Le vieil homme se fendit d'une référence exagérée.

— Nathan Rahl, et je t'ai déjà dit que je suis un Prophète. Excuse-moi d'écourter les présentations, mais nous n'avons pas beaucoup de temps devant nous.

— Pourquoi voulez-vous une esclave ? osa demander Clarissa malgré le regard bleu acier qui la terrorisait.

— Eh bien, pas pour la même raison que ces types...

— Je refuse de...

Nathan prit Clarissa par le bras et la força à se tourner vers la fenêtre.

— Regarde ce qui se passe dehors !

Incapable de se maîtriser plus longtemps, la femme éclata en sanglots.

— Créateur bien-aimé...

— Ne compte pas sur lui pour te tirer de là, ma fille ! Plus personne ne peut sauver ces malheureux, désormais. Moi, je suis venu t'aider, à condition que tu me rendes la pareille. Si tu es inutile, pas question de risquer pour toi ma vie et celle de dizaines de milliers d'innocents ! Je trouverai bien une femme qui préfère venir avec moi plutôt que d'être l'esclave de ces chiens.

— Ce sera dangereux ?

— Oui.

— Je mourrai en vous aidant ?

— Peut-être... Et peut-être bien que non. Mais si tu péris, tu seras tombée pour une noble cause : empêcher que des malheureux souffrent encore plus que les citadins de Renwold.

— Pouvez-vous les aider ? Arrêter ce massacre ?

— Non, parce que ce qui est fait ne saurait être défait. On peut lutter afin de modeler l'avenir, jamais pour modifier le passé.

» Tu as eu un aperçu des dangers qui nous guettent. Jadis, un Prophète a vécu ici, et il vous a laissé certaines prédictions. Ce n'était qu'un Prophète mineur, mais il vous a confié un trésor. Et comme des idiots, vous avez cru y voir l'expression de la volonté divine !

» Les prophéties n'ont rien de sacré, tas de crétins ! Elles parlent de ce qui pourrait être, tout simplement. Comme si je te disais que ton destin est entre tes mains. Tu peux devenir une des putains de cette armée en campagne, ou m'accompagner et risquer ta vie pour une raison valable.

— J'ai... j'ai peur..., avoua Clarissa dans un souffle.

Le regard bleu de Nathan s'adoucit.

— Femme, ça t'aiderait de savoir que je suis terrifié ?

— Vraiment ? Vous semblez si confiant...

— Je sais ce que je peux faire pour aider les autres, et rien de plus. À présent, conduis-moi aux archives, avant qu'une de ces brutes les trouve.

Clarissa se détourna, heureuse d'avoir une excuse pour échapper au regard du Prophète.

— C'est par là… Je vais vous montrer le chemin.

Elle approcha de l'escalier en colimaçon, au fond de la pièce. Étroit et abrupt, ce passage était rarement emprunté, car on risquait à chaque pas de s'y casser le cou. Mais le Prophète qui avait fait construire l'abbaye était du genre filiforme, et ces marches devaient lui convenir à merveille.

Clarissa ayant du mal à passer, elle se demanda comment Nathan y arriverait, avec son imposante stature.

Contre toute attente, l'exercice ne lui posa aucun problème.

Au pied des marches, dans une alcôve obscure, le Prophète les éclaira avec une petite flamme de paume. Clarissa s'immobilisa, stupéfaite que sa peau ne brûle pas…

Nathan la pressa de continuer. Passant une porte basse en bois, ils débouchèrent dans un couloir très court. Au centre, un autre escalier donnait accès aux archives. Au fond, une nouvelle porte ouvrait sur la salle principale de l'abbaye, où le massacre des innocents continuait.

Clarissa dévala les marches et faillit s'étaler. La retenant par un bras, Nathan lui rappela plaisamment qu'une chute mortelle n'était pas le danger dont il l'avait avertie…

Dans la pièce sombre où ils arrivèrent, il leva nonchalamment une main. Toutes les lampes fixées sur des supports de bois s'allumèrent aussitôt. Le front plissé, il étudia les étagères alignées le long des murs. Au centre de la salle, deux grandes tables très simples permettaient de lire et de prendre des notes.

Alors que le Prophète longeait les étagères de gauche, Clarissa tenta de penser à un endroit où elle serait hors d'atteinte des assassins de l'Ordre Impérial. Il devait en exister un ! Tôt ou tard, les envahisseurs quitteraient la ville, et elle serait de nouveau en sécurité.

Nathan la terrorisait. Ce qu'il attendait d'elle, quoi que ce fût, lui semblait dépasser de loin ses aptitudes. Qu'on lui fiche la paix, voilà tout ce qu'elle désirait !

Le Prophète passait en trombe devant les rangées d'ouvrages, s'arrêtant une fraction de seconde pour en sélectionner un, qu'il arrachait brutalement à ses compagnons. Sans prendre le temps d'ouvrir ces volumes, il les jetait sur le sol, au milieu de la pièce, et continuait son inspection.

Tous ces livres sans exception contenaient des prophéties. Pourtant, il n'avait pas sélectionné la totalité des recueils de prédictions. Comment diantre faisait-il son choix, surtout à cette vitesse ?

— Pourquoi moi ? demanda Clarissa. Pour quelle raison me voulez-vous ?

Nathan s'immobilisa, l'index sur la tranche d'un énorme volume relié de cuir. Regardant la femme comme un oiseau de proie qui s'apprête à piquer sur un rongeur, il retira le livre de l'étagère, le jeta près des autres, se pencha sur sa « sélection », ramassa un ouvrage de plus petite taille et le feuilleta en approchant de sa compagne.

— Lis cette ligne, femme !

Clarissa prit le livre et obéit.

— « *Si elle vient librement, celle qui porte l'anneau pourra toucher ce qui de tout temps ne fut confié qu'aux vents.* »

Ce qui de tout temps ne fut confié qu'aux vents…

Le genre de phrase incompréhensible qui donnait à Clarissa une formidable envie de fuir à toutes jambes.

— « Celle qui porte l'anneau », c'est moi ? demanda-t-elle.

— Oui, si tu viens librement...

— Et si je choisis de rester et de me cacher, que se passera-t-il ?

— Je trouverai une autre candidate à la fuite, voilà tout. Tu es la première à se voir offrir cette chance pour... hum... des raisons qui me regardent. Et parce que tu sais lire. Mais tu n'es sûrement pas la seule, dans ce troupeau de pauvres filles.

— Et que pourrai-je « toucher », si je vous accompagne ?

Nathan arracha le livre à Clarissa et le referma.

— Ne cherche surtout pas à comprendre ces mots ! Je sais qu'un tas d'idiots passent leur vie à essayer, mais ils perdent leur temps ! Crois-moi, je suis le mieux placé pour le savoir... Quoi qu'on pense ou qu'on redoute, ce n'est jamais ce qui se passe.

Clarissa eut moins envie que jamais d'accompagner ce vieillard pompeux. Même s'il l'avait sauvée, dans la tour, il continuait de l'effrayer. Un homme bardé de tant de connaissances mystérieuses ne pouvait pas inspirer confiance.

Les barbares lui avaient mis à la lèvre un anneau d'argent, pas de cuivre. Une preuve qu'elle serait traitée un peu mieux que les esclaves moyennes ? Sans doute... En tout cas, ils ne la tueraient sûrement pas. Convenablement nourrie, elle n'aurait pas à affronter des périls inconnus en compagnie d'un vieux fou.

— Clarissa, lâcha Nathan, la faisant sursauter, va chercher quelques soldats. Dis-leur que tu dois les conduire aux archives...

— Pourquoi voulez-vous... ?

— Obéis ! Raconte-leur que le capitaine Mallack t'a ordonné de les y amener. S'ils hésitent, ajoute que celui qui marche dans les rêves, selon leur chef, viendra leur rendre une désagréable visite, s'ils « ne se magnent pas les fesses ». Utilise cette expression, et ils sauront que le message vient vraiment de l'officier.

— Mais si je monte...

— Suis mes instructions, et tout ira bien.

Clarissa aurait voulu en savoir plus sur les motivations du Prophète. Mais la façon dont il la foudroya du regard la dissuada de l'interroger. Elle se précipita dans l'escalier, heureuse de s'éloigner de Nathan Rahl, même si elle se précipitait dans les bras des barbares.

Devant la porte de la salle principale, elle s'immobilisa. Pourquoi ne pas fuir, puisqu'elle en avait l'occasion ?

Moins d'une heure plus tôt, le Père Supérieur avait proposé la même tactique, et elle l'avait jugée stupide. Où se serait-elle cachée, dans cet enfer ? De plus elle portait un anneau d'argent, et ça lui vaudrait sûrement des égards...

Elle ouvrit le battant, avança d'un pas... et se pétrifia, les yeux écarquillés d'horreur. La double porte d'entrée était fracassée, et des dizaines de corps d'hommes mutilés gisaient sur les dalles de marbre de la salle.

Les envahisseurs fêtaient la victoire en violant toutes les femmes qui s'étaient réfugiées là avec leurs époux ou leurs pères.

En colonne par deux, les soudards attendaient leur tour – surtout quand il s'agissait de besogner les plus belles prises, affublées d'anneaux d'or. Ce qu'on infligeait à ces malheureuses fit monter dans la gorge de Clarissa un flot de bile qu'elle ravala avec peine.

Paralysée, elle ne pouvait détourner les yeux de Manda Perlin, une des jeunettes qui aimaient se moquer d'elle. Très séduisante, elle avait épousé un homme dans la force de l'âge qui s'était enrichi dans l'usure puis le transport de marchandises. La gorge tranchée, l'infortuné Rupert gisait à quelques pas de sa bien-aimée, qui hurlait de terreur et de souffrance tandis qu'un barbare la chevauchait comme une vulgaire pouliche.

Les hommes qui lui tenaient les bras et les jambes riaient à gorge déployée de sa détresse et se flanquaient de grands coups de coudes dans les côtes.

Des larmes aux yeux, Clarissa se corrigea mentalement. Ces soudards n'étaient pas des « hommes » mais des bêtes sauvages !

Un barbare prit Clarissa par les cheveux, et un autre l'attrapa par la jambe et la fit basculer en arrière. Avant qu'elle atterrisse sur le dos, en hurlant de terreur, un troisième lui releva la robe jusqu'au menton.

— Non ! cria-t-elle.

Les soudards rirent d'elle comme ils se moquaient de la pauvre Manda.

— Non ! On m'a envoyée…

— Une excellente idée, en tout cas, dit un des violeurs. J'en avais marre d'attendre mon tour.

Clarissa tenta de l'empêcher de la lutiner. Il la gifla si fort que ses oreilles bourdonnèrent.

Par le Créateur, elle avait un anneau d'argent ! On ne pouvait pas la traiter ainsi…

À côté d'elle, une autre femme cria quand un colosse couvert de sang lui écarta de force les jambes. Celle-là aussi portait un anneau d'argent…

— Mallack ! Le capitaine Mallack m'a envoyée…

Le barbare prit sa proie par la nuque et tenta de l'embrasser. La plaie, à la lèvre de Clarissa, saigna de nouveau, et un liquide chaud coula sur son menton.

— Merci au capitaine ! lança l'homme avant de mordre l'oreille de sa « conquête ».

Clarissa ne put retenir un cri de douleur. Alors que des mains pressantes lui retiraient ses dessous, elle essaya de se rappeler ce que Nathan lui avait conseillé de dire.

— Le capitaine m'a chargée de vous livrer un message ! Je dois vous conduire aux archives. Et si vous ne vous magnez pas les fesses, celui qui marche dans les rêves vous rendra une visite désagréable !

Les soudards jurèrent d'abondance, puis ils relevèrent Clarissa en la tirant par les cheveux. Alors qu'elle lissait machinalement sa robe, un des soldats lui glissa une main entre les jambes.

— Ça te plaît, pas vrai, salope ? Allez, ne reste pas plantée là, et montre-nous le chemin !

Les genoux tremblants, Clarissa dut se tenir à la rampe pour ne pas tomber dans l'escalier. Tout le long du chemin, six brutes sur les talons, elle repensa à ce qu'elle avait vu dans la salle principale.

Le Prophète les accueillit devant la porte, comme s'il s'apprêtait à partir.

— Vous en avez mis, du temps ! grogna-t-il. Tout est là, les gars. Emportez ces livres avant qu'il leur arrive malheur. Sinon, l'empereur nous fera tous frire à petit feu.

Désorientés, les soldats inspectèrent la pièce. Au centre, là où Nathan avait entassé des livres, il ne restait plus qu'une petite pile de cendres blanches. Sur les étagères, il avait réarrangé les ouvrages restants pour dissimuler les emplacements vides.

— Il y a comme une odeur de fumée…, dit un des soldats.

Le Prophète lui flanqua une solide tape sur le crâne.

— Espèce d'abruti ! La ville flambe, et tu t'étonnes que ça sente le roussi ? Au travail, tas de crétins congénitaux ! Moi, je vais faire mon rapport au capitaine…

Nathan indiqua à Clarissa de le suivre, mais un des types la retint par le bras.

— Laissez-nous la donzelle, dit-il. On a un truc à finir avec elle.

Le Prophète foudroya les six hommes du regard.

— Cette « donzelle » est un scribe, pauvre débile ! En clair, elle connaît tous ces ouvrages. Tu crois qu'elle n'a rien de mieux à fiche qu'éponger six idiots en rut ? Exécutez mes ordres, et trouvez-vous une autre femme. Pour en ramasser une, il suffit de se baisser ! Sinon, je devrai mentionner cet incident au capitaine Mallack…

Même s'ils ignoraient à qui ils avaient affaire, les soldats jugèrent plus prudent de ne pas insister. Les laissant à leur travail, Nathan sortit avec sa compagne et ferma la porte derrière eux.

Dans l'escalier, l'estomac retourné et les jambes comme du coton, Clarissa dut de nouveau s'accrocher à la rampe.

— Respire lentement et régulièrement, dit le Prophète. Sinon, tu vas t'évanouir.

— Dans la salle… j'ai… j'ai vu…

— Je sais…

Folle de rage, Clarissa gifla le vieil homme.

— Pourquoi m'avez-vous envoyée là-haut ? Vous n'aviez aucun besoin de ces hommes !

— Tu pensais pouvoir te cacher… À présent, tu sais que leur échapper est impossible. Ces monstres mettront la ville à sac, puis ils la raseront. Il ne restera rien de Renwold.

— Mais, je… Nathan, j'ai peur de vous accompagner. Je ne veux pas mourir.

— Tu préfères ce qui t'attend si tu restes ici ? Clarissa, tu es une très jolie jeune femme. Sais-tu ce que subiront les jolies femmes de Renwold ces trois prochains jours ? Imagines-tu ce que sera leur vie, au service de l'Ordre Impérial ? Crois-moi, ce destin est pire que la mort !

— Comment peuvent-ils commettre des horreurs pareilles ?

— C'est l'atroce réalité de la guerre, fillette. Il n'y a aucune règle, à part celles du vainqueur, qu'il soit du bon ou du mauvais camp. On peut lutter contre cette injustice, ou s'y soumettre…

— Et ces malheureux ? Pourquoi ne les aidez-vous pas ?

— Parce que j'en suis incapable… Toi, je peux te sauver, mais il faut que tu en vailles la peine, parce que je n'ai pas de temps à perdre. (Nathan se radoucit un peu.) Ici, les innocents ont eu une mort rapide. Si l'Ordre Impérial l'emporte, des multitudes de pauvres gens connaîtront une longue et douloureuse agonie. Je ne peux rien pour tes concitoyens, mais aider les futures victimes est dans mes moyens. Essayer, en tout cas… Si je me dérobe à cette mission, à quoi bon être libre ?

» Choisis ton destin, fillette ! Veux-tu vivre à genoux, ou mourir debout ?

La tête pleine de visions d'horreur, Clarissa aurait juré qu'elle était déjà morte. Si combattre pour les autres pouvait lui permettre de « revivre », elle devait saisir cette chance. La seule qu'elle aurait, ça ne faisait pas de doute…

— Je viens, dit-elle en essuyant les larmes qui roulaient sur ses joues, puis le sang qui maculait son menton. Et je jure de vous obéir, si ça doit épargner des innocents, et me permettre de vivre libre !

— Même si je t'ordonne de risquer ta vie, sans grandes chances de t'en tirer ?

— Oui.

Le sourire chaleureux de Nathan réchauffa le cœur de Clarissa. Sans crier gare, il la tira vers lui et la serra tendrement dans ses bras. Depuis son enfance, plus personne ne l'avait consolée ainsi…

Le Prophète posa les doigts sur la lèvre blessée de sa compagne. Envahie par une douce chaleur, sa terreur presque apaisée, elle repensa à ce qu'elle avait vu dans la salle principale. Cette fois, cela renforça sa détermination d'arrêter les criminels de l'Ordre. Enfin, elle allait faire quelque chose d'important : lutter pour la liberté et défendre des innocents…

Quand Nathan la lâcha, Clarissa toucha doucement sa lèvre. Autour de l'anneau, les chairs s'étaient refermées, et elle ne souffrait plus.

— Merci, Prophète…

— Appelle-moi Nathan, tu veux bien ? À présent, filons d'ici. Plus nous restons dans cette ville, et moins nous avons de chances d'en sortir vivants !

— Je suis prête, Nathan…

— Pas encore ! (Le Prophète prit la tête de Clarissa entre ses mains.) Pour fuir, nous devrons traverser la ville, et tu as déjà vu trop d'atrocités. Je ne veux plus que tu supportes ça ! Et c'est une torture que je peux t'épargner…

— Nathan, comment échapperons-nous aux soldats de l'Ordre ?

— Ça, c'est mon problème, fillette ! Je vais te jeter un sort de surdité et de cécité. Ainsi, tu ne verras et n'entendras plus rien de ce qui se passe dans ta ville dévastée par une meute de chiens.

Clarissa ne crut pas vraiment ce discours généreux. Selon elle, Nathan craignait qu'elle panique et les fasse prendre. Et elle n'aurait pas juré qu'il avait tort…

— Si vous croyez que c'est mieux, j'obéirai.

Le vieil homme sourit et se pencha sur sa compagne. Aussi âgé qu'il fût, il restait d'une beauté frappante…

— J'ai choisi la femme qu'il me fallait, dit-il. Tu ne me décevras pas, je le sais. Fassent les esprits du bien que la liberté et le bonheur t'attendent au bout de notre chemin !

Reliée au monde par la main du Prophète, où elle avait glissé la sienne, Clarissa n'entendait pas les cris de terreur et ne voyait pas le sang qui rougissait les caniveaux. Bizarrement, elle ne sentait même pas la fumée, autour d'elle. Pourtant, elle savait qu'ils avançaient dans un charnier.

Dans son univers de silence, elle implora les esprits du bien de protéger les âmes de tous ceux qui étaient morts aujourd'hui. Aux femmes survivantes, quelle que soit la couleur de leur anneau, elle les supplia de donner de la force et du courage…

Nathan la guida à travers les décombres et autour des foyers d'incendie. Chaque fois qu'elle trébuchait sur des gravats, il lui serra plus fort la main, comme si elle était une enfant qui apprend à marcher.

La traversée de la ville martyre sembla durer des heures. De temps en temps, le Prophète s'arrêtait, lâchait la main de sa protégée et la laissait seule dans sa bulle de silence et d'obscurité. Coupée de la réalité, Clarissa supposa que Nathan parlementait – de son inimitable façon – pour obtenir qu'on les laisse passer.

Ces pauses durèrent parfois si longtemps qu'elle frémit de peur à l'idée des périls que le vieux Prophète tentait de lui éviter. En une ou deux occasions, après un intermède de ce type, il la prit par la taille et l'aida à courir à ses côtés.

Clarissa s'abandonna à lui, certaine qu'il la mènerait à bon port.

Alors que ses jambes menaçaient de ne plus la porter, il lui posa les mains sur les épaules et l'aida à s'asseoir… sur une douce étendue d'herbe.

Ses sens revenus d'un seul coup, Clarissa découvrit les collines verdoyantes qui moutonnaient devant elle. Partout, elle ne vit qu'une nature souriante. Ils devaient être très loin de Renwold, puisqu'elle n'apercevait même plus les colonnes de fumée qui en montaient inévitablement.

Alors, l'ancienne esclave du Père Supérieur éprouva un immense soulagement. Parce qu'elle avait échappé à la tuerie… et à son ancienne vie.

Dans son âme, la terreur avait brûlé si fort qu'elle avait le sentiment de sortir d'une forge d'angoisse, telle une tige de fer devenue assez tranchante et dure pour triompher de tout ce qui l'attendait.

Ce qu'elle devrait affronter, comprit-elle enfin pour de bon, ne pouvait pas être pire que le sort auquel elle avait échappé. En restant, elle se serait détournée à jamais de ses frères humains – qui avaient tant besoin d'aide – et… d'elle-même.

Que lui demanderait Nathan, avant qu'ils n'atteignent le bout de leur chemin ? Clarissa l'ignorait, mais une certitude ne quitterait plus jamais son esprit : elle lui devait chaque jour de liberté qu'il lui restait à vivre. Et au fond, que cela se compte en années, en mois ou en semaines importait peu.

— Nathan, merci de m'avoir choisie…, souffla-t-elle.

Perdu dans ses pensées, le Prophète sembla ne pas l'avoir entendue…

Chapitre 23

Alertée par un roulement de sabots, sœur Verna se retourna et vit un éclaireur sauter de son cheval avant même qu'il se fût tout à fait arrêté. Haletant, l'homme alla faire son rapport au général, qui se détendit à mesure qu'il écoutait. Soucieux de rassurer ses officiers, rassemblés non loin de là, il leur fit un geste apaisant et se fendit même d'un sourire.

Trop loin pour entendre le compte rendu de l'éclaireur, Verna imagina sans peine son contenu. Inutile d'être un Prophète pour savoir ce que le brave soldat avait vu.

Les pauvres idiots ! Elle le leur avait pourtant dit…

Rayonnant, le général Reibisch approcha du cercle de feux de camp et chercha Verna du regard.

— Dame Abbesse, je vous trouve enfin ! J'ai de très bonnes nouvelles !

Concentrée sur des sujets plus importants, la Sœur de la Lumière desserra un peu le châle drapé sur ses épaules.

— Laissez-moi deviner, général ! Les autres sœurs et moi n'aurons pas besoin de passer la nuit à calmer les angoisses de vos hommes ? Ni à jeter des sorts pour savoir où se sont cachés ceux qui préfèrent être seuls pour attendre la fin du monde ?

Gêné, l'officier tortilla sa barbe rousse.

— Eh bien, votre aide m'a été précieuse, Dame Abbesse, mais vous pourrez dormir tranquille. Vous avez vu juste, comme d'habitude.

— Ne vous l'avais-je pas dit, général ?

Monté au sommet de la colline, l'éclaireur avait vu l'astre nocturne se lever avant tous ses compagnons, cantonnés dans la vallée.

— Mon soldat a rapporté que la lune n'est pas rouge, ce soir. Vous m'aviez prévenu que le phénomène cesserait au bout de trois nuits, mais je me félicite quand même que les choses soient rentrées dans l'ordre.

Rentrées dans l'ordre ? pensa Verna. *S'il savait…*

— Général, je suis ravie qu'une bonne nuit de repos nous attende. À l'avenir, quand je dirai à vos hommes que le royaume des morts n'est pas sur le point de nous engloutir, j'espère qu'ils me feront confiance.

— Moi, je vous avais crue, fit Reibisch, penaud, mais certains de ces gaillards, aussi bons guerriers soient-ils, sont plus superstitieux que des vieilles femmes. La magie les terrorise, vous comprenez…

— Ils ont bien raison…, souffla Verna.

— Hum… Oui, évidemment… Eh bien, je crois que c'est l'heure d'aller dormir.

— Vos messagers ne sont pas revenus, n'est-ce pas ?

— Non… (Mal à l'aise, le général passa un doigt sur la cicatrice qui courait de sa tempe droite à sa mâchoire.) À vrai dire, je doute qu'ils aient déjà atteint Aydindril.

Verna soupira de frustration. Si elle avait eu des nouvelles, prendre une décision serait devenu plus facile.

— Vous devez avoir raison…

— Alors, qu'en pensez-vous, Dame Abbesse ? Nous continuons vers le nord ?

Verna se perdit un moment dans la contemplation du feu, dont la chaleur lui caressait le visage. Elle avait un choix bien plus important à faire…

— Je ne sais pas trop… Voilà mot pour mot ce que Richard m'a dit : « Partez et dirigez-vous vers le nord. Cent mille D'Harans ratissent le terrain pour retrouver Kahlan. Vous serez plus en sécurité avec eux – et eux avec vous. Dites au général Reibisch que la reine est en sécurité, à mes côtés. »

— S'il avait été un peu plus précis, nous serions moins ennuyés…

— Il n'a pas dit clairement que nous devions rallier Aydindril, mais ça paraît évident. Et je suis sûre qu'il pensait que nous le ferions… Mais sur ce genre de sujets, je prends votre avis très au sérieux.

— Je suis un soldat, Dame Abbesse. Et je pense comme un soldat…

Venu à Tanimura pour sauver Kahlan, Richard avait réussi à détruire le Palais des Prophètes, catacombes comprises, avant que Jagang ne l'investisse. Puis il était reparti pour Aydindril, sans perdre de temps en explications – n'était que seuls Kahlan et lui disposaient de la magie requise pour un retour rapide. Désolé de ne pas pouvoir emmener avec lui tous ses compagnons, il leur avait conseillé de rejoindre le général Reibisch et son armée.

Le militaire répugnait à continuer vers le nord. Avec quelque cent mille hommes enfoncés si loin au sud, il jugeait préférable d'attendre sur place les envahisseurs venus de l'Ancien Monde. Ainsi, il pourrait les repousser avant qu'ils aient atteint les régions les plus peuplées du Nouveau Monde.

— Général, dit Verna, je ne conteste pas votre analyse, mais je crains que vous ne sous-estimiez la menace. D'après ce que je sais, les troupes de l'Ordre Impérial sont assez puissantes pour écraser votre armée quasiment sans ralentir le pas. Vous commandez de fiers guerriers, hélas, on ne peut rien contre la loi du nombre.

» Votre raisonnement se tient, je le concède. Mais vos soldats ne suffiront pas, et ils nous manqueront cruellement quand nous devrons réunir une force assez importante pour contenir les assauts de l'Ordre.

Reibisch eut un sourire un rien condescendant.

— Dame Abbesse, vos propos sont pleins de bon sens. Durant ma carrière, j'ai souvent entendu des arguments au moins aussi raisonnables. L'ennui, c'est que la guerre n'a rien de logique. Parfois, il faut tirer avantage de ce que vous offrent les esprits du bien, et se lancer bravement dans l'aventure.

— Ça paraît un excellent moyen de finir six pieds sous terre.

— J'ai toujours agi ainsi, et personne n'a dû creuser ma tombe. Aller à la rencontre de l'ennemi ne veut pas dire qu'on lui tendra la gorge, histoire qu'il la tranche plus facilement.

— Quel est votre plan ?

— Il me semble que nous sommes déjà en train de le mettre en application... N'oubliez pas, Dame Abbesse, que les messagers se déplacent plus vite qu'une armée entière. À mon avis, nous devons gagner une position plus facile à défendre, et la tenir coûte que coûte.

— À quoi pensez-vous ?

— Allons vers l'est, pour gagner les hautes régions méridionales de D'Hara. Là-bas, nous serons idéalement postés, et je connais très bien cette partie du pays. Si les forces de l'Ordre tentent de passer par mon pays pour envahir le Nouveau Monde, le plus court chemin sera de traverser la vallée du fleuve Kern. Sur un terrain pareil, nous serons moins désavantagés par le nombre. Avoir beaucoup d'hommes n'implique pas toujours qu'on puisse les lancer tous ensemble à l'assaut. La largeur d'une vallée n'est pas extensible, si vous voyez ce que je veux dire ?

— Et s'ils vont plus loin à l'ouest, pour contourner les montagnes et passer par le Pays Sauvage ?

— Le seigneur Rahl enverra une autre armée vers le sud, avec mission de les arrêter. Idéalement placés pour les prendre à revers, nous les obligerons à se diviser afin de lutter sur deux fronts. En plus, cette « tenaille » limitera leur liberté de mouvement.

Verna réfléchit un moment.

Ayant lu des récits de batailles, dans de vieux livres, elle avait quelques notions de stratégie, et comprenait donc celle de Reibisch. L'homme semblait plus prudent qu'elle ne l'avait cru. Courageux, certes, mais pas téméraire !

— Quand nos troupes seront sur place, continua-t-il, nous enverrons des messagers à Aydindril et au Palais du Peuple. Nous demanderons des renforts aux Contrées du Milieu et à D'Hara, et le seigneur Rahl nous transmettra ses ordres. Si l'ennemi attaque, nous pourrons le prévenir très vite. Et l'information est souvent le nerf de la guerre...

— Richard risque de ne pas apprécier que vous négligiez la défense d'Aydindril.

— Le seigneur Rahl est un homme raisonnable, et...

— Richard, raisonnable ? Je n'en crois pas mes oreilles, général !

Reibisch foudroya Verna du regard.

— Le seigneur Rahl, un homme raisonnable, comme je l'ai déjà dit, m'a encouragé à donner mon avis quand ça me semblait important. C'est le cas aujourd'hui, et je sais qu'il tiendra compte de mon analyse. Des messagers sont en chemin pour Aydindril avec une lettre qui lui présente mon plan. S'il n'y souscrit pas, il me le fera savoir, et nous continuerons vers le nord. En attendant, notre devoir est de défendre le Nouveau Monde contre toute incursion de l'Ordre Impérial.

» Dame Abbesse, votre avis m'est utile parce que vous contrôlez la magie. Si vous ou vos sœurs avez quelque chose d'important à dire, j'écouterai, parce que nous combattons dans le même camp...

— Désolée, général, mais il m'arrive de l'oublier. (Verna se força à sourire.) Ces derniers mois ont bouleversé ma vie, et je suis un peu perdue.

— Le seigneur Rahl a bouleversé le monde entier et remis les choses dans l'ordre...

— Ça, vous pouvez le dire... Général, votre plan est intéressant. Au pire, il ralentira l'Ordre Impérial, et c'est déjà très bien. Mais j'aimerais en parler à Warren. Parfois, il a des... intuitions... fulgurantes. Tous les sorciers sont comme ça.

— La magie n'est pas de mon ressort, Dame Abbesse. Pour ça, nous avons le seigneur Rahl. Et vous, bien entendu...

Verna eut du mal à ne pas éclater de rire. Richard, en grand maître de la magie ? Le pauvre garçon s'emmêlait les jambes dès qu'il était question de pouvoir et de sorts...

Non, elle se montrait injuste ! Richard se servait souvent de son don d'une manière surprenante. Hélas, il en était le premier étonné !

Pourtant, il restait le seul sorcier de guerre né depuis trois mille ans, et tous les espoirs des hommes et des femmes libres reposaient sur ses épaules.

Courageux et déterminé, il ferait de son mieux, elle n'en doutait pas.

Il revenait à ses compagnons de l'aider... et de le garder en vie.

— Dame Abbesse, dit Reibisch, l'Ordre Impérial prétend vouloir éliminer la magie du monde des vivants. Mais nous savons tous qu'il l'utilise pour mieux nous écraser.

— Pour ça, il ne se gêne pas, c'est vrai...

La plupart des Sœurs de l'Obscurité étaient désormais à la botte de Jagang, qui avait également capturé de jeunes sorciers et des Sœurs de la Lumière qu'il dominait grâce à son aptitude à marcher dans les rêves.

C'était cela qui hantait Verna. Dame Abbesse en titre – aussi intérimaire fût-elle – il lui revenait de protéger toutes les Sœurs de la Lumière. Et celles qui étaient entre les mains de Jagang avaient plus que jamais besoin de secours.

— Dame Abbesse, continua Reibisch, puisque nos ennemis auront des sorciers dans leurs rangs, je me demandais si... Eh bien, si nous pouvons compter sur vous et vos sœurs pour les affronter. Après tout, le seigneur Rahl a dit : « Vous serez plus en sécurité avec eux – et eux avec vous. » À mon avis, ça implique que vous devez utiliser votre pouvoir pour nous aider à combattre l'Ordre Impérial.

Verna aurait donné cher pour que le général se trompe. Les Sœurs de la Lumière, chargées d'accomplir la volonté du Créateur, n'auraient jamais dû être obligées de lever la main sur un être vivant. Car leur vocation était de les aider...

— Général Reibisch, je déteste cette idée, mais je devrai m'y faire. Si nous ne gagnons pas cette guerre, nous aurons tout perdu. Il ne s'agit pas seulement de batailles, mais du destin de nos peuples. Enfin, si Jagang l'emporte, toutes les Sœurs de la Lumière seront exécutées. Bref, il faut vaincre ou mourir ! L'Ordre Impérial ne foncera pas tête baissée dans notre piège. Il tentera peut-être de passer « discrètement », en contournant notre position par l'ouest, voire par l'est. Les Sœurs de la Lumière feront d'excellentes observatrices, si l'ennemi tente de contourner nos lignes.

» Nous détecterons toute magie visant à dissimuler les mouvements de l'Ordre. En somme, nous serons vos yeux et vos oreilles. En cas de combat, les troupes de Jagang auront recours à des sorciers pour tenter d'assurer leur victoire. N'ayez crainte, nous mobiliserons notre pouvoir pour neutraliser cette menace.

Le général contempla quelques instants le feu, puis il tourna la tête vers les hommes allongés tout autour d'eux.

— Merci, Dame Abbesse… Je sais ce que cette décision vous coûte. Depuis que vous êtes avec nous, j'ai compris que les Sœurs de la Lumière sont de braves femmes.

Verna éclata de rire.

— Général, vous nous connaissez très mal ! On peut nous accoler bien des adjectifs, mais certainement pas celui-là !

D'un coup de poignet, elle propulsa dans sa paume le dacra caché sous sa manche. Puis elle fit tourner entre ses mains l'étrange poignard qui évoquait vaguement un pic à glace.

— J'ai dû tuer des hommes lors de ma… carrière. Croyez-moi, ils ne m'ont pas trouvée « brave » du tout, avant de rendre l'âme.

— Entre des mains habiles comme les vôtres, un couteau peut faire des dégâts. Mais face à des armes de guerre, il ne sert pas à grand-chose.

Verna eut un sourire poli.

— Cette arme est investie d'une magie meurtrière. Si quelqu'un en brandit une face à vous, fuyez à toutes jambes ! Une seule blessure, voire une égratignure, et vous tomberez raide mort…

Reibisch se redressa en soupirant.

— Merci de l'avertissement, Dame Abbesse. Je suis heureux de vous avoir à mes côtés.

— Je regrette que Jagang ait sous son contrôle tant de Sœurs de la Lumière. Elles vous auraient été aussi utiles que moi, et peut-être même davantage… (Voyant l'homme blêmir, Verna lui tapota gentiment l'épaule.) Bonne nuit, général Reibisch. Dormez en paix, surtout. Il n'y aura plus de lune rouge…

La sœur regarda le militaire slalomer entre ses officiers pour s'enquérir du moral de ses hommes et distribuer quelques ordres. Quand il ne fut plus en vue, elle regagna sa tente de campagne et alluma les bougies avec son Han. La lune s'étant levée, Annalina, la véritable Dame Abbesse, devait attendre de ses nouvelles.

Verna décrocha de sa ceinture le livre de voyage magique qui lui permettait de communiquer avec quiconque possédait son « jumeau ». Actuellement, c'était Anna…

Assise en tailleur sur sa couverture, la sœur ouvrit le petit volume.

Un message y figurait déjà. Verna s'empara d'une bougie et se pencha pour mieux le lire.

« *Verna, nous avons de gros problèmes… Nous avons cru rattraper Nathan, mais il s'agissait d'un autre homme, et nous avons perdu la trace de notre Prophète.* »

Verna ne fut pas étonnée. Le bel optimisme de la Dame Abbesse, persuadée qu'elle coincerait vite le vieil homme, lui avait toujours paru exagéré.

« *Nathan nous a laissé un message qui m'inquiète encore plus que de le savoir en liberté. Il prétend avoir une mission urgente à remplir, parce qu'une de "nos sœurs" est sur le point de faire une grosse bêtise. À l'en croire, il va tenter d'empêcher ça... De plus, il a confirmé l'analyse de Warren que tu m'as transmise. La lune rouge signifie bien que Jagang a invoqué une prophétie à Fourche-Étau. Enfin, toujours selon Nathan, Zedd et moi, au lieu de le poursuivre, devons retrouver le trésor des Jocopos. Sinon, nous mourrons tous. Verna, je prends au sérieux les propos du Prophète. Dès que tu liras ce message, contacte-moi.* »

Verna sortit le stylet glissé dans la tranche du livre de voyage. Selon leur accord, la Dame Abbesse et elle devaient consulter leur volume respectif chaque soir, au moment où la lune se levait. Et ouvrir un dialogue si cela s'imposait.

« *Je suis là, Anna. Que se passe-t-il ? Vous allez bien ?* »

Quelques instants plus tard, la réponse apparut sur une page blanche.

« *C'est une longue histoire, et je n'ai pas le temps de te la raconter. Sache que sœur Roslyn traquait aussi Nathan. Elle a été tuée en même temps qu'une vingtaine de personnes. Nous ignorons le nombre exact de victimes du sort de lumière...* »

Verna voulut demander pourquoi Zedd et Anna avaient recouru à une Toile si dangereuse, mais elle s'en abstint et continua sa lecture.

« *Le plus urgent, mon enfant, est de découvrir ce qu'est le trésor des Jocopos. Nathan n'a pas cru bon de nous l'expliquer.* »

Verna ferma les yeux et se concentra. Où avait-elle entendu ce nom, pendant ses vingt années d'errance dans le Nouveau Monde ? Ah oui, ça lui revenait...

« *Anna, ce peuple vivait quelque part dans le Pays Sauvage. Si ma mémoire ne me trompe pas, il a été exterminé au cours d'une guerre. En principe, il n'en reste aucune trace.* »

« *Le Pays Sauvage ? Tu en es sûre ?* »

« *Oui.* »

« *Attends quelques instants, je vais transmettre cette nouvelle à Zedd.* »

D'interminables minutes plus tard, de nouvelles lignes apparurent dans le livre.

« *Ce bon vieux Zedd a éructé un chapelet de jurons et gesticulé comme un possédé. Il réserve à Nathan une série de mauvais traitements dont la plupart ne me semblent pas humainement réalisables. Dire que je me suis si souvent plainte auprès du Créateur que Nathan soit incorrigible... Aujourd'hui, Il me donne une bonne leçon sur le véritable sens de ce mot ! Cela dit, le Pays Sauvage est immense. Aurais-tu des indications plus précises ?* »

« *Non, et j'en suis désolée. J'ai entendu parler une seule fois des Jocopos, au sud de Kelton, si mes souvenirs sont bons. J'admirais une vieille poterie, chez un antiquaire, et il m'a affirmé que cette relique venait d'un peuple du Pays Sauvage disparu depuis longtemps. Les Jocopos, a-t-il précisé. Voilà tout ce que je sais. À l'époque, je cherchais Richard, pas des civilisations éteintes... Mais j'interrogerai Warren. Il a peut-être lu quelque chose dans ses grimoires...* »

« *Merci, mon enfant. Si tu découvres quelque chose, informe-moi aussitôt. Encore une question : as-tu une idée de l'idiotie qu'une de nos sœurs s'apprête à commettre ?* »

« *Non. Nous sommes actuellement avec une armée d'harane. Le général*

Reibisch veut rester au sud, pour repousser une éventuelle invasion de l'Ordre. Nous attendons que Richard approuve ou non cette stratégie. Mais Jagang a capturé certaines de nos sœurs. Qui sait ce qu'il peut les forcer à faire ? »

Verna réfléchit un instant puis continua à écrire.

« Nathan vous a-t-il donné des précisions sur la prophétie à Fourche-Étau ? S'il étudiait le texte, Warren pourrait peut-être vous aider. »

« Les esprits n'ont pas permis au Prophète d'accéder à cette prédiction. Mais il m'a confié que sa victime est... Richard. »

Verna eut l'impression d'étouffer, comme si ses poumons refusaient d'aspirer de l'air. Les yeux embués, elle se força à relire les deux dernières phrases d'Annalina.

« Notre Richard ? » écrivit-elle d'une main tremblante.

« Hélas, oui... »

« Il y a autre chose ? »

« Pas pour l'instant. Ton information au sujet des Jocopos nous permettra de limiter notre champ de recherche. Merci beaucoup. Dès que tu en sauras plus, contacte-moi. À présent, je vais te laisser. Zedd prétend qu'il sera bientôt mort de faim... »

« Anna, tout se passe bien entre le Premier Sorcier et vous ? »

« C'est idyllique, surtout depuis qu'il n'a plus son collier. »

« Vous le lui avez enlevé avant d'avoir retrouvé Nathan ? Pourquoi prendre ce risque ? »

« Je n'y suis pour rien. Il s'est libéré tout seul. »

Verna n'en crut pas ses yeux. Redoutant de connaître la réponse, elle s'abstint de demander comment le vieil homme s'y était pris. Au laconisme d'Anna, elle comprit sans mal que c'était un sujet délicat.

« Et il vous accompagne quand même ? »

« Mon enfant, je ne sais plus très bien qui accompagne qui ! En tout cas, nous prenons tous les deux au sérieux les avertissements de Nathan. Ce vieux fou ne raconte pas toujours n'importe quoi. »

« Je sais... Mais en ce moment, je parie qu'il déploie tout son charme pour convaincre une jeune beauté de l'accueillir dans son lit. Puisse le Créateur veiller sur vous, Dame Abbesse. »

Anna, l'authentique détentrice du titre, s'était arrangée pour que Verna le porte quand Nathan et elle, après s'être fait passer pour morts, étaient partis en mission. À ce jour, personne ne savait la vérité, et Verna restait officiellement la Dame Abbesse en exercice.

« Merci, Verna... Oh, encore une chose : Zedd s'inquiète pour Adie. Il voudrait que tu lui dises, en privé, qu'il se porte bien, mais qu'il est entre les mains d'une vieille cinglée. »

« Anna, voulez vous que j'informe les autres sœurs que vous n'êtes pas morte ? »

« Pas pour le moment... T'avoir pour Dame Abbesse est un précieux soutien pour elles, et ça te confère le pouvoir dont tu as besoin. Avec les révélations de Nathan, et la mission qui m'attend, à quoi bon leur faire une fausse joie, puis leur annoncer, quelques jours plus tard, que j'ai quitté ce monde pour de bon ? »

Verna saisit parfaitement le message. Comme son nom l'indiquait, le Pays Sauvage n'était pas un endroit de tout repos et elle avait dû y tuer des gens pour la première fois de sa vie. Pas parce qu'elle cherchait à leur arracher des informations, mais simplement pour défendre sa peau. À l'époque, elle était jeune et vive. Anna avait presque l'âge de Nathan...

Par bonheur, elle contrôlait une variante mineure de magie, et un sorcier l'accompagnait. Bien que Zedd ne fût pas non plus un perdreau de l'année, il ne manquait pas de ressources. Sinon, il n'aurait pas pu se libérer seul d'un Rada'Han.

« Anna, ne parlez pas de malheur... Avec Zedd, protégez-vous mutuellement. Nous avons besoin de vous deux... »

« Merci, mon enfant. Prends soin des Sœurs de la Lumière, Dame Abbesse. Un de ces jours, je te demanderai peut-être de me les rendre... »

Verna sourit, paradoxalement rassurée par cette conversation avec Anna, et impressionnée par l'humour dont elle faisait montre en toute circonstance. Que n'aurait-elle pas donné pour avoir un si heureux caractère ?

Elle se rembrunit en se rappelant que Richard était la victime désignée de la prophétie à Fourche-Étau...

Puis elle pensa à l'avertissement de Nathan, au sujet de la « grosse bêtise » qu'une sœur s'apprêtait à commettre. Fidèle à sa réputation, le Prophète avait choisi une formulation ambiguë qui pouvait vouloir dire tout et n'importe quoi. Verna avait tendance à ne pas accorder d'attention à de telles divagations, mais si Anna les prenait au sérieux...

Ses pensées dérivèrent vers le sujet qui la hantait : les Sœurs de la Lumière prisonnières de Jagang. Certaines étaient ses amies depuis l'époque de leur noviciat commun. En fait, Christabel, Amelia, Janet, Phoebe et elle avaient même grandi ensemble au Palais des Prophètes.

Verna avait bombardé Phoebe administratrice. C'était la seule du groupe qui restait à ses côtés. Christabel, sa plus chère amie, était passée dans le camp du Gardien. Devenue une Sœur de l'Obscurité, elle avait été capturée par Jagang, comme Amelia et Janet. Si cette dernière était toujours fidèle à la Lumière, la loyauté d'Amelia pouvait avoir changé. Mais si elle n'avait pas trahi...

Dans ce cas, deux de ses compagnes d'enfance, toujours des Sœurs de la Lumière, servaient d'esclaves à celui qui marche dans les rêves.

Cette insupportable idée l'aida à prendre enfin sa décision...

Verna jeta un coup d'œil dans la tente de Warren et ne put s'empêcher de sourire quand elle distingua sa silhouette, recroquevillée sur une couverture. À n'en pas douter, loin de dormir, il devait mâcher et remâcher les profondes pensées dignes d'un Prophète en herbe.

Le sourire de la sœur s'élargit quand elle sentit à quel point elle aimait cet homme – qui le lui rendait bien, elle le savait.

Élevés ensemble au Palais des Prophètes, ils se connaissaient depuis toujours. Le pouvoir de Verna l'avait de tout temps destinée à former les jeunes sorciers. Celui de Warren faisait lentement de lui un Prophète...

Avant que Verna ne revienne avec Richard, ils ne s'étaient guère fréquentés. La présence du Sourcier ayant bouleversé leurs vies, ils avaient forgé une solide amitié au milieu de la tourmente. Après la nomination de Verna au poste de Dame Abbesse, alors qu'ils combattaient les Sœurs de l'Obscurité, Warren et elle s'étaient reposés l'un sur l'autre. Et ils étaient devenus beaucoup plus que des amis. Bien qu'ils se fussent côtoyés pendant des décennies, il leur avait fallu un drame pour se découvrir vraiment et s'aimer.

Le sourire de Verna s'effaça. Ce qu'elle allait dire à son compagnon lui briserait le cœur...

— Warren, tu dors ?

— Bien sûr que non...

Avant qu'il puisse se lever, la serrer dans ses bras et lui faire perdre la tête, Verna entra dans le vif du sujet.

— Warren, j'ai pris ma décision, et je ne veux pas que tu la contestes. C'est compris ? L'enjeu est trop important. (L'homme ne réagissant pas, elle continua :) Amelia et Janet ne sont pas seulement des Sœurs de la Lumière tombées entre les mains de l'ennemi. Je les aime comme des sœurs de sang, comprends-tu ? À ma place, elles agiraient comme moi, j'en suis certaine. Je vais aller à leur secours, Warren...

— Je sais...

Il sait ? Et c'est tout ce qu'il a à dire ?

Ce stoïcisme ne ressemblait pas au futur Prophète... Prête à affronter un torrent d'objections, Verna fut prise de court.

Avec son Han, la force vitale et spirituelle qui lui conférait son pouvoir, elle fit jaillir une petite flamme dans sa paume et alluma une bougie. Warren était assis sur sa couverture, les genoux contre la poitrine et la tête entre les mains.

Verna s'accroupit près de lui.

— Ça ne va pas ?

Warren leva la tête. Les yeux rouges, il était pâle comme un mort.

— Tu es malade ?

— Tout bien pesé, être un Prophète n'a rien de formidable...

Du même âge que Verna, Warren avait encore l'air d'un jeune homme, car il n'avait jamais vécu hors du Palais des Prophètes, placé sous un sortilège qui ralentissait le vieillissement de ses occupants. Après vingt ans de voyage à la recherche de Richard, la sœur avait été rattrapée par le temps...

Pourtant, ce soir, elle semblait la plus jeune des deux.

Warren avait récemment eu sa première vision – une combinaison d'images et de mots, avait-il expliqué. S'il consignait le texte, la véritable prédiction était contenue dans les images.

C'était pour ça qu'il fallait un Prophète pour interpréter les suites de phrases énigmatiques léguées par un de ses prédécesseurs.

Faute de le savoir, une foule de gens s'acharnaient à comprendre le sens des mots inscrits dans les grimoires. Une perte de temps, dans le meilleur des cas – et une voie royale vers le désastre, dans le pire.

Les prophéties étaient réservées aux Prophètes, et il n'y avait pas moyen d'en sortir.

— Tu as eu une vision ? Une nouvelle prophétie ?

Warren ignora la question.

— Nous avons emporté des Rada'Han ? demanda-t-il.

— Non, à part ceux que portent les futurs sorciers qui nous accompagnent. Je n'ai pas eu le temps d'en prendre des neufs. Pourquoi veux-tu le savoir ?

Le futur Prophète se reprit la tête à deux mains.

— Warren, fit Verna, le menaçant d'un index vengeur, si c'est un truc pour m'inciter à rester ici, il ne marchera pas. Tu m'entends ? Je pars, et tu ne m'accompagneras pas. Point final !

— Pourtant, il faut que je vienne…

— Non ! C'est trop dangereux, et je ne veux pas te perdre. Si c'est nécessaire, la *Dame Abbesse* t'*ordonnera* de ne pas bouger d'ici.

Warren leva de nouveau la tête.

— Verna, je vais bientôt mourir…

Un frisson glacé courut le long de l'échine de la sœur.

— Quoi ? Que…

— Les migraines… Celles que provoque le don… Elles me tueront.

Terrorisée par ce qu'elle venait d'entendre, Verna ne sut que dire.

Les Sœurs de la Lumière capturaient les jeunes sorciers… pour leur sauver la vie. Car le don, jusqu'à ce qu'ils l'aient apprivoisé, risquait de les tuer. Les migraines étaient le premier symptôme de ce dérèglement fatal. En plus d'aider les sœurs à contrôler leurs sujets, les Rada'Han enrayaient ce processus mortel, leur laissant le temps d'apprendre à maîtriser leur pouvoir.

Et Verna avait libéré Warren de son collier bien avant l'échéance prévue.

— Tu as étudié pendant très longtemps…, dit-elle. Avec ton savoir, tu ne devrais plus avoir besoin d'un collier.

— Ce serait sans doute vrai pour un sorcier ordinaire. Mais je suis un Prophète, et depuis Nathan, le palais n'en a plus accueilli. Tu sais comment fonctionne le pouvoir d'un Prophète ? (Verna secoua la tête.) Moi non plus ! J'ai eu ma première vision récemment. Ça doit correspondre à l'éveil du don, pour un sorcier normal. Il est logique que les migraines aient suivi.

Incapable de contenir plus longtemps sa panique, Verna éclata en sanglots. Tremblant comme une feuille, elle enlaça son compagnon.

— Warren, je ne te quitterai pas ! Si je reste à tes côtés, nous surmonterons cette épreuve. Et si tu partageais son collier avec un des jeunes garçons ? Je crois que ça pourrait marcher ! Oui, nous allons essayer ça !

— C'est inutile, soupira Warren en serrant très fort sa compagne.

Comme un feu d'artifice, une idée explosa dans le cerveau de Verna, qui soupira de soulagement. La solution était si simple !

— Je sais ce que nous devons faire ! Ce n'est pas compliqué du tout, et…

— Verna, ça…

— Silence ! Ouvre tes oreilles, et ne dis plus un mot. (La sœur plongea son regard dans les magnifiques yeux bleus du futur Prophète.) Les Sœurs de la Lumière ont été créées pour aider les jeunes sorciers. Et les Rada'Han leur permettent d'avoir le temps de les former…

— Je sais tout ça !

— Écoute, te dis-je ! Quand un sorcier accepte de prendre le sujet en charge, les Sœurs de la Lumière et les colliers sont inutiles. Nous existons parce que les sorciers du passé, par égoïsme, ont refusé d'aider de futurs concurrents. Pour eux, toute l'affaire est beaucoup plus simple ! Un contact mental, et le tour est joué ! Pour tout arranger, il nous suffira de trouver un sorcier.

Verna sortit son livre de voyage et le brandit triomphalement.

— Zedd, voilà à qui je pense ! Je dirai à Anna que nous avons besoin de le voir, et il te remettra d'aplomb.

— Ça ne marchera pas…

— Pourquoi dis-tu ça alors que tu n'en sais rien ?

— Je le sais… à cause d'une prophétie.

— Tu as eu une autre vision ?

Warren s'appuya très fort sur les tempes.

Il souffrait atrocement, c'était visible. Les migraines de ce genre torturaient les jeunes sorciers livrés à eux-mêmes. Et si on ne faisait rien, elles finissaient par les tuer.

— Verna, si tu m'écoutais un peu, pour changer ? Les mots qui composent cette prophétie n'ont aucune importance. Mais son sens est capital. (Warren écarta les mains de sa tête et regarda sa compagne dans les yeux. Il n'avait jamais eu l'air aussi vieux et usé…) Tu dois mettre ton plan à exécution, c'est une certitude. Ma vision ne dit pas si tu réussiras, mais il faut que je t'accompagne. Sinon, je mourrai. C'est une prophétie à Fourche, et la branche où je ne viens pas avec toi me conduit six pieds sous terre.

— Mais… il y a sans doute une…

— Non ! Si je reste ici, ou si je pars à la recherche de Zedd, je signerai mon arrêt de mort. La prophétie ne précise pas si je survivrai en t'accompagnant, mais c'est ma seule chance. Point final, comme tu disais tout à l'heure. Ordonne-moi de rester, et tu me condamneras. Force-moi à voir Zedd, et le résultat sera le même. Pour me garder en vie – peut-être… –, tu dois me permettre de partir avec toi. Le choix te revient, Dame Abbesse.

Avec sa longue expérience, Verna pouvait jurer que ce n'était pas une ruse. Warren souffrait vraiment des migraines provoquées par l'éveil sauvage du don.

De toute façon, il ne lui aurait pas menti au sujet d'une prophétie…

Les hommes comme lui ne vivaient que pour les prédictions.

Et parfois, ils en mouraient…

— Va nous choisir deux chevaux, et procure-toi des vivres et de l'eau. J'ai un message à transmettre à Adie, puis je dois voir mes conseillères, pour leur dire que faire pendant mon absence. (Verna embrassa la main de Warren.) Je ne te laisserai pas mourir, c'est juré ! Nous partirons dans une heure. Ce soir, je n'ai pas sommeil. Alors, inutile d'attendre l'aube.

Fou de reconnaissance, Warren attira la sœur contre lui et la serra de toutes ses forces.

Chapitre 24

Tapi dans l'ombre – sa vieille complice, si consolante – l'homme ouvrit grand les yeux quand le client, un gros type banal d'âge moyen, referma la porte derrière lui et s'arrêta un moment dans le couloir pour finir de glisser sa chemise dans son pantalon. Quand ce fut fait, il s'éloigna en gloussant d'une mâle satisfaction, s'engagea dans l'escalier et disparut très vite.

Il était tard, mais il restait encore des heures avant que le soleil n'apparaisse à l'horizon. Grâce aux murs peints en rouge, les bougies posées devant des réflecteurs en argent, à chaque extrémité du corridor, fournissaient une lumière diffuse agréablement inutile.

L'homme aimait ces atmosphères de clair-obscur permanent. Drapé dans le manteau apaisant des ténèbres, au cœur de la nuit, il adorait se sentir glisser inexorablement dans les tréfonds les plus noirs de son âme, où naissaient d'irrépressibles désirs.

La nuit était la plus loyale compagne de la débauche – un écrin délicat pour les pulsions qu'il étouffait si cruellement le reste du temps.

Immobile dans le couloir, il savoura un long moment le désir qui se déchaînait en lui. L'attente avait été si longue. La bride enfin sur le cou, sa passion lui infligeait une douleur délicieusement perverse. L'annonce d'un plaisir qui l'emporterait sur ses ailes jusqu'au bout de l'extase, où l'attendait la partie de lui-même qui ne se montrait jamais au grand jour.

La bouche fermée, il inspira par le nez pour s'enivrer d'une multitude de parfums à la fois éphémères et éternels – parce que cet instant, s'il était unique, ressemblait à tous ceux de ce genre qui l'avaient précédé, et à tous ceux qui le suivraient…

Forçant sur son diaphragme, il s'emplit les poumons de cette divine puanteur.

Il y avait d'abord celle que ces hommes, médiocres jusque dans leur lubricité, charriaient avec eux et remportaient quand ils s'en retournaient, gonflés de fatuité, vers leurs misérables petites existences. Les effluves de la vie : musc de cheval, odeur de terre et de poussières, senteurs plus subtiles de la lanoline que les soldats utilisaient pour entretenir le cuir de leur uniforme, ou de l'huile qui leur servait à aiguiser leurs lames…

Au sein de ce kaléidoscope olfactif, l'odorat acéré de l'homme capta un soupçon d'odeur d'huile d'amande, presque étouffé par les relents de crasse et de moisissure qui flottaient dans le bâtiment.

Une sombre fête des sens qui commençait à peine !

Prudent, l'homme s'assura de nouveau que le corridor était désert. Tendant l'oreille, il ne capta plus aucun râle de plaisir. Il était vraiment tard, même pour un établissement de ce genre. À part lui, le gros type anonyme devait être le dernier visiteur de la journée.

L'homme tenait à être le *véritable* dernier. Les preuves visuelles de ce qui s'était déroulé avant qu'il entre en scène, ajoutées aux odeurs persistantes, lui fouettaient les sens. Déjà excité, il profitait pleinement de tous les détails que nul autre à sa place n'aurait remarqués.

Il ferma les yeux un instant, pour mieux sentir la force vitale et sauvage qui pulsait en lui. La femme qui l'attendait de l'autre côté de la porte l'aiderait. Oui, elle le rassasierait, car elle était ici pour ça. Et comme toutes ses semblables, elle se donnerait de son plein gré…

La plupart des mâles, tel le gros porc qui venait de partir, se jetaient sur la dispensatrice de délices, la besognaient en grognant et repartaient avec la sensation d'avoir conquis le monde. Se fichant de ce qu'éprouvaient leurs anonymes compagnes, ils ne se demandaient jamais comment les satisfaire. Pire que des animaux en rut, ils négligeaient les petits détails qui augmentaient le plaisir des *deux* partenaires. Concentrés sur l'aboutissement de l'acte, ils n'accordaient plus aucune importance au chemin qui y menait – d'autant plus délectable qu'il était lent.

Bref, ils ignoraient tout de la *transcendance*, cet art si difficile de transformer un instant en parcelle d'éternité. Doté de perceptions hors du commun, et d'un niveau de conscience à nul autre pareil, l'homme avait appris à recueillir ces moments évanescents dans sa mémoire, un sanctuaire où leur flamboyante gloire ne se ternirait jamais. Ainsi, il était parvenu à accomplir ce qu'il nommait l'« ultime alchimie » : transmuer la satisfaction par nature ponctuelle de l'étreinte en jouissance permanente.

Quelle chance il avait ! Pouvoir sentir et voir tant de choses, et, en plus, contribuer à l'épanouissement de ces femmes !

Après une dernière inspiration enivrante, il remonta lentement le couloir. Silencieux comme un félin sur la piste d'une proie, il longea la frontière entre l'obscurité et la ligne tremblante de lumière projetée par les deux réflecteurs. S'il y consacrait assez d'énergie, il espérait pouvoir un jour sentir le contact immatériel de la lumière et de l'obscurité…

Sans frapper, il ouvrit la porte que le gros type avait refermée derrière lui et entra dans la chambre, ravi d'y trouver la même pénombre complice que dans le couloir.

Du bout de l'index, il repoussa le battant de bois.

La femme était en train de remonter sa culotte le long de ses jambes fines. Écartant les genoux, elle se pencha un peu et fit glisser le sous-vêtement jusqu'à son entrejambe.

Quand elle leva ses yeux bleu clair et aperçut son visiteur, elle ne sursauta pas. Nonchalante, elle tira l'un vers l'autre les pans de sa robe boutonnée sur le devant et boucla la ceinture de soie autour de sa taille.

L'air charriait l'odeur du charbon chaud de la bassinoire glissée sous le lit, un lointain relent de savon, des effluves de poudres cosmétiques et l'entêtante senteur d'un parfum à quatre sous grossièrement capiteux.

En filigrane, tel un écrin d'obscurité enveloppant la pénombre, l'homme capta les émanations puissantes de la luxure et l'odeur si reconnaissable du sperme.

Dans la pièce sans fenêtre, le lit aux draps froissés et tachés était placé dans un coin, contre le mur du fond. Bien qu'il ne fût pas large, il occupait une grande partie de l'espace disponible. À côté, un petit coffre en bois blanc, très simple, servait sans doute à ranger les effets personnels de la femme. Au-dessus, un dessin à l'encre représentait – avec un grand réalisme – un couple au summum de la passion.

Sur la droite de la femme, une cuvette blanche ébréchée reposait sur un meuble bas en piteux état. Le chiffon posé sur bord du récipient dégoulinait encore, et l'eau, dans la cuvette, ondulait légèrement.

La femme venait de faire sa toilette intime.

Toutes avaient leurs petites habitudes. Certaines ne prenaient jamais la peine de se nettoyer. En général, c'étaient les plus vieilles, ou les moins attirantes, qu'on ne payait pas cher et qu'on traitait très mal. Les plus belles, avait remarqué l'homme, mettaient un point d'honneur à se laver après chaque client. Il préférait cette catégorie, même si sa dévorante passion, au bout du compte, finissait par balayer ce genre d'obstacles.

Les femmes qui ne faisaient pas commerce de leur corps pensaient-elles à ce type de détails ? Probablement pas… À son avis, elles n'accordaient aucune attention à ces choses-là. Sans doute parce qu'elles manquaient de minutie et de goût pour la perfection.

Les femmes en quête d'amour le satisfaisaient, mais pas de la même façon. Elles parlaient sans cesse et réclamaient qu'on les courtise. Las d'être harcelé, il finissait par leur donner ce qu'elles désiraient avant d'avoir pu assouvir ses propres besoins.

— Je croyais en avoir terminé, ce soir, dit la fille d'un ton qui se voulait accueillant.

Elle faisait des efforts, mais l'idée de se coucher sous un nouvel homme, si tard, ne semblait pas l'enthousiasmer.

— Je crois que je serai le dernier…, s'excusa-t-il, afin de ne pas l'irriter davantage.

Quand elles étaient en colère, il ne prenait pas autant de plaisir. Pour que ce soit parfait, il fallait qu'elles brûlent d'envie de le séduire.

— Bien, allons-y…, soupira la fille.

Qu'un inconnu soit entré dans sa chambre sans frapper ne l'inquiétait pas – même alors qu'elle était à moitié nue. Et comme prévu, elle ne lui demanda pas d'argent.

Au rez-de-chaussée de l'établissement, Silas Latherton, impressionnant avec son gourdin et le coutelas glissé à sa ceinture, s'assurait que ses pensionnaires n'aient rien à craindre. Et pour monter à l'étage, il fallait avoir payé d'avance. Une corvée de moins pour ces pauvres filles surmenées – et un moyen imparable de garder le contrôle du chiffre d'affaires puis de sa répartition.

Suite aux assauts virils du gros type, la jolie blonde avait les cheveux en bataille, mais l'homme trouva ce détail excitant. Témoignant de la vigueur de sa dernière étreinte tarifée, il soulignait l'érotisme pervers de la prostituée.

Ce qu'il avait vu de son corps, avant qu'elle referme la robe, augurait bien de la suite : de longues jambes, ce qu'il fallait de rondeurs et une poitrine admirablement bien moulée. Certain de revoir cette petite merveille de la nature, l'homme n'avait aucune intention de précipiter les événements.

L'attente ajoutait à son excitation. À l'inverse des autres mâles, toujours pressés de conclure, il savait prendre son temps. Une fois qu'on avait commencé, ces choses-là étaient toujours finies trop vite. Pour l'instant, il préférait se concentrer sur les détails apparemment sans importance, histoire de les graver à jamais dans sa mémoire.

Cette fille n'était pas simplement jolie, conclut-il après un examen attentif. Sa frappante beauté devait enflammer l'imagination des hommes, les condamnant à revenir régulièrement la voir pour se donner – ou plutôt se payer – l'illusion de la posséder. À la façon dont elle jouait de son corps, la femme le savait, et la fidélité de ses clients renforçait chaque jour son éclatante confiance en elle.

Pourtant, aussi parfait qu'il fût, son visage dépourvu de véritable douceur trahissait un caractère dominé par la dureté et le mépris. Les autres idiots, fascinés par la perfection de ses traits, ne l'avaient sans doute jamais remarqué.

L'homme ne ratait jamais ce genre de détail. Et ce n'était pas la première fois qu'il le voyait sur une de ces filles. Un point commun qu'elles ne pouvaient pas dissimuler à un aussi fin observateur.

— Tu es nouvelle ? demanda-t-il, bien qu'il connût déjà la réponse.

— C'est mon premier jour… En Aydindril, les clients ne manquent pas, mais depuis l'arrivée de cette armée, les affaires marchent mieux que jamais. Ici, les yeux bleus sont rares, et les miens plaisent beaucoup aux soldats d'harans, parce qu'ils les font penser aux femmes de chez eux. Avec un tel afflux d'hommes seuls, les filles comme moi ne risquent pas de chômer…

— Et les revenus augmentent en conséquence…

La femme eut un sourire entendu.

— Si tu ne pouvais pas payer, on ne t'aurait pas laissé monter. Alors, évite ce genre de pleurnicheries…

L'homme s'en voulut. Il entendait converser poliment, pas l'offusquer. Décidément, elle avait un caractère acariâtre. À présent, voilà qu'il allait devoir l'amadouer.

— Les soldats sont parfois brutaux avec les jeunes femmes aussi séduisantes que toi. (Trop souvent entendu, le compliment n'avait pas fait mouche, il le lut dans les yeux bleus de la prostituée.) Je me réjouis que tu travailles avec Silas Latherton. Il interdit aux clients de frapper ses collaboratrices. Sous son toit, tu seras en sécurité, et ça me rassure.

— Merci… (Le ton était toujours aussi glacial, mais un peu moins agressif.) Je suis ravie que nos clients connaissent la réputation de Silas. Un jour, j'ai été rouée de coups. Une expérience détestable. En plus de la douleur, je n'ai pas pu gagner ma vie pendant un mois.

— C'était sûrement terrible… La douleur, je veux dire…

— Bon, tu te déshabilles, ou quoi ? fit la femme en lorgnant délibérément le lit.

L'homme ne répondit pas, mais lui fit signe d'enlever sa robe, puis la regarda défaire le nœud de sa ceinture.

— C'est toi qui paies…, soupira la fille en écartant assez les pans du vêtement pour inciter son client à passer aux choses sérieuses.

— J'aimerais… Eh bien, je voudrais que ça te plaise aussi.

— Mon chou, ne t'en fais pas pour moi… Je vais adorer ça ! Si tu savais comme tu m'excites ! Mais c'est toi qui investis de l'argent, alors, occupons-nous surtout de ton plaisir.

L'ironie de la fille plut beaucoup à l'homme. Dissimulée sous un ton rauque censé suggérer le désir, elle aurait échappé aux autres hommes. Mais lui guettait ce délectable instant d'insubordination qui précédait quasiment toujours une totale soumission.

L'une après l'autre, il posa quatre pièces d'or à côté de la cuvette blanche. Dix fois le prix que Silas Latherton facturait pour ses femmes. Et trente fois plus, sans doute, que ce qu'il devait leur donner pour une passe. La fille en écarquilla les yeux de surprise, comme si elle refusait d'y croire. De fait, c'était une petite fortune.

Troublée, elle interrogea son client du regard.

L'homme savoura la confusion de la catin. Les femmes de son genre étaient rarement déconcertées par l'argent. Mais vu son jeune âge, c'était sans doute la première fois qu'elle voyait un homme faire montre d'autant de générosité pour la stimuler.

Il se réjouit de l'avoir impressionnée, parce que ça ne devait pas arriver souvent.

— Je veux que ça te plaise. Et je suis prêt à payer plus cher pour que tu te laisses aller.

— Mon chou, à ce prix, tu te souviendras de mes cris jusqu'à la fin de tes jours.

Ça, ce n'était pas douteux…

Avec un superbe sourire, la catin finit d'enlever sa robe. Sans quitter son client des yeux, elle alla la suspendre à un crochet planté dans la porte.

Puis elle caressa le poitrail de l'homme, l'enlaça et lui pressa sa somptueuse poitrine contre le torse.

— Alors, c'est ça que tu veux, mon chou ? De jolies griffures sur tes reins, pour rendre jalouse ta petite amie ?

— Non. Mon seul désir, c'est que ça te plaise aussi. Tu as un si joli visage, et une silhouette tellement fine. En te payant bien, j'espère que ce sera agréable pour toi aussi. Et je veux le sentir, tu comprends ?

— Ce sera super pour moi, mon chou, c'est promis. Tu sais, je suis une putain très douée.

— Je n'en doutais pas…

— Ce sera si bon, mon chou, que tu crèveras d'envie de revenir me voir.

— Lirais-tu dans mes pensées ?

— Au fait, je m'appelle Rose…

— Un nom qui te va à ravir.

Et aussi banal que toi !

— Et toi ? Comment devrai-je t'accueillir quand tu viendras me voir régulièrement ?

— J'aime le surnom que tu me donnes. Il sonne très bien, sur tes jolies lèvres.

— Ravie de faire ta connaissance, mon chou.

L'homme glissa un doigt sous l'élastique de la culotte de Rose.

— Je peux l'avoir ?

La fille laissa courir ses doigts le long du ventre de son client, descendit un peu plus bas et feignit d'être impressionnée par ce qu'elle sentit sous sa braguette.

— La journée a été longue, tu sais... Cette culotte n'est pas vraiment... eh bien, propre. J'en ai des fraîches dans mon coffre. Avec ce que tu paies, je t'en donnerai autant que tu voudras. Et même toutes, si ça te fait plaisir.

— Celle-là ira très bien. Et elle me suffira.

— Je vois... Mon chou aime collectionner des petits souvenirs.

L'homme ne répondit pas.

— Et si tu me l'enlevais ? Conquiers ton trophée, fier gentilhomme !

— Je préfère te regarder faire.

Rose fit glisser la culotte le long de ses jambes – sans hésiter à en rajouter, question spectacle. Puis elle se plaqua de nouveau contre l'homme, le regarda dans les yeux, et lui passa lentement le « trophée » sur une joue. Jugeant qu'un sourire lubrique était de mise, elle se fendit de son meilleur, puis glissa le sous-vêtement dans la main de son futur « régulier ».

— Et voilà ! Rien que pour toi ! Un joli souvenir qui sent la Rose !

L'homme pressa la culotte entre ses doigts, émoustillé par l'humide chaleur que conservait encore le tissu. Avec une ardeur parfaitement imitée, Rose se dressa sur la pointe des pieds pour l'embrasser. S'il n'en avait pas su si long sur les filles de joie, il aurait pu croire qu'elle le désirait plus que tout au monde.

Mais il jouerait le jeu, par égard pour elle.

— Que veux-tu que je te fasse ? souffla-t-elle. Dis-le-moi, et je t'obéirai. Tu sais, je ne propose pas ça à mes autres clients. Mais tu me rends folle ! Allez, n'hésite pas, demande-moi tout ce que tu veux !

Sur la peau de Rose, l'homme sentait à présent l'odeur de tous ceux qui l'avaient besognée aujourd'hui. La puanteur de leur lubricité était pire encore que celle de la culotte.

— Et si on se laissait porter par les événements, ma petite chérie ?

— Comme tu voudras, mon chou...

Avec un clin d'œil lascif, Rose s'écarta de l'homme, ramassa les pièces, approcha du coffre en ondulant des hanches et s'agenouilla. Depuis le début, il se demandait si elle s'accroupirait ou se pencherait pour qu'il ait une vue imprenable sur sa croupe. À présent, il connaissait la réponse. Et il aimait bien la pudeur que ce comportement exprimait, vestige d'un passé de petite fille sage...

Alors qu'elle rangeait son trésor sous une pile de vêtements, il vit, sur le dessus, un petit coussin orné d'une broderie rouge.

— Qu'est-ce que c'est ? demanda-t-il, intrigué par un détail qui ne semblait pas coller avec le reste.

Conquise par les pièces d'or, la catin lui répondrait, il en était sûr.

Elle saisit le coussin et le lui montra. Purement décoratif, considérant sa taille, il semblait sorti d'une maison de poupée. Et la broderie représentait bien entendu une rose.

— Je l'ai fait quand j'étais petite. Il est rembourré d'écorce de cèdre, pour sentir bon. (Elle passa un index sur la fleur rouge.) Le symbole de mon prénom. C'est mon père qui l'a choisi, tu sais ? Il disait toujours : « Tu es la petite rose qui a poussé dans le jardin de mon cœur. »

Pendant que la catin rangeait dans le coffre ce dérisoire souvenir, l'homme se demanda si son géniteur savait où elle était, à présent. L'avait-il reniée en découvrant la vérité ? La rose s'était-elle fanée dans son cœur ? Il y avait sûrement eu une scène tragique, le jour où était tombé le masque. Et la mère ? Avait-elle compris le choix de sa fille, ou pleuré sur sa déchéance ?

Désormais, lui aussi allait jouer un rôle important dans la vie de cette putain. Un rôle capital, même…

— Puis-je aussi t'appeler ma petite rose ? demanda-t-il. C'est un si joli surnom.

Rose se retourna et le regarda rouler en boule la culotte dans son poing.

— Tu es mon amant de cœur, à partir de maintenant. Je n'avais jamais raconté ça à un homme. Et je serai heureuse que tu me nommes ainsi…

Le cœur battant la chamade, l'homme vacilla, submergé par son insatiable désir.

— Merci, ma petite rose…, souffla-t-il, parfaitement sincère. J'ai tellement envie de te faire plaisir.

— Tes mains tremblent…

C'était toujours comme ça, avant qu'il passe à l'acte. Après, cela cessait. L'anticipation, encore et toujours…

— Désolé…

— Ne t'excuse pas ! Te savoir un peu nerveux m'excite.

L'idiote ! Il n'était pas nerveux, simplement fou de désir.

D'une main téméraire, Rose s'en assura.

— Je veux connaître le goût de ta peau, dit-elle en lui mordillant l'oreille. Ce soir, je n'ai personne d'autre. Nous pouvons prendre tout notre temps.

— Je sais… C'est pour ça que j'ai attendu d'être le dernier.

— Je veux que ça dure, tu comprends ? En es-tu capable, mon chou ?

— Oui ! Et je te promets que tu demanderas grâce avant que j'en aie fini.

Rose ronronna de satisfaction et se retourna dans les bras de son client pour presser les fesses contre son sexe. Le dos cambré, elle gémit comme si elle était déjà au bord de l'extase.

L'homme se tordit un peu le cou pour la regarder dans les yeux. Une putain très douée, vraiment, constata-t-il en étouffant le rictus méprisant qui luttait pour déformer ses lèvres.

Il posa une main sur la croupe de la catin, chercha le bas de sa colonne vertébrale et compta les vertèbres en faisant mine de les caresser.

Rose gémit de nouveau.

Gêné par sa façon d'onduler du croupion, il manqua le point qu'il visait.

La catin vacilla.

La seconde fois qu'il la poignarda, l'homme toucha sa cible, entre deux vertèbres, et lui sectionna la moelle épinière.

Il la prit par la taille pour l'empêcher de tomber. Son gémissement de douleur et de surprise n'était pas imité, cette fois. Mais les occupants des autres chambres ne le distingueraient pas des râles qu'elle poussait pour ses clients. Les gens ne remarquaient jamais les nuances…

Lui, il n'en perdait pas une miette !

Alors que Rose ouvrait la bouche pour crier, il lui enfonça dans la bouche la culotte sale roulée en boule. Comme d'habitude, sa coordination fut parfaite, et le hurlement s'étrangla dans la gorge de la catin. Tendant la main pour récupérer la ceinture de soie, l'homme l'enroula quatre fois autour de la bouche de sa proie, pour que le bâillon de tissu reste en place. De sa main libre, et avec les dents, il tira et fit un nœud serré.

Il aurait adoré écouter les cris de Rose, enfin venus du cœur. Mais cela l'aurait forcé à accélérer le mouvement. Dommage, car il se délectait de ces râles-là, toujours sincères…

Collant sa bouche à l'oreille de Rose, il sentit l'odeur de sueur masculine qui montait de ses cheveux.

— Ma petite rose, tu vas me donner tant de plaisir ! Aucun mâle n'aura autant joui de toi ! Mais je veux que tu aies ta part de bonheur. Sois honnête, tu as toujours rêvé que ça finisse comme ça. Je suis l'homme que tu attendais depuis si longtemps…

Il la laissa glisser sur le sol. Ses jambes devenues inertes, elle n'irait nulle part.

Rose tenta de lui tirer un coup de poing dans l'entrejambe. Il lui saisit le bras au vol, lui ouvrit les doigts de force, serra sa paume entre un pouce et un index et fit pression jusqu'à ce que les os du poignet se brisent avec un claquement sec.

Utilisant les manches de sa robe, il lui lia les mains pour qu'elle ne puisse pas retirer le bâillon. Le cœur cognant contre ses côtes, il se régala de ses implorations étouffées. S'il ne comprenait pas les mots, à cause de la culotte, la douleur qu'ils exprimaient lui faisait bouillir le sang.

Une tempête d'émotions se déchaîna dans sa tête.

Enfin, les voix s'étaient tues, le laissant seul avec sa débauche. Même s'il ignorait ce qu'étaient ces voix, une certitude demeurait : seul son intellect si singulier permettait qu'il les entende. Grâce à ses perceptions hors du commun, et à son goût des détails, il captait les messages venus du plus profond des éthers.

Des larmes roulaient sur les joues de Rose. Ses sourcils relevés se touchaient presque, creusant sur son front une série de rides. Minutieux jusqu'au bout, l'homme les compta.

Ses yeux bleus écarquillés de terreur, la catin le regarda retirer ses vêtements et les poser à l'écart. Il eût été fort mal avisé de les souiller de sang…

Le couteau ne tremblait pas dans sa main, redevenue aussi ferme et sûre que si elle était en marbre. Il se campa devant Rose, nu et en érection, pour lui montrer à quel point elle avait bien joué son rôle, jusque-là.

Puis il passa à l'acte.

Chapitre 25

C ara sur les talons, Kahlan arriva devant la porte du « bureau » de Richard en même temps qu'une jeune femme aux courts cheveux noirs. Portant un plateau lesté d'une théière fumante, la servante s'arrêta face à Raina, qui montait la garde devant la porte avec Ulic et Egan.

— Sarah, Richard a demandé du thé ?

Gênée par le plateau, la domestique fit une révérence maladroite.

— Oui, Mère Inquisitrice.

Kahlan s'empara du plateau.

— Je m'en occupe, Sarah. Tu peux disposer...

La jeune brune s'empourpra et tenta de récupérer son bien.

— Mère Inquisitrice, ce n'est pas à vous de faire ça !

— Ne sois pas stupide, ma fille ! Ça ne me tuera pas !

Ne sachant que faire de ses mains vides, la pauvre Sarah se fendit d'une nouvelle révérence – impeccable, cette fois.

— À vos ordres, Mère Inquisitrice, dit-elle avant de s'éloigner.

Loin d'être heureuse qu'on l'ait soulagée d'une corvée, elle semblait indignée, comme si on l'avait détroussée au coin d'une rue.

— Raina, Richard a veillé tard ? demanda Kahlan.

La Mord-Sith eut une moue désapprobatrice.

— Toute la nuit, Mère Inquisitrice. J'ai fini par aller me coucher, après avoir fait venir des gardes. Et Berdine ne l'a pas quitté une minute.

La raison de la moue désapprobatrice, à n'en pas douter...

— Je suis sûre que c'était important, mais il devrait quand même prendre le temps de se reposer. Ou au minimum, le laisser à Berdine...

— J'en serais ravie, marmonna Cara. Raina est d'une humeur de dogue, quand elle doit dormir seule.

— Berdine a besoin de repos ! se défendit Raina.

— Je suis sûre que c'était important, répéta Kahlan, mais vous avez raison toutes les deux. Si Richard épuise ses collaborateurs, ils deviendront moins efficaces. Je me charge de le lui rappeler. Parfois, muré dans sa concentration, il oublie que les autres existent...

— Merci, Mère Inquisitrice, fit Raina, sincèrement reconnaissante.

Kahlan lâcha le plateau d'une main et ouvrit la porte.

Cara se campa à côté de Raina, suivit l'Inquisitrice des yeux pour s'assurer qu'elle n'allait pas avoir de problèmes avec son « fardeau », puis referma le battant.

Debout devant la fenêtre, Richard contemplait le paysage. Dans la cheminée, un feu agonisant ne parvenait plus à réchauffer la petite pièce.

Kahlan ricana intérieurement, ravie d'avoir enfin l'occasion de faire ravaler ses vantardises à messire Richard Rahl !

Avant qu'elle ait pu poser le plateau sur la table – en faisant assez de bruit pour attirer son attention – le Sourcier parla sans daigner se retourner.

— Kahlan, c'est gentil de venir me voir.

Le front plissé, l'Inquisitrice se débarrassa du plateau.

— Tu me tournais le dos ! s'écria-t-elle. Comment as-tu su que c'était moi, et pas une servante venue t'apporter ton thé ?

Richard se retourna enfin, l'air intrigué.

— Comment aurais-je pu te confondre avec une domestique ? demanda-t-il.

— Richard, parfois, tu me fais peur…

Cela dit, l'expérience n'était pas concluante, décida Kahlan. Car il avait très bien pu voir son reflet dans la vitre.

— Je suis content que tu sois là… (Richard approcha, lui souleva le menton du bout d'un doigt et l'embrassa.) Sans toi, je me suis senti très seul.

— Tu as bien dormi ?

— Dormi ? À vrai dire, je n'ai pas fermé l'œil… Par bonheur, les émeutes ont cessé. Je me demande ce que nous aurions dû faire, si la lune avait encore été rouge, cette nuit ? Tu aurais cru que les gens deviendraient fous à cause d'un phénomène pareil ?

— Reconnais que c'est étrange et inquiétant.

— Certes… Mais pas au point de me faire descendre dans la rue pour casser des vitrines et mettre le feu partout.

— Parce que tu es le seigneur Rahl… Un chef raisonnable.

— Et attaché à l'ordre public, rappela le Sourcier. Je ne tolérerai plus de tels débordements, sans parler de tous ces innocents blessés. Si ça se reproduit, j'enverrai immédiatement la garde, au lieu d'attendre que la foule retrouve son bon sens. Céder ainsi à la superstition n'est pas digne d'un peuple prétendument civilisé ! Et j'ai des préoccupations plus importantes.

Au ton de son bien-aimé, Kahlan devina qu'il était à deux doigts d'exploser.

Le manque de sommeil minait la résistance nerveuse d'un individu, fût-il le maître de D'Hara. Si une nuit blanche pouvait passer, trois de suite ne pardonnaient pas.

— Tu veux parler de ton travail avec Berdine ? demanda Kahlan, espérant que l'épuisement du Sourcier n'affectait pas son jugement.

Il se contenta d'acquiescer.

L'Inquisitrice lui servit du thé et lui tendit la tasse. Il la regarda un moment, indécis, puis la prit et but une gorgée.

— Richard, tu dois laisser à Berdine le temps de se reposer. Si elle ne dort jamais, elle perdra tous ses moyens.

— Je sais... (Le Sourcier se tourna vers la fenêtre et bâilla à s'en décrocher la mâchoire.) Je l'ai envoyée faire une sieste dans ma chambre. Elle commençait à se tromper tout le temps...

— Tu as également besoin de sommeil !

Comme à son habitude, Richard étudia la silhouette massive de la Forteresse, à flanc de montagne.

— Je crois avoir trouvé la signification de la lune rouge, dit-il d'une voix sinistre.

— Quoi ?

Le Sourcier se retourna et posa la tasse sur la table.

— J'ai demandé à Berdine de chercher les endroits où Kolo utilisait le mot *moss*, et ceux où il mentionnait éventuellement une lune rouge. Selon moi, ça pouvait nous aider.

Il saisit le journal et l'ouvrit.

Richard avait découvert ce texte dans la Forteresse, où il était muré depuis trois mille ans avec les ossements de son auteur. Kolo était chargé de veiller sur la sliph, l'étrange créature qui permettait de voyager très vite, au moment où les tours qui séparaient l'Ancien Monde du Nouveau avaient été activées. Piégé dans la salle de la sliph, il avait fini par y mourir.

Truffé d'informations précieuses, le journal était hélas rédigé en haut d'haran, une langue rarement comprise. Berdine la maîtrisait, mais cette antique variante dépassait ses compétences. Grâce à un roman pour enfants en haut d'haran, ils avaient pu progresser, car ce texte avait été – dans une autre langue – le livre de chevet du jeune Richard. Grâce à sa fabuleuse mémoire, ils parvenaient à croiser des références et à se créer peu à peu un glossaire.

Au fil de ce travail, le Sourcier s'était familiarisé avec le haut d'haran séculier, et avec le dialecte ancien. Mais il avançait trop lentement à son goût.

Après avoir ramené Kahlan en Aydindril, le jeune homme lui avait révélé qu'il s'était servi du journal pour trouver un moyen de la sauver. Par endroits, précisa-t-il, il parvenait à lire presque facilement le vieux récit intime. Deux paragraphes plus loin, Berdine et lui ne comprenaient plus rien.

S'il leur fallait parfois quelques heures à peine pour traduire une page, il arrivait souvent qu'une seule phrase les bloque un jour entier.

— *Moss ?* répéta Kahlan. Que veut dire ce mot ?

Richard prit la tasse, but une nouvelle gorgée, et la reposa sur la table.

— « Vent », en haut d'haran... (Il ouvrit le livre à une page marquée par un signet.) Pour économiser du temps, nous avons déterminé des mots clés, et nous nous concentrons sur les passages qui les contiennent.

— Je croyais que cette traduction était pour toi une façon d'apprendre le haut d'haran, et de mieux comprendre le style de Kolo...

— Au début, oui, mais je n'ai plus assez de temps... Alors, nous avons changé de méthode.

Kahlan fit la grimace. Elle n'aimait pas beaucoup toute cette histoire.

— Ton demi-frère est le haut prêtre d'une secte appelée *Raug'Moss*. C'est du haut d'haran ?

— Oui, et ça signifie : « Le Vent Divin ».

Richard tapota le journal, visiblement pressé de changer de sujet.

— Tu vois ce paragraphe ? Kolo y parle d'une lune rouge, et il semble dans tous ses états. En fait, toute la Forteresse était en ébullition. Notre ami écrit qu'ils ont été trahis par les « braves ». Il ajoute qu'ils seront jugés pour leurs crimes. Nous n'avons pas encore exploré cette piste, mais…

Dans le journal, Richard récupéra une feuille de parchemin où ils avaient consigné une de leurs traductions écrites.

— Écoute ça : *« Aujourd'hui, grâce au travail acharné et génial d'une centaine de braves, notre plus cher désir est finalement exaucé. Si nous sommes vaincus, nos inestimables possessions seront hors de portée de l'autre camp. À l'annonce de ce succès, des cris de joie ont retenti dans toute la Forteresse. Malgré le scepticisme de certains, le miracle est accompli : le Temple des Vents s'en est allé. »*

— S'en est allé ? répéta Kahlan. Qu'est-ce que le Temple des Vents ? Et où est-il parti ?

— Je n'en sais rien, avoua Richard en refermant le journal. Mais plus loin, Kolo écrit que les fameux « braves » les ont tous trahis. Le haut d'haran est un curieux langage, où les mots n'ont pas toujours le même sens.

— Ça n'a rien d'exceptionnel. Le nôtre est pareil…

— Sans doute, mais en haut d'haran, un même mot, dans une phrase, peut signifier plusieurs choses. Ça complique beaucoup la traduction.

» Par exemple, prenons le surnom qu'on me donne dans une prophétie : le messager de la mort. Il s'interprète de trois façons. D'abord, que je suis celui qui unira le royaume des morts et le monde des vivants en déchirant le voile. Ensuite, que je peux ranimer les esprits des morts – et je le fais chaque fois que j'utilise la magie de mon arme. Enfin, plus simplement, que je suis un tueur…

» Cette prédiction figure dans le grimoire que nous avons ramené du Palais des Prophètes. Pour la traduire, Warren a dû attendre que je lui révèle que les trois variantes étaient justes. Grâce à moi, a-t-il dit, il a été le premier, en trois mille ans, à véritablement comprendre la prophétie.

— Quel rapport avec le Temple des Vents ?

— Quand Kolo utilise le mot « vent » au pluriel, il peut très bien parler du climat. Mais parfois, j'en suis sûr, c'est une référence au Temple – et une façon de le distinguer des autres lieux de culte.

— Veux-tu dire que Shota, en affirmant que le vent te traque, sous-entendait que ce Temple est à tes trousses ?

— Je n'en suis pas encore sûr…

— Richard, c'est tiré par les cheveux ! Kolo utilisait peut-être cette abréviation pour désigner le Temple. De là à croire que Shota en fait autant, il y a un monde !

— Quand Kolo parle des braves qui seront jugés, il s'exprime d'une façon bizarre, laissant penser que le vent a… hum… des capacités sensitives.

— Bref, le Temple des Vents serait une entité consciente ? résuma Kahlan, très inquiète.

À force de se priver de sommeil, Richard ne pensait plus clairement, c'était évident.

— Je t'ai dit que je n'en suis pas sûr.

— Mais c'est ce que tu crois ?

— Présenté de cette façon, ça semble idiot, je sais. En haut d'haran, c'est différent... Une question de nuance, si tu vois ce que je veux dire.

— Nuance ou pas, comment un Temple peut-il avoir des capacités sensitives ?

— Je l'ignore, mais je tente de comprendre. Tu crois que j'ai encore passé une nuit blanche pour m'amuser ?

— Richard, une chose pareille est impossible !

— La Forteresse du Sorcier est un bâtiment, pourtant elle sent qu'un intrus essaie d'entrer, et elle fait tout pour l'arrêter, y compris l'assassiner, si ça s'impose.

— C'est l'action des champs de force ! Des sorciers les ont mis en place il y a des lustres, voilà tout.

— Mais ils s'activent d'eux-mêmes, pas vrai ?

— Comme un piège à loups, quand on le déclenche ! Il n'est pas conscient pour autant, que je sache ! Si tu veux dire que le Temple des Vents est protégé par des champs de force, j'admets que c'est bien possible.

— C'est plus compliqué que ça. Les champs de force montent simplement la garde. D'après ce qu'écrit Kolo, le Temple des Vents peut réfléchir et prendre des décisions, quand il le faut.

— Quel genre de décisions ?

— L'apparition de la lune rouge coïncide avec la trahison des « braves » qui ont chassé le Temple des Vents.

— Et alors ?

— Je pense que le Temple a fait changer la lune de couleur.

Kahlan regarda Richard dans les yeux, et frissonna en y lisant une conviction presque fanatique.

— Je ne vois pas comment c'est possible, mais admettons provisoirement que ce soit vrai. Pourquoi le Temple aurait-il agi ainsi ?

— Pour lancer un avertissement !

— À quel sujet ?

— Les champs de force de la Forteresse sont en principe impénétrables. Moi, je les traverse, parce que je contrôle la magie requise. Un individu mal intentionné pourrait faire de même, à condition d'avoir le même don. Que se passerait-il alors ?

— Ton individu passerait, tout simplement.

— Bonne réponse ! Selon moi, le Temple des Vents peut faire plus. Si on viole ses défenses, il envoie un avertissement.

— La lune rouge..., murmura Kahlan.

— Ça paraît logique.

L'Inquisitrice posa une main sur le bras de son bien-aimé.

— Richard, tu as besoin de repos. On ne peut pas déduire tout ça d'un journal écrit il y a trois mille ans.

Le Sourcier se dégagea.

— Je suis les pistes qui sont à ma disposition. Shota a dit que le vent me traque. Tu veux que j'aille au lit pour faire des cauchemars ?

À cet instant, Kahlan comprit que le message de la voyante n'était pas l'essentiel. Richard pensait à la prophétie gravée sur le mur de l'oubliette.

« *L'incendie viendra avec la lune rouge.* » C'était la première phrase de la prédiction, et sûrement pas la plus angoissante.

La fin avait de quoi glacer les sangs.

« *Pour éteindre l'incendie, il devra trouver un remède dans le vent. Mais sur ce chemin, la foudre le frappera, car sa bien-aimée le trahira dans son sang.* »

Richard était bien plus affecté qu'il ne l'admettait...

L'Inquisitrice ne put pas pousser plus loin son raisonnement, car quelqu'un frappa à la porte.

— Oui ? cria Richard.

Cara ouvrit le battant et passa la tête dans la pièce.

— Seigneur Rahl, le général Kerson aimerait vous voir.

— Fais-le entrer, Cara... (Le Sourcier posa une main sur l'épaule de Kahlan.) Tu as raison, il faut que je dorme. Mais je n'y arrive pas ! Nadine pourra peut-être me donner une de ses décoctions...

Kahlan aurait préféré que Shota soigne Richard. C'était tout dire ! Mais elle s'abstint de tout commentaire.

Souriant, le général entra, se campa devant le Sourcier et le salua en se tapant du poing sur le cœur.

— Bonjour, seigneur Rahl. Une journée radieuse nous attend !

— Pourquoi cet enthousiasme, Kerson ? demanda Richard avant de boire une nouvelle gorgée de thé.

Le militaire flanqua une grande tape sur l'épaule de son seigneur.

— Les hommes vont beaucoup mieux ! Votre traitement est efficace, et ils sont de nouveau prêts à tout pour vous servir. Je ne puis dire à quel point je suis soulagé...

— Ton sourire l'exprime assez, général... Je suis content aussi.

— Les gars sont gonflés à bloc ! Leur nouveau seigneur Rahl est un grand sorcier qui a chassé la mort de leurs corps, et ça leur donne du cœur au ventre. Ils aimeraient tous vous payer une bière, et trinquer à votre santé.

— La magie n'a rien à voir là-dedans, mais... Remercie-les de vouloir me faire boire à l'œil, général. (Richard se rembrunit.) Et les émeutes, où en sommes-nous ?

— C'est quasiment terminé. Les gens sont redevenus normaux en voyant que la lune n'était plus rouge.

— Une bonne nouvelle de plus, Kerson ! Merci de ton rapport.

— Seigneur, il y a... hum... autre chose... (Le général jeta un coup d'œil à Kahlan.) J'ignore si je dois en parler devant... Eh bien, il y a eu un meurtre cette nuit. Et la victime est une femme.

— C'est triste... Quelqu'un que tu connaissais ?

— Non, seigneur... Cette personne acceptait de l'argent pour... hum...

— Si vous parlez d'une putain, général, intervint Kahlan, ne tournez pas autour du pot. J'ai déjà entendu ce mot, et je ne me suis pas évanouie.

— Je comprends, Mère Inquisitrice... Seigneur, on a découvert le cadavre ce matin.

— Comment a-t-on tué cette pauvre fille ?

Le général parut de plus en plus mal à l'aise.

— Dans ma chienne de vie, j'ai vu beaucoup de morts. Et il y a longtemps que ça ne m'avait plus fait vomir...

— Que lui a-t-on fait, général ? insista Richard.

Kerson regarda Kahlan pour s'excuser, puis il prit le Sourcier par le bras, l'attira à l'écart, et lui murmura à l'oreille des mots que l'Inquisitrice ne comprit pas.

Mais le visage décomposé de Richard parlait de lui-même.

Quand le militaire eut fini, le jeune homme alla se camper devant la cheminée.

— Je suis navré, dit-il en contemplant les flammes. Mais pourquoi m'en avoir parlé ? Ce genre d'enquête n'est pas de mon ressort...

— Seigneur, l'ennui, c'est que la morte a été découverte par votre demi-frère.

Richard se retourna.

— Que faisait-il dans une maison de tolérance ?

— Je lui ai posé la question, seigneur, parce qu'il ne me paraît pas être le genre d'homme qui manque de succès auprès des femmes. Il m'a répondu que c'était son affaire, pas la mienne !

Kahlan vit que Richard serrait les mâchoires pour ne pas exploser de rage.

— Allons voir sur place, dit-il en prenant sa cape. Je veux voir cet endroit, et parler aux gens qui y... travaillent.

Dans le couloir, l'Inquisitrice tira son compagnon par la manche.

— Général, dit-elle, vous pouvez nous laisser seuls un moment ?

Quand le militaire se fut éloigné, Kahlan entraîna Richard dans la direction opposée, loin de Cara, Raina, Ulic et Egan.

À l'évidence, son bien-aimé n'était pas en état de voir des horreurs. Et il y avait autre chose...

— Richard, des émissaires attendent depuis des jours de nous rencontrer !

— Drefan est mon demi-frère.

— Peut-être, mais c'est aussi un grand garçon !

— Je dois m'occuper de cette histoire, et je ne suis pas d'humeur très diplomatique. Recevoir ces émissaires seule t'ennuierait ? Dis-leur qu'une affaire urgente me retient, et qu'ils peuvent tout aussi bien prêter serment d'allégeance devant toi.

— Je veux bien m'en charger... Ces gens seront ravis de m'avoir pour interlocutrice, parce que tu les terrorises.

— Ils n'ont rien à craindre de moi.

— Ben voyons ! Après tout, tu as seulement promis de les tailler en pièces, s'ils osaient s'allier à l'Ordre Impérial.

» Ils craignent que tu mettes ta menace à exécution, par pur caprice, même s'ils se rendent. La réputation du précédent maître de D'Hara te colle aux basques, et tu n'as rien fait pour qu'il en aille autrement. Ils se méfieront de toi encore longtemps, même s'ils ont choisi ton camp.

— Pour les rassurer, dis-leur que je suis un type adorable...

— Je leur annoncerai que tu brûles de travailler avec eux pour assurer la paix et la prospérité à la nouvelle alliance. C'est beaucoup plus diplomatique, comme tu dis...

» Mais Tristan Bashkar, le ministre de Jara, est là aussi, tout comme deux membres de la maison royale de Grennidon. Ces royaumes sont puissants, et leurs armées également. Ces trois-là voudront négocier les termes de la reddition avec toi, pas avec moi.

— Tu sauras t'en débrouiller.

— Bashkar est un homme détestable doublé d'un âpre négociateur. Leonora et Walter Cholbane, de Grennidon, sont du même acabit.

— C'est en partie pour ça que j'ai décrété la fin des Contrées du Milieu. Trop de gens veulent discutailler interminablement. Ce temps-là est révolu. La reddition reste inconditionnelle ! Ce que je propose est équitable, et il n'y aura pas de passe-droit. Désormais, on est avec nous, ou contre nous !

Kahlan passa un index le long du bras musclé de Richard. Depuis qu'il se concentrait sur le journal de Kolo, il ne l'avait pas souvent serrée contre lui...

— Tu as besoin de mes conseils, ne l'oublie pas ! Je connais ces royaumes. Avoir leur reddition ne suffira pas. Ils doivent être prêts à lutter à nos côtés. Jusqu'à la mort, s'il le faut !

» Tu es le maître de D'Hara, celui qui leur a demandé de prêter allégeance – en promettant qu'ils seraient traités dignement. J'ai souvent rencontré ces trois émissaires. Ils espèrent te voir, et constater de leurs yeux que tu les respectes.

— Dans cette affaire, comme pour le reste, nous ne faisons qu'un. Tu guidais les Contrées bien avant mon intervention, et tu restes pour le moins mon égale. S'ils protestent, rappelle-leur tout ça.

Richard jeta un coup d'œil dans le couloir, où le général attendait en compagnie de Cara et des trois autres.

— Tout ce que fait Drefan me concerne, et je ne me laisserai pas abuser par un autre frère. D'après ce que tu m'as dit, et ce qu'on murmure, les femmes du palais sont folles de lui. S'il attrape une sale maladie et la leur transmet, je me sentirai responsable. Parce qu'il serait beaucoup moins populaire s'il n'était pas mon frère.

Sarah, la jeune et innocente servante, comptait au nombre des admiratrices éperdues du guérisseur...

— Je comprends ton point de vue, capitula Kahlan. Si tu me jures de dormir un peu, je recevrai ces émissaires. Pour te parler, ils attendront que tu aies le temps. Après tout, tu es le seigneur Rahl.

Richard se pencha et embrassa la jeune femme sur la joue.

— Je t'aime !

— Dans ce cas, épouse-moi !

— Bientôt... Nous irons réveiller la sliph dans quelques jours.

— Richard, sois prudent ! Marlin a dit que la Sœur de la Lumière – j'ai oublié son nom ! – a quitté Aydindril pour rejoindre Jagang. Mais il a pu mentir...

— Elle se nomme Amelia. Moi, je ne risque pas de l'oublier ! Quand je suis arrivé au Palais des Prophètes, c'est elle qui m'a « accueilli », avec Janet et Phoebe, deux autres amies de Verna. Amelia pleurait de joie en revoyant sa vieille complice de noviciat...

— À présent, elle sert Jagang.

— Si elle l'apprend un jour, Verna en aura le cœur brisé. Et ce sera pire encore si elle découvre qu'Amelia était une Sœur de l'Obscurité.

— Sois prudent, répéta Kahlan. Malgré ce qu'a dit Marlin/Jagang, elle est peut-être toujours ici.

— J'en doute, mais je ferai attention.

Richard se tourna et fit signe à Cara d'approcher. Bien entendu, la Mord-Sith accourut.

— Cara, je voudrais que tu restes avec Kahlan. Ne réveille pas Berdine. Raina, Ulic et Egan m'accompagneront.

— À vos ordres, seigneur. Je veillerai sur la Mère Inquisitrice, c'est juré !

— Je le sais, mon amie… Mais ne te crois pas pour autant exemptée de punition !

— Oui, seigneur Rahl, fit Cara, impassible.

— Quelle punition ? lui demanda Kahlan quand le Sourcier se fut éloigné.

— Un châtiment injuste, Mère Inquisitrice.

— C'est dur à ce point ? De quoi s'agit-il ?

— Je suis condamnée à nourrir des tamias.

— Ça ne semble pas si terrible…

D'un coup de poignet, la Mord-Sith fit voler son Agiel dans sa paume.

— C'est bien pour ça que c'est injuste, Mère Inquisitrice…

Chapitre 26

A ssise sur le Prime Fauteuil, le plus grand et imposant de tous, sur l'estrade en demi-cercle, Kahlan contemplait la fresque peinte qui décorait le dôme de l'énorme salle du Conseil. On y voyait Magda Searus, la première Mère Inquisitrice, en compagnie de son sorcier, le noble Merritt.

De là-haut, Magda avait assisté à la longue histoire des Contrées du Milieu. Elle avait également vu Richard y mettre un terme brutal. Ses mânes comprenaient-elles pourquoi il s'était comporté ainsi ? Savaient-elles que les intentions du Sourcier, en dépit des apparences, étaient bienveillantes ?

Cara se tenait derrière l'épaule droite de Kahlan. Sur sa gauche attendaient les fonctionnaires, les juristes et les officiers d'harans chargés de régler les questions pratiques que soulèveraient les redditions en série.

Alors que les émissaires approchaient, Kahlan tenta de se concentrer sur ce qu'elle allait devoir dire. Mais les récents propos de Richard la déconcentraient. Il pensait que le Temple des Vents avait une sorte de conscience ! Le vent le traquait – ou le Temple ? Il n'existait rien de pire au monde qu'une menace indéfinie…

Le bruit des pas du groupe d'émissaires, et des soldats qui les escortaient, arracha la jeune femme à sa méditation. Alors que tout ce petit monde passait dans la flaque de lumière projetée par les hautes fenêtres rondes, Kahlan afficha ce que sa mère appelait un « masque d'Inquisitrice ». Un visage qui ne montrait rien de ce qu'elle éprouvait.

Autour de la salle, des escaliers donnaient accès aux balcons où se pressait une foule de spectateurs, les jours de réunions plénières. Aujourd'hui, ils étaient déserts.

Le groupe d'émissaires, toujours flanqué de soldats d'harans, s'arrêta devant le lutrin aux riches sculptures. Tristan Bashkar, de Jara, était au premier rang avec Leonora et Walter Cholbane, de Grennidon. Derrière eux, Kahlan reconnut les ambassadeurs Seldon, de Mardovia, Wexler, de l'Allonge de Pendisan, et Brumford, de Togressa.

Jara et Grennidon, deux royaumes prospères et militairement puissants, réclameraient à coup sûr le maintien de leurs privilèges en échange de leur reddition. Avant tout, Kahlan devrait ébranler leur confiance. Habituée à exercer l'autorité, d'abord comme simple Inquisitrice, puis comme Mère Inquisitrice, elle savait comment s'y prendre. Ces gens, dont elle connaissait la manière de penser, seraient prêts à se soumettre à condition de conserver leur prédominance sur les autres royaumes – et si on les assurait qu'il n'y aurait pas d'ingérence dans leur politique intérieure.

Cette attitude risquait de compromettre la victoire finale contre l'Ordre Impérial. Kahlan avait mission de faire appliquer à la lettre le contrat imposé par Richard. L'avenir de tous les royaumes des Contrées en dépendait.

Face à un ennemi tel que l'Ordre, la notion de « souveraineté nationale » n'était plus de mise. Il fallait une union sans faille, sous la direction d'un seul chef, pas une coalition faite de bric et de broc qui risquait d'exploser à tout moment. Sinon, l'Ordre Impérial réduirait l'humanité en esclavage.

— Le seigneur Rahl est retenu par des affaires qui concernent notre sécurité à tous, dit Kahlan. Je suis venue prendre connaissance de vos décisions, et je les lui répéterai fidèlement. En ma qualité de Mère Inquisitrice, de reine de Galea et de Kelton, et de future épouse du maître de D'Hara, j'ai l'autorité requise pour m'exprimer au nom de l'empire d'haran. Et ce au même titre que le seigneur Rahl.

Les mots « empire d'haran » étaient sortis spontanément des lèvres de la jeune femme. Elle ne le regretta pas, car c'était bien de ça qu'il s'agissait. Un empire dont Richard était le chef suprême.

Les émissaires s'inclinèrent en murmurant leur assentiment.

— Ambassadeur Brumford, auriez-vous l'obligeance d'avancer ?

Tristan Bashkar et Leonora Cholbane ne ratèrent pas cette première occasion de protester. Il était inconvenant, dirent-ils, que le représentant d'un royaume mineur soit le premier à parler.

D'un regard noir, Kahlan les réduisit au silence.

— Quand je vous demanderai d'exposer la position de vos peuples, vous vous exprimerez. Jusque-là, je ne veux pas vous entendre. Tant qu'un royaume n'a pas rejoint l'alliance et abdiqué sa souveraineté, ses positions ne m'intéressent pas.

» N'attendez pas qu'on tolère votre arrogance, comme il était jadis d'usage dans les Contrées du Milieu. Cette confédération n'existe plus, et l'empire d'haran la remplace.

Un silence de mort accueillit cette déclaration.

En apprenant que Richard avait tenu un discours de ce type dans la salle du Conseil, Kahlan avait failli s'étrangler de rage. Aujourd'hui, elle comprenait qu'il n'existait pas d'autre solution.

Tristan Bashkar et les Cholbane, les destinataires de cette mise en garde, s'empourprèrent mais n'insistèrent pas.

Kahlan regarda Brumford, qui se souvint de son « invitation » à avancer et s'empressa d'y obéir.

L'ambassadeur, un homme affable et profondément honnête, souleva sa toge violette d'une main et s'agenouilla devant le Prime Fauteuil.

— Mère Inquisitrice, dit-il en se relevant, Togressa se joindra à vous pour combattre la tyrannie.

— Merci, ambassadeur. Nous sommes heureux d'accueillir votre royaume au sein de l'empire d'haran. Votre peuple sera l'égal de tous ceux qui composent la nouvelle alliance. Et nous savons qu'il combattra dignement.

— Vous pouvez en être sûre, Mère Inquisitrice. Veuillez dire au seigneur Rahl que nous sommes heureux de nous unir à son empire.

— Le seigneur Rahl et moi partageons votre joie, ambassadeur Brumford.

Dès que l'émissaire se fut écarté, Kahlan fit signe à Wexler d'avancer. Petit et musclé, le représentant de l'Allonge de Pendisan s'agenouilla brièvement, se releva et tira sur sa tunique de cuir pour qu'elle ne plisse pas.

— Mère Inquisitrice, l'armée de Pendisan n'est pas bien grande, mais nous sommes des guerriers féroces, comme pourraient en attester tous ceux qui nous ont affrontés, s'ils étaient encore de ce monde.

» Vous avez toujours défendu nos intérêts avec opiniâtreté, Mère Inquisitrice. Ayant toujours été fidèles aux Contrées du Milieu et à votre personne, nous accordons une grande valeur à vos opinions. Puisque vous nous le conseillez, nous nous unirons à l'empire d'haran.

» Nos épées sont à votre service, et à celui du seigneur Rahl. Les combattants de Pendisan, qu'ils manient de l'acier ou qu'ils jettent des sorts, souhaitent être en première ligne quand il s'agira de repousser les hordes qui déferleront sur nous après avoir traversé le Pays Sauvage. Ainsi, ces chiens goûteront à notre férocité, et ils ne seront pas prêts d'oublier l'expérience. Si cela vous convient, nous entendons désormais être appelés les D'Harans de l'Allonge de Pendisan.

Touchée par tant d'enthousiasme, Kahlan salua l'émissaire de la tête. Les gens de Pendisan avaient l'art d'en rajouter en toute circonstance, mais ça ne les rendait pas moins sincères. Aussi petit que fût leur royaume, il ne fallait pas les prendre à la légère, car la déclaration de Wexler, au sujet de leur férocité, n'était pas de la vantardise. S'ils avaient été plus nombreux, l'Ordre aurait eu du souci à se faire…

— Je ne puis vous promettre que vous lutterez en première ligne, ambassadeur, mais combattre à vos côtés nous honorera. Où qu'ils soient placés, vos guerriers nous seront d'une aide précieuse.

Kahlan reprit son masque d'Inquisitrice et se tourna vers le représentant de Mardovia. Un peuple aussi fier que celui de Wexler, et tout aussi redoutable au combat. Une nécessité quand il s'agissait de survivre dans le Pays Sauvage, surtout pour un petit royaume.

— Ambassadeur Seldon, veuillez avancer.

L'homme obéit en jetant un regard agressif aux autres émissaires. Il fit une impeccable révérence, sa crinière blanche cascadant sur les broderies d'or de son manteau pourpre.

— Mère Inquisitrice, le Conseil des Sept de Renwold m'a chargé, au terme d'un très long voyage, de vous annoncer sa décision. Nos dirigeants refusent de soumettre leur peuple bien-aimé à la volonté d'étrangers, qu'ils appartiennent à l'Ordre Impérial ou à ce que vous nommez l'empire d'haran.

» Cette guerre ne nous concerne pas. Mardovia restera souverain, et observera une stricte neutralité.

Dans le silence de mort qui suivit, un soldat placé derrière Kahlan toussa. L'écho se répercuta dans toute la salle, sinistre comme le son d'un glas dans une cathédrale.

— Ambassadeur Seldon, Mardovia est situé à l'est du Pays Sauvage, non loin de l'Ancien Monde. Vous serez très exposés, si l'Ordre Impérial attaque.

— Mère Inquisitrice, les murs de Renwold ont repoussé beaucoup d'invasions. Les peuples du Pays Sauvage, vous le savez, ont souvent tenté de conquérir notre capitale. Aucun n'est jamais parvenu à ouvrir une brèche dans sa muraille, et encore moins à submerger nos héroïques défenseurs. Aujourd'hui, nos voisins commercent avec nous, et Renwold est devenue la plaque tournante de l'économie régionale. Quant à nos anciens ennemis, veuillez croire qu'ils nous respectent…

— Ambassadeur, l'Ordre Impérial n'est pas une tribu indisciplinée et mal armée. Il vous écrasera ! Le Conseil des Sept devrait en avoir conscience…

Seldon eut un sourire condescendant.

— J'apprécie votre sollicitude, Mère Inquisitrice, mais je maintiens que Renwold est imprenable. La ville ne tombera pas face à l'Ordre Impérial… Et votre nouvelle alliance, si elle essaie, échouera aussi.

» Le nombre n'a aucune importance face à une muraille inexpugnable. De plus, nous sommes un pays minuscule, et les envahisseurs se lassent vite de se casser les dents sur un si petit os à rogner. Notre taille, notre situation géographique et nos murs nous protègent. Nous joindre à vous serait une erreur, car nous incarnerions la résistance aux yeux de l'Ordre.

» Ne voyez aucune hostilité dans notre position. Nous commercerons volontiers avec vous et avec l'Ordre Impérial. Sachez que nous ne voulons de mal à personne. Mais si on nous agresse, nous nous défendrons.

— Ambassadeur, votre femme et vos enfants sont restés à Renwold, je suppose ? Ne mesurez-vous pas les risques qu'ils courent ?

— Derrière les murs de la ville, ils n'ont rien à craindre. J'en mettrais ma tête à couper !

— Votre muraille résistera-t-elle à la magie ? L'Ordre utilise des sorciers, ambassadeur ! Votre gloire passée vous empêche-t-elle de voir l'avenir qui vous attend ?

— La décision du Conseil des Sept est irrévocable, lâcha Seldon. Nos magiciens se joueront des sorciers de l'Ordre, s'il ose nous attaquer. Un royaume qui se déclare neutre ne menace personne. Mais vous devriez peut-être implorer les esprits du bien de vous prendre en pitié, car vous êtes les fauteurs de guerre ! Et ceux qui vivent par l'épée périssent par l'épée…

Tout en réfléchissant, Kahlan tapota sur les accoudoirs de son fauteuil. Même si elle convainquait Seldon, ça ne servirait à rien, puisque le Conseil des Sept avait tranché et ne reviendrait pas sur sa position.

— Ambassadeur Seldon, vous quitterez Aydindril avant la tombée de la nuit. De retour à Renwold, dites aux Sept que D'Hara ne reconnaît pas la neutralité. L'enjeu de ce combat est clair : vivre libre, ou souffrir sous le joug de la tyrannie. Le seigneur Rahl a précisé que personne ne pourrait se tenir à l'écart. Moi, j'ai juré de détruire l'Ordre Impérial. Sur ce point comme sur les autres, le maître de D'Hara et moi parlons d'une seule voix.

» Vous serez avec nous, ou contre nous. Et l'Ordre Impérial voit les choses de la même façon.

» Dites aux Sept que Mardovia est désormais notre ennemi. Un des deux camps envahira votre royaume, c'est inévitable. Implorez les esprits du bien que ce soit l'empire d'haran, pas les soudards de l'empereur Jagang. Si nous prenons le pouvoir chez vous, avoir résisté vous vaudra de terribles sanctions, mais vous continuerez à vivre. L'Ordre massacrera vos défenseurs et réduira votre peuple en esclavage. De Mardovia, il ne restera rien, à part des cendres.

Le sourire condescendant de Seldon s'élargit.

— N'ayez aucune crainte, Mère Inquisitrice, Renwold ne tombera pas.

Kahlan foudroya l'ambassadeur du regard.

— À Ebinissia, j'ai marché parmi les cadavres mutilés de gens qui se croyaient également invulnérables. Les bouchers de l'Ordre ne connaissent pas la pitié, et ils ne respectent ni les femmes ni les enfants. Ce soir, je prierai pour les innocents condamnés par l'aveuglement du Conseil des Sept.

D'un geste furieux, l'Inquisitrice fit signe aux soldats d'« escorter » Seldon hors de la salle. Si l'Ordre attaquait le premier, le destin des Mardoviens était scellé. Et Richard, à raison, ne risquerait pas la vie de ses alliés pour conquérir Renwold... afin de la protéger.

Ce royaume était trop loin de leurs bases. Si la question venait sur le tapis, Kahlan déconseillerait un assaut, et tous les généraux seraient du même avis.

Mardovia était condamné. Sa neutralité attirerait les bouchers de l'Ordre comme l'odeur du sang attire une horde de loups.

Kahlan connaissait le mur d'enceinte de Renwold. Impressionnant, certes, mais pas invulnérable. Face aux sorciers de Jagang il ne tiendrait pas, aussi doués que fussent les « magiciens » dont avait parlé Seldon.

L'Inquisitrice se força à ne plus penser au sort de Mardovia et fit signe aux Cholbane d'avancer.

— Quelle est la position de Grennidon ? demanda-t-elle.

Walter s'éclaircit la gorge, mais sa sœur le devança.

— Grennidon est un royaume majeur dont les immenses champs produisent...

— Votre décision ! coupa Kahlan.

Leonora parut se ratatiner devant la détermination de son interlocutrice.

— La maison royale rejoint l'alliance, Mère Inquisitrice.

— Merci, Leonora. Nous nous en réjouissons pour vous et pour votre peuple. Veuillez donner à mes officiers, ici présents, les informations requises pour que l'armée de Grennidon passe au plus vite sous notre commandement.

— Ce sera fait, Mère Inquisitrice. Nos forces seront-elles chargées d'attaquer Renwold ?

Situé au nord de Mardovia, Grennidon était en position idéale pour cette mission. Mais guerroyer contre un partenaire commercial ne lui plaisait pas, d'autant plus que beaucoup de parents des membres du Conseil des Sept avaient épousé des enfants de la Maison Cholbane.

— Non. Renwold est désormais une ville fantôme, et les vautours se chargeront de la nettoyer. En attendant, tout commerce avec Mardovia est interdit. Nous ne faisons pas d'affaires avec ceux qui se détournent de nous.

— À vos ordres, Mère Inquisitrice.

— Tout ça est bien beau, intervint Walter, mais nous entendons discuter de certains points avec le seigneur Rahl. Quand on dépose autant de trésors dans la corbeille de mariage, il est normal de vouloir préserver une part de ses intérêts.

— La reddition est inconditionnelle ! Il n'y a rien à négocier, et le seigneur

Rahl m'a instamment chargée de vous le rappeler. Vous serez avec nous, ou contre nous. Le sachant, désirez-vous revenir sur votre décision avant la signature des documents ? Et partager le sort de Mardovia ?

— Non, Mère Inquisitrice, souffla Walter, les dents serrées.

— Vous m'en voyez ravie… Quand le seigneur Rahl sera moins occupé – très bientôt, j'espère – il se fera un plaisir de vous recevoir et d'entendre les suggestions des représentants d'un membre estimé de l'empire d'haran. Mais n'oubliez pas que vous êtes désormais ses vassaux…

Kahlan témoignait moins de respect à Grennidon qu'aux deux petits royaumes précédents. C'était délibéré. Trop de considération aurait encouragé les Cholbane à « discutailler », comme disait Richard. Walter et Leonora comptaient parmi les émissaires qui réclamaient systématiquement les chambres rouges…

Pour l'heure, ils semblaient plus détendus, maintenant que le pas décisif était fait. Si les Cholbane pouvaient se montrer opiniâtres, voire entêtés, ils ne revenaient jamais en arrière quand un pacte était conclu. Cette qualité compensant leurs nombreux défauts, ils étaient des partenaires acceptables.

— Nous comprenons, Mère Inquisitrice, conclut Walter.

— Oui, renchérit sa sœur. Et nous attendons impatiemment le jour où l'Ordre Impérial ne menacera plus notre peuple.

— Merci à tous les deux… Je sais que nos conditions peuvent vous paraître draconiennes, mais soyez assurés que nous vous accueillons avec joie.

Alors que Walter et Leonora s'écartaient, prêts à aller signer les documents et s'entretenir avec les officiers, Kahlan se tourna vers Tristan Bashkar.

— Ministre Bashkar, quelle est la position de Jara ?

Membre de la famille royale, Tristan portait un des titres les plus éminents et respectés dans son pays. Parmi les émissaires, c'était le seul assez puissant pour modifier la décision d'un royaume sans en référer à des supérieurs. S'il le jugeait bon, il lui était loisible d'aller contre la volonté de ses pairs.

La trentaine à peine dépassée, il semblait beaucoup plus jeune et jouait de cette ambiguïté pour désarmer ses interlocuteurs. Après quelques sourires, une série de regards profonds et un tombereau de flatteries, il leur arrachait des concessions avant qu'ils s'avisent d'être en train de négocier.

Il écarta une mèche rebelle de son front – un tic, sans doute, ou une façon d'attirer l'attention sur ses yeux marron si fascinants.

Puis il écarta théâtralement les mains.

— Mère Inquisitrice, je crains qu'il me soit impossible de répondre par « oui » ou par « non ». Cela dit, sachez que nous adhérons aux objectifs de l'empire d'haran, et admirons la sagesse du seigneur Rahl. Quant à la vôtre, cela va sans dire… Depuis toujours, vous êtes le phare qui éclaire notre chemin quand…

— Tristan, soupira Kahlan, je ne suis pas d'humeur à supporter vos flagorneries et vos tactiques raffinées. Dans cette salle, nous nous sommes affrontés courtoisement des dizaines de fois. Aujourd'hui, ne me poussez pas à bout, pour votre propre bien.

Avec un statut aussi élevé, Tristan était bien entendu rompu à l'art de la guerre, qu'elle fût physique ou verbale. Grand, large d'épaules et d'une mâle beauté, il affichait volontiers un sourire charmeur qui dissimulait ses mauvaises intentions lorsqu'il en avait – à savoir assez souvent. Kahlan savait qu'il valait mieux ne jamais lui tourner le dos si on ne voulait pas se retrouver avec une lame – symbolique, en principe – entre les omoplates.

Il déboutonna nonchalamment son manteau bleu marine et posa une main sur sa hanche, près de la garde ornementée d'un couteau. À ce qu'on disait, quand il devait se battre, Tristan préférait dégainer cette arme-là plutôt que son épée. On murmurait aussi qu'il prenait un plaisir sadique à découper ses ennemis en morceaux.

— Mère Inquisitrice, par le passé, il m'est arrivé de ne pas dévoiler les positions de mon royaume afin de protéger son peuple de la cupidité des autres pays. En ces circonstances, ce n'est pas le cas. Notre point de vue sur la situation…

— Ne m'intéresse pas, coupa Kahlan. Je veux savoir si vous êtes avec nous ou contre nous. Tristan, si vous finassez, des troupes partiront dès demain matin pour Sandilar, et elles en reviendront avec la reddition inconditionnelle de Jara… ou les têtes de la famille royale, proprement rangées dans des paniers.

» Le général Baldwin est en Aydindril avec un régiment de l'armée keltienne. C'est lui que j'enverrai. Comme vous le savez, les Keltiens mourraient plutôt que de ne pas exécuter les ordres de leur reine. Incidemment, je porte la couronne de Kelton, depuis quelque temps… Aimeriez-vous affronter Baldwin ?

— Bien sûr que non ! Mais ce sera inutile, si vous consentez à m'écouter…

Kahlan tapa sur le lutrin pour imposer le silence à son interlocuteur.

— Quand l'Ordre Impérial tenait Aydindril, avant que Richard la libère, Jara siégeait au Conseil vendu à Jagang.

— D'Hara aussi, à l'époque, rappela Tristan.

— On m'a fait comparaître devant le Conseil, et accusée de crimes commis en réalité par l'Ordre Impérial. Le sorcier Ranson, à la botte de Jagang, a demandé la peine de mort, et le conseiller de Jara a voté pour.

— Mère Inquisitrice…

— Ici même, cet homme a choisi qu'on me décapite ! (Kahlan dévisagea Tristan.) Si vous regardez bien, vous verrez qu'il y a encore une trace de sang, sur le devant de l'estrade. Après avoir libéré la ville, Richard a exécuté tous ces félons. Le sang est celui du conseiller jarien. On dit que le seigneur Rahl l'a coupé en deux, tant il était furieux qu'on m'ait trahie et qu'on ait voulu vendre à l'Ordre les peuples des Contrées du Milieu.

Tristan ne broncha pas, aussi impassible que s'il portait le même genre de masque que la Mère Inquisitrice.

— Ce conseiller n'avait pas été mandaté par la maison royale. C'était une marionnette dont l'Ordre tirait les ficelles.

— Dans ce cas, joignez-vous à nous.

— Nous en avons l'intention. Pour tout vous dire, on m'a chargé de le faire.

— Alors, qu'attendez-vous ? Même en insistant un siècle durant, vous n'obtiendrez aucune faveur. Notre offre est la même pour tous et il n'y aura pas de passe-droit.

— M'écouter quelques instants est un passe-droit, à vos yeux ?

— Pas vraiment, dut admettre Kahlan. Mais soyez bref, et n'oubliez pas que je suis insensible à votre charme.

Comme s'il ne croyait pas que ce fût possible, Tristan ne put s'empêcher de sourire.

— En ma qualité de ministre, j'ai l'autorité – et l'autorisation – de vous offrir la reddition de Jara au nom de la famille royale.

— Alors, faites-le, de grâce !

— La lune rouge est venue tout chambouler...

— Quel rapport avec la politique ?

— Javas Kedar, notre astrologue, a une grande influence sur la famille royale. Après avoir consulté les étoiles, il a conseillé que Jara s'unisse à vous.

» Avant mon départ, il m'a dit que le ciel m'adresserait un signe si quelque chose changeait. La lune rouge me force à ne pas me déclarer tout de suite.

— Tristan, la lune n'est pas une étoile !

— Mais elle brille dans le ciel, Mère Inquisitrice ! Javas Kedar l'inclut dans sa cosmogonie.

— Tristan, attirerez-vous le malheur sur votre pays à cause de telles superstitions ?

— Non, mais l'honneur m'impose de respecter les croyances de mon peuple. Le seigneur Rahl a dit qu'on ne nous forcerait pas à renier nos coutumes et nos pratiques religieuses.

— Tristan, vous avez l'art de tronquer les citations. Richard accepte que chaque royaume conserve ses traditions, *à condition* qu'elles soient inoffensives, et n'aillent pas contre les lois acceptées par tous les membres de l'alliance. Vous jouez avec le feu, ministre Bashkar.

— Mère Inquisitrice, je ne cherche pas à détourner les propos du seigneur Rahl, et encore moins à jouer avec le feu. J'ai simplement besoin de temps.

— Pourquoi ?

— M'assurer que la lune rouge ne veut pas dire que nous avons tort de rallier l'empire d'haran. Deux solutions s'offrent à moi : rentrer à Jara, pour consulter Javas Kedar, ou attendre ici d'avoir confirmation que ce phénomène astronomique n'est pas un avertissement.

Les Jariens, et tout particulièrement la famille royale, étaient connus pour croire aveuglément à l'astrologie. Bien qu'il fût un coureur de jupons invétéré, Tristan aurait refusé les avances de la plus belle femme du monde si les étoiles lui avaient interdit d'en profiter.

Pour retourner à Jara, consulter Kedar et revenir, il lui faudrait au minimum un mois...

— Combien de temps devrez-vous passer en Aydindril pour être rassuré, ministre ?

— Si la ville ne subit pas de catastrophe au cours des deux prochaines semaines, je saurai que la lune rouge n'était pas un mauvais augure.

— Je vous donne quinze jours, Tristan. Et pas un de plus.

— Merci beaucoup... J'espère, au terme de ce délai, que nous pourrons célébrer notre union avec D'Hara. (Il s'inclina.) Je vous salue, Mère Inquisitrice, et j'espère que les astres nous réserveront une bonne surprise.

Il fit mine de s'écarter, mais se ravisa.

— Sauriez-vous où je pourrais séjourner ? Lors des combats contre le Sang de la Déchirure, le palais de Jara a été ravagé. Aydindril ayant beaucoup souffert, je crains d'avoir du mal à me loger...

Kahlan ne goba pas un mot de ce discours. Bashkar voulait être invité au palais, pour rester près d'elle et de Richard, et voir si les astres leur étaient favorables ou non. Cet homme avait une trop haute opinion de lui-même. Bref, il se croyait plus intelligent qu'il ne l'était.

— Je connais un endroit parfait, ministre. Ici même, où nous pourrons vous garder à l'œil jusqu'à l'expiration du délai.

— Merci, dit Tristan en reboutonnant son manteau. J'apprécie beaucoup votre hospitalité.

— Encore une chose, dit Kahlan. Tant que vous serez sous mon toit, si vous levez un doigt – ou quoi que ce soit d'autre – sur une des femmes qui vivent ou travaillent ici, je m'assurerai qu'on vous coupe le doigt en question... ou le quoi que ce soit d'autre !

Tristan eut un sourire débonnaire.

— Mère Inquisitrice, je suis surpris que vous prêtiez foi à de telles calomnies. En réalité, j'ai souvent besoin de délier les cordons de ma bourse quand je suis en manque de... hum... compagnie. Mais je suis flatté que vous me preniez pour un bourreau des cœurs. Si je contrevenais à la règle que vous venez d'édicter, il serait juste que je sois jugé et puni selon votre bon plaisir.

Jugé...

Selon Richard, les « braves » qui avaient chassé le Temple des Vents avaient été passés en jugement. Et dans la Forteresse, une bibliothèque entière contenait les minutes des procès tenus en ces lieux. Si Kahlan n'avait jamais consulté ces ouvrages, on lui en avait souvent parlé. Pourraient-ils exhumer le compte rendu des audiences relatives au Temple des Vents ? Avec de l'acharnement, c'était possible...

Alors qu'elle regardait Bashkar s'éloigner, flanqué par deux soldats, l'Inquisitrice pensa à Richard. Qu'allait lui apprendre son enquête ? Était-il sur le point de perdre un nouveau frère ?

Kahlan connaissait presque toutes les femmes qui travaillaient au Palais des Inquisitrices. Le sachant un homme d'honneur, elles respectaient unanimement Richard. Si elles tombaient entre les griffes de Drefan parce qu'il se vantait de sa parenté avec lui, ce serait une abomination. Surtout s'il leur transmettait d'horribles maladies...

Pauvre Richard ! Il désirait tellement être fier du nouveau frère que le destin lui avait offert. Si Drefan le décevait, ce serait terrible...

Elle se souvint de la façon dont le guérisseur avait violé l'intimité de Cara.

Très mal à l'aise, elle se tourna vers la Mord-Sith.

— Trois nouveaux alliés, un royaume perdu, et un qui hésite...

Cara eut un sourire complice.

— Une Sœur de l'Agiel doit être capable de terroriser les gens. Mère Inquisitrice, vous feriez une très bonne Mord-Sith ! Dans cette salle, pendant que vous parliez, j'ai entendu beaucoup de genoux jouer des castagnettes !

Chapitre 27

Les armures et les épées des soldats qui escortaient Richard cliquetaient alors que la petite colonne avançait dans les rues pavées en pente raide. Les maisons étroites, au maximum de quatre étages, se serraient les unes contre les autres. Les niveaux supérieurs, décalés par rapport au rez-de-chaussée, touchaient quasiment ceux d'en face et occultaient le ciel. Bref, c'était le quartier le plus obscur et glauque de la cité.

En chemin, des dizaines de soldats avaient salué Richard, lui souhaitant longue vie et prospérité. Certains avaient proposé de lui payer un verre. D'autres, plus formels, s'étaient jetés à genoux devant lui pour déclamer leurs dévotions :

« Maître Rahl nous guide ! Maître Rahl nous dispense son enseignement ! Maître Rahl nous protège ! À sa lumière, nous nous épanouissons. Dans sa bienveillance, nous nous réfugions. Devant sa sagesse, nous nous inclinons. Nous existons pour le servir et nos vies lui appartiennent. »

Tous le tenaient pour un grand sorcier qui les protégeait et les avait guéris d'un mal pernicieux.

Cette avalanche de louanges mit Richard très mal à l'aise. Après tout, il s'était contenté de leur prescrire un traitement classique contre les troubles intestinaux.

Quand il tenta d'expliquer qu'il n'y avait rien de magique dans cette affaire, aucun des « miraculés » ne voulut l'écouter. À leurs yeux, le seigneur Rahl était un sorcier, et il venait de le démontrer brillamment. De guerre lasse, il avait renoncé à mettre les choses au point, et accepté leurs remerciements sans protester. S'ils étaient allés consulter un herboriste, ces hommes auraient guéri aussi vite… et râlé d'abondance contre le prix des potions.

Cela dit, avoir soulagé des gens, cette fois, plutôt que de les tailler en pièces, regonflait le moral du Sourcier. Et il comprenait mieux, du coup, ce que Nadine éprouvait quand elle soignait les petites ou grandes misères de ses contemporains.

Tout sorcier, il le savait, avait un besoin vital d'*équilibre*. Cela valait pour l'ensemble des facettes de l'existence, mais plus encore en matière de magie. Par exemple, il ne pouvait plus manger de viande – sauf à être malade comme un chien. Sans doute une compensation qu'exigeait le don en échange des vies qu'il avait été forcé de prendre. Et ses activités thérapeutiques, espérait-il, joueraient le même rôle par rapport à son statut de sorcier de guerre.

Dans les rues bondées, des citoyens moroses allaient et venaient sans s'intéresser à ce qui se passait autour d'eux. En maugréant, certains durent piétiner dans les flaques de boue pour céder la place au Sourcier et à son escorte. Des bandes d'adolescents et de jeunes hommes à l'air peu commode se dispersèrent comme des volées de moineaux à l'approche des soldats. Ici, on préférait voir l'autorité de loin…

Richard tapota distraitement la bourse de cuir ornée de fil d'or qui pendait à sa ceinture. Il avait découvert ces accessoires dans la Forteresse, lors de sa dernière expédition. La bourse contenait du sable blanc de sorcier, une substance rare et précieuse.

En fait de « substance », il s'agissait en réalité des os cristallisés des sorciers morts pour activer les Tours de la Perdition – la barrière qui séparait l'Ancien Monde du Nouveau. Chargé de pouvoir, ce sable permettait de jeter des sorts bénéfiques ou maléfiques.

Et quand on dessinait les runes idoines dans une étendue de sable blanc, on pouvait invoquer le Gardien en personne.

Richard tapota l'autre bourse accrochée à sa ceinture. Celle-là était remplie de sable noir, collecté par ses soins dans une des tours. Depuis l'érection de la barrière, aucun sorcier, à part lui, n'avait pu en ramasser, car il fallait, pour le faire, contrôler la Magie Soustractive.

Le sable noir était le jumeau négatif du blanc, chacun neutralisant les effets de l'autre. Un seul grain noir pouvait détruire un sort dessiné dans du sable blanc – y compris celui qui invoquait le Gardien. Richard avait eu recours à cette méthode pour vaincre le fantôme de Darken Rahl et le renvoyer dans le royaume des morts.

La Dame Abbesse Annalina avait ordonné au Sourcier de conserver jalousement son sable noir – même au péril de sa vie – car une seule pincée avait plus de valeur que tout un royaume. Conscient de posséder l'équivalent des Contrées du Milieu, métaphoriquement parlant, Richard ne se séparait jamais de la petite bourse de cuir.

Courant de porte cochère en porte cochère, des gamins vêtus de plusieurs couches de haillons, une chiche protection contre un début de printemps peu clément, jouaient à cache-cache en riant aux éclats.

Les yeux écarquillés dès qu'ils apercevaient l'impressionnante colonne – à leur échelle – ils rayonnaient de bonheur à l'idée que des gens si importants daignent arpenter leurs misérables rues.

Aujourd'hui, même leurs sourires ne parvenaient pas à dérider le Sourcier…

— C'est ici, seigneur Rahl, dit le général Kerson.

Du pouce, il désigna, sur la droite, une porte peinte en rouge nichée dans la façade à bardeaux d'un bâtiment. Au-dessus, une petite pancarte annonçait : *« La Bonne Auberge de Latherton ».*

Richard, Raina et le général entrèrent.

Assis derrière la table miteuse qui tenait lieu de réception, le colosse aux yeux cernés et aux cheveux en bataille ne daigna pas lever les yeux de la bouteille et de la petite pile de biscuits secs qu'il regardait sans les voir. Une cage d'escalier béait derrière lui, et un étroit couloir, à côté, s'enfonçait dans les ténèbres.

— C'est fermé…, marmonna le type.

— Vous êtes Silas Latherton ? demanda Richard.

Dans un coin, des draps et des vêtements crasseux attendaient d'être lavés. Une demi-douzaine d'aiguières à moitié vides et une pile de gants de toilette leur tenaient compagnie.

— C'est moi, oui…, grogna l'homme. Qui êtes-vous ? Votre tête me dit quelque chose.

— Je me nomme Richard Rahl. Vous devez me confondre avec mon frère, Drefan.

— Drefan… ? (Le tenancier écarquilla les yeux.) Seigneur Rahl ? (Il se leva d'un bond, renversa sa chaise et esquissa une révérence maladroite.) Désolé, je ne vous avais pas reconnu. Mais c'est normal, puisque je ne vous ai jamais vu. En plus, j'ignorais que le guérisseur était votre frère.

Silas remarqua enfin la Mord-Sith aux cheveux noirs qui se tenait près de Richard, défendu sur l'autre flanc par un général aux pectoraux saillants. Derrière eux, deux montagnes de muscles surveillaient la porte ouverte, et un détachement de soldats attendait dans la rue.

Il ne s'agissait sûrement pas d'une visite de politesse !

— Montrez-moi la chambre où cette pauvre fille a été tuée, dit le Sourcier.

Silas s'inclina de nouveau, tenta de fourrer le pan de sa chemise dans son pantalon, et se précipita vers l'escalier. Regardant derrière lui pour s'assurer qu'on le suivait, il monta deux par deux les marches usées et grinçantes.

Arrivé sur le palier, il s'engagea dans un étroit couloir aux murs peints en rouge et s'arrêta au milieu, devant une porte craquelée. Avec deux bougies pour seul éclairage – une à chaque extrémité du corridor – l'atmosphère était encore plus glauque qu'au rez-de-chaussée.

— C'est ici, seigneur Rahl…

Richard avança vers la porte. Le tirant par le col, Raina l'écarta du chemin et le foudroya du regard, histoire qu'il reste là où il était. Quand la Mord-Sith prenait cet air-là, un garn affamé aurait hésité à bondir sur sa proie.

Elle ouvrit, Agiel au poing, et entra la première.

Richard attendit qu'elle ait eu le temps d'inspecter la pièce. Avec ces femmes, il était souvent plus rentable d'acquiescer que d'objecter…

Laissant Silas dans le couloir, le Sourcier et le général franchirent enfin le seuil. Professionnels jusqu'au bout des ongles, Ulic et Egan vinrent se camper devant la porte, les bras croisés sur leurs puissantes poitrines.

Dans la chambre, il n'y avait pas grand-chose à voir : un lit, un petit coffre en bois blanc et une cuvette blanche ébréchée. Une flaque de sang séché couvrait quasiment tout le plancher.

Sa taille n'étonna pas Richard, puisque Kerson lui avait décrit le supplice de la pauvre fille.

Dans la cuvette, l'eau était rouge, comme le chiffon posé sur le rebord. Avant de partir, le tueur s'était consciencieusement lavé. Un maniaque de la propreté, ou un criminel désireux de ne pas repasser couvert de sang devant Silas ?

Richard ouvrit le coffre, qui contenait uniquement des vêtements de rechange. Après une brève inspection, il laissa retomber le couvercle.

— Personne n'a rien entendu ? demanda-t-il en se tournant vers Latherton. On ne mutile pas une femme comme ça en silence. Ce salaud lui a découpé les seins en tranches, puis il l'a lardée de coups de couteau. Ne me dites pas que toutes vos pensionnaires sont sourdes...

Richard s'aperçut que l'épuisement lui donnait un ton sec et coupant. Et son humeur ne devait rien arranger...

— Elle était bâillonnée, seigneur Rahl, dit Silas. Et elle avait les mains liées.

— Elle a dû taper des pieds sur le sol ! Il n'y a pas eu de bruits sourds ? Si j'avais un bâillon, et les mains attachées, j'utiliserais mes jambes. Pour appeler au secours, elle aurait pu tenter de renverser la cuvette, par exemple.

— Je n'ai rien entendu, et mes filles non plus, sinon, elles seraient venues me chercher, parce qu'elles savent que je ferais n'importe quoi pour les protéger.

Richard se frotta les yeux. La prophétie le hantait, et il sentait poindre une migraine.

— Faites venir les autres filles. Je veux leur parler.

— Elles m'ont toutes laissé tomber, après... (Silas fit un geste circulaire.) À part Bridget.

Il courut jusqu'au bout du couloir et frappa à la dernière porte. Une rousse aux cheveux en bataille lui ouvrit, l'écouta quelques instants, alla chercher de quoi s'habiller et sortit vêtue d'un peignoir crème crasseux dont elle noua la ceinture en suivant le tenancier.

Debout dans une chambre minable, au premier étage d'un bordel puant, Richard était de plus en plus furieux contre lui-même. Malgré sa méfiance de principe, il s'était réjoui que le destin lui ait rendu un frère. Drefan lui était sympathique, et il approuvait son choix de carrière. Qu'y avait-il de plus noble qu'un guérisseur ?

Silas et Bridget s'inclinèrent devant le maître de D'Hara. Comme lui, tous les deux semblaient épuisés, sales et désespérés.

— Vous avez entendu quelque chose ? (Bridget secoua la tête.) La victime était votre amie ?

— Non... Rose était arrivée hier, et je l'ai à peine vue quelques minutes.

— Quelqu'un a une idée de l'identité du tueur ?

La prostituée et son employeur se regardèrent, étonnés.

— Nous savons qui c'était, seigneur, dit Silas. Harry la Bedaine...

— Qui est-ce ? Et où est-il ?

Pour la première fois, Latherton laissa transparaître sa rage.

— J'aurais dû lui interdire de revenir ! Les filles le détestaient.

— Nous aurions refusé sa clientèle, dit Bridget. Avec tant de beaux soldats en ville... (Elle s'interrompit, s'avisant soudain de la présence d'un général.) Nous avons assez de clients pour ne pas subir les ivrognes agressifs comme ce porc...

— Les filles m'avaient averti qu'elles ne le prendraient plus, précisa Silas. Hier soir, comme il insistait beaucoup et ne semblait pas trop soûl, j'ai demandé à Rose si elle voulait s'en occuper. Étant nouvelle, elle...

— ... Ne connaissait pas le danger, acheva Richard.

— Ce n'est pas ça du tout ! se défendit Silas. Harry était quasiment à jeun, mais ça n'aurait pas suffi à convaincre les autres filles. Rose avait besoin d'argent… On l'a retrouvée peu après, et elle n'a pas eu d'autres clients…

— Où est Harry ? répéta Richard.

— Dans le royaume des morts, répondit Silas. À la place qui lui convient, en somme…

— Vous l'avez tué ?

— Personne n'a vu qui lui a tranché la gorge. Et je n'ai pas l'ombre d'un soupçon…

Richard baissa les yeux sur le coutelas glissé dans la ceinture du tenancier. En toute honnêteté, il ne pouvait pas blâmer Silas. Devant une cour, Harry la Bedaine aurait été condamné à mort. Après un procès équitable, certes, et en ayant la possibilité de se confesser, pour que sa culpabilité ne fasse plus de doute.

C'était l'utilité première des Inquisitrices : toucher les criminels avec leur pouvoir afin qu'ils avouent leurs atrocités. Kahlan étant la dernière, elle aurait dû entendre dans le détail ce que ce dément avait infligé à Rose.

Finalement, Silas avait eu une très bonne idée…

Écœuré à l'idée que sa bien-aimée soit obligée de toucher un monstre pareil, Richard se demanda s'il n'aurait pas exécuté Harry de ses mains pour lui épargner cette épreuve.

Par le passé, elle avait été contrainte de confesser des hommes qui ne valaient guère mieux que l'assassin de Rose. Mais il ne voulait plus qu'elle recommence et soit hantée chaque nuit par des descriptions de crimes atroces.

— Pourquoi êtes-vous restée ? demanda-t-il à Bridget. Si j'ai bien compris, vos collègues ont quitté l'établissement.

— Certaines vivaient ici avec leurs enfants, et elles ont eu peur pour eux. Je ne les en blâme pas, même si je crois qu'elles se sont trompées. On m'a malmenée dans d'autres… maisons…, mais pas dans celle-là. Silas est un homme honnête et équitable. Quand nous refusions un client, il n'a jamais insisté. Est-ce sa faute si un tueur fou s'en est pris à Rose ?

Malgré sa nausée, Richard posa la question qu'il ne pouvait pas esquiver.

— Bridget, est-ce que vous… voyez… Drefan ?

— Bien sûr ! Comme toutes les autres filles.

— Toutes les autres…, répéta le Sourcier, sa colère prête à exploser.

— Oui. Toutes sauf Rose, parce que… eh bien, elle n'a pas eu le temps.

— Il n'avait donc pas une… favorite ?

Richard espérait que son frère s'en serait tenu à une femme qu'il aimait bien… et qui, avec un peu de chance, n'aurait pas été malade.

— Pourquoi un guérisseur aurait-il une favorite ?

— Parce que nous avons tous nos préférences, non ? Selon toi, il… hum… prenait celle qui était disponible ?

Bridget se gratta pensivement le crâne.

— Seigneur Rahl, vous faites fausse route. Drefan ne nous « voit » pas de cette façon-là. Il vient nous soigner, c'est tout.

— Vous soigner ?

— Oui. N'est-ce pas, Silas ? (Le tenancier acquiesça.) La moitié des filles sont malades. Des infections, des inflammations, des douleurs… Comme les herboristes et les guérisseurs refusent notre argent, nous apprenons à vivre avec nos misères.

» Drefan a insisté pour que nous nous lavions régulièrement. Il nous a aussi donné des onguents et des herbes spéciales. Avant cette nuit, il était venu deux fois, toujours très tard, pour ne pas nous empêcher de gagner notre vie. Il s'est occupé de nous, et aussi des gamins. Vous savez, il adore les enfants. Le fils d'une amie avait une mauvaise toux, et il l'en a débarrassé en lui faisant boire une potion.

— Alors, il ne vient pas ici pour… et il n'a jamais…

— Il aurait pu m'avoir gratis, et les autres avec, tant nous lui sommes reconnaissantes. Mais il a refusé. Sa récompense, selon lui, c'est de soulager les gens.

» J'ai essayé de le… remercier… à ma façon, et j'y ai mis le paquet. La première fois qu'on me repousse ! Au fait, vous savez qu'il a un très joli sourire ? Tout à fait comme le vôtre, seigneur Rahl…

— Entrez ! lança Drefan quand Richard eut frappé à sa porte.

Agenouillé devant son autel de fortune, le guérisseur priait, la tête basse et les mains croisées.

— Que fais-tu ? demanda le Sourcier.

— Je recommande l'âme de quelqu'un aux esprits du bien.

— Et qui est le défunt ?

— C'est une défunte, soupira Drefan, l'air épuisé et misérable. Une pauvre femme dont personne ne se soucie.

— Une certaine Rose ?

— Oui… Comment le sais-tu ? Suis-je bête ! Le seigneur Rahl est informé de ce genre de choses.

— Exactement… (Richard repéra un ornement qui n'était pas là lors de sa première visite.) Tu améliores le décor ?

Drefan suivit le regard de son frère, approcha de la chaise, prit le petit coussin et caressa la rose brodée au milieu.

— C'était à la victime… Comme on ne lui connaissait pas de famille, Silas, le tenancier, a insisté pour que je le prenne. Un souvenir, et un petit cadeau, puisque je refuse de me faire payer. Si ces malheureuses étaient riches, elles n'exerceraient pas ce métier.

Bien qu'il ne fût pas un expert en la matière, Richard estima que la broderie témoignait d'un certain talent.

— Tu crois que Rose l'a fait elle-même ?

— Silas n'en sait rien, soupira Drefan. C'est possible, mais elle a pu aussi l'acheter, à cause de la fleur, qui porte le même nom qu'elle.

Mélancolique, le guérisseur baissa les yeux sur la précieuse relique d'une vie que personne ne connaîtrait jamais.

— Drefan, pourquoi vas-tu dans… ce genre d'endroits ? Les gens qui souffrent ne manquent pas. Par exemple les soldats blessés par Marlin… Avec autant de patients potentiels, pourquoi en chercher dans les bordels ?

— Je m'occupe des soldats, dit le guérisseur en suivant du bout d'un index la tige de la fleur. Je visite ces filles sur mon temps libre, avant le lever du jour.

— Mais pourquoi les prostituées ?

— Parce que ma mère en était une…, souffla Drefan, des larmes aux yeux. Richard, je suis le fils d'une putain ! Certaines pensionnaires de Silas ont des enfants. J'aurais pu être l'un d'eux.

» Comme Rose, ma mère a couché avec l'homme qu'il ne fallait pas. Personne ne sait d'où venait cette fille, qui elle était et pourquoi elle vendait son corps. Moi, j'ignore le nom de ma mère, parce qu'elle a refusé de le dire aux guérisseurs. Tout ce que je sais, c'est qu'elle vivait de ses charmes.

— Drefan, je suis désolé. C'était une question stupide.

— Non, parfaitement logique, au contraire… Personne ne se soucie de ces femmes. Certains clients les battent, elles attrapent toute sorte de maladies, et les gens se moquent d'elles.

» Les herboristes ne veulent pas les voir dans leurs boutiques, pour ne pas faire fuir les dames comme il faut. De toute manière, elles souffrent souvent de maux qui dépassent jusqu'à mes compétences… Usées prématurément, elles meurent seules dans d'atroces souffrances. Beaucoup sont alcooliques, tu sais ? Des profiteurs les mettent sur le trottoir et les paient avec du mauvais vin. Soûles du matin au soir, elles ne se rendent plus compte de rien.

» Certaines rêvent de devenir la maîtresse d'un homme riche et puissant. Tout ce qu'elles y gagnent, c'est un bâtard dans mon genre. La descendance de foutus salauds !

Richard se serait bien giflé ! Dire qu'il avait été prêt à tenir Drefan pour un pilier de bordel sans conscience !

— Si ça peut te consoler, n'oublie pas que je suis le fils du même foutu salaud que toi !

— J'avais cru remarquer…, fit Drefan avec un pâle sourire. Mais ta mère t'aimait. Pas la mienne. Au point de ne pas me léguer son nom.

— Ne dis pas ça ! Elle t'a mis en sécurité, ce n'est pas rien.

— Et laissé avec des inconnus…

— Il le fallait, pour ta survie. Tu imagines combien elle a dû souffrir ? Pour se sacrifier ainsi, il faut éprouver beaucoup d'amour.

— De bien profondes paroles, mon frère. Avec un esprit comme le tien, tu pourrais faire ton chemin dans la vie, si la chance consent à te sourire.

Richard se détendit, ravi de voir Drefan reprendre un peu de poil de la bête.

— Parfois, pour sauver ceux qu'on aime, il faut se résigner à des actes désespérés. Mon grand-père admire beaucoup les gens qui en sont capables. Depuis que tu m'as parlé de ta mère, je commence à comprendre son point de vue.

— Ton grand-père ?

— Maternel, rassure-toi… (Richard passa un index le long du mot « Vérité » inscrit en fils d'or sur la garde de son épée.) Un des hommes les plus fabuleux que j'aie eu l'honneur de connaître. Ma mère est morte quand j'étais enfant, et mon père adoptif, un marchand, était souvent absent. Zedd m'a quasiment élevé. En fait, je tiens plus de lui que de quiconque…

— Il est toujours de ce monde ?

Richard détourna la tête pour ne plus croiser les yeux bleus de Drefan – la copie conforme de ceux de Darken Rahl.

— Je refuse de croire le contraire. Je suis le seul, mais tant pis ! Si je cesse de l'imaginer vivant, j'ai peur qu'il meure pour de bon… Tu vois ce que je veux dire ?

— Très bien…, fit Drefan en posant une main sur l'épaule de son frère. Accroche-toi à ta conviction, et tu auras peut-être raison, au bout du compte. Richard, tu as de la chance d'avoir une famille. Et crois-moi, je sais de quoi je parle…

— Tu en as une aussi, désormais. Un frère, et bientôt une belle-sœur…

— Merci… Ce que tu viens de dire me touche beaucoup.

— Et toi ? Il paraît que la moitié des femmes du palais te font les yeux doux. Tu en as trouvé une qui te plaît ?

— Ce sont des gamines… Elles croient savoir ce qu'elles veulent, et se laissent impressionner par des âneries qui ne devraient pas compter. Tu sais, elles se pâment aussi sur ton passage. La séduction du pouvoir… Ma mère était comme ça.

— Sur mon passage ? Tu te fais des illusions, mon frère.

— Kahlan est superbe, dit Drefan, redevenant sérieux. Tu es un sacré veinard d'avoir trouvé une femme aussi intelligente et dotée d'une telle noblesse d'âme. On n'en rencontre pas deux comme ça dans sa vie, et encore, à condition que les esprits du bien y mettent du leur !

— Je sais… Ton frère est l'homme le plus chanceux du monde. (Richard marqua une pause, de nouveau hanté par la prophétie et ce qu'il avait lu dans le journal de Kolo.) Sans elle, vivre ne vaudrait pas la peine.

Drefan éclata de rire.

— Si tu n'étais pas mon frère, et un type formidable, je m'efforcerais de te la prendre. Tout bien réfléchi, fais attention, parce que je risque d'essayer quand même.

— Je me méfierai…, fit Richard, souriant.

Drefan pointa sur lui un index menaçant.

— Traite-la bien, surtout !

— Je suis incapable de lui faire du mal, Drefan… (Désireux de changer de sujet, le Sourcier désigna la petite pièce d'un geste circulaire.) Que fiches-tu dans ce trou à rats ? Nous pouvons t'offrir de meilleurs quartiers.

— Comparée à ma chambre, c'est une suite royale ! Nous vivons très simplement, et le luxe de cette pièce est quasiment trop pour moi. (Drefan plissa le front.) La maison qu'on habite n'a aucune importance, car le bonheur est ailleurs. L'essentiel, c'est l'esprit, Richard ! Et la façon dont on se soucie de ses frères humains, surtout ceux que personne ne veut aider.

Le Sourcier déplaça un peu ses serre-poignets, car il transpirait sous le rembourrage en cuir.

— Tu as raison, Drefan.

Sans vraiment s'en apercevoir, s'avisa-t-il, il s'était habitué à la splendeur des palais. Depuis son départ de Terre d'Ouest, il en avait vu beaucoup, tous plus beaux les uns que les autres. Sa cabane, chez lui, était beaucoup moins raffinée que ce qu'il venait d'appeler un « trou à rats ». Pourtant, il y avait été heureux. Et son métier, guide forestier, l'avait comblé aussi.

Mais comme le disait Drefan, l'essentiel était d'aider les autres. Que ça lui plaise ou non, il resterait dans la peau du seigneur Rahl. Avec Kahlan comme précieuse compensation. Et un frère pour l'épauler…

S'il ne voulait pas tout perdre, il devait trouver au plus vite le Temple des Vents !

— Drefan, tu sais ce que veulent dire les mots *Raug'Moss* ?

— « Le Vent Divin », en haut d'haran, d'après ce qu'on m'a enseigné.

— Tu parles cette langue ?

Le guérisseur passa une main dans ses cheveux blonds.

— Non. Je ne connais que ces mots-là.

— On m'a dit que tu diriges ta communauté. Tu t'es fichtrement bien débrouillé, semble-t-il...

— Ce n'est pas si impressionnant que ça... Le haut prêtre est surtout là pour assumer les responsabilités quand quelque chose tourne mal. Si un malade ne se remet pas assez vite, mes « subordonnés » me l'envoient. « Voyez ça avec Drefan, c'est notre chef. » À part ça, je dois lire des tonnes de rapports, consulter d'assommantes archives, et expliquer à des gens désespérés que les guérisseurs n'ont pas le pouvoir d'arracher leurs proches aux griffes du Gardien, quand l'heure a sonné.

— Je parie que tu exagères ! Et je suis fier de ta réussite. Au fait, qui sont les Raug'Moss ? Et d'où viennent-ils ?

— Si on en croit la légende, ils furent fondés il y a des milliers d'années, par des sorciers doués pour la guérison. Puis la magie commença à se faire rare parmi les hommes, et on trouva de moins en moins de sorciers...

Drefan résuma à Richard l'histoire de sa secte. À mesure que les sorciers disparaissaient, les Raug'Moss changèrent radicalement. Soucieux que leur art ne meure pas avec eux, les guérisseurs commencèrent à former des apprentis sans pouvoir magique. Au fil du temps, il y eut de moins en moins de sorciers dans la confrérie – jusqu'à ce qu'il n'y en ait plus du tout.

Ce récit rappela à Richard le journal de Kolo, qui décrivait l'époque heureuse où la Forteresse abritait des dizaines de sorciers et leurs familles.

— Aujourd'hui, plus aucun d'entre nous n'a le don, conclut Drefan. Les Raug'Moss savent soigner, mais sans pouvoir, ils sont loin d'égaler leurs pères fondateurs. Bien sûr, nous faisons de notre mieux pour tirer parti de leur héritage. C'est une vie simple et dure, avec des satisfactions que la richesse ne peut pas apporter.

— Je comprends, dit le Sourcier. Il n'y a rien de plus gratifiant qu'aider les autres...

— Et toi ? De quel don as-tu hérité ? Que peux-tu faire ?

Richard se déroba de nouveau au regard bleu acier de son frère. D'instinct, sa main serra plus fort la garde de l'Épée de Vérité.

— Je suis un sorcier de guerre, murmura-t-il. En haut d'haran, on me nomme *fuer grissa ost drauka*. Le messager de la mort...

Un lourd silence suivit cette déclaration.

Gêné, Richard s'éclaircit la gorge.

— Au début, ça m'a déboussolé... Depuis, j'ai compris qu'un sorcier de guerre avait vocation de protéger les innocents de ceux qui cherchent à les réduire en esclavage. Bref, des monstres comme notre père...

— Je vois ce que tu veux dire... Parfois, tuer est le seul moyen de faire le bien. Pour abréger une horrible agonie, par exemple. Ou mettre hors d'état de nuire quelqu'un qui projette de faire souffrir les autres…

Richard passa un pouce le long des symboles gravés sur ses serre-poignets.

— J'ai mis longtemps à comprendre qu'il en était ainsi. Avant, ça me dépassait. Nous devons tous les deux commettre des actes qui nous révulsent, parce qu'ils sont indispensables.

— À part mes guérisseurs, très peu de gens voient les choses telles qu'elles sont. Frère, je me réjouis que tu sois du nombre. Tuer est parfois la plus haute expression de la charité. En général, j'évite de le dire devant n'importe qui. Pouvoir te parler librement me fait beaucoup de bien.

— C'est réciproque, Drefan.

Alors que Richard s'apprêtait à poser d'autres questions, on frappa à la porte.

— Oui ?

Raina ouvrit et passa la tête dans l'entrebâillement.

— Seigneur Rahl, vous avez un moment ?

— Pourquoi ?

La Mord-Sith roula des yeux pour indiquer qu'il y avait quelqu'un derrière elle.

— Nadine veut vous voir. Elle a l'air bouleversée, et refuse de parler à quiconque d'autre…

— Fais-la venir…

Dès que Raina eut ouvert un tout petit peu plus, Nadine se fraya un chemin d'un coup d'épaule, courut vers le Sourcier et lui prit les mains.

— Richard, il faut que tu viennes avec moi ! Quelqu'un a besoin de toi, et c'est urgent !

— De qui s'agit-il ?

L'air effectivement troublé, l'herboriste tira le jeune homme par la main.

— Je t'en prie, suis-moi !

— Ça t'ennuie que Drefan m'accompagne ? demanda Richard, toujours méfiant.

— Bien sûr que non ! J'allais même te le demander.

— Alors, si c'est vraiment important, dépêchons-nous !

Sans lâcher la main de son ami d'enfance, Nadine partit au pas de course.

Chapitre 28

Richard vit Kahlan, au bout du couloir, et ne s'étonna pas qu'elle fronce les sourcils en le surprenant main dans la main avec Nadine. Drefan, Raina, Ulic et Egan suivaient le Sourcier tandis qu'il se frayait un chemin entre les domestiques affairés et les soldats en patrouille.

En guise d'excuse, Richard haussa les épaules à l'attention de Kahlan.

Avant de s'engager dans un corridor latéral, en direction de ses quartiers, Nadine foudroya l'Inquisitrice du regard.

Gêné, le Sourcier dégagea sa main, mais il continua à suivre la jeune herboriste. Alors qu'elle contournait une table en noyer placée contre le mur, au-dessous d'une tapisserie où des daims à queue blanche broutaient paisiblement sur un fond de montagnes enneigées, elle regarda par-dessus son épaule pour s'assurer que Richard restait dans son sillage.

L'Inquisitrice et la Mord-Sith rattrapèrent le jeune homme.

— Eh bien…, souffla Cara alors que Kahlan se plaçait à côté de son futur mari, n'était-ce pas un spectacle… intéressant ?

Richard se retourna et jeta un regard peu amène à sa garde du corps.

— Tu as promis de venir ! lança Nadine, exaspérée. (Elle reprit la main du jeune homme.) Dépêche-toi !

— Je n'ai pas promis, mais *accepté* de venir ! Et pas à la course !

— Le puissant seigneur Rahl ne peut pas avancer à mon pas ? Le guide forestier que j'ai connu marchait deux fois plus vite que ça, même quand il était à moitié endormi !

— Je suis aux *trois quarts* endormi…, marmonna Richard.

— Les gardes m'ont annoncé que tu étais revenu au palais, dit Kahlan, mais que tu faisais un détour par les quartiers de Drefan. J'allais t'y retrouver. Que fiches-tu avec Nadine ?

Le ton de l'Inquisitrice ne laissait aucun doute sur son irritation. Richard remarqua en outre qu'elle avait les yeux rivés sur la main de Nadine, qui serrait jalousement la sienne.

— Kahlan, je n'y suis pour rien. Elle veut me montrer quelque chose, c'est tout ce que je sais…

Le Sourcier se dégagea de nouveau.

Kahlan tourna brièvement la tête vers Drefan, qui marchait derrière Cara et Raina.

— Comment ça s'est passé ? demanda-t-elle en glissant un bras sous celui de Richard. Qu'as-tu découvert ?

— Tout va bien… Ce n'était pas ce que je croyais. Mais je te raconterai plus tard.

— Et le meurtrier ? On l'a identifié ?

— Quelqu'un l'a démasqué, puis égorgé pour le punir. Affaire classée… Et toi ? Les émissaires ne t'ont pas fait d'ennuis ?

— Grennidon, Togressa et l'Allonge de Pendisan se sont rendus. Jara y est disposé, mais l'ambassadeur désire attendre deux semaines, au cas où il y aurait un signe dans le ciel. (Richard ne cacha pas son mécontentement.) Mardovia refuse de faire allégeance. Le Conseil des Sept a opté pour la neutralité.

— Quoi ? s'écria le Sourcier en s'arrêtant net.

Tous ceux qui le suivaient manquèrent le percuter.

— Ce royaume ne désire pas nous rejoindre et il entend rester neutre.

— L'Ordre Impérial ne reconnaît pas la neutralité. Nous non plus, d'ailleurs. Tu ne l'as pas dit à l'émissaire ?

— Bien sûr que si…, répondit Kahlan, impassible.

Richard regretta d'avoir crié. Il en voulait aux Mardoviens, pas à elle.

— Le général Reibisch est dans le sud. Il pourrait conquérir Mardovia avant que Jagang fasse un massacre.

— Ces gens ont eu une chance. À présent, ce sont des morts en sursis. Perdre des hommes pour éviter une catastrophe à Mardovia serait absurde, et ça nous affaiblirait.

Nadine vint se placer entre les deux jeunes gens et regarda Kahlan comme si elle voulait la mordre.

— Vous avez parlé à ce maudit Jagang ! s'écria-t-elle. C'est un monstre. Ces pauvres gens mourront si vous les abandonnez entre les mains de l'Ordre. Mais vous vous fichez des innocents, pas vrai ? Parce que vous n'avez pas de cœur !

Du coin de l'œil, Richard vit l'Agiel de Cara voler jusqu'à sa paume.

Prudent, il poussa Nadine devant lui.

— Kahlan a raison. Il a fallu un moment pour que cette idée pénètre dans mon crâne épais, mais c'est ainsi. Les Mardoviens ont choisi leur chemin, et ils devront le suivre jusqu'au bout. Bon, que voulais-tu me montrer ? Je n'ai pas que ça à faire, tu sais ?

Boudeuse, Nadine repoussa sa crinière brune derrière son épaule et repartit au pas de course.

Sentait-elle peser sur sa nuque le regard noir de Cara et de Raina ? Richard espéra que non, parce que ce genre de réaction, chez des Mord-Sith, n'augurait jamais rien de bon. Pour le moment, il avait épargné le pire à la jeune herboriste.

Pour le moment…

Un de ces jours, il devrait s'occuper du cas de Shota. Avant que Kahlan s'en mêle…

— Désolé…, souffla-t-il à sa compagne. La fatigue m'empêche de raisonner clairement.

— Tu m'as promis de dormir, il me semble ?

— Et je tiendrai parole, dès que nous en aurons fini avec Nadine, quoi qu'elle ait en tête.

Quand elle arriva devant sa porte, la jeune herboriste reprit la main du Sourcier, ouvrit et le tira avec elle dans la confortable suite.

Avant d'avoir eu le temps de protester, Richard vit le jeune garçon assis sur une chaise revêtue de velours rouge. À première vue, c'était un des joueurs de Ja'La qu'il avait applaudis.

Dès qu'il aperçut le Sourcier, le gamin se leva d'un bond et retira le bonnet froissé qui couvrait ses longs cheveux blonds. Des larmes roulant sur les joues, il attendit, l'air bouleversé comme si un miracle allait se produire.

Richard s'agenouilla devant le pauvre garçon.

— Je suis le seigneur Rahl. Comment t'appelles-tu ?

— Yonick, seigneur.

— Quel est ton problème, Yonick ?

— Mon frère…

À bout de nerfs, le gamin éclata en sanglots. Richard le prit dans ses bras, le cœur brisé par sa détresse.

— Essaie de m'expliquer, Yonick…

— Petit Père Rahl, Kip est très malade. Aidez-le, je vous en prie !

— Qu'est-ce qu'il a, mon enfant ?

— Je n'en sais rien ! Nous lui avons acheté des herbes, mais il va de plus en plus mal, depuis que je suis venu vous voir, la première fois…

— Parce que tu es déjà venu ?

— Oui, lâcha Nadine. Yonick a imploré ton aide, il y a quelques jours. (Elle désigna Kahlan.) Mais elle l'a envoyé sur les roses !

L'Inquisitrice s'empourpra. Quand elle tenta de répliquer, les mots s'étranglèrent dans sa gorge.

— Tout ce qui l'intéresse, continua Nadine, c'est la guerre et les massacres. Qu'a-t-elle à faire d'un pauvre gamin malade ? Rien du tout ! Bien sûr, s'il s'agissait d'un ambassadeur, elle remuerait ciel et terre. Mais pourquoi s'alarmer pour un miséreux sans importance ?

D'un regard, Richard interdit à Cara de s'en mêler. Puis il se tourna vers Nadine.

— Ça suffit !

— Je suis sûr que vous aviez de bonnes raisons d'agir ainsi, dit Drefan à Kahlan. (Il lui posa sur l'épaule une main consolante.) Comment auriez-vous su que c'était grave ? Personne n'a le droit de vous blâmer.

— Yonick, dit Richard, mon frère, Drefan, que tu vois là, est un guérisseur. Conduis-nous jusqu'à Kip, et nous tenterons de l'aider.

— Je suis herboriste, ajouta Nadine, et mes infusions peuvent lui faire du bien. Il s'en remettra, je te le jure !

— Il faut faire vite ! Kip est vraiment très malade.

Voyant que Kahlan était au bord des larmes, Richard lui tapota gentiment le dos… et sentit qu'elle tremblait.

— Pourquoi n'attendrais-tu pas ici que nous ayons soigné ce petit ? proposa-t-il.

Craignant que l'enfant soit dans un état désespéré, Richard aurait voulu qu'elle ne le voie pas, afin qu'elle ne culpabilise pas davantage.

Mais sa stratégie ne fonctionna pas.

— Non, je vous accompagne !

Richard renonça vite à mémoriser le dédale de rues étroites et d'allées sinueuses qu'ils empruntèrent. Soucieux de se repérer quand même, il se contenta de noter la position du soleil pendant que Yonick le guidait dans un invraisemblable labyrinthe de maisons délabrées et de cours intérieures où ils devaient slalomer entre le linge mis à sécher.

Partout, des poules fuyaient sur leur passage en caquetant comme si on voulait les égorger – un destin qu'elles connaîtraient tôt ou tard. Dans certaines cours, des chèvres, des moutons ou des cochons faméliques s'entassaient les uns contre les autres.

En hauteur, des gens conversaient de fenêtre à fenêtre, penchés aux garde-corps pour mieux étudier l'étrange colonne conduite par un gamin. Dans ce quartier, comprit Richard, voir le seigneur Rahl, avec sa splendide tenue de sorcier de guerre, et la Mère Inquisitrice, toute de blanc vêtue, était un authentique événement. La seule présence des soldats, plus habituelle, et des Mord-Sith – que personne ne devait reconnaître – serait sans doute passée inaperçue.

Partout, les gens s'écartaient pour céder le passage à l'étrange procession qui leur faisait l'honneur d'arpenter les rues. Pressés contre les murs, ils regardaient passer les deux êtres dont dépendait leur destin, et qu'ils voyaient souvent pour la première fois.

Aux intersections, les soldats en patrouille saluaient leur seigneur et le remerciaient de leur « guérison miraculeuse ».

Richard tenait la main de Kahlan, qui n'avait plus desserré les lèvres depuis leur départ du palais. Nadine marchait derrière eux, entre les deux Mord-Sith. Il espéra qu'elle serait assez maligne pour tenir sa langue…

— C'est là, annonça Yonick.

Ils le suivirent au milieu d'une double rangée de curieux bâtiments à deux étages, le premier en pierre et le second en bois. La neige fondue qui coulait des toits ayant transformé le sol en bourbier, Kahlan releva de sa main libre l'ourlet de sa robe blanche et s'engagea prudemment sur les planches vermoulues censées constituer un passage au « sec ».

Yonick s'arrêta devant une porte, ne prêta aucune attention aux curieux penchés aux fenêtres du bâtiment, et attendit Richard.

Dès qu'il l'eut rejoint, le gamin ouvrit et se précipita dans l'escalier en appelant sa mère.

— Maman, le seigneur Rahl est avec moi ! Il est venu, maman !

— Les esprits du bien en soient loués, soupira la femme qui s'était précipitée sur le palier.

Enlaçant son fils, elle désigna une embrasure de porte, au fond de la minuscule pièce qui servait de cuisine, de salle à manger et de salon.

— Venez avec moi, seigneur Rahl, dit Yonick.

Au passage, Richard tapota le bras de la femme pour la rassurer. Sans lâcher la main de Kahlan, il suivit le gamin dans la chambre obscure.

Nadine et Drefan entrèrent aussi, serrés de près par les deux Mord-Sith.

À la lueur d'une unique chandelle, Richard distingua trois lits branlants et une table usée où reposaient une cuvette et quelques chiffons. Dans les recoins, les ombres semblaient guetter la mort de la petite flamme, comme si elles étaient avides d'envahir de nouveau la chambre.

Une petite silhouette gisait sur le lit le plus éloigné. Sous le regard inquiet de Yonick et de sa mère, Richard, Kahlan, Nadine et Drefan s'en approchèrent.

Une odeur de viande pourrie leur agressa les narines.

— Ouvrez les volets, dit Drefan en rabattant la capuche de son manteau. J'ai besoin de lumière…

Cara obéit sans poser de question. À la lumière du jour, ils découvrirent un petit garçon blond couvert d'un drap blanc et d'un vieux dessus-de-lit. Son cou, à demi visible, était atrocement enflé, et chaque inspiration lui arrachait un râle caverneux.

— Comment s'appelle-t-il ? demanda Drefan à la mère.

— Kip…

— Nous sommes venus t'aider, Kip, dit le guérisseur en tapotant l'épaule du gamin.

— Oui, mon petit, renchérit Nadine. Et tu seras remis en moins te temps qu'il n'en faut pour le dire.

Se penchant sur le petit malade, elle dut se plaquer une main sur le nez et la bouche pour supporter la puanteur.

Les yeux fermés et les cheveux collés sur le front par la sueur, Kip ne répondit pas.

Drefan tira le drap et le dessus-de-lit.

— Par les esprits du bien…, soupira-t-il en découvrant les mains de l'enfant, posées sur son ventre.

Le bout des doigts était noir comme du charbon !

Le guérisseur se tourna vers les deux Mord-Sith.

— Faites sortir Richard…, souffla-t-il. Vite !

Sans demander d'explications, Cara et Raina prirent le Sourcier par les bras et voulurent le tirer dehors.

— Que se passe-t-il ? demanda-t-il en se dégageant sans douceur. Quel est le problème ?

Drefan regarda Yonick et sa mère, balaya la pièce du regard et baissa le ton.

— Cet enfant a la peste…

— Et tu peux le guérir ?

Un sourcil levé, comme si cette question le surprenait, Drefan souleva le bras gauche de Kip.

— Regarde le bout de ses doigts… (Il tira complètement le drap et le dessus-de-lit.) Et ses orteils… (D'une main sûre, il ouvrit le pantalon du malade.) Même le bout de son pénis est noir… La gangrène, Richard… Elle ronge toutes les extrémités. C'est pour ça qu'on parle souvent de « mort noire ».

— Et que pouvons-nous faire ?

— Mon frère, tu as entendu ce que j'ai dit? La mort noire! On s'en tire parfois, mais pas quand elle en est à ce stade.

— Si nous n'avions pas tant traîné…, murmura Nadine, accusatrice.

Étouffant un sanglot, Kahlan serra plus fort la main de Richard.

Glacée par le regard que lui jeta le Sourcier, Nadine détourna les yeux.

— Parce que tu sais guérir la peste, herboriste? lança Drefan.

— Eh bien, je…

Rouge jusqu'aux oreilles, Nadine consentit enfin à se taire.

Kip ouvrit les yeux et tendit une main vers ses « sauveurs ».

— Seigneur… Rahl…

— Oui, c'est moi, Kip, répondit Richard, une main sur l'épaule du pauvre gosse. Je suis là pour toi.

— Je vous… attendais…, souffla l'enfant, la respiration de plus en plus irrégulière.

— Comment le soigner? demanda soudain la mère, debout sur le seuil. Quand va-t-il se rétablir?

— Réconforte le petit, murmura Drefan à Richard. (Il ouvrit le col de sa chemise, comme s'il avait également du mal à respirer.) C'est tout ce que nous pouvons faire. De toute façon, il n'en a plus pour longtemps… (Il se releva.) Moi, je vais parler à la mère. C'est une partie de mon travail…

— Kip, dit Richard, tu seras bientôt sur un terrain de Ja'La. Dans un jour ou deux, tout ça ne sera plus qu'un mauvais souvenir. Et dès que tu iras mieux, je promets de venir te voir jouer. Tu te débrouilles rudement bien, tu sais?

Un sourire flotta sur les lèvres du mourant.

Les yeux mi-clos, il eut un dernier râle.

Le cœur battant la chamade, Richard attendit que sa poitrine se soulève de nouveau.

En vain.

Le silence tomba dans la chambre.

Dehors, les roues d'une charrette grinçaient sinistrement. Ponctués par les cris lointains des corbeaux, des rires d'enfants montaient de la cour.

Celui-là ne rirait plus jamais…

Kahlan posa la tête contre l'épaule de Richard et laissa libre cours à son désespoir.

Accablé, le Sourcier tendit une main pour relever le drap…

Et se pétrifia quand la main droite de Kip se souleva.

Flottant lentement vers la gorge du Sourcier, les doigts noircis se fermèrent sur le col de sa chemise.

Kahlan se figea aussi.

Ils savaient tous les deux que l'enfant était mort. Pourtant, il attirait Richard vers lui avec une force inouïe.

Puis sa poitrine se souleva.

La nuque hérissée, Richard colla son oreille contre la bouche du gamin.

— Les vents te traquent…, murmura le cadavre.

Chapitre 29

Abasourdi, Richard regardait Drefan envelopper Kip dans le drap. À part Kahlan et lui, personne n'avait rien vu ni entendu. Derrière eux, dans la cuisine, la mère gémissait de chagrin.

— Richard ? demanda Drefan. (En l'absence de réaction, il tapota le bras de son frère.) Richard !

— Euh… Oui ?

— Que veux-tu faire ?

— À… à quel sujet ?

Le guérisseur jeta un bref coup d'œil vers l'autre pièce.

— Que veux-tu dire aux gens ? Ce gamin est mort de la peste. Faut-il garder le secret ?

Richard ne répondit pas, comme si son cerveau refusait de fonctionner.

— Le secret ? demanda Kahlan. Pourquoi ?

— Empêcher une panique… C'est inévitable, dans ce genre de circonstances. Si nous ne faisons rien, tout le monde le saura avant notre retour au palais.

— Vous pensez qu'il y a d'autres cas ?

— Le contraire m'étonnerait… Il faut au plus vite enterrer ou brûler ce cadavre. Avec la literie, le lit et tout ce qu'il a pu toucher. Ensuite, on devra désinfecter la chambre en l'enfumant.

— Et tout ça n'éveillera pas l'attention des citadins ? demanda Richard.

— Probablement que si…

— Alors, pourquoi vouloir garder le secret ?

— Tu es le seigneur Rahl, et ta parole a force de loi. Mais il faudra étouffer les fuites possibles. D'abord, tu devras arrêter les membres de cette famille, les accuser d'un crime atroce, et les garder à l'ombre jusqu'à la fin de l'épidémie. Les soldats brûleront leurs biens, et condamneront leur maison…

Richard ferma les yeux et appuya dessus du bout des doigts. Il était le Sourcier de Vérité, pas le héraut du mensonge…

— Pas question d'infliger ça à une famille qui vient de perdre un enfant. D'ailleurs, pourquoi tromper les citadins ? N'ont-ils pas le droit de savoir qu'ils sont en danger ?

— Si la décision m'appartenait, dit Drefan, j'opterais pour la franchise. J'ai connu d'autres épidémies, dans des endroits isolés. La tactique du secret marche au début, mais elle ne résiste pas quand les malades tombent par dizaines.

Accablé comme si son univers venait de s'écrouler, Richard tentait désespérément de réfléchir. Mais l'avertissement du cadavre résonnait plus fort qu'un tocsin sous son crâne.

Les vents te traquent…

— Si nous mentons aux citoyens, ils ne se fieront plus jamais à notre parole. Il faut leur dire la vérité, par honnêteté et par respect…

— Je suis d'accord avec Richard, dit Kahlan. N'essayons pas de tromper les gens, surtout quand leur vie est en jeu.

— Cette position me semble juste, acquiesça Drefan. Au moins, le climat joue pour nous. En été, la peste est encore plus contagieuse. Avec un printemps aussi frisquet, elle aura du mal à « prendre ». Si nous avons de la chance, l'épidémie sera limitée, et elle cessera vite.

— De la chance…, marmonna Richard. C'est bon pour les rêveurs, et moi, je fais seulement des cauchemars. Nous devons prévenir les citoyens d'Aydindril.

— D'un point de vue moral, je pense comme vous deux, dit Drefan. Mais sachez qu'il n'y aura pas grand-chose à faire, à part enterrer rapidement les morts et brûler leurs possessions. Les traitements disponibles ne sont pas très efficaces.

» Gardez cela à l'esprit : la nouvelle se propagera comme un incendie.

Richard en eut la chair de poule.

L'incendie viendra avec la lune rouge…

— Esprits du bien, protégez-nous…, murmura Kahlan.

À l'évidence, comprit Richard, elle venait de penser à la même chose que lui. Le Sourcier se leva.

— Yonick ? appela-t-il en se dirigeant vers la cuisine – pour éviter au gamin de revenir près du corps de son frère.

— Oui, seigneur Rahl ?

Le voyant lutter vaillamment contre ses larmes, Richard s'agenouilla près du pauvre gosse.

— Yonick, j'ai beaucoup de peine. Au moins, Kip ne souffre plus, et les esprits du bien veilleront sur lui. Là où il est, en paix, il espère que nous nous souviendrons des bons moments passés avec lui, pour ne pas être trop tristes…

— Mais… je…

— Ne te sens pas coupable, surtout ! Il n'y avait rien à faire. Certaines maladies ne se guérissent pas, tout simplement. Personne n'aurait pu le sauver, même si tu m'avais ramené ici plus tôt.

— Et votre magie ?

— Elle ne peut rien contre ça…, murmura Richard, le cœur serré.

Il prit Yonick dans ses bras et le serra un long moment.

Dans la pièce adjacente, la mère pleurait sur l'épaule de Raina tout en écoutant Nadine lui expliquer comment utiliser les herbes qu'elle lui donnait.

— Yonick, dit Richard, j'ai besoin de ton aide. Je suppose que tu sais où vivent les membres de ton équipe de Ja'La. Tu veux bien nous conduire chez eux ?

— Pourquoi ? demanda le gamin en s'essuyant les yeux du revers de la manche.

— J'ai peur qu'ils soient malades... Et nous devons le savoir.

Le garçon, inquiet, interrogea sa mère du regard.

— Yonick, demanda Richard en faisant signe à Cara d'approcher, où est ton père ?

— Il travaille dans une fabrique de feutre, à trois rues d'ici. Tous les soirs, il rentre très tard...

— Cara, dit Richard, avec quelques soldats, va chercher le père de notre jeune ami. (Il se releva.) Il voudra sûrement être aux côtés de sa femme. Un de nos gars prendra sa place aujourd'hui et demain, afin qu'il ne perde pas son salaire. Dis à Raina de rester ici jusqu'à l'arrivée de ce brave homme. Ça ne devrait pas durer longtemps, et elle nous rejoindra après.

Ils sortirent, traversèrent la cuisine et s'engagèrent dans l'escalier.

Au pied des marches, Kahlan tira Richard par le bras, puis demanda à Drefan et Nadine d'attendre dehors avec Yonick pendant que Cara allait chercher son père.

L'Inquisitrice ferma ensuite la porte.

— Richard... Je ne savais pas ! Avec Marlin et la Sœur de l'Obscurité, je n'ai pas pensé que... Si j'avais su que le frère de Yonick était si gravement malade, je...

Le Sourcier leva un index pour intimer le silence à la jeune femme. De la peur passant dans ses yeux, il comprit que son regard furibond avait dû être plus convaincant que ce geste.

— Ne t'avise pas de te justifier ! grogna-t-il. Les mensonges de Nadine ne méritent pas cet honneur. C'est compris ? Tu me crois assez idiot pour gober des fadaises pareilles ?

Soulagée, Kahlan se blottit contre le Sourcier et ferma les yeux.

— Ce pauvre petit..., soupira-t-elle.

— Je sais, je sais..., murmura Richard.

— Tu as aussi entendu ce qu'a dit son cadavre, n'est-ce pas ?

— Une autre preuve qu'on a violé le Temple des Vents !

Kahlan s'écarta.

— Nous devons reprendre les choses à zéro, dit-elle. Ce que tu m'as dit au sujet du Temple vient d'une source peu fiable. Le journal d'un homme qui s'ennuyait en montant la garde auprès de la sliph ! De plus, tu n'as pas tout lu, et les erreurs de traduction, avec le haut d'haran, sont très faciles à commettre. Bref, tu te fais peut-être une fausse idée du Temple des Vents.

— Eh bien, ça m'étonnerait, mais...

— Tu es mort de fatigue, et ta faculté de raisonnement s'en ressent. Le Temple ne t'envoie pas des avertissements. À présent, nous savons qu'il essaie de te tuer !

Avant de répondre, Richard dévisagea sa compagne et frémit en voyant à quel point elle s'inquiétait pour lui.

— À lire Kolo, ce n'est pas l'impression qu'on retire... La lune rouge annonce que le Temple des Vents a été violé. Quand elle est survenue...

— Kolo dit que la Forteresse était en émoi, mais il n'explique pas pourquoi.

Et si le Temple avait tenté de les éliminer tous ? Le journal parle de la trahison des « braves » chargés de l'envoyer ailleurs…

» Richard, regarde les choses en face ! Le cadavre de Kip t'a transmis une menace du Temple : "Les vents te traquent." Quand on traque quelqu'un, c'est souvent pour le tuer. Que te faut-il de plus ?

— Alors, pourquoi Kip est-il mort, et pas moi ?

Kahlan ne sut que répondre à cette question.

Ils sortirent et remontèrent le chemin de planches sous le regard bleu acier de Drefan.

Il suffisait de sonder les yeux de cet homme pour avoir le sentiment de partager son intense et permanente méditation. Si les guérisseurs devaient avoir des dons d'observation pour bien exercer leur métier, Drefan faisait montre d'un tel talent en la matière que Richard se sentait parfois nu comme un ver quand il le dévisageait.

Nadine et Yonick attendaient dans un silence tendu. Après avoir soufflé à Kahlan de rester avec Drefan et le gamin, Richard prit la jeune herboriste par le bras et la tira à l'écart.

— Nadine, tu veux bien m'accorder quelques instants ?

— Avec plaisir !

Les deux jeunes gens retournèrent dans l'entrée de la maison.

Quand Richard ferma la porte, Nadine sourit aux anges.

Le voyant tendre les bras, elle se méprit sur ses intentions et eut le souffle coupé quand il la propulsa violemment contre le mur.

— Richard…, protesta-t-elle en s'écartant de la pierre froide.

Le Sourcier la prit par la gorge et la repoussa contre le mur.

— Nous n'avons jamais été fiancés ! rugit-il, submergé par la fureur de l'Épée de Vérité. Et nous ne nous marierons pas ! J'aime Kahlan, et elle partagera ma vie. Tu es toujours là à cause de ton rôle dans cette histoire. Dès que nous l'aurons élucidé, tu ficheras le camp !

» Je t'ai pardonné ce que tu m'as fait ! Mais si tu t'avises encore de blesser Kahlan, par des paroles ou des actes, tu croupiras dans les oubliettes d'Aydindril jusqu'à la fin de tes jours. C'est compris ?

Nadine posa une main apaisante sur le bras du Sourcier et sourit avec une indulgence presque maternelle. Puis elle lui parla comme à un enfant qu'on tente de raisonner :

— Je sais que tu es bouleversé, comme tout le monde, mais je voulais juste te prévenir. Il faut que tu ouvres les yeux. Que tu saches comment elle se comporte…

— C'est compris ? répéta Richard en serrant un peu plus fort la gorge de la jeune femme.

— Oui…, souffla-t-elle quand il eut relâché sa prise.

À l'évidence, elle n'en pensait pas un mot, certaine de pouvoir le gagner à ses vues dès qu'il serait calmé.

Cette attitude décupla la rage du Sourcier. Il s'efforça de la contrôler, pour qu'elle n'enlève pas de poids à ses paroles.

— Je sais que tu n'es pas vraiment mauvaise, Nadine. Tu te soucies des gens, on ne peut pas t'enlever ça. Au nom de notre ancienne amitié, tu t'en tireras avec un avertissement, pour cette fois. À présent, écoute-moi bien ! Une catastrophe s'annonce, et beaucoup de malheureux auront besoin d'aide. Tu as toujours voulu soigner les autres, et je t'offre l'occasion de le faire, parce que toutes les bonnes volontés me seront utiles.

» Mais Kahlan est la femme que j'aime et ma future épouse ! N'essaie pas de te mettre entre nous, ou de lui faire du mal. Si tu recommences, je devrai avoir recours aux services d'une autre herboriste. Suis-je assez clair ?

— Oui, Richard. Comme tu voudras… Si tu veux Kahlan, je ne m'en mêlerai plus, même si tu te trompes sur…

— Tu viens de poser le bout d'un orteil sur la ligne rouge, Nadine ! Franchis-la, et il sera impossible de revenir en arrière.

— Oui, Richard… C'est toi qui commandes…

Loin d'être terrorisée, Nadine semblait ravie qu'il lui ait accordé autant d'attention. On eût dit une enfant qui multiplie les bêtises pour que ses parents s'intéressent à elle.

Richard la foudroya du regard jusqu'à ce qu'il soit sûr qu'elle ne dirait plus rien. Puis il rouvrit la porte.

Une main sur l'épaule de Yonick, Drefan lui murmurait à l'oreille des paroles de réconfort. Kahlan blêmit un peu quand Nadine s'appuya sur le bras de Richard pour négocier les planches glissantes.

— Drefan, dit le Sourcier quand il eut rejoint ses compagnons, il faut que nous revenions sur certaines choses que tu m'as dites, dans la chambre.

— Lesquelles ? demanda le guérisseur.

— Par exemple, pourquoi tu as voulu que Cara et Raina me fassent sortir.

Drefan regarda son frère, puis le gamin, et hocha la tête.

Après avoir entrouvert son manteau, il décrocha une bourse de sa ceinture, l'ouvrit et versa un peu de poudre dans un petit carré de tissu qu'il plia soigneusement.

— Yonick, avant que nous partions, veux-tu aller apporter ce médicament à ta mère ? Dis-lui de laisser infuser la poudre deux heures dans de l'eau chaude, puis de la filtrer. Ce soir, toute ta famille devra en boire. Ça vous aidera à rester en bonne santé.

Yonick prit le petit paquet.

— J'y vais, et je reviens tout de suite.

— Inutile de te presser, nous t'attendrons le temps qu'il faut…

— Parfait, dit Richard quand le gamin eut franchi la porte. Je sais que tu voulais me faire sortir pour me protéger. Mais nous sommes tous en danger, n'est-ce pas ?

— Exact. Cela dit, j'ignore à quel point, et tu es le seigneur Rahl. Il semblait logique de te mettre à l'abri.

— Comment attrape-t-on la peste ?

Drefan jeta un coup d'œil à Kahlan et à Nadine. Puis il regarda Ulic, Egan et les soldats qui attendaient un peu plus loin.

— Personne ne le sait, mon frère. Certains pensent qu'il faut un contact avec le malade. D'autres croient que les esprits, quand ils sont en colère, choisissent les victimes. D'autres encore estiment que la peste circule dans l'air et menace tous les habitants d'une ville. Enfin, on dit aussi que la contagion passe par les vapeurs infectieuses qui montent du corps des malades, morts ou vivants.

» En l'absence de preuve, j'ai édicté une règle très simple : comme avec le feu, plus on est près, et plus le danger augmente. Je voulais t'éloigner du péril, voilà tout…

Fatigué au point d'en avoir la nausée, Richard frissonna de terreur. Kahlan aussi avait été en contact avec Kip…

— Donc, tous ceux qui sont entrés dans cette maison peuvent tomber malades.

— C'est possible, oui.

— Les autres membres de la famille ont pourtant l'air en bonne santé. La mère s'est occupée de Kip. Si tu avais raison, ne devrait-elle pas être infectée ?

Avant de répondre, Drefan prit le temps de la réflexion.

— J'ai assisté à plusieurs épidémies, toujours dans des endroits isolés. Quand j'étais encore en formation, un vieux guérisseur m'a amené dans une petite ville frappée par ce mal. La Croix de Castaglen, un nom que je n'oublierai jamais. C'est là que j'ai appris l'essentiel de ce que je sais sur la peste.

» Tout a commencé par la visite d'un marchand itinérant. En arrivant, il toussait, vomissait, et se plaignait d'abominables maux de tête. En d'autres termes, il était déjà infecté. Comment, nous ne l'avons jamais su. Avait-il bu une eau contaminée, séjourné chez un fermier malade, ou été pris pour cible par les esprits ? Au fond, ça n'a aucune importance.

» Parce qu'ils l'aimaient bien, les citadins l'isolèrent dans une chambre où il mourut le matin suivant. Comme personne ne tomba malade tout de suite, ils se crurent hors de danger, et oublièrent vite le pauvre marchand.

» Quand nous sommes arrivés, la confusion régnait à Castaglen, où les gens mouraient les uns après les autres. Bien que les récits fussent divergents, nous avons déterminé que le premier cas s'était déclaré entre quinze et vingt jours après l'arrivée du marchand.

— Quand je l'ai regardé joué au Ja'La, il y a quelques jours, Kip se portait bien. En réalité, il devait avoir contracté la maladie depuis au minimum une semaine.

Bien que la mort de l'enfant lui brisât le cœur, Richard fut soulagé que ce qu'il soupçonnait ne paraisse pas possible. Si Kip avait attrapé la peste bien avant la partie de Ja'La, Jagang n'y était pour rien, et ça n'avait aucun rapport avec la prophétie.

Mais alors, que signifiait l'avertissement du cadavre ?

— Ce qui implique, dit Drefan, que la famille de Kip peut encore déclarer la maladie. Ces gens ont l'air en forme pour le moment, mais ça ne veut rien dire. Comme pour les citoyens de la Croix de Castaglen.

— Donc, intervint Nadine, nous allons peut-être tous tomber malades. Vous avez senti cette atroce odeur ? La respirer risque de nous avoir infectés, mais nous ne le saurons pas avant une semaine ou deux.

— C'est possible, oui, fit Drefan avec un sourire condescendant. Herboriste, veux-tu fuir à toutes jambes, et passer le peu de temps qu'il te reste à faire toutes les folies que tu t'es jusque-là interdites ?

— Non. Je suis une guérisseuse, et j'accomplirai mon devoir.

— Parfait. Un vrai guérisseur est moralement supérieur aux spectres démoniaques qu'il affronte.

— Si Nadine a raison, intervint Richard, nous sommes tous des morts en sursis.

— Ne nous laissons pas dominer par la peur, dit Drefan avec un geste de la main, comme s'il chassait pour de bon des fantômes. À Castaglen, je me suis occupé de malades aussi mal en point que le pauvre Kip. Mon collègue aussi, et nous n'avons rien eu.

» Je n'ai jamais trouvé de logique à la contagion. Nous avons touché tous les jours des patients, sans rien attraper. Peut-être parce que le contact avec la maladie a aidé nos corps à se défendre.

» Tout ça est incompréhensible. Parfois, quand une famille compte un malade, tous ses membres succombent, même ceux qui ne sont jamais entrés dans la chambre du mourant. Dans d'autres cas, un des enfants décède, voire plusieurs, et la mère, qui s'en est occupée tendrement, reste en parfaite santé, comme son mari et les autres adultes.

— Drefan, soupira Richard, tu ne nous aides pas beaucoup. Une fois oui, une fois non… On dirait une loterie du malheur !

— Je raconte ce que j'ai vu, mon frère. Certains charlatans n'hésiteraient pas à être catégoriques. Très bientôt, dans les rues d'Aydindril, des bonimenteurs vendront des potions miracles ou des recettes pour ne pas tomber malade. Ils se rempliront les poches, s'ils s'en sortent vivants…

» J'avoue ne pas connaître les réponses. Parfois, elles sont au-delà de notre compréhension limitée. Les guérisseurs apprennent à faire preuve d'humilité quand ils sont dépassés. Agir autrement aggrave toujours le mal.

— Tu as raison, dit Richard, honteux d'avoir exigé des réponses qui n'existaient pas. Il vaut mieux connaître la vérité que fonder son espoir sur des mensonges.

Il leva les yeux pour voir où était le soleil, mais des nuages l'occultaient. Un vent mordant se levait. Au moins, le temps ne jouerait pas contre eux.

— Drefan, existe-t-il des herbes, ou d'autres médications, pour lutter contre la peste ou empêcher qu'on la contracte ?

— Enfumer les maisons des malades est une précaution élémentaire. On dit que ça détruit les miasmes de la maladie. Certaines plantes sont, paraît-il, plus efficaces que d'autres. Je recommande de recourir à cette méthode, mais je ne garantis pas qu'elle est infaillible.

» D'autres herbes soulagent les symptômes : maux de tête, nausée, douleurs diverses… Mais aucune que je connais ne vient à bout du mal. Avec ces traitements, les malades meurent quand même, mais ils souffrent un peu moins.

— Toutes les personnes infectées sont condamnées ? demanda Kahlan. Sans exception ?

Drefan eut un sourire rassurant.

— Non, il y a des guérisons. Rares au début de l'épidémie, et de plus en plus nombreuses quand elle touche à sa fin. Parfois, lorsqu'on parvient à éliminer l'infection par la manière forte, le malade se remet. Mais il se souvient jusqu'à la fin de ses jours de la torture que fut le traitement.

Alors que Yonick ressortait, Richard prit Kahlan par la taille et la serra contre lui.

— Donc, nous sommes peut-être infectés.

— C'est possible, mais je ne le crois pas, répondit Drefan, les yeux baissés.

Le cœur du Sourcier battait la chamade et la tête lui tournait. Mais ça n'avait rien à voir avec la peste. Le manque de sommeil et l'angoisse menaçaient de lui couper les jambes.

— Allons voir les autres gamins. Nous devons déterminer la gravité de cette épidémie.

Chapitre 30

Le premier garçon, Mark, était en pleine forme. Ravi de la visite de Yonick, il s'étonna de ne plus l'avoir vu depuis quelques jours, et lui demanda des nouvelles de Kip.

Sa mère, une très jeune femme, fut effrayée par la délégation de personnages importants venus s'enquérir de la santé de son fils.

Richard se réjouit que Mark n'ait aucun symptôme alarmant. Apparemment, ses craintes au sujet de Jagang n'étaient pas motivées, et il s'autorisa un certain soulagement.

Yonick révéla la mort de Kip à Mark, qui eut du mal à y croire. Après avoir conseillé à la mère d'envoyer chercher Drefan si un membre de sa famille se sentait mal, le Sourcier quitta la maison de bien meilleure humeur.

Le second garçon, Sidney, était mort le matin même.

Quand ils trouvèrent le troisième enroulé dans une couverture, au fond d'un « appartement » d'une pièce, l'espoir de Richard fondit comme neige au soleil.

Si Bert était très malade, ses extrémités n'avaient pas encore noirci, contrairement à celles de Kip. Sa mère les informa qu'il se plaignait de maux de tête et qu'il vomissait sans arrêt.

Pendant que Drefan examinait le garçon, Nadine donna des herbes à la jeune femme.

— Jetez ce mélange dans le feu. C'est de l'armoise commune, du fenouil et de l'hussuck. La fumée contribuera à éloigner la maladie. Posez du charbon chaud près du petit, saupoudrez d'herbes, et faites circuler la fumée vers lui, pour qu'il en inhale un maximum. Son état devrait s'améliorer…

— Tu crois que c'est vraiment efficace ? souffla Richard à Nadine, quand elle revint près de lui, au chevet de l'enfant. Drefan n'en est pas convaincu.

— On m'a enseigné que ça luttait contre les maladies graves, y compris la peste. Mais c'est la première épidémie que je combats, donc je n'ai aucune certitude non plus. Cela dit, essayer ne coûte rien, et ça ne peut pas aggraver le mal.

Malgré sa fatigue, et la migraine qui le torturait, Richard capta de la détresse dans la voix de la jeune herboriste. Elle voulait aider, et Drefan partageait son opinion : si ces choses-là ne faisaient pas de bien, elles ne risquaient pas de nuire.

Étonné, le Sourcier vit son demi-frère dégainer le couteau qu'il portait à la ceinture.

Drefan fit signe aux deux Mord-Sith, qui les avaient rejoints en chemin, de tenir le petit malade.

Raina saisit le menton de Bert d'une main et lui glissa l'autre sous la nuque. Cara se chargea de maintenir les épaules du garçon plaquées sur la couverture.

D'une main sûre, Drefan incisa la grosseur, sur la gorge de Bert, dont les hurlements de douleur vrillèrent les nerfs du Sourcier, comme si la lame tranchait sa propre chair. Se tordant les mains d'angoisse, la mère s'écarta, et riva sur l'affreux spectacle des yeux écarquillés.

Richard se souvint de ce que Drefan lui avait dit : les rescapés n'oubliaient jamais les souffrances dues au traitement. À présent, il comprenait pourquoi.

— Qu'as-tu donné à la mère de Kip ? demanda-t-il à Nadine.

— Le même mélange d'herbes qu'à l'autre femme, pour enfumer la maison. Plus une bourse pleine d'une poudre de cône de houblon, de lavande, de millefeuille et de citronnelle. En la glissant sous son oreiller, elle aura moins de mal à s'endormir, le soir. Mais même comme ça, je doute qu'elle trouve le sommeil. (Nadine baissa les yeux.) Moi, j'en serais incapable, ajouta-t-elle à voix basse.

— Tu as des herbes capables de prévenir la peste ? Si nous pouvions empêcher les gens de tomber malades…

Nadine tourna la tête vers Drefan, qui faisait jaillir de la gorge de Bert un mélange de sang et de pus.

— Désolée, mais je suis désarmée face à ce fléau. Ton frère, lui, semble savoir de quoi il parle. Je crains qu'il n'existe pas de traitement, ni de cure préventive.

Richard s'approcha du gamin et s'agenouilla près de Drefan pour le regarder travailler.

— Pourquoi fais-tu ça ?

— C'est ce que j'appelais : « éliminer l'infection par la manière forte ». Avec Kip, il était trop tard. Là, je me dois d'essayer.

Le guérisseur fit signe aux Mord-Sith, qui immobilisèrent de nouveau le patient. Puis il enfonça plus profondément la lame dans la grosseur. Un flot de sang et de pus jaillit, accompagné d'une abominable puanteur.

Les esprits du bien en soient loués, Bert perdit connaissance.

Richard essuya la sueur qui ruisselait sur son front. Se sentir aussi impuissant le désespérait. L'Épée de Vérité pouvait pourfendre n'importe quel ennemi – à part celui-là… Bon sang, comme il aurait donné cher pour avoir quelqu'un à combattre !

Derrière lui, Nadine s'adressa à Kahlan. À voix basse, certes, mais assez forte pour qu'il entende.

— Je regrette d'avoir parlé ainsi… Soigner les gens est le but de ma vie, et je ne supporte pas de les voir souffrir. C'est ça qui m'a mise en colère, pas votre comportement. Le chagrin de Yonick m'a bouleversée, et je me suis défoulée sur vous. Mais vous n'y étiez pour rien. Nous n'aurions pas pu sauver l'enfant, de toute façon… Je suis désolée.

Richard ne se retourna pas. Il nota que Kahlan ne daigna pas répondre, et se demanda si elle avait accepté d'un sourire les excuses de l'herboriste.

Pour être franc, il n'aurait pas parié là-dessus.

Kahlan était aussi exigeante avec les autres qu'avec elle-même. Pour obtenir son pardon, le demander ne suffisait pas, et certaines transgressions ne recevraient jamais son absolution.

De plus, le petit discours de Nadine ne visait pas la Mère Inquisitrice, mais le Sourcier. Comme une enfant punie, la jeune herboriste se montrait sous son meilleur jour pour l'amadouer.

Bien qu'elle l'eût fait souffrir, dans un passé qui semblait si lointain, une part de Richard se sentait étrangement réconforté par la présence de Nadine. Un souvenir de sa terre natale et de son enfance heureuse… Oui, ce visage familier lui rappelait une époque insouciante de sa vie, où il croyait, absurdement, que le malheur ne frappait pas les braves gens…

En même temps, il se demandait pourquoi elle était venue en Aydindril. Quoi qu'elle en pense, cette décision lui avait été soufflée par quelqu'un, ou quelque chose, qui entendait la pousser dans une direction bien précise.

À vrai dire, une autre part du Sourcier l'aurait volontiers écorchée vive.

Quand ils eurent quitté la maison de Bert, Yonick les conduisit jusqu'à celle de Darby Anderson, un autre membre de son équipe de Ja'La. Au fond de la petite cour boueuse jonchée de copeaux de bois, dans l'atelier aux portes ouvertes qui occupait le rez-de-chaussée, les deux tables à découper, le poste de sciage et les planches entassées le long de la façade – certaines protégées par de la toile goudronnée – laissaient peu de doute sur l'occupation principale de la famille.

Darby reconnut immédiatement Kahlan et Richard. Qu'ils aient assisté à la partie de Ja'La, quelques jours plus tôt, l'avait déjà rempli de fierté. Mais qu'ils lui rendent visite, là, c'était extraordinaire !

Tout excité, il épousseta frénétiquement ses vêtements, puis passa une main dans ses courts cheveux noirs, eux aussi couverts de sciure de bois.

Selon Yonick, tout le « clan » Anderson – Darby, ses parents, ses grands-parents, ses deux sœurs et une tante – vivait de la petite entreprise de menuiserie. Clive Anderson, le père, et Erling, le grand-père, fabriquaient des chaises. Attirés par le bruit, ils sortirent de l'atelier.

— Désolé, Mère Inquisitrice et seigneur Rahl, dit Clive après que Darby eut fait les présentations, mais nous ne vous attendions pas. Sinon, nous aurions préparé quelque chose. Ma femme aurait fait du thé, par exemple. Vous savez, nous sommes des gens très simples.

— N'ayez pas d'inquiétudes à ce sujet, maître Anderson, dit Richard. Nous sommes venus à cause de Darby…

— Qu'a-t-il fait ? demanda le grand-père, Erling, d'un ton peu commode.

— Rien du tout, répondit Richard. Votre petit-fils est un garçon sans histoire. Il y a quelques jours, nous l'avons regardé jouer au Ja'La. Un des membres de son équipe est malade. Pire encore, deux autres sont morts.

— Qui est mort ? demanda Darby, soudain blême.

— Kip…, répondit Yonick d'une toute petite voix.

— Et Sidney, ajouta Richard. Bert, lui, est très atteint.

Erling s'approcha du gamin et lui posa une main réconfortante sur l'épaule.

— Mon frère est un guérisseur. Ensemble, nous voulons examiner tous les joueurs de Ja'La. Drefan n'est pas sûr de pouvoir enrayer le mal, mais il est prêt à tout tenter.

— Je vais très bien, fit Darby d'une voix tremblante.

Décharné, les joues mangées par une barbe de trois jours, Erling avait des dents si crochues que Richard se demanda comment il parvenait à mâcher sa viande. S'avisant soudain qu'un vent mordant faisait voleter la robe de Kahlan et la cape de Richard, il désigna l'atelier.

— Si nous entrions ? proposa-t-il. Il fait plutôt frisquet, aujourd'hui. À l'intérieur, nous serons bien mieux pour parler. Avec ce ciel, il ne m'étonnerait pas qu'il neige, dans la nuit.

Ulic et Egan se campèrent devant le portail et les soldats prirent position dans l'allée.

Richard, Kahlan et Drefan entrèrent dans l'atelier. Les suivant comme leur ombre, Cara et Raina se placèrent sur les deux flancs de la porte.

De vieilles chaises et des ébauches de nouveaux modèles étaient accrochées un peu partout le long des murs poussiéreux. Des toiles d'araignées couvertes de sciure pendaient dans tous les coins. Au cœur d'une forêt, pensa mélancoliquement Richard, elles auraient été humides de rosée…

Sur un grand établi, au milieu d'une impressionnante collection d'outils, trônait une série d'ossatures de sièges fraîchement encollées. Suspendus à un râtelier adossé au mur du fond, des rabots et des marteaux de toutes les tailles attendaient patiemment qu'on ait besoin d'eux. Partout sur le sol, des chaises à diverses étapes de la fabrication finissaient de sécher ou commençaient à recevoir leur habillage. Sur la table à découper où travaillait Erling à l'arrivée de ses visiteurs, une billette de frêne en était au premier stade du façonnage – au ciseau à bois.

— Qu'ont donc attrapé ces pauvres gosses ? demanda Erling à Drefan.

Solide gaillard aux larges épaules, Clive semblait ravi que son père ait pris les choses en main.

Drefan s'éclaircit la gorge, mais préféra laisser répondre son demi-frère.

Fatigué au point d'avoir du mal à tenir debout, Richard se demanda si tout ça n'était pas un cauchemar dont il se réveillerait d'un instant à l'autre.

— C'est la peste, dit-il. Heureusement, Darby n'a rien.

— Que les esprits du bien nous protègent ! s'écria Erling.

— Mes filles sont malades…, souffla Clive, blanc comme un linge.

Il se détourna et courut vers l'escalier.

— Maître Drefan, dit-il après s'être arrêté brusquement, vous voulez bien les examiner ?

— Évidemment. Montrez-nous le chemin.

À l'étage, la mère, la grand-mère et la tante préparaient des tourtes à la viande. Des navets cuisaient dans un chaudron pendu au-dessus du feu de cheminée, et la vapeur embuait toutes les fenêtres.

Alarmées par les cris de Clive, les trois femmes attendaient au centre de la grande cuisine. Perturbées par l'intrusion et l'allure de leurs visiteurs, elles s'inclinèrent dès qu'elles virent la robe blanche de Kahlan. Dans les Contrées du Milieu, et particulièrement en Aydindril, la Mère Inquisitrice n'avait pas besoin qu'un héraut annonce son identité.

— Hattie, dit Clive, maître Drefan est un guérisseur. Il vient voir les petites…

Ses courts cheveux blonds tenus par un foulard sommairement noué, Hattie s'essuya les mains sur son tablier.

— Merci, maître Drefan, dit-elle après avoir dévisagé tous les étrangers qui déboulaient chez elle. Si vous voulez me suivre…

— Que s'est-il passé ? lui demanda Drefan alors qu'ils se dirigeaient vers la chambre.

— Depuis hier, Beth a très mal à la tête. Avant, elle avait des troubles digestifs, comme ça arrive à tous les enfants. (Un jugement qui semblait plus incantatoire que réaliste, pensa Richard, de plus en plus inquiet.) Pour la soulager, je lui ai fait boire une infusion de marrube blanc.

— Très bonne initiative, approuva Nadine. De la tisane de menthe pouliot serait très bien aussi. Je vous laisserai un sachet de cette herbe, au cas où…

— Merci de votre sollicitude, dit Hattie, de plus en plus inquiète.

— Et l'autre fillette ? demanda Drefan.

Hattie s'arrêta devant une porte.

— Lily n'est pas malade, juste… patraque. Je me demande si elle ne joue pas la comédie, pour avoir droit à du miel dans sa tisane, comme sa sœur aînée. Oh, j'allais oublier, elle a des petites irritations rondes à l'intérieur des cuisses.

En entendant ça, Drefan faillit manquer la dernière marche.

Il commença par examiner rapidement Beth, qui avait un peu de fièvre, une toux sèche et mal à la tête en permanence. Puis il observa Lily, assise dans son lit, où elle menait une conversation soutenue avec sa poupée de chiffon.

Debout sur le seuil, la grand-mère jouait nerveusement avec son col de dentelle en attendant le verdict du guérisseur. Pour s'occuper, Hattie entreprit de réarranger la literie de Beth pendant que la tante passait un chiffon humide sur le front de l'enfant.

Nadine approcha et lui murmura des paroles réconfortantes avec un réel talent de thérapeute.

Assez surprenant pour une garce pareille, pensa amèrement Richard.

Puis la jeune herboriste remit des petits sachets d'herbes à Hattie et lui donna les instructions correspondantes.

Richard, Kahlan et Drefan s'approchèrent de Lily. Afin qu'elle n'ait pas peur des deux hommes, l'Inquisitrice se pencha et la complimenta sur sa jolie poupée. Ravie qu'on lui accorde de l'attention, la petite jeta néanmoins un coup d'œil méfiant au Sourcier et à son frère. Pour lui montrer qu'elle n'avait rien à craindre, Kahlan passa un bras autour de la taille de Richard, qui parvint à sourire malgré son angoisse.

— Lily, dit Drefan avec un enjouement forcé, tu peux me montrer les bobos de ta poupée ?

L'enfant retourna le jouet et désigna des points imaginaires, dans la région de l'aine.

— Elle en a là, là et là !

— Et ça lui fait mal ?

— Oui, elle crie quand je les touche.

— Vraiment ? C'est malheureux, mais je parie qu'elle ira bientôt mieux.

Drefan s'agenouilla, pour que sa taille n'impressionne plus l'enfant, prit l'Inquisitrice par les épaules et la força à se pencher davantage.

— Lily, je te présente mon amie Kahlan. Tu sais, ses yeux ne sont pas très bons, alors elle a du mal à voir les bobos, sur les cuisses de ta poupée. Tu serais d'accord pour lui montrer les tiens ?

Nadine parlait toujours de Beth avec Hattie. Lily leur jeta un regard inquiet.

Kahlan lui caressa les cheveux et répéta que sa poupée était magnifique. La petite étant visiblement fascinée par ses longs cheveux, elle l'encouragea à les toucher.

— Maintenant, tu me fais voir tes bobos ?

Lily remonta sa chemise de nuit blanche.

— Ils sont là, au même endroit que ceux de ma poupée.

La petite avait à l'aine plusieurs points noirs de la taille d'un sou. Quand Drefan les toucha, Richard devina qu'ils devaient être aussi durs que des cals.

Kahlan tira la chemise de nuit le long des jambes de Lily et remonta la couverture.

— Tu es une brave petite fille, dit Drefan. Demain matin, ta poupée n'aura plus rien, tu verras…

— Je suis contente, parce qu'elle n'aime pas ces bobos…

Quand ils redescendirent, Erling rabotait distraitement une planche destinée à devenir le plateau d'une chaise. Mal concentré, il sabotait le travail – sans doute pour la première fois de sa vie.

À la demande de Richard, Clive était resté à l'étage avec sa femme et ses filles.

— Elles ont la maladie ? demanda Erling sans relever les yeux de son établi.

— J'ai peur que oui…, répondit Drefan.

Erling donna un coup de rabot si maladroit qu'on aurait cru voir travailler un débutant.

— Dans ma jeunesse, j'ai vécu à Sparlville, une petite cité. Un été, la peste a emporté beaucoup de braves gens. J'avais espéré ne plus revoir ça…

— Je vous comprends, dit Drefan. J'ai également connu des villes ravagées par ce fléau.

— Ce sont mes seules petites-filles, maître guérisseur. Comment puis-je les aider ?

— Enfumer la maison serait une bonne idée.

— Nous l'avons fait, à Sparlville. On s'est aussi ruiné en médicaments et en cures préventives, et ça n'a sauvé personne.

— Je sais…, soupira Drefan. J'aimerais faire quelque chose, mais c'est au-delà de mes compétences. Si vous vous souvenez d'une méthode efficace, n'hésitez pas à y recourir. Je ne connais pas tous les traitements possibles, loin de là. Au pire, ça ne fera aucun mal…

Erling posa enfin son rabot.

— Certains citadins ont fait du feu en plein été, pour chasser le mal de leur sang. Convaincus que le climat et la fièvre le leur chauffaient déjà trop, d'autres ont passé des heures à rafraîchir leurs proches avec des éventails. Lesquels avaient raison, selon vous ?

— Désolé, je n'en sais rien... Les deux « thérapies » ont parfois sauvé des malades, et d'autres sont morts alors qu'on leur appliquait l'une ou l'autre. Les hommes sont impuissants contre certains maux, mon ami. Et aucun être vivant ne peut échapper aux mains du Gardien, quand il vient pour lui...

— J'implorerai les esprits du bien d'épargner les petites, dit Erling. Elles sont trop gentilles et trop innocentes pour que le Gardien pose ses sales pattes sur elles. Depuis leur naissance, elles font le bonheur de ma famille.

— Maître Anderson, je suis navré de vous l'apprendre, mais Lily a des bubons à l'intérieur des cuisses.

Les jambes d'Erling se dérobèrent. Vif comme l'éclair, Drefan, qui s'attendait à cette réaction, le retint par les aisselles et l'aida à s'asseoir sur la table à découper.

Quand le vieil homme se prit la tête à deux mains pour cacher ses larmes, Kahlan détourna le regard et se blottit contre Richard, qui eut soudain l'impression de ne plus sentir son propre corps.

— Grand-père, demanda Darby qui redescendait, que t'arrive-t-il ?

Erling réussit à se redresser.

— Rien du tout, mon petit. Je m'inquiète pour tes sœurs. Les vieux bonshommes sont tous un peu gâteux, tu sais...

Darby courut rejoindre Yonick.

— J'ai beaucoup de peine pour Kip, dit-il. Si ton père à besoin d'aide, le mien me permettra sûrement de délaisser un moment mon travail pour lui donner un coup de main.

Yonick hocha distraitement la tête, comme si son esprit était ailleurs.

Richard s'agenouilla devant les deux gamins.

— Pendant la partie de Ja'La, vous avez remarqué quelque chose de bizarre ?

— Bizarre comment ? demanda Darby.

Le Sourcier se passa une main dans les cheveux.

— Je n'en sais trop rien... Par exemple, vous avez parlé à des inconnus ?

— Bien sûr ! répondit Darby. Il y avait un tas de gens qu'on ne connaissait pas. Des soldats, et d'autres personnes qui s'intéressent au Ja'La. Après notre victoire, des hommes et des femmes que je n'avais jamais vus sont venus nous féliciter.

— Certains t'ont paru bizarres ? Au point que tu te souviennes d'eux, peut-être ?

— Un homme et une femme ont parlé à Kip après la partie, dit Yonick. Ils sont restés un bon moment avec lui, et ils lui ont montré quelque chose.

— Par les esprits du bien, qu'est-ce que c'était ?

— Désolé, mais je n'ai pas pu voir. Avec tous ces soldats qui me tapaient dans le dos...

Bien qu'il répugnât à effrayer les gamins, Richard insista, car il devait obtenir des réponses.

— À quoi ressemblaient ces deux étrangers ?

— J'essaie de me souvenir... (Les yeux de Yonick se remplirent de larmes, sans doute parce qu'il revoyait Kip, vivant et en pleine forme.) L'homme était jeune et très mince. La femme semblait un peu plus âgée que lui. Elle était assez jolie, il me semble. Et elle avait des cheveux châtains. (Il désigna Nadine.) Comme ceux de cette dame, mais pas aussi longs, et moins épais.

Richard regarda Kahlan. À son expression, il comprit qu'elle redoutait la même chose que lui.

— Je me souviens de ces étrangers, dit soudain Darby. Ils ont aussi parlé à mes sœurs.

— Mais pas à toi, ni à Yonick ?

— Non…, répondit Darby. (Son ami secoua la tête.) Nous étions excités d'avoir gagné devant le seigneur Rahl, et une foule de gens nous entouraient. Ces deux-là ne se sont pas approchés.

Richard se releva.

— Drefan, dit-il, Kahlan et moi retournons voir les petites. Attends-nous ici.

Serrés l'un contre l'autre, pour se soutenir mutuellement, les deux jeunes gens gravirent les marches. Ce qu'ils allaient entendre les terrifiait d'avance…

— Tu parleras, dit le Sourcier. Elles ont peur de moi, ça se voit.

— Tu crois que c'étaient… *eux* ?

Richard n'eut pas besoin de demander de qui parlait Kahlan.

— Je n'en sais rien. Mais Jagang t'a dit qu'il avait suivi la partie de Ja'La à travers les yeux de Marlin. Sœur Amelia était avec le tueur, et ils avaient une mission à accomplir en Aydindril.

Richard ayant assuré qu'ils voulaient seulement poser une ou deux questions aux petites, les trois femmes restèrent dans la cuisine. De toute évidence, elles se souciaient autant de leurs tourtes que le pauvre Erling de sa chaise…

— Lily, dit gentiment Kahlan, tu te souviens de la partie de Ja'La, quand votre frère jouait ?

— Il a gagné ! Ça nous a vraiment fait plaisir. Papa a même dit qu'il avait marqué un but.

— C'est vrai, confirma l'Inquisitrice. Nous étions là aussi, et ça nous a fait plaisir. Tu te rappelles des gens qui t'ont parlé ? Un homme et une femme, je crois…

— Pendant que papa et maman applaudissaient ?

— Sûrement, oui… Tu peux me répéter ce que ces personnes t'ont dit ?

— Beth me tenait la main, et ils m'ont demandé si c'était notre frère que tout le monde félicitait.

— C'est vrai, confirma Beth. (Elle dut s'interrompre pour tousser. Quand ce fut fini, elle reprit :) Ils ont dit que Darby jouait très bien. Puis ils nous ont montré une jolie chose.

— Une jolie chose ? répéta Richard.

— Oui, elle brillait dans sa boîte, dit Lily.

— Exactement, assura Beth. Nous l'avons vue toutes les deux.

— Et c'était quoi ?

Beth plissa le front, comme si elle avait du mal à réfléchir à cause de sa migraine.

— Eh bien… eh bien… je ne sais pas trop. La boîte était si noire qu'on ne voyait pas vraiment ses côtés. Mais ce qui brillait dedans était très joli.

— Ma poupée l'a vu aussi, intervint Lily, et elle a beaucoup aimé.

— Vous savez de quoi il s'agissait ? demanda Kahlan.

Les deux fillettes secouèrent la tête.

— Mais c'était dans une boîte plus noire que la nuit, dit Richard. Comme si on regardait dans un puits très profond ?

— Oui ! s'écrièrent en chœur les deux sœurs.

— Ça me rappelle la pierre de nuit..., souffla Kahlan.

Richard connaissait bien cette noirceur-là. Le revêtement extérieur des boîtes d'Orden était ainsi. Une couleur si sinistre qu'elle semblait absorber toute lumière.

Pour lui, elle allait systématiquement de pair avec un danger mortel. La pierre de nuit pouvait invoquer des créatures venues du royaume des morts, et la magie des boîtes d'Orden, entre de mauvaises mains, risquait de détruire l'univers des vivants en ouvrant un portail entre leur monde et le domaine du Gardien.

— Dedans, quelque chose brillait, dit le Sourcier. C'était comme la flamme d'une bougie ou d'une lampe ? Quel genre de lueur ?

— Il y avait des couleurs, répondit Lily. Très jolies.

— Des lumières colorées, oui, fit Beth. Sur un lit de sable blanc.

Du sable blanc... Richard frissonna. Cette fois, il n'y avait plus de doutes.

— Et elle était grande comment, cette boîte ?

Beth écarta les mains d'une quinzaine de pouces.

— Longue comme ça, sur les côtés... Mais pas très épaisse. Comme un livre... Quand ils l'ont ouverte, ça m'a fait penser à un livre.

— Et dans le sable blanc, vous avez vu des lignes ? Vous savez, du genre qu'on dessine dans la poussière avec un bâton ?

Beth voulut répondre, mais une quinte de toux l'en empêcha. Elle lutta pour reprendre son souffle, et finit par réussir.

— Oui, des lignes, qui formaient des dessins bien droits. C'est exactement ça. Une boîte, ou un grand livre, avec des dessins sur du sable blanc. Après, nous avons vu de jolies couleurs.

— Il y avait un objet dans le sable ? Et c'est lui qui a produit les lumières ?

Beth fit un effort pour se souvenir.

— Non... On aurait dit qu'elles jaillissaient du sable...

La fillette se laissa retomber sur son lit et se roula en boule, épuisée par la maladie.

La peste. La mort noire.

Sortie d'une boîte noire...

Richard tapota gentiment le bras de Beth et tira la couverture sur elle tandis qu'elle gémissait de douleur.

— Merci, ma chérie. Repose-toi, et tu iras vite mieux.

Le Sourcier n'osa pas remercier Lily, de peur d'éclater en sanglots.

La cadette des sœurs Anderson se rallongea.

— Je suis fatiguée, gémit-elle. Il faut dire à maman que je ne vais pas bien...

Elle aussi se roula en boule, un pouce dans la bouche.

Kahlan la recouvrit et lui promit une jolie surprise, dès qu'elle serait guérie. En réponse aux cajoleries de l'Inquisitrice, l'enfant réussit à esquisser un sourire.

Richard aurait voulu quitter ces deux gamines en leur laissant le souvenir de *son* sourire. Hélas, c'était au-dessus de ses forces.

Quand ils furent sortis de chez les Anderson, Richard tira Drefan à l'écart. Après avoir fait signe aux autres d'attendre, Kahlan alla rejoindre les deux frères.

— Que sont les bubons ? Tu as dit à Erling que Lily en avait à l'intérieur des cuisses…

— Tu as vu les lésions rondes et noires, je crois ?

— Oui. Mais j'ignore pourquoi le vieil homme a failli s'évanouir quand tu en as parlé.

Drefan détourna le regard.

— Il y a plusieurs façons de mourir de la peste. J'ignore pourquoi, mais ça doit avoir un rapport avec la constitution des malades. La force ou la vulnérabilité de l'aura diffèrent d'un individu à l'autre.

» Les épidémies étant heureusement rares, je n'ai pas été témoin de toutes ces formes de décès. Mais les archives des Raug'Moss m'ont beaucoup appris. Tu sais que j'ai vécu des épidémies dans des endroits isolés et assez petits. Par le passé, il y a des siècles, la mort noire a ravagé de grandes villes. Et j'ai eu accès aux documents qui racontent ces horreurs…

» Certaines personnes sont frappées brutalement. Une très forte fièvre, des maux de tête atroces, des vomissements et des douleurs terribles dans le dos. Ces malades souffrent pendant des jours, voire des semaines, avant de mourir. Quelques-uns, très rares, se remettent sans qu'on sache pourquoi. Beth est dans ce cas. Son état s'aggravera encore, mais elle a une minuscule chance de s'en sortir.

» D'autres victimes présentent les mêmes symptômes que Kip, et pourrissent vivantes. D'autres encore sont torturées par d'énormes grosseurs, sur le cou, sous les aisselles ou à l'entrejambe. Là encore, l'agonie est longue et douloureuse. C'est ce qui attend Bert, si mon traitement de choc ne réussit pas.

— Et Lily ? demanda Kahlan. Que signifient ces bubons, comme vous les appelez ?

— Je n'en avais jamais vu…, soupira Drefan. Mais nos archives les décrivent longuement. Ils apparaissent dans la région de l'aine, et parfois sous les aisselles. Les malades s'aperçoivent rarement qu'ils ne vont pas bien – jusqu'à la fin. Un jour, ils découvrent des bubons sur leur corps, et ils meurent peu après.

» Le décès n'est pas douloureux, ou très peu. Mais il est inévitable. Aucun porteur de bubons n'a jamais survécu. Erling a dû en voir, puisqu'il le savait.

» Les épidémies que j'ai combattues, aussi violentes fussent-elles, n'étaient jamais buboniques. Mais les archives sont formelles : les grandes pestes du passé, qui firent des centaines de milliers de morts, appartenaient à cette catégorie. On dit même que les bubons sont les empreintes de doigts du Gardien.

— Lily est une petite fille innocente, gémit Kahlan, comme si sa protestation pouvait changer le cours des choses. Et elle ne semble pas très malade. N'a-t-elle pas une chance de…

— Lily se sent « patraque », comme dit sa mère. Ses bubons sont pleinement développés. Elle sera morte avant minuit.

— Ce soir ? s'écria Richard.

— Oui, au plus tard. En fait, il lui reste plutôt quelques heures. Et je crains même que…

Un cri de femme déchirant monta de la maison des Anderson.

Richard en frissonna, et les soldats qui parlaient à voix basse se turent. Au loin, un chien aboyait à la mort…

Un cri d'homme fit écho au précédent.

— Ce que je redoutais s'est produit…, souffla Drefan.

Kahlan se blottit contre Richard et ferma les poings sur les pans de sa chemise.

Le Sourcier eut l'impression que sa tête tournait comme une toupie.

— Ce sont des enfants…, sanglota Kahlan. Ce salaud tue des gamins !

— De quoi parle-t-elle ? demanda le guérisseur.

— Drefan, répondit Richard, nous pensons que ces gosses meurent parce qu'un sorcier et une magicienne ont assisté à une partie de Ja'La, il y a quelques jours. Ils ont déclenché l'épidémie.

— C'est impossible ! Il faut plus de temps que ça pour que la maladie se déclare !

— Le sorcier est celui qui a blessé Cara, le jour de ton arrivée. Il a laissé une prophétie gravée sur le mur de l'oubliette. Elle commence ainsi : *« L'incendie viendra avec la lune rouge. »*

— Comment la magie pourrait-elle provoquer une épidémie de peste ? insista Drefan.

— Je n'en sais rien, avoua Richard.

Il n'eut pas la force de prononcer à haute voix la suite de la prédiction.

« Celui qui est lié à l'épée verra mourir les siens. S'il n'agit pas, ceux qu'il aime périront avec lui dans la fournaise, car aucune lame, qu'elle soit en acier ou née de la magie, ne peut blesser cet ennemi-là. »

Sentant Kahlan trembler dans ses bras, il devina qu'elle se récitait mentalement la dernière partie du texte.

« Pour éteindre l'incendie, il devra trouver un remède dans le vent. Mais sur ce chemin, la foudre le frappera, car sa bien-aimée le trahira dans son sang. »

Chapitre 31

Aux abords des splendides jardins du palais, une patrouille de soldats d'harans reconnut Kahlan et Richard. Tous les hommes se mirent aussitôt au garde-à-vous. Derrière eux, dans la grande avenue et les allées latérales, des dizaines de citadins s'agenouillèrent également pour honorer la Mère Inquisitrice et le seigneur Rahl.

Bien que tout semblât normal en ville, Kahlan aurait juré que quelque chose avait déjà changé. Non loin de là, des ouvriers occupés à charger des tonneaux dans un chariot jetaient des regards soupçonneux aux badauds qui passaient trop près d'eux. Dans les boutiques, quittes à rater une vente, les commerçants restaient le plus loin possible de leurs clients. Et dans toutes les rues, les promeneurs faisaient de grands détours pour éviter les petits groupes d'hommes et de femmes qui parlaient à voix basse. Partout en Aydindril, on tenait des messes basses, et les gens paraissaient avoir désappris à rire.

Après le salut traditionnel – un coup de poing sur le cœur – les soldats oublièrent le règlement et sourirent comme des gamins.

— Vive le seigneur Rahl ! crièrent-ils en chœur. Longue vie au seigneur Rahl !

— Merci, seigneur Rahl ! lança un sous-officier en avançant d'un pas. Grâce à vous, nous sommes guéris ! Vive le grand sorcier Richard Rahl !

Le Sourcier s'immobilisa, les yeux rivés sur le sol.

— Longue vie au seigneur Rahl ! braillèrent les autres soldats. Vive le plus grand sorcier du monde !

Les poings serrés, Richard repartit sans tourner la tête vers ses admirateurs. Kahlan lui prit le bras, posa une main sur la sienne et le força à ouvrir les doigts. D'une pression, elle assura le jeune homme de son soutien. Comme elle comprenait ce qu'il éprouvait !

Du coin de l'œil, l'Inquisitrice vit Cara, derrière Drefan et Nadine, faire signe aux D'Harans de se taire et de ficher le camp.

Devant eux, le Palais des Inquisitrices offrait aux regards la frappante beauté de ses murs, de ses tourelles et de ses colonnes de marbre blanc. Dans le ciel, alors que le soleil se couchait, des amas de nuages noirs annonçaient un orage. Charriés par le vent, quelques flocons de neige venaient mourir aux pieds des jeunes gens. À l'évidence, le printemps devrait encore lutter ferme pour prendre le dessus sur l'hiver.

Kahlan s'accrocha à la main de Richard comme si sa vie en dépendait. Dans sa tête, il n'y avait plus de place pour rien, sinon la maladie et la mort. Ils avaient rendu visite à une quinzaine d'enfants frappés par la peste. Six avaient déjà succombé, et le visage du Sourcier semblait à peine moins pâle que celui des cadavres.

Pour avoir trop retenu ses cris et ses larmes, l'Inquisitrice avait les muscles du ventre tétanisés. Mais comment aurait-elle pu perdre son contrôle devant des mères désespérées par le décès de leurs enfants ? Certaines culpabilisaient, comme si plus de vigilance eût suffi à sauver les pauvres gosses. D'autres refusaient toujours de croire l'horrible vérité, même face aux corps déjà noircis des petites victimes…

La plupart de ces femmes étaient à peine plus âgées que Kahlan. Confrontées à une menace qui les dépassait, elles tombaient à genoux pour implorer les esprits du bien d'épargner leur famille. À leur place, se dit l'Inquisitrice, elle aurait sûrement réagi de la même façon.

Certains parents, comme chez les Anderson, pouvaient s'appuyer sur les conseils de personnes plus âgées qui savaient également les réconforter. Hélas, beaucoup de jeunes mères vivaient seules avec des maris à peine sortis de l'adolescence. Celles-là ne pouvaient compter sur personne.

Kahlan posa sa main libre sur son ventre douloureux. Richard était abattu par ce nouveau drame, et tant de responsabilités pesaient sur ses épaules. Elle devait être forte pour lui !

Ils s'engagèrent dans une allée bordée d'érables qui ne tarderaient pas à bourgeonner. Au-delà de ce tunnel végétal, une large voie serpentait jusqu'au palais.

Derrière Richard et Kahlan, Nadine et Drefan passaient en revue les thérapies à leur disposition. En fait, l'herboriste proposait un traitement et le guérisseur donnait son avis, souvent négatif, sur ses chances de succès. De temps en temps, Drefan s'autorisait des digressions théoriques. À l'entendre, c'était la défaillance des défenses naturelles du corps qui permettait à la maladie de s'y enraciner.

Kahlan eut le désagréable sentiment qu'il méprisait les malades, coupables d'avoir trop négligé leur aura et leur flux d'énergie vitale. Ainsi, il semblait normal qu'ils périssent face à un fléau qui n'avait pas de prise sur les gens comme lui, beaucoup plus soigneux avec leur corps et leur esprit.

Cette réaction était peut-être normale chez un guérisseur de son talent, frustré de voir les autres attirer le malheur sur leur tête par insouciance. Comme s'y acharnaient par exemple les prostituées et leurs clients – dont elle avait été ravie d'apprendre qu'il ne faisait pas partie.

L'Inquisitrice se demanda ce qu'il y avait de vrai dans les théories du guérisseur. Pour être franche, elles lui semblaient un peu fumeuses, mais elle partageait son agacement face aux inconscients qui s'ingéniaient à se rendre malades.

Quelques années plus tôt, elle avait connu un diplomate qui ne supportait pas les sauces particulièrement riches et épicées. En plus de problèmes intestinaux, elles lui valaient des troubles respiratoires de plus en plus graves à chaque fois.

Un jour, après s'être goinfré d'un plat en sauce, il était tombé raide mort, la tête dans son assiette.

Incapable de comprendre pourquoi cet homme s'exposait à la maladie, Kahlan ne l'avait pas vraiment pleuré. Pour être honnête, à chaque banquet où elle l'avait vu, son mépris pour lui s'était confirmé…

Drefan réagissait-il simplement comme elle ? À la différence près qu'il en savait beaucoup plus long sur l'irresponsabilité des gens ? La façon dont il avait sauvé Cara prouvait que ce qu'il nommait l'« aura » existait bel et bien. Et on ne pouvait nier que l'esprit jouait un grand rôle sur la résistance du corps aux maladies.

L'Inquisitrice était souvent passée à Langden, une petite ville peuplée de gens peu évolués et très superstitieux. Leur guérisseur avait un jour décrété que les maux de tête dont ils souffraient leur étaient envoyés par les démons qui les possédaient. Radical, il avait ordonné qu'on applique des barres de fer chauffé au rouge sous les pieds des malades. Un traitement original, mais radical ! À Langden plus personne ne se plaignit d'être possédé par un démon, et les migraines disparurent du jour au lendemain.

Si la peste avait pu en faire autant…

Et Nadine aussi, par la même occasion ! Hélas, alors que tant de malades auraient bientôt besoin de soins, il était hors de question de la renvoyer avant la fin de l'épidémie. Le piège de Shota se refermait sur Richard…

Le jeune homme n'avait pas dit à Kahlan de quoi il avait parlé en privé avec son amie d'enfance. Mais deviner n'était pas sorcier… Les excuses de Nadine étaient hypocrites, cela ne faisait aucun doute. Elle avait voulu plaire à Richard, ou éviter qu'il l'écorche vive si elle ne retirait pas ses insultes.

À voir les regards que Cara jetait à la jeune herboriste, le plus grand danger, pour elle, ne venait pas du Sourcier.

Leurs compagnons sur les talons, les deux jeunes gens franchirent la porte sculptée flanquée de deux magnifiques colonnes. Dans le hall éclairé par des lampes et de grandes fenêtres aux vitraux bleu clair, Richard s'arrêta soudain.

Une silhouette familière marchait vers eux, pressant le pas sur les dalles en damier. Et une autre personne, sur la droite, remontait le couloir qui menait à l'aile des invités.

— Ulic, dit le Sourcier en se retournant, tu veux bien aller chercher le général Kerson ? Il doit être au poste de commandement des forces d'haranes. Quelqu'un sait où on peut trouver le général Baldwin ?

— Sans doute au palais de Kelton, sur l'avenue des Rois, répondit Kahlan. Il n'en a pas bougé depuis qu'il nous a aidés à vaincre le Sang de la Déchirure.

Richard hocha la tête, l'air accablé. Kahlan se demanda si elle l'avait jamais vu dans un état pareil. Les yeux éteints, la peau grisâtre, les épaules voûtées…

En soupirant, il fit volte-face et chercha Egan du regard.

— Ah, te voilà ! s'exclama-t-il en plissant les yeux pour mieux voir son garde du corps, pourtant à trois pas de lui. J'aimerais que tu me ramènes le général Baldwin. On ne sait pas trop où il est, mais tu devrais y arriver…

Ayant entendu les précisions que Kahlan venait de donner, le colosse lui jeta un regard inquiet.

— Vous voulez voir d'autres personnes, seigneur Rahl ?

— D'autres personnes ? Hum… Oui, dites aux deux généraux d'amener leurs officiers supérieurs. J'attendrai dans mon bureau.

Egan et Ulic saluèrent et partirent au pas de course. Au passage, ils firent signe aux deux Mord-Sith de couvrir le flanc droit de Richard.

Cara et Raina exécutèrent la manœuvre juste à temps pour forcer Tristan Bashkar à s'arrêter net.

Plongée dans la lecture du journal de Kolo, Berdine arriva à grandes enjambées… et Kahlan dut la retenir par le bras pour qu'elle ne percute pas Richard.

— Bien le bonjour, Mère Inquisitrice, dit Tristan en s'inclinant. Et à vous aussi, seigneur Rahl.

— Qui êtes-vous ? demanda le Sourcier.

— Tristan Bashkar, de Jara. J'ai peur que nous n'ayons pas encore été présentés… officiellement.

— Avez-vous opté pour la reddition, ministre Bashkar ?

Pris de court, car il s'attendait à une entrée en matière plus protocolaire, Tristan releva la tête, s'éclaircit la gorge et afficha son fameux sourire.

— Seigneur Rahl, j'apprécie beaucoup votre patience. La Mère Inquisitrice m'a accordé deux semaines de délai. Cela me permettra de sonder le ciel, pour découvrir ce que les étoiles ont à dire.

— À ce petit jeu, votre peuple risque de voir des épées plutôt que des astres, ministre.

Tristan commença à déboutonner son manteau. Aussitôt, l'Agiel de Cara vola dans sa main, mais le Jarien ne s'en aperçut pas. Écartant les pans du vêtement, il plaqua les poings sur ses hanches, près du couteau pendu à sa ceinture.

L'Agiel de Raina suivit le même chemin que celui de sa collègue.

— Seigneur Rahl, comme je l'ai dit à la Mère Inquisitrice, les Jariens sont impatients de se joindre à l'empire d'haran.

— L'empire d'haran ? répéta Richard, stupéfait.

— Tristan, intervint Kahlan, nous sommes très occupés. Nous en avons déjà parlé, et je vous ai accordé un répit. À présent, si vous voulez bien nous excuser.

— Dans ce cas, j'irai droit au but, dit le Jarien. Selon les rumeurs, il y aurait la peste en Aydindril !

— Ce n'est pas une rumeur, répondit Richard, ses yeux retrouvant soudain leur éclat. Hélas, la peste est bien là.

— Le danger est-il grand ?

Le Sourcier posa la main sur la garde de son épée.

— Si vous vous ralliez à l'Ordre Impérial, ministre, ce que je vous réserverai sera cent fois pire que ce fléau.

Kahlan n'avait jamais vu deux hommes se détester autant en moins de deux minutes. Épuisé et désespéré, après avoir découvert tant d'enfants morts, Richard n'était pas d'humeur à écouter un courtisan s'inquiéter pour sa propre vie. De plus,

Jara avait voté la mort lors du simulacre de procès de la Mère Inquisitrice. Un peu plus tard, le Sourcier avait exécuté le conseiller jarien…

Et si tout cela ne suffisait pas, aux yeux de Tristan, Richard était le tyran qui exigeait la reddition de son royaume. À sa place, dut-elle s'avouer, elle n'aurait pas été bien disposée non plus.

Si rien ne se passait, ces deux-là auraient dégainé leurs armes dans moins de dix secondes.

— Je suis Drefan Rahl, le haut prêtre des Raug'Moss, une communauté de guérisseurs. (Prudent, Drefan vint se placer entre les deux hommes.) Ayant une certaine expérience de la peste, je vous conseille de rester dans votre chambre et d'éviter tout contact avec des inconnus. En particulier les prostituées. À part ça, nourrissez-vous sainement et dormez beaucoup. Ces mesures préventives devraient suffire. Il y en a quelques autres, cependant. Venez donc m'écouter donner une conférence au personnel de ce palais, et vous saurez tout…

Tristan inclina la tête pour remercier le guérisseur.

— Seigneur Rahl, dit-il, j'aime qu'on soit franc et direct avec moi. Un dirigeant de moindre envergure aurait sans doute tenté de m'abuser. Sachant pourquoi vous êtes occupé, je vais vous laisser en paix.

Dès que le Jarien eut tourné les talons, Berdine approcha de Richard. Toujours plongée dans sa lecture, et marmonnant parfois toute seule pour s'entraîner à prononcer le haut d'haran, la Mord-Sith n'avait sûrement pas entendu un mot de ce qui venait de se dire.

— Seigneur Rahl, fit-elle, il faut que je vous parle.

— Attends une minute, veux-tu… Drefan, Nadine, l'un de vous sait faire passer une migraine ? Très forte, je précise.

— J'ai des herbes qui t'aideront, répondit la jeune femme.

— Moi, je connais un remède imparable, dit Drefan. On l'appelle le « sommeil ». Tu te rappelles peut-être en avoir fait usage, dans un lointain passé ?

— Drefan, je sais que je n'ai pas fermé l'œil depuis un moment, mais…

— Plusieurs nuits blanches de suite ! coupa le guérisseur. Les prétendus médicaments de cette jeune dame ne te feront aucun bien. Après une brève amélioration, la migraine reviendra, deux fois plus forte. Alors, tu ne seras vraiment plus bon à rien.

— Drefan a raison, intervint Kahlan.

Insensible à ce qui se passait autour d'elle, Berdine avait recommencé à feuilleter le journal.

— Je pense la même chose, dit-elle comme si elle venait de découvrir qu'elle n'était pas seule au monde. Depuis que je me suis reposée, mon cerveau fonctionne bien mieux.

— D'accord, d'accord…, soupira Richard. J'irai bientôt au lit… Berdine, que voulais-tu me dire ?

— Pardon ? demanda la Mord-Sith, de nouveau concentrée sur sa lecture. Ah, oui ! Eh bien, je sais où est le Temple des Vents.

— Quoi ? s'écria Richard.

— Après quelques heures de sommeil, j'ai repensé à notre méthode de travail. Chercher des mots clés, me suis-je dit, limitait notre champ d'investigation.

Alors, j'ai changé d'approche. En me mettant à la place des sorciers de l'ancien temps, j'ai tenté de…

— Où est le Temple des Vents ? coupa Richard.

— Au sommet du mont des Quatre Vents, répondit la Mord-Sith.

Levant les yeux, elle remarqua enfin Raina et lui sourit tendrement.

— Berdine, dit Kahlan, j'ignore où est ce mont. Si tu ne le sais pas non plus, nous ne serons pas très avancés.

— Hum… Oui, désolée… Mais la traduction peut nous aider…

Elle feuilleta le journal.

— Voilà, j'y suis…

— Quel nom mentionne Kolo ? demanda Richard.

— Regardez vous-même, seigneur, dit la Mord-Sith en lui tendant le livre, un doigt sur la bonne ligne.

— *Berglendursch ost Kymermosst*, lut-il à voix haute. C'est bien ça : le mont des Quatre Vents.

— En fait, dit Berdine, *Berglendursch* peut avoir d'autres traductions. *Berglen* signifie bien « mont », et *dursch* a souvent le sens de « roche ». Mais il peut aussi vouloir dire « volontaire » ou « résolu ». Dans le cas qui nous occupe, je penche plutôt pour la première possibilité.

— Bref, vous cherchez le mont Kymermosst ? résuma Kahlan.

— Pourquoi ? demanda Berdine. Vous le connaissez ?

— Oui, si c'est bien le vôtre…

— C'est sûrement lui ! s'exclama Richard, enfin tiré de son apathie. Tu sais où il est ?

— Oui, et je l'ai même escaladé. C'est un pic très rocheux, et le sommet est battu par les vents. On y trouve de très anciennes ruines, mais pas de temple.

— Sauf si ce sont les ruines du temple, avança Berdine. Nous ne savons rien de la taille de celui que nous cherchons. Il pourrait être très petit.

— Mais là, ça m'étonnerait…, souffla Kahlan.

— Pourquoi dis-tu ça ? demanda Richard. Et où est ce mont ?

— Il se dresse pas très loin d'ici, au nord-est. À environ une journée de cheval… Deux si tout se passe mal. Le chemin est très accidenté, mais traverser le mont, aussi difficile que soit la piste, économise beaucoup de temps et permet d'éviter des régions très peu hospitalières.

» Les ruines sont au sommet. À les voir, on dirait des vestiges de dépendances. Richard, n'oublie pas que je suis une experte en palais ! Il ne s'agit pas d'un temple, mais de simples dépendances, comme il y en a ici. Une route les traverse, et elle ressemble un peu à la promenade du Palais des Inquisitrices.

— Et où conduit-elle, ta route ? demanda le Sourcier, un pouce glissé dans son ceinturon.

— Au bord d'un précipice ! Trois ou quatre cents pieds de chute libre…

— Tu n'as pas vu de marches taillées dans la roche ? Un escalier qui mènerait au temple lui-même ?

— Richard, tu ne comprends pas ! Les ruines sont au bord du gouffre ! On voit bien que les bâtiments et la route allaient jadis plus loin… Une partie de la montagne s'est écroulée. Tu as entendu parler des avalanches et des glissements de terrain ? Ce qui se trouvait au-delà des vestiges a disparu pour toujours !

— Dans son journal, Kolo dit que le temple est parti..., soupira le Sourcier, accablé. Les sorciers ont utilisé leur pouvoir pour faire tomber une partie de la montagne et l'enfouir sous des tonnes de roche.

— Je vais continuer à lire le texte de Kolo pour voir s'il donne des précisions, dit Berdine, visiblement découragée.

— Bonne idée, approuva Richard. Ça nous fournira peut-être un début de piste.

— Seigneur, demanda la Mord-Sith, aurez-vous le temps de m'aider avant de partir vous marier ?

Un silence gêné suivit cette question faussement naïve.

— Berdine…, souffla le Sourcier, incapable d'en dire davantage.

— On m'a raconté que les soldats étaient guéris. (Berdine jeta un coup d'œil à Kahlan, puis dévisagea Richard.) Vous m'avez avertie que la Mère Inquisitrice et vous partiriez dès que ce problème aurait été résolu. (Elle sourit.) Je sais que je suis votre préférée, mais ça ne vous a pas fait changer d'avis, n'est-ce pas ? Vous en avez assez d'avoir les pieds glacés, le soir, dans votre lit ?

La Mord-Sith attendit, vaguement surprise que personne n'ait ri de sa plaisanterie.

Richard était comme pétrifié. Kahlan comprit qu'il refusait de dire à voix haute des mots qui risquaient de briser le cœur de sa future épouse. Elle prit sur elle de les prononcer.

— Berdine, Richard et moi allons rester en Aydindril. Le mariage est annulé. Provisoirement, en tout cas.

Voilà, c'était dit. Et ça lui brisait vraiment le cœur.

L'impassibilité forcée de Nadine agaça prodigieusement l'Inquisitrice. Pour ne pas risquer de réprimandes, l'herboriste s'interdisait de sourire, mais sa jubilation se sentait tellement…

— Annulé ? répéta Berdine. Pourquoi ?

— Parce que la peste frappe la ville, répondit Richard, les yeux rivés sur la Mord-Sith, comme s'il redoutait de croiser le regard de Kahlan. C'est ce qu'annonçait la prophétie, dans l'oubliette. Nous devons rester et aider la population. Si nous partions, plus personne ne nous ferait jamais confiance.

— Seigneur, je suis désolée…, souffla Berdine.

Pour la première fois depuis le début de la conversation, elle baissa la main qui tenait le journal de Kolo.

Chapitre 32

Campée devant une fenêtre, Kahlan regardait tomber la nuit. Comme prévu, il neigeait et un vent froid soufflait. Derrière elle, Richard était assis à son bureau, la magnifique cape pliée sur le bras de son fauteuil. En attendant l'arrivée des deux généraux et de leurs officiers, il travaillait sur le journal de Kolo avec Berdine.

La Mord-Sith émettait des propositions et il se contentait de grogner de temps en temps pour les valider. Dans son état, l'Inquisitrice doutait que le Sourcier fût très utile pour sa collaboratrice.

Jetant un coup d'œil par-dessus son épaule, Kahlan vit que Drefan et Nadine étaient toujours assis ensemble près de la cheminée. Richard leur avait demandé de rester pour répondre aux questions des militaires. Tacticienne hors pair, l'herboriste se concentrait sur le guérisseur, comme s'ils étaient seuls au monde. Attentive à ne jamais croiser le regard du Sourcier, et surtout celui de sa fiancée, elle évitait de trahir son intense satisfaction.

Mais elle n'avait aucune raison de triompher, et Shota non plus. Le mariage était simplement différé, jusqu'à…

Jusqu'à quand ? Qu'ils aient enrayé la peste ? Que tous les citoyens d'Aydindril l'aient attrapée ? Qu'ils en soient eux-mêmes victimes, comme l'annonçait la prophétie ?

Kahlan approcha de Richard et lui posa une main sur l'épaule. Elle avait tant besoin de le toucher. Les esprits du bien en soient loués, il le sentit et posa une main sur la sienne.

— Ce n'est qu'un contretemps…, souffla l'Inquisitrice en se penchant un peu. Rien n'a changé, Richard, je te le jure. Notre bonheur est seulement remis à plus tard.

— Je sais…

À cet instant, Cara ouvrit la porte et passa la tête dans la pièce.

— Seigneur, ils arrivent.

— Merci, Cara. Laisse la porte ouverte et dis-leur d'entrer.

Raina se pencha vers la cheminée et embrasa un long tison. Prenant appui d'une main sur l'épaule de Berdine, elle s'étira au maximum pour allumer une lampe, à l'autre bout de la table. Quand sa longue natte noire lui caressa la joue, l'autre Mord-Sith se la gratta, comme si ça chatouillait, et sourit à sa compagne.

Entre les deux femmes, ces manifestations publiques d'affection étaient rarissimes. Mais Raina, après ce qu'elle venait de voir en ville, avait besoin de tendresse et de consolation.

Aussi cruel qu'eût été leur conditionnement, ces femmes réapprenaient lentement à éprouver des sentiments humains. Face à des enfants malades ou morts, la carapace de Raina n'avait pas résisté, et c'était une très bonne nouvelle.

Dans le couloir, Cara invita les militaires à entrer.

Toujours aussi impressionnant, le général Kerson, un colosse aux tempes grisonnantes, franchit le seuil le premier.

Plus âgé, la moustache et les cheveux quasiment blancs, le général Baldwin, chef des forces keltiennes, le suivait comme son ombre. Bien plus distingué que son collègue, il n'en paraissait pas moins menaçant.

Pendant que leurs officiers entraient, les deux chefs s'inclinèrent devant Richard et Kahlan.

— Ma reine, seigneur Rahl, dit Baldwin, vous revoir est un honneur…

L'Inquisitrice salua le général d'un bref hochement de tête.

Richard se leva. Pour lui dégager le passage, Berdine se contenta de reculer un peu sa chaise. En bonne Mord-Sith, elle ne prit pas la peine de lever les yeux sur les fâcheux qui la dérangeaient en plein travail.

— Bonjour, seigneur Rahl, dit Kerson en se tapant du poing sur le cœur. Et à vous aussi, Mère Inquisitrice.

Derrière leurs chefs, tous les officiers firent la révérence. Sans montrer de signes d'impatience, Richard attendit qu'ils en aient fini avec le protocole. Cette réaction ne lui ressemblait pas, pensa Kahlan, mais il ne devait pas être pressé d'entrer dans le vif du sujet.

— Messires, dit-il simplement quand il ne put plus retarder l'échéance, j'ai le regret de vous informer qu'une épidémie fait rage en Aydindril.

— Une épidémie de quoi ? demanda Kerson. Encore ces foutues coliques ?

— Non. Cette fois, il s'agit de la peste.

— La Mort Noire, dit Drefan dans le dos de Richard.

Les militaires retinrent leur souffle, attendant la suite.

— Le fléau est récent, continua Richard. Une chance qui nous permettra de prendre toutes les précautions possibles. Pour le moment, on dénombre une vingtaine de cas. Mais qui sait ce que l'avenir nous réserve ? À ce jour, près de la moitié des malades ont succombé. Demain matin, ce nombre aura encore augmenté.

— De quelles précautions voulez-vous parler, seigneur Rahl ? demanda Kerson. Vous pensez pouvoir protéger les soldats et les citadins ?

— Hélas, non, général…

— Alors, qu'entendez-vous faire ?

— Avant tout, disperser nos hommes. Mon frère a affronté la peste, et il s'est renseigné sur les grandes épidémies du passé. Nous pensons que cette maladie se transmet comme la grippe ou le rhume. Quand une personne l'attrape, tous ceux qui entrent en contact avec elle risquent de l'avoir aussi.

— Moi, j'ai entendu dire qu'elle infecte l'air, dit un officier, derrière Baldwin.

— Une hypothèse répandue, oui. On accuse bien d'autres facteurs : l'eau empoisonnée, la nourriture pourrie, la chaleur qui augmente trop la température du sang...

— Ou encore la magie ! lança un autre officier.

— C'est possible, admit Richard. On prétend aussi qu'il s'agit d'une punition envoyée par les esprits, pour nous faire expier nos péchés. Mais je ne souscris pas à cette théorie. Cet après-midi, j'ai vu des enfants souffrir et mourir. Même furieux contre nous, les esprits ne frapperaient pas des innocents.

— Alors, d'où vient ce fléau, selon vous ? demanda Baldwin.

— Je ne suis pas un expert, mais l'explication de mon frère me convainc. Comme les autres infections, la peste est transmise par les premiers malades qui contaminent ceux qui les touchent ou qui les approchent. Cela semble logique, même si le mal est bien plus grave qu'une grippe. D'après ce que je sais, peu de gens y survivent...

» Si Drefan a raison, nous devons agir vite pour préserver notre armée. Bref, il faut que les hommes se séparent et forment de petites unités !

— Seigneur Rahl, intervint Kerson, pourquoi n'utilisez-vous pas la magie afin de nous débarrasser de cette calamité ?

Kahlan tapota le dos du Sourcier pour l'inciter à garder son calme.

— Désolé, répondit-il, sans une once de colère dans la voix, mais j'ignore comment m'y prendre. Et à ma connaissance, aucun sortilège n'a jamais vaincu une épidémie de peste.

» Garde une chose à l'esprit, général : quand l'heure a sonné, même le plus grand sorcier ne peut échapper au Gardien. Dans le cas contraire, les cimetières feraient faillite, faute de clients. Mais personne n'a des pouvoirs égaux à ceux du Créateur.

» Notre monde repose sur la notion d'équilibre. Tout être humain, et en particulier un soldat, peut aider le Gardien en semant la mort. Inversement, nous servons le Créateur chaque fois que nous protégeons la vie. Ne sommes-nous pas les mieux placés pour savoir que c'est la véritable mission des guerriers ? Parfois, nous devons tuer pour éliminer un ennemi acharné à détruire la vie. Hélas, on se souvient de nos victoires les plus meurtrières, jamais des jours où nous parvenons à ne pas verser le sang.

» Les sorciers aussi sont soumis à la loi de l'équilibre. Dans l'univers, le Créateur et le Gardien ont tous les deux un rôle à jouer. Aucun être vivant, quel que soit son pouvoir, n'est autorisé à leur dicter leurs actes. Un sorcier peut s'arranger pour qu'un événement se produise. Un mariage, par exemple. Mais il ne saurait contraindre le Créateur à donner un enfant à ce couple...

» Un sorcier doit se souvenir qu'il vit dans le même monde que les autres hommes. Son devoir est de les aider, comme un fermier qui donne un coup de main à un voisin au moment de la récolte – ou quand il doit lutter contre un incendie.

» Bien entendu, le pouvoir permet d'accomplir des actes hors de portée du commun des mortels. Un peu comme tes muscles, qui t'aident à manier des haches qu'un homme plus âgé pourrait à peine soulever. Mais la force ne peut pas tout, et un vieillard, parce qu'il a de l'expérience, peut parfois triompher d'un colosse...

» Aussi puissant qu'il soit, un sorcier est incapable de créer la vie. Alors qu'une jeune femme y parvient sans peine, même si elle n'a aucun pouvoir et manque d'expérience. Et cette magie-là, au fond, est peut-être supérieure à toutes les autres.

» En conclusion, s'il est vrai que je suis né avec le don, ça ne signifie pas que mon pouvoir suffise à enrayer la peste. La magie ne peut pas résoudre tous nos problèmes, mes amis. Comme vous connaissez les limites de vos troupes, je suis contraint d'admettre les miennes. Sinon, je serais plus dangereux encore que la peste !

» Beaucoup d'entre vous ont vu mon épée tailler en pièces nos ennemis. Hélas, elle ne peut pas frapper celui-là. Et d'autres magies sont également susceptibles d'échouer face à la peste…

— *Devant sa sagesse, nous nous inclinons…*, cita Kerson à mi-voix.

D'autres voix vinrent saluer la logique du discours de Richard. Kahlan se réjouit qu'il ait réussi à convaincre des hommes si durs. Mais s'était-il convaincu lui-même ?

— La sagesse n'a rien à voir là-dedans, marmonna-t-il. C'est une simple affaire de bon sens… (Il secoua la tête pour s'éclaircir les idées.) Mais n'allez pas croire pour autant, messires, que j'ai l'intention de baisser les bras devant l'épidémie. Au contraire, je la combattrai de toutes mes forces. (Il posa une main sur l'épaule de Berdine.) Une amie m'aide à explorer les livres de l'ancien temps, à la recherche de l'antique sagesse des sorciers.

» Si la magie peut agir, je découvrirai comment. En attendant, nous devrons recourir à d'autres moyens pour protéger la population et la troupe. Les hommes doivent se disperser !

— Et que feront-ils après s'être divisés ? demanda Kerson.

— Ils quitteront Aydindril.

— Vous laisserez la ville sans défense, seigneur ?

— Non, général. Quand nos forces se seront séparées, elles prendront position autour de la cité. Elles contrôleront les voies d'accès, mais ne seront plus exposées à la peste. Aucun adversaire ne tirera parti de cette tactique.

— Et face à une attaque massive ? insista Kerson. Vos petits groupes seront submergés.

— Nous placerons des sentinelles, et des éclaireurs s'assureront que personne n'avance vers nous. N'hésitez pas à en envoyer beaucoup, parce que leur rôle sera essentiel. Je doute que des forces de l'Ordre Impérial se soient déjà enfoncées si loin au nord, mais si je me trompe, nous serons avertis largement à temps. Regrouper nos troupes ne sera pas difficile, puisqu'il n'est pas question de les expédier aux quatre coins du pays, mais simplement d'empêcher la propagation de l'épidémie.

» Messires, toutes les suggestions seront les bienvenues. C'est en partie pour ça que je vous ai convoqués. Alors, ne craignez pas de vous exprimer.

— Il faudra agir vite, dit Drefan en faisant un pas en avant. Ainsi, nous réduirons les risques que des soldats soient infectés.

Tous les militaires acquiescèrent.

— Les soldats et les officiers qui nous ont accompagnés aujourd'hui devront rester ici, parce qu'ils peuvent être déjà touchés. Il en ira de même pour tous ceux qui les ont côtoyés depuis.

— Nous nous en occuperons dès ce soir, dit Kerson.

— Parfait, approuva Richard. Les différents groupes devront communiquer, mais *oralement*, à l'exclusion de toute autre méthode. Pour ce que nous en savons, le parchemin transmet peut-être la maladie… Que les messagers se parlent de loin, surtout. Au moins dix pas, comme la distance qui nous sépare en ce moment.

— Ces précautions ne sont-elles pas exagérées ? demanda un des officiers

— Il paraîtrait, intervint Drefan, que les malades encore exempts de symptômes – et qui se croient donc en bonne santé – peuvent être repérés parce que leur haleine charrie l'odeur de la peste. (Les militaires tendirent l'oreille.) Mais pour la sentir, il faut approcher tellement qu'on est presque sûr d'être contaminé.

Des murmures coururent parmi les officiers.

— Voilà pourquoi les messagers devront respecter une distance de sécurité, précisa Richard. Ceux qui sont infectés ne risqueront pas de transmettre le mal à un autre groupe. Si on ne prend pas ce type de précautions, inutile de nous donner tant de mal…

» La peste est un poison mortel. En agissant vite, et prudemment, nous sauverons beaucoup de vies. Mais à la moindre négligence, tous les citoyens d'Aydindril et tous les soldats risqueront de mourir en quelques semaines.

— Nous noircissons volontairement le tableau, dit Drefan, parce que minimiser le danger serait suicidaire. Par bonheur, il nous reste certains atouts. Comme le climat, par exemple. Selon ce que je sais, la peste est plus meurtrière en été. Avec ce printemps glacial, elle aura du mal à s'enraciner. C'est un bon point pour nous.

Les officiers soupirèrent de soulagement.

Mais pas Kahlan.

— Encore une chose, ajouta Richard. Les D'Harans sont des hommes d'honneur, et ils agiront en conséquence. Je refuse qu'on mente aux citadins pour éviter une panique. Bien entendu, ce n'est pas une raison pour en rajouter. Ces malheureux auront déjà assez peur comme ça…

» Messires, vous êtes des soldats, et l'ennemi qui nous attaque, bien qu'il soit invisible, n'est pas différent des autres. Le combattre est votre mission !

» Certains hommes devront rester en ville pour aider les habitants et contenir d'éventuelles émeutes. Ce qui est arrivé les nuits de lune rouge ne doit en aucun cas se reproduire. Montrez-vous fermes, mais évitez les violences inutiles. Ces gens sont de notre côté, ne l'oubliez jamais. Il s'agit de les protéger, pas de les mater.

» Nous aurons aussi besoin de fossoyeurs. Si l'épidémie se répand, il sera impossible de brûler tous les cadavres.

— Combien prévoyez-vous de victimes, seigneur Rahl ? demanda un officier.

— Des milliers, répondit Drefan. Peut-être des dizaines de milliers, si ça tourne mal. Voire plus… Jadis, dans une cité de près de cinq cent mille âmes, la peste a tué trois personnes sur quatre en un trimestre.

Au fond de la pièce, un militaire émit un long sifflement.

— Cela nous amène au dernier point, dit Richard. Certains citadins voudront fuir Aydindril pour échapper au danger. Ils ne seront pas très nombreux, parce qu'il est difficile de quitter son foyer et son travail...

» Ces fugitifs devront être arrêtés ! Sinon, la maladie se répandra dans les Contrées, puis elle gagnera D'Hara. Nous pourrons autoriser que des gens sortent de la cité et se réfugient dans les collines. Mais pas question qu'ils aillent plus loin ! C'est aussi pour ça qu'il faudra encercler la ville et sécuriser ses accès. Le périmètre ainsi établi devra être infranchissable.

» Ne vous fiez pas à l'allure des citadins. Ils peuvent avoir l'air en pleine forme et être déjà infectés. En dernier recours, utilisez la force pour empêcher que la peste gagne de nouveaux territoires. Là encore, n'oubliez pas que vous aurez affaire à des malheureux inquiets pour leur famille, pas à des ennemis.

» Ceux qui se réfugieront dans les collines risquent d'être vite à court de nourriture. Conseillez-leur d'en emporter, car ils ne trouveront pas grand-chose autour de la ville. Mourir de faim est guère plus agréable que périr de la peste. Faites-le-leur comprendre, et insistez sur un point : aucun pillage de ferme ne sera toléré ! L'anarchie ne régnera pas en maître !

» Messires, je crois avoir tout dit. Il y a des questions ?

— Ma reine, fit Baldwin, quand partirez-vous avec le seigneur Rahl ? Ce soir, ou demain matin ? Et où irez-vous ?

— Richard et moi ne bougerons pas d'ici, répondit Kahlan.

— Quoi ? Majesté, vous devez fuir le danger ! Que ferions-nous sans vous ?

— Quand nous avons compris de quoi il s'agissait, dit l'Inquisitrice, il était déjà trop tard. Général, nous sommes peut-être atteints...

— Mais c'est peu vraisemblable, précisa Richard, soucieux de rassurer les officiers. De toute façon, je dois rester et tenter de découvrir si la magie peut vaincre le mal. Dans les collines, nous serions inutiles. Ici, nous continuerons à commander...

» Drefan est le haut prêtre des Raug'Moss, des guérisseurs d'harans. La Mère Inquisitrice et moi sommes entre les meilleures mains possibles. Mon frère restera, comme Nadine, pour tenter de soulager les malades.

Alors que les militaires passaient à des questions sur la nourriture et l'intendance, Kahlan vint se placer devant la fenêtre et contempla les flocons de neige malmenés par le vent. Richard avait harangué ses hommes comme à la veille d'une bataille, leur donnant du cœur au ventre. Et comme dans toutes les guerres, la mort serait au bout du compte le seul vainqueur...

Malgré les assurances de Drefan au sujet du temps, l'Inquisitrice savait que le froid, cette fois, ne les sauverait pas. Car cette peste n'était pas comme les autres...

Jagang l'avait lancée sur eux par magie, et il entendait les tuer tous.

Dans l'oubliette, il avait évoqué le *Ja'La dh Jin* – le Jeu de la Vie –, indigné que Richard ait adouci les règles au point que des enfants puissent y jouer sans risques.

Ces gosses n'étaient pas morts les premiers par hasard. C'était un message.

Si Jagang l'emportait, les règles de la vraie vie ne changeraient pas. Sinon pour devenir plus sauvages encore.

Chapitre 33

U ne heure durant, les militaires posèrent des questions qui s'adressaient surtout à Drefan.

Les deux généraux firent à Richard quelques suggestions précieuses en matière de logistique et de commandement. On étudia les diverses possibilités, tira des plans plus précis et distribua leurs missions aux officiers.

L'armée se mettrait en mouvement la nuit même. Par prudence, les soldats du Sang de la Déchirure qui s'étaient rendus, jurant ensuite allégeance au Sourcier, seraient répartis dans plusieurs unités. Ainsi, on éviterait d'éventuelles mauvaises surprises.

Quand Kerson, Baldwin et leurs subordonnés se furent enfin retirés, Richard se laissa lourdement retomber sur son siège.

Pour un guide forestier, pensa Kahlan, très fière de lui, il s'en sortait rudement bien. Elle allait le lui dire, mais Nadine la devança.

— Merci…, lâcha-t-il, comme s'il avait à peine entendu.

L'herboriste approcha et tapota l'épaule de son ami d'enfance.

— Pour moi, dit-elle, tu as toujours été un simple garçon de chez nous… Un guide forestier, quoi ! Mais aujourd'hui, et surtout ce soir, parmi tous ces hommes importants, je t'ai vu avec d'autres yeux. Tu es vraiment le seigneur Rahl !

Richard posa les coudes sur la table et se prit la tête à deux mains.

— J'aimerais mieux être enfoui sous des tonnes de roche, avec le Temple des Vents…

— Ne dis pas de bêtises…

Kahlan approcha à son tour, forçant Nadine à s'écarter.

— Richard, tu as promis de te reposer. Nous avons besoin de ta force, et si tu ne dors pas…

— Je sais…, soupira le jeune homme. (Il se leva, puis se tourna vers Nadine et Drefan.) Vous avez de quoi m'assommer ? Quand je me couche, je reste les yeux grands ouverts, et l'esprit en ébullition.

— Des troubles du Feng San, diagnostiqua le guérisseur, catégorique. Tu t'es mis dans cet état tout seul, en poussant ton corps au-delà de ses limites. Chaque individu a un seuil de résistance, et quand on le dépasse…

— Mon frère, coupa gentiment Richard, je vois ce que tu veux dire, mais je ne peux pas faire autrement. Essaie de le comprendre ! Jagang cherche à nous tuer tous. Si je suis frais comme un gardon, mais qu'il finit par réussir, nous ne serons pas très avancés.

— Tu as raison. Hélas, ça ne résout pas ton problème.

— Je m'occuperai de ma santé plus tard. Pour l'instant, j'ai besoin de dormir.

— La méditation me semble un bon moyen. Une fois tes flux d'énergie apaisés, tu retrouveras une certaine harmonie, et…

— Drefan, des centaines de milliers de gens risquent de mourir si Jagang l'emporte. Ce salaud vient de nous montrer que rien ne l'arrête. (Richard serra les poings à s'en faire blanchir les phalanges.) Il a tué des enfants, simplement pour m'envoyer un message ! Et il espère me briser !

» Mais il se trompe ! Je ne lui livrerai jamais les innocents qui sont sous ma responsabilité. Pour commencer, j'enrayerai cette peste coûte que coûte. J'en fais le serment !

Un silence tendu suivit cette déclaration.

Kahlan n'avait jamais vu cette facette de la colère du Sourcier. Quand la rage de l'Épée de Vérité brillait dans son regard, il avait en général devant lui un ennemi qu'il pouvait frapper pour l'exorciser.

Cette fois, l'adversaire était invisible, et la menace se situait dans l'avenir, même si elle semblait inéluctable. Privé de cible, Richard n'était pas submergé par la fureur de la magie. Il exprimait sa propre colère – celle d'un homme confronté à l'inacceptable.

Inspirant à fond, il réussit à reprendre le contrôle de ses nerfs.

— Si j'essaie de méditer, Drefan, les visages des enfants morts défileront devant mes yeux. Ou dans mes cauchemars… Il me faut une nuit de sommeil paisible.

— Dois-je comprendre que de mauvais rêves te hantent, mon frère ?

— Ils me poursuivent. J'en ai aussi quand je suis réveillé, mais ceux-là sont réels ! Jagang ne peut pas entrer dans mon esprit. Pourtant, il a trouvé un moyen de pourrir mes nuits. Esprits du bien, quand je ferme les yeux, accordez-moi un peu de paix !

— Un symptôme qui confirme mon diagnostic, fit Drefan comme s'il parlait tout seul. C'est bien le méridien Feng San… Richard, tu ne seras pas facile à soigner, mais tu as de bonnes raisons d'être aussi mal en point.

Le guérisseur ouvrit une des bourses accrochées à sa ceinture et en sortit plusieurs petits sacs de cuir.

— Non, pas celui-là, marmonna-t-il en rangeant un des sachets. Ça calmerait la douleur, mais pour le sommeil, il faut plutôt… (Il étudia un autre sachet.) Celui-là te ferait vomir… (Il continua son manège, et finit par remettre tous les petits sacs dans sa bourse.) Désolé, je n'ai que des produits rares sur moi. Ils ne sont pas adaptés à un problème aussi simple.

— Merci quand même…, soupira Richard.

Drefan se tourna vers Nadine, qui fit un effort louable pour dissimuler sa jubilation.

— Les herbes que tu as données à la mère de Yonick ne seraient pas assez efficaces pour Richard. Tu as du houblon ?

— Bien sûr… De la teinture, évidemment.

— Excellent ! s'exclama Drefan. (Il tapa sur l'épaule de Richard.) Tu méditeras une autre fois, mon frère ! Ce soir, avec la petite décoction de Nadine, tu t'endormiras comme une masse. Bien, je vais aller voir les serviteurs et leur donner mes consignes…

— N'oublie pas de leur recommander de méditer…, marmonna le Sourcier quand son frère fut sorti.

Berdine resta dans le bureau, où elle continuerait à étudier le journal de Kolo. Nadine, Cara, Raina, Ulic, Egan et Kahlan accompagnèrent Richard jusqu'à sa chambre, non loin de là. Les deux colosses se postèrent devant la porte, et les quatre femmes entrèrent avec le Sourcier.

Il se débarrassa de sa cape, de son baudrier et de sa tunique, ne gardant qu'un tricot de peau noir sans manches.

En comptant les gouttes de teinture qu'elle versait dans un verre d'eau, Nadine ne perdit pas une miette du spectacle.

— Cara, dit Richard en se laissant tomber sur le lit, tu veux bien m'enlever mes bottes ?

— J'ai l'air d'une domestique, seigneur Rahl ? grogna la Mord-Sith.

Mais elle obéit dès que le jeune homme lui sourit.

— Il faut dire à Berdine de chercher toutes les références au mont des Quatre Vents. Le plus petit détail pourrait être vital.

— Quelle idée géniale ! railla Cara. Elle n'y aurait jamais pensé toute seule, ô puissant maître !

— D'accord, d'accord… Je crois que je ne manquerai à personne, ce soir. Où en est ma potion magique ?

— C'est prêt ! annonça Nadine.

— Maintenant que je vous ai enlevé vos bottes, soupira Cara, ouvrez votre pantalon, que je finisse le travail.

— Je m'en chargerai moi-même, merci, grogna Richard.

La Mord-Sith ricana, se leva et approcha de Nadine, qui lui tendit le verre. En plus de la teinture de houblon, elle avait ajouté d'autres composants.

— Ne bois pas tout, dit-elle à Richard. J'ai mis cinquante gouttes pour qu'il t'en reste un peu, au cas où… Prends-en un bon tiers, et avale une ou deux gorgées de plus si tu te réveilles au milieu de la nuit. Il y a aussi de la valériane, et de la scutellaire pour te calmer et éviter les cauchemars.

Richard vida la moitié de la potion et fit la grimace.

— Avec un goût pareil, si ça ne m'endort pas, je parie que ça me tuera !

— Tu vas dormir comme un bébé…

— D'après ce que je sais, ils ont un sommeil plutôt agité.

— Tout se passera bien, Richard, je te le jure. Si tu te réveilles, bois encore un peu…

— Merci… (Le Sourcier regarda tour à tour les quatre femmes.) Je me débrouillerai avec mon pantalon, n'ayez crainte.

Cara ricana de nouveau, puis elle entraîna Nadine avec elle.

— Couche-toi, dit Kahlan en embrassant le Sourcier sur la joue. Quand j'aurai organisé la garde, je viendrai te dire bonne nuit.

Raina sortit avec l'Inquisitrice et referma la porte.

Nadine attendait dans le couloir.

— Comment va votre bras ? Il faudrait un nouveau cataplasme ?

— C'est inutile, mais merci de t'en soucier, répondit Kahlan.

Elle regarda l'herboriste sans dissimuler son impatience. Les deux Mord-Sith l'imitèrent, l'air agacé.

Ulic et Egan aussi se mirent de la partie.

— Bien, alors, je vais vous laisser. Bonne nuit.

— C'est ça, bonne nuit ! s'exclamèrent en chœur Kahlan, Cara et Raina.

Soulagées, elles regardèrent Nadine s'éloigner.

— Vous auriez dû me laisser la tuer…, souffla Cara.

— Ne désespère pas, je peux encore changer d'avis… (Kahlan frappa à la porte.) Richard, tu es au lit ?

— Oui.

L'Inquisitrice ouvrit le battant et Cara fit mine de la suivre.

— Je resterai une minute… Je doute qu'il ait le temps de me déshonorer.

— Avec le seigneur Rahl, il ne faut jurer de rien.

Raina eut un petit sourire et retint sa collègue par le bras.

— Il n'y a aucun danger, dit Kahlan. Après ce que nous avons vu aujourd'hui, nous ne serions pas d'humeur…

Sur ces mots, elle referma la porte.

À la lueur d'une unique chandelle, elle alla s'asseoir au bord du lit, prit la main du Sourcier et la posa sur son cœur.

— Tu es très déçue ?

— Richard, nous nous marierons un jour. Je t'ai attendu toute ma vie, et nous sommes ensemble. C'est la seule chose qui compte.

— Pas tout à fait, quand même… Si tu vois ce que je veux dire ?

Kahlan ne put s'empêcher de sourire.

— Je ne voulais pas que tu t'endormes en pensant que j'avais le cœur brisé. Nous nous unirons quand ce sera possible…

Richard l'attira vers lui et l'embrassa chastement. Elle se blottit contre lui, certaine que le désir l'aurait emportée s'ils ne venaient pas de vivre une journée aussi atroce.

— Je t'aime, murmura-t-elle.

— Moi aussi…

Kahlan se leva et alla souffler la chandelle.

— Bonne nuit, mon amour.

— C'étaient deux minutes ! feignit de s'indigner Cara quand l'Inquisitrice ressortit.

Kahlan ignora la pique.

— Raina, tu monteras la garde devant cette porte. Quand tu seras fatiguée, va te coucher, mais fais-toi remplacer.

— Compris, Mère Inquisitrice.

— Ulic et Egan, avec cette potion, Richard risque de ne pas se réveiller s'il est en danger. J'aimerais qu'un de vous deux prenne le relais de Raina, quand elle ira au lit.

— Mère Inquisitrice, dit Ulic, nous ne bougerons pas d'ici tant que le seigneur Rahl dormira.

Egan désigna le sol, au pied du mur d'en face.

— Si ça s'impose, nous ferons la sieste à tour de rôle. Ne vous inquiétez pas, le seigneur Rahl sera en sécurité.

— Merci à vous tous… Encore une chose : Nadine n'a pas le droit d'entrer dans cette chambre. Sous aucun prétexte !

Les quatre gardes du corps acquiescèrent vivement.

— Cara, va chercher Berdine. Je file dans ma chambre prendre un manteau. Emportez aussi les vôtres, parce qu'il fait très froid dehors.

— Et où sommes-nous censées aller ?

— Je vous retrouverai dans les écuries.

— Vous voulez chevaucher à l'heure du dîner ?

La Mord-Sith n'étant pas du genre à négliger son devoir parce qu'elle avait faim, Kahlan devina qu'elle s'inquiétait.

— Va demander un en-cas aux cuisines, si tu veux…

— Mère Inquisitrice, où allons-nous ?

— La Forteresse du Sorcier…, souffla Kahlan.

Cara et Raina plissèrent le front.

— Le seigneur Rahl est au courant de vos intentions ?

— Bien sûr que non ! Si je le lui avais dit, il aurait voulu m'accompagner. Et il faut qu'il se repose.

— Et pourquoi cette excursion ?

— Parce que le Temple des Vents a disparu. Les sorciers qui l'ont fait « partir » furent traduits devant un tribunal. Les archives de la Forteresse contiennent les minutes de tous les procès qui s'y sont déroulés. Je veux les rapporter ici. Demain, Richard les consultera, et ça l'aidera sans doute.

— Votre raisonnement se tient, concéda Cara. Même si aller là-bas en pleine nuit ne m'enthousiasme pas. Bien, je vais chercher Berdine et de quoi manger. Mais comme pique-nique, ça se pose un peu là !

Chapitre 34

Kahlan battit des paupières pour chasser le givre qui se déposait sur ses cils. En plaçant sur sa tête la capuche de son manteau, elle se maudit de nouveau de n'avoir pas troqué sa robe d'Inquisitrice contre une tenue plus adéquate. Debout sur les étriers, elle tira sur le tissu pour mieux protéger ses cuisses nues du contact glacial de la selle. Par bonheur, ses bottes montaient assez haut pour qu'elle n'ait pas froid aux mollets.

Chevaucher son bon vieux Nick, un cadeau de ses soldats galéiens, la réconfortait un peu. Sur cet étalon, elle avait mené des hommes à la victoire alors que toutes les chances étaient contre eux. Comparé à ça, le mauvais temps ne semblait pas grand-chose…

Cara et Berdine paraissaient aussi mal à l'aise qu'elle. Mais les frimas, dans leur cas, n'y étaient pour rien. Ces femmes redoutaient la magie, et elles avaient déjà fait dans la Forteresse un bref séjour qui ne leur donnait aucune envie d'y retourner.

Avant le départ, elles avaient tenté de dissuader l'Inquisitrice de se lancer dans l'aventure. Pour les faire taire, mentionner la peste avait suffi…

Nick aplatit les oreilles quand des soldats, à peine visibles à travers le rideau de neige, leur barrèrent le chemin. Elles venaient d'atteindre le pont de pierre qui marquait les limites de la ville, de ce côté.

Ravie de pouvoir passer sa mauvaise humeur sur quelqu'un, Cara lança quelques aménités aux hommes, qui rengainèrent aussitôt leurs épées.

— Une drôle de nuit pour se promener, Mère Inquisitrice, dit un sous-officier, très content d'avoir une autre interlocutrice que les Mord-Sith.

— Et plus encore pour monter la garde ici, compatit Kahlan.

— Il n'y a jamais de bonne nuit quand on a la Forteresse du Sorcier dans le dos, répondit l'homme.

— Ce bâtiment semble sinistre, mon ami, mais il est inoffensif.

— Si vous le dites, Mère Inquisitrice… Moi, je préférerais être en poste à l'entrée du royaume des morts.

— Personne d'autre n'a essayé de passer, sergent ?

— Nous n'avons pas vu âme qui vive. Sinon, il y aurait des cadavres dans la neige !

Kahlan talonna Nick, qui s'engagea en renâclant sur la pente sinueuse et glissante. Sachant d'expérience qu'il négocierait à merveille ces difficultés, sa cavalière le laissa avancer à sa guise. Derrière elle, les Mord-Sith semblaient très bien s'en sortir. Aux écuries, Cara avait pris sa jument par les naseaux et lui avait ordonné, les yeux dans les yeux, de ne pas lui « casser les pieds ». Bizarrement, l'animal paraissait avoir capté le message.

Avec autant de neige, l'Inquisitrice apercevait à peine les murs de la Forteresse. Avantage non négligeable, les chevaux, du coup, ne verraient pas le précipice qu'ils longeaient. Si Nick n'était pas du genre à s'affoler, elle ne connaissait pas les deux autres montures, et avec un à-pic pareil, tomber était un moyen imparable de ne plus risquer de mourir de la peste…

Hélas, à moins d'avoir des ailes, il n'y avait aucun autre chemin.

Dans ces tourbillons de flocons, la Forteresse semblait encore plus intimidante qu'à l'accoutumée. Pour ceux qui ne contrôlaient pas la magie – et ne la comprenaient pas non plus – ces lieux passaient facilement pour l'antichambre du royaume des morts.

Élevée en Aydindril, Kahlan y était venue un nombre incalculable de fois – seule, le plus souvent. Comme aux autres Inquisitrices, même enfant, on lui avait concédé un accès quasiment libre à ce haut lieu de la magie.

Quand elle était haute comme trois pommes, des sorciers l'avaient poursuivie dans les couloirs, menaçant de la chatouiller s'ils lui mettaient la main dessus. Pour elle, la Forteresse était un second foyer où elle se sentait en sécurité.

Devenue adulte, elle n'avait plus eu le droit d'y aller seule. Dès qu'elle prenait ses fonctions, une Inquisitrice ne courait plus le risque de se déplacer sans son sorcier, où qu'elle aille. Parce qu'elle s'était fait des ennemis, bien entendu. Les familles des criminels qu'elle « confessait » n'admettaient jamais qu'un des leurs ait pu commettre des atrocités. Pour se consoler, elles jetaient volontiers le blâme sur la femme qui avait confirmé la culpabilité du prévenu…

Les tentatives d'assassinat étaient le lot quotidien de Kahlan et de ses consœurs. Des mendiants aux monarques, une foule de gens rêvaient de les voir mortes.

— Sans le seigneur Rahl, demanda Berdine, comment traverserons-nous les champs de force ? Sa magie le lui permet, mais nous…

— Richard ne savait pas où il allait, coupa Kahlan. Ou il s'est fié à son instinct, ce qui revient au même. Moi, je connais les passages où on ne risque rien, même sans pouvoir particulier. Et si nous rencontrons des champs de force, ce seront des protections mineures qui ne m'arrêteront pas. En vous tenant la main, je vous permettrai de traverser, comme l'a fait Richard.

Cara ne cacha pas sa déception. À l'évidence, elle aurait préféré que les obstacles magiques les forcent à rebrousser chemin.

— Cara, j'ai passé mon enfance dans la Forteresse. Il n'y a aucun danger, et nous nous limiterons aux bibliothèques. Partout ailleurs, vous êtes mes protectrices. Entre ces murs, les rôles seront inversés. Nous sommes des Sœurs de l'Agiel, ne l'oublie pas. Je ne vous exposerai pas à une magie dangereuse. Tu me fais confiance ?

— Comment ne pas se fier à une Sœur de l'Agiel ? marmonna la Mord-Sith.

Les trois cavalières passèrent sous l'immense portail. Dans l'enceinte de la Forteresse, les flocons fondaient dès qu'ils touchaient le sol. Ici, il faisait agréablement tiède.

Kahlan abaissa sa capuche et secoua la neige qui couvrait son manteau. Puis elle s'emplit les poumons d'un air délicieusement printanier.

Nick hennit de satisfaction.

Kahlan guida les deux Mord-Sith jusqu'à une arche. Au-delà, elles s'engagèrent dans un long tunnel obscur.

— Pourquoi passons-nous par-là ? demanda Cara en sondant la pénombre que perçait à peine la lumière des lanternes accrochées à sa selle et à celle de Berdine. Le seigneur Rahl a choisi la grande porte, dans la cour...

— Je sais, et c'est en partie pour ça que la Forteresse vous effraie. Ce chemin-là est très dangereux. Moi, j'entre toujours par cette arche, et ça se passera beaucoup mieux, vous verrez.

» Cet accès était réservé aux résidents de la Forteresse. Les visiteurs passaient par une autre porte, où un guide s'enquérait de leurs intentions.

Au bout du tunnel, les trois femmes débouchèrent dans un splendide paddock verdoyant. Impatients d'en profiter, les chevaux accélérèrent le pas.

Une clôture délimitait le paddock, sauf sur la gauche, où il était adossé à un mur de la Forteresse.

Kahlan mit pied à terre et ouvrit la double porte des écuries. Après avoir dessellé leurs montures, les trois femmes les libérèrent dans le champ, où elles pourraient brouter et profiter de l'air pur et frais.

Cara et Berdine sur les talons, Kahlan gravit la dizaine de marches usées par le temps qui menaient à l'entrée proprement dite du bâtiment, défendue par une épaisse porte à deux battants.

— Qu'est-ce que c'est ? demanda soudain Berdine. Je viens d'entendre une sorte de chuintement...

— Il n'y a pas de rats ici, n'est-ce pas ? souffla Cara.

— Berdine a entendu une fontaine, tout simplement... Pour être franche, il y a des rats dans la Forteresse, mais pas où nous allons. Je te le jure, Cara ! Donne-moi ta lanterne, que je vous fasse découvrir en détail ce terrifiant donjon.

L'Inquisitrice aurait pu trouver son chemin sans lumière, mais elle avait besoin de la flamme de la lanterne. Quand elle eut repéré une des lampes-clés, fixée au mur sur sa droite, elle souleva le verre et l'alluma.

Dès que la flamme eut pris, des centaines de luminaires identiques s'allumèrent par paires – l'un en face de l'autre – dans un concert de sifflements et de crépitements. On eût dit que quelqu'un venait de tourner à fond la molette d'une lampe à huile géante.

Bouche bée, Cara et Berdine n'en crurent pas leurs yeux.

Une centaine de pieds au-dessus de leurs têtes, le toit vitré offrait une vue imprenable sur le ciel. Dans la journée, cette verrière géante laissait généreusement passer la lumière du soleil. La nuit, par beau temps, on pouvait éteindre les lampes et admirer le firmament, ou se dorer à la lumière de la lune.

Au centre du sol en mosaïque se dressait une fontaine en forme de feuille de trèfle. À travers un réseau de biefs, l'eau qui en jaillissait se répartissait dans une multitude de vasques disposées autour du bassin principal. Un muret de marbre assez large pour servir de banc entourait ce superbe ouvrage architectural.

— C'est magnifique…, souffla Berdine.

Un sourire sur les lèvres, Cara admirait les colonnes de marbre rouge qui soutenaient de splendides arches, sous la promenade qui courait tout au long du grand hall ovale.

— Ça ne ressemble pas à l'endroit où le seigneur Rahl nous a amenées… (La Mord-Sith se rembrunit.) Mais ces lampes… C'était de la magie, n'est-ce pas ? Et vous aviez promis de ne pas nous y exposer.

— J'ai parlé de magie *dangereuse*, Cara. Ces lampes sont un peu comme un champ de force, sinon qu'elles invitent les gens à entrer, au lieu de les repousser. C'est une magie *amicale*…

— Amicale ? répéta Cara. Ben voyons !

— À présent, avançons ! Nous ne sommes pas ici pour le plaisir…

Afin de rejoindre les bibliothèques, Kahlan emprunta une série de couloirs élégants et bien éclairés sans rapport avec les sinistres tunnels qu'avait suivis Richard. En chemin, trois champs de force seulement les arrêtèrent provisoirement. Tenant ses compagnes par la main, l'Inquisitrice les fit traverser sans encombre, même si elles se plaignirent d'une sensation de picotement dans tout le corps.

Ces obstacles magiques ne défendant pas des zones très sensibles, il suffisait d'un minimum de pouvoir pour les franchir. Dans d'autres secteurs, comme celui qui menait à la salle de la sliph, l'Inquisitrice aurait été carbonisée sur pieds si elle avait tenté de passer. Dans ce cas précis, elle pensait que des itinéraires plus sûrs pouvaient également conduire au puits où vivait l'étrange créature. Il n'en restait pas moins que le Sourcier s'était joué de protections qu'aucun sorcier, à sa connaissance, n'avait jamais osé affronter.

À une intersection, Kahlan s'engagea dans un couloir aux murs rose pâle. Après être passée devant plusieurs grandes alcôves qui contenaient des bancs rembourrés – pour le confort des lecteurs et des visiteurs – elle ouvrit une double porte qui donnait sur une grande bibliothèque.

— Je suis venue ici…, dit Berdine. Je m'en souviens très bien.

— Tu as raison. Mais Richard t'a fait passer par un autre chemin…

L'Inquisitrice alluma de nouveau une lampe-clé. Aussitôt, la salle entière s'illumina.

Le parquet et les lambris, en chêne clair, brillaient comme si on les avait vernis la veille. Le jour, les grandes fenêtres, sur le mur du fond, laissaient entrer les rayons de soleil et offraient une vue panoramique sur Aydindril. Ce soir, à travers la neige, Kahlan apercevait à peine les lumières de la cité.

Elle avança entre les rangées de tables et d'étagères et chercha à se repérer. Si sa mémoire ne la trompait pas, on comptait, dans cette seule salle, cent quarante-cinq rayonnages lestés de livres. Et ils grimpaient jusqu'au plafond. Heureusement, les tables de lecture pourraient servir de surface de tri.

— C'est ça, la bibliothèque de la Forteresse ? s'étonna Cara. Au Palais du Peuple, en D'Hara, nous en avons de plus grandes.

— Possible, répondit Kahlan, mais ici, on en compte vingt-six de cette taille. Tu imagines combien ça fait de milliers de livres ?

— Dans ce cas, dit Berdine, comment trouver celui qui nous intéresse ?

— C'est plus facile qu'on pourrait le croire… Ces bibliothèques risquent de devenir un labyrinthe mortel, quand on est en quête d'une information. J'ai connu un sorcier qui a cherché un ouvrage toute sa vie – sans y parvenir.

— Et pour nous, ce serait « facile » ?

— Oui, parce que les textes consacrés à un sujet très précis sont conservés ensemble. Les manuels de langues, par exemple. Comme ils ne traitent pas de magie, ils sont rangés sur la même étagère, par ordre alphabétique. Mais j'ignore de quelle façon sont classés les grimoires et les recueils de prophéties. En admettant qu'ils le soient.

» Les archives judiciaires sont regroupées dans cette salle. Je n'ai jamais consulté les minutes des procès, mais on m'en a souvent parlé.

Kahlan s'engagea entre deux rangées d'étagères et s'arrêta après une dizaine de pas.

— Nous y voilà ! À voir les dos, ces textes sont dans une multitude d'idiomes. Comme je les connais presque toutes, à part le haut d'haran, je m'en chargerai. Cara, occupe-toi des livres écrits dans notre langue. Berdine, concentre-toi sur les volumes en haut d'haran.

Elles commencèrent à sortir des livres des rayons, puis allèrent les poser sur les tables en formant trois piles distinctes. Leur moisson fut beaucoup moins abondante que Kahlan le redoutait. Quinze volumes pour Cara, onze pour elle et sept pour Berdine.

La Mord-Sith aurait besoin de temps pour déchiffrer le haut d'haran. L'Inquisitrice parlant couramment les langues de ses onze ouvrages, elle aurait terminé très vite et pourrait donner un coup de main à Cara.

Dès qu'elle eut commencé, Kahlan constata que le travail serait moins compliqué que prévu. Chaque procès s'ouvrant sur l'énoncé de l'accusation, éliminer ceux qui ne concernaient pas le Temple des Vents serait un jeu d'enfant.

Les délits allaient du vol de babioles au meurtre avec préméditation. Une envoûteuse soupçonnée de s'être jeté un sort de beauté avait été innocentée. Reconnu coupable d'avoir cassé le bras d'un camarade lors d'une bagarre, un apprenti-sorcier de douze ans s'était vu condamné à un an de suspension de sa formation. La peine semblait lourde, mais il avait utilisé la magie pour blesser son adversaire.

Un sorcier accusé pour la troisième fois d'ivrognerie et de violence avait été condamné à mort et exécuté deux jours plus tard, une fois son vin cuvé.

Fascinée par ces comptes rendus de jugements, Kahlan dut se forcer à accélérer le rythme. Elle n'était pas là pour découvrir les arcanes de la justice, mais pour trouver une référence au Temple des Vents ou à un groupe de sorciers accusés d'un crime.

Les Mord-Sith aussi avancèrent plus vite que prévu. Au bout d'une heure, Kahlan referma son dernier volume. Il en restait trois à Berdine et six à Cara.

— Toujours rien ? demanda l'Inquisitrice.

— Non, répondit Cara, mais j'ai lu l'histoire d'un sorcier qui aimait baisser son pantalon devant des femmes, sur la place du marché de la rue Stentor, et leur ordonner d'« embrasser son serpent ». J'ignorais que les sorciers pouvaient être aussi fous que les hommes normaux.

— Ce sont des gens comme les autres, mon amie...

— Non, parce qu'ils contrôlent la magie !

— Moi aussi, dans une certaine mesure. Me trouves-tu « anormale » ? Berdine, tu as déniché quelque chose d'intéressant ?

— Rien qui puisse nous servir... Seulement des crimes classiques...

Kahlan fit mine de prendre un livre, sur la pile de Cara, mais elle se ravisa.

— Berdine, tu as été dans la salle de la sliph ?

— Oui, mais je préférerais ne pas y repenser, si ça ne vous dérange pas...

Kahlan ferma les yeux et tenta de se représenter mentalement les lieux. Elle revoyait très bien les restes de Kolo et le puits de la sliph. Mais qu'y avait-il d'autre dans la pièce ?

— Tu te rappelles s'il y avait des livres, à part le journal de Kolo ?

La Mord-Sith se mordilla le bout d'un index, le front plissé par la concentration.

— Le journal était ouvert sur la table, à côté d'un encrier et d'une plume. Près de la chaise, le squelette de Kolo gisait sur le sol, ses vêtements en lambeaux. Mais sa ceinture de cuir et ses sandales avaient résisté au passage du temps...

Ce tableau correspondait au souvenir de Kahlan.

— Tu sais s'il y avait des livres, sur les étagères ?

— Non...

— Que veux-tu dire ? Il n'y en avait pas, ou tu es incapable de répondre ?

— La deuxième possibilité... Le seigneur Rahl était tout excité d'avoir trouvé le journal de Kolo. Depuis le début, il cherchait autre chose qu'un livre normal. Nous sommes partis peu après...

— Finissez de consulter ces ouvrages, dit Kahlan en se levant. Je vais jeter un coup d'œil dans la salle de la sliph. Juste au cas où...

— Je vous accompagne ! s'exclama Cara.

Elle se leva si vite qu'elle renversa sa chaise.

— Il y a des rats, en bas...

— J'en ai déjà vu, Mère Inquisitrice. Et ce n'est pas ça qui m'arrêtera !

De la pure bravade, comprit Kahlan, qui avait vu blêmir la Mord-Sith.

— Cara, c'est inutile. Dans la Forteresse, je n'ai pas besoin de votre protection. Partout ailleurs, elle m'est indispensable. Ici, vous êtes plus en danger que moi. Et j'ai promis de ne pas vous exposer à une magie dangereuse. Comme celle de cette salle-là...

— Dans ce cas, vous serez aussi menacée.

— Non, parce que je sais à quoi m'attendre. Pour vous, le péril serait grand. Moi, je suis née ici, et on m'a laissée courir en liberté dans la Forteresse dès que j'ai su marcher, ou quasiment. Parce qu'on m'avait appris à identifier le péril et à l'éviter...

» Reste avec Berdine, et finis-en avec ces livres. Dès que nous aurons trouvé le bon, nous retournerons auprès de Richard, qui a besoin de notre protection à toutes.

— Vous avez peut-être raison sur les deux points..., concéda Cara. Je suis novice en magie, *et* nous aurions intérêt à rentrer au plus vite au palais. Parce qu'une certaine prédatrice risque de profiter de notre absence...

Chapitre 35

Au fil des couloirs, des salles et des escaliers qu'elle traversait, Kahlan tentait de se remémorer au mieux la configuration de la Forteresse. L'enjeu était de taille, car elle n'avait aucune chance d'arriver à bon port si elle suivait le chemin emprunté par Richard.

Bien qu'elle ait souvent vu la tour où se trouvait la salle de la sliph, elle ne s'y était jamais aventurée avant que le Sourcier l'y amène. Mais face aux champs de force dont il s'était joué, elle n'aurait aucune chance de passer.

Cela dit, il devait exister d'autres itinéraires pour rallier le fief de Kolo. Dans l'immense complexe, beaucoup de zones n'étaient pas protégées – ou défendues par des obstacles magiques qui ne lui poseraient pas de problèmes.

Si les endroits où l'avait entraînée Richard lui étaient inconnus – et pour cause ! – il existait une multitude de façons de les contourner.

Les champs de force « tueurs », comme les surnommaient les sorciers, servaient plus souvent à protéger ce qui se trouvait derrière qu'à barrer le passage à des intrus. Les salles que le Sourcier l'avait aidée à traverser abritaient une magie menaçante dont elle ne savait rien. À condition d'avoir le pouvoir requis, elles permettaient d'aller beaucoup plus vite d'un point à un autre.

Si elle analysait bien les choses, les champs de force dont Richard avait triomphé ne servaient pas *spécifiquement* à interdire l'accès de la tour de Kolo. Sinon, ils auraient été disposés dans le périmètre de la zone défendue, comme c'était l'usage. Conséquence logique, il devait exister un itinéraire sans danger pour y entrer.

Enfant, l'Inquisitrice avait surtout passé son temps à étudier dans les diverses bibliothèques. Elle avait exploré d'autres parties de la Forteresse, bien entendu, mais il lui aurait fallu bien plus d'une vie pour connaître comme sa poche un si grand complexe. Car l'édifice, non content d'être impressionnant vu de l'extérieur, s'enfonçait profondément dans les entrailles de la montagne. Sa partie visible, la dent, en quelque sorte, n'était rien comparée au reste – la racine, pour pousser la métaphore jusqu'au bout.

Kahlan traversa une salle taillée à même la roche et s'engagea dans un couloir obscur. Devant elle, une horde de rats détala en couinant.

Les salles vides abondaient dans la Forteresse du Sorcier. Certaines, comme celle qu'elle laissait derrière elle, n'étaient rien d'autre que des carrefours géants destinés à servir de points de repère.

Les murs du couloir, taillés avec une grande précision et soigneusement polis, étaient par endroits couverts de symboles gravés à l'intérieur d'un cercle. Chaque ensemble signalait la présence d'un champ de force « mineur » que Kahlan traversa sans encombre, n'était une désagréable sensation de picotement.

Devant elle, le passage se divisait en trois branches. Avant qu'elle ait atteint l'intersection, l'air bourdonna soudain autour d'elle. Le temps qu'elle s'arrête, soit deux ou trois pas, le son passa du bourdonnement à un sifflement aigu. Les cheveux soulevés de ses épaules par un vent invisible, Kahlan remarqua que le cercle gravé dans la pierre, sur sa droite, émettait une vive lueur rouge. Dès qu'elle recula, le son se fit moins agressif et ses cheveux retombèrent en place.

La jeune femme jura à voix basse. Un champ de force de ce type était une invitation pressante à rebrousser chemin. La lueur rouge signalait la position de la protection magique. Quant au bourdonnement, il indiquait qu'on s'aventurait dans une zone dangereuse.

Beaucoup de protections « tueuses » empêchaient les intrus de les approcher. À mesure qu'on avançait, l'air devenait épais comme de la boue, puis plus dur que de la pierre.

D'autres laissaient entrer les visiteurs indésirables... puis les écorchaient vifs.

Les champs de force mineurs évitaient que des profanes tombent dans ce genre de pièges mortels...

Sa lanterne brandie, Kahlan retourna sur ses pas et choisit un autre couloir. Avec ses murs et son plafond blanchis à la chaux, il lui sembla beaucoup plus convivial.

Aucun champ de force ne l'arrêtant, l'Inquisitrice remonta le tunnel blanc puis descendit un escalier qui s'enfonçait un peu plus dans les entrailles de la Forteresse. Le hall qu'elle traversa ensuite n'étant pas protégé non plus, elle s'arrêta devant une porte bardée de fer et prit le temps de faire le point.

La tour de Kolo ne devait pas être loin. Et si elle était arrivée ici sans rencontrer d'obstacles infranchissables – au prix de quelques détours insignifiants –, il n'y avait aucune raison que ça ne continue pas.

Elle ouvrit la porte et déboucha sur une passerelle circulaire munie d'une rambarde en fer. En fait, elle avait déjà atteint le pied de la tour ! Et elle se tenait juste au-dessus de l'étendue d'eau noire où Richard et elle avaient affronté la reine des mriswiths. Sur les rochers qui formaient un îlot au centre de la mare, les œufs écrasés pourrissaient en dégageant une odeur pestilentielle.

La salle de la sliph était juste en face de l'Inquisitrice. Dans la vase, les débris de la porte flottaient toujours, fournissant des perchoirs aux salamandres et aux énormes insectes qui avaient investi les lieux depuis des lustres.

Kahlan longea la passerelle jusqu'à la grande plate-forme suspendue devant l'entrée de la salle. La porte avait explosé, et les murs noircis témoignaient de la formidable puissance qui s'était déchaînée pour dégager l'accès du fief de Kolo, hermétiquement fermé depuis des millénaires.

En détruisant les Tours de la Perdition, Richard avait fait exploser les sceaux magiques qui avaient emprisonné Kolo au moment où une barrière infranchissable s'était dressée entre l'Ancien et le Nouveau Monde. Victime du dernier rebondissement de l'Antique Guerre, vieille de trois mille ans, le pauvre homme, chargé de veiller sur la sliph, avait fini par mourir à côté d'elle.

Des gravats craquèrent sous les pieds de l'Inquisitrice quand elle entra dans la pièce silencieuse.

Richard avait tiré la sliph d'un sommeil de plusieurs millénaires. Après l'avoir conduit dans l'Ancien Monde, où il avait sauvé sa bien-aimée, la créature de vif-argent les avait ramenés tous les deux en Aydindril.

Puis le Sourcier lui avait ordonné de se rendormir…

Durant les années passées dans la Forteresse, l'Inquisitrice ne s'était jamais doutée de l'existence de la sliph. Aujourd'hui encore, la magie des sorciers de l'ancien temps dépassait son imagination. Comment avaient-ils pu invoquer une pareille créature ? Puis la contraindre à dormir si longtemps – en restant capable de se réveiller instantanément sur l'ordre de…

… de Richard ! Un jeune homme doté d'un pouvoir incroyable dont il ne contrôlait pas le centième !

De quoi devaient être capables les sorciers de guerre du passé, qui le maîtrisaient entièrement ? Quand ils s'affrontaient, quelles horreurs s'infligeaient-ils les uns aux autres ? Et à des milliers d'innocents ?

Tenter de l'imaginer terrorisait l'Inquisitrice.

La peste qui menaçait de dévaster Aydindril faisait sans doute partie de ces fléaux. Oui, ces hommes-là pouvaient lâcher la mort sur tout un peuple !

La lumière de la lanterne survola le squelette de Kolo, près de la chaise, puis éclaira l'encrier et la plume, toujours à leur place sur la table couverte de poussière.

Au centre de la pièce ronde surmontée par un dôme impressionnant, Kahlan reconnut le muret du « puits » où dormait la sliph. Se penchant pour y jeter un coup d'œil, elle ne vit qu'un gouffre obscur et apparemment sans fond.

Les murs étaient noircis et fissurés comme si la foudre avait fait rage dans la salle. Un autre résultat de la magie libérée par Richard quand il avait détruit les Tours de la Perdition.

Kahlan fit rapidement le tour du tombeau de Kolo. Quand elle atteignit les étagères dont elle se souvenait, elle soupira de frustration.

Il n'y avait pas l'ombre d'un livre. Seulement une assiette craquelée, une cuillère en argent passé et trois espèces de saladiers munis de couvercles. À l'évidence, ils avaient dû contenir, trois mille ans plus tôt, le dernier repas du gardien de la sliph.

Quand elle toucha le carré de tissu brodé qui reposait à côté, soigneusement plié – une serviette ? – il s'effrita sous ses doigts comme du vieux parchemin.

Kahlan s'agenouilla et constata que l'étagère de dessous contenait simplement une lanterne et quelques chandelles de rechange. Elle était venue pour rien.

Soudain, sa déception disparut, balayée par une angoisse tétanisante.

Quelqu'un l'espionnait !

Elle retint son souffle et tenta de se convaincre qu'il s'agissait d'un tour de son imagination. La nuque hérissée, elle sentit pourtant la chair de poule remonter le long de ses bras.

Elle tendit l'oreille, en quête d'un indice, et entendit seulement le crissement de ses bottes tandis qu'elle se relevait, très lentement, pour ne pas signaler sa présence.

Mobilisant tout son courage, elle décida de se glisser derrière le puits de la sliph. De là elle pourrait déterminer si elle avait des hallucinations. Ou si un rat était entré sur ses talons...

L'Inquisitrice tourna la tête pour évaluer la distance qui la séparait du muret.

Ravalant un cri de terreur, elle recula, dérapa sur des gravats et manqua s'étaler de tout son long.

Chapitre 36

S a tête émergeant du puits, la sliph dévisageait intensément Kahlan. Dès qu'on voyait ses traits, on ne se demandait plus pourquoi Kolo en parlait au féminin. La sliph avait tout d'une magnifique statue. N'était qu'elle bougeait avec une *fluidité* étrangement gracieuse.

Une main sur son cœur, qui battait la chamade, l'Inquisitrice s'accorda le temps de reprendre son souffle. La sliph ne la quitta pas des yeux, comme si elle attendait la suite.

Dans son récit, Kolo mentionnait souvent qu'*elle* le regardait.

— Sliph…, souffla Kahlan, pourquoi es-tu réveillée ?

Le front de vif-argent se plissa de perplexité.

— Veux-tu voyager ? demanda la créature.

Ses lèvres n'avaient pas bougé, affichant toujours le même sourire.

— Voyager ? Non… (Kahlan fit un pas vers le puits.) Mais Richard t'a endormie. J'étais là quand il l'a fait.

— Le maître… Le maître m'a réveillée…

— C'est vrai, il l'a fait. Puis il a voyagé en toi, et il est revenu ici avec moi…

L'expérience n'avait pas été désagréable, se souvint Kahlan. Pour voyager dans la sliph, il fallait se forcer à respirer du vif-argent. Au début, cette idée était terrifiante. Avec le soutien de Richard, Kahlan était parvenue à surmonter sa peur. Et elle avait éprouvé des sensations grisantes. S'emplir les poumons de vif-argent vous rendait euphorique.

— Je me rappelle que tu étais en moi, un jour, dit la créature.

— As-tu oublié que Richard t'a rendormie ?

— Il m'a tirée d'une très longue nuit, et ne m'y a pas renvoyée. Le maître voulait seulement que je me repose en attendant qu'il ait de nouveau besoin de moi.

— Nous pensions que tu dormirais jusqu'à son retour. Pourquoi t'es-tu réveillée ?

— J'ai senti que tu étais là, et ça m'a intriguée.

Kahlan fit un nouveau pas vers le puits.

— Sliph, à part Richard et moi, as-tu eu d'autres voyageurs ?

— Oui.

— Un homme et une femme, n'est-ce pas ? demanda Kahlan, certaine qu'elle devinait juste.

La sliph ne répondit pas, mais son sourire parut moins serein.

Kahlan posa le bout des doigts sur le muret.

— Qui étaient ces voyageurs ? insista-t-elle.

— Tu devrais savoir que je ne trahis jamais ceux qui m'utilisent.

— En quel honneur devrais-je le savoir ?

— Tu as voyagé en moi… Je ne te dirai rien, parce que je suis loyale de nature. Tu devrais le comprendre !

— Désolée, mais j'ai peur de très mal te connaître. Tu es née bien longtemps avant moi, dans une autre époque. Je sais qu'on peut voyager en toi – et que tu m'as aidée ce jour-là. Grâce à toi, nous avons vaincu de terribles ennemis.

— Ravie de t'avoir été agréable… Voudrais-tu que je recommence ? Un voyage te ferait plaisir ?

Kahlan frissonna d'angoisse rétrospective. À présent, elle comprenait pourquoi Marlin voulait retourner dans la Forteresse. Sœur Amelia et lui étaient venus de l'Ancien Monde grâce à la sliph !

Pour se dévoiler, Jagang avait attendu qu'Amelia ait accompli sa mission et soit de nouveau près de lui. Par quel autre moyen aurait-elle voyagé aussi vite ?

— Sliph, commença Kahlan, des gens très méchants…

Elle s'interrompit, soudain frappée par une idée.

— Naguère, tu m'as conduite dans l'Ancien Monde.

— C'est vrai… Je sais où c'est. Viens, je t'y amènerai…

— Non, je ne veux pas y retourner. Mais peux-tu aller ailleurs ?

— Bien sûr…

— Où ?

— À beaucoup d'endroits. Tu dois le savoir, puisque tu as voyagé avec moi. Nomme une destination, et nous partirons ensemble.

Kahlan se pencha vers le visage engageant de la créature.

— Je voudrais aller chez la voyante…

— Je ne connais pas ce lieu.

— Il ne s'agit pas d'un lieu, mais d'une personne. Elle vit dans les monts Rang'Shada. Dans l'Allonge d'Agaden, exactement. Tu pourrais m'y conduire ?

— Oui. J'y suis déjà allée.

Kahlan posa une main tremblante sur ses lèvres.

— Nous partons ? demanda la sliph de sa voix grave qui se répercutait dans toute la salle.

— Pas tout de suite, mais je reviendrai… Seras-tu encore là ?

— Si je me repose, il suffira que tu m'appelles. Nous voyagerons, et tu seras satisfaite.

— T'ai-je bien comprise ? Si je ne te vois pas, je crierai ton nom, tu viendras et nous voyagerons ?

— C'est ça, oui…

Kahlan recula lentement.

— Je ne serai pas absente longtemps. Dès mon retour, tu m'emmèneras dans l'Allonge d'Agaden.

— Oui, dès ton retour…

L'Inquisitrice reprit sa lampe, posée devant les étagères, et se dirigea vers la porte.

— À bientôt, dit-elle avant de sortir.

— Oui, tu reviendras et nous voyagerons…

L'esprit en ébullition, Kahlan courut dans les couloirs, les salles et les escaliers. Quand elle arriva en vue de la bibliothèque, elle n'avait pas encore pris sa décision.

À bout de souffle et sûrement rouge comme une pivoine, elle ne pouvait pas se présenter tout de suite devant Cara et Berdine. Autant débouler avec une pancarte annonçant qu'elle avait un problème !

L'Inquisitrice entra dans une alcôve, s'assit sur un banc et posa sa lampe sur le sol. Le dos contre le mur, elle étira ses jambes douloureuses et s'éventa le visage d'une main. Respirant à fond, elle tenta de convaincre son cœur qu'il battait trop fort.

Pendant ce répit forcé, elle poussa plus loin sa réflexion.

Shota en savait long sur la peste, c'était évident. Sinon, elle n'aurait pas prié les esprits d'avoir pitié de l'âme du Sourcier.

La voyante avait dirigé Nadine vers Aydindril pour qu'elle épouse Richard. Furieuse, l'Inquisitrice pensa à la robe moulante de l'herboriste, à ses sourires provocants et aux accusations qu'elle avait lancées contre elle. Et ce regard énamouré, chaque fois qu'elle parlait à Richard !

Kahlan essaya de mettre au point un plan. Tout le monde redoutait les voyantes, y compris les sorciers. Et même si elle ne lui avait rien fait, Shota s'acharnait à lui empoisonner la vie.

Un jour, cette femme finirait par la tuer.

Sauf si elle l'éliminait avant !

Estimant qu'elle devait s'être remise, la jeune femme se leva, tira sur sa robe, prit une grande inspiration et s'efforça d'afficher son masque d'Inquisitrice.

Puis elle entra dans la bibliothèque, où les deux Mord-Sith finissaient de ranger les livres à leur place.

— Vous en avez mis, du temps ! s'exclama Cara, pleine de reproche.

— Trouver un chemin sûr n'était pas si facile…

— Alors, vous avez déniché quelque chose ? demanda Berdine.

— De quoi parles-tu ?

— De livres, bien sûr ! C'est pour ça que vous êtes partie.

— Non, je reviens bredouille.

— Vous avez eu des ennuis ? lança Cara, de plus en plus soupçonneuse.

— Pas du tout, mais je suis bouleversée par… Enfin, vous savez bien, la peste et tout le reste… Être impuissante me mine le moral. Et vous, du nouveau ?

— Rien, répondit Berdine. Aucune référence au Temple des Vents ou au jugement de l'équipe de sorciers.

— C'est incompréhensible ! S'il y a eu un procès, comme le dit Kolo, les minutes devraient être ici.

— Mère Inquisitrice, nous avons fouillé d'autres rayonnages, au cas où des archives juridiques nous auraient échappé. Il n'y a rien ! Où pourrions-nous chercher ?

— Nulle part, répondit Kahlan. S'il n'y a rien dans cette salle, ça signifie que ces minutes n'existent pas. Ou que le livre qui les contient a été détruit. Dans son journal, Kolo dit que la Forteresse était en ébullition. Ils n'ont peut-être pas eu le temps de consigner le procès par écrit…

— On continue quand même à chercher ? proposa Berdine. Au moins jusqu'à l'aube…

— Non. Inutile de perdre notre temps. Il vaut mieux que tu retournes travailler sur le journal de Kolo. En l'absence d'autres sources d'informations, c'est notre seul espoir.

À la lumière vive de la bibliothèque, qui la ramenait à la réalité, la détermination de Kahlan faiblissait de seconde en seconde. Son plan était-il si bon que ça ?

— Dans ce cas, dit Cara, nous devrions partir. Qui sait ce que Nadine aura fait ? Si elle a réussi à entrer dans la chambre du seigneur Rahl, elle doit s'être usée les lèvres à force de l'embrasser dans son sommeil !

Berdine flanqua une claque sur l'épaule de sa collègue.

— Quelle mouche te pique ? La Mère Inquisitrice est une Sœur de l'Agiel !

— Désolée, j'essayais simplement d'être drôle… (Cara se tourna vers Kahlan.) Un mot de vous, et Nadine quittera ce monde. De toute façon, Raina ne l'aura pas laissée entrer dans la chambre…

L'Inquisitrice essuya la larme qui roulait sur sa joue.

— Je sais… Mais en ce moment, un rien me met dans tous mes états…

Cette fois, elle sut que sa décision était prise, et qu'elle serait irrévocable. Richard avait besoin d'aide pour vaincre la peste, et…

Non, c'était un prétexte ! Elle avait une raison bien plus personnelle de vouloir partir pour l'Allonge d'Agaden !

— Vous avez réussi ? demanda Raina dès qu'elle vit Cara, Berdine et Kahlan s'engager dans le couloir.

— Non, répondit l'Inquisitrice. Il n'y a pas d'archives sur ce procès.

— Quel dommage…

— Quelqu'un a tenté de déranger Richard ?

— Elle est venue, bien entendu… Voir s'il dormait bien, à l'en croire.

Kahlan n'eut pas besoin de précisions pour deviner de qui il s'agissait.

— Et tu l'as laissée entrer ?

— J'ai entrouvert la porte, constaté que le seigneur Rahl se reposait, et dit à cette garce que tout allait bien. Elle n'a même pas aperçu un cheveu de votre futur mari.

— Bien joué ! Mais elle reviendra sûrement.

— Voilà qui m'étonnerait… En la renvoyant, je lui ai promis, si elle se remontrait, de poser mon Agiel entre ses seins nus. Et croyez-moi, elle a compris que je ne plaisantais pas !

Cara éclata de rire.

Kahlan n'en eut pas le cœur.

— Raina, il est tard. Berdine et toi devriez aller prendre un peu de repos. L'esprit plus clair, traduire le journal sera moins pénible… Nous sommes toutes épuisées. Ulic et Egan veilleront sur Richard.

— Vous y arriverez, les gars ? demanda Raina en tapant du dos de la main sur l'estomac d'Ulic. Sans moi, vous ne serez pas perdus ?

— Nous sommes les gardes du corps du seigneur Rahl, grogna le colosse, vexé. Si quelqu'un essaie d'entrer dans la chambre, on devra ramasser ses restes à la petite cuillère !

— Je vois que nos amis s'en sortiront, fit la Mord-Sith. Berdine, il est temps que tu te reposes un peu !

Cara à ses côtés, Kahlan regarda les deux femmes s'éloigner.

— Mère Inquisitrice, vous devriez filer dans votre chambre. Vous n'avez pas l'air en forme…

— Je… je veux d'abord m'assurer que Richard va bien. Je dormirai mieux si je suis rassurée à son sujet. (Elle foudroya Cara du regard, au cas où elle aurait l'intention d'entrer avec elle.) Pourquoi ne pas aller te coucher ?

— Désolée, mais je préfère attendre…

Dans la chambre obscure, Kahlan repéra le lit grâce aux rayons de lune qui filtraient par la fenêtre. Elle en approcha et tendit l'oreille pour écouter la respiration du dormeur.

Son bien-aimé, comme elle, était désespéré par l'épidémie. Combien de familles pleuraient un mort, cette nuit ? Et combien les imiteraient, demain ?

Kahlan s'assit au bord du lit, glissa un bras sous les épaules de Richard et le souleva un peu. Dans son sommeil, il murmura son nom mais ne se réveilla pas.

L'Inquisitrice prit le verre de potion, toujours à demi plein. Elle l'approcha des lèvres du jeune homme et fit couler un peu de liquide entre ses lèvres.

— Bois, murmura-t-elle. Mon amour, ça t'aidera…

Elle continua jusqu'à ce qu'il n'y ait presque plus de potion. Puis elle reposa le verre et serra contre son ventre la tête de Richard.

— Je t'aime tellement… Quoi qu'il arrive, n'en doute jamais…

Le jeune homme murmura de nouveau son nom, puis une phrase qu'elle ne comprit pas, à part un mot : amour.

Kahlan remit la tête de Richard sur l'oreiller et retira son bras de sous ses épaules. Après avoir remonté la couverture jusqu'à son menton, elle lui embrassa le front et les lèvres et se leva.

Une fois sortie, elle se dirigea vers ses quartiers, Cara sur les talons.

— Tu devrais vraiment aller dormir, mon amie…

— Et vous laisser sans protection ?

— Cara, tu n'es pas indestructible !

— Peut-être, mais je ne décevrai pas deux fois le seigneur Rahl. Ne vous inquiétez pas : je posterai des gardes devant votre porte, et je ferai une sieste dans un coin, à même le sol. S'il y a du grabuge, on me réveillera…

Pour ce qu'elle devait faire, Kahlan n'avait surtout pas besoin qu'une Mord-Sith lui traîne dans les jambes.

— Tu as vu dans quel état s'est mis Richard, à force de ne pas dormir ?

— Les Mord-Sith sont bien plus résistantes que ces colosses aux pieds d'argile ! De plus, il a passé plusieurs nuits blanches. Moi, j'ai dormi, hier…

Sachant que polémiquer serait inutile, Kahlan se demanda comment se débarrasser de son encombrante garde du corps. Lui dire la vérité était hors de question. Sœur de l'Agiel ou pas, Cara répéterait tout à Richard...

Il fallait l'éviter à tout prix ! Il devait ignorer ce qu'elle se préparait à faire.

Elle décida d'abord le problème sous un autre angle.

— J'ai trop faim pour aller me coucher, mentit-elle.

— Mère Inquisitrice, vous avez une mine épouvantable. Il vous faut du sommeil, pas de la nourriture. L'estomac plein, vous dormirez mal. Allez donc vous reposer ! Et cessez de vous inquiéter au sujet de Nadine. Après la tirade de Raina, elle ne se montrera plus, vous pouvez me croire. Ce soir, il ne se passera rien de mal...

— Cara, de quoi as-tu peur ? Je veux dire, à part de la magie et des rats ?

— Je hais ces rongeurs, mais ils ne m'effraient pas !

Kahlan ne crut pas un mot de cette profession de foi. Une patrouille les croisant, elle attendit d'être de nouveau hors de portée d'oreille.

— Alors, de quoi as-tu peur ?

— De rien !

— Cara, tu parles à une Sœur de l'Agiel. Tout le monde a des angoisses...

— Je voudrais mourir au combat, pas dans un lit, vaincue par un ennemi invisible. Et je crains que le seigneur Rahl soit victime de la peste et nous laisse sans guide.

— Cette idée me terrorise aussi, avoua Kahlan. Je redoute que Richard tombe malade. Et je m'inquiète pour ceux que j'aime : toi, Berdine, Raina, Ulic, Egan et tous les résidents de ce palais.

— Le seigneur Rahl vaincra l'épidémie !

— As-tu également peur de ne pas trouver un homme qui t'aimera ?

— Pardon ? Pourquoi me ferais-je du souci pour ça ? Il suffit que j'autorise un homme à m'aimer pour qu'il tombe à mes pieds !

Kahlan attendit un moment avant de continuer.

— Moi, j'aime Richard. En principe, la magie des Inquisitrices détruit l'esprit de leurs partenaires quand... Enfin, tu vois ce que je veux dire. Grâce à son pouvoir, Richard est le seul compagnon que j'aurai jamais. Le perdre me terrifie ! Comprends-moi : je ne veux que lui, mais même si j'aimais quelqu'un d'autre, ce serait sans espoir. Lui seul peut me rendre mon amour. S'il disparaît, je resterai solitaire à jamais.

— Maître Rahl vaincra l'épidémie, répéta la Mord-Sith.

— Cara, j'ai peur que Nadine me le vole !

— Il n'a rien à faire d'elle ! On le lit dans ses yeux. Vous êtes la seule femme qu'il regarde vraiment.

— Peut-être, mais Nadine a été envoyée par une voyante !

La Mord-Sith ne répondit rien. Quand la magie entrait en jeu, elle ne savait plus que dire.

Devant la porte de ses quartiers, Kahlan s'arrêta et plongea son regard dans celui de Cara.

— Ma Sœur de l'Agiel consentirait-elle à me faire une promesse ?

— Si c'est possible...

— Tout va mal, et les choses peuvent encore s'aggraver. Si je faisais une erreur, la pire de ma vie, et que je perde Richard, peux-tu jurer que tu ne laisseras pas Nadine lui mettre la main dessus ?

— Que pourrait-il arriver ? Maître Rahl vous aime, et il se fiche de cette garce !

— Tout est possible, mon amie ! Shota, la peste, Jagang... L'idée de disparaître pour céder ma place à Nadine m'est insupportable. (Kahlan prit le bras de la Mord-Sith.) Je t'en supplie, jure-moi que ça n'arrivera pas !

Cara détourna le regard. Pour les Mord-Sith, un serment était une affaire de vie ou de mort. Et Kahlan savait jusqu'où elles allaient lorsqu'elles s'engageaient...

D'un coup de poignet, Cara fit voler son Agiel dans sa paume.

— Nadine ne prendra pas votre place aux côtés du seigneur Rahl, je le jure. Pour en attester, j'embrasse mon Agiel.

La gorge serrée, Kahlan ne parvint pas à dire un mot.

— Allez vous coucher, Mère Inquisitrice. Je veillerai sur votre sommeil, et rien ne vous dérangera. Nadine n'aura jamais le seigneur Rahl, je le promets sur ma vie. Reposez-vous en paix.

— Merci, Cara... Tu es une vraie Sœur de l'Agiel. Et si tu veux un jour que je te rende la pareille, il suffira de demander...

Chapitre 37

À force de répéter qu'elle était épuisée et rêvait de se mettre au lit, Kahlan parvint à se débarrasser de Nancy et de son assistante. Non, vraiment, elle ne voulait pas prendre un bain, ni manger et encore moins qu'on lui brosse les cheveux !

Pour que Nancy n'ait pas de soupçons, elle l'autorisa quand même à l'aider à se déshabiller.

Quand elle fut enfin seule, l'Inquisitrice frotta longuement ses bras nus, car il faisait très froid dans ses quartiers. Puis elle toucha sa blessure, sous le bandage. La cicatrisation devait bien se passer, puisqu'elle n'avait plus mal. L'intervention de Drefan avait accéléré la guérison déjà bien amorcée par le cataplasme de Nadine. Aussi peu de mérites qu'ait l'herboriste, il fallait bien les lui reconnaître !

Kahlan passa une robe de chambre et alla s'asseoir devant un bureau, près d'une des cheminées. Elle trouva agréable la chaleur des flammes, mais regretta qu'elle n'agisse que sur son côté droit…

Elle sortit d'un tiroir une feuille de parchemin et une plume, ouvrit l'encrier et tenta de mettre un peu d'ordre dans ses pensées avant de commencer à écrire.

Puis elle se lança.

« Mon très cher Richard,

J'ai une chose importante à faire, et je dois m'en occuper seule. Cette fois, rien ne me convaincra de changer d'avis. Par respect pour toi, et aussi parce que tu es le Sourcier, je m'incline souvent devant ta volonté, alors que je ne suis pas toujours d'accord avec ta façon de voir les choses. À plusieurs reprises, je t'ai laissé agir à ta guise, même si j'en souffrais. Mais n'oublie pas que je suis la Mère Inquisitrice, une femme qui doit savoir suivre son propre chemin. C'est le cas aujourd'hui. Si tu m'aimes autant que tu le dis, ne tente rien pour m'empêcher d'aller seule au bout de cette route.

J'ai dû mentir à Cara – par omission, mais ça revient au même – et je le regrette beaucoup. Richard, elle ignore tout de mon plan ! Si tu lui fais porter la responsabilité de mon départ, j'en serai très mécontente.

J'ignore quand je reviendrai… En principe, mon absence ne devrait pas être très longue. Sache que je pars pour améliorer notre situation. Comprends-le, ne t'en mêle pas et ne sois pas furieux contre moi. Parce que je n'ai pas le choix...

Signé : la Mère Inquisitrice, ta reine, et la femme qui t'aime pour toujours, dans ce monde et tous les autres.

Kahlan »

La jeune femme plia la feuille de parchemin et écrivit dessus le nom du destinataire. Puis elle déplia la lettre et la relut pour s'assurer qu'elle n'avait rien dévoilé de ses intentions.

« *Sache que je pars pour améliorer notre situation* » lui sembla une formulation parfaite. Idéalement vague, elle pouvait vouloir dire tout et n'importe quoi.

« *Ne t'en mêle pas* » était sans doute trop brutal, mais il n'existait pas mille façons d'exprimer ces choses-là.

Kahlan prit une chandelle, sortit du tiroir un bâtonnet de cire rouge et cacheta le pli. Ensuite, elle y imprima son sceau – deux éclairs –, souffla la bougie, embrassa la lettre et alla la poser sur un guéridon où Nancy le verrait du premier coup d'œil.

Jusqu'à ces derniers temps, elle ignorait pourquoi les Mères Inquisitrices avaient pour sceau ce curieux symbole. À présent, elle le savait. C'était à cause du Kun Dar, la Rage du Sang, une antique composante de leur magie. Ce pouvoir étant très rarement utilisé, elle n'avait jamais rien su de son existence, parce que sa mère était morte avant d'avoir pu lui apprendre à l'invoquer.

Tombée amoureuse de Richard, elle avait pu mobiliser d'instinct cette force. Quand elle entrait dans la Rage du Sang, un état qui la rendait insensible à tout raisonnement, les éclairs peints sur ses joues indiquaient qu'il valait mieux ne pas se mettre en travers de son chemin.

Cette facette *soustractive* de la magie des Inquisitrices en faisait des anges exterminateurs. Chez Kahlan, ce pouvoir s'était éveillé quand elle avait cru que Darken Rahl venait de tuer Richard. La Rage du Sang était destinée à protéger ou à venger une personne bien précise. Même si sa vie était en jeu, Kahlan ne pouvait pas y recourir pour se défendre elle-même.

Comme sa magie « normale » d'Inquisitrice, qu'elle avait toujours sentie tapie en elle, le Kun Dar était là en permanence, sous la surface, et prêt à se déchaîner. Dès que Richard était en danger, des éclairs bleus meurtriers jaillissaient de ses mains pour lui porter secours.

Afin de voyager avec la sliph – ou plus exactement, en elle – il fallait contrôler, aussi peu que ce fût, les deux variantes de magie. C'était le cas des Sœurs de l'Obscurité et des sorciers passés dans le camp du Gardien...

Kahlan alla dans sa chambre, se déshabilla, ouvrit le tiroir du bas de son armoire finement sculptée et fouilla dedans.

Elle y trouva ses vêtements de voyage, beaucoup mieux adaptés à son plan qu'une robe d'Inquisitrice. Un pantalon vert foncé, une épaisse chemise de lin, un ceinturon de cuir et des bottes de marche... La tenue idéale pour une aventurière.

Au fond du tiroir, elle dénicha le dernier objet qu'elle cherchait. Le posant sur le sol, elle s'agenouilla et défit le nœud du carré de tissu blanc qui enveloppait la précieuse relique.

Même si elle savait à quoi s'attendre, revoir le couteau que lui avait offert Chandalen fit frissonner l'Inquisitrice. Cette arme était taillée dans un os du grand-père de l'Homme d'Adobe ! Avec elle, Kahlan avait tué Prindin, un chasseur qu'elle avait cru son ami, mais qui s'était vendu au Gardien.

En tout cas, elle *pensait* avoir tué le traître… L'esprit embrumé par le poison que lui avait fait boire Prindin, elle ne se souvenait plus clairement de ces événements. Était-ce le grand-père de Chandalen qui l'avait sauvée, en réalité ? Alors qu'elle gisait sur le sol, Prindin s'était jeté sur la lame qu'elle serrait dans sa main – sans savoir comment elle y était arrivée.

Des plumes de corbeau étaient attachées au pommeau de l'arme. Très importants dans la culture du Peuple d'Adobe, ces oiseaux étaient étroitement associés à la mort.

Pour sauver son peuple, menacé d'extermination par les Jocopos, des habitants du Pays Sauvage devenus fous, le grand-père de Chandalen avait demandé de l'aide aux esprits lors d'un conseil des devins. Les âmes de ses ancêtres lui avaient enseigné l'art de combattre un ennemi plus violent et plus féroce. Agneaux devenus des loups, les Hommes d'Adobe – un nom qu'ils avaient adopté à cette époque – avaient éliminé la menace.

Radicalement, puisqu'il ne restait plus un seul Jocopo !

Après la mort du premier protecteur du Peuple d'Adobe, le père de Chandalen avait repris le flambeau. Puis il l'avait transmis à son fils.

Kahlan connaissait peu d'hommes capables de défendre les leurs avec autant de bravoure. Lors des combats contre l'Ordre Impérial, Chandalen avait semé la mort sans pitié.

Comme l'Inquisitrice !

Ensuite, il lui avait offert le couteau, gardant celui qui était taillé dans un os de son père. L'arme avait déjà sauvé une fois la vie de Kahlan. Et elle recommencerait peut-être…

La jeune femme prit le couteau et le leva à hauteur de ses yeux.

— Grand-père de Chandalen, ton aide me fut naguère précieuse. Sois encore une fois à mes côtés !

Les yeux fermés, l'Inquisitrice embrassa la lame rituelle.

Si elle devait affronter Shota, pas question d'avoir les mains vides. Et elle n'aurait pas pu rêver d'une meilleure arme.

Elle noua la bande de tissu autour de son bras gauche et glissa le couteau dedans. Ainsi placé, on pouvait le dégainer avec une étonnante rapidité. Même si la voyante lui faisait toujours peur, Kahlan se sentait bien mieux, ainsi équipée…

Dans l'armoire, elle prit un manteau ocre de demi-saison. Avec la tempête de neige, un vêtement plus épais aurait été mieux adapté. Mais elle ne resterait pas longtemps dehors en Aydindril, et le climat, dans l'Allonge d'Agaden, serait beaucoup plus clément.

De plus, un manteau sombre l'aiderait à ne pas se faire remarquer par les gardes, sur le chemin de la Forteresse. Et sortir sa lame serait plus facile avec un tissu léger.

Pourrait-elle brandir le couteau avant que Shota ait lancé un sort ? Et même si elle réussissait, une arme de ce type risquait de ne pas suffire contre une voyante.

À quoi bon s'interroger? De toute façon, elle n'avait rien d'autre à sa disposition.

Sauf son pouvoir d'Inquisitrice, bien sûr! Shota y serait vulnérable comme tout le monde, à part Richard. Si elle la touchait, le combat serait terminé. Mais par le passé, la voyante avait su utiliser sa magie pour l'empêcher d'approcher…

Cela n'aurait aucune importance si elle la frappait avec un éclair du Kun Dar. Hélas, ce serait impossible, puisqu'elle ne pouvait pas invoquer la Rage du Sang pour *se* défendre. Ce qui avait marché contre un grinceur, et quand les Sœurs de la Lumière étaient venues chercher Richard, ne fonctionnerait pas face à Shota.

À moins que… Le jeune homme l'aimait, il désirait l'épouser et vivre pour toujours avec elle. Se fichant de ce qu'il désirait, Shota lui avait envoyé Nadine, dont il ne voulait pas.

Même en oubliant l'amour du Sourcier pour l'Inquisitrice, Nadine l'avait fait souffrir et il aurait préféré qu'elle soit très loin de lui. Il acceptait sa présence pour garder un œil sur l'émissaire de Shota. Rien de plus…

Et l'idée d'avoir l'herboriste pour femme le révulsait!

Donc, la voyante menaçait Richard. Dans ce cas, le Kun Dar marcherait. Car le danger ne devait pas nécessairement être physique, puisque les Sœurs de la Lumière entendaient simplement emmener le jeune homme *contre sa volonté*.

Shota était fichue!

Ainsi fonctionnait la magie, et l'Inquisitrice était bien placée pour le savoir. Comme l'Épée de Vérité, le Kun Dar réagissait à des *perceptions*. Si Kahlan avait la certitude de défendre Richard, la Rage du Sang lui obéirait. Et le Sourcier, elle le savait, refusait que la voyante le manipule et décide de son destin à sa place. La justification existait bel et bien: Shota voulait faire du mal à Richard. Donc, les éclairs la carboniseraient!

Kahlan s'accroupit et pria les esprits du bien de la guider. Elle n'agissait pas pour se venger, et ne préméditait pas un meurtre gratuit.

N'est-ce pas?

Ou cherchait-elle, en évoquant une juste cause, à dissimuler son désir animal de tuer Shota?

Non, elle ne partait pas avec l'intention d'exécuter la voyante. Mais il fallait tirer au clair l'histoire de Nadine, et découvrir ce que Shota savait sur le Temple des Vents.

Mais si ça s'imposait, l'Inquisitrice se défendrait. Et s'il s'agissait de protéger Richard, rien ne l'arrêterait. Depuis trop longtemps, la voyante s'amusait avec leurs vies, comme s'ils étaient des marionnettes dont elle tirait les ficelles. Qu'elle tente de la tuer, ou continue de torturer Richard, et c'en serait fini d'elle!

L'Inquisitrice soupira de frustration. Son bien-aimé lui manquait déjà. Ils s'étaient battus pour être enfin ensemble, et voilà qu'elle s'en allait! Dans la situation inverse, se serait-elle montrée compréhensive, comme elle osait le lui demander?

Bouleversée, Kahlan ouvrit le tiroir qui contenait son bien le plus précieux. Comme si elle touchait un trésor, elle sortit la robe de mariée bleue, caressa le tissu… et éclata en sanglots.

Craignant de mouiller la robe, elle la remit à sa place et resta un long moment immobile, une main posée sur ce symbole de son avenir.

Enfin, elle poussa le tiroir et s'ébroua. Elle avait une mission à accomplir. Que ça lui plaise ou non, elle était la Mère Inquisitrice. Et Shota, puisqu'elle résidait dans les Contrées du Milieu, faisait partie de ses sujets.

L'idée de mourir, et surtout de ne plus jamais revoir Richard, la révoltait. Mais il fallait en finir avec les manigances de la voyante. En somme, Nadine avait été l'agression de trop. Et pour ça, Shota paierait le prix fort.

Sa détermination plus ferme que jamais, Kahlan s'empara de la corde à nœuds pendue à un crochet, au fond de l'armoire. En cas d'incendie, cette précaution permettait à la Mère Inquisitrice de s'enfuir par le balcon.

Dès qu'elle eut ouvert la baie vitrée, un vent froid s'engouffra dans la pièce.

La jeune femme sortit sur le balcon et ferma derrière elle. Relevant sa capuche, elle s'assura que ses cheveux ne dépassent pas, afin qu'on ne la reconnaisse pas. Si elle croisait quelqu'un par une nuit pareille…

Après avoir attaché la corde à la balustrade, elle la lâcha, et ne parvint pas à voir, avec la nuit et la neige, si elle atteignait le sol. Mais la personne chargée de lui fournir ce moyen de sortir avait dû s'en assurer.

En principe…

Kahlan enjamba la balustrade, saisit la corde à deux mains et commença à descendre.

L'Inquisitrice avait décidé de gagner la Forteresse à pied. Au fond, ce n'était pas si loin, et prendre un cheval risquait de la trahir, si elle le laissait dans le paddock, une fois arrivée à destination. Un moment, elle avait pensé à lâcher sa monture dans la nature, un peu avant d'arriver. Mais on la retrouverait, et Richard penserait qu'il lui était arrivé malheur. En ce moment, il n'avait pas besoin de ça…

Enfin, à cheval, elle aurait eu beaucoup plus de mal à ne pas se faire repérer par les gardes postés devant le pont.

Les esprits du bien l'avaient gratifiée d'une tempête de neige idéale pour se dissimuler. Il aurait été discourtois de ne pas en tirer avantage…

Après quelques minutes à patauger dans la neige, Kahlan se demanda si elle avait pris la bonne décision.

Bon sang, elle ne devait pas jouer à ce jeu-là ! Si elle commençait à douter de son plan dès la première étape, autant retourner tout de suite au palais !

En ville, elle croisa à peine dix personnes qui ne lui accordèrent aucune attention, bien trop pressées de rentrer se mettre à l'abri. En cas d'interrogatoire, ces « témoins » seraient incapables de dire s'ils avaient vu un homme ou une femme.

Une fois sortie d'Aydindril, Kahlan s'engagea sur le chemin de la Forteresse. Échapper aux gardes ne serait pas un jeu d'enfant. Les soldats d'harans n'avaient pas les yeux dans leur poche, et s'ils la reconnaissaient, tout son plan tomberait à l'eau.

Tuer les sentinelles aurait préservé le secret. Mais il n'en était pas question. Ces hommes luttaient désormais à ses côtés, aussi résolus qu'elle à écraser l'Ordre Impérial.

Alors, les assommer, peut-être ?

Non, ce n'était pas un moyen sûr de neutraliser quelqu'un. Souvent, quand on frappait un homme sur la tête, il ne s'évanouissait pas, mais criait de douleur et attirait sur les lieux des hordes de camarades prêts à tailler en pièce les intrus.

De plus, une fracture du crâne pouvait entraîner la mort, et elle refusait de courir ce risque. Ce genre d'attaque se justifiait contre des ennemis – pas des alliés.

Amelia et Marlin avaient sûrement jeté un sort pour ne pas être vus des gardes. Hélas, elle n'avait pas ce type d'atout dans sa manche. Si elle utilisait sa magie, les pauvres soldats y perdraient leur esprit. Il restait deux possibilités : la ruse ou une parfaite discrétion.

En matière de ruse, les militaires d'harans en savaient sûrement dix fois plus long qu'elle. Donc, il lui faudrait se faire toute petite…

Où était-elle exactement ? Elle l'ignorait, mais le poste de garde ne devait plus être loin.

Les bourrasques soufflant de la gauche, elle se plaça sur la droite de la route, et avança sous le vent. Pliée en deux, elle comprit qu'il lui faudrait ramper pour traverser les lignes… amies.

Avant, elle devrait rester un moment étendue sur le ventre, pour qu'une couche de neige se dépose sur son manteau. Ainsi, dès qu'elle verrait un soldat, il lui suffirait de s'immobiliser pour qu'il ne la distingue pas. Dans ce contexte, elle se maudit de ne pas avoir emporté de gants !

Estimant qu'elle était dangereusement près du poste de garde, elle réfléchit quelques instants au défi le plus délicat qu'elle devrait relever : traverser le pont ! Là, elle serait coincée dans un passage étroit, sans possibilités de changer d'itinéraire. Mais les soldats avaient peur de la magie *et* de la Forteresse. De nuit, ils devaient éviter de patrouiller trop près du pont.

Oui, elle avait une bonne chance de réussir. Quelle aubaine, cette neige !

Sauf quand on vous braquait une épée sur le ventre ! Parce qu'on la voyait au dernier moment…

L'Inquisitrice s'immobilisa, puis sursauta quand elle sentit le fer d'une lance venir lui chatouiller la nuque.

Pour la discrétion, elle repasserait !

— Qui va là ? demanda l'homme à l'épée.

C'était le moment d'improviser un nouveau plan !

Un mélange de vérité et de mensonge, avec un zeste d'angoisse de la magie ? Oui, ça avait une chance de marcher.

— Capitaine, j'ai failli mourir de peur ! C'est moi, la Mère Inquisitrice.

— Prouvez-le !

Kahlan rabattit sa capuche.

— Je pensais passer sans me faire remarquer. Mais les soldats d'harans sont encore meilleurs que je le croyais.

Les deux hommes baissèrent leurs armes. Ne plus sentir la lance contre sa nuque soulagea beaucoup Kahlan. Une seule petite poussée, et on pouvait dire adieu à son cerveau !

— Mère Inquisitrice, vous nous avez fichu une de ces trouilles ! Que faites-vous ici en pleine nuit ? Et à pied ?

— Réunissez tous vos hommes, soupira Kahlan, et je vous expliquerai.

Désormais, elle n'avait plus le choix.

— Allons dans notre refuge, un peu plus loin.

Ils traversèrent la route et approchèrent de l'abri improvisé – quelques planches hâtivement clouées – qui protégeait un peu les sentinelles du vent et de la neige. La cahute étant trop petite pour l'Inquisitrice et les six soldats, ils lui laissèrent galamment le recoin le plus sec et la moitié restèrent dehors.

En un sens, savoir que nul ne trompait les sentinelles était très satisfaisant. Mais ça compliquait les choses, et pas qu'un peu...

— Écoutez-moi bien, parce que je n'ai pas beaucoup de temps. Je suis en mission, et vous devez me faire confiance. Vous avez entendu parler de la peste ?

Les soldats acquiescèrent.

— Le seigneur Rahl cherche un moyen de l'enrayer. Personne ne sait si c'est possible, mais il ne baissera pas les bras pour autant. Vous le connaissez, pas vrai ?

— Bien sûr, répondit le capitaine, mais quel rapport avec... ?

— Pas de questions, je suis trop pressée ! Pour l'instant, le seigneur Rahl se repose. Chercher une solution l'épuise. Mais il espère que la magie l'aidera...

— Je sais de quoi il est capable, dit le capitaine. Il y a quelques jours, il m'a sauvé la vie !

— Comme à des milliers d'autres ! Mais s'il attrapait la peste ? Avez-vous pensé à ce qui arrivera s'il tombe malade et meurt avant d'avoir trouvé le remède ? Eh bien, nous le suivrons tous dans la tombe !

Les D'Harans se décomposèrent. Pour eux, perdre le seigneur Rahl était une calamité, même quand ils ne risquaient pas de périr avec lui.

— Que peut-on faire pour le protéger ? demanda le capitaine.

— Tout dépend de vous, mes amis !

— Que voulez-vous dire ?

— Le seigneur Rahl m'aime, et vous savez tous qu'il me couve comme une mère poule. Ses Mord-Sith ne me lâchent jamais et je ne peux pas faire un pas sans une escorte de gardes. Dans ces conditions, il faudrait la fin du monde pour me mettre en danger.

» Mais il s'expose sans cesse, et je ne veux pas qu'il lui arrive malheur. Sans lui, nous serions tous perdus. Heureusement, je connais un moyen de l'aider à arrêter l'épidémie avant qu'il en soit victime.

— Que pouvons-nous faire ? demanda le capitaine.

— Mon plan implique de manipuler une magie dangereuse. Si je réussis, Richard vivra, et nous tous avec ! Mais c'est très risqué...

» Pour agir, je dois partir quelques jours, et voyager avec l'aide de la magie. S'il l'apprend, il fera tout pour m'en empêcher, vous le savez. Quand il est question de ma sécurité, il ne raisonne plus clairement.

» Pour qu'il ne sache rien, j'ai menti aux Mord-Sith et à mes autres gardes. Au palais, personne ne sait où je vais. Si quelqu'un le découvre, Richard tentera de me rejoindre, et ce sera une catastrophe ! Si je meurs, il périra avec moi. Et si je réussis, à quoi bon l'exposer ?

» Je pensais vous tromper aussi, mais vous êtes trop forts pour moi. À présent, la suite est entre vos mains. Je vais risquer ma vie pour protéger le seigneur Rahl. Si vous voulez m'aider, il faut jurer de garder le secret. Même s'il vous regarde dans les yeux, vous devrez affirmer que vous ne m'avez pas vue.

Les soldats s'agitèrent, mal à l'aise.

— Mère Inquisitrice, dit le capitaine, s'il nous regarde dans les yeux, nous ne pourrons pas lui mentir.

— Alors, autant lui enfoncer vos armes dans le corps ! Parce que ça reviendra au même... Voulez-vous être responsables de sa mort ?

— Bien sûr que non ! Nous donnerions tous notre vie pour lui.

— C'est exactement ce que je veux faire ! Mais s'il le sait, il viendra me retrouver, et tout ça n'aura servi à rien. Refusez de mentir, et vous aurez sa fin sur la conscience !

Le capitaine regarda ses hommes, se gratta les joues et prit enfin sa décision.

— Vous voulez que nous jurions sur nos vies ?

— Non, sur la sienne !

Imitant leur chef, tous les soldats s'agenouillèrent.

— Sur la vie du seigneur Rahl, dit le capitaine, nous jurons de ne révéler à personne que nous vous avons revue cette nuit, après votre première visite en compagnie des Mord-Sith. Soldats, prêtez serment aussi.

Quand ce fut fait les six hommes se relevèrent.

— Mère Inquisitrice, déclara le capitaine, je ne connais rien à la magie, parce que c'est le domaine du seigneur Rahl. (Il posa une main paternelle sur l'épaule de Kahlan.) J'ignore aussi ce que vous comptez faire, mais nous ne voulons pas vous perdre non plus. Notre maître serait trop malheureux... Alors, soyez prudente.

— Merci, capitaine. Cette nuit, je ne risquerai rien. Demain, c'est une autre affaire...

— Si vous mourez, cela annulera notre serment. Nous dirons tout au seigneur Rahl, et il nous fera exécuter.

— Non, il n'est pas comme ça... C'est pour cette raison que nous devons le protéger. Sans lui, l'Ordre Impérial triomphera. Ces chiens n'ont aucun respect pour la vie. Ils sont responsables de la peste, qui a commencé par tuer des enfants.

— Je suis prête, annonça Kahlan à la créature de vif-argent. Que dois-je faire ?

Une main brillante émergea du puits et tapota le muret.

— Viens, dit la sliph. Tu n'auras rien à faire. Tout dépend de moi.

L'Inquisitrice monta sur le muret.

— Tu es sûre de pouvoir me conduire dans l'Allonge d'Agaden ?

— Oui. J'y suis déjà allée, et tu seras contente.

Contente est peut-être un bien grand mot, pensa Kahlan.

— Ce sera long ?

— Long ? Je connais l'Allonge d'Agaden, et je suis assez longue. Juste ce qu'il faut, je crois...

Kahlan n'insista pas. La sliph ne semblait pas consciente d'avoir dormi pendant des millénaires. Alors, que signifiaient pour elle les heures et les jours ?

— Tu ne diras pas à Richard où je suis allée. Il ne doit pas le savoir.

La créature eut un étrange sourire.

— Ceux qui voyagent avec moi ne veulent jamais qu'on connaisse leur destination. Et je ne les trahis pas. N'aie aucune inquiétude, personne ne saura ce que nous avons fait ensemble. Ni que tu étais contente...

Kahlan ne cacha pas sa perplexité face à cette dernière remarque.

Un bras liquide l'enlaça lentement.

— N'oublie pas que tu dois me respirer, dit la sliph. N'aie pas peur, je te garderai en vie pendant que tu seras en moi. Quand nous arriverons, tu devras me rejeter et aspirer de l'air. Tu auras aussi peur que maintenant, mais il faudra le faire. Sinon, tu mourras.

— Je me souviendrai de tout ça, souffla Kahlan. (L'angoisse d'être privée d'air lui faisait tourner la tête.) Allons-y, je suis prête !

Sans un mot de plus, la sliph attira la voyageuse dans son corps de vif-argent.

Les yeux fermés et les poumons en feu, Kahlan retint son souffle comme si elle risquait d'inhaler un gaz mortel. Ce n'était pas son premier voyage. Pourtant, elle paniquait à l'idée de respirer du vif-argent.

La fois précédente, Richard était avec elle. Seule, elle ne parviendrait jamais à...

Elle pensa à Shota, qui avait envoyé Nadine épouser *son* Richard !

Après avoir expiré à fond, elle s'emplit les poumons de vif-argent.

Dans la sliph, les notions de froid et de chaud n'avaient plus cours. Quand elle leva les paupières, l'Inquisitrice découvrit un impossible mélange de lumière et d'obscurité.

Elle dérivait dans un vide qui n'en était pas un, comme si elle n'avait plus de poids ou de substance. Se déplaçait-elle vite, ou lentement ?

Les deux à la fois, sans doute...

Elle aurait juré qu'elle ne respirait pas la sliph, mais l'accueillait dans son âme, comme une très ancienne amie.

Ici, le temps ne signifiait rien.

Seul comptait le plaisir.

Chapitre 38

D ans le tourbillon brûlant de couleurs, Zedd entendit Anna crier son nom. On eût dit qu'elle l'appelait de très loin, bien qu'elle fût à quelques pas de lui. Mais alors qu'il était perché sur son rocher-nuage, battu par une bourrasque de pouvoir, la voix aurait pu venir d'un autre monde.

Et en un certain sens, c'était le cas.

L'appel se répéta, énervant, insistant et… urgent. Zedd l'ignora superbement et continua d'agiter les bras dans les volutes de brume qui dansaient autour de son corps squelettique. Devant lui, des formes sans substance se précisaient. Il aurait bientôt traversé.

Soudain, le voile de pouvoir commença à se dissiper. Résolu à y instiller davantage de magie, il leva plus haut les mains et les manches de sa tunique glissèrent le long de ses bras décharnés. Mais il s'échinait, symboliquement, à remonter d'un puits un seau qui se révélait toujours vide.

Les étincelles multicolores crépitèrent. Puis le vortex de lumière tourna abruptement au gris avant de se dissiper.

C'était à n'y rien comprendre !

Avec un bruit qui fit vibrer le sol, la structure qu'il avait si péniblement invoquée se volatilisa.

Zedd battit des bras quand Anna le saisit par le col pour l'arracher à son rocher-nuage. Il bascula en arrière et entraîna la Dame Abbesse avec lui.

Privé de magie, le rocher-nuage redevint un vulgaire petit caillou. Le vieux sorcier n'y était pour rien. En principe, un artefact ne devait pas agir de son propre chef. Bref, c'était stupéfiant !

— Fichtre et foutre, femme, qu'est-ce que ça signifie ?

— Arrête de m'insulter, vieux croûton ! Je me demande bien pourquoi je me fatigue à te sauver la peau !

— Tu as tout gâché alors que j'y étais presque !

— Je n'ai rien gâché du tout…

— Si ce n'était pas toi… (Zedd sonda les collines obscures.) Explique-toi, femme !

— J'ai perdu d'un coup le contact avec mon Han. J'essayais de te prévenir, pas de t'arrêter.

— Voilà qui est très différent…, souffla Zedd. Pourquoi ne l'as-tu pas dit plus tôt ?

Il ramassa le rocher-nuage et le fourra dans sa poche.

— Tu as découvert quelque chose, avant de perdre le contact ? demanda Anna, qui scrutait également la pénombre.

— Je ne l'ai jamais établi, ce fichu contact !

— Pardon… Qu'as-tu donc fait, tout ce temps ?

— J'essayais… (Zedd tendit la main pour prendre une couverture.) Mais quelque chose clochait. Impossible de traverser ! Ramasse tes affaires, on devrait filer d'ici.

Anna s'empara d'une sacoche de selle et remballa leur équipement.

— Zedd, tous nos espoirs reposaient sur cette tentative. Maintenant que tu as échoué…

— Ce n'est pas moi ! coupa le vieil homme. Si ça n'a pas marché, je n'y suis pour rien.

Il voulut pousser sa compagne vers les chevaux, mais elle écarta ses mains.

— Alors, pourquoi n'as-tu pas réussi ?

— La lune rouge…

— Tu es sérieux ?

— Je ne tente pas souvent de contacter le monde des esprits. Et jamais sans une bonne raison. Dans ma vie, j'ai dû le faire cinq ou six fois. Quand il m'a donné le rocher-nuage, mon père m'a recommandé de ne pas en abuser. Le danger est d'attirer dans notre monde des esprits malveillants. Pire encore, on risque de déchirer le voile. Chaque fois que j'ai eu du mal à établir la liaison, un manque d'harmonie était en cause. Et la lune rouge annonçait une discordance…

— Nous serons bientôt à court de ressources, soupira Anna. Dis-moi ce qui s'est passé quand tu étais sur ton rocher.

— Si tu me parlais plutôt de la perte de contact avec ton Han ?

Anna tapota le flanc de son cheval pour lui annoncer qu'elle était près de son arrière-train et qu'il ne devait pas ruer. L'animal tapa du sabot gauche antérieur pour signifier qu'il avait compris.

— Pendant que tu… travaillais, j'ai lancé des sorts de détection pour être sûre qu'on ne nous épiait pas. Dans le Pays Sauvage, toute cette lumière aurait pu attirer des gens mal intentionnés. Soudain, alors que je voulais toucher mon Han, il s'est écroulé devant moi et j'ai eu l'impression de basculer en avant, comme si un mur se dérobait alors que je pensais m'y appuyer.

Zedd tendit les mains et lança un sort élémentaire pour faire léviter la pierre ronde qui gisait à ses pieds. Rien ne se passa. C'était bien ça : on voulait s'appuyer à quelque chose, et on découvrait trop tard que ce n'était pas là. Alors, comme le disait Anna, on basculait en avant.

Le vieux sorcier prit dans sa poche une pincée de poudre de camouflage. Quand il la jeta dans les airs, elle ne crépita pas.

— Nous sommes très mal…, murmura-t-il.

— Être un peu plus précis te dérangerait ? susurra Anna.

— Nous allons abandonner les chevaux. (Zedd prit Anna par le bras.) Viens !

— Zedd, que t'arrive-t-il ? demanda la Dame Abbesse en trottinant à côté de lui.

— Nous sommes au milieu du Pays Sauvage. (Le sorcier s'arrêta, leva le nez et huma l'air.) Près du royaume des Nangtongs, si je ne me trompe pas. (Il tendit un bras.) Allons par là, dans ce ravin. Il faudra surtout rester hors de vue. J'espère que nous ne devrons pas nous séparer pour fuir dans des directions différentes.

Quand ils s'engagèrent sur la pente raide, Zedd aida Anna à ne pas glisser sur l'herbe et la terre humides.

— Qui sont les Nangtongs ?

Le sorcier arriva le premier en bas, passa un bras autour de la taille de sa compagne et la soutint quand elle voulut à son tour prendre pied sur le sol. Avec ses jambes courtes, la pauvre femme se sortait beaucoup moins bien que lui de cet exercice.

Sans l'aide de la magie, le poids de la Dame Abbesse faillit faire tomber le vieil homme. Pour le soulager, Anna s'accrocha à une racine le temps qu'il reprenne son équilibre.

— Les Nangtongs, femme, sont un peuple du Pays Sauvage. Ils contrôlent une magie qui ne leur sert à rien, mais qui neutralise celle des autres. Un peu comme la pluie éteint un feu de camp…

» C'est tout le problème, dans ce coin du monde. Beaucoup de gens peuvent perturber ou annuler notre pouvoir. Et on y trouve des créatures, ou des lieux, qui ont les effets les plus inattendus sur la magie classique. En général, il vaut mieux ne pas s'aventurer dans le Pays Sauvage.

» C'est pour ça que j'ai râlé comme un perdu quand Verna nous a dit où vivaient jadis les Jocopos. Nathan aurait aussi bien pu nous envoyer retirer des charbons ardents d'une forge ! Ici, le danger est partout. Les Nangtongs sont une nuisance parmi une multitude d'autres…

— Pourquoi es-tu si sûr qu'ils sont coupables ?

— Pas mal de peuples du Pays Sauvage peuvent nous empêcher de lancer un sort. Mais ma poudre de camouflage aurait dû rester active. Sauf face aux Nangtongs, les seuls en mesure de la neutraliser.

Comme un équilibriste, Anna écarta les bras quand ils durent passer sur un tronc d'arbre tombé en travers d'un fossé. Si ce petit jeu continuait, elle finirait par se briser les os.

Dans le ciel, la lune disparut derrière un banc de nuages. Zedd s'en réjouit, parce que l'obscurité serait leur meilleure alliée. Hélas, elle les empêchait aussi de voir où ils mettaient les pieds. Et on n'était pas moins mort, la nuque rompue, qu'avec une flèche ou une pointe de lance dans le cœur.

— Nous devrions peut-être montrer que nous n'avons pas d'intentions hostiles, suggéra Anna alors qu'ils longeaient le lit d'un cours d'eau. Zedd, tu me demandes toujours de te laisser parler, comme si ta langue était une sorte de baguette magique. Pourquoi ne dis-tu pas aux Nangtongs que nous cherchons les Jocopos ? Avec ton génie oratoire, ils accepteraient peut-être de nous aider ? J'ai remarqué que beaucoup de gens inamicaux deviennent raisonnables quand tu leur parles.

— Excellente proposition, femme ! Hélas, je ne pratique pas le langage des Nangtongs.

— S'ils sont si dangereux que ça, pourquoi avoir traversé leur territoire ? Perdrais-tu la tête, vieillard ?

— Rassure-toi, elle est toujours sur mes épaules. J'ai fait un grand détour pour éviter leurs terres.

— Enfin, tu as essayé ! Et tu nous as perdus…

— Pas vraiment… Les Nangtongs sont des nomades, mais ils restent dans les limites de leur royaume. Et je suis sûr de ne pas les avoir franchies. Il doit s'agir d'une expédition de chasse dédiée aux esprits.

— Pardon ?

Zedd s'arrêta, s'agenouilla et étudia le terrain. Il ne vit personne – rien de très étonnant par une nuit sans lune – et sentit seulement une vague odeur de sueur. Cela dit, la brise pouvait l'avoir charriée sur des lieues.

— Je n'ai pas le temps de tout t'expliquer, mais le résultat est toujours un ou plusieurs sacrifices en l'honneur du monde des esprits. Les Nangtongs croient que les morts récents transmettront des salutations et des requêtes aux esprits de leurs ancêtres. Pour s'attirer leurs faveurs, les expéditions cherchent des proies à sacrifier.

— Des proies humaines ?

— Quand elles en trouvent… Les Nangtongs ne sont pas des foudres de guerre. Entre combattre et fuir, ils n'hésitent jamais. Mais ils s'en prennent volontiers aux gens sans défenses.

— Au nom de la Création, comment un endroit pareil peut-il exister ? Je croyais le Nouveau Monde plus civilisé que ça. Les Contrées du Milieu ne sont-elles pas censées assurer la prospérité et la paix partout sur leur territoire ?

— Les Inquisitrices ont tenté d'interdire les sacrifices humains. Mais le Pays Sauvage est si loin de tout… Les Nangtongs filent doux quand une Inquisitrice vient leur rendre visite, parce que ce pouvoir-là n'est pas altéré par le leur. Peut-être à cause de sa composante soustractive…

— Seriez-vous idiots ? demanda Anna. Laisser ces sauvages sans surveillance alors que vous savez de quoi ils sont capables ?

— L'alliance des Contrées du Milieu a été créée en partie pour empêcher que les peuples « magiques » soient massacrés par les plus grands royaumes.

— Les Nangtongs, selon toi, ne peuvent rien faire avec leur magie. Donc, ils n'entrent pas dans cette catégorie.

— Neutraliser le pouvoir des autres est une forme de magie, que tu le veuilles ou non. Les gens normaux en sont incapables. En somme, il s'agit d'une arme défensive. Des sortes de « dents », qui leur permettent de repousser les assauts des sorciers de tout poil.

» Les Contrées fichent la paix aux peuples et aux créatures magiques, qui ont le droit de vivre, comme tout le monde. Bien entendu, l'alliance s'efforce d'empêcher qu'on sacrifie des innocents. Même si certaines formes de magie lui déplaisent, devrait-elle massacrer à tour de bras pour créer un monde à l'image des pays les plus puissants ?

Anna ne répondant pas, Zedd poussa plus loin son raisonnement.

— Certaines créatures, par exemple les garns, sont terriblement dangereuses. Est-ce une raison pour les exterminer ? Ou vaut-il mieux leur accorder le droit de vivre, ainsi que le Créateur l'a voulu ? Les hommes n'ont pas à juger la Création…

» Face à plus forts qu'eux, les Nangtongs sont des agneaux. Quand ils ont l'avantage, ils tuent sans pitié. En un sens, ce sont des charognards, comme les vautours, les loups ou les ours. Massacrer ces créatures serait une erreur, parce qu'elles ont un rôle à jouer dans notre monde.

— Et quel est celui des Nangtongs ? demanda Anna.

S'ils n'avaient pas dû parler à voix basse, elle aurait volontiers ricané de mépris.

— Anna, je ne suis pas le Créateur, et il ne me demande pas mon avis sur Ses choix… Par humilité, j'admets qu'Il peut avoir raison, même quand j'ai des doutes. Qui serait assez arrogant pour affirmer qu'Il se trompe ? Pas moi, en tout cas !

» Dans les Contrées du Milieu, nous respectons toutes les formes de vie. Quand elles nous menacent, il suffit de les éviter ! Avec ta conception très dogmatique du Créateur, tu devrais comprendre mieux que personne cette démarche.

— Notre devoir est d'enseigner aux méchants à ne pas nuire aux autres enfants du Créateur !

— Va dire ça à un loup, ou à un ours !

À la façon dont elle grogna, Anna aurait pu être l'un ou l'autre…

— Les sorciers et les magiciennes ont pour mission de protéger la magie, comme des parents qui veillent sur leurs enfants. Ce n'est pas à nous de décider qui doit vivre ou mourir. Sinon, on en vient vite à adopter le point de vue de Jagang. Il juge la magie dangereuse, et veut éliminer tous ses pratiquants pour améliorer le monde. Partagerais-tu sa philosophie ?

— Quand une guêpe te pique, tu ne l'écrases pas ?

— Ai-je dit que nous ne devons pas nous défendre ?

— Alors, pourquoi ne pas en avoir fini avec tous vos ennemis ? Lors de la guerre contre Panis Rahl, on te surnommait le Vent de la Mort. Tu sais comment éliminer une menace.

— J'ai fait ce qu'il fallait pour qu'on arrête de massacrer des innocents. S'il le faut, je recommencerai contre Jagang. Les Nangtongs ne méritent pas qu'on les extermine. Ils ne tentent pas de réduire les autres en esclavage ou de régner par la terreur. Leurs croyances sont meurtrières uniquement quand on est assez idiot pour se faire prendre.

— Ils sont nuisibles ! Vous n'auriez pas dû les laisser vivre !

— Dans ce cas, pourquoi n'as-tu pas tué Nathan ? À sa manière, lui aussi est dangereux.

— Tu oses le comparer à des sauvages qui sacrifient des innocents au nom de croyances maléfiques ? En outre, dès que j'aurai retrouvé le Prophète, tu peux me faire confiance pour le remettre sur le droit chemin.

— Excellent programme ! En attendant, si nous arrêtions de discuter théologie ? Sauf si tu veux convertir les Nangtongs, nous aurions intérêt à agir selon mes convictions. À savoir, filer au plus vite de leurs territoires de chasse !

— Tu n'as pas tort sur toute la ligne, concéda Anna. Et tes intentions, à la base, ne sont pas malveillantes…

Elle fit signe au sorcier de se remettre en route. Il s'enfonça dans la gorge sinueuse en s'efforçant de ne pas marcher dans les flaques d'eau boueuse.

Le ravin les conduisait vers le sud-ouest, loin des terres des Nangtongs. S'ils ne se faisaient pas repérer, tout se passerait bien. Sinon, ceux qu'Anna appelait des sauvages étaient d'excellents archers, et des champions à la lance...

Quand la lune réapparut entre les nuages, le vieux sorcier leva une main pour indiquer à sa compagne de s'arrêter. Profitant de la lumière, qui ne durerait pas, il s'accroupit et sonda le terrain. Cette inspection ne lui apprit pas grand-chose. Au-delà des flancs du ravin, il aperçut des collines nues, et, un peu plus loin, quelques rares bosquets.

Devant eux, le cours d'eau s'enfonçait dans un bois très dense. Zedd se retourna pour indiquer qu'ils iraient par-là. Peureux comme ils étaient, les Nangtongs craindraient de tomber dans un piège, et ils éviteraient cette zone.

Avec une grimace, le vieil homme constata qu'ils avaient laissé dans la boue une piste qu'un aveugle aurait pu suivre. Sa poudre magique n'étant plus bonne à rien, il ne pourrait pas la dissimuler.

Quand il montra leurs empreintes à Anna, elle lui signifia d'un geste qu'ils devaient sortir du ravin.

Deux cris déchirèrent soudain le silence.

— Les chevaux..., souffla Zedd.

Les hurlements cessèrent vite. Les pauvres bêtes venaient d'être égorgées.

— Fichtre et foutre, c'étaient d'excellentes montures ! Tu as une arme sur toi, femme ?

D'un coup de poignet, Anna fit jaillir un dacra de sa manche.

— Oui. Sa magie ne marchera pas, mais ça reste un très bon poignard. Et toi, sorcier ?

— J'ai mon génie oratoire...

— Et si on se séparait, dans ce cas ?

— Si tu préfères tenter ta chance seule, je ne te le reprocherai pas. Notre mission est importante. Il serait judicieux que l'un de nous survive.

Anna sourit.

— Tu voudrais que je manque le plus drôle, c'est ça ? Fuyons ensemble, c'est plus amusant. De toute façon, nous sommes déjà loin de ces malheureux chevaux.

— Et les Nangtongs sacrifient peut-être uniquement des vierges...

— J'espère que non. Être la seule à mourir me déplairait.

En riant sous cape, Zedd se remit en route et chercha un endroit, devant eux, où ils pourraient sortir du ravin. Il trouva vite une section de la paroi où des racines leur fourniraient des prises convenables.

Les nuages cachèrent de nouveau la lune, rendant l'escalade plus difficile, surtout quand on ne devait à aucun prix faire de bruit.

Autour d'eux, des insectes bourdonnaient, et un coyote hurlait dans le lointain. À part ça, la nuit semblait parfaitement paisible. Avec un peu de chance, les Nangtongs étaient toujours près des chevaux, occupés à piller les sacoches des deux voyageurs.

Quand il fut en haut, Zedd se retourna et tendit la main à Anna.

— Ne te relève pas. Je crois qu'il sera préférable de ramper.

La Dame Abbesse acquiesça et suivit son compagnon. Bien entendu, la lune choisit ce moment pour se remontrer.

Devant eux, déployés en demi-cercle, les Nangtongs attendaient patiemment leurs proies.

Zedd en compta une vingtaine. Mais il devait y en avoir d'autres pas loin, si cette expédition de chasse ne se distinguait pas radicalement de la norme.

Plutôt petits, vêtus en tout et pour tout d'un pagne et d'une coquille qui protégeait leur virilité, ces guerriers au crâne rasé portaient autour du cou des colliers d'ossements. Des doigts humains, reconnut Zedd.

Les membres fins mais musclés, tous arboraient des bedaines joliment rebondies. Avec leurs corps et leurs visages couverts de cendre blanche et les cercles noirs peints autour de leurs yeux, ils ressemblaient à des squelettes animés.

Zedd et Anna étudièrent d'un œil morne les lances à pointe de fer braquées sur eux. Ils sursautèrent quand un des hommes leur cria un ordre. Même s'ils ne le comprirent pas, l'idée générale était facile à saisir.

— N'utilise pas ton dacra…, souffla le sorcier à sa compagne. Ils sont trop nombreux, et nous finirions taillés en pièce. Il faut rester en vie, et trouver une idée géniale. C'est notre seule chance.

Anna glissa le poignard dans sa manche.

— Messires, fit Zedd avec son plus beau sourire, sauriez-vous où nous pouvons trouver les Jocopos ?

Du bout de sa lance, un Nangtong leur ordonna de se relever. À contrecœur, les deux prisonniers obéirent. Environ de la taille d'Anna, qui arrivait aux épaules de Zedd, les chasseurs les encerclèrent et parlèrent tous en même temps. Puis ils les tâtèrent du bout des doigts, comme un boucher qui évalue la tendreté d'un quartier de viande.

Enfin, ils leur attachèrent les poignets dans le dos.

— Que disais-tu au sujet du droit à l'existence de ces sauvages ? souffla Anna.

— Un jour, une Inquisitrice m'a confié qu'ils cuisinaient très bien. Grâce à nous, ils inventeront peut-être une recette délicieuse…

Anna parvint à ne pas tomber quand un Nangtong la poussa en avant sans douceur.

— Cher Créateur, murmura-t-elle, je suis trop vieille pour battre la campagne avec un fou…

Après une heure de marche, ils atteignirent le village des Nangtongs. Composé d'une trentaine de tentes rondes et basses – pour offrir le moins de prise possible au vent –, il jouxtait une série d'enclos où du bétail attendait d'être passé au fil du couteau.

Zedd et Anna, une pointe de lance dans les reins, avancèrent au milieu d'une foule de Nangtongs excités à l'idée des sacrifices à venir. Comme l'exigeait la coutume, ils portaient de longues robes grises et des cagoules, afin de dissimuler leur identité aux heureux élus qui partiraient bientôt pour le monde des esprits. Avec leur maquillage, les chasseurs n'avaient pas besoin de ces accessoires vestimentaires.

Ils forcèrent leurs prisonniers à s'arrêter devant un enclos dont l'un d'eux ouvrit aussitôt le portail fermé par une corde. Derrière eux, les villageois, qui avaient suivi le mouvement, braillaient à tue-tête dans leur langue gutturale.

Apparemment, ils confiaient des messages destinés à leurs ancêtres aux futurs héros du sacrifice.

Les poignets toujours liés, Zedd et Anna s'étalèrent de tout leur long quand on les poussa en avant. Étendus dans la boue, ils entendirent des couinements indignés qui les renseignèrent sur l'identité de leurs colocataires. Des cochons ! À la façon dont ils avaient retourné le sol – et à l'odeur qui s'en dégageait – le village devait être installé ici depuis plusieurs mois.

Les membres de l'expédition de chasse, une cinquantaine en tout, comme Zedd l'avait supposé, se séparèrent. Certains partirent pour leurs tentes, où les attendait une épouse stoïque entourée d'enfants turbulents. Quelques-uns encerclèrent l'enclos, résignés à monter la garde malgré leur fatigue. Plus loin, les villageois continuaient de transmettre des messages aux mânes de leurs ancêtres.

— Pourquoi faites-vous ça ? demanda Zedd à leurs geôliers. (Il tourna la tête vers Anna.) Oui, pourquoi ?

Un des Nangtongs parut comprendre. Se passant le tranchant de la main sous la gorge, il mima le sang qui jaillissait de la blessure, puis il désigna la lune du bout de sa lance.

— La lune de sang ? souffla Anna.

— Non, la lune rouge ! La dernière fois que j'en ai entendu parler, les Inquisitrices avaient fait jurer à nos… hum… amis de renoncer aux sacrifices humains. Je n'ai jamais su s'ils avaient tenu parole, parce que tout le monde a continué à les éviter.

» La lune rouge a dû les effrayer. Pensant que les esprits étaient furieux, ils ont décidé de les apaiser à leur manière.

La Dame Abbesse se contorsionna dans la boue jusqu'à ce qu'elle puisse foudroyer Zedd du regard.

— J'espère seulement que Nathan est encore plus dans la mouise que nous !

— Que disais-tu, au fait, sur les vieilles biques qui battent la campagne avec un fou ?

Chapitre 39

— Q u'en pensez-vous ? demanda Clarissa.
Très mal à l'aise, les mains dans le dos faute de savoir qu'en faire, elle tourna maladroitement sur elle-même.

Devant elle, Nathan se prélassait sur le plus beau fauteuil qu'elle ait jamais vu. Un siège couvert de velours tissé de fil d'or, rien que ça ! La jambe gauche posée sur un des accoudoirs sculptés, le Prophète, plus allongé qu'assis, contemplait sa protégée avec un ravissement évident.

Il sourit et se déplaça un peu. La pointe de son superbe fourreau suivit le mouvement et grinça en raclant sur le parquet ciré.

— Mon enfant, je te trouve magnifique !

— Vraiment ? Vous ne dites pas ça pour me faire plaisir ? Je n'ai pas l'air idiote ?

— Bien sûr que non ! Plutôt… séduisante.

— Pourtant, je me sens… Comment dire ? Présomptueuse, je crois. Je n'avais jamais vu de vêtements aussi chics. Alors, les essayer !

— Il était plus que temps de combler cette lacune !

Petit, maigrichon et chauve comme un œuf, n'était une ridicule couronne de cheveux gris, le couturier choisit cet instant pour revenir dans le salon d'essayage. Les deux mains triturant le mètre à ruban passé autour de son cou, il regarda nerveusement sa cliente.

— Ma dame trouve cette robe à son goût ?

Avant d'entrer dans le magasin, Nathan avait donné des consignes très strictes à Clarissa. Décidée à les appliquer à la lettre, elle tira sur le tissu, autour de ses hanches.

— La coupe n'est pas parfaite…

Le commerçant se passa la langue sur les lèvres pour les humidifier.

— Ma dame, si vous m'aviez fait parvenir vos mesures avant de m'honorer de votre visite, j'aurais procédé aux retouches indispensables. (Il jeta un coup d'œil à Nathan.) Bien entendu, il est encore temps de le faire. Qu'en pensez-vous, messire ? Avec quelques modifications, ce sera parfait !

Les bras croisés, Nathan étudia Clarissa avec l'œil d'un sculpteur qui évalue une statue presque terminée. Puis il émit une série de grognements, comme s'il était incapable de se décider.

Tendu, le couturier s'acharna sur l'innocent maître à ruban.

— Comme l'a dit ma jeune amie, ça ne tombe pas très bien, sur les hanches...

— Messire, ce n'est pas un problème ! (L'homme se plaça derrière Clarissa et tira sur le tissu.) Vous voyez ? Il suffira de reprendre la robe à cet endroit. Ma dame a une silhouette exquise. Pour être franc, on voit rarement une femme aux proportions si parfaites. Adapter la robe prendra quelques heures, au maximum. Si cela vous convient, je suis prêt à travailler toute la nuit, et à vous livrer demain à la première heure. Au fait, où êtes-vous descendu, messire ?

— Je n'ai pas encore choisi... Auriez-vous un conseil à me donner ?

— L'*Auberge de la Bruyère* est le meilleur établissement de Tanimura, mon seigneur. Voulez-vous que j'envoie mon assistant réserver une chambre ?

Nathan se réinstalla plus classiquement et sortit une pièce d'or de sa poche. Il l'envoya au couturier, puis recommença l'opération deux fois.

— Ce serait très aimable, oui... (Le Prophète fit mine d'hésiter, puis il envoya une quatrième pièce à l'homme.) Il est tard, mais vous pourrez sans doute convaincre l'aubergiste de nous servir à dîner quand nous arriverons. Après une journée de voyage, rien de tel qu'un bon repas ! (Il brandit un index menaçant sur le couturier.) Je veux la meilleure suite, mon brave. Pas question qu'on nous relègue dans un trou à rats.

— Mon seigneur, il n'y a pas de chambre, à *La Bruyère*, qu'on puisse qualifier de trou à rats. Même quand on est habitué au plus grand luxe, comme vous. Combien de temps comptez-vous rester dans ce superbe établissement ?

Avec une nonchalance étudiée, Nathan chassa une poussière imaginaire du jabot de sa chemise.

— Jusqu'à ce que l'empereur Jagang me demande, bien entendu.

— Bien entendu... Et la robe, vous la prenez, messire ?

— Il faudra bien faire avec, pour la vie de tous les jours. Qu'avez-vous de plus élégant ?

— Puis-je vous montrer mes plus beaux modèles ? (Nathan acquiesça.) Ma dame essaiera ceux que vous préférez.

— Procédons comme ça, approuva le Prophète. Je suis un homme aux goûts raffinés, et, comme vous le voyez, je ne manque pas d'expérience. Étonnez-moi, mon brave, et vous ne serez pas déçu du résultat.

— Je reviendrai vite, seigneur, fit le couturier.

Il sortit au pas de course.

Dès qu'il fut parti, Clarissa eut un sourire incrédule.

— Nathan, c'est la plus jolie robe que j'aie jamais vue, et vous voulez mieux ?

— Rien n'est trop beau pour la concubine de l'empereur. La femme qui portera son enfant !

Clarissa frissonna en entendant le Prophète lui répéter ces absurdités. Parfois, quand elle sondait ses yeux bleus, elle avait le sentiment, un court instant, qu'il était fou à lier. Mais dès qu'il lui souriait avec son extraordinaire sérénité, la confiance revenait, plus forte qu'avant.

Nathan était l'homme le plus audacieux qu'elle ait connu. Et il l'avait arrachée aux griffes d'une bande de brutes, à Renwold. Depuis, il l'avait tirée d'une multitude de situations apparemment désespérées.

Pour être aussi téméraire, ne fallait-il pas avoir un grain de folie ?

— Nathan, j'ai confiance en vous, et je ferai tout ce que vous voudrez. Mais dites-moi tout : est-ce une histoire que vous inventez pour tromper nos ennemis, ou ce que vous avez vu dans mon avenir ?

Nathan se leva. Avec une étrange délicatesse, presque féminine, il prit la main de Clarissa et la posa sur son cœur. Puis il regarda la jeune femme dans les yeux.

— Mon enfant, c'est une simple fable, dans l'intérêt de ma mission. Je n'ai rien vu de tel dans ton avenir. Me connaissant, tu sais que je ne te mentirais pas. Nous prendrons d'énormes risques, c'est une certitude. Mais pour l'instant, détends-toi et profite de la vie. Nous sommes forcés d'attendre, alors pourquoi ne pas nous amuser un peu ? Tu as juré de m'obéir en tout, et je sais que tu le feras. Jusque-là, je veux te choyer et te rendre heureuse.

— Mais ne devrions-nous pas nous cacher dans un endroit isolé, loin des regards ?

— Comme des criminels ou des fugitifs stupides ? C'est le meilleur moyen de se faire prendre ! Quand on traque quelqu'un, on ne le cherche jamais sur la place publique, au grand jour. Tant que nous devrons nous dissimuler, le plus efficace sera de rester en *pleine vue*.

» Mon histoire est trop grotesque pour que les gens aient des doutes. Comment soupçonner un homme d'avoir inventé une fable pareille ? L'invraisemblance est souvent le meilleur garant de la crédibilité.

» De toute façon, nous ne nous cachons pas vraiment, et personne ne nous poursuit. Le but du jeu est de ne pas éveiller les soupçons. Raser les murs serait le meilleur moyen de nous faire remarquer.

— Nathan, vous êtes incroyable…

Clarissa jeta un coup d'œil au corsage de la somptueuse robe. Elle ne vit pas grand-chose, car ses seins, généreusement exposés, remontaient si haut qu'ils pointaient presque vers son nez. Elle tapota les baleines du corset, sous le tissu, qui maintenaient sa poitrine dans une position franchement arrogante. De sa vie, elle n'avait jamais porté de sous-vêtements aussi étranges et inconfortables. Tout ce fatras était-il vraiment utile ?

— Honnêtement, de quoi ai-je l'air ? Ne mentez pas, Nathan. Je suis une femme ordinaire. Cette tenue n'est-elle pas ridicule sur moi ?

— Ordinaire ? C'est comme ça que tu te vois ?

— Bien sûr ! Je suis lucide, et…

— Et rien du tout ! Si tu te regardais un peu ?

Le Prophète retira le drap posé sur le miroir en pied. Ce salon était réservé aux hommes désireux de gâter leurs compagnes. En lui faisant la leçon, avant d'entrer, il avait prévenu Clarissa que les glaces, en de tels endroits, étaient rarement utilisées. Sauf si on le lui demandait, elle ne devrait pas s'en servir. Dans les boutiques de ce niveau, c'était le regard de l'homme qui comptait, pas un vulgaire reflet.

Nathan poussa sa compagne devant le miroir.

— Oublie la façon dont tu te vois, dans ta tête, et découvre ce que les autres contemplent.

Clarissa joua timidement avec les volants qui pendaient à sa taille. Elle ne voulait pas relever les yeux et être déçue, comme chaque fois qu'elle se voyait.

Le Prophète eut un geste agacé.

Rose d'embarras, sa compagne osa enfin affronter la vérité. Et ce qu'elle découvrit la laissa bouche bée.

Elle ne se reconnaissait pas ! Enfin, elle n'avait pas l'air aussi jeune ! Une femme épanouie, au zénith de sa beauté – sans être pour autant une oie blanche – se dressait face à elle.

— Nathan, mes cheveux n'ont jamais été aussi longs. La coiffeuse de cet après-midi n'a pas pu faire ça…

— Pour tout te dire, elle n'y est pour rien. Je me suis permis d'user de ma magie. À la réflexion, je trouvais ta coupe un peu courte. Ça ne te déplaît pas, j'espère ?

— Non… C'est superbe !

Ses beaux cheveux châtains aux frisettes ornées de délicats rubans violets ondulaient dès qu'elle bougeait la tête. Un jour, une grande dame était venue à Renwold, et elle avait une coiffure comme celle-là. La plus belle qu'elle eût jamais vue… Et maintenant, elle arborait la même.

Quant à sa silhouette, elle n'en croyait pas ses yeux. Ce qu'elle prenait pour un « fatras » l'avait comme remodelée. Et ses seins ! Ainsi mis en valeur, ils étaient magnifiques, pensa-t-elle en s'empourprant.

Bien entendu, elle savait depuis toujours que les beautés comme Manda Perlin usaient d'artifices pour paraître parfaites. Une fois nue, leur corps ressemblait peu ou prou à celui de toutes les femmes. Mais elle n'avait jamais imaginé que les vêtements avaient une telle influence.

Dans cette robe, coiffée et maquillée, elle n'avait rien à envier à Manda et à ses semblables. À part l'extrême jeunesse, mais sa maturité semblait surtout lui conférer du maintien et de la grâce. Finalement, comme elle l'avait toujours pensé, la plénitude n'était pas une qualité négligeable.

Soudain, elle vit l'anneau, à sa lèvre. Il n'était plus en argent, mais en or.

— Nathan, qu'est-il arrivé à mon anneau ?

— Tu aurais vu une concubine de l'empereur – la future mère de son enfant ! – avec un vulgaire anneau d'argent ? Tout le monde sait qu'il n'invite pas n'importe qui dans son lit.

» De plus, les soudards ont commis une erreur. Tu aurais toujours dû porter de l'or. Mais ces crétins sont aveugles… Moi, je suis un visionnaire. Tu saisis la différence ? (D'un geste théâtral, Nathan désigna le miroir.) Regarde ! Cette femme est trop belle pour porter un anneau d'argent !

Dans la glace, la « femme trop belle » avait les larmes aux yeux. Clarissa les essuya pour ne pas gâcher le maquillage de cette inconnue si familière.

— Nathan, je ne sais que dire… Vous avez fait un miracle ! Une femme ordinaire est devenue…

— Fabuleuse ! acheva le Prophète.

— Mais pourquoi avoir fait ça ?

— Serais-tu idiote ? Comment aurais-je pu te garder dans ton triste état ? (Nathan se tapota la poitrine.) Un homme aussi fringant que moi serait-il crédible au bras d'une compagne quelconque ?

Clarissa sourit. Depuis qu'elle le connaissait mieux, le Prophète lui semblait moins vieux. Et il était *vraiment* fringant. Sans parler de sa distinction…

— Nathan, merci d'avoir confiance en moi… de tant de façons.

— Ce n'est pas une affaire de confiance, mais de perspicacité. J'ai su voir ce que les autres ne remarquaient pas. Désormais, ça ne leur échappera plus.

Clarissa tourna la tête vers la porte du salon, fermée par un rideau.

— Mais tout ça représente tant d'argent… La robe seule équivaut à un an de mes gages. Sans parler du reste : les auberges, les diligences, les chapeaux, les souliers, les femmes qui me coiffent et me maquillent. Vous dépensez comme un prince en voyage d'agrément. Comment est-ce possible ?

— J'ai un talent inné pour me *faire* de l'argent. À tel point qu'il ne doit pas exister assez de choses à acheter en ce monde ! Ne t'inquiète pas à ce sujet. Pour moi, ça n'a pas d'importance.

— Dans ce cas, je comprends mieux…, fit Clarissa, visiblement déçue.

— Non, tu ne comprends rien du tout ! Tu comptes plus pour moi que l'or et l'argent. Les gens, en général, sont plus importants que les biens matériels. Pour toi, j'aurais dépensé jusqu'à mon dernier sou sans le moindre regret.

Sur ces entrefaites, le couturier revint avec une sélection de robes belles à donner le tournis. Nathan en choisit quelques-unes d'un œil de spécialiste. Clarissa passa dans la cabine et les enfila les unes après les autres avec l'aide de l'épouse du couturier. Une assistance bienvenue, car elle se serait mal vue seule face à une telle horde de boutons, de lacets et de fixations bizarres.

Nathan déclara à chaque fois qu'il était preneur. En moins d'une heure, il eut acheté six tenues, et rempli d'or les poches du couturier.

Clarissa n'aurait jamais cru qu'on puisse avoir tant d'argent – voire trouver un endroit aussi merveilleux pour le dépenser. Depuis qu'elle était avec Nathan, sa vie avait changé du tout au tout. De telles robes, jusque-là, lui semblaient réservées aux reines, ou pour le moins aux épouses de nobles.

— Je vais m'atteler aux retouches, mon seigneur, puis je vous livrerai ces merveilles à l'*Auberge de la Bruyère*. (Il jeta un regard en coin à Clarissa.) Voulez-vous que je laisse de la doublure, pour le jour où cette noble dame portera l'enfant de l'empereur ?

— Inutile, mon brave. Une couturière du palais s'en chargera. Ou nous renouvellerons sa garde-robe…

Les joues rouges, Clarissa comprit enfin que le couturier la prenait aussi pour la « concubine » de Nathan. L'anneau, même s'il était en or, soulignait son statut d'esclave. Et future mère ou non, l'empereur était connu pour n'avoir rien à faire des femmes qu'il recevait dans son lit.

Le Prophète se présentait comme le « plénipotentiaire » de Jagang. Bien entendu, ce titre lui valait une cohorte de courbettes et de révérences. Dans ce jeu, elle était seulement la propriété de l'empereur et de son homme de confiance.

Pour le couturier, malgré ses superbes tenues, elle ne valait pas mieux qu'une putain. Qu'elle n'ait pas choisi son destin ne changeait rien. On l'habillait à prix d'or, elle descendait dans les meilleures auberges, et un homme très important lui tenait compagnie...

Se sentant humiliée comme jamais, elle eut envie de s'enfuir à toutes jambes.

Quelle idiote elle était ! pensa-t-elle aussitôt. Cette mascarade avait pour but de la protéger. Sans la mise en scène imaginée par Nathan, tous les soldats qu'ils croisaient auraient voulu la violer. Le mépris du couturier était un prix dérisoire, comparé à ce que Nathan avait fait pour elle. Et au respect qu'il lui témoignait. La seule chose qui importait vraiment...

De plus, n'avait-elle pas l'habitude des regards désapprobateurs ? Au mieux, on lui témoignait une commisération vaguement écœurée. Au pire... Elle ne voulait plus y penser ! Que les gens croient ce qui leur chante ! Elle accomplissait une mission importante pour un homme de valeur.

Le menton fièrement levé, elle se dirigea vers la porte.

Le couturier lui emboîta le pas, presque accroché au bras du Prophète, et les raccompagna jusqu'à leur fiacre.

— Mille fois merci, seigneur Rahl ! Je suis honoré de servir l'empereur à ma modeste manière. Les robes vous seront livrées demain matin, je le jure sur ma vie.

Nathan congédia le flagorneur d'un geste distrait, comme s'il avait déjà oublié son existence.

Dans la somptueuse salle à manger de l'auberge, assise à une petite table en face de Nathan, Clarissa décida soudain de ne pas se laisser impressionner par les regards goguenards des serveurs. Bien droite sur sa chaise, elle bomba le torse pour leur offrir une vue imprenable sur ses seins. Avec la lumière tamisée, et la couche de maquillage qu'elle portait, ils ne verraient sûrement pas qu'elle rougissait de sa propre audace.

Le vin la réchauffa et le canard rôti finit par venir à bout de sa faim dévorante. On continua pourtant à leur apporter de la nourriture. De la volaille, du cochon et du bœuf, avec des sauces, des condiments et toute sorte d'accompagnements. Soucieuse de ne pas passer pour une goinfre, elle se contenta de goûter une partie de ces délices et fut rapidement rassasiée.

Nathan mangea de bon appétit, mais sans dévorer. Avide d'expériences culinaires, il fit honneur à tous les plats. Autour de lui, les serveurs coupaient la viande, versaient les sauces et faisaient valser les assiettes comme s'il avait été manchot. Il dirigeait ce ballet avec sa grâce naturelle, marquant bien qu'il était un homme important et eux une horde de larbins.

Exactement la bonne façon de jouer la partie ! Le seigneur Rahl, plénipotentiaire de l'empereur, n'était pas le genre d'individu qu'on devait se mettre à dos. Et s'il entendait qu'on soit aux petits soins avec sa compagne, il n'était pas question qu'on le contrarie.

Clarissa fut soulagée quand on les conduisit enfin à leur suite. Une fois la porte fermée, elle se détendit tout à fait. Jouer les grandes dames – ou les prostituées de haut vol – lui pesait, parce qu'elle ne maîtrisait pas toutes les subtilités de ce rôle. Ici, loin des regards moqueurs ou méprisants, elle pourrait redevenir elle-même.

Nathan inspecta les deux pièces aux murs ornés de moulures et au sol couvert de tapis si épais qu'on avait le sentiment de s'y enfoncer. Ici, les fauteuils et les sofas auraient suffi pour une vingtaine de personnes. Dans l'antichambre, une table et un bureau brillaient de tous les feux de leur bois poli. Sur l'écritoire, des feuilles de parchemin, des plumes et des encriers attendaient le bon vouloir des clients.

Dans la chambre, le lit à baldaquin avait de quoi couper le souffle. Comment pouvait-on utiliser tant de fil d'or pour décorer un couvre-lit et un ciel de lit ? Et pourquoi le matelas était-il si large ? Pour dormir, personne n'avait besoin de tant de place !

— Bon, fit Nathan, son inspection terminée, il faudra bien faire avec…

— Nathan, un roi serait ravi de dormir ici !

— Peut-être, mais je suis bien plus qu'un monarque. Un Prophète, mon enfant, voilà ce que je suis !

— C'est vrai, souffla Clarissa, parfaitement sincère, vous valez beaucoup plus qu'un souverain…

Le Prophète fit le tour de la pièce et souffla toutes les bougies, à part celles de la table de nuit et de la coiffeuse.

— Je dormirai à côté, sur un sofa, dit-il.

— Non, prenez le lit ! Je m'y sentirais mal à l'aise. C'est beaucoup trop pour une femme simple comme moi. Vous, en revanche…

— Pas question ! Je ne dormirais pas en paix en sachant qu'une jolie femme a mal au dos sur un sofa. Mon enfant, je suis un homme du monde, et ce genre de choses vont de soi. (Nathan se dirigea vers la porte communicante, s'arrêta et fit une révérence.) Bonne nuit, mon enfant ! (Il s'immobilisa, la main sur la poignée.) Clarissa, je suis navré des regards que tu dois supporter à cause de mon histoire de concubine…

Décidément, elle avait affaire à un gentilhomme.

— Inutile de vous excuser. Je me suis amusée, un peu comme une actrice sur une scène.

Le Prophète sourit, des étincelles dans ses yeux bleus.

— C'est drôle à mourir, n'est-ce pas, tous ces gens qui nous prennent pour ce que nous ne sommes pas ?

— Merci pour tout, Nathan. Grâce à vous, je me suis sentie jolie, aujourd'hui.

— Tu l'es, Clarissa !

— Non, mais l'habit fait le moine.

— La vraie beauté vient de l'intérieur ! Repose-toi, mon enfant. Avec le champ de force que j'ai placé sur la porte, personne ne viendra nous ennuyer.

Sur ces mots, Nathan referma doucement le battant.

Le vin lui montant toujours agréablement à la tête, Clarissa fit le tour de son royaume. Elle passa le doigt sur les incrustations d'argent des tables de nuit, caressa les lampes en cristal taillé et s'émerveilla du contact des draps quand elle défit le lit.

Campée devant la coiffeuse, elle entreprit de délacer son corsage. L'idée de retirer cette robe la révulsait, comme si elle redoutait de redevenir une femme quelconque. En même temps, respirer un peu plus facilement ne lui ferait pas de mal !

Elle fit glisser le haut de la robe sur ses épaules, mais le corset l'empêcha d'aller plus loin. Assise au bord du lit, elle tenta d'atteindre les boutons, dans son dos. À part se tordre les mains, elle n'obtint aucun résultat probant. Frustrée, elle se consola en enlevant ses chaussures, puis ses bas, et se réjouit de revoir ses orteils à l'air libre.

Elle pensa à sa chambre, à Renwold. Aussi petit qu'il fût, son lit lui avait toujours paru confortable. Avoir le mal du pays, comprit-elle, ne voulait pas dire qu'on y avait été heureux. Mais tout être humain avait besoin d'un foyer, et elle n'en avait jamais connu d'autre. Malgré son luxe, cet endroit était glacial à ses yeux. Et effrayant…

Désormais, il en irait de même partout, et elle ne rentrerait jamais plus chez elle.

Soudain, elle se sentit atrocement seule. Avec Nathan, elle ne pensait pas à toutes ces choses tristes. Il savait toujours où aller, que faire et que dire. Un homme fort, qui ne connaissait pas le doute. Contrairement à sa compagne, à présent qu'elle était seule dans la chambre.

Étrangement, le Prophète lui manquait beaucoup plus que son pays natal. Mais il était dans la pièce d'à côté, pas à des lieues de distance.

Clarissa se leva, se réjouit de la douceur du tapis sous ses pieds nus et approcha de la porte. Elle commença par y gratter, puis frappa quand elle n'obtint pas de réponse.

— Nathan ? Vous dormez ?

Après quelques hésitations, la jeune femme ouvrit et jeta un coup d'œil dans l'antichambre. À la lumière d'une unique bougie, elle aperçut Nathan, assis sur un fauteuil, le regard dans le vide.

Clarissa s'était affolée la première fois qu'elle l'avait vu dans une de ses transes, comme il disait. Mais à l'en croire, c'était normal, et il pratiquait ce type de méditation depuis très longtemps.

Ce jour-là, quand elle l'avait secoué, il ne s'était pas mis en colère. Avec elle, il ne perdait jamais son calme. Toujours respectueux et tendre, il lui donnait ce qu'elle avait si longtemps attendu des gens qui la côtoyaient. Et il avait fallu qu'un étranger comble ses désirs…

Quand elle redit son nom, il cligna des yeux et tourna la tête vers elle.

— Tout va bien, mon enfant ?

— Oui. Je ne vous dérange pas, au moins ?

— Non, non…

— Je me demandais si vous pouviez m'aider à… déboutonner ma robe. Les boutons, dans le dos, sont trop loin, et je me sens… eh bien… coincée. Mais si je me couche habillée, le tissu sera froissé.

Nathan suivit sa protégée dans la chambre. Par souci de pudeur, elle avait éteint la bougie, sur la coiffeuse. Celle de la table de nuit suffirait-elle pour qu'il voie les boutons ?

Clarissa souleva ses cheveux afin qu'il puisse travailler plus facilement. L'avoir près d'elle était un enchantement.

— Nathan…, soupira-t-elle alors qu'il s'attaquait au dernier bouton, sur ses reins.

Il répondit d'un grognement. Allait-il s'étonner d'entendre un bruit sourd ? Elle avait si peur de lui révéler que c'était celui de son cœur.

Elle se retourna pour se débarrasser de la robe, maintenant qu'elle n'en était plus prisonnière.

— Nathan, dit-elle, mobilisant tout son courage, je me sens seule.

— Tu ne devrais pas, répondit-il en lui posant une main sur l'épaule. Je suis dans la pièce à côté.

— Je sais… Mais je ne parlais pas de ce genre de solitude. C'est plutôt que… vous me manquez. Sans vous, je pense à ce que je devrai faire pour aider les innocents dont vous avez parlé, et des idées terrifiantes me viennent à l'esprit. Alors, je tremble de tous mes membres.

— Il est souvent plus inquiétant de penser à un acte que de l'accomplir. Oublie tout ça, et profite du luxe, si tu le peux. Un de ces quatre, nous serons peut-être obligés de dormir dans un caniveau.

Clarissa baissa la tête pour ne plus croiser le regard du Prophète. Sinon, elle n'aurait pas le courage de continuer.

— Nathan, je sais que je suis quelconque, mais avec vous, je me sens jolie et… désirable.

— Eh bien, comme je te l'ai déjà dit…

— Non, taisez-vous ! Nathan, je suis vraiment… (Levant la tête, elle croisa de nouveau le regard du Prophète et préféra exprimer les choses autrement.) Nathan, je crois que vous êtes trop… fringant… pour qu'une femme comme moi vous résiste. Vous voulez bien passer la nuit en ma compagnie dans ce grand lit ?

— Fringant ? répéta le Prophète, avec un petit sourire.

— Très fringant, même !

Le cœur de Clarissa s'affola quand Nathan lui passa un bras autour de la taille.

— Mon enfant, tu ne me dois rien…, dit-il. À Renwold, je t'ai sauvée, mais en échange, tu as promis de m'aider. Sache que je ne te demande rien d'autre.

— Je l'ai compris, mais ce n'est pas…

Comprenant qu'elle s'embrouillait, Clarissa décida de changer d'approche. Hissée sur la pointe des pieds, elle passa les bras autour du cou du Prophète et posa ses lèvres sur les siennes.

Quand il la serra plus fort, elle s'abandonna à son étreinte.

Hélas, il la repoussa.

— Clarissa, je suis un vieux bonhomme, et toi une jeunesse. Que ferais-tu d'un type décati comme moi ?

Combien de temps avait-elle souffert parce qu'elle se jugeait trop vieille pour intéresser un homme ? Des torrents de larmes avaient coulé de ses yeux quand elle pensait à son âge. Et aujourd'hui, cet homme merveilleux, fantastiquement beau et vibrant de passion refusait de l'aimer parce qu'elle était *trop jeune* !

— Nathan, je veux que tu me jettes sur le lit, tu entends ? Débarrasse-moi de cette foutue robe, et fais-moi l'amour jusqu'à ce que j'entende chanter les esprits du bien.

Sans un mot, le Prophète regarda longuement sa compagne. Puis il lui glissa un bras sous les jambes, la souleva du sol et la porta jusqu'au lit. Gentilhomme jusqu'au bout des ongles, il l'y déposa doucement, à l'inverse de ce qu'elle avait suggéré.

Allongé près d'elle, il lui caressa le front, les yeux plongés dans les siens. Puis il l'embrassa avec une tendresse qu'elle n'aurait pas soupçonnée.

La plus grande partie du travail étant faite, la robe ne fut pas longue à enlever. Ses doigts courant dans les cheveux de Nathan, Clarissa, émerveillée, le regarda lui couvrir la poitrine de baisers. Ses lèvres étaient si douces et si chaudes ! Sans trop savoir pourquoi, elle s'en étonna et eut le sentiment qu'il s'agissait d'un miracle.

Quand il lui mordilla délicatement un téton, elle ne put retenir un gémissement de plaisir.

Bien qu'il fût né longtemps avant elle, Nathan, à ses yeux, n'avait rien d'un vieillard. Fringant et audacieux, il lui donnait l'impression d'être la plus belle femme du monde.

Aucun homme ne l'avait jamais touchée avec autant de tendresse... et de *compétence*.

Chaque baiser ou caresse augmentait son désir.

Quand il vint enfin en elle, Clarissa se laissa emporter par une tempête curieusement douce et paisible. Comme si elle avait été blottie dans ce lit somptueux *et* au creux de sa passion pourtant tumultueuse.

Après un long voyage vers le zénith du plaisir, elle entendit vraiment le chant des esprits du bien.

Chapitre 40

Comme un faucon qui pique vers le sol, Kahlan se sentit propulsée vers l'avant et vers le bas. En même temps, tel un aigle qui prend son envol, elle eut l'impression de monter à toute vitesse vers les cieux. Et malgré tout cela, elle aurait juré qu'elle ne bougeait pas d'un pouce.

Dans la sliph, la lumière, l'obscurité, le froid, le chaud, le temps et la distance n'avaient aucun sens – ou tous les sens possibles et imaginables. Cette merveilleuse confusion des sensations, augmentée par la douce présence de la sliph, chaque fois que l'Inquisitrice respirait, était plus grisante que tout ce qu'elle avait connu.

L'extase absolue !

Hélas, cette délicieuse expérience cessa abruptement.

Avec une détestable violence, la lumière blessa de nouveau les yeux de Kahlan. À ses oreilles, le chant des oiseaux, le murmure de la brise et le bourdonnement des insectes résonnaient comme des roulements de tambours. Tout la terrifiait : les arbres couverts de mousse, les rochers brillant d'humidité, la brume qui flottait autour d'elle…

Respire, dit la sliph.

Non ! répondit mentalement l'Inquisitrice, horrifiée à cette seule idée.

Respire ! répéta la créature de vif-argent.

Pas question ! pensa Kahlan. Pourquoi aurait-elle renoncé à se recroqueviller dans le ventre chaud de la sliph ? Dehors, le monde qui l'attendait était plein de couleurs criardes et de bruits assourdissants.

Mais il y avait Richard, et la menace qui pesait sur lui : Shota !

L'Inquisitrice expira un flot de vif-argent qui coula sur le devant de sa chemise sans la mouiller. Puis, à contrecœur, elle s'emplit les poumons d'un air qui lui parut étranger et acide.

Quand la sliph la posa sur le bord du muret, elle se boucha les oreilles et ferma les yeux.

— Te voilà où tu voulais être, dit la créature.

Kahlan ouvrit les yeux et écarta les mains de ses oreilles. Autour d'elle, le monde ressemblait un peu plus à ce qu'elle avait l'habitude de voir.

— Merci, sliph, c'était un… plaisir, dit l'Inquisitrice quand la main de vif-argent la lâcha.

— J'en suis ravie…

— Je reviendrai vite, et nous repartirons.

— Quand tu auras besoin de moi, je serai prête. Réveillée, je ne refuse jamais de voyager.

Kahlan sauta sur le sol et tenta de se repérer. Des ruines se dressaient devant elle, à demi avalées par la forêt. Plissant les yeux, elle aperçut des vestiges de colonnes, des murs à moitié écroulés et un chemin pavé envahi par la végétation.

Kahlan comprit qu'elle était dans la forêt dense et obscure qui entourait le château de la voyante. Elle l'avait traversée quand elle était prisonnière de Shota. Un appât intelligemment conçu pour attirer Richard dans l'Allonge d'Agaden…

Comme une couronne d'épines, les pics effilés des monts Rang'Shada encerclaient cette jungle menaçante. La voyante n'aurait pas pu choisir une meilleure protection pour sa demeure. À la seule idée de devoir traverser ces bois, les voyageurs faisaient demi-tour et s'éloignaient aussi vite que possible de l'Allonge d'Agaden.

Des cris, des craquements et des bourdonnements d'insectes retentissaient dans l'air moite. Bien qu'il fît étouffant, Kahlan frissonna et se frotta les bras. Un froid qui venait de l'intérieur, comprit-elle.

À travers les rares trouées de la frondaison, la jeune femme aperçut le ciel coloré de rose. L'aube approchait. Mais même quand le soleil serait à son zénith, il n'illuminerait pas ce lieu sinistre. À midi, en plein été, il y faisait aussi sombre qu'au cœur de la nuit.

Kahlan avança prudemment, attentive aux pièges que pouvait dissimuler le sol, aux lianes qui pendaient des arbres, au brouillard où semblaient se tapir des meutes de prédateurs et aux mares d'eau stagnante aux ondulations suspectes.

Après quelques minutes, l'Inquisitrice s'arrêta. Dans ce labyrinthe végétal, s'avisa-t-elle, elle n'avait pas la première idée de la direction à suivre. Comment distinguer les quatre points cardinaux, quand on ne disposait d'aucun point de repère ?

Une autre question s'imposa à son esprit, lui glaçant les sangs. Savait-elle seulement si Shota était là ? La dernière fois qu'elle l'avait vue, avec Richard, la voyante, chassée de chez elle par un sorcier loyal au Gardien, avait dû gagner le village du Peuple d'Adobe. Elle avait pu s'absenter de nouveau…

C'était peu probable, tout bien réfléchi. Nadine était venue ici récemment, et Shota l'y attendait.

Kahlan se remit en mouvement.

Elle s'étala sur le dos quand quelque chose s'accrocha à sa cheville puis lui faucha les jambes.

Une silhouette noire lui sauta sur la poitrine. Le souffle coupé, la jeune femme reconnut son agresseur quand il lui exhala au visage son haleine fétide.

— Bonjour, jolie dame !

— Samuel, pousse-toi de là ! parvint à crier l'Inquisitrice.

Une main puissante se referma sur son sein gauche. Jubilant, Samuel s'autorisa un rictus qui dévoila ses dents jaunâtres luisantes de bave.

— Moi peut-être manger jolie dame !

Kahlan dégaina son couteau, plaqua la pointe sur un repli de graisse, dans le cou du monstre, et, de l'autre main, lui saisit l'index et le plia jusqu'à ce qu'il hurle de douleur… et consente à la lâcher.

— Et si je t'égorgeais, maintenant ? lança-t-elle. Tu aimerais finir dans le ventre des horreurs qui nagent sous ces mares ? Après tout, chacun a droit à un festin. Alors, tu t'écartes, ou je te saigne comme un goret ?

Samuel leva sa tête chauve grisâtre et riva sur Kahlan des yeux brillants de haine. Puis il roula sur le côté pour la laisser se relever, le couteau toujours braqué sur lui.

— Maîtresse vouloir te voir, dit-il en tendant un bras démesurément long.

— Comment sait-elle que je suis ici ?

— Maîtresse savoir tout. Suis Samuel, jolie dame. (Il s'éloigna de quelques pas puis se retourna.) Quand maîtresse en aura fini avec toi, Samuel te mangera !

— Je réserve à Shota une surprise dont elle risque de ne pas se remettre. Cette fois, elle a commis une erreur. Quand *j'*en aurai fini avec elle, tu risques d'être seul au monde.

Le compagnon de Shota eut un rictus et siffla de colère.

— Dépêche-toi ! Ta maîtresse attend.

Le monstre simiesque qui était jadis un homme se mit en route. Faisant des détours pour éviter des dangers invisibles – en tout cas aux yeux de Kahlan – il désigna plusieurs plantes dont il valait mieux, pour elle, ne pas approcher.

Assez grotesque dans son pantalon tenu par des bretelles tendues sur ses épaules nues, Samuel guida très rapidement l'Inquisitrice hors de la forêt.

Ils débouchèrent au bord d'une falaise vertigineuse. À ses pieds s'étendait le royaume verdoyant de la voyante – un des plus beaux sites des Contrées du Milieu, il fallait le reconnaître. Pourtant, Kahlan aurait donné cher pour ne jamais le revoir.

Descendre semblait impossible, quand on ignorait l'existence de l'escalier géant taillé à même la roche. Seule, l'Inquisitrice n'aurait jamais retrouvé l'endroit où il commençait, dissimulé par des buissons touffus. Avec Samuel, ce fut un jeu d'enfant.

— Maîtresse, dit le monstre, un bras tendu vers la vallée.

— Je sais. Avance !

Ils s'engagèrent dans l'escalier qui serpentait au point de faire parfois un tour complet sur lui-même. En bas, au centre de la vallée, dans un environnement enchanteur semé de champs, de ruisseaux et de bosquets majestueux, le château de Shota brillait de tous ses feux. Avec ses tourelles couronnées de drapeaux battant au vent, on eût dit quelque demeure seigneuriale, un jour de festival.

Cette beauté n'abusa pas l'Inquisitrice. En réalité, le palais était le cœur d'une toile d'araignée. Un lieu maudit où naissait une partie des menaces qui pesaient sur Richard.

Samuel gambadait devant l'Inquisitrice, ravi à l'idée de retrouver sa maîtresse. Et sans doute en pensant au bon repas qu'il s'offrirait, une fois la « jolie dame » morte.

Kahlan ne prêta pas attention aux regards haineux qu'il lui lançait régulièrement. Car elle aussi était plongée dans ses pensées.

Shota voulait nuire à Richard ! C'était le fil rouge de sa réflexion, et elle ne devait jamais le perdre de vue. La voyante s'acharnait à faire du mal au Sourcier. Elle refusait qu'il soit heureux !

Mais un pouvoir qu'elle ne parviendrait pas à neutraliser mettrait fin à ses agissements. Le Kun Dar était la clé, parce que Shota serait impuissante face à la Magie Soustractive. Aucun de ses sorts ne résisterait à cette tourmente-là.

Kahlan avait réussi à atteindre la magie destructrice tapie en elle, et elle la mobiliserait à volonté. Le Kun Dar, à l'instar de certains endroits de la Forteresse, était protégé par un champ de force – mais de nature éthique, celui-là. Comme un peu plus tôt, dans le fief des sorciers, l'Inquisitrice avait su trouver le chemin qui conduisait à la Rage du Sang. Une affaire de motivation, finalement assez simple, à condition d'adopter la bonne approche intellectuelle.

Une antique magie attendait ses ordres. Autour de ses poignets, des étincelles bleues crépitaient déjà.

Concentrée, presque en transe, la jeune femme évoluait dans un monde bien à elle où plus rien ne pouvait l'atteindre.

Pour la première fois, elle n'avait plus peur de la voyante. Si Shota ne jurait pas de ficher la paix à Richard, elle ne verrait pas le soleil se lever le lendemain.

Au pied de la falaise, Kahlan continua à suivre Samuel sur la route qui serpentait entre les arbres. Au-dessus des pics enneigés, dans le lointain, le soleil montait lentement vers son zénith.

L'Inquisitrice se sentait assez puissante pour raser ces monts d'un simple geste. Si Shota commettait le moindre impair, c'en serait fini d'elle !

À travers les arbres, les tours et les tourelles du château apparurent enfin. Samuel jeta un coup d'œil par-dessus son épaule pour s'assurer que la jolie dame le suivait toujours. Mais elle n'avait plus besoin de lui pour savoir où aller. Comme à son habitude, la voyante l'attendrait dans son bosquet favori, un peu avant le palais.

Si elle avait eu le choix, l'Inquisitrice n'aurait jamais revu Shota. Une nouvelle rencontre étant inévitable, elle entendait en dicter les conditions.

Samuel s'arrêta et pointa vers Kahlan un index ridiculement long.

— Maîtresse ! (Ses yeux jaunes plus brillants que jamais, le monstre tapa du pied.) Maîtresse veut te voir.

L'Inquisitrice aussi tendit un doigt. Mais des étincelles bleues dansaient autour…

— Si tu t'en mêles, je me ferai un rôti de Samuel !

Le compagnon de Shota regarda le doigt qui le menaçait, croisa un bref instant le regard de la jeune femme, siffla de rage et déguerpit comme s'il avait vu le Gardien en personne.

Dans son cocon de magie destructrice, Kahlan avança à la rencontre de Shota. Avec un ciel bleu, une douce brise et un soleil radieux, la journée promettait d'être magnifique. Mais elle n'était pas d'humeur à s'en réjouir.

Dans le bosquet, au centre d'une petite clairière, l'Inquisitrice vit d'abord une table couverte d'une nappe blanche et lestée de ce qui semblait être un succulent petit déjeuner. Derrière, sur une estrade de marbre, elle reconnut l'inimitable trône de Shota, avec ses lianes, ses serpents et ses divers animaux délicatement taillés.

Le dos bien droit, les jambes croisées, la voyante regarda approcher sa visiteuse. Sous ses mains, les gargouilles de marbre sculptées sur les accoudoirs tendaient la tête comme si elles quêtaient des caresses. Abritée du soleil par un dais brodé de fil d'or, Shota arborait comme une aura sa splendide chevelure auburn.

Kahlan s'arrêta à quelques pas du trône. En elle, la Rage du Sang bouillait d'envie de se déchaîner.

La voyante pianota du bout des ongles sur les accoudoirs, puis eut un sourire désarmant.

— Eh bien, susurra-t-elle, la tueuse juvénile est enfin là !

— Je ne suis pas une tueuse, répondit Kahlan. Et je n'ai rien de juvénile. Cela dit, j'en ai assez de tes petits jeux !

Le sourire de la voyante s'effaça. Jusque-là, Kahlan l'avait toujours vouvoyée. Ce passage au « tu » en disait long sur l'état d'esprit de sa visiteuse. Sans la quitter du regard, Shota se leva avec grâce et descendit souplement les trois marches du dais.

— Tu es en retard, dit-elle en désignant la table. Le thé refroidit.

Kahlan sursauta quand un éclair, jaillissant d'un ciel sans nuage, vint percuter la théière. Bizarrement, elle ne se brisa pas en mille morceaux.

Shota baissa un instant les yeux sur les mains de l'Inquisitrice.

— Je crois qu'il est de nouveau chaud, dit-elle. Tu veux bien prendre un siège ? Nous bavarderons en faisant la dînette.

Sachant que la voyante avait remarqué les étincelles bleues, autour de ses doigts, Kahlan soutint son regard sans broncher.

Shota s'assit lentement.

— Mets-toi à l'aise, je t'en prie. J'imagine que tu veux parler d'une foule de choses.

Pendant que Kahlan s'installait, son hôtesse servit le thé. À voir fumer les tasses, on ne pouvait pas douter qu'il était chaud.

— N'hésite pas à te servir, dit Shota en s'emparant d'un plateau d'argent qu'elle tendit à son invitée. Il y a du pain, du cake, du beurre au miel et toute sorte de confitures.

L'Inquisitrice prit prudemment un morceau de pain qu'elle lorgna soupçonneusement.

— Eh bien, fit Shota, je vois que la confiance règne !

— Le jour où je me fierai à toi ne s'est pas encore levé, répondit Kahlan, amusée malgré elle par l'aplomb de son interlocutrice.

Imperturbable, Shota se beurra une tranche de pain puis but délicatement un peu de thé.

— Mange, mon enfant. On assassine mieux le ventre plein.

— Je ne suis pas venue t'assassiner, Shota !

— Bien sûr que non ! Comment appelles-tu ça ? Une exécution méritée ? De la légitime défense ? Un châtiment digne de moi ? Un acte de justice ? Ou veux-tu me punir de mes mauvaises manières ?

— Tu as jeté Nadine dans les bras de Richard. Pour qu'elle l'épouse !

— La jalousie est donc le mobile du crime ? Un motif très noble, quand il est justifié. Mais qui peut aussi, j'espère que tu le sais, pousser à des extrémités regrettables.

Avant de répondre, Kahlan mordit du bout des lèvres sa tranche de pain.

— Richard et moi nous aimons. Bientôt, nous nous unirons pour la vie.

— Je sais… Mais j'aurais cru, l'aimant autant, que tu ferais preuve de plus d'ouverture d'esprit.

— Que veux-tu dire ?

— En principe, on veut le bonheur des gens qu'on aime. Oui, on désire que leur vie se passe du mieux possible.

— Richard est heureux avec moi. Il me veut, et je suis ce qui peut lui arriver de *mieux*, justement…

— Hélas, on n'a pas toujours ce qu'on veut, c'est la vie…

— Shota, arrête ce jeu ! Et dis-moi pourquoi tu veux tellement nous nuire.

— Vous nuire ? répéta la voyante, l'air sincèrement surpris. C'est ce que tu penses ? Tu me crois malveillante ?

— Sinon, pourquoi t'acharnerais-tu à nous séparer ?

Cette fois, ce fut Shota qui mordit sa tranche de pain avant de répliquer.

— La peste s'est-elle déclarée ? demanda-t-elle à brûle-pourpoint.

— Comment sais-tu ça ?

— Les femmes comme moi voient couler devant leurs yeux le flot du temps… Puis-je te poser une question, mon enfant ? Si tu allais rendre visite à un enfant frappé par la peste, et que sa mère te demande quand il se rétablira, répondrais-tu la vérité ? Et dans ce cas, parce que tu l'as prédite, serais-tu coupable de la mort du gamin ?

— Bien sûr que non !

— Je vois… Mais moi, tu me juges selon des critères différents.

— Qui parle de jugement ? Je veux que tu cesses de te mêler de ma vie et de celle de Richard. C'est tout.

— Quand on n'aime pas le message, on accuse souvent le messager…

— Shota, la dernière fois que nous t'avons vue, tu as promis de nous devoir une faveur, si nous arrêtions le Gardien. Tu m'as aussi demandé d'aider Richard. Le Gardien a été vaincu, et j'ai assisté de mon mieux le Sourcier. Tu as une dette envers nous.

— Je sais… C'est pour ça que j'ai envoyé Nadine.

Kahlan sentit la Rage du Sang prête à se répandre dans ses veines.

— Une étrange façon de nous récompenser. Nadine risque de ruiner nos vies, ne me dis pas que tu l'ignores !

— Tu te trompes, mon enfant. Tes yeux regardent, mais ils ne voient pas…

Venue avant tout pour aider Richard à vaincre la peste, Kahlan était effectivement prête à tuer pour défendre leur amour. Tant que ça ne s'imposait pas, elle devrait supporter cette conversation absurde, avec l'espoir qu'elle débouche sur quelque chose.

— Que veux-tu dire, Shota ?

— As-tu fait l'amour avec Richard ?

Déconcertée par cette question, l'Inquisitrice se reprit pourtant très vite.

— Oui.

— Tu mens !

— Non ! Cette fois, c'est toi qui blâmes le messager parce que tu n'aimes pas la nouvelle qu'il t'apporte !

Shota plissa le front et dévisagea Kahlan comme si elle guettait le meilleur moment pour lui planter une flèche en plein cœur.

— Où, Mère Inquisitrice ? Dans quel lieu t'es-tu donnée à lui ?

Kahlan but comme du petit lait l'évidente frustration de la voyante.

— En quoi est-ce important ? Tu veux abandonner la divination et te reconvertir dans le commérage ? Nous avons été… intimes… et c'est tout ce qui importe, que ça te plaise ou non. Depuis ce jour, je ne suis plus vierge…

— Où ? répéta Shota, une lueur dangereuse dans le regard.

— Dans un lieu mystérieux entre les mondes, répondit Kahlan, embarrassée de révéler ce genre de détails. Les esprits du bien nous y ont conduits… Ils voulaient notre bonheur…

— Je vois, fit Shota, rayonnante. Ma chère, j'ai bien peur que ça ne compte pas.

— Que veux-tu dire ? explosa l'Inquisitrice. Nous avons été ensemble, et c'est tout ce qui importe ! Mais ça te déplaît, parce que tu es jalouse.

— Navrée, mais tu te trompes ! Vous n'étiez pas dans ce monde, mon enfant, celui où nous vivons ! Le seul où nos actes ont un sens. Ici, tu es toujours vierge.

— C'est absurde !

— Pense ce que tu voudras… Moi, je me réjouis que vous n'ayez pas fait l'amour.

— Ce monde ou un autre, quelle importance ? s'entêta Kahlan. Ce qui est fait ne peut être défait.

— Admettons que vous ayez été intimes, comme tu dis, dans ce lieu entre les mondes. (Les sourcils froncés, Shota avait visiblement du mal à contenir sa colère.) Pourquoi n'avez-vous pas recommencé, puisque tu n'es plus vierge, de toute façon ?

— Nous avons… hum… jugé préférable d'attendre jusqu'au mariage. C'est tout…

La voyante éclata de rire.

— Tu vois ? En fait, tu sais que je dis la vérité !

Prenant sa tasse avec une distinction de princesse, Shota but quelques gorgées de thé en ricanant entre chacune.

Furieuse, Kahlan dut pourtant reconnaître que son interlocutrice avait marqué un point. L'air faussement dégagé, elle leva sa tasse et but aussi, pour se donner une contenance.

— Si couper les cheveux en quatre te console, dit-elle, ne te gêne pas ! Je sais ce que nous avons fait. Et je ne vois pas en quoi ça te regarde.

— Là, tu mens pour de bon ! Les Inquisitrices donnent naissance à des Inquisitrices, c'est obligatoire. Mais dans ton cas, l'enfant sera un garçon. Je vous ai déjà avertis. Hélas la luxure brouille votre jugement…

» Votre fils sera un Inquisiteur né avec le don, comme son père. Un mélange inédit et dramatiquement explosif, tu peux me croire.

Malgré la terreur que lui inspirait cette prédiction, Kahlan répondit d'un ton serein. Autant pour se rassurer que pour convaincre Shota, dut-elle s'avouer.

— Tu es une grande voyante, je ne l'ai jamais nié. Donc, tu as sans doute raison sur le sexe de l'enfant. Mais tu ne peux pas savoir s'il ressemblera aux

Inquisiteurs du passé. N'oublie pas qu'ils ne furent pas tous des criminels ! La dernière fois, tu as reconnu n'avoir aucune certitude. Le Créateur seul sait ce genre de choses. S'Il décide de nous donner un fils, nous verrons bien…

— Ce n'est pas une affaire de divination, Kahlan… Presque tous les Inquisiteurs furent nuisibles. Des bêtes sans âme ni conscience ! Ma mère a vécu à l'époque où un de ces monstres semait le chaos. Et toi, tu veux lâcher sur le monde un Inquisiteur né avec le don ? As-tu idée de l'ampleur du cataclysme que tu déclencheras ?

» C'est pour ça que les femmes comme toi ne sont pas censées aimer leur partenaire. Si elle accouche d'un fils, une Inquisitrice doit ordonner à son mari de l'exécuter. Bien entendu, tu ne demanderais jamais une chose pareille à ton Richard adoré ! Tu sais, si cela arrive, que j'aurai la force d'agir à votre place. Et je t'ai déjà dit qu'il n'y aurait rien de personnel là-dedans.

— Tu parles d'un lointain avenir comme s'il était déjà acquis, mais ce n'est pas le cas. Les événements ne te donnent pas toujours raison, loin de là ! Sans Richard, tu serais morte, Shota ! Et tu as juré, si nous parvenions à refermer le voile, de nous être éternellement reconnaissante. Grâce à nous, tu as pu échapper au Gardien !

— Ai-je dit que ma gratitude ne vous était pas acquise ?

— Tu as une étrange manière de me la témoigner. À t'entendre, tu tueras mon fils si j'en ai un, et tu tentes de me faire abattre quand je viens te demander de l'aide…

— Te faire abattre ? Je n'ai jamais…

— Tu as envoyé Samuel avec l'ordre de m'assassiner, et tu oses t'indigner parce que je ne viens pas à toi désarmée ? Ton monstre m'a attaquée ! Si je n'avais pas eu mon couteau, le Créateur seul sait comment ça aurait fini. C'est ça, ta *gratitude* ? Ton serviteur m'a prévenue : quand tu en auras fini avec moi, il me mangera. Et tu voudrais que je te fasse confiance ?

— Samuel ! cria Shota. Viens ici, et vite !

Le monstre jaillit des arbres. S'aidant de ses longs bras pour aller plus vite, il courut se lover aux pieds de la voyante.

— Maîtresse…, soupira-t-il, extatique.

— Samuel, que t'ai-je dit au sujet de la Mère Inquisitrice ?

— D'aller la chercher…

— Et quoi d'autre ?

— De la ramener ici.

— Samuel !

— Et de ne pas lui faire de mal.

— Tu m'as sauté dessus ! intervint Kahlan. Et tu as menacé de me manger !

— C'est vrai, Samuel ? demanda Shota.

— Jolie dame pas blessée…, grogna le compagnon.

— L'as-tu attaquée ? insista Shota.

Samuel regarda Kahlan et siffla haineusement. D'un coup sur la tête, la voyante le dissuada de continuer.

— Répète les ordres que je t'ai donnés !

— Samuel guider Mère Inquisitrice jusqu'ici. Sans faire de mal et sans blesser. Et même pas menacer.

— As-tu désobéi ?

Le compagnon glissa sa tête sous la jupe de Shota.

— Réponds ! La Mère Inquisitrice dit-elle la vérité ?

— Oui, maîtresse…

— Tu me déçois beaucoup !

— Samuel désolé, maîtresse…

— Nous en reparlerons ! À présent, laisse-nous !

Le compagnon de la voyante fila se réfugier dans un bosquet.

— Je lui avais dit de ne pas te maltraiter. Kahlan, je comprends ta réaction, et je te prie de m'excuser. (Shota prit la théière et resservit son invitée.) Maintenant, tu me fais confiance ?

— L'attaque de Samuel est secondaire. Tu veux toujours empoisonner la vie de Richard, et la mienne, mais je n'ai plus peur de toi. Et tu ne peux plus m'atteindre.

— Tu en es si sûre que ça ?

— Je te déconseille d'utiliser ton pouvoir contre moi…

— Mon pouvoir ? Comme toutes les créatures vivantes, je m'en sers à chaque instant. Ne serait-ce que pour respirer.

— Je parle d'une attaque. Si tu t'y risques, tu ne survivras pas.

— Mon enfant, je ne te veux pas de mal.

— Facile à dire, puisque tu sais que c'est impossible !

— Sans blague ? Et si ce thé était empoisonné ?

Voyant Kahlan se raidir, la voyante sourit.

— Tu as… ?

— Bien sûr que non, puisque je ne te veux pas de mal ! Mais dans le cas contraire, les moyens ne me manqueraient pas. Par exemple, poser une vipère derrière tes pieds. Ces serpents détestent les mouvements brusques…

L'Inquisitrice haïssait les serpents. Et son interlocutrice le savait…

— Détends-toi, il n'y a pas de vipère sous ta chaise…

Shota mordit délicatement sa tranche de pain.

— Mais tu as voulu me faire peur !

— Non, te prouver que ta confiance était excessive. Si ça peut te faire plaisir, sache que je t'ai toujours jugée très dangereuse. Même quand tu n'avais pas encore trouvé un moyen de contrôler le Kun Dar !

» Pourtant, ce n'est pas ça qui m'inquiète. J'ai peur de ce qui sortira un jour de ta matrice… et de tes arrogantes certitudes.

De fureur, Kahlan faillit se lever d'un bond. Mais elle repensa aux enfants malades d'Aydindril. Combien d'entre eux luttaient contre la mort, désormais ? Les mensonges et les insultes de Shota n'avaient aucune importance. Pour en apprendre plus sur la peste, et sur les vents qui traquaient Richard, l'Inquisitrice pouvait oublier pour un temps sa fierté.

Elle se souvint d'un passage de la prophétie : « *Aucune lame, qu'elle soit en acier ou née de la magie, ne peut blesser cet ennemi-là.* »

Livrer une joute verbale contre Shota ne serait pas beaucoup plus efficace. En réalité, c'était une perte de temps, et ça ne résoudrait rien.

Kahlan dut s'avouer que la vengeance l'avait conduite ici. Son véritable devoir étant d'aider les malades de la peste, elle devait ravaler son orgueil. Comment pouvait-elle faire passer ses angoisses avant la vie de milliers d'innocents ? Un pareil égoïsme n'était pas tolérable.

— Shota, je suis venue le cœur blessé, à cause de Nadine. Je voulais que tu nous laisses en paix, Richard et moi. Tu affirmes ne pas vouloir nous nuire et désirer nous aider. Moi, je veux secourir des malheureux qui souffrent. Pourquoi ne pas nous faire confiance, au moins provisoirement ? Si je crois en ta sincérité, croiras-tu en la mienne ?

— Voilà une perspective bien choquante, lâcha la voyante.

Kahlan lutta pour contrôler son angoisse et sa fureur. Pensant que Nadine était la marionnette de Shota, elle avait résolu de frapper la voyante. Mais si elle n'y était pour rien ? L'herboriste agissait peut-être de son propre chef, comme Samuel, un peu plus tôt. Si Shota ne mentait pas, lui nuire serait d'une profonde injustice.

Aussi pénible que ce fût, l'Inquisitrice dut admettre qu'elle avait agi par jalousie, et simplement cherché un prétexte pour invoquer le Kun Dar. Aveuglée par ses sentiments, elle n'avait rien voulu voir ou entendre.

Kahlan posa les mains sur la table. Impassible, Shota but son thé en regardant l'aura et les étincelles bleues se dissiper.

Si la voyante profitait de cet instant pour attaquer, l'Inquisitrice serait sans défense. Mais tant pis ! Trahir ceux qui souffraient était hors de question. Et pour les secourir, il fallait prendre des risques. Celui-là était le seul susceptible de sauver son avenir, Richard et la population d'Aydindril.

Comme aimait à le répéter le Sourcier, il fallait réfléchir à la solution, pas au problème. Donc, elle se fierait à la voyante.

— Shota, j'ai toujours pensé du mal de toi, et pas seulement parce que tu me faisais peur. Comme tu l'as dit, la jalousie m'aveuglait. Me pardonneras-tu mon entêtement et mon insolence ?

» Je sais qu'il t'est arrivé d'aider des innocents. Shota, il me faut des réponses ! Des vies en dépendent... Parle-moi, je t'en prie ! J'écouterai sans me braquer, consciente que tu es le messager, pas le fléau qu'il annonce.

— Félicitations, Mère Inquisitrice ! Tu as gagné le droit de m'interroger. Si tu as le courage d'entendre mes réponses, elles te seront très utiles.

— Je ferai de mon mieux..., souffla Kahlan.

Chapitre 41

— Q ue veux-tu savoir ? demanda Shota quand elle eut resservi du thé.

— Que sais-tu au sujet du Temple des Vents ?

— Rien.

— Pourtant, tu as dit à Nadine que le vent traquait Richard.

— C'est vrai.

— Qu'est-ce que ça signifiait ?

— Comment expliquer ça à quelqu'un qui n'a pas mon don ? Essaie d'imaginer... Je vois le flot du temps, et les événements qu'il charrie vers le futur. Un peu comme des souvenirs, mais ces choses ne se sont pas encore produites. Quand on pense au passé, on évoque des images de lieux ou de personnes. Mais toutes ne sont pas aussi nettes et détaillées. Parfois, on ne se rappelle rien.

» Une voyante peut se livrer à cet exercice avec l'avenir. Pour moi, il y a peu de différence entre le passé, le présent et le futur. Je peux *nager* dans le flot du temps – vers l'amont comme l'aval. Voir ce qui se produira est aussi facile, pour moi, qu'évoquer un souvenir pour toi.

— Il arrive que ma mémoire me trahisse, dit Kahlan.

— Moi aussi, elle me fait parfois défaut. Je ne me souviens pas de tout au sujet de l'oiseau que ma mère aimait appeler, quand j'étais enfant. Je le revois encore, posé sur le bout de son doigt, tandis qu'elle lui parlait gentiment. Mais j'ignore s'il est mort, ou s'il a fini par s'en aller...

» En revanche, je n'ai rien oublié de certains événements, comme la fin d'un être cher. Je revois parfaitement la robe que portait ma mère le jour de sa mort. Et je pourrais te dire la longueur précise de l'ourlet de ses manches.

— Je comprends, souffla Kahlan. Le jour où ma mère est morte est également gravé dans ma mémoire. Aucun détail ne manque, même les plus horribles, que j'aurais préféré oublier.

Shota s'accouda à la table et croisa les mains.

— Le futur me joue le même mauvais tour. Parfois, je suis incapable de voir les événements agréables, et les drames s'imposent à moi contre ma volonté. Je les vois avec une atroce netteté, alors que des images qui me combleraient de joie restent floues.

— Et le vent qui traque Richard ?

— C'était très troublant... On eût dit que la mémoire d'un étranger s'imposait à la mienne. Comme si on se servait de moi pour transmettre un message.

— Ou un avertissement ?

— Je me suis posé la question, sans trouver la réponse. Alors, j'en ai parlé à Nadine, pour que Richard soit prévenu, à tout hasard.

— Shota, la peste a commencé par frapper des enfants qui avaient participé ou assisté à un jeu.

— Le Ja'La...

— Exactement... L'empereur Jagang...

— Celui qui marche dans les rêves !

— Tu le connais ?

— Il est parfois présent dans mes souvenirs du futur, comme je les appelle. Il tente de s'introduire dans mes rêves, toujours par la ruse, mais je le repousse.

— Tu crois que c'est lui qui t'a transmis le message au sujet du vent ?

— Non. Crois-moi, il n'est pas assez malin pour m'avoir. Ce n'est pas un message de Jagang ! Mais quel rapport entre la peste et une partie de Ja'La ?

— Jagang s'est glissé dans l'esprit du sorcier chargé d'assassiner Richard. Cet homme assistait aussi à la partie, et l'empereur l'a suivie à travers ses yeux.

» Il était furieux que le Sourcier ait changé les règles pour que les enfants puissent jouer sans risque. La peste a frappé ces gamins-là. Comme si l'empereur avait voulu se venger. Le premier gosse malade que nous avons vu agonisait. (Kahlan frémit à ce souvenir.) Il est mort devant nos yeux. C'était un gentil petit garçon, et la peste avait rongé son corps. J'ose à peine imaginer les souffrances qu'il a endurées !

— Je suis désolée..., murmura Shota.

Kahlan prit une grande inspiration avant de continuer.

— Après sa mort, il a levé les mains et attrapé Richard par les pans de sa chemise. Puis il l'a tiré vers lui alors que ses poumons se remplissaient d'air. Et il a dit : « Les vents te traquent. »

— Alors, j'avais raison, soupira Shota. Ce n'était pas une vision de l'avenir, mais un message transmis par mon intermédiaire.

— Richard pense que le Temple des Vents le traque. Dans un journal écrit il y a trois mille ans, à l'époque de l'Antique Guerre, il a lu que les sorciers entreposaient leurs biens les plus précieux dans cet édifice. Et un jour, ils l'ont envoyé ailleurs...

— Où ça, ailleurs ?

— Nous l'ignorons. À l'origine, le Temple était au sommet du mont Kymermosst.

— J'y suis allée... Il n'y a plus que des ruines.

— Les sorciers ont peut-être provoqué un éboulis, pour enfouir le Temple sous des tonnes de roche. Quoi qu'il en soit, il n'est plus là ! Toujours d'après le journal, Richard a déduit que la lune rouge était un avertissement lancé par le Temple. Il pense aussi que l'auteur du journal s'y référait parfois en disant « le vent », ou « les vents »...

— Si je comprends bien, ce serait un message du Temple ?

— Tu crois que c'est possible ? Un lieu peut-il faire ça ?

— Le pouvoir des sorciers de jadis nous dépasse… Pense à la sliph, par exemple. D'après mon expérience, et ce que tu m'as dit, Jagang a dû voler dans le Temple un artefact qui lui a permis de lancer la peste sur Aydindril.

Un frisson glacé courut le long de l'échine de l'Inquisitrice.

— Comment aurait-il réussi cet exploit ?

— Il marche dans les rêves… Cela lui donne accès à de mystérieuses connaissances. Jagang est brutal, mais pas stupide. Dans mon sommeil, j'ai senti son esprit, alors qu'il chassait au cœur de la nuit. Il ne faut surtout pas le sous-estimer.

— Shota, il veut que la magie disparaisse !

— J'ai déjà promis de répondre à tes questions. Inutile de me rappeler que c'est aussi dans mon intérêt. Comme le Gardien, Jagang est une menace pour moi. Et s'il entend éliminer la magie, il n'hésite pas à l'utiliser pour arriver à ses fins.

— Et tu crois possible qu'il ait… trouvé… la peste dans le Temple des Vents ?

— Cette épidémie ne s'est pas déclarée toute seule. Richard et toi avez raison d'accuser Jagang. La magie est responsable.

— Comment enrayer la maladie ?

— On ne connaît aucun remède à la peste… Mais jusque-là, elle frappait au hasard, sans que rien ne la déclenche.

— La magie… Selon toi, si la magie est coupable, elle pourrait arrêter le fléau ? C'est bien ça ?

— J'ignore comment on lance une épidémie, et encore plus de quelle façon on la stoppe. *Logiquement*, si la magie l'a provoquée, elle devrait pouvoir y mettre fin.

— Alors, il nous reste un espoir…

— C'est bien possible… Toute cette histoire laisse penser que Jagang a volé dans le Temple des Vents un moyen de rendre malade tes concitoyens. Depuis, l'étrange édifice tente de prévenir Richard.

— Pourquoi lui ?

— À ton avis ? demanda la voyante avec un petit sourire. Pourquoi est-il unique ?

— Parce qu'il est un sorcier de guerre. Grâce à la Magie Soustractive, il a vaincu Darken Rahl puis le Gardien. Seul Richard a assez de pouvoir pour agir !

— C'est ça, et ne l'oublie jamais…

Kahlan eut soudain le soupçon qu'on la guidait sur une certaine voie, pas nécessairement bonne. Mais elle chassa cette idée. Shota s'efforçait de l'aider.

— Pourquoi as-tu envoyé Nadine ? osa-t-elle enfin demander.

La voyante plongea son magnifique regard dans celui de l'Inquisitrice.

— Pour qu'elle épouse Richard.

— Et pour quelle raison l'as-tu choisie ?

Shota eut un sourire mélancolique. À l'évidence, elle s'était préparée à cette question.

— Parce que je me soucie de Richard. Je voulais qu'il ait à ses côtés une personne capable de le réconforter un peu.

— Ne suis-je pas là pour le faire ?

— Si… Mais il épousera quelqu'un d'autre.

— Tu l'as découvert dans le flot du temps ? (La voyante hocha la tête.) Ce n'était pas ton idée ? Une machination de ton cru ?

— Non… (Shota s'adossa à son siège et tourna la tête vers la forêt.) J'ai vu qu'il ne se marierait pas avec toi, et qu'il en souffrirait beaucoup. Alors, j'ai usé de mon influence pour qu'il s'agisse d'une femme qu'il connaît, et qui le consolera un peu. Bref, j'ai cherché à lui épargner le plus de douleur possible.

Kahlan ne sut que dire. Comme dans les sous-sols de la Forteresse, accrochée aux vestiges de la grille, alors qu'elle affrontait Marlin, elle se sentait écrasée par la puissance des flots qui se déversaient sur elle.

— J'aime Richard…, parvint-elle à dire.

— Je sais… Kahlan, je n'ai pas choisi de vous séparer, mais seulement sélectionné la femme qui te remplacera.

L'Inquisitrice détourna le regard de celui de la voyante, de nouveau rivé sur elle.

— En revanche, ajouta Shota, je n'ai aucune idée de l'identité de ton futur époux.

— Pardon ?

— Tu te marieras, mais pas avec Richard. Sur cet événement, je n'ai aucune influence. Et ce n'est pas bon signe…

— Pardon ? répéta l'Inquisitrice.

— Les esprits sont impliqués dans cette affaire, et ils ne me laissent pas les coudées franches. Ils ont des raisons d'agir, et ils refusent que je les découvre.

— Shota, que puis-je faire ? demanda Kahlan, des larmes aux yeux. Je vais perdre mon seul amour ! Même si je le voulais, aimer quelqu'un d'autre serait impossible. Les Inquisitrices détruisent l'esprit de leurs partenaires !

La voyante regarda longuement son interlocutrice.

— Les esprits du bien se sont montrés généreux. Grâce à eux, j'ai pu choisir la femme qui partagera la vie de Richard. Nadine est la seule dont il se sente proche, aussi vaguement que ce soit. Désolée, mais je n'ai pas trouvé mieux.

» Si tu aimes le Sourcier, console-toi en pensant qu'il sera avec une amie d'enfance qu'il aimait bien jadis. Au fil du temps, il finira peut-être par l'aimer tout court.

Voyant que ses mains tremblaient, Kahlan les posa sur ses genoux. L'estomac noué, elle se résigna à sa défaite. Contredire Shota n'aurait mené à rien, puisqu'elle n'était pas responsable du malheur qui la frappait. Et contre la volonté des esprits, nul ne pouvait se défendre.

— Mais pourquoi cette union ? Quel bien lui fera son mariage avec Nadine ? Et pourquoi dois-je avoir pour partenaire un homme que je n'aime pas ?

— Je n'en sais rien, mon enfant… Beaucoup de parents choisissent les conjoints de leurs enfants. Les esprits ont agi ainsi avec vous.

— Pourquoi désireraient-ils notre malheur ? Ne nous ont-ils pas conduits dans ce lieu merveilleux, entre les mondes ? Et maintenant, ils voudraient nous faire souffrir ? Pourquoi ?

— Peut-être parce que tu trahiras Richard, avança Shota sans quitter l'Inquisitrice des yeux.

L'Inquisitrice repensa à la prophétie.

Mais sur ce chemin, la foudre le frappera, car sa bien-aimée le trahira dans son sang.

— Non ! cria-t-elle en se levant d'un bond. (Elle serra les poings.) Je ne lui ferai jamais de mal !

Impassible, Shota but une gorgée de thé.

— Assieds-toi, Mère Inquisitrice…

Kahlan obéit et fit de son mieux pour étouffer ses sanglots.

— Je n'ai aucun contrôle sur les images qui m'arrivent du futur. Pareillement, il m'est impossible de modifier le passé. Ne t'ai-je pas prévenue qu'il te faudrait du courage pour entendre mes réponses ? Pas seulement dans ta tête, mais surtout en ton cœur ?

— Désolée… Ce n'est pas ta faute, et je le sais.

— Excellent, Mère Inquisitrice ! Apprendre à accepter la vérité est le premier pas, quand on entend avoir la maîtrise de son destin.

— Shota, ne sois pas vexée, mais voir l'avenir ne fournit pas toutes les réponses. Un jour, tu m'as dit que je toucherais Richard avec mon pouvoir. Pensant que ça le détruirait, j'ai tenté de me suicider pour le sauver.

» Il m'en a empêchée. Au bout du chemin, ta prédiction était juste, mais incomplète, et le résultat fut très différent de ce que je redoutais. Quand j'ai touché Richard, sa magie l'a protégé, et il n'en a pas souffert.

— Avais-je dit que tu le détruirais ? Jamais ! J'avais vu que tu le toucherais avec ton pouvoir, et c'est arrivé. Tu saisis la différence ? Depuis, je vous ai vus mariés tous les deux, mais pas ensemble.

— Qui épouserai-je ? demanda Kahlan, accablée.

— J'aperçois une vague silhouette… Désolée, mais je ne peux pas te répondre.

— Shota, on m'a dit que les visions des femmes telles que toi étaient des sortes de prophéties.

— Qui t'a raconté ça ?

— Un sorcier. Zedd…

— Les sorciers ignorent tout des voyantes ! Mais ils se croient omniscients.

— Nous avons décidé de nous faire confiance, tu t'en souviens ?

— Oui, soupira Shota. Dans ce cas, ils n'ont peut-être pas tout à fait tort…

— Les prophéties ne se réalisent pas toujours. On peut éviter le péril, ou le modifier. Dans ce cas, penses-tu que je puisse altérer la prophétie ?

— Quelle prophétie ?

— Celle qui dit que je trahirai Richard.

— Parce qu'il en existe une qui confirme ma vision ?

Kahlan détourna les yeux, incapable de supporter plus longtemps le regard de la voyante.

— Par la bouche de Marlin, Jagang a prétendu avoir invoqué une prophétie qui piégerait Richard. Elle affirme également que je le trahirai.

— Tu te rappelles les mots exacts ?

— C'est un de ces souvenirs dont nous parlions tout à l'heure. Ceux qu'on préférerait oublier.

» *L'incendie viendra avec la lune rouge. Celui qui est lié à l'épée verra mourir les siens. S'il n'agit pas, ceux qu'il aime périront avec lui dans la fournaise, car aucune lame, qu'elle soit en acier ou née de la magie, ne peut blesser cet ennemi-là. Pour éteindre l'incendie, il devra trouver un remède dans le vent. Mais sur ce chemin, la foudre le frappera, car sa bien-aimée le trahira dans son sang.*

Shota s'adossa à son siège, l'air abattu.

— Tu as raison : les événements prédits par une prophétie peuvent être altérés. Mais pas quand il s'agit d'une Fourche-Étau. Là, il s'agit d'un piège mortel. Et la lune rouge prouve qu'il est amorcé.

— Pourtant, il doit y avoir un moyen… Shota, que dois-je faire ?

— Épouser un autre homme, et laisser Richard à Nadine. Je ne vois pas ce qui arrivera ensuite, mais le chemin de l'avenir passe par là.

— Je sais que tu dis la vérité, mais comment pourrais-je jamais trahir Richard ? S'il le fallait, je préférerais mourir.

— Réfléchis, Mère Inquisitrice, et tu verras que c'est faux. Pense à ma petite démonstration, avec le thé empoisonné…

— Comment pourrais-je le trahir, alors que tout en moi s'y refuse ?

— Ce n'est pas aussi compliqué que tu le crois… Par exemple, imagine que ce soit le seul moyen de lui sauver la vie. Sachant que tu y perdrais son amour, le trahirais-tu afin qu'il ne meure pas ? Réponds franchement, je t'en prie.

Kahlan avala la boule qui lui obstruait la gorge.

— Pour cette raison, je le trahirais…

— Donc, tu vois bien que c'est possible !

— Je l'admets…, souffla l'Inquisitrice. Mais quel est le but de tout cela ? Pourquoi allons-nous être séparés ? Il doit y avoir une raison. C'est la dernière chose que nous voulons. Quelle force veut nous y contraindre ?

— Le Temple des Vents traque Richard. Et les esprits tirent les ficelles…

À bout de nerfs, Kahlan se prit la tête entre les mains.

— Que signifie la phrase que tu as dite à Nadine ? « Puissent les esprits avoir pitié de lui. »

— Le royaume des morts n'est pas seulement le fief des esprits du bien. Ceux du mal sont aussi impliqués dans cette affaire.

Kahlan aurait voulu que cette conversation s'arrête là. Évoquer la fin de tous ses espoirs lui déchirait les entrailles. Mais elle devait aller jusqu'au bout.

— À quoi servira notre malheur ? demanda-t-elle.

— Probablement à vaincre la peste.

— Quoi ?

— C'est lié à l'épidémie, et à l'artefact que Jagang a volé dans le Temple.

— Ces mariages auraient un rapport avec notre lutte contre l'épidémie ?

— C'est mon avis, oui… Richard et toi voulez vaincre la maladie coûte que coûte. Et je vous vois unis chacun de votre côté. Pour quelle autre raison consentiriez-vous un sacrifice pareil ?

— Mais pourquoi faudrait-il que…

— Ne me demande pas des réponses que j'ignore. Il m'est impossible de changer l'avenir, et de savoir pourquoi il doit en être ainsi. Nous n'avons que des hypothèses à notre disposition. (Shota réfléchit quelques instants.) Pour sauver ces innocents, si Richard et toi deviez vous séparer, par exemple afin de prouver votre détermination, le feriez-vous ?

Kahlan glissa de nouveau ses mains sous la table. Elle avait vu la souffrance de Richard, au moment de la mort de Kip. Elle aussi en avait eu le cœur brisé. D'autres gamins innocents périraient s'ils ne faisaient rien. Par centaines, sans doute...

Si elle refusait de sacrifier son amour pour les sauver, elle ne pourrait plus jamais se regarder en face.

— Comment pourrions-nous ne pas accepter ? Même si ça nous tuait, il faudrait s'y résoudre. Mais pourquoi les esprits exigeraient-ils un tel prix ?

Kahlan se souvint soudain de Denna. Pour effacer de la poitrine de Richard la marque du Gardien, elle s'était condamnée à une éternité de tourments, à la place du jeune homme. Qu'elle ait échappé à ce destin n'importait pas. Certaine qu'un enfer l'attendait, elle avait néanmoins sacrifié son âme pour l'homme qu'elle aimait.

L'Inquisitrice eut l'impression d'entendre retentir un glas. Et elle n'eut pas besoin de demander pour qui il sonnait.

— Dans ce cas, fit Shota, sa voix semblant venir de très loin, comme si elle l'écoutait au fond d'un puits de désespoir, je vais te dire une autre chose. Les vents vous adresseront un autre message, toujours lié à la lune. Et il s'agira d'une communion indirecte.

» N'ignore pas ce message, et ne le rejette pas non plus. Ton avenir, celui de Richard et celui de milliers d'innocents dépendront de cet événement. Ton bien-aimé et toi devrez mobiliser toutes vos ressources pour saisir au vol la chance qui vous sera offerte.

— Une chance de quoi ?

— D'accomplir votre mission la plus solennelle : sauver des malheureux en accomplissant un acte qui sera hors de leur portée.

— Quand cela arrivera-t-il ?

— Très bientôt, c'est tout ce que je sais...

Kahlan se demanda pourquoi elle ne pleurait pas. Perdre Richard était le pire drame qui pouvait lui arriver. Et pourtant, elle avait les yeux secs.

Ses larmes couleraient un jour, mais pas maintenant, et surtout pas ici.

— Shota, tu ferais tout pour nous empêcher d'avoir un enfant, n'est-ce pas ?

— Oui.

— Et si c'était un fils, tu le tuerais ?

— Oui.

— Alors, comment puis-je être sûre que tu n'as pas inventé tout ça pour arriver à tes fins ?

— Ton esprit et ton cœur devront évaluer ma sincérité...

Kahlan se souvint des derniers mots de Kip et de la prophétie. En un sens, elle savait depuis longtemps qu'elle n'épouserait pas Richard. Ce mariage était un rêve impossible, rien de plus...

Enfant, elle avait demandé à sa mère ce qui lui arriverait quand elle serait grande. Aurait-elle un mari, un foyer, des enfants ?

Les Inquisitrices ne connaissent pas l'amour, Kahlan. Seulement le devoir...

Une réponse dite d'un ton doux et serein. Mais sa mère, à cet instant, affichait son masque d'Inquisitrice…

Richard était un sorcier de guerre. Lui aussi avait pour mission de servir.

Sur la table, le vent fit voleter quelques miettes de pain.

— Je te crois, souffla Kahlan. J'aimerais penser que tu mens, mais ce n'est pas le cas…

Il n'y avait plus grand-chose à dire. Kahlan se leva et dut serrer les genoux pour ne pas vaciller sur ses jambes tremblantes. Elle tenta de se rappeler où était le puits de la sliph, mais son cerveau refusait de fonctionner.

— Merci pour le thé, dit-elle. Un moment charmant…

Si la voyante répondit, l'Inquisitrice ne l'entendit pas.

— Shota ? (Kahlan dut se retenir au dossier de la chaise pour ne pas perdre l'équilibre.) Tu peux me dire par où je dois aller ? J'ai oublié…

La voyante parut se matérialiser à côté d'elle.

— Je vais faire un bout de chemin avec toi, mon enfant, murmura-t-elle en prenant le bras de son invitée. Ainsi, tu retrouveras ton chemin.

Les deux femmes remontèrent la route en silence. Kahlan tenta de se consoler en savourant la jolie matinée de printemps. En Aydindril, il faisait encore si froid. À son départ, il neigeait ! Hélas, le beau temps ne lui apporta aucun réconfort.

Alors qu'elles gravissaient l'escalier taillé dans la falaise, l'Inquisitrice essaya de se raisonner. Si Richard et elle parvenaient à enrayer la peste, ce serait merveilleux. Nul ne se soucierait du sacrifice qu'ils auraient consenti, mais ils auraient quand même une récompense : entendre rire un enfant arraché à la mort, ou voir sa mère se réjouir qu'il soit toujours de ce monde.

Il y aurait encore des raisons de vivre ! La joie qu'elle lirait dans les yeux des miraculés remplirait le vide de son âme. Oui, avec Richard, elle aurait réalisé un exploit que personne d'autre n'aurait pu réussir : empêcher Jagang de massacrer des innocents.

Près du sommet de la falaise, Kahlan s'arrêta, se retourna et contempla l'Allonge d'Agaden. Cette vallée nichée entre des pics était vraiment un endroit fabuleux.

Le Gardien y avait envoyé un sorcier et des grinceurs, chargés de tuer la voyante, qui s'en était tirée de justesse.

— Je suis contente que tu aies pu rentrer chez toi, Shota. Vraiment. L'Allonge d'Agaden est ton foyer.

— Merci, Mère Inquisitrice.

— Qu'as-tu fait au sorcier qui t'en avait chassée ?

— Ce que j'avais dit : je l'ai pendu et je l'ai écorché vif. Ensuite, je me suis assise devant lui, et j'ai regardé sa magie couler de son corps dépecé. (Elle désigna son bosquet, dans la vallée.) Puis j'ai tapissé mon trône avec sa peau.

C'était mot pour mot ce qu'elle avait juré de faire, à l'époque. Si les sorciers s'aventuraient rarement dans l'Allonge d'Agaden, ce n'était pas par hasard. La voyante faisait amplement le poids, face à eux. Et l'un d'eux s'en était aperçu un peu tard.

— Je ne peux pas t'en blâmer, puisque le Gardien lui avait ordonné de te tuer. Et je sais combien tu redoutes de tomber entre ses mains.

— C'est pour ça que je vous suis redevable. Sans vous, il m'aurait eue, et tous les autres avec.

— Je suis heureuse que ce sorcier ait échoué, Shota.

Kahlan était sincère. La voyante restait dangereuse, elle ne se leurrait pas, mais elle venait de lui découvrir une compassion qu'elle n'aurait pas soupçonnée.

— Tu sais ce que m'a dit le sorcier ? Qu'il me pardonnait ! Tu en crois tes oreilles ? Il m'a accordé son absolution, puis il a imploré la mienne.

Le vent faisant voleter des mèches de cheveux devant les yeux de l'Inquisitrice, elle les chassa d'un revers de la main.

— Une étrange façon d'agir, si on y réfléchit…

— À l'en croire, il se référait à la Quatrième Leçon du Sorcier. On y parle de la magie contenue dans le pardon. Une magie qui guérit. Absoudre, c'est donner aux autres. Mais aussi recevoir d'eux plus que ce qu'on leur a offert.

— Je crois que cet homme aurait dit n'importe quoi pour ne pas subir un juste châtiment. Mais si j'ai bien compris, tu n'étais pas d'humeur à pardonner.

Toute lumière parut s'éteindre dans les yeux sans âge de Shota.

— Il a oublié d'ajouter l'adjectif « sincère » derrière le mot « pardon »…

Chapitre 42

Kahlan regarda la voyante s'enfoncer dans la forêt obscure. Sur le passage de leur maîtresse, les lianes se tendirent pour lui caresser les cheveux, et les racines se dressèrent afin de se frotter contre ses jambes. Très vite, Shota disparut derrière un rideau de brume. Des créatures invisibles sifflèrent ou bourdonnèrent pour saluer son arrivée.

L'Inquisitrice avança vers le rocher couvert de mousse que Shota lui avait indiqué. Derrière, elle découvrit le puits de la sliph. Le visage de vif-argent de la créature en émergea pour regarder approcher sa voyageuse.

Kahlan fut presque déçue de la voir. Si elle lui avait fait faux bond, l'empêchant de rentrer chez elle, tout ce qu'elle venait d'apprendre sur le futur ne se serait jamais réalisé.

Comment pourrait-elle regarder Richard dans les yeux sans hurler d'angoisse ? Était-il possible de continuer à vivre et à combattre quand on avait tout perdu ? Il suffisait de si peu pour que tout s'arrête. Cesser la lutte et baisser les bras…

— Tu veux voyager ? demanda la sliph.

— Non, mais j'y suis obligée.

Perplexe, la créature plissa le front.

— Si tu le désires, je suis prête…

Kahlan se laissa glisser sur le sol, s'adossa au muret et plia les jambes sous elle. Allait-elle abandonner si facilement ? Se soumettre au destin comme un agneau promis au sacrifice ? Hélas, elle n'avait pas le choix.

Pense à la solution, pas au problème ! se dit-elle.

Ici, la situation lui semblait moins désespérée que dans le bosquet, face à Shota. Il devait y avoir une solution, et Richard n'aurait pas renoncé si aisément. Pour elle, il était toujours prêt à se battre. Il fallait qu'elle lui rende la pareille. Ils s'aimaient et c'était le plus important.

L'Inquisitrice tenta de s'éclaircir les idées et d'affermir sa détermination. Abandonner était hors de question. Face à ce drame, elle devait faire appel à toute sa résolution. Ce courage obstiné dont elle avait toujours fait montre…

Les voyantes ensorcelaient les gens, c'était connu. Pas toujours pour leur nuire, mais parce qu'elles ne pouvaient pas faire autrement. Comme une personne normale qui n'a aucun moyen de modifier sa taille, la couleur de ses cheveux ou la forme de son visage. Shota et ses compagnes envoûtaient les autres parce que leur magie fonctionnait ainsi.

Elle avait failli réussir avec Richard, mais le pouvoir de l'Épée de Vérité l'avait tiré de ce mauvais pas.

L'Épée de Vérité…

Richard était le Sourcier. Un homme dont l'utilité première restait de résoudre des problèmes. Elle l'aimait, et il ne renoncerait pas à elle sans lutter.

Kahlan ramassa une feuille et entreprit de la déchiqueter pendant qu'elle réfléchissait à ce que lui avait dit Shota. Dans quelle mesure devait-elle y croire ? Tout cela commençait à ressembler à un cauchemar dont elle venait de se réveiller. Et qui paraissait moins inquiétant, avec un peu de recul.

Son père lui avait répété de ne jamais abdiquer. Il fallait combattre jusqu'au bout, quitte à y laisser la vie. Richard avait toujours vécu selon cette règle. Rien n'était joué ! Quoi qu'en dise Shota, l'avenir restait ouvert.

Une sensation étrange, sur son épaule, perturba sa réflexion. D'un geste distrait, elle la chassa et recommença à découper sa feuille en petits morceaux. Il fallait bien qu'il y ait un moyen de sortir de cette impasse !

Quand elle dut tapoter de nouveau son épaule, ses doigts se posèrent sur le manche du couteau en os. Elle le trouva étrangement chaud, le dégaina et le posa sur ses genoux. Ce n'était pas une illusion. L'arme était chaude et elle vibrait légèrement. Bientôt, son contact devint si brûlant qu'elle dut la lâcher.

Les yeux écarquillés, l'Inquisitrice vit les plumes noires se dresser et danser au gré de la brise. Mais il n'y avait pas un souffle de vent !

Kahlan se leva d'un bond.

— Sliph !

La créature de vif-argent était toujours là, attendant avec une infinie patience.

— Sliph, je dois voyager.

— Alors, viens avec moi. Où puis-je te conduire ?

— Je veux rejoindre le Peuple d'Adobe !

— Hélas, j'ignore où est ce lieu…

— Ce n'est pas un lieu ! Il s'agit d'êtres humains, comme moi. Des hommes et des femmes…

— Je connais beaucoup d'« êtres », comme tu dis, mais pas ceux-là.

L'Inquisitrice repoussa ses cheveux en arrière et tenta de réfléchir.

— Ils vivent dans le Pays Sauvage.

— Oui, j'y suis déjà allée ! Dans quel endroit veux-tu que je t'emmène ? Dis-le, je le ferai, et tu seras contente.

— Je ne connais pas le nom de ce territoire… Il est très plat, avec des plaines verdoyantes. Sans montagnes, contrairement à ici.

— Beaucoup de lieux sont ainsi…

— Lesquels ? Fais-moi des propositions, et je reconnaîtrai peut-être le bon.

— Il y a une plaine, au bord du fleuve Callisidrin…

— Non ! Le Peuple d'Adobe vit beaucoup plus à l'ouest.

— Dans cette direction, il y a le val de Tondalen, la faille de Harja, les plaines de Kea ou de Sealan, la crevasse d'Herkon... et aussi Anderith, Pickton, le trésor des Jocopos...

— Quoi ? Répète le dernier nom !

Kahlan connaissait la plupart des territoires que la sliph venait de citer. Aucun n'était proche du village des Hommes d'Adobe.

— Le trésor des Jocopos. C'est là que tu veux aller ?

L'Inquisitrice reprit le couteau en os. Par le passé, les Jocopos avaient attaqué le Peuple d'Adobe. Grâce aux esprits des ancêtres, le grand-père de Chandalen avait pu les combattre et les vaincre. Avant ce conflit, les deux peuples s'entendaient bien et commerçaient régulièrement. Donc, ils ne devaient pas vivre très loin l'un de l'autre.

— Dis-moi encore ce nom !

— Le trésor des Jocopos.

Les plumes de corbeau ondulèrent de nouveau. N'ayant pas besoin d'en savoir plus, Kahlan remit l'arme à sa place. Puis elle sauta sur le muret.

— C'est là que nous allons ! Tu peux m'y amener, sliph ?

Un bras liquide émergea du puits.

— Viens. Je te conduirai au trésor des Jocopos, et tu seras contente.

Kahlan prit une dernière inspiration avant de plonger dans le vif-argent. Puis elle chassa l'air de ses poumons, et les remplit de l'étrange substance. Hantée par l'idée qu'elle perdrait Richard – et qu'il épouserait Nadine –, elle n'éprouva aucune extase, cette fois...

Gloussant comme un attardé mental, Zedd tira la langue à Anna, qu'il voyait à l'envers. Puis il émit un long grognement.

— Inutile de vouloir passer pour un fou, dit la Dame Abbesse, puisque c'est ton état naturel.

Le vieux sorcier bougea les jambes comme s'il tentait de marcher alors que ses pieds ne touchaient pas le sol. Avec tout le sang qui lui descendait dans la tête, il était rouge comme une pivoine.

— Tu préfères mourir dignement, ou vivre en te ridiculisant ?

— Je ne jouerai pas les crétines !

— C'est le bon verbe : « jouer » ! Ne reste pas assise dans la boue. Amuse-toi dedans !

Anna se pencha pour approcher sa tête de celle du sorcier, qui faisait le poirier depuis un moment.

— Zedd, tu ne crois pas sérieusement que ton truc marchera ?

— Tu dis toi-même que tu bats la campagne avec un fou. En somme, c'est ton idée.

— Je n'ai rien proposé de tel !

— Peut-être, mais l'inspiration m'est venue de toi. Quand nous raconterons cette histoire, je veux bien t'attribuer tout le mérite.

— Raconter, dis-tu ? *Primo,* ça ne marchera pas. *Secundo,* j'imagine le plaisir que tu prendrais à ruiner ma réputation devant un auditoire. C'est bien pour ça que je ne t'en donnerai pas l'occasion.

Zedd hurla comme un coyote, raidit le dos et les jambes et se laissa tomber tel un arbre fauché par la hache du bûcheron.

Aspergée de boue, Anna s'essuya le nez sans chercher à dissimuler son indignation.

De l'autre côté de l'enclos, les Nangtongs, toujours aussi sinistres, ne quittaient pas des yeux les deux sacrifiés en puissance. Pour se libérer les poignets, Zedd et Anna s'étaient mis dos à dos. Les gardes les avaient laissés faire, puisqu'ils n'avaient aucun moyen de s'évader.

Dès l'aube, des villageois étaient venus se camper devant l'enclos. Au fil de la matinée, la foule avait grossi. Désireux de mieux examiner les prisonniers, et de bavarder un peu avec leurs geôliers, les Nangtongs s'étaient levés tôt.

Avoir des sacrifices à offrir aux esprits les mettait d'excellente humeur. Une fois apaisé le courroux de l'autre monde, leur vie serait plus agréable et plus sûre.

Depuis que Zedd faisait l'andouille, tous semblaient beaucoup moins ravis. Nerveux, ils s'assuraient sans cesse que le morceau de tissu qui leur dissimulait le visage était bien ajusté. Quant aux gardes, ils s'affairaient à s'enduire le corps et les traits de davantage de cendre blanche. À l'évidence, toutes les précautions étaient bonnes pour que les esprits ne les reconnaissent pas.

Zedd se roula en boule et se vautra dans la boue autour d'Anna, toujours assise avec une dignité résignée.

— Tu vas arrêter ça ! cria-t-elle quand le sorcier, en plus de ses cabrioles, poussa des cris hystériques qui lui déchirèrent les tympans.

Le vieil homme se coucha sur le dos, près de sa compagne. Les bras et les jambes toujours rigides, il balaya la boue avec pour bien s'en enduire.

— Anna, souffla-t-il, il nous reste une mission importante à accomplir. À mon avis, nous avons plus de chances de réussir ici, dans notre monde, qu'au sein du royaume des morts, après notre trépas.

— Je sais : une fois transformés en succulente recette, nous ne servirons plus à rien.

— Donc, il semblerait raisonnable de filer d'ici, ne crois-tu pas ?

— Bien sûr que oui ! Mais je doute que...

Quand Zedd se coucha à demi sur ses genoux, la Dame Abbesse fit la grimace. Et elle plissa le nez lorsqu'il lui passa ses bras gluants de boue autour du cou.

— Gente dame, si nous ne faisons rien, nous sommes cuits, dans tous les sens du terme. Sans notre magie, impossible de nous évader ! La seule solution est qu'ils nous laissent partir. Mais nous ne parlons pas leur langue. Et même dans le cas contraire, nous aurions du mal à les convaincre.

— Oui, mais...

— Selon moi, nous n'avons qu'une chance : les persuader que nous sommes cinglés. Ils veulent nous sacrifier pour honorer les mânes de leurs ancêtres. Jette un coup d'œil aux gardes, derrière moi. Ils ont l'air ravi ?

— Eh bien, non, mais...

— S'ils nous croient fous, ils hésiteront à nous sacrifier. Avec deux illuminés en guise d'offrande, les esprits ne risquent-ils pas de s'offusquer ? Si les Nangtongs ont peur d'insulter leurs ancêtres, ils nous ficheront la paix.

— C'est une idée… folle.

— Tout dépend de la façon dont on voit les choses. Un sacrifice fonctionne un peu comme un mariage arrangé, entre deux tribus. La jeune épouse est l'offrande qu'un groupe fait à l'autre. Un ajout à la lignée du mari, au nom d'un avenir paisible et prospère. Le nouveau clan de la femme la traite avec respect. Et l'ancien fait de même avec son époux et tous les membres de sa tribu. Ces liens de sang symbolisent un désir d'unité, de collaboration et d'entraide.

» Pour les Nangtongs, nous sommes des « fiancées » offertes aux esprits de leurs ancêtres. De quoi auraient-ils l'air si leurs cadeaux étaient sans valeur ? Deux vieilles peaux totalement dérangées ? À la place des esprits, ça ne t'énerverait pas ?

— Sûrement, si tu faisais partie du lot de « présents » !

Zedd poussa un hurlement à faire tomber les oiseaux du ciel. Gênée, Anna s'écarta de lui.

— C'est notre seule chance, Dame Abbesse. Sur mon honneur de Premier Sorcier, je jure de ne jamais parler à quiconque de ce que tu vas faire.

» Cela dit, c'est très amusant. Tu n'aimais pas jouer dehors, quand tu étais petite ? Surtout dans la boue ? Moi, j'adorais ça…

— Et si ça ne marche pas ?

— Tu préfères passer tes dernières heures à crever de froid et de peur ? Ne vaut-il pas mieux, pour dire adieu à ce monde, rire aux éclats comme une petite fille ? Laisse-toi aller, Dame Abbesse, et ranime le souvenir d'une enfant nommée Anna. Fais tout ce qui te passe par la tête et redeviens une gamine !

— Tu n'en parleras à personne, c'est vrai ?

— Parole d'honneur ! Amuse-toi comme une gosse. Personne ne le saura, à part moi – et les Nangtongs, évidemment.

— Un de tes fameux actes désespérés, Zedd ?

— Quoi de plus logique, en des temps désespérés ? Allez, faisons les fous !

Anna s'autorisa un petit sourire. Puis elle plaqua les mains sur la poitrine du sorcier et le renvoya prendre un bain de boue.

Riant aux éclats, elle sauta sur sa malheureuse victime.

Ils se battirent comme des garnements et firent plusieurs tours complets dans la boue. Très vite, Anna ressembla à un golem gluant aux yeux brillants de malice. Son masque de boue se fissura quand elle ouvrit la bouche pour hurler de concert avec Zedd.

Ils firent des boules de gadoue et prirent les cochons pour cibles. Ensuite, ils les poursuivirent, leur sautèrent sur le dos et volèrent plusieurs fois dans les airs quand leurs « montures » parvinrent à les désarçonner. Le vieux sorcier paria que la Dame Abbesse n'avait jamais été aussi sale malgré ses neufs siècles d'existence.

Quand ils firent un concours de sauts à cloche-pied, et s'étalèrent plusieurs fois dans la gadoue, Zedd s'avisa que le rire d'Anna avait changé. Aussi incroyable que cela parût, elle s'amusait pour de bon !

Ils se laissèrent tomber dans des flaques, harcelèrent de nouveau les cochons et coururent en rond dans leur prison en faisant grincer des petits bâtons contre la clôture.

Soudain, ils eurent simultanément la même idée, et entreprirent de faire des grimaces à leurs gardes. Avec leurs visages couverts de boue, le résultat les déçut, et ils décidèrent de dessiner sur leurs masques gluants des expressions moqueuses ou terrifiantes. Devant les pauvres chasseurs, ils dansèrent, sautèrent et cabriolèrent en riant aux éclats, comme pour mieux se moquer des gardes, des villageois et de la nation nangtong tout entière.

La foule se rembrunit et grogna.

Anna s'enfonça les pouces dans les oreilles, leva et baissa ses autres doigts et gratifia leur public d'une série de cris d'animaux plus ou moins bien imités.

Morts de rire, les deux prisonniers se laissèrent tomber dans la boue, où ils continuèrent leur comédie.

Zedd fit de nouveau le poirier et brailla à tue-tête les quelques chansons paillardes qu'il connaissait. L'entendant mal prononcer les mots clés de ces œuvres admirables – une facétie délibérée – Anna se tordit les côtes de rire.

Quand ils se lancèrent dans un concours de chatouillis, des seaux d'eau, jetés par les gardes, tentèrent en vain de doucher leur enthousiasme. Mécontents d'être vaguement propres, ils se roulèrent derechef dans la boue.

Des chasseurs entrèrent dans l'enclos, les forcèrent à se relever et les menacèrent de leurs lances tandis qu'on les aspergeait de nouveau.

Zedd et Anna se regardèrent, se jugèrent d'un ridicule soigneusement achevé, et se firent allégrement des grimaces.

Les Nangtongs hurlèrent d'indignation. Jugeant le moment venu de cesser de rire, Zedd retint sa respiration, devint tout rouge, et recommença à rigoler quand un garde, pour le forcer à avancer, lui titilla les reins avec la pointe de sa lance. Anna eut la même réaction. Du coup, elle tituba comme un ivrogne.

L'hilarité les frappait comme une maladie contagieuse. Quelle importance, si on les conduisait au supplice ? Une ultime pirouette, avant de tirer leur révérence…

Les villageois masqués s'écartèrent pour laisser passer les deux prisonniers indignes. En verve de facéties, Zedd les salua comme un bouffon après son numéro.

— Fais comme moi, Anna ! lança-t-il.

La Dame Abbesse préféra opter pour des grimaces. Conquis par sa tactique, le vieil homme l'imita. Comme s'ils voyaient un horrible spectacle, les villageois reculèrent. Quelques femmes sanglotaient en se tordant les mains, telles des veuves devant le lit de mort de leur cher disparu. Impitoyables, Anna et Zedd les montrèrent du doigt en ricanant. Elles s'enfuirent à toutes jambes pour échapper au couple de fous dangereux.

Aiguillonnés par des lances, la Dame Abbesse et le sorcier sortirent du village et gambadèrent à travers bois. Une quarantaine de chasseurs les escortaient, armés jusqu'aux dents. À part quelques-uns, nota Zedd, qui portaient des sacs de vivres et des outres d'eau.

Toujours aussi joyeux, le Premier Sorcier Zeddicus Zu'l Zorander et la Dame Abbesse Annalina Aludurren continuèrent à avancer en pariant sur le nombre d'oignons crus que chacun pourrait manger sans avoir les larmes aux yeux.

Zedd ignorait où on les conduisait. Mais c'était une matinée idéale pour se promener, y compris vers le lieu de son exécution.

— C'est assez drôle…, dit le lieutenant Crawford.

— Que trouves-tu d'amusant là-dedans ? demanda Richard en étudiant l'éboulis.

Le lieutenant leva la tête pour sonder la falaise.

— Je voulais dire que c'est étrange... J'ai grandi dans des montagnes rocheuses, et je n'ai jamais rien vu de pareil. (Il se tourna et désigna un pic.) Vous voyez ce mont ? Il y a aussi un éboulis à son pied.

Richard mit une main en visière pour ne pas être ébloui par le soleil. Le pic rocheux que désignait Crawford était couvert d'arbres, sauf au sommet. Sur le flanc qu'ils observaient, une partie de la roche s'était affaissée, laissant une sorte de cicatrice où ne poussait aucune végétation.

— Et alors ? demanda le Sourcier.

— Regardez les rochers sur lesquels nous nous tenons. Ce sont des fragments du pan de la montagne qui nous domine. Mais la hauteur de l'éboulis ne semble pas coller...

Un soldat approcha, salua en se tapant du poing sur le cœur et jeta un regard méfiant à Ulic et Egan, debout près de Richard, les bras croisés.

— Du nouveau ? demanda le Sourcier.

— Rien de spécial, seigneur Rahl. Nous avons simplement trouvé un éclat de pierre qui a visiblement été arraché par un outil.

— Continuez les recherches. Concentrez-vous sur la périphérie de l'éboulis, et tentez de vous glisser sous les plus gros rochers, pour voir ce qu'ils cachent.

Le soldat fila au pas de course. Le crépuscule approchait, et Richard avait annoncé qu'il voulait repartir le soir même. Kahlan ne tarderait plus à rentrer en Aydindril, et il entendait être là pour l'accueillir.

Si elle revenait...

À l'idée qu'il lui soit arrivé malheur, Richard sentit ses genoux se dérober. Mais il chassa de son esprit cette idée terrifiante. Sa bien-aimée reviendrait, ça ne faisait pas de doute. Au lieu de s'angoisser pour rien, il ferait mieux de s'occuper du problème en cours...

— Vos conclusions, lieutenant Crawford ?

L'officier jeta un caillou qui rebondit d'un rocher à l'autre, jusqu'au pied de l'éboulis qu'ils avaient escaladé.

— Le flanc de notre montagne s'est peut-être écroulé il y a très longtemps. Au fil des siècles, avec la sédimentation, la roche évolue, et elle peut même être recouverte de terre.

Richard comprit de quoi parlait le lieutenant. Avec le temps, un éboulis pouvait même être dissimulé sous une forêt. En creusant au pied d'une falaise, on découvrait souvent des rochers qui s'en étaient détachés en des temps immémoriaux.

— Je doute que ce soit le cas ici...

— Puis-je vous demander pourquoi, seigneur Rahl ?

Richard tourna la tête vers le pic voisin.

— Regarde le flanc de cette montagne-là. Il est beaucoup plus lisse que celui de la nôtre, à l'endroit où il y a eu un éboulis. Ça indique que les intempéries ont très lentement usé la roche. Il reste des irrégularités, à cause des cascades qui gèlent en hiver et font éclater la pierre. Mais il semble évident que ce pic-là s'est éboulé longtemps avant le nôtre, dont le flanc reste assez déchiqueté. Pourtant, à son pied, les rochers sont beaucoup plus à nu qu'ici.

— C'est peut-être dû à la position des deux montagnes, avança Egan. (Il déplia les bras et lissa ses cheveux blonds.) La face de notre pic est orientée vers le sud, donc très bien ensoleillée. L'autre, orientée au nord, est moins exposée à la lumière. Il est logique que la végétation y soit moins vivace.

Le garde du corps raisonnait logiquement, il fallait le reconnaître.

— Bien vu, dit Richard, mais ce n'est pas tout. (Il leva les yeux pour étudier l'à-pic vertigineux.) La moitié de cette montagne s'est éboulée. Sur l'autre, il s'agit d'une avalanche moyenne, en comparaison…

» Observez notre pic, et tentez d'imaginer à quoi il ressemblait avant le glissement de terrain. Selon moi, il s'est fendu en deux du sommet à la base, comme une bûche coupée dans le sens de la longueur. Tous les autres monts, dans le coin, ont une forme conique. Celui-là est un *demi*-cône.

» Même si mon hypothèse est fausse, parce que le pic avait cet aspect à l'origine, il devrait y avoir beaucoup plus de rochers à son pied. Conique ou pas, si une partie du flanc s'est écroulée, du sommet à la base, sur la largeur que nous voyons, l'éboulis n'est pas assez haut, c'est une évidence.

» Récapitulons : le phénomène géologique est récent, puisque la roche "dénudée" n'est pas encore lisse. Sédimentation ou pas, nous devrions être au sommet d'une butte beaucoup plus haute. Voire d'une petite montagne.

— C'est exact, dit Crawford. Nous sommes quasiment au niveau du pied de la faille. Et il n'y a ni tertre ni butte dans la forêt, en bas.

Richard regarda les soldats affairés à chercher des vestiges du Temple des Vents. Dans les bois comme sur le périmètre de l'éboulis, ils continuaient à ne rien découvrir.

— À croire, conclut Richard, que le pic a perdu beaucoup moins de roche qu'on pourrait le penser. Ou qu'elle n'est pas tombée à son pied…

Egan et Ulic croisèrent de nouveau les bras. Pour eux, la question était réglée, car elle dépassait désormais leurs compétences.

— Seigneur Rahl, si la moitié de montagne qui s'est éboulée n'est pas ici, où est-elle passée ?

— Je donnerais cher pour le savoir ! Puisqu'elle n'est pas là, comme tu dis, elle doit être ailleurs…

L'officier aux cheveux blonds eut du mal à cacher sa surprise.

— Seigneur, elle n'a pas pu s'en aller toute seule !

Pour qu'il ne racle pas contre la roche, Richard releva le fourreau de son épée. Puis il entreprit de descendre de l'éboulis. Avec son hypothèse, il avait effrayé le D'Haran, aussi rétif à la magie que tous ses compatriotes.

— C'est peut-être simplement l'effet de la sédimentation, dit-il pour le rassurer. Surtout s'il y avait une énorme crevasse au pied du mont. En la comblant, l'éboulis a dû perde beaucoup de hauteur.

Crawford accueillit cette explication rationnelle avec un soulagement évident.

Richard n'y croyait pas le moins du monde. Si le flanc de montagne était encore déchiqueté, comme il l'avait souligné, le demi-cône avait été coupé beaucoup trop régulièrement à son goût. On eût dit une immense motte de beurre partagée en deux par un couteau géant. En réalité, comprit-il, la plupart des irrégularités semblaient *postérieures* à la séparation du pic. L'effet des cascades, comme il l'avait dit au lieutenant. Dans ce cas, la hauteur insuffisante de l'éboulis n'était plus inexplicable. Parce qu'il était uniquement composé des fragments de roche arrachés à la montagne *après* qu'on eut « coupé la motte ».

— Je crois que vous avez raison, seigneur Rahl, dit le lieutenant. Dans ce cas, le temple que vous cherchez doit être au fond de la crevasse en question.

Ses deux gardes du corps sur les talons, Richard atteignit le pied de l'éboulis et se dirigea vers leurs chevaux.

— Je veux aller jeter un coup d'œil au sommet, pour voir les ruines.

Andy Millett, leur guide, attendait près des montures. D'âge moyen, les cheveux châtains mi-longs, il portait de simples vêtements de laine vert et marron, comme ceux que Richard avait l'habitude de mettre. Andy était très fier que le seigneur Rahl lui ait demandé de lui servir de guide. Le Sourcier en était un peu gêné, car il avait engagé le premier forestier qui savait où était le mont Kymermosst.

— Andy, annonça-t-il, je voudrais aller voir les ruines, en haut…

Le guide tendit à Richard les rênes de son grand cheval rouan.

— Vos désirs sont des ordres, seigneur. Il ne reste pas grand-chose, mais je serai ravi de vous y conduire.

Egan et Ulic sautèrent souplement en selle. Leurs montures ne bronchèrent pas malgré le poids qui leur atterrit soudain sur l'échine. Richard se hissa aussi sur son cheval et glissa sa botte droite dans l'étrier correspondant.

— Nous arriverons avant la nuit ? demanda-t-il. Avec la fonte des neiges, tous les chemins devraient être ouverts.

Andy regarda le soleil, qui frôlait déjà le plus haut pic de la chaîne de montagnes.

— Avec vos talents de cavalier, seigneur, ça ne prendra pas longtemps. D'habitude, les gens importants que je guide me ralentissent. Là, j'ai l'impression que vous iriez plus vite sans moi !

Richard ne put s'empêcher de sourire. Il aurait pu signer la déclaration de son « collègue ». Plus les voyageurs étaient riches et puissants, moins ils avançaient vite !

Le ciel se parait de rouge et d'or quand ils atteignirent le sommet. Déjà, les monts environnants disparaissaient dans l'ombre. À la pâle lumière du crépuscule, les ruines semblaient briller faiblement.

Richard repéra des structures qui avaient dû être élégantes dans un lointain passé. Aujourd'hui dévastées, elles faisaient sans doute à l'origine partie d'un complexe beaucoup plus vaste, comme le supposait Kahlan. Par endroits, des pans de murs subsistaient. À une altitude si élevée, ils n'étaient pas couverts de végétation, mais simplement de lichen.

Richard confia ses rênes à Crawford et sauta à terre. Selon les critères de Hartland, sa ville natale, l'atrium qui se dressait à gauche de la large route était très grand. À l'aune des châteaux et des palais dont Kahlan était familière, il pouvait effectivement être qualifié de « dépendance ».

Sur le portail, le Sourcier identifia les restes d'un cadre de porte doré à l'or fin. Quand il entra, le bruit de ses pas se répercuta longuement dans la structure à ciel ouvert. Dans une alcôve, un banc attendait des visiteurs qui ne viendraient plus jamais. Dans une autre, le bassin d'une fontaine avait recueilli de la neige fondue.

Longeant un couloir sinueux dont la voûte en berceau n'était pas entièrement détruite, Richard passa devant une série de salles. Puis il atteignit une intersection, s'arrêta un instant, s'engagea dans le corridor de gauche et le suivit jusqu'à la dernière pièce.

Comme toutes celles de cette face de l'atrium, elle donnait sur la falaise. Approchant d'une des fenêtres, désormais réduites à de simples rectangles sans ornement ni vitrail, le Sourcier aperçut le bord de la montagne, et, au-delà, les pics auréolés de bleu foncé par le crépuscule.

Il était à l'endroit où les visiteurs attendaient qu'on les autorise à entrer dans le Temple des Vents. En patientant, ils pouvaient admirer l'édifice. Et si on les déboutait, ils emportaient au moins ce souvenir avec eux.

Richard parvint presque à imaginer ce qu'avaient vu ces gens, trois mille ans plus tôt.

C'était son don, comprit-il, qui le lui permettait. Un peu comme ce qui arrivait lorsqu'il dégainait l'Épée de Vérité, et recevait l'aide des esprits de tous ceux qui l'avaient maniée avant lui.

Le Temple des Vents avait dû être un endroit dont la splendeur et la puissance dépassaient tout ce qu'il avait jamais vu. Les sorciers de jadis y puisaient sans doute la plus grande partie de leur pouvoir. Et beaucoup d'entre eux – dont certains de ses ancêtres – s'étaient sûrement tenus au même endroit que lui, plongés dans la contemplation du bastion de la magie.

Richard sortit de la salle, passa entre des colonnes flanquées de postes de garde et avança dans les vestiges d'un antique jardin. Même si les murs s'effritaient au toucher, il n'avait aucune difficulté à se représenter la majesté de ces lieux, en d'autres temps.

Il revint sur la grande route qui traversait les ruines. Sa cape flottant au vent, il tenta de mieux visualiser le Temple des Vents. Dehors, et sur la large voie, sa présence immatérielle lui semblait encore plus forte. Au bout de cette route s'étaient un jour dressées les portes de l'édifice qu'il cherchait.

Il avança, imaginant qu'il serait bientôt pour de bon devant le Temple des Vents – ces vents dont on disait qu'ils le traquaient. Un instant, il sentit la vie qui grouillait jadis dans ces vestiges abandonnés aux outrages du temps. Au sommet du mont Kymermosst, on éprouvait une impression d'éternité... là où ne régnait pourtant plus que la désolation.

On ? Non, lui, Richard Rahl, le premier sorcier de guerre qui arpentait le monde depuis trois mille ans !

Mais où était le Temple ? Comment le retrouverait-il, sans savoir où il devait commencer à chercher ?

Il s'était dressé ici. Et ce soir, le Sourcier captait toujours sa présence, comme si son don le poussait à avancer et avancer encore. À rentrer à la maison, en somme...

Soudain, il s'arrêta net, et pas de sa propre volonté. Ulic et Egan, chacun le tenant par un bras, venaient de l'empêcher de basculer dans le vide. Un pas de plus, et il serait allé rejoindre les vautours qui voletaient dans le gouffre. À la différence près qu'il n'avait pas d'ailes…

Comme s'il s'était tenu au bord même du monde, Richard fut pris de vertige. Sur sa nuque, ses cheveux se hérissèrent.

Il y aurait dû y avoir autre chose qu'un gouffre devant lui. Il le savait et en aurait mis sa tête à couper. Pourtant, il venait d'échapper à une chute mortelle.

Parce que le Temple des Vents s'était volatilisé !

Chapitre 43

R *espire.*

Kahlan obéit, recracha la sliph pour aspirer un air râpeux et frais. Elle entendit le crépitement d'une torche, et le son de sa propre respiration lui parut heurté et douloureux. Habituée à voyager dans la créature de vif-argent, elle ne s'affola pas et attendit que le monde, autour d'elle, redevienne normal.

À un détail près : il n'avait rien de normal ! En tout cas, il ne correspondait pas à ce qu'elle pensait découvrir.

— Sliph, où sommes-nous ? demanda-t-elle.

— Là où tu voulais aller, au trésor des Jocopos. Tu devrais être contente. Si ce n'est pas le cas, je peux essayer encore.

— Non, je suis surprise, pas mécontente…

L'Inquisitrice était dans une grotte. La torche ne ressemblait pas à celles qu'elle connaissait : un bâton avec de la poix au bout. Celle-là était composée de roseaux séchés et liés ensemble.

Lorsque Kahlan enjamba le muret de la sliph puis se redressa, elle manqua heurter la voûte, tant elle était basse.

La jeune femme avança et retira la torche de la fissure où elle était plantée.

— Je vais revenir, sliph, dit-elle. Quand j'aurai exploré, et si je ne trouve pas de sortie, nous repartirons. (Elle s'avisa qu'il devait y en avoir une. Sinon, la torche ne serait jamais arrivée jusque-là.) De toute façon, quand j'en aurai terminé ici, nous voyagerons de nouveau ensemble.

— Je t'attendrai, et tu viendras avec moi…

Kahlan salua la créature de vif-argent, dont le visage reflétait la lumière de la lampe. Puis elle avança dans la grotte. L'unique issue qu'elle découvrit, un tunnel large mais bas, serpentait dans les entrailles de la terre. Ne croisant aucune intersection ni pièce, elle le remonta d'un pas de plus en plus vif.

Elle déboucha dans une grande salle et comprit au premier coup d'œil pourquoi cet endroit se nommait le trésor des Jocopos. La deuxième caverne était pleine d'or !

Il y avait des lingots irréguliers et de simples sphères, comme si le métal précieux avait été fondu dans des ustensiles de cuisine qu'on avait ensuite brisés. Des caisses remplies de pépites s'entassaient dans tous les coins. Kahlan en remarqua d'autres, munies de poignets, où des bijoux et d'autres objets étaient fourrés en vrac.

Sur une demi-douzaine de tables, les tas de disques d'or montaient presque jusqu'à la voûte. Le long des murs, des étagères croulaient sous le poids de statuettes et de rouleaux de parchemin. Se fichant de la fortune des Jocopos, Kahlan ne prit pas le temps d'étudier cette collection de merveilles. Sans hésiter, elle se dirigea vers le tunnel qui s'ouvrait de l'autre côté de la salle.

Elle voulait sortir d'ici au plus vite et retrouver le Peuple d'Adobe. Même dans le cas contraire, elle ne serait pas attardée, car l'air empestait beaucoup trop. Respirant avec peine, elle avait des vertiges et une migraine la menaçait.

Dans le tunnel, l'atmosphère s'améliora sans devenir pour autant idéale. Une main posée sur son épaule, Kahlan toucha le couteau en os et constata qu'il était toujours chaud. Mais plus brûlant, comme un peu plus tôt.

Sous ses pieds, le sol commença à monter. Puis la roche noire devint plus friable et grisâtre, et l'Inquisitrice vit que des poutres soutenaient la voûte. Elle ne rencontra pas d'intersection jusqu'au moment où de l'air beaucoup plus frais caressa ses narines. Comme il venait de devant elle, elle négligea les tunnels qui partaient vers la droite et la gauche.

La flamme de sa torche oscilla au gré du vent quand elle émergea à l'air libre, sous un ciel nocturne constellé d'étoiles. Voyant une silhouette se lever vivement, juste devant elle, elle recula de deux ou trois pas et regarda à droite et à gauche pour voir si quelqu'un d'autre l'attendait dehors.

— Mère Inquisitrice ? demanda une voix familière.

Kahlan avança de nouveau et brandit sa torche.

— Chandalen, c'est toi ?

L'Homme d'Adobe courut vers l'Inquisitrice. Son torse nu enduit de boue, il portait le camouflage typique des chasseurs de son peuple : des feuilles et des branches attachées sur la tête et les bras. Malgré les cheveux plaqués sur son crâne par la boue, et son visage « maquillé », Kahlan reconnut son vieil ami dès qu'il lui sourit.

— Chandalen, dit-elle en soupirant de soulagement. Je suis si contente de te voir !

— C'est réciproque, Mère Inquisitrice.

Le guerrier avança et leva un bras pour gifler sa visiteuse – le salut traditionnel de son peuple, destiné à montrer son respect pour la force d'un ami.

— Non ! cria Kahlan, les mains tendues. Ne m'approche pas !

— Pourquoi ? demanda Chandalen avant d'obéir.

— Je viens d'Aydindril, et une maladie y fait rage. Je ne voudrais pas que mon peuple l'attrape à cause de moi.

Les Hommes d'Adobe étaient réellement le peuple de Kahlan. Même s'ils vivaient loin du village, Richard et elle avaient été adoptés par l'Homme Oiseau et les autres anciens.

— La maladie frappe également ici, Mère Inquisitrice.

— Quoi ? s'écria Kahlan en baissant sa torche.

— Beaucoup de choses se sont passées. Notre peuple a peur, et je ne peux pas le protéger. Nous avons tenu un conseil des devins. L'esprit de mon grand-père est venu nous prévenir d'un grand danger. Il veut te parler et il t'a envoyé un message pour que tu viennes.

— Le couteau…, souffla Kahlan. L'arme m'a communiqué son appel, et je suis partie aussitôt.

— Oui, il l'a lancé un peu avant l'aube. Un ancien est sorti de la maison des esprits, et il m'a dit de venir t'attendre ici. Mais pourquoi es-tu sortie de sous la terre ?

— C'est une trop longue histoire, mon ami… Hélas, je n'ai pas le temps d'attendre un autre conseil des devins afin de communiquer avec l'esprit de ton grand-père. Le danger est trop grand pour que je reste trois jours ici.

Chandalen sourit et prit la torche que tenait Kahlan.

— Ce ne sera pas nécessaire. Mon grand-père t'attend dans la maison des esprits.

L'Inquisitrice écarquilla les yeux de surprise. En principe, un conseil des devins ne durait pas plus d'une nuit.

— Comment est-ce possible ?

— Les anciens sont toujours assis en cercle, parce que mon grand-père leur a ordonné de t'attendre. Et il est resté avec eux.

— Combien avez-vous de malades ?

Chandalen leva les deux mains, puis une seule.

Quinze victimes de la peste…

— Ces malheureux ont très mal à la tête, et ils vomissent même quand ils n'ont rien mangé depuis des jours. Ils brûlent de fièvre, et certains ont les doigts et les orteils noirs.

— Par les esprits du bien…, soupira Kahlan. Y a-t-il déjà eu des morts ?

— Un petit garçon, aujourd'hui, juste avant qu'on m'envoie ici. Il est tombé malade le premier…

Prise de nausée, Kahlan lutta pour assimiler ce qu'elle venait d'entendre. Le Peuple d'Adobe accueillait très rarement les étrangers, et il s'aventurait encore moins souvent hors de son territoire. Comment la peste était-elle arrivée jusque-là ?

— Chandalen, vous avez reçu des étrangers ?

— Non. Tu sais bien qu'ils apportent presque toujours du malheur. (L'Homme d'Adobe plissa le front.) Quelqu'un est venu. Mais nous avons interdit l'entrée du village à cette femme.

— Une femme ?

— Oui. Quelques enfants jouaient à la chasse, dans la plaine. Cette femme est venue leur demander si on l'accepterait dans le village. Bien entendu, les petits ont couru nous prévenir. Avec mes chasseurs, nous sommes allés voir, mais elle n'était plus là. J'ai dit aux enfants que les esprits de leurs ancêtres seraient furieux s'ils continuaient à mentir comme ça.

Kahlan hésita à poser la question logique, dont elle redoutait la réponse.

— L'enfant qui est mort faisait partie de ce groupe, n'est-ce pas ?

— Tu es une voyante, Mère Inquisitrice !

— Non, mon ami. Simplement une femme morte de peur… Une visiteuse est passée en Aydindril. Elle a parlé à des enfants, et eux aussi sont tombés malades. Le petit garçon a-t-il dit qu'elle lui avait montré une sorte de livre ?

— Quand j'ai voyagé avec toi, tu m'as fait découvrir ces étranges objets. Ici, les enfants n'en ont jamais vu. Nous leur apprenons la vie avec des paroles, comme nos parents l'ont fait avec nous. Le petit garçon a dit qu'elle lui avait montré des lumières colorées. Ça ne ressemble pas aux livres que j'ai vus...

Kahlan posa une main sur le bras de Chandalen. Jadis, il aurait frémi d'angoisse à l'idée qu'elle le touche avec son pouvoir. Aujourd'hui, ce contact le terrifiait pour une autre raison.

— Tu m'as dit de ne pas t'approcher, rappela-t-il.

— Ça n'a plus d'importance, maintenant. Vous souffrez de la même maladie que les citoyens d'Aydindril.

— Désolée que la mort frappe ton pays natal, mon amie.

L'Inquisitrice et le chasseur s'étreignirent, cherchant un peu de consolation dans ce contact.

— Chandalen, où sommes-nous ? Et cette grotte...

— Je t'en ai parlé, coupa l'Homme d'Adobe. Tu sais, l'endroit où l'air sent mauvais, et où on trouve beaucoup de métal jaune inutile ?

— Donc, nous sommes au nord du village ?

— Au nord-ouest, exactement.

— Combien de temps nous faudra-t-il pour y aller ?

Chandalen se tapa du poing sur la poitrine.

— Je suis fort et je cours bien. Pour venir, deux heures ont suffi. Même la nuit, j'irai aussi vite dans l'autre sens.

Kahlan jeta un coup d'œil à la plaine, brillamment illuminée par la pleine lune.

— Voir où on met les pieds ne sera pas difficile. Et tu sais que je suis aussi forte que toi !

L'Inquisitrice sourit, et le chasseur lui rendit la pareille. Même dans ces circonstances, cela réchauffa le cœur de la jeune femme.

— Je n'ai pas oublié ta force, Mère Inquisitrice... Allez, mettons-nous en route !

Au clair de lune, ils aperçurent de loin les contours du fief des Hommes d'Adobe, dressé sur une petite butte, au milieu de la plaine. De très rares lumières brûlaient derrière les étroites fenêtres des maisons en brique d'adobe. À cette heure tardive, peu de villageois étaient dehors. Kahlan en fut soulagée, car elle n'avait aucune envie de voir les visages dévastés par l'angoisse de ces pauvres gens, dont la plupart étaient condamnés à mourir.

Chandalen la conduisit directement à la maison des esprits, un peu à l'écart du groupe d'habitations. Sur son toit de tuiles, une innovation due à Richard, les reflets des rayons de lune dessinaient de mystérieuses figures géométriques.

Les chasseurs de Chandalen entouraient la bâtisse sans fenêtre.

Devant la porte, ses longs cheveux argentés lui faisant comme une aura, l'Homme Oiseau était assis sur un banc. Nu comme un ver, il avait le corps couvert d'un mélange de boues noire et blanche. Sur son visage, ce même matériau lui dessinait un masque composé de lignes droites et de courbes. Lors d'un conseil des devins, c'était obligatoire, pour que les esprits voient ceux qui les avaient invoqués.

Deux pots étaient posés aux pieds de l'Homme Oiseau. Dès qu'elle vit son regard, Kahlan renonça à lui parler. Quand il était en transe, rien ne pouvait l'atteindre. De plus, elle savait ce qu'on attendait d'elle.

— Chandalen, dit-elle en débouclant sa ceinture, tu voudrais bien me tourner le dos ? Et ordonner à tes hommes de m'imiter ?

Ce soir, l'Inquisitrice le savait, ce serait la seule concession qu'on accorderait à sa pudeur. Et c'était mieux que rien…

Dans sa langue natale, Chandalen transmit la consigne à ses hommes.

— Nous surveillerons la maison des esprits tant que tu y seras avec les anciens, dit-il.

Lorsque Kahlan se fut déshabillée, l'Homme Oiseau ramassa les deux pots, se leva et entreprit de l'enduire de boue noire et blanche. Sur le muret, qui portait encore les traces d'un coup d'épée de Richard, des poules dormaient, indifférentes aux malheurs des hommes.

L'Inquisitrice devait aller parler aux esprits. Elle ne se déroberait pas, même si cette idée ne l'enthousiasmait guère. Réservés aux circonstances exceptionnelles – et dramatiques – les conseils des devins apportaient parfois les réponses qu'on cherchait. Mais on n'en sortait jamais le cœur joyeux.

Quand l'Homme Oiseau en eut fini avec Kahlan, il la fit entrer dans la salle où les six anciens étaient disposés en rond autour des crânes de leurs ancêtres. Dès que son mentor se fut assis en tailleur, l'Inquisitrice prit place en face de lui et à la droite de son ami Savidlin. Lui aussi étant en transe, elle ne lui parla pas, certaine qu'elle verrait bientôt l'esprit qu'il contemplait déjà.

La jeune femme plongea la main dans le panier posé à côté d'elle et en sortit une grenouille-esprit rouge. Non sans réticence, elle frotta le batracien gluant entre ses seins, le seul endroit de son corps vierge de boue.

Frissonnant à ce contact hautement désagréable, elle sacrifia au rituel le temps requis, puis reposa la grenouille et prit la main des anciens assis à ses côtés. Très vite, sa conscience se brouilla.

La pièce commença à tourner. Arrachée à son monde familier, Kahlan plongea dans un vortex tourbillonnant de lumière, d'ombre, d'odeurs et de sons. Devant elle, les crânes aussi faisaient la ronde.

Le temps se distordit – un peu comme dans la sliph, mais d'une manière moins agréable et réconfortante.

Soudain, l'esprit apparut, silhouette brillante jaillie de nulle part à un instant que Kahlan n'aurait su préciser. Il était là, et rien d'autre ne comptait.

— *Bonjour, grand-père…*, murmura la jeune femme dans la langue du Peuple d'Adobe.

Chandalen l'avait avertie qu'elle parlerait à son grand-père. Même sans cela, elle l'aurait reconnu d'instinct, car il était devenu son protecteur. Et elle sentait le lien immuable qui existait entre lui et l'os qui lui avait jadis appartenu.

— *Bonjour, mon enfant…*, répondit l'esprit par la bouche de l'Homme Oiseau. *Je te remercie d'avoir répondu à mon appel.*

— *Qu'attendent de moi les esprits de nos ancêtres ?*

— *Ce qui nous a été en partie confié a été violé !*

— *De quoi parles-tu ? Que vous a-t-on confié ?*

— *Le Temple des Vents !*

Kahlan en eut la chair de poule.

Confié aux esprits, le Temple des Vents ? Les implications de cette révélation lui donnaient le tournis. Les esprits, bon ou mauvais, résidaient dans le royaume des morts. Comment un bâtiment, fait de pierre inerte, pouvait-il être envoyé là-bas ?

— *Le Temple est chez vous ?*

— *Il existe en partie dans le monde des morts, et en partie dans celui des vivants. En même temps, il est présent dans les deux univers.*

— *Comment est-ce possible ?*

Ombre composée de lumière, la silhouette brillante leva une main.

— *Un arbre est-il une créature de la terre, comme les vers ? Ou de l'air, tels les oiseaux ?*

Kahlan aurait préféré une réponse directe. Mais avec les esprits, on ne discutait pas !

— *Honorable grand-père, il n'est ni l'une ni l'autre, mais il appartient aux deux.*

— *Il en est bien ainsi, mon enfant... Et cela vaut pour le Temple des Vents.*

— *Veux-tu dire qu'il a, comme un arbre, ses racines dans notre monde, et ses branches dans le vôtre ?*

— *Oui, il est présent dans les deux.*

— *Et où peut-on le trouver, dans l'univers des vivants ?*

— *Là où il a toujours été, au sommet du mont des Quatre Vents. Celui que vous appelez Kymermosst.*

— *Honorable grand-père, je connais cet endroit, et le Temple n'y est plus. Il est... parti.*

— *Tu dois le trouver !*

— *Comment ? Il reste quelques ruines, mais une partie de la montagne s'est écroulée. Le Temple n'est plus là, c'est une certitude. Je suis navrée, honorable grand-père, mais les racines qu'il avait dans notre monde ont été arrachées.*

L'esprit ne répondit pas. Kahlan redouta qu'il explose de colère.

— *Mon enfant*, dit-il enfin, mais pas par la bouche de l'Homme Oiseau. (Ce son était pénible à entendre, comme s'il faisait brûler la chair sur les os de l'Inquisitrice.) *On a volé dans le Temple quelque chose qui est désormais dans votre monde. Si tu n'aides pas Richard, tous les nôtres mourront...*

Kahlan frissonna. Comment un objet – ou quoi que ce fût d'autre – avait-il pu être volé dans le royaume des morts et apporté dans celui des vivants ?

— *Honorable grand-père, peux-tu me donner un indice ? M'indiquer par où commencer mes recherches, par exemple ?*

— *Je ne t'ai pas fait venir ici pour ça ! La lune t'indiquera le chemin des vents... Si je t'ai appelée, c'est pour te montrer l'étendue de la catastrophe qui vous menace. Vois ce qui arrivera à ton monde si tu la laisses frapper !*

L'esprit écarta les bras. De la lumière s'en déversa, comme de l'eau qui déborde d'un bassin. Éblouie, Kahlan ne vit plus qu'une immense flaque de lueur blanche.

Quand elle se dissipa, le visage ricanant de la mort la remplaça. Des cadavres, partout, gisant telles des feuilles d'automne. Tombés dans les rues et laissés à pourrir comme des carcasses de rats. Des morts sur les escaliers, appuyés à des balustrades, recroquevillés sous des portes cochères ou entassés sur des chariots.

Kahlan put voir à l'intérieur des maisons, comme si elle était un oiseau passant de fenêtre en fenêtre. Des corps se décomposaient dans les cuisines, les couloirs, les chambres, certains couchés les uns sur les autres.

La puanteur lui coupa la respiration.

L'« oiseau » la fit passer de ville en ville. Partout, elle découvrit la même abomination. Les victimes se comptaient par centaines de milliers, et les rares survivants, hébétés, erraient dans les rues en attendant la fin.

Elle survola le village du Peuple d'Adobe et reconnut les dépouilles de gens qu'elle aimait. Près des feux de cuisson, des cadavres d'enfants finissaient de pourrir dans les bras de leurs mères, elles aussi rongées aux vers. Des époux, les mains et les pieds noirs et ratatinés, serraient contre eux leurs bien-aimées aux lèvres bleues et aux yeux déjà dévorés par les corbeaux. Autour des maisons, des orphelins pleuraient sur le corps de leurs parents. Et cette puanteur, omniprésente comme la signature du mal…

Kahlan étouffa un sanglot et ferma les yeux. Cela ne servit à rien, car la vision de cauchemar s'insinua dans son esprit.

— *Voilà ce qui se passera*, dit l'esprit, *si tu laisses se répandre ce qui a été volé au Temple des Vents.*

— *Que puis-je faire ?* gémit Kahlan entre deux sanglots.

— *Le Temple a été profané, et on a pris ce qui nous fut confié. Les vents ont décidé que tu serais le chemin qui mène au succès. Je t'ai appelée pour te montrer ce qui attend le monde des vivants. Et te supplier, au nom de mes descendants, de jouer ton rôle quand on te le demandera.*

— *Quel prix devrai-je payer ?*

— *Je l'ignore. Mais sache que tu n'auras aucun moyen de te dérober. Si tu ne te plies pas à la lettre à ce qui te sera révélé, rien ne sauvera nos peuples. Quand les vents te montreront le chemin, tu devras t'y engager. Sinon, ce que je t'ai montré adviendra.*

— *Je le ferai, honorable grand-père*, répondit l'Inquisitrice sans prendre le temps de réfléchir – à quoi bon, puisqu'elle n'avait pas le choix ?

— *Merci, mon enfant… Il me reste une chose à te dire. Dans notre monde, où résident les âmes de tous ceux qui ont quitté le tien, certaines sont baignées par la Lumière du Créateur. D'autres resteront pour toujours confinées dans l'ombre par le Gardien.*

— *Tu veux dire que des esprits du bien et du mal sont impliqués dans cette affaire ?*

— *À force de simplifier, mon enfant, on dénature la vérité. Mais dans ton monde, il est impossible de comprendre plus finement ce qui se passe au sein du royaume des morts. Dans cette affaire, comme tu dis, tous les esprits ont le droit d'intervenir. Les vents les autorisent tous à te baliser le chemin.*

— *Peux-tu me dire comment la magie meurtrière fut volée au Temple ?*

— *Une trahison est la cause de cette forfaiture.*

— *Qui en fut victime ?*

— *Le Gardien.*

Kahlan pensa immédiatement à Amelia, la Sœur de l'Obscurité présente en Aydindril en même temps que Marlin. Il devait s'agir d'elle !

— *La Sœur de l'Obscurité a trahi son maître ?*

— *Le destin de cette âme fut d'entrer dans le Temple par le Corridor de la Trahison. C'était la seule façon de parachever la brèche initiale. Tu dois comprendre qu'il s'agit à l'origine d'une précaution...*

» *Pour traverser le Corridor de la Trahison, il faut renier à jamais toutes ses convictions et ses loyautés. Ainsi, le visiteur qui y est admis ne peut plus servir les intérêts de personne...*

» *Celui qui marche dans les rêves a trouvé un moyen de forcer cette âme à trahir son premier maître – le Gardien –, mais pas son second, à savoir lui-même. Il a commencé par l'autoriser à rester fidèle au Gardien, en se contentant de la dominer uniquement dans votre monde. Ensuite, grâce à une Fourche-Étau, il l'a contrainte à renier celui qui la contrôlait dans le royaume des morts. Alors, elle a pu s'engager dans le Corridor de la Trahison sans devoir se détourner de son second maître, ni renoncer à remplir la mission dont il l'avait chargée. Grâce à cette ruse, celui qui marche dans les rêves a pu violer le Temple et y prendre ce qu'il voulait.*

» *Mais ceux qui ont envoyé le Temple dans les vents avaient prévu une parade, au cas où un événement pareil se produirait. La lune rouge est la première phase de la contre-offensive.*

— *Pour avoir accès au Temple,* demanda Kahlan, *devrons-nous emprunter le même chemin que la Sœur de l'Obscurité ?*

L'esprit la regarda comme s'il cherchait à déterminer le poids de son âme.

— *Après une intrusion, le chemin se referme et il faut en prendre un autre. Mais tu ne dois pas te soucier de cela : les vents te communiqueront leurs exigences en accord avec les principes fondamentaux de l'équilibre. Les cinq esprits qui veillent sur eux t'imposeront le chemin en fonction de ces mêmes préceptes.*

— *Honorable grand-père, comment un Temple peut-il me donner des ordres ? Tu en parles comme s'il était conscient !*

— *Dans le monde des vivants, je n'existe plus depuis longtemps. Pourtant, quand on m'invoque, je peux transmettre des informations à travers le voile.*

Kahlan avait mal à la tête à force d'essayer de comprendre ce discours alambiqué. Craignant de ne pas avoir posé les bonnes questions, elle regretta que Richard n'ait pas été là pour le faire.

— *Honorable grand-père, tu peux agir ainsi parce que tu es un esprit. Jadis, tu étais vivant, et tu as une âme.*

La silhouette commença à se dissiper.

— *Le voile a souffert de ces événements, et je ne puis rester plus longtemps. Les skrins qui patrouillent le long de la frontière, entre nos deux mondes, me tirent en arrière. Mon enfant, l'intrusion dans le Temple a brisé l'équilibre. Tant qu'il ne sera pas rétabli, les esprits ne pourront plus se manifester lors d'une réunion du conseil des devins.*

La silhouette se brouilla, devenant quasiment invisible.

— *Grand-père, j'ai encore une question ! La peste est-elle magique ?*

— *La magie libérée par l'intruse est très puissante,* répondit l'esprit d'une voix à peine audible. *Pour l'utiliser, il faut un grand savoir. Et celui qui s'en est servi ne sait pas la contrôler, ni mesurer ses effets. La peste a été provoquée par cette magie. Mais garde une image à l'esprit : quand un sorcier lance une boule de feu dans une plaine, l'incendie qu'il allume n'est pas magique, même si sa cause l'est. Il en va de même pour la peste. Née de la magie, elle est à présent une épidémie comme les autres, qui frappe au hasard et dont il est impossible de prévoir l'évolution.*

— *Pour le moment, elle a touché Aydindril et ce village. S'en tiendra-t-elle là ?*

— *Non.*

Jagang n'avait pas mesuré la portée de ses actes. Si l'épidémie se répandait, il finirait peut-être par en être victime.

— *Dans les autres endroits que tu m'as montrés, la maladie est-elle déjà présente ?*

La silhouette disparut comme la flamme agonisante d'une lampe.

— *Oui...*, répondit la voix dans un ultime murmure.

Ils avaient espéré contenir la peste, mais il était déjà trop tard. Les Contrées du Milieu, puis le Nouveau Monde tout entier, risquaient d'être consumés par l'incendie qu'une étincelle de magie, volée au Temple des Vents, avait allumé.

Au centre du cercle où s'était tenu l'esprit, l'air tourbillonnait encore. Venu du royaume des morts, Kahlan entendit l'écho des ricanements d'une autre entité. La malveillance qu'ils exprimaient lui glaça les sangs.

Quand elle émergea de sa transe, Kahlan constata que les anciens s'étaient déjà levés. Alors que la tête lui tournait encore, les Hommes d'Adobe, mieux habitués aux conseils des devins, avaient déjà récupéré.

L'un d'eux, Breginderin, lui tendit la main. Alors qu'elle se redressait, la jeune femme, sous la boue blanche et noire, vit des bubons sur ses jambes. Cet homme qui la regardait avec un sourire rassurant serait mort avant la fin de la journée...

Savidlin approcha pour tendre ses vêtements à l'Inquisitrice. Elle commença à s'habiller, vaguement gênée. Mais comment pouvait-elle se soucier de pudeur face à une telle catastrophe ? Lors d'un conseil des devins, l'important était d'invoquer les esprits des ancêtres, et le sexe des participants ne comptait plus. Cela dit, elle était la seule femme au milieu de sept mâles.

— *Merci d'être venue, Mère Inquisitrice*, dit l'Homme Oiseau. *Hélas, ce retour n'est pas placé sous de joyeux auspices.*

— *C'est vrai*, souffla Kahlan. *Vous revoir m'emplit le cœur d'allégresse, mais la tristesse l'étouffe aussitôt. Soyez assurés, honorables anciens, que Richard et moi nous battrons jusqu'au bout de nos forces contre ce fléau.*

— *Et que croyez-vous pouvoir faire contre un ennemi tel que la fièvre ?* demanda un ancien nommé Surin.

Alors qu'elle boutonnait sa chemise, Savidlin posa une main sur l'épaule de son amie.

— *Kahlan et Richard Au Sang Chaud nous ont aidés par le passé. Nous connaissons leur vaillance ! Selon l'esprit de notre ancêtre, la magie a provoqué cette fièvre. La Mère Inquisitrice et le Sourcier ont de grands pouvoirs. Ils feront ce qui s'impose.*

— *Savidlin a raison*, dit Kahlan. *Nous ferons ce qui doit être fait.*

— *Ensuite, vous reviendrez et nous vous marierons, comme prévu. Weselan a hâte de voir la Mère Inquisitrice dans la robe qu'elle a confectionnée pour elle.*

— *Rien ne me ferait plus plaisir*, souffla Kahlan en ravalant un sanglot. *À part savoir tous les membres de mon peuple en bonne santé...*

— *Ici, tout le monde t'aime, mon enfant*, dit l'Homme Oiseau. *Dès que Richard et toi en aurez fini avec les affaires de magie et d'esprits, nous organiserons le plus beau mariage de l'histoire du Peuple d'Adobe.*

Kahlan regarda les amis qui l'entouraient. À l'évidence, ils n'avaient pas partagé la vision que lui avait infligée le grand-père de Chandalen. La vraie nature de l'épidémie leur échappait encore. Aucune maladie qu'ils avaient dû combattre ne pouvait se comparer à la peste.

— *Honorables anciens, si nous échouons... et si...*

Sentant son trouble, l'Homme Oiseau vola au secours de la jeune femme.

— *Si ça devait arriver, mon enfant, nous saurons que vous avez fait votre possible, et même plus. S'il existe un chemin vers la solution, nous ne doutons pas que vous le suivrez. Parce que nous vous faisons confiance.*

— *Merci*, murmura Kahlan.

Malgré les larmes qui lui brouillaient la vue, elle se força à relever le menton. Si elle montrait sa peur, elle effraierait ces pauvres gens, qui n'avaient pas besoin de ça.

— *Kahlan, tu dois épouser Richard Au Sang Chaud !* affirma l'Homme Oiseau. (Il sourit pour consoler son amie.) *Il a déjà réussi une fois à ne pas s'unir à une Femme d'Adobe, alors que je le voulais. Tant que j'aurai mon mot à dire, pas question qu'il recommence. Il sera marié à une enfant de mon peuple, j'en fais mon affaire !*

Kahlan n'eut pas la force de rendre son sourire à ce vieil ami.

— *Resteras-tu cette nuit ?* demanda Savidlin. *Weselan sera très contente de te voir.*

— *Pardonnez-moi, honorables anciens, mais pour sauver notre peuple, je dois partir au plus vite et répéter à Richard ce que je viens d'apprendre grâce à vous.*

Chapitre 44

Dans la ruelle déserte, une femme sortit de sous une porte cochère. L'homme dut s'arrêter net pour ne pas la percuter. Sous son châle, la fille portait une robe très fine. À voir comment ses tétons tendaient le tissu – une réaction normale, par un froid pareil – il devina qu'elle n'avait rien d'autre dessous.

Elle crut qu'il lui souriait, mais elle se trompait. L'homme se réjouissait de la bonne fortune qui croisait son chemin au moment où il s'y attendait le moins. En réalité, ce n'était pas un hasard, mais une juste récompense pour un être aussi exceptionnel que lui.

Même pris par surprise, il ne manquait jamais de tirer parti des coups de chance.

La fille sourit, tendit une main et, du bout d'un index, lui caressa le torse puis le menton.

— Eh bien, mon chéri, aimerais-tu sentir la morsure du plaisir ?

Cette gourgandine n'avait rien d'attirant. Mais son désir s'éveilla, parce qu'il ne devait jamais rater une occasion de le satisfaire, même médiocre. Il savait ce que voulait cette femme. Depuis qu'elle s'était quasiment jetée sur lui, il ne doutait plus que la chance lui souriait. Ce n'était pas la première rencontre de ce genre qu'il faisait. Pour être franc, il s'efforçait même de les provoquer. En profiter était un véritable défi. Et le risque augmentait sa satisfaction.

La situation n'avait rien d'idéal. Par exemple, il ne devrait pas permettre que ses cris attirent l'attention d'éventuels badauds. Mais même dans ces conditions, il éprouverait du plaisir. Déjà, ses sens s'aiguisaient et il absorbait tous les détails comme une terre desséchée enfin nourrie par une averse.

Il se laissa envahir par l'ivresse de *sa* luxure.

— Tu as une chambre ? demanda-t-il d'une voix rauque.

Il connaissait déjà la réponse – négative, bien entendu. Il avait tant de fois vécu ces moments-là.

— Qui a besoin d'une chambre, mon chéri ? susurra la fille en lui posant une main sur l'épaule. Une demi-couronne d'argent suffira.

Aussi discrètement que possible, l'homme étudia les bâtiments alentour. Il n'y avait pas de lumière aux fenêtres, et seules quelques lueurs lointaines troublaient l'obscurité. Dans ce quartier commerçant, des entrepôts s'alignaient le long des rues, et personne n'y habitait. À part les promeneurs nocturnes, comme lui, on ne devait pas y croiser grand-monde. Pourtant, il ne devait pas jeter la prudence aux orties.

— Il fait un peu froid pour se déshabiller au milieu de la rue, non ?

D'une main, la fille le força à tourner la tête pour la regarder. De l'autre elle lui caressa l'entrejambe et gémit de satisfaction quand elle découvrit sa virilité.

— Ne t'inquiète pas, mon chéri. Pour ce prix, je fournis aussi un endroit chaud.

L'homme aimait tant ce petit jeu ! Et il s'était retenu si longtemps... Taquin, il afficha son expression la plus innocente.

— Eh bien, j'hésite encore... Tout ça est si... brutal. En général, je préfère que mes partenaires aient le temps d'apprécier aussi.

— Ne t'en fais pas pour ça ! Tu crois que l'argent est ma seule motivation ? Je fais ça parce que ça me plaît. Le paiement est un simple bonus.

La fille recula vers la porte cochère, et il la laissa l'entraîner avec elle.

— Je n'ai pas de si petite monnaie sur moi, dit l'homme.

Aussitôt, il vit briller les yeux de la prostituée. Un riche client était toujours une aubaine. Pour elle, ce serait une chance très particulière, mais elle ne le savait pas encore.

— Vraiment ? dit-elle, prête à faire mine de retirer son offre, maintenant qu'elle le tenait au bout de sa ligne. Tu sais, une dame doit gagner sa vie. Bon, je vais te laisser et voir plus loin si...

— Je n'ai rien de plus petit qu'une pièce d'argent. Mais je veux bien te la donner, si tu consens à prendre ton temps et à aimer ce que nous ferons. Je veux que les jeunes dames comme toi aient du plaisir avec moi. C'est ça qui me rend heureux.

— Tu es un amour..., souffla la fille en prenant la pièce que sa conquête lui tendait.

Cette garce puait. Même quand elle souriait, son visage restait quelconque, avec des yeux trop petits, une bouche molle et un nez vaguement tordu. En principe, un homme de son statut ne s'accommodait pas de partenaires si vulgaires. Mais tous ne cherchaient pas la même extase que lui.

Il étudia la prostituée et tendit l'oreille, à l'affût du moindre bruit. S'il voulait retirer un maximum de plaisir de cette expérience, tous les détails étaient capitaux.

La fille recula encore et s'assit sur une chaise. La porte cochère était juste assez large pour les contenir tous les deux, le dos de l'homme dépassant un peu dans la ruelle.

Il s'indigna qu'elle le juge si ignorant, idiot et impétueux. Mais elle découvrirait bientôt à quel point c'était faux.

Tout en débouclant sa ceinture, elle embrassa distraitement le renflement, sur le devant de son pantalon. Cette garce était pressée. Dès qu'elle en aurait fini avec lui, elle entendait partir en quête d'un autre gogo, pour se faire autant d'argent que possible pendant la nuit.

Avant qu'elle eût ouvert son pantalon, il lui immobilisa doucement les poignets d'une seule main. Quand ça commencerait, avoir les fesses à l'air ne serait pas adéquat. Non, pas adéquat du tout…

La fille lui sourit, un rien étonnée, mais sûre de l'ensorceler en lui montrant ses dents jaunies. Par bonheur, il ne devrait pas supporter ça longtemps. On allait bientôt passer aux choses intéressantes.

Il faisait trop sombre pour que cette idiote voie ce qu'il préparait. De toute manière, les gens étaient aveugles et sourds.

Avant qu'elle lui pose une question, il tendit une main et la prit par le cou. Elle ne s'inquiéta pas, pensant qu'il désirait la tenir pendant qu'elle s'occuperait de lui.

La façon dont elle inclinait la tête était idéale.

D'un pouce, et en grognant à peine sous l'effort, il lui écrasa la trachée artère.

L'homme sourit – une juste revanche. Les bruits qu'elle émettait en s'étouffant n'éveilleraient pas immédiatement les soupçons. Et de toute manière, qui s'en soucierait, dans cette ville au cœur glacé ?

Prudent, l'homme se pencha un peu vers la prostituée, pour entretenir l'illusion qu'elle lui faisait sentir la « morsure du plaisir ». Si quelqu'un passait derrière eux, la scène aurait l'air tristement banale.

— Surprise ? demanda-t-il à la catin aux yeux écarquillés.

Quand elle ne bougea plus, il lui lâcha les poignets, la prit par les cheveux et lui inclina la tête pour continuer à donner l'impression qu'elle lui dispensait du plaisir.

Quelques secondes plus tard, il entendit des bruits de pas furtifs, dans son dos. Deux hommes, comme il s'y attendait. Car il avait compris tout de suite à quoi il avait affaire : un traquenard classique.

Bientôt, les voleurs l'attaqueraient. Le temps s'étira délicieusement, lui permettant de s'enivrer d'images, de sons et d'odeurs. Oui, il était un homme exceptionnel. Le maître du temps, de la vie… et de la mort.

À présent, il allait vraiment prendre du plaisir.

D'un coup de genou, il repoussa le cadavre et se retourna. Son couteau fendit l'air et s'enfonça dans les intestins du type qui se tenait derrière lui. La lame remonta, fendant les chairs avant de s'arrêter sous le sternum du crétin, dont les tripes se déversèrent sur les pavés.

Les voleurs n'étaient pas deux, mais trois. D'habitude, ce genre de fille se contentait d'un duo de complices. Le danger qui vint s'ajouter au défi augmenta son extase.

Le deuxième voleur, placé sur la droite, leva un bras. L'homme s'écarta et le couteau de son agresseur fendit le vide.

Le troisième larron avançant, l'homme le repoussa d'un formidable coup de pied au plexus solaire. Après avoir percuté le mur, le bandit tomba à genoux, le souffle coupé.

L'autre type se pétrifia. Combattre à un contre un ne lui disait rien. De plus, à voir son visage, ce détrousseur d'imbéciles venait à peine de sortir de l'adolescence. Effrayé comme un petit garçon, il tourna les talons et s'enfuit.

L'homme sourit. Dans ces conditions, la tête du fugitif faisait une cible idéale. À l'inverse des bras et des jambes, elle ne bougeait presque pas, et chaque coup au but était mortel.

L'homme lança son couteau. Le voleur accéléra encore, comme s'il avait senti le danger. Mais l'acier fut plus rapide et se planta dans son crâne avec un bruit sourd. Comme prévu, le jeune idiot s'écroula, raide mort.

Le troisième type était en train de se relever. Plus âgé, musclé et puissant, il semblait furieux. Un adversaire intéressant.

Un coup de pied latéral lui brisa le nez. Hurlant de douleur et de rage, le voleur bondit en avant. L'homme s'écarta de la trajectoire de son couteau et lui fit un croc-en-jambe.

Tout cela n'avait duré qu'un instant, mais quel merveilleux moment ! La charge de ce taureau humain avait quelque chose de glorieux, même si elle venait d'échouer lamentablement.

Son vainqueur savoura les détails : les vêtements miteux, la déchirure dans le dos du manteau, la peau blanche du voleur, ses cheveux bouclés crasseux, son oreille droite où manquait le lobe, la façon dont ses omoplates s'écrasèrent quand une botte se plaqua dessus.

Alors qu'il lui ramenait les bras dans le dos, l'homme remarqua le sang. Un précieux liquide qu'il adorait contempler. Mais celui-là le surprit. Il n'avait pas encore blessé sa proie, et ce sang-là ne venait pas de son nez cassé.

L'homme avait rarement été aussi étonné que par cette découverte.

Il s'avisa que le type hurlait de douleur. Et ce fut pire encore quand la jointure de ses épaules craqua sous la pression. Pour le calmer, l'homme s'accroupit sur son dos, le prit par les cheveux et lui cogna plusieurs fois le visage contre les pavés.

Puis il lui tira la tête en arrière, à la limite de résistance de sa nuque.

— Voler est une occupation dangereuse. Il est temps pour toi d'en payer le prix.

— Nous ne t'aurions pas fait de mal…, gargouilla le bandit. Simplement détroussé, espèce de bâtard !

— Bâtard, c'est bien ce que tu as dit ?

L'homme dégaina un autre couteau et ouvrit la gorge de sa proie avec une délicieuse lenteur. Décidément, cette nuit avait tenu bien plus que ses maigres promesses ! Levant les mains, il plia les doigts et aspira à pleins poumons l'odeur de la mort qui planait dans l'air. Lui interdisant de se dissiper, il l'attira en lui, et se laissa submerger par cet extraordinaire nectar.

Grâce à lui, ces quatre miteux n'auraient pas vécu pour rien. Il était l'équilibre et la mort incarnée. Le lire dans les yeux de ceux qu'il *transcendait*, juste avant la fin, était le plus grand moment de son existence. Cette conscience aiguë mêlée de terreur lui donnait le sentiment d'être enfin complet.

Il se leva et s'enivra encore de l'odeur du sang.

Dommage que tout cela soit allé si vite ! Dans d'autres circonstances, il se serait délecté des cris de ses partenaires. Son désir, il le savait, était centré autour de ces hurlements. Grâce à eux, il devenait *entier* et connaissait le bonheur. Ce n'était pas une affaire de sons, puisqu'il bâillonnait souvent ses victimes. Il suffisait de les entendre monter dans leur gorge pour exprimer une terreur qui dépassait tout.

Ce soir, il n'était pas entièrement satisfait.

Remontant la ruelle, il constata qu'il n'avait pas perdu la main, au lancer de couteau. Le jeune voleur était couché sur le flanc, la garde de l'arme enfoncée dans le crâne. De l'autre côté, la lame dépassait entre ses yeux, centrée au quart de pouce. Un très joli spectacle, vraiment !

Dans le flot de sensations qui l'envahissait, l'homme en identifia une qui ne lui était pas familière. La douleur !

Étonné, il baissa les yeux sur son bras et découvrit d'où venait le sang qui l'avait tant surpris, un peu plus tôt. Une plaie de six pouces de long béait sur son avant-bras droit. Elle était profonde et nécessiterait des points de suture.

Devant un tel surcroît de plaisir, il gémit d'extase.

Le danger, la mort et une blessure… Tout cela en une nuit, au gré d'une rencontre de hasard. C'était presque trop !

Les voix avaient eu raison de le pousser à venir en Aydindril.

Pourtant, il lui manquait encore l'essentiel : la terreur, les incisions précises, la lame qui tranche les organes, le flot de sang… Faire mal pendant longtemps, avec une lenteur calculée, puis terminer en crescendo, en lardant de coups de couteau une carcasse scientifiquement écorchée.

Les voix venues de l'éther lui promirent que cela arriverait bientôt. Encore un peu de patience, et il recevrait l'ultime récompense. La grande conquête de sa vie, qui affermirait à jamais son équilibre. L'étreinte qui ferait de lui plus qu'un homme.

Un feu d'artifice de débauche et de perversité !

Oui, très bientôt, la partenaire dont il rêvait serait à lui. Son heure de gloire approchait. Et celle de la Mère Inquisitrice aussi, bien entendu.

Parce qu'il faudrait qu'elle ait sa part de plaisir.

Quand Verna retira le tissu humide du front de Warren, son compagnon ouvrit les yeux et elle soupira de soulagement.

— Comment te sens-tu ?

Le futur Prophète tenta de s'asseoir. D'une main douce mais ferme, Verna lui plaqua une main contre la poitrine et le maintint sur son lit de paille.

— Reste étendu et repose-toi.

— J'ai soif…

Verna se tourna, sortit la louche du seau et l'approcha de la bouche de Warren. Il but avidement, les deux mains sur la partie ronde de l'ustensile.

— Encore…, souffla-t-il quand il eut fini.

La Sœur de la Lumière replongea la louche dans le seau et le laissa se désaltérer autant qu'il voulait.

— Contente que tu sois réveillé…, fit-elle lorsqu'il cessa de boire.

— Pas autant que moi ! Combien de temps ça a duré, cette fois ?

— Quelques heures…

Warren leva la tête pour étudier son environnement. Verna prit la lampe et la tendit à bout de bras, afin d'illuminer la petite étable. Avec la pluie qui martelait le toit, cet abri de fortune se révélait très confortable.

— Ce n'est pas une auberge de première classe, dit Verna en reposant la lampe, mais au moins, on y est au sec.

Warren était à demi inconscient quand ils avaient enfin trouvé la ferme.

Touchée par la gentillesse des paysans, Verna avait refusé de prendre leur chambre. Elle n'allait quand même pas les exiler dans leur propre étable !

Durant ses vingt années d'errance, elle avait souvent dormi dans des endroits semblables. À la longue, elle s'y était habituée, même si le confort laissait à désirer.

Pendant deux décennies, elle avait pesté contre la mission qui la contraignait à voyager. De retour au Palais des Prophètes, où on vivait cloîtré, elle n'avait pas tardé à regretter les grands espaces, avec la délicieuse odeur de l'herbe, de la terre et même de la poussière.

— Verna, dit Warren en lui tapotant les mains, je suis navré de te ralentir comme ça.

La sœur sourit. À une époque, elle aurait effectivement bouilli d'agacement, tel un animal en cage. L'amour de Warren l'avait apaisée, l'incitant à manifester une douceur et une patience qu'elle ne se serait pas soupçonnées. Cet homme lui faisait du bien. Désormais, il était tout pour elle.

Elle écarta ses cheveux blonds bouclés et lui posa un baiser sur le front.

— Ne dis pas de bêtises ! De toute façon, il aurait fallu s'arrêter pour la nuit. À quoi bon avancer sous une pluie pareille ? Après quelques heures de repos, nous progresserons plus vite. Crois-moi sur parole : j'ai l'expérience de ce genre de situations.

— Mais je me sens si… inutile.

— Warren, tu es un Prophète ! Grâce à toi, nous obtenons des informations vitales ! Sinon, nous aurions voyagé des jours dans la mauvaise direction.

— Les migraines deviennent de plus en plus fréquentes… Chaque fois que je m'endors, j'ai peur de ne plus me réveiller.

Pour la première fois de la nuit, Verna foudroya son compagnon du regard.

— Je ne veux plus entendre ces sottises ! Nous réussirons, c'est une certitude !

— Si tu le dis… (Il hésita, peu désireux de se disputer avec sa bien-aimée.) Mais je te ralentis chaque jour un peu plus.

— J'ai réglé ce problème.

— Comment ?

— Je nous ai trouvé un moyen de transport. Sur une partie du chemin, en tout cas.

— Verna, tu ne voulais pas d'une diligence louée, pour ne pas attirer l'attention sur nous. Tu avais peur qu'on te reconnaisse, ou que des fouineurs posent trop de questions.

— Il ne s'agit pas d'une diligence. Surtout, ne gaspille pas ta salive en objections, parce que je n'en tiendrai pas compte. Le fermier nous conduira vers le sud dans son chariot. On se couchera derrière, et il nous couvrira de foin, pour que personne ne nous ennuie.

— Pourquoi ferait-il ça pour nous ?

— En partie parce que je le paie bien. Mais surtout parce que sa famille et lui sont fidèles à la Lumière. Il respecte les femmes comme moi…

— Eh bien, ça me paraît parfait. Tu es sûre qu'il était volontaire ? Ou tu l'as un peu… poussé ?

— Il doit partir de toute façon.

— Pourquoi ?

— Sa fille est malade. Elle n'a que douze ans, tu comprends… Il veut lui acheter un tonique.

Warren se rembrunit.

— Pourquoi ne l'as-tu pas soignée ?

— J'ai essayé, mais ça n'a pas marché. Elle est brûlante de fièvre et elle vomit sans arrêt. J'aurais donné cher pour la soulager, mais c'était au-delà de mes compétences.

— Et comment expliques-tu cet échec ?

— Le don n'est pas une panacée universelle, Warren. Tu le sais très bien. Un membre fracturé ne me poserait aucun problème. D'autres affections non plus, d'ailleurs. Mais la fièvre est une autre affaire…

— C'est injuste. Ces gens nous aident, et nous ne pouvons rien pour eux.

— Je sais… Au moins, j'ai traité ses crampes intestinales. Elle pourra se reposer, maintenant.

— Une bonne nouvelle… (Warren ramassa un brin de paille et joua distraitement avec.) Tu as communiqué avec Annalina ? Au moins, t'a-t-elle laissé un message dans le livre de voyage ?

— Non, répondit Verna en tentant de dissimuler son inquiétude. Je n'ai pas eu de réponse aux miens, et elle ne m'en a pas envoyé de nouveaux. Elle doit être très occupée, et se ficher de nos petits problèmes. Nous entendrons parler d'elle quand elle aura un peu de temps.

Trop las pour converser, Warren se contenta de hocher la tête. Verna souffla la lampe, s'allongea près de lui et posa la tête sur son épaule.

— Il faudrait dormir… Demain, nous partirons à l'aube.

— Je t'aime, Verna. Si je meurs dans mon sommeil, je veux que tu le saches.

En guise de réponse, la sœur caressa la joue du futur Prophète.

Réveillée par la lumière de l'aube qui filtrait des magnifiques rideaux vert sombre, Clarissa se frotta les yeux puis s'assit dans le lit. S'était-elle jamais sentie aussi bien un matin ? Elle n'en avait pas le souvenir…

Tendant la main pour réveiller Nathan et l'en informer, elle découvrit qu'il était déjà debout.

La jeune femme se leva et s'étira. Fatigués par une nuit tumultueuse, les muscles de ses jambes protestèrent. En repensant à la cause de cette douleur, Clarissa eut un sourire ravi. Elle n'aurait jamais cru que des courbatures puissent être une source de joie.

Elle enfila la robe de chambre rose que lui avait offerte Nathan, ajusta le col de fourrure et noua la ceinture. Puis elle s'aventura avec délices sur le tapis si doux sous ses pieds nus.

Assis au bureau, Nathan écrivait une lettre. Dès qu'il l'aperçut dans l'encadrement de la porte, il sourit, les yeux pétillants de malice.

— Bien dormi ?

Les yeux mi-clos, Clarissa soupira d'aise.

— Comme un bébé ! Même si la nuit n'a pas été longue…

Nathan fit un clin d'œil complice à sa compagne. Puis il trempa sa plume dans l'encrier et reprit ses travaux d'écriture. Clarissa vint se camper derrière lui et lui posa les mains sur les épaules. Le torse nu, il avait simplement remis son pantalon.

Du bout des pouces, la jeune femme lui massa la nuque. Comme il ronronna de satisfaction, elle continua. Elle aimait l'entendre soupirer de plaisir, surtout quand elle en était la cause.

Alors qu'elle passait à ses épaules, elle jeta un coup d'œil à ce qu'il écrivait. La lettre commençait par ordonner des déplacements de troupes dans des endroits dont elle ignorait l'existence. Ensuite venait un sermon, adressé à un général, sur l'importance du lien avec le seigneur Rahl, et les risques qu'on courait quand on le négligeait. Le ton du texte était celui, plein d'autorité, que Nathan prenait face aux gens censés le traiter avec déférence. Un respect qu'il méritait, d'ailleurs, car il était vraiment un homme hors du commun.

Le Prophète mit un point final à la missive et la signa : « seigneur Rahl ».

Clarissa se pencha et lui mordilla l'oreille.

— Nathan, cette nuit était fantastique ! Je suis la femme la plus heureuse du monde, et tu as été… magique.

— Il y avait un peu de ça, je l'avoue, fit le Prophète avec un sourire coquin. Un vieil homme ne doit négliger aucun de ses atouts.

— Un vieil homme ? répéta Clarissa en lissant les cheveux en bataille de son amant. Tu n'as rien d'un vieillard. J'espère avoir été à moitié aussi délicieuse que toi…

— Moi, je me demandais si j'avais été à ta hauteur… (Le Prophète sourit, plia la lettre, puis glissa une main sous la robe de chambre de sa compagne et lui pinça un sein, la faisant sursauter.) Avoir été en compagnie d'une femme aussi belle et passionnée restera un des grands moments de ma vie.

Clarissa blottit la tête du Prophète contre sa poitrine.

— Nous ne sommes pas encore morts, que je sache ? Pourquoi ne pas recommencer tant que nous en avons l'occasion ?

Nathan glissa de nouveau sa main sous la robe de chambre de la jeune femme et lui caressa la poitrine.

— Dès que j'en aurai fini avec ce travail, nous nous assurerons de rentabiliser au maximum cet excellent lit.

Avec une petite cuillère de cuivre, il prit dans une boîte en étain des petits morceaux de cire rouge et en saupoudra la feuille de parchemin pliée.

— Nathan, il faut faire fondre la cire sur la lettre, sinon…

— Tu devrais être bien placée pour savoir, très chère, que mes méthodes sont toujours les meilleures.

Le Prophète passa sur la lettre un index dont jaillit une minuscule étincelle. La cire fondit docilement pour former un cachet parfaitement rond.

Clarissa eut un petit cri ravi. Avec Nathan, on passait d'une surprise à une autre, et toutes étaient agréables. Elle rosit en pensant que la magie de ses doigts ne se limitait pas à produire des étincelles…

— Seigneur Rahl, j'aimerais beaucoup que vous retourniez dans ce lit avec moi. En emportant votre magie, bien sûr…

— Je suis à vos ordres, gente dame. Laissez-moi seulement le temps d'envoyer cette lettre vers son destin.

Il plia l'index droit. Sous le regard stupéfait de Clarissa, la feuille de parchemin se souleva toute seule et vola devant lui tandis qu'il se dirigeait vers la porte. D'un geste théâtral de la main gauche, Nathan l'ouvrit sans toucher à la poignée.

Le soldat assit dans le couloir se leva d'un bond et salua en se tapant du poing sur le cœur.

Vêtu de son seul pantalon, ses longs cheveux blancs ébouriffés, Nathan devait avoir l'air d'un vieux fou dangereux. Clarissa savait qu'il n'en était rien, mais dans cette situation, aussi grand et autoritaire qu'il fût, on ne devait pas pouvoir s'empêcher de le prendre pour un illuminé.

Les gens avaient peur du Prophète, cela se voyait dans leurs yeux. Et c'était compréhensible. Avant de le connaître, elle aussi était terrorisée. Et elle avait failli s'évanouir la première fois qu'il s'était campé devant elle. À présent, cette réaction lui semblait ridicule.

Mais quand il plissait le front, ses yeux bleus exprimant tout son mécontentement, il y avait de quoi mettre une armée entière en déroute.

Il tendit le bras et la lettre vola jusqu'à la main droite du soldat.

— Tu te souviens de tous mes ordres, Walsh ?

L'homme tendit la main, s'empara de la feuille de parchemin et la glissa dans sa tunique. Bien que très respectueux, il ne semblait pas intimidé par le Prophète.

— Bien sûr, Nathan. Tu me connais trop bien pour en douter.

Perdant un peu de son attitude hautaine, le Prophète se gratta la tête.

— Pour te connaître, ça, je te connais…

Clarissa se demanda où Nathan avait déniché ce soldat, et quand il avait eu le temps de lui donner des ordres. Il était sans doute sorti pendant qu'elle dormait.

Ce militaire ne ressemblait pas à ceux qu'elle avait l'habitude de voir. Portant un manteau de voyage, avec des sacoches de cuir à la ceinture, il était bien mieux vêtu que les hommes de troupes qu'on croisait un peu partout. Armé d'une épée courte, il était en revanche équipé d'un couteau plus long que la moyenne. De très haute taille, il n'avait pas besoin de lever les yeux pour croiser ceux de Nathan. Mais le Prophète, avec son maintien princier, paraissait plus grand que tout le monde – aux yeux de la jeune femme, en tout cas.

— Remets cette lettre au général Reibisch, Walsh. Et n'oublie pas : si les Sœurs de la Lumière te posent des questions, rappelle-leur que le seigneur Rahl t'a ordonné de ne pas répéter ce que tu sais. Ça leur rabattra le caquet.

— Compris… seigneur Rahl, fit le soldat avec un sourire entendu.

— Parfait. Où en sont les autres ?

— Bollesdun viendra bientôt vous informer de ce qu'il a découvert. Je suis presque sûr qu'il s'agit seulement du corps expéditionnaire de Jagang, mais il vaut mieux vérifier. même si ce détachement est impressionnant, son armée entière compte beaucoup plus d'hommes. Il n'y a aucun indice qu'elle ait quitté le port de Grafan pour se diriger vers le nord. D'après ce que j'ai entendu dire, Jagang se contente d'attendre les bras croisés. Je ne sais pas pourquoi, mais il ne semble pas pressé d'envoyer ses troupes dans le Nouveau Monde.

— L'armée que j'ai vue s'y était enfoncée profondément.

— Je maintiens qu'il s'agit d'un corps expéditionnaire. Jagang est patient. Il lui a fallu des années pour conquérir l'Ancien Monde et affermir son pouvoir. Et il a recouru à la même tactique : une avant-garde pour prendre une cité importante, ou s'emparer d'informations vitales, essentiellement des archives et des grimoires. Ses soudards sont brutaux, ça fait partie de leur mission, mais ils s'intéressent surtout aux livres. Ils font parvenir leur butin à l'empereur, puis attendent ses prochains ordres. Bollesdun et certains de nos hommes enquêtent sur ce sujet, mais ils doivent être prudents. Alors, en attendant, profite de cette belle chambre.

Pensif, Nathan se gratta le menton.

— Oui, je comprends que Jagang ne voie aucune urgence à envoyer ses troupes dans le Nouveau Monde… Walsh, tu devrais y aller !

Le soldat acquiesça. Puis il aperçut Clarissa, et se tourna vers Nathan, tout sourires.

— Tu es un homme selon mon goût, Nathan.

— Ah, les mystères insondables de l'amour ! Une des merveilles du monde, mon ami !

À ces mots, la jeune femme sentit son cœur battre un peu plus vite.

— Tu seras prudent, dans l'antre des rats, Nathan ? demanda Walsh. Je n'aimerais pas apprendre que tu n'avais pas un œil derrière la tête, finalement. (Il tapota la lettre, sous sa tunique.) Surtout après avoir délivré ce message…

— Ne t'inquiète pas, mon garçon. Mais ne manque pas d'apporter ce pli à son destinataire.

— Compte sur moi, Nathan !

Quand le Prophète eut fermé la porte, en finissant avec le travail, il se tourna vers sa compagne.

— Enfin seuls, très chère, dit-il avec une lueur de désir dans les yeux.

Jouant à merveille la terreur, Clarissa alla se réfugier dans le grand lit.

Chapitre 45

— Q ue se passe-t-il, selon toi ? demanda Anna.
Zedd tendit le cou pour mieux voir, mais il ne parvint pas à percer le mur de jambes qui les entourait. Les chasseurs nangtongs lui crièrent des ordres qu'il ne comprit pas. Quand des lances lui taquinèrent les épaules, il saisit néanmoins le sens général du message. S'il ne se tenait pas tranquille, il finirait proprement embroché.

Sous l'œil vigilant des chasseurs, Anna et lui étaient assis en tailleur sur le sol. Quelques Nangtongs les surveillaient pendant que les autres discutaient ferme avec un groupe de Si Doaks.

— Ils sont trop loin pour que j'entende. De toute façon, je connais à peine trois mots de si doak.

Anna arracha une haute herbe et l'enroula autour de son index droit en ricanant bêtement. Depuis qu'ils étaient là, elle évitait de regarder le sorcier. Si leurs ravisseurs s'apercevaient qu'ils étaient sains d'esprit, et capables de comploter, ils ne les laisseraient sûrement pas ensemble.

Anna ricana encore un peu, afin d'entretenir l'illusion. Puis elle souffla :

— Que sais-tu des Si Doaks ?

Le vieil homme battit des bras comme s'il était un oiseau sur le point de s'envoler.

— Une chose essentielle : ils ne pratiquent pas les sacrifices humains.

Un garde tapota la tête du sorcier, comme pour le décourager de s'envoler. Zedd éclata de rire – alors qu'il aurait eu envie d'agonir l'imbécile d'injures.

— Tu commences à changer d'opinion sur les Nangtongs ? demanda Anna. Par exemple, sur leur droit à vivre comme ils l'entendent ?

— Si je refusais de les contrarier, nous serions dans le royaume des morts depuis un moment. On peut tolérer l'existence des loups sans vouloir leur servir de dîner.

La Dame Abbesse concéda le point d'un grognement.

Assez loin de là, à côté d'une petite butte, les négociations s'éternisaient. Assis en cercle, une dizaine de Nangtongs et autant de Si Doaks palabraient à l'infini. Les chasseurs gesticulaient en désignant Zedd et Anna, puis ils se lançaient dans des discours enflammés, sans doute pour vanter la qualité de la marchandise. Impassibles, leurs interlocuteurs faisaient non de la tête avec une belle régularité.

— D'après ce que je sais, souffla Zedd, les Si Doaks sont pacifiques dans l'âme. On ne les a jamais vus guerroyer contre un voisin, même plus faible qu'eux. Mais en matière de commerce, ils sont impitoyables. Dans cette région du Pays Sauvage, on dit qu'il vaut mieux essayer de traiter avec un chacal… Les autres peuples apprennent la guerre à leurs enfants. Les Si Doaks leur enseignent l'art de négocier.

— Et qu'est-ce qui les rend si redoutables ? demanda Anna.

Zedd jeta un coup d'œil à leurs gardes. Fascinés par les débats, ils accordaient un minimum d'attention aux prisonniers.

— La capacité, très rare, de renoncer à une affaire… La plupart des commerçants veulent à tout prix conclure, et ils finissent par céder sur le prix. Les Si Doaks ne font jamais ça. Ils ne se soucient pas d'avoir perdu du temps, et vont voir quelqu'un d'autre.

Un des Si Doaks, une superbe peau de lapin sur la tête, jeta une pile de couvertures au centre du cercle. Puis il désigna un petit troupeau de chèvres et proposa visiblement d'en ajouter deux à son paiement.

Cette offre insulta les Nangtongs. Leur négociateur en chef se leva et pointa frénétiquement sa lance vers le ciel pour exprimer son indignation devant un prix aussi ridicule. Zedd nota avec intérêt qu'il ne faisait pas mine de s'en aller. L'honneur des chasseurs était en jeu. Ils devaient se débarrasser des deux cinglés qu'ils avaient ramenés au village. Mais sans revenir les mains vides…

Le sorcier donna un petit coup de coude à Anna. Puis il leva la tête et hurla à la mort comme un coyote. Ayant compris le message, la Dame Abbesse l'imita.

Des coups de lances sur la tête firent taire les deux fous. Quand ce fut fait, les discussions reprirent, et un Nangtong alla examiner de plus près les chèvres.

Zedd se gratta une épaule. La boue séchée commençait à l'indisposer. Cela dit, avoir le cœur arraché ou la tête coupée, selon la méthode qu'employaient les Nangtongs, aurait quand même été beaucoup plus inconfortable.

— J'ai faim, marmonna-t-il. Nous sommes au milieu de l'après-midi, et ils ne nous ont toujours rien donné.

Il beugla comme un veau pour manifester son mécontentement. Toutes les têtes se tournèrent vers les prisonniers, qui venaient encore d'interrompre les débats. Les Si Doaks croisèrent les bras et regardèrent froidement leurs interlocuteurs.

Les chasseurs reprirent la parole les premiers, une grossière erreur tactique dans ce genre de circonstances. D'un ton soudain plus conciliant, ils émaillèrent même leur discours de gloussements assez ridicules. Sentant qu'ils les tenaient, les Si Doaks se contentèrent de réponses laconiques. Le type à la peau de lapin désigna le soleil, qui commençait à descendre plus vite vers l'ouest, et tendit un bras derrière lui pour indiquer qu'il avait hâte de rentrer chez lui.

Le porte-parole des Nangtongs ramassa une couverture et l'étudia sans dissimuler son admiration. Puis il la fit passer à ses collègues, qui s'ébaubirent à leur tour. Simultanément, le spécialiste des chèvres revint avec deux spécimens qui arrachèrent des cris ravis à ses compagnons. À croire qu'ils n'en avaient jamais vu de plus belles !

À bout de nerfs, les Nangtongs étaient résolus à casser les prix pour ne pas retourner chez eux avec les deux vieux fous. Les couvertures et les chèvres pourraient toujours servir. En tout cas, c'était mieux que d'envoyer deux débiles ruiner leur réputation dans le royaume des morts. Les Si Doaks semblant prêts à en rester là, ce n'était plus le moment de faire les difficiles.

Suprêmement rusés, les champions du troc restèrent impénétrables. Face à des vendeurs pressés de se débarrasser de leurs camelotes, il leur suffisait d'attendre pour remporter le cocotier.

L'affaire fut soudain conclue et les deux négociateurs en chef se levèrent en même temps. Se prenant par les coudes, ils firent trois tours complets sur eux-mêmes pour signer le contrat. Quand ils se furent séparés, les deux groupes se lancèrent dans de joyeux bavardages. Conclure une affaire était toujours une occasion de se réjouir.

Les Nangtongs entreprirent de ramasser les couvertures et passèrent des longes aux chèvres. Les Si Doaks approchèrent de leurs acquisitions. Histoire qu'ils ne sabotent pas la transaction, les gardes gratifièrent leurs prisonniers de solides coups de lance sur le crâne.

Zedd n'avait aucune intention de faire rater la vente. Les Si Doaks n'égorgeaient pas leurs contemporains, et ils avaient la réputation d'être doux et courtois. Chez eux, la pire punition, pour une faute grave, était le bannissement. Le cœur brisé d'avoir été chassé de son foyer, il arrivait que l'individu ainsi châtié se laisse mourir de faim. Mais ça, c'était son problème…

Quand un enfant si doak se comportait mal, il était mis à l'écart. Et cela suffisait à en faire un petit ange pendant des mois.

Zedd et Anna n'appartenant pas à cette riante communauté, il était peu probable, hélas, que la loi du bannissement s'applique à leur cas.

— Ces gens ne nous feront pas de mal, souffla Zedd à sa compagne. Surtout, garde ce point à l'esprit. S'ils ne veulent pas de nous, les Nangtongs risquent de nous couper la gorge pour ne pas revenir au village avec deux débiles mentaux.

— D'abord, je dois me vautrer dans la boue, et maintenant, il me faut jouer les petites filles sages ?

— Exactement. En tout cas, jusqu'à ce que nos nouveaux propriétaires aient pris livraison de nous.

L'ancien des Si Doaks, celui à la peau de lapin, s'agenouilla devant ses récents achats. Tendant un bras, il tâta les muscles de Zedd et fit une moue désapprobatrice. Quand il répéta l'examen sur Anna, il parut beaucoup plus satisfait.

— J'ai l'air de lui plaire plus qu'un vieil homme squelettique, triompha la Dame Abbesse.

— À mon avis, il te trouve parfaite comme animal de somme. C'est toi qui auras le travail pénible…

— Que veux-tu dire ? s'inquiéta Anna, sa jubilation envolée.

Le sorcier lui fit signe de se taire. Un autre Si Doak venait de s'accroupir à côté de l'ancien. Celui-là portait des cornes de chèvre sur la tête, et des dizaines de colliers pendaient à son cou. De toutes les largeurs, ils étaient composés de dents, de perles, d'éclats d'os, de plumes, de fragments de poterie, d'anneaux de métal, de pièces d'or, de minuscules bourses de cuir et d'amulettes sculptées. Sauf erreur grossière, c'était le chaman des Si Doaks.

Il prit doucement la main de Zedd, lui fit tendre le bras et le lâcha. Quand le sorcier laissa mollement retomber son membre supérieur, le chaman fit la grimace. Zedd comprit qu'il aurait dû garder le bras en l'air. Ne voulant pas faciliter la tâche à son nouveau geôlier, il attendit qu'il répète l'opération et lui fasse signe de rester en position.

Alors que les Nangtongs braquaient toujours leurs lances sur les prisonniers, le chaman ouvrit la sacoche qu'il portait à la ceinture. Il en sortit de longs brins d'herbe séchés qu'il enroula autour du poignet de Zedd en incantant. Quand il se fut occupé de l'autre bras du sorcier, il passa à Anna.

— Tu sais ce qu'il fiche ? demanda-t-elle.

— Il neutralise notre magie. Les Nangtongs le faisaient naturellement. Les Si Doaks, eux, ont besoin de recourir à une variante de sortilège. Ce type a le don. C'est un peu le sorcier de son peuple. (Zedd foudroya sa compagne du regard.) Ou un collègue des Sœurs de la Lumière... Tu sais, ces femmes qui mettent des colliers aux gens pour les emprisonner ? Évidemment, comme avec les Rada'Han, nous ne pourrons pas enlever ces étranges bracelets.

Quand le chaman eut terminé, les Nangtongs s'écartèrent, se distribuèrent les couvertures, prirent les deux chèvres par la longe et filèrent sans demander leur reste.

L'ancien s'agenouilla de nouveau devant Zedd et lui débita un discours enflammé. Quand le sorcier, le front plissé, lui montra qu'il ne comprenait pas un mot, le Si Doak improvisa brillamment un langage par signes. Énumérant les corvées qui attendaient les nouveaux esclaves, il fit mine de labourer, de semer, de récolter... et continua par une multitude d'autres activités que Zedd n'identifia pas toutes. Puis il fit un cercle avec ses doigts, imita des rayons de soleil du bout d'un index, leva et baissa plusieurs fois les mains et désigna les deux prisonniers.

— Anna, ces honnêtes commerçants nous ont sauvé la vie, mais ça ne sera pas gratuit. Si j'ai bien compris, nous devrons les servir pendant deux ans, pour rembourser notre prix et leur permettre de faire un bénéfice substantiel.

— Nous sommes des esclaves ?

— On dirait bien, oui... Mais seulement pendant deux ans. C'est très généreux, si on pense que les Nangtongs nous auraient occis.

— Et si nous achetions notre liberté ?

— Pour les Si Doaks, il s'agit d'une dette d'honneur, et ça ne se monnaie pas. Selon leur point de vue, ils nous ont rendu nos vies, et nous devons les mettre à leur service en signe de gratitude. J'espère que tu n'as rien contre les tâches ménagères ?

— Il faudra balayer et laver pour payer notre dette ?

— J'ai cru comprendre, en plus des travaux agricoles, qu'ils nous chargeraient de cuisiner, de coudre, de s'occuper de leurs animaux, de charrier des objets, de...

Comme pour confirmer les propos du sorcier, les Si Doaks se débarrassèrent des outres qu'ils portaient en bandoulière et les tendirent à leurs nouveaux serviteurs.

— Que veulent-ils ? demanda Anna.

— Des porteurs d'eau..., soupira Zedd.

Trois autres Si Doaks apportèrent les couvertures restantes, en firent deux tas et les confièrent aux prisonniers.

— Dois-je comprendre, souffla Anna, que le Premier Sorcier des Contrées du Milieu et la Dame Abbesse des Sœurs de la Lumière ont été *échangés* contre des couvertures mitées et deux chèvres ?

Sentant qu'on le poussait dans le dos, le vieux sorcier se mit en route avec ses nouveaux maîtres.

— Je comprends ta pensée, souffla-t-il par-dessus son épaule. Pour la première fois de leur histoire, ces pauvres gens ont fait une mauvaise affaire !

Titubant sous la charge, le vieux sorcier lâcha la moitié de ses outres. Quand il se pencha pour les ramasser, il marcha sur la première, qui avait atterri sur un buisson de baies rouges, et la fit exploser en l'enfonçant sur les épines. Comme de juste, ses couvertures lui échappèrent et tombèrent dans la flaque de boue qu'il venait de créer à ses pieds. Mettant un genou en terre, il écrasa les baies et leur jus gicla sur les couvertures.

— Eh bien... (Zedd fit un vague geste d'excuse aux Si Doaks.) Désolé...

Les fiers commerçants gesticulèrent pour lui ordonner de tout ramasser en même temps. Le propriétaire de l'outre éventrée trépigna d'indignation et fit comprendre au coupable qu'il lui faudrait s'acquitter d'une réparation adéquate.

— J'ai dit que j'étais désolé, grogna Zedd, même si les Si Doaks ne pouvaient pas le comprendre.

Il ramassa les couvertures, les examina et soupira.

— Misère de misère... On ne pourra jamais enlever ces taches...

Chapitre 46

— **S**eigneur Rahl, dit Berdine, vous avez chevauché longtemps. Il vous faut du repos. Nous devons retourner au palais, pour que vous dormiez.

À la lueur du soleil couchant, le chemin de ronde s'étendait comme une large avenue devant le Sourcier, Raina et Berdine. Richard tenait à être sorti de la Forteresse avant la nuit. Même si la lumière du jour ne l'aurait pas immunisé contre une magie dangereuse, rester en ces lieux après le crépuscule semblait plus effrayant encore.

— C'était ton idée, Berdine ! rappela Raina.

— Pardon ? Je n'ai jamais rien suggéré de pareil !

— Silence, vous deux…, souffla Richard.

Il tentait d'analyser la sensation que provoquait le contact de la magie contre sa peau. Ils étaient à mi-chemin de l'enclave privée du Premier Sorcier quand un picotement caractéristique l'avait alarmé. Les deux Mord-Sith, derrière lui, s'étaient arrêtées, hésitantes.

Kahlan avait parlé de l'enclave au Sourcier, précisant qu'elle se promenait souvent le long du chemin de ronde, à cause de la superbe vue qu'il offrait sur Aydindril. Elle n'avait pas menti – ni omis de mentionner les puissants champs de force qui interdisaient l'accès de cette zone de la Forteresse. De sa vie, avait-elle même précisé, elle n'avait jamais entendu parler d'un sorcier capable de les franchir. Certains s'y étaient essayés – sans succès. Ceux qui résidaient dans la Forteresse pendant son enfance n'avaient tout simplement pas assez de pouvoir. Depuis le départ de Zedd – le *Premier* Sorcier – avant la naissance du Sourcier et de la Mère Inquisitrice, plus personne n'était entré dans l'enclave.

Toujours selon Kahlan, ces champs de force devenaient de plus en plus actifs à mesure qu'on en approchait. Et si on ne disposait pas d'assez de magie, insister pouvait être mortel. Loin de mettre en doute la parole de sa bien-aimée, Richard avait quand même décidé de tenter sa chance. Parce qu'il le fallait !

Pour passer la porte, avait ajouté Kahlan, on devait poser la main sur une plaque de métal, à côté du chambranle. Pas un sorcier de sa connaissance, à supposer qu'il arrive jusque-là, ne s'y serait aventuré. Au Palais des Prophètes, Richard avait été confronté à des protections de ce type. Mais aucune n'était mortelle. Ayant été capable de les franchir, puis de répéter cet exploit dans la Forteresse, il se donnait une bonne chance de réussir.

— Seigneur, insista Berdine, mal à l'aise à cause de la magie, vous êtes sûr de ne pas être fatigué, après cette chevauchée ?

— Elle n'était pas si difficile, et je suis en pleine forme.

En réalité, il était trop inquiet pour se reposer. Kahlan aurait dû être de retour. En revenant du mont Kymermosst, il était certain de la trouver. Mais il s'était trompé. Et si elle n'était pas là le lendemain matin, il partirait à sa recherche.

— On devrait rebrousser chemin, marmonna Berdine. Comment va votre pied, seigneur ? Vous ne devriez pas forcer dessus.

Richard baissa enfin les yeux sur la Mord-Sith, collée à son flanc gauche. Raina protégeait le droit, et toutes deux brandissaient leurs Agiels.

— Mon pied va très bien, merci ! (Il écarta les bras afin qu'elles lui laissent un peu plus d'espace pour respirer.) Une seule d'entre vous doit m'accompagner. Berdine, personne ne t'en voudra si tu attends ici. Raina me suivra.

— Ai-je dit que je voulais me dérober ? C'est vous qui ne devriez pas y aller !

— Il le faut. Ce que nous cherchons ne peut être que là. Les choses importantes – et à ne pas mettre sous les yeux de tout le monde – ont toujours été conservées dans l'enclave du Premier Sorcier.

Berdine s'assouplit les épaules, tendues au maximum.

— Si vous continuez, je viens aussi. Pas question de vous laisser entrer seul là-dedans !

— Que veux-tu faire, Raina ? Une seule me suffira. Tu préfères attendre ici ?

Un regard noir de Mord-Sith répondit à cette question stupide.

— Compris... À présent, écoutez-moi. Tout ce que je sais sur ces champs de force, c'est qu'ils sont dangereux. Ils peuvent être très différents de ceux que nous avons déjà traversés. Pour entrer, je devrai toucher la plaque de métal, près de la porte. Je veux que vous restiez ici pendant que j'irai m'assurer que ma magie me permettra d'ouvrir. Si j'y arrive, vous me rejoindrez.

— Ce n'est pas encore un de vos trucs ? demanda Raina. Lors de notre première visite, vous nous avez coincées devant un champ de force. Pour nous protéger, je sais, mais les Mord-Sith n'ont pas peur du danger.

— Raina, ce n'est pas une ruse. Je connais votre courage, mais pourquoi risquer inutilement vos vies ? Si j'ouvre la porte, vous viendrez avec moi, c'est juré. Ça vous va ?

Les deux femmes acquiescèrent.

Richard leur tapota l'épaule, ajusta machinalement ses serre-poignets et regarda l'imposant bastion qui se dressait au bout du chemin de ronde.

Un vent glacial lui cingla le visage quand il avança. Il sentit augmenter la pression du champ de force, comme celle de l'eau quand on nage vers le fond d'un bassin. Les poils de sa nuque se hérissèrent, et il eut de plus en plus de mal à respirer. Kahlan lui ayant décrit ce phénomène, il ne s'en inquiéta pas trop.

De chaque côté de la porte revêtue d'or, six colonnes soutenaient un imposant fronton de pierre noire. Sur les plaques de laiton qui ornaient l'encadrement, le Sourcier reconnut les symboles gravés sur ses serre-poignets, sa ceinture et les clous de ses bottes. Tout au long de la frise, sur le fronton, des disques de métal reprenaient les motifs circulaires qu'il portait sur ses accessoires vestimentaires. Les autres, plus linéaires, se distinguaient aussi sur la pierre du fronton.

Reconnaître ces figures géométriques le rassura, même s'il ignorait leur signification. Il s'était approprié ces ornements par devoir, et parce que c'était son droit – de naissance, semblait-il. Pourquoi en était-il ainsi ? Il n'aurait su le dire. Que ça lui plaise ou non, il était un sorcier de guerre.

Distrait par la pression et le picotement dus au champ de force, Richard fut surpris d'atteindre la porte si vite. Haute d'une dizaine de pieds, et large de quatre, elle arborait sur ses dorures les mêmes symboles que le fronton et l'encadrement.

Au centre, en relief, il reconnut un des motifs : deux triangles pas tout à fait réguliers qu'une double ligne sinueuse entourait et traversait. La main droite sur la garde de son épée, le Sourcier suivit de l'index gauche le tracé de la figure géométrique.

Alors, il comprit. Les esprits de tous les précédents porteurs de l'Épée de Vérité le faisaient profiter de leur expérience quand il utilisait l'arme. Dans le feu de l'action, ils n'avaient pas toujours le temps de recourir à des mots. Parfois, ils lui envoyaient des images. Des symboles, en fait.

Ces symboles !

Celui de la porte, également gravé sur un de ses serre-poignets, évoquait une sorte de ballet indispensable pour combattre quand on était en présence d'un trop grand nombre d'ennemis. La danse avec les morts !

C'était logique, puisqu'il portait la tenue d'un sorcier de guerre. Dans le journal de Kolo, il avait appris que Baraccus, le Premier Sorcier de cette époque, en était un aussi. Pour les hommes comme eux, ces symboles avaient un sens. Après tout, un tailleur faisait peindre des ciseaux sur sa vitrine, un tavernier choisissait une chope pour emblème, un forgeron optait pour un fer à cheval, et un armurier pour des couteaux. Ces figures géométriques étaient l'enseigne de sa profession : messager de la mort !

Richard s'avisa qu'il n'éprouvait plus une once d'angoisse. Alors qu'il avait toujours eu les nerfs à vif, dès qu'il entrait dans la Forteresse, il se sentait d'un calme souverain. Pourtant, il se tenait devant le lieu le plus secret et le mieux protégé de l'immense complexe.

Sur la porte, il caressa l'image d'un soleil entouré d'un halo, presque comme s'il venait d'exploser. Ce symbole-là était un avertissement.

Ne focalise jamais ta vision sur un seul point, voilà ce qu'il signifiait. Pour survivre, il fallait regarder partout à la fois, et ne jamais se laisser fasciner par un détail. Et surtout, ne pas laisser un adversaire décider de ce qu'on devait voir. Sinon, on entrait dans son jeu, le laissant approcher jusqu'à l'instant où il était trop tard pour parer son attaque.

Les yeux devaient être sans cesse en mouvement et ne jamais rien fixer, même lorsqu'on portait un coup. Et c'était l'instinct, pas la vue, qui permettait d'anticiper les intentions de l'ennemi. Pour danser avec les morts, il fallait *prévoir* la trajectoire des épées adverses, sans attendre de la capter visuellement. Dans cet état de concentration, on s'identifiait à ses opposants, les gardant tous dans son champ de vision pour mieux les pourfendre. Tuer devenait alors une obsession à laquelle on s'abandonnait corps et âme. Véritable incarnation de la mort, le Sourcier se transformait en machine à fendre les chairs, les muscles et les os.

— Seigneur Rahl ? appela Berdine dans le dos de Richard.

— Que se passe-t-il ? répondit le jeune homme en se retournant à demi.

— Tout va bien ? Vous êtes immobile depuis si longtemps, à contempler cette porte…

D'un revers de la main, Richard essuya la sueur qui ruisselait sur son front.

— Ne t'inquiète pas, je… j'étudiais les symboles gravés sur le fronton et l'encadrement, c'est tout.

Le Sourcier se campa de nouveau devant l'entrée de l'enclave. Sans réfléchir, il posa la main sur la plaque de métal enchâssée dans le mur de granit noir. Selon Kahlan, on affirmait que la toucher revenait à serrer dans son poing le cœur glacé et mort du Gardien en personne.

Le métal se réchauffa et la porte s'ouvrit vers l'intérieur.

Quand Richard franchit le seuil, la pâle lumière qui brillait dans l'enclave augmenta un peu d'intensité comme une lampe à huile dont on tourne lentement la molette. Dès qu'il fit un nouveau pas, le phénomène se répéta.

Il indiqua aux Mord-Sith de venir et sonda prudemment les lieux.

Les protections magiques étant désactivées, Berdine et Raina le rejoignirent sans difficulté.

— Ce n'était pas si terrible, dit Raina. Je n'ai rien senti…

— Pour le moment, tout va bien, confirma Richard.

La lumière provenait de petites sphères de verre posées sur des piédestaux en marbre vert, tout au long des murs. Richard en avait déjà vu dans les entrailles de la Forteresse, lors de ses précédentes visites.

L'enclave du Premier Sorcier était une immense caverne aux murs soigneusement finis et ornés de moulures. Devant le dôme central percé de hautes fenêtres, quatre colonnes de marbre noir poli, disposées en carré et d'un diamètre de dix bons pieds, soutenaient des arches majestueuses. Chaque duo de colonnes donnait accès à un couloir qui devait conduire à une aile du bâtiment. Sur les arches, flanquant de grandes lettres capitales dorées à l'or fin, les feuilles de palmier décoratives reprenaient les motifs récurrents des moulures. Le marbre était si poli qu'il reflétait les images aussi précisément qu'un miroir.

Des chandeliers en fer forgé, parés des mêmes figures végétales, attendaient qu'on les allume pour briller de tous leurs feux. Le sol de la partie centrale, légèrement en contrebas, était entouré d'une balustrade également en fer forgé, et tout aussi délicatement ouvragée.

Richard s'attendait à découvrir un antre sinistre. Et voilà qu'il avançait dans un lieu dont la splendeur n'avait rien à envier aux palais qu'il connaissait. Un moment, il en resta bouche bée.

Le hall d'entrée, où ils se tenaient, semblait être la plus petite aile des quatre. Protégé des deux côtés par des piédestaux de marbre blanc de six pieds de haut, un corridor au sol couvert d'un tapis rouge conduisait au cœur de l'enclave.

Richard n'aurait pas pu faire avec ses bras le tour de ces piédestaux. Pourtant, sous la voûte en berceau à nervures, à trente pieds de haut, ils paraissaient minuscules.

Des objets trônaient au sommet de ces colonnes. Richard identifia la plupart : des dagues de cérémonies, des broches et des pendentifs incrustés de diamants, un calice d'argent, des coupes à filigrane d'or et des coffrets en bois précieux ou en ivoire... Certains de ces trésors reposaient sur des carrés de velours tissé de fil d'or, d'autres sur des présentoirs sculptés dans des essences de bois rares.

Plusieurs piédestaux exhibaient des artefacts que le Sourcier reconnut d'autant moins qu'ils semblaient changer sans cesse de forme sous ses yeux. Jugeant plus prudent de ne pas les contempler trop longtemps, il conseilla aux Mord-Sith d'éviter de les regarder.

L'aile qui s'étendait devant eux, sous l'énorme dôme, se terminait sur une fenêtre à ogive haute d'une bonne vingtaine de pieds. Devant, sur une grande table, d'autres trésors s'offraient aux regards. Des jarres de verre, des coupes et des tuyaux d'alambic côtoyaient un grand candélabre de fer très simple aux branches couvertes de cire figée. Près d'une pile de rouleaux de parchemins encadrée par des crânes humains, le Sourcier aperçut une multitude de petits objets qu'il ne put pas identifier de si loin. Sur le sol, autour de la table, d'autres articles s'entassaient comme dans un bazar.

L'aile droite était plongée dans l'obscurité. Dès qu'il tournait la tête dans cette direction, Richard éprouvait un malaise qui n'augurait rien de bon. Tenant compte de l'avertissement, il étudia l'aile gauche et découvrit qu'elle contenait des milliers de livres.

— Par là, indiqua-t-il à ses compagnes. C'est pour ça que nous sommes venus. Surtout, souvenez-vous de ne rien toucher ! Je suis sérieux, mes amies ! Si vous vous mettez en danger en tripotant un de ces objets, je doute fort de pouvoir vous aider.

Les deux femmes cessèrent de regarder autour d'elles avec des yeux brillants de curiosité.

— Nous n'oublierons pas, souffla Berdine.

— Nous ne sommes pas assez stupides pour nous frotter à la magie, renchérit Raina. Mais ça n'interdit pas de jeter un petit coup d'œil, pas vrai ?

— Je crains que si... Le mieux est de ne rien examiner du tout, à part les livres. Pour ce que j'en sais, poser les yeux sur un de ces artefacts peut déclencher un piège magique.

— Vraiment ? s'étonna Raina.

— Je n'en sais rien, mais il vaut mieux éviter de le découvrir à nos dépens. Allez, mettons-nous au travail, pour sortir d'ici au plus vite.

Bizarrement, bien que sa déclaration fût logique et sincère, Richard n'avait aucune envie de s'en aller. Aussi dangereux que parût cet endroit, il s'y sentait comme chez lui.

— Le seigneur Rahl redoute la magie presque autant que nous, railla Berdine.

— Tu te trompes, mon amie, dit le Sourcier. Avec le peu que j'en sais, je la crains *beaucoup plus* que vous !

Au bout du corridor, dix grandes marches conduisaient à la zone centrale au sol dallé de marbre couleur crème bordé d'un liséré plus sombre. Quand le Sourcier eut atteint la dernière marche, il posa un pied sur le dallage, qui bourdonna et brilla faiblement. Dès que l'intrus eut battu en retraite sur le tapis rouge, le phénomène cessa.

— Que se passe-t-il encore ? demanda Raina.

Richard écarta la main qu'elle avait posée sur son bras.

— Vous avez essayé de marcher sur ce sol ? (Les deux femmes firent signe que non.) Eh bien, allez-y !

Berdine rejoignit le Sourcier sur la dernière marche. Elle tenta de tester une dalle du bout de sa botte, et dut replier la jambe.

— Je n'y arrive pas. Quelque chose m'empêche de poser le pied.

Richard répéta son essai. Aussitôt, le sol bourdonna et brilla.

— Il doit s'agir d'un champ de force… Prends-moi la main et recommence.

La Mord-Sith obéit et réussit à franchir l'obstacle magique. Raina tenant l'autre main du Sourcier, ils avancèrent ensemble.

— Très bien, dit-il. Puisqu'il s'agit d'un champ de force, ne me lâchez pas tant que nous serons dans cette zone. Pour ce que j'en sais, vous risqueriez de griller comme du bacon dans une poêle.

Les deux femmes s'accrochèrent à lui comme à une bouée de sauvetage. Quand ils s'engagèrent sur les marches qui menaient à l'aile gauche, le sol cessa de bourdonner et de luire. Sans Richard pour leur servir de sauf-conduit, les Mord-Sith n'auraient aucune chance de revenir sur leurs pas.

L'aile des livres ne ressemblait pas aux autres bibliothèques de la Forteresse, impeccablement rangées. Ici, il y avait bien des rayonnages, mais les ouvrages y étaient entassés en désordre, et dans n'importe quel sens. Des cailloux tenaient lieu de serre-livres à ceux, très rares, qui tenaient encore debout.

Les piles étaient irrégulières, comme après le passage d'une personne très pressée. Sur les tables de lecture, certains volumes restaient ouverts. Mais les trois visiteurs n'étaient pas au bout de leurs surprises.

On avait aussi entassé des livres sur le sol. Parfois sur trois ou quatre pieds de haut, mais ce n'était pas le cas le plus fréquent. De véritables piliers de volumes se dressaient un peu partout, culminant souvent à quelque quinze pieds de hauteur. Ils semblaient si branlants que souffler dessus aurait pu suffire à les faire s'écrouler.

Ces colonnes de parchemin et de cuir composaient un labyrinthe angoissant. Incapable de comprendre la raison de ce désordre, le Sourcier aurait juré qu'il n'augurait rien de bon.

Il prit chaque Mord-Sith par un bras.

— Mon grand-père m'a prévenu que certains livres, dans la Forteresse, sont très dangereux. Et Kahlan m'a confirmé qu'on gardait dans l'enclave, inaccessible aux sorciers qu'elle a connus, les objets les plus puissants et potentiellement nuisibles.

— Seigneur, dit Berdine, vous pensez que les ouvrages eux-mêmes nous font courir des risques ? Pas seulement les informations qu'ils renferment ?

Richard repensa à la « boîte » qu'Amelia avait utilisée pour déclencher l'épidémie de peste.

— Je ne peux pas le jurer, mais faisons comme si c'était le cas. Bref, on regarde, mais on ne touche rien !

— Seigneur, fit Berdine, il y a des milliers d'ouvrages, et aucun système de classement. Pour trouver celui qu'on cherche, il peut nous falloir des semaines. S'il est vraiment là.

Richard dut admettre que la Mord-Sith avait raison. Convaincu que le gros de la collection se trouvait dans les bibliothèques, il ne s'était pas attendu à trouver autant de volumes dans l'enclave.

— Si vous voulez être sorti avant la nuit, dit Raina, ça ne nous laisse pas beaucoup de temps. Nous devrions revenir demain, très tôt, et chercher toute la journée.

— Tant pis pour la nuit, répondit Richard, accablé par l'ampleur de la tâche qui les attendait. Nous la passerons ici, s'il le faut.

— C'est vous qui commandez, seigneur..., souffla Raina, avant de faire voler son Agiel dans la paume de sa main.

Le Sourcier contempla sinistrement la forêt de livres. Il entendait chercher une information, pas une aiguille dans une meule de foin. Un peu mieux formé, il aurait pu recourir à sa magie pour accélérer les choses...

Il ajusta machinalement ses serre-poignets et ses doigts frôlèrent le motif qui représentait un soleil.

Ne focalise jamais ta vision sur un seul point !

— J'ai une idée. Attendez-moi là, je ne serai pas long.

Il revint près des piédestaux et s'arrêta devant celui qui exposait une coupe de verre craquelée sur un carré de velours noir.

— Et c'est censé servir à quoi ? demanda Raina quand il revint... avec le morceau de tissu.

— Il y a trop de choses à voir. Je vais me mettre un bandeau sur les yeux, pour ne plus être distrait par les détails.

— Seigneur, fit Berdine, incrédule, si vous êtes aveugle, comment repérerez-vous ce que nous cherchons ?

— La magie, bien sûr ! Je serai guidé par mon don. Parfois, quand je veux quelque chose, il me suffit de le laisser faire... Cette multitude de volumes me déconcentre. Avec un bandeau sur les yeux, je ne les verrai plus, et je me dirigerai vers celui que nous cherchons. Enfin, j'espère...

Raina regarda autour d'elle et soupira.

— Après tout, vous êtes le seigneur Rahl, un grand sorcier... Si ça peut nous éviter de passer la nuit ici, allez-y !

Richard se posa le bandeau sur les yeux et le noua.

— Guidez-moi, assurez-vous que je ne touche rien, et n'oubliez surtout pas de garder vos mains loin de tout !

— N'ayez pas d'inquiétude, seigneur Rahl, dit Raina. Nous serons prudentes.

Le Sourcier tourna plusieurs fois la tête pour s'assurer qu'il ne voyait vraiment rien. Puis il passa un doigt sur le soleil de son serre-poignet.

Plongé dans l'obscurité, il chercha l'endroit paisible, au fond de lui-même, où se nichait son don.

Si la peste avait vraiment pour cause la magie du Temple des Vents, il pourrait peut-être l'arrêter. S'il ne faisait rien, des milliers de gens mourraient... Pour agir, il lui fallait ce livre !

Il repensa à Kip, mort devant ses yeux. Puis à la petite Lily, qui lui avait parlé d'Amelia et de Marlin. La peste avait commencé ainsi, il l'aurait juré !

Lily avait des bubons sur les cuisses. Elle aussi était morte, quelques minutes après qu'il l'eut quittée…

Oui, il lui fallait ce livre !

— Tapotez-moi les bras si je risque de percuter quelque chose, dit-il aux Mord-Sith. Et ne parlez pas, sauf en cas d'urgence.

Il sentit les mains des deux femmes, doigts tendus, se poser près de ses poignets. Ce contact l'empêcherait de renverser les piles de livres ou de se cogner aux étagères.

À présent, se demanda-t-il, à quoi devait-il prendre garde ? Allait-il se fier à la magie ou à son intuition ? Ou se laissait-il simplement emporter par son imagination ? À la façon dont il frôlait sans cesse les obstacles – qu'il aurait renversés sans l'intervention des Mord-Sith –, il redouta d'être tout simplement en train de se ridiculiser.

Bon sang, il devait interdire à ses pensées de vagabonder ainsi ! Pour trouver le livre, il lui fallait se concentrer !

Penser aux enfants malades l'aida à ne plus se laisser distraire. Sans lui, ces pauvres petits étaient perdus. Ils avaient besoin de son aide.

Richard s'immobilisa sans l'avoir décidé. Puis il tourna vers la gauche, alors qu'il prévoyait d'aller à droite. Seul le don pouvait le manipuler ainsi comme une marionnette. Mais s'il continuait à *penser*, au lieu de s'*abandonner*, il n'arriverait à rien. Une nouvelle fois, il fit l'effort de se vider l'esprit.

Ses compagnes le tirèrent vivement en arrière. Un pas de plus, comprit-il, et il aurait percuté une pile ou un rayonnage. Alors qu'il se demandait de quel côté contourner l'obstacle, il sentit ses genoux plier sous lui. Son bras droit, comme animé d'une volonté propre, se leva et se tendit.

— Attention…, souffla Berdine. C'est une pile très haute et très instable. Allez-y doucement, ou elle s'écroulera.

Richard répondit d'un hochement de tête. Parler l'aurait déconcentré, et ce n'était pas le moment. Il devait *sentir* la présence de l'objet qu'il cherchait. Et il brûlait, c'était évident ! Toujours sans qu'il le leur ait ordonné, ses doigts coururent le long des livres. Comme ils étaient empilés dans tous les sens, il sentit indifféremment des reliures et des tranches.

Sa main s'arrêta sur le dos de cuir d'un volume.

— Celui-là, dit-il. Regardez le titre !

S'appuyant d'une main sur la cuisse de son seigneur, Berdine s'accroupit et plissa les yeux.

— C'est du haut d'haran… Je crois que ça parle du Temple des Vents… *Tagenricht ost fuer Mosst Verlascendreck Gresclechten…*

— *Enquête et procès sur l'affaire du Temple des Vents,* traduisit Richard. Nous avons réussi !

Chapitre 47

espire, dit la sliph.

Kahlan expira le vif-argent et s'emplit les poumons d'air. Autour d'elle, elle distingua les contours brouillés de la salle du puits, dans les tréfonds de la Forteresse. Puis sa vision se stabilisa, et le dôme, au-dessus de sa tête, cessa de tourner comme une toupie.

L'Inquisitrice découvrit que quelqu'un l'attendait. Confortablement assise, les pieds sur la table, une femme en cuir rouge patientait en faisant distraitement osciller son Agiel.

Kahlan s'assit sur le muret, le temps de reprendre ses esprits.

— Eh bien, on dirait que les Mères Inquisitrices vagabondes sont de retour ! lança la Mord-Sith en se levant.

Kahlan sauta sur le sol et faillit tomber quand il parut tanguer sous ses pieds comme le pont d'un bateau.

— Cara, que fiches-tu ici ?

La Mord-Sith prit l'Inquisitrice par un bras.

— Vous devriez vous asseoir, et vous reposer un peu.

— Je vais très bien ! (Kahlan tourna la tête vers la créature de vif-argent.) Merci, sliph.

— Veux-tu encore voyager ? demanda la voix puissante dont l'écho se répercuta longuement dans la salle.

— Non, j'ai vu assez de pays pour un bon moment. Rester ici me fera du bien...

— Si tu changes d'avis, appelle-moi et nous repartirons. Alors, tu seras contente.

— Plus ou moins..., marmonna Kahlan alors que la sliph s'enfonçait de nouveau dans son puits.

— Une compagnie plutôt inquiétante, dit Cara. Elle m'a invitée à voyager, puis elle a décrété que je ne contrôlais pas la magie requise. Je détestais qu'elle me regarde avec cet étrange sourire...

— Cara, que fiches-tu ici ? répéta Kahlan.

La Mord-Sith aida l'Inquisitrice à s'asseoir le dos contre le muret. Puis elle la regarda avec une lueur bizarre dans les yeux.

— Quand le seigneur Rahl a lu votre lettre, il a tout de suite compris ce que vous aviez fait. Berdine lui a parlé de votre visite ici, pour retrouver les minutes du procès. Il est venu, mais la sliph a refusé de lui dire où elle vous avait conduite.

» Sachant que la créature était réveillée, il a jugé imprudent de la laisser sans surveillance, au cas où des gens comme Marlin et la Sœur de l'Obscurité tenteraient de l'utiliser.

Kahlan avait songé à cette possibilité. N'ayant apparemment aucun sens de la loyauté, la sliph voyageait avec quiconque possédait la combinaison de magie adéquate.

— Richard t'a laissée ici ?

— Il ne pouvait pas rester lui-même, alors il m'a choisie. Une Mord-Sith était idéale pour ce poste, a-t-il dit, parce que nous pouvons contrôler les sorciers... Le seigneur Rahl a toujours compté sur nous pour le défendre contre la magie.

Les sorciers de jadis avaient eu le même problème avec la sliph. Et ils avaient opté pour une solution identique. Kolo, un des gardiens de la créature, mentionnait que des ennemis risquaient de sortir du puits à tout moment. S'il réagissait vite, le gardien en titre était à même d'éviter une catastrophe.

— Richard t'a amenée ici et il t'a abandonnée ? s'indigna Kahlan.

— Non. Il a passé des heures à chercher un chemin sans champ de force. Pour que je ne sois pas piégée, et qu'on puisse me remplacer. Berdine, Raina et moi prenons des tours de garde. Je n'aime pas ça, parce que nous devrions être aux côtés du seigneur Rahl, pour le protéger. Mais en surveillant cette... créature... nous le défendons indirectement. Sinon, je n'aurais pas accepté.

Kahlan se leva et découvrit avec plaisir qu'elle ne vacillait plus.

— Si nous avions su que la sliph était réveillée, une mesure de ce genre aurait arrêté Marlin et Amelia...

L'Inquisitrice en eut le cœur serré. Avec un peu plus de vigilance, ils auraient pu tout empêcher. Et rien de ce qui menaçait son monde, son peuple et Richard ne serait advenu. Avoir gâché une chance pareille lui donnait envie de vomir.

— Le seigneur Rahl voulait aussi que l'une d'entre nous soit là, à votre retour de l'Allonge d'Agaden. Au cas où vous auriez besoin d'aide.

— Il connaissait ma destination ?

— La sliph n'a rien dit, mais il avait deviné.

— Et il n'est pas parti à ma recherche.

D'un coup d'épaule, Cara rejeta en arrière sa longue natte blonde.

— Ça m'a étonnée aussi. Quand je lui ai demandé pourquoi, il a répondu que vous étiez sa bien-aimée, pas sa propriété.

— Vraiment ? Il a dit ça ?

— Oui. (Cara eut un petit sourire.) Vous l'avez bien dressé, Mère Inquisitrice, et j'apprécie... Après, il a flanqué un grand coup de pied dans une chaise. Je crois qu'il s'est fait mal, mais il l'a nié.

— Donc, il est en colère contre moi.

— Mère Inquisitrice, nous parlons d'un certain Richard Rahl, qui vous aime à la folie. Il ne vous en voudrait pour rien au monde, même si vous lui disiez d'épouser Nadine.

Cette remarque raviva la détresse de Kahlan.

— Pourquoi as-tu choisi cet exemple ?

— C'était une image, rien de plus. Vous auriez dû sourire, pas sursauter comme si je vous avais taquinée avec mon Agiel. Mère Inquisitrice, il vous aime. L'inquiétude le rend malade, mais il n'est pas furieux.

— Et la fameuse chaise ?

— Il prétend qu'elle lui a manqué de respect.

— Je vois…, fit Kahlan, insensible au sens de l'humour de Cara. Combien de temps suis-je restée absente ?

— Un peu moins de deux jours. À présent, j'aimerais savoir comment vous avez trompé la vigilance des gardes d'harans, devant la Forteresse.

— Avec la neige, ils ne m'ont pas vue.

Cara n'en crut pas un mot, et elle ne le cacha pas.

— Au fait, vous avez tué la voyante ?

— Non. (Kahlan préféra ne pas s'étendre sur le sujet.) Pendant mon absence, qu'a donc fait Richard ?

— D'abord, il a demandé à la sliph de le conduire au Temple des Vents. Mais elle ne connaissait pas cet endroit. Après, il a chevauché jusqu'au mont Kymermosst, et…

— Qu'y a-t-il découvert ? coupa Kahlan.

— Rien. Si le Temple des Vents y était, voilà beau temps qu'il a disparu.

— Il a fait ce long voyage, et il est déjà de retour ?

— Vous le connaissez : quand il a une idée en tête, il ne perd pas son temps. Les hommes qui l'accompagnaient ont eu du mal à soutenir le rythme. Le seigneur Rahl espérait que vous seriez de retour hier soir. Quand il a vu que ce n'était pas le cas, il s'est mis à marcher de long en large, comme un garn en cage. Mais il ne vous a pas suivie. Chaque fois qu'il était sur le point de changer d'avis, il relisait votre lettre… et continuait à faire les cent pas.

— J'y suis peut-être allée un peu fort…, fit Kahlan, les yeux baissés.

— Il m'a montré la missive… Parfois, il faut secouer les hommes, sinon, ils se prennent vite pour des seigneurs et maîtres. Avec vos menaces, vous lui avez remis les idées en place.

— Je ne l'ai pas menacé, fit Kahlan sur un ton qui lui sembla beaucoup trop défensif pour être honnête.

— Vous avez raison… C'est la chaise, comme il l'a dit lui-même !

— Cara, j'ai agi selon ma conscience. Richard devra le comprendre. Et ce serait mieux si j'allais le lui expliquer.

— Vous l'avez raté de peu, dit Cara en désignant la porte. Il n'est pas sorti depuis très longtemps.

— Il est venu m'attendre ? Cara, il doit être mort d'angoisse.

— Berdine lui a parlé des minutes du procès. Il est venu, et il a trouvé le livre.

— Comment ? Nous avons passé au peigne fin cette section de la bibliothèque.

— Il a découvert l'ouvrage dans un lieu appelé l'enclave du Premier Sorcier…

— Il y est entré ? Sans moi ? C'est de la folie ! Cet endroit est terriblement dangereux.

— Incontestablement. Alors que l'Allonge d'Agaden est connue pour être un coin paisible. Quelqu'un d'aussi prudent que vous est parfaitement qualifié pour passer un savon au seigneur Rahl quand il se montre téméraire.

L'ironie de Cara cachait une réalité que l'Inquisitrice n'eut aucun mal à percer à jour. Si Richard avait respecté son souhait de ne pas être suivie, la Mord-Sith, elle, avait tenté de voler à son secours. Malgré sa sainte horreur de la magie, elle l'aurait affrontée pour protéger la future épouse du seigneur Rahl. Mais la sliph n'avait pas voulu d'elle.

— Cara, je suis désolée de t'avoir menti...

— Je suis une garde du corps, Mère Inquisitrice, vous ne me devez rien.

— C'est faux ! Ta mission est de nous protéger, mais je te considère comme une amie. Et nous sommes des Sœurs de l'Agiel. J'aurais dû te révéler mes intentions. Mais je craignais que Richard t'en veuille si tu ne m'avais pas retenue...

Cara ne dit rien et ne se départit pas de son impassibilité naturelle.

— Mon amie, j'avoue avoir eu peur que tu m'empêches de partir. Alors, je t'ai menti. C'était une erreur, je le reconnais. Pardonne-moi, je t'en prie.

La Mord-Sith sourit enfin.

— C'est oublié, ma Sœur de l'Agiel.

— Et... hum... tu crois que Richard sera aussi compréhensif que toi ?

— Vous avez les armes qu'il faut pour l'y inciter. Entre nos mains, les hommes sont des jouets.

— J'aimerais avoir de bonnes nouvelles, pour l'amadouer. Hélas, ce n'est pas le cas. (Kahlan approcha de la porte, fit mine de l'ouvrir, se ravisa et se retourna.) Qu'a fait Nadine pendant que je n'étais pas là ?

— J'ai passé le plus clair de mon temps ici, mais d'après ce que j'ai vu, elle a activement lutté contre la peste. Essentiellement en distribuant des herbes aux domestiques, pour renforcer leurs défenses naturelles et pour qu'ils enfument le palais. Heureusement qu'il est en pierre, sinon, il ne resterait plus que des cendres ! Nadine a aussi parlé avec Drefan, et elle l'a aidé à répondre aux questions d'une foule de serviteurs.

» Le seigneur Rahl lui a demandé d'aller voir les herboristes, pour qu'ils n'escroquent pas les gens en leur vendant à prix d'or des faux médicaments miracles. Un tas de charlatans tentent de profiter de la situation. Mais nous veillons au grain.

» Enfin, Nadine est allée une ou deux fois faire son rapport au seigneur Rahl. Mais il n'a pas été souvent là, et comme notre... amie... est très occupée, leurs entretiens furent très courts.

— Merci, Cara, dit Kahlan, en tapant du tranchant de la main sur le chambranle de la porte. Tu sais qu'il y a des rats, ici. J'espère que ça va ?

— Il existe de bien pires menaces que ces bestioles.

— Ça, tu peux le dire...

Chapitre 48

À la faveur de la nuit, les rares passants ne reconnurent pas la Mère Inquisitrice. Avec la tenue qu'elle portait, et sans son escorte de gardes, ce fut à peine s'ils lui accordèrent un regard. Elle s'en félicita, car beaucoup de gens ne portaient pas les Inquisitrices dans leur cœur. Par bonheur, sachant la peste en ville, les citoyens avaient plutôt tendance à s'écarter du chemin des inconnus, histoire d'éviter la contagion.

Comme l'avait dit Cara, à tous les coins de rues, des charlatans proposaient des potions préventives ou des remèdes miracles. D'autres escrocs arpentaient la cité, portant sur le ventre des paniers pleins d'amulettes accrochés à leurs épaules par des harnais de cuir. Quelques jours auparavant, ces gris-gris étaient censés aider les célibataires à trouver un conjoint, ou permettre aux maris trompés de châtier l'infidèle. Aujourd'hui, subitement promus, ils devenaient une parade infaillible contre l'épidémie. Les exposant dans de petits chariots, ou sur de simples planches, des vieilles femmes proposaient des plaques de porte magiques qui interdisaient à coup sûr que la maladie entre dans une maison. Même si tard, cet atroce commerce battait son plein. Et les vendeurs à la sauvette de viande ou de légumes s'étaient mis de la partie ! Si on consommait régulièrement leurs produits, formidablement sains, affirmaient-ils, on ne risquait plus rien…

Kahlan aurait volontiers envoyé la troupe mettre fin aux agissements de ces escrocs. Mais leurs clients se seraient indignés. Désespérés, ils auraient vite inventé d'affreux complots visant à les rendre vulnérables, pour qu'ils attrapent la mort. Jetant le bon sens aux orties, et quoi qu'on fasse pour leur prouver le contraire, beaucoup de gens voyaient leurs dirigeants comme des monstres toujours prêts à comploter pour leur nuire. S'ils avaient su la vérité…

Si Kahlan interdisait quand même la vente de ces « traitements », ils se négocieraient sous le manteau, et pour beaucoup plus cher. Aussi absurdes que soient les prétentions thérapeutiques des charlatans, il se trouverait toujours des naïfs pour y croire.

La Première Leçon du Sorcier : les gens sont prêts à gober n'importe quoi parce que ça les arrange, ou parce qu'ils ont peur que ce soit vrai. Abattus, les citoyens d'Aydindril *voulaient* s'accrocher à un espoir, aussi fallacieux fût-il. Et ça ne s'améliorerait pas quand l'épidémie exploserait.

Soudain, l'Inquisitrice fut terrifiée par sa façon de voir les choses de haut. Si Richard tombait malade, ne céderait-elle pas aussi à ce besoin dévorant d'espérer, même s'il fallait avaler des fadaises ? Dans certaines situations, il ne restait plus que l'espoir. Qu'il soit fondé ou non, de quel droit en priverait-elle ces malheureux ? C'était leur seul refuge, et tout ce qu'ils pouvaient faire…

Mais Richard et elle avaient un chemin à suivre pour les sauver.

Dans le palais, en chemin pour retrouver son bien-aimé, Kahlan s'arrêta devant la double porte ouverte d'une grande salle réservée aux réceptions officielles. Avec son sol en damier, ses murs bleus et sa lumière volontairement tamisée, cet endroit était un sanctuaire de calme et d'harmonie. Sur la table où on dressait d'habitude le buffet, des dizaines de bougies brûlaient.

Kahlan tendit l'oreille et constata qu'elle ne s'était pas trompée : elle avait bien reconnu la voix de Drefan. Debout devant la table, il parlait à une soixantaine de personnes assises en tailleur sur le sol. Fasciné, son auditoire l'écoutait expliquer comment on pouvait garder son corps en bonne santé en étant sans cesse en accord avec son moi intérieur.

En souillant son corps avec des pensées et des actes malsains, affirma-t-il, on ouvrait la voie par laquelle la maladie s'engouffrait. Le Créateur, ajouta-t-il, avait donné aux êtres humains la capacité de repousser des fléaux comme la peste. Mais pour cela, il ne fallait pas se détourner de la nature. Une alimentation saine renforçait l'aura qui protégeait le corps. Et la méditation permettait d'orienter les flux d'énergie vitale dans le bon sens – celui de l'harmonie de tout individu avec le tout dont il était une partie.

En dépit d'une rhétorique que Kahlan jugeait un peu fumeuse, le guérisseur prodiguait de bons conseils. Éviter les aliments qu'on savait générateurs de migraines, afin de ne pas diminuer le contrôle de l'esprit sur le corps. Fuir également ceux qu'on digérait mal, pour ne pas réduire son aptitude à assimiler les nutriments bénéfiques. Ne pas s'endormir sur un repas trop lourd, qui troublerait le repos indispensable au corps pour demeurer robuste… Ces comportements, martelait-il, et d'autres de ce type, perturbaient gravement l'aura protectrice dont bénéficiait chaque être vivant.

L'auditoire de Drefan s'émerveilla qu'il lui expose des théories si compliquées dans un langage accessible. Comme des aveugles auxquels on aurait rendu la vue, ces gens tenaient le guérisseur pour un demi-dieu. L'esprit, assura-t-il, était assez puissant pour contrôler le corps, et la maladie frappait seulement quand on l'autorisait à le faire. Grâce à certaines herbes, et à des aliments bien choisis, on pouvait se purger de tous les poisons et se sentir véritablement en bonne santé pour la première fois de sa vie.

Ces domestiques, comprit Kahlan, n'écoutaient pas un discours du frère de Richard Rahl. Ils buvaient les paroles de Drefan Rahl, le haut prêtre des Raug'Moss.

Tous obéirent quand il leur demanda de fermer les yeux, puis d'inspirer profondément le souffle de la vie et les vapeurs de la santé en utilisant à fond les muscles de leur ventre. C'était ainsi, expliqua-t-il, qu'on alimentait la source de puissance de son aura, unique pour chaque être vivant. En expirant, on chassait ensuite les poisons tapis dans les coins sombres de l'être, les crachant par la bouche pour les remplacer, en respirant avec le nez, par ce qu'il appelait le souffle bienfaisant de la vie.

Il valait mieux que ces hommes et ces femmes s'adressent à Drefan, pensa Kahlan, qu'aux escrocs qui grouillaient dans les rues. S'ils ne les sauveraient pas de la peste, ses conseils, frappés au coin du bon sens, ne risquaient pas de leur faire du mal.

Pendant que son public respirait, Drefan tourna la tête vers Kahlan et riva sur elle ses yeux si semblables à ceux de Darken Rahl. Comme s'il avait remarqué sa présence depuis le début, il eut un petit sourire qui fit également pétiller son regard. Le voyant déployer ainsi son charme, Kahlan ne se demanda plus pourquoi son public le regardait avec adoration. Et elle ne s'étonna pas de sentir qu'elle lui rendait d'instinct son sourire.

Avec Shota, elle avait parlé de la difficulté d'oublier les mauvais souvenirs. Pourquoi pensait-elle toujours à la main de Drefan violant l'intimité de Cara ?

Le frère de Richard combattait courageusement l'épidémie. Pour devenir le haut prêtre des Raug'Moss, il avait dû faire montre de talents de guérisseur hors du commun. Ne valait-il pas mieux le revoir en train de réconforter les pauvres petits malades ? Et bannir cette terrible scène avec Cara ?

Drefan avait expliqué les raisons de son « examen ». Appelé au chevet d'une Mord-Sith tombée dans le coma après avoir hurlé de douleur, il l'avait ramenée à la vie.

Et comme tout le monde, Richard était réconforté par la présence de son frère.

Kahlan détourna la tête et reprit son chemin.

Alors qu'elle passait sous un balcon intérieur, Tristan Bashkar, l'ambassadeur jarien en quête d'un nouveau signe des étoiles, s'y accouda pour la regarder passer. Fidèle à son habitude, il écarta un pan de son manteau et posa la main droite sur sa hanche, près du couteau qu'il portait à la ceinture. Pendant une conversation, assis en face de son interlocuteur, il se débrouillait toujours pour poser le pied droit sur le barreau d'une chaise – et dévoiler la seconde lame glissée dans sa botte.

Chaque fois qu'elle le croisait, et qu'il posait sur elle ses yeux de fouine, l'Inquisitrice regrettait de l'avoir invité à séjourner au palais. Existait-il un homme plus fat et puéril ? C'était possible, mais elle en doutait...

Alors qu'elle pressait le pas, Kahlan se félicita qu'il ne soit pas en position, sur son balcon, de l'entraîner dans une absurde joute verbale.

Debout devant la porte du « bureau » de Richard, Ulic et Egan regardèrent bizarrement la jeune femme quand elle les salua.

La tête entre les mains, le Sourcier était plongé dans la lecture d'un gros volume relié de cuir. Dans la cheminée, une petite flambée de bûches de bouleau embaumait l'atmosphère et ajoutait un peu de lumière à celle des deux bougies et de la lampe posées sur la table de travail.

Le Sourcier avait abandonné sa cape sur le dossier d'une chaise. Mais Kahlan remarqua qu'il ne s'était pas défait de son baudrier.

Se levant d'un bond, il courut vers sa bien-aimée. Sans sa cape d'or, on eût dit qu'une ombre aussi noire que la nuit traversait la pièce. Avant qu'il ait pu ouvrir la bouche, la jeune femme se jeta dans ses bras.

— Je t'en prie, Richard, ne crie pas ! S'il te plaît, serre-moi contre toi et ne dis rien. Oui, serre-moi fort !

Le retrouver était toujours un moment d'extase. Dès qu'elle l'apercevait, elle s'étonnait de l'aimer à ce point et d'avoir autant besoin de lui. Un tel amour, avant de le connaître, lui aurait paru impossible. Et pourtant...

Il l'enveloppa dans ses bras. Un instant, Kahlan put encore imaginer que tout allait bien et qu'il leur restait un avenir.

Alors, elle se souvint des paroles de sa mère.

Les Inquisitrices ne connaissent pas l'amour, Kahlan. Seulement le devoir...

Les poings fermés sur la chemise du jeune homme, elle éclata en sanglots pendant qu'il lui caressait les cheveux. Comme elle l'avait demandé, il se contentait de la serrer contre lui en silence. Et cela rendait les choses plus difficiles encore.

Il devait bouillir d'envie de la bombarder de questions. De lui dire combien il était soulagé de la revoir. D'apprendre ce qu'elle avait découvert. De lui parler de sa précieuse trouvaille, dans l'enclave. Au lieu de cela, sans se plaindre, il comblait ses désirs et faisait passer les siens au second plan.

Sans lui, comment continuerait-elle à vivre ? Ou simplement à respirer ? Par quel miracle se forcerait-elle à exister jusqu'à ce que la vieillesse l'empêche d'accomplir son devoir puis lui permette de mourir enfin ?

— Richard, je suis désolée du ton de ma lettre. Je ne voulais pas te menacer, crois-moi. C'était... pour que tu restes en sécurité. Si je t'ai blessé, pardonne-moi !

Il la serra un peu plus fort et l'embrassa sur le front. À cet instant, elle aurait tout donné pour mourir dans ses bras, libérée du devoir et de l'avenir qui la condamneraient à vivre sans lui.

— Comment va ton pied ? demanda-t-elle soudain.

— Pardon ?

— Cara m'a dit que tu t'étais fait mal en maltraitant une chaise.

— Eh bien, le pied est en forme. La chaise n'a pas survécu, mais je crois qu'elle n'a pas souffert.

Aussi étrange que ce fût, Kahlan éclata de rire à travers ses larmes.

— Tu vois, un petit séjour dans tes bras m'a requinquée. Maintenant, tu peux crier, si tu veux.

Richard préféra l'embrasser. Une extase cent fois plus forte que de voyager dans la sliph. Et ce n'était pas peu dire...

— Alors, que t'ont raconté les esprits de nos ancêtres ? demanda le Sourcier quand ils s'écartèrent un peu l'un de l'autre.

— Nos ancêtres... Comment sais-tu que j'ai rendu visite au Peuple d'Adobe ?

— Kahlan, tu as encore des traînées de boue sur les joues. Tu crois que je suis aveugle ?

L'Inquisitrice se passa une main sur le visage.

— J'étais si pressée que j'ai oublié de me nettoyer. Pauvres domestiques, maintenant, je comprends leur réaction.

Sur le chemin du bureau de Richard, trois servantes lui avaient demandé si elle voulait prendre un bain. Les malheureuses avaient dû croire qu'elle était devenue folle.

— Alors, ces esprits, qu'ont-ils dit ? répéta Richard.

Du menton, Kahlan désigna le couteau, sur le haut de son bras.

— Le grand-père de Chandalen m'a convoquée par l'intermédiaire de cette arme. Richard, la peste ne frappe pas qu'Aydindril. Elle s'est répandue dans toutes les Contrées du Milieu.

— Tu en es sûre ?

— L'ancien Breginderin avait des bubons sur les jambes. À cette heure, il n'est sûrement plus de ce monde. Des enfants ont vu une femme, près du village. Elle leur a montré des lumières colorées, comme à Lily et à sa sœur. Un petit garçon a déjà succombé. C'était Amelia, j'en mettrais ma tête à couper !

— Par les esprits du bien…

— Il y a pire ! Dans une vision, j'ai découvert que l'épidémie frappe d'autres régions des Contrées. Si nous ne faisons rien, ce sera une hécatombe. L'esprit m'a fait voir la catastrophe…

» Il sait que la magie volée au Temple des Vents est responsable de l'épidémie. Mais le fléau en lui-même n'a rien de surnaturel. Jagang a manipulé un pouvoir qui le dépasse. Si rien ne l'arrête, le mal finira par frapper l'Ancien Monde.

— Une mince consolation… L'esprit t'a dit comment Jagang a volé la magie du Temple des Vents ?

Kahlan hocha la tête et baissa les yeux pour ne plus croiser le regard du Sourcier.

— Tu avais raison au sujet de la lune rouge. C'était un avertissement, parce qu'on a violé le Temple.

L'Inquisitrice parla du Corridor de la Trahison, et de la façon dont Amelia avait pu l'emprunter. Puis elle relata aussi fidèlement que possible sa conversation avec le grand-père de Chandalen, sans omettre un point crucial : le Temple semblait au moins en partie conscient, comme Richard l'avait soupçonné.

En l'écoutant, le jeune homme s'appuya contre le manteau de la cheminée et contempla les flammes.

L'Inquisitrice rapporta qu'ils devaient, pour arrêter la peste, entrer dans le Temple des Vents. Elle ajouta qu'il existait en même temps dans deux mondes, et que les esprits du bien et du mal avaient leur mot à dire dans cette affaire.

— L'esprit ne t'a pas dit comment trouver le Temple ?

— Non. Ce sujet ne semblait pas l'intéresser… Selon lui, le Temple nous révélera ce qui doit être fait. Shota a affirmé la même chose.

Perdu dans ses pensées, Richard hocha distraitement la tête. En se tordant les doigts, Kahlan attendit la question qui allait inévitablement suivre.

— Et Shota ? Comment ça s'est passé avec elle ?

L'Inquisitrice hésita. Elle devait révéler une partie de la vérité, c'était indispensable. Mais fallait-il tout dire à Richard, au risque de lui briser le cœur ?

— Eh bien, je crois qu'elle ne cherche pas à nous nuire.

— Elle a envoyé Nadine pour qu'elle m'épouse, et ça ne te semble pas une mauvaise action ?

Le front plissé, le Sourcier se tourna vers sa compagne.

Kahlan s'éclaircit la gorge en toussotant derrière son poing fermé.

— Shota n'a pas vraiment envoyé Nadine. (Sous le regard d'aigle du Sourcier, la jeune femme se jeta à l'eau.) Le message au sujet des vents qui te traquent n'était pas son idée. Le Temple s'est servi d'elle pour te le transmettre, comme il a utilisé Kip, un peu plus tard. La voyante ne veut pas nous faire du mal.

— Et que t'a-t-elle raconté d'autre ?

Se sentant transpercée par le regard du Sourcier, Kahlan détourna la tête.

— Je suis allée dans l'Allonge d'Agaden pour que Shota nous fiche enfin la paix. Si elle t'avait menacé, ou si elle avait tenté de m'attaquer, j'étais prête à la tuer. Tu sais ce que je pense d'elle depuis le début… Je la voyais comme une ennemie, mais nous avons parlé, et j'ai découvert qu'elle est moins malveillante que nous le pensons. Elle veut toujours nous empêcher d'avoir un enfant, mais ce n'est pas pour tenter de nous séparer.

» Shota voit l'avenir, et elle en parle pour nous aider. Considère-la comme une messagère, rien de plus. Richard, elle ne contrôle pas les événements ! Comme l'esprit, chez le Peuple d'Adobe, elle m'a dit que la peste avait une origine magique.

En trois enjambées, Richard rejoignit Kahlan et la prit par les épaules.

— Elle a chargé Nadine de nous séparer ! Cette femme complote contre nous, et tu t'es laissé abuser par ses beaux discours ?

Kahlan recula d'un pas.

— Tu te trompes, comme je me trompais… Les esprits t'ont envoyé une épouse. Shota est intervenue pour que ce soit Nadine, parce que tu la connais. Comme tu seras obligé de t'unir à une autre que moi, elle voulait adoucir un peu ta peine.

— Et tu as cru ces âneries ? Aurais-tu perdu l'esprit ?

— Richard, tu me fais mal !

— Désolé…

Après avoir lâché sa compagne, le jeune homme recula jusqu'à la cheminée. Les muscles du cou tendus à craquer, il serrait les dents pour ne pas exploser.

Kahlan tenta de faire le tri entre ce qu'elle devait lui dire et ce qu'elle préférait passer sous silence. Lui cacher des informations n'était pas facile, elle le savait. Mais en cas de besoin, elle pourrait tout lui révéler plus tard. Et si ça ne s'imposait pas, elle serait la dernière à s'en plaindre…

— Shota a dit que nous n'avions pas prêté l'oreille au dernier message des vents. Nous en recevrons un autre, toujours lié à la lune.

— Lié à la lune ? De quelle façon ?

— Je l'ignore. Comme l'esprit, Shota ne semble pas accorder d'importance à ce genre de détails. Elle a simplement dit que ce message de la lune serait une « communion indirecte ». Et que nous ne devrons pas nous y dérober.

— A-t-elle précisé pourquoi ?

— Selon elle, notre avenir, et celui de milliers d'innocents, dépendront de cet événement. Et ce sera notre seule chance d'accomplir notre devoir en sauvant de pauvres gens qui dépendent de nous parce qu'ils sont impuissants.

Richard se tourna vers Kahlan, et riva sur elle des yeux qui ressemblaient à ceux de Drefan – et de Darken Rahl. On eût dit que la mort venait de poser une main sur l'épaule du jeune homme, et qu'elle souriait dans son dos.

— Shota t'en a raconté plus, et tu me caches la vérité, grogna-t-il. De quoi s'agit-il ?

Ce n'était plus Richard qui parlait, mais le Sourcier de Vérité. À cet instant, Kahlan comprit pourquoi on le redoutait tant. Il n'incarnait pas la loi, il l'*était*. Et ses yeux gris vous transperçaient l'âme.

— S'il te plaît, n'insiste pas…

— Que t'a dit Shota ?

Des larmes perlant à ses paupières, l'Inquisitrice frissonna de terreur.

— Elle a vu l'avenir, s'entendit-elle souffler alors qu'elle aurait tout donné pour garder le silence. Tu épouseras une autre que moi, et elle s'est arrangée pour que ce soit Nadine. (Sous ce regard d'acier, ne pas aller jusqu'au bout était désormais impossible.) Hélas, elle n'a pas pu influencer le choix de mon futur mari. Car j'en aurai un, et ce ne sera pas toi.

Richard se pétrifia, les poings serrés de rage. Puis il fit passer le baudrier au-dessus de sa tête et le jeta sur une chaise, avec le fourreau de l'Épée de Vérité.

— Que fais-tu ? demanda Kahlan.

Sans un mot, le Sourcier avança vers la porte. Mais l'Inquisitrice lui barra le chemin – et tant pis s'il lui sembla se placer sur la trajectoire d'une avalanche meurtrière.

— Où comptes-tu aller ?

— Dans l'Allonge d'Agaden, pour tuer cette chienne !

Richard prit Kahlan part la taille, la souleva du sol et la reposa un pas plus loin, comme il l'eût fait avec un enfant.

Elle lui passa les bras autour du torse et tenta de l'arrêter. Il ne ralentit même pas, comme si elle était un vulgaire moucheron.

Sa résolution était inébranlable. Sinon, il n'aurait pas pris la précaution de se défaire de l'épée, dont la magie l'aurait empêché de voyager dans la sliph.

— Richard, arrête-toi ! Si tu m'aimes vraiment, arrête-toi !

Il obéit, se retourna et riva sur la jeune femme un regard brillant de fureur.

— Quoi, encore ? rugit-il.

— Tu me prends pour une imbécile ?

— Bien sûr que non !

— Crois-tu sérieusement que je voudrais épouser un autre homme ?

— Non !

— Alors, écoute-moi ! Shota a vu l'avenir. Ce n'est pas elle qui en décide ! Elle m'a parlé pour nous aider.

— Je sais ce que vaut son « assistance », et je n'en veux plus ! Cette fois, elle est allée trop loin. Ce sera sa dernière erreur.

— Richard, nous devons trouver une solution ! Il faut enrayer la peste ! Tu as vu ces enfants agonisants. L'esprit du grand-père de Chandalen m'en a montré des milliers d'autres, plus des victimes de tous les âges. Si tu cèdes à ta colère, cet avenir se réalisera. Veux-tu que des innocents meurent parce que tu es incapable d'utiliser ta cervelle ?

Kahlan remarqua que le Sourcier avait fermé le poing sur l'amulette d'un collier qu'elle ne l'avait jamais vu porter. Même s'il ne tenait pas l'Épée de Vérité, sa magie coulait en lui. Bouillant de rage, il avait soif de sang.

— Je me fiche des visions de Shota ! Nadine ne sera jamais ma femme, et je ne resterai pas les bras ballants pendant que tu…

— Richard, je sais ce que tu ressens. Tu crois que je saute de joie à cette idée ? Mais réfléchis, je t'en prie ! Tuer Shota ne modifiera pas l'avenir. Pourtant, tu m'as toujours dit qu'il n'est pas prédéterminé, et qu'on ne peut pas se fier à ses prédictions. Ai-je prétendu qu'il fallait la croire béatement et agir en fonction de ses visions ?

— Non, mais tu as gobé une montagne de mensonges !

— Pas du tout ! Je pense seulement qu'elle voit pour de bon le futur. Tu te souviens, elle a prédit que je te toucherais avec mon pouvoir ? La suite lui a donné raison, mais cet événement ne fut pas une catastrophe, bien au contraire. Sans cela, nous n'aurions jamais pu être ensemble.

— Si tu épouses quelqu'un d'autre, comment voudrais-tu que ce ne soit pas une catastrophe ?

Kahlan comprit soudain que la magie n'avait rien à voir avec la fureur de Richard. Pour la première fois depuis leur rencontre, il était fou de jalousie.

— Je ne connais pas la réponse, je l'avoue… (Kahlan prit son bien-aimé par les épaules.) Richard, je t'aime, et tu sais que c'est vrai. Personne ne prendra jamais ta place dans mon cœur. Tu me crois, n'est-ce pas ? Moi, je te fais confiance, et j'ai la certitude que Nadine te laisse indifférent. Doutes-tu de moi ?

— Bien sûr que non, souffla le jeune homme, un peu plus calme. (Il lâcha l'amulette qu'il serrait.) Mais…

— « Mais » rien du tout ! Nous nous aimons, point final. Quoi qu'il arrive, nous devons nous fier l'un à l'autre. Sinon, nous perdrons la bataille.

Richard la prit enfin dans ses bras. Comme elle comprenait son angoisse ! Et comme elle la partageait… Mais pour elle, c'était pire, car elle ne croyait pas, malgré ses propos, qu'il y eût un moyen d'échapper à la prédiction de Shota.

Elle saisit l'étrange collier qui pendait au cou de Richard. Au centre de l'amulette, enchâssé dans un entrelacs complexe de lignes en fil d'or et d'argent, un gros rubis rouge en forme de larme brillait sinistrement.

— Qu'est-ce que c'est ? demanda-t-elle.

Richard lui prit le bijou des doigts et le contempla un moment.

— Un symbole, comme ceux que je porte sur moi. Je l'ai trouvé dans la Forteresse.

— Dans l'enclave du Premier Sorcier ?

— Oui. Cette amulette faisait partie de sa tenue, mais contrairement au reste, elle était conservée dans l'enclave. L'homme qui la portait se nommait Baraccus. À l'époque de Kolo, il était le Premier Sorcier.

— Cara m'a dit que tu as retrouvé les minutes du procès… À quoi ressemble l'enclave ?

— C'est un endroit merveilleux. J'aurais voulu ne jamais en partir.

— Tu as découvert quelque chose dans le livre ?

— Non. Il est rédigé en haut d'haran. Berdine continuera à travailler sur le journal de Kolo. Moi, je me chargerai du procès. Mais j'ai à peine commencé la traduction. Avec le souci que je me faisais pour toi, me concentrer était impossible.

Kahlan caressa de l'index la curieuse amulette.

— Tu sais ce que signifie ce symbole ?

— Le rubis représente une goutte de sang. Il incarne la philosophie du Premier Édit.

— Le... Premier Édit ?

La voix de Richard se fit lointaine, comme s'il se parlait à lui-même.

— Il pourrait se résumer par un mot : frapper. Une fois engagé dans un combat, tout le reste est secondaire. Frapper devient un devoir, un but et un désir. Aucune règle n'est plus importante que celle-là, et rien ne permet de la violer. Frapper !

Glacée de terreur, Kahlan attendit que le Sourcier continue.

— Les lignes sont une représentation abstraite de la *danse*. Frappe l'ennemi aussi vite et directement que possible. Frappe d'une main ferme, décisive et résolue. Détruis la force de ton adversaire, et profite du premier défaut de sa cuirasse. Ne le laisse pas respirer, taille dans sa chair et écrase-le ! Puis dévaste son esprit impitoyablement !

» Sans la mort, il n'y aurait pas d'équilibre, et la vie en souffrirait. Cela s'appelle danser avec les morts. Un sorcier de guerre obéit aveuglément à cette loi – ou il meurt !

Chapitre 49

Lovée sur une chaise, Clarissa cousait l'ourlet de la nouvelle robe que Nathan venait de lui acheter. Il aurait préféré qu'une petite main s'en charge, mais elle avait insisté pour s'en occuper. Rester inactive lui pesait. Avec un sourire, le Prophète s'était plié à la volonté de sa compagne. Un peu inquiète, Clarissa se demandait ce qu'elle allait faire de tous les vêtements qu'il lui offrait. Bien qu'elle lui eût demandé d'arrêter, il n'en tenait aucun compte.

Après une longue conversation avec un soldat nommé Bollesdun, au sujet des mouvements du corps expéditionnaire de Jagang, Nathan referma la porte et revint près de la jeune femme.

Les troupes en question avaient attaqué Renwold. Autant que possible, Clarissa tentait de ne pas écouter quand un des amis du Prophète venait lui faire son rapport. Le cauchemar qu'elle avait vécu dans sa ville la hantait, et elle s'efforçait de le chasser de sa mémoire. Nathan voulait arrêter le massacre, afin qu'il n'y ait pas d'autres cités mises à sac. Les « gaspillages de vie », comme il les appelait, le révulsaient.

Clarissa lui tapota la jambe quand il passa près d'elle.

— Je peux faire quelque chose pour t'aider ?

Les yeux bleus du Prophète restèrent un long moment posés sur elle.

— Non, c'est encore trop tôt. Je dois écrire une lettre, et j'attends de la visite. Ne va pas ouvrir la porte de la chambre quand on frappera. Et reste ici ! Je ne veux pas que ces personnes te voient. Comme tu ne contrôles aucune magie, elles ne sentiront pas ta présence.

La jeune femme ne se méprit pas sur le ton de son amant. Il était inquiet.

— Tu crains des ennuis ? Ces « personnes » ne voudront pas te nuire, j'espère ?

— Ce serait une grosse erreur – la dernière qu'elles commettraient ! Il y a tant de pièges dans la suite et autour que le Gardien lui-même n'oserait pas s'en prendre à moi. (Il fit un clin d'œil rassurant à Clarissa.) Espionne par le trou de la serrure, si ça t'amuse. Mémoriser les visages de mes interlocuteurs pourrait t'être utile. Mieux vaut savoir qui est dangereux…

L'estomac noué, Clarissa continua à broder des petites feuilles de vignes sur l'ourlet de la robe. Elle les trouvait seyantes, et ça l'aiderait à passer le temps pendant que Nathan rédigeait sa lettre.

Quand il eut fini, il entreprit de faire les cent pas, les mains croisées dans le dos. Lorsque des coups retentirent dans la pièce attenante, il se tourna vers sa protégée et posa un index sur ses lèvres pour lui signifier de se taire. Elle indiqua qu'elle avait compris. Satisfait, il passa dans la chambre et ferma la porte communicante. Comme il le lui avait conseillé, sa compagne alla s'agenouiller devant le trou de la serrure.

Nathan ouvrit pour laisser entrer deux très jolies femmes, environ de l'âge de sa protégée. Deux jeunes hommes attendaient derrière elles. Le regard dur de ces visiteuses aurait pu fendre un rocher... Comme Clarissa, chacune portait un anneau d'or à la lèvre inférieure.

— Eh bien, lâcha la plus grande, méprisante, voilà le Prophète en chair et en os ! Nous nous doutions que c'était toi, Nathan. Tu as l'art de fourrer ton nez dans les affaires qui ne te regardent pas.

Le vieil homme sourit et esquissa une révérence.

— Sœur Jodelle et sœur Willamina, je suis ravi de vous revoir ! Mais on doit m'appeler « seigneur Rahl », désormais. Même toi, Jodelle...

— Seigneur Rahl, répéta la sœur, comme si c'était une grossièreté. Nous l'avons entendu dire, oui...

D'une main nonchalante, Nathan salua les deux hommes toujours debout dans le couloir.

— Vincent et Pierce, quelle joie de retrouver de si brillants sorciers en herbe ! Vous essayez toujours de déchiffrer les prophéties ? Si vous avez besoin d'un avis, je suis votre homme. Une petite leçon vous dirait ?

— Toujours aussi cinglé, vieil homme ! lança un des deux jeunes types.

Très mécontent, Nathan tendit un index. Aussitôt, l'insolent cria de douleur et s'écroula comme une masse.

— Pierce, je viens de dire qu'on doit m'appeler « seigneur Rahl », lâcha Nathan d'un ton dur que Clarissa ne lui avait jamais entendu. Ne t'avise plus de me contrarier...

Willamina foudroya Pierce du regard et lui murmura une mise en garde pendant qu'il se relevait.

— Venez vous installer, mes dames, fit Nathan, faussement jovial. Vos gamins peuvent entrer aussi, bien entendu.

Aux yeux de Clarissa, les deux sorciers n'avaient rien de « gamins ». Vus de plus près, ils approchaient de la trentaine, au minimum.

Les quatre visiteurs entrèrent, les mains croisées sur le ventre. Nathan leur fit signe de s'installer et referma la porte.

— Na... seigneur Rahl, fit Jodelle, tu aimes vivre dangereusement. Nous recevoir tous les quatre n'est pas très prudent. Je pensais que tu serais plus sage, maintenant qu'une sœur imbécile t'a pris en pitié et débarrassé de ton Rada'Han.

Nathan se tapa sur les cuisses et éclata de rire. Aucun de ses visiteurs ne partagea son hilarité...

— Vivre dangereusement ? répéta-t-il quand il se fut calmé. Qu'ai-je à craindre de minables comme vous ? Jodelle, sache que je me suis libéré seul de mon Rada'Han. Pendant que vous me gardiez en cage, me tenant pour un vieux fou, j'ai acquis des connaissances dont vous ne soupçonnez pas l'existence. Pauvres Sœurs de…

— Viens-en aux faits ! coupa Jodelle.

— Puisque tu le veux… (Le Prophète leva un index.) Chers amis, je n'ai aucun grief contre vous ou votre maître. Mais si vous me cherchez, je peux tisser des Toiles qui dépasseront vos pathétiques imaginations, et vous écrabouilleront en un clin d'œil. Bien entendu, vous avez détecté les protections élémentaires que j'ai placées çà et là. Mais il y a plus, derrière ces champs de force, que ce que vos perceptions vous soufflent. Si par hasard…

À bout de patience, Jodelle interrompit de nouveau le Prophète.

— Nous ne sommes pas venus écouter les délires d'un vieux crétin ! Nous crois-tu stupides ? Nous avons localisé tes ridicules pièges magiques, et il n'y en a pas un qui nous résisterait une seconde, si l'envie nous en prenait. Nous pourrions les neutraliser tout en mangeant un bol de soupe !

— J'ai assez entendu ce vieillard ! intervint Vincent. Il a toujours eu la tête enflée de sa propre importance. Il est temps de lui montrer à qui il a affaire.

Quand le jeune coq leva les mains, Nathan n'esquissa pas un geste pour se défendre. Terrifiée, Clarissa vit des étincelles crépiter autour des doigts du sorcier.

Des rayons en jaillirent et volèrent vers Nathan. Par le Créateur, il allait mourir !

Un gémissement déchira l'air. Les rayons explosèrent et le sol vibra jusque dans le salon. Quand le calme fut revenu, la jeune femme ne vit plus trace de… Vincent. À part un petit tas de cendres blanches, à l'endroit où il se tenait.

Nathan alla prendre le balai caché derrière une tenture. En sifflotant, il ouvrit la porte et poussa les restes du sorcier vers le couloir.

— Ravi de ta visite, mon cher Vincent. Quel dommage que tu sois obligé de partir. Non, je te jure, te raccompagner est un plaisir !

Avec un salut nonchalant, le Prophète propulsa dans le couloir les cendres de son adversaire malheureux. Puis il referma le battant et se tourna vers les trois visiteurs survivants.

— Vous voyez ? Me sous-estimer serait la pire erreur de votre vie ! Si je vous montrais l'étendue de mon pouvoir, vos intellects atrophiés seraient incapables de comprendre. (Nathan fronça les sourcils d'une manière qui effraya même Clarissa.) À présent, témoignez votre respect au seigneur Rahl.

À contrecœur, tous obéirent.

— Que veux-tu ? demanda Jodelle, la première à se relever.

Son ton, remarqua Clarissa, était beaucoup moins méprisant.

— Tu peux dire à Jagang que je cherche la paix…

— La paix ? répéta la sœur en ramenant en arrière une mèche de ses épais cheveux noirs. À quel titre lui demandes-tu ça ?

— Je suis le seigneur Rahl, futur maître de D'Hara. Du coup, je dirigerai le Nouveau Monde. C'est bien contre lui que se bat ton empereur ?

— Comment ça, tu seras le nouveau maître de D'Hara ?

— Dis à Jagang que son plan portera bientôt ses fruits. Le seigneur Rahl actuel n'en a plus pour longtemps. Hélas, l'empereur a commis une erreur : m'oublier !

— Mais… mais…, bafouilla Jodelle, tu n'es pas le seigneur Rahl !

— Si Jagang réussit, ce que je prédis en ma qualité de Prophète, je remplacerai l'actuel maître de D'Hara. Je suis un Rahl né avec le don. Tous les D'Harans seront liés à moi. Comme tu le sais, à cause de ce lien, celui qui marche dans les rêves ne pourra pas conquérir le Nouveau Monde grâce à ses… talents si particuliers. Bref, Jagang s'est trompé ! (Nathan tapota le crâne de Pierce.) Il n'aurait pas dû recourir à des Prophètes de bazar comme ce têtard abruti !

— Je ne suis pas un Prophète de bazar ! s'indigna Pierce.

Nathan le regarda comme s'il était effectivement un têtard.

— Sans blague ? Alors, pourquoi n'as-tu pas averti ton maître que tuer Richard, par le biais de cette prophétie, ne le mènerait à rien ? Ou plutôt, à affronter un autre seigneur Rahl, bien plus redoutable ? As-tu évoqué avec lui ce détail ? Richard est déterminé, mais il ne connaît rien à la magie. Moi, c'est différent… (Nathan défia Pierce du regard.) Demande à ton ami Vincent ! Un vrai Prophète aurait vu, derrière une protection banale, la force prête à repousser ses attaques. Toi, tu t'en étais aperçu ?

Willamina tira Pierce en arrière. Juste à temps, pensa Clarissa, parce que Nathan semblait disposé à carboniser un second imbécile.

— Que veux-tu, seigneur Rahl ? demanda la sœur.

— Jagang a le choix : accepter mes conditions, ou être dans la mouise jusqu'au cou. Il regrettera très vite Richard, tu peux me croire.

— Tes conditions ? répéta Jodelle comme si elle n'en croyait pas ses oreilles.

— Le seigneur Rahl actuel, un jeune idéaliste, ne se rendra jamais à Jagang. Je suis bien plus sage, heureusement. Les guerres sont des folies qui coûtent des centaines de milliers de vies. Et tout ça pour quoi ? Décider qui régnera sur des ruines ?

» Richard est un jeune idiot incapable de contrôler son don. Je suis un vieux renard, et quant au don, je suppose que ma petite démonstration suffira. Par bonheur, l'idée que Jagang dirige l'Ancien Monde ne me dérange pas.

— Que veux-tu en échange ?

— Une part du gâteau… En clair, le pouvoir en D'Hara – sous l'aile de l'empereur, bien entendu. Je serai son homme de confiance dans le Nouveau Monde, et personne d'autre que lui ne me donnera d'ordres. Un marché équitable, non ?

Toujours blanc comme un linge, Pierce tentait de paraître invisible derrière les deux femmes. En revanche, celles-ci semblaient beaucoup moins accablées.

— Comment Jagang sera-t-il sûr de ta loyauté ?

— Pourquoi en douterait-il ? Sauf s'il me juge aussi faible d'esprit que l'actuel seigneur Rahl… Si ma façon de régner lui déplaît, ou ne lui rapporte pas assez de bénéfices, je sais ce qui arrivera. Le nom « Renwold » vous dit quelque chose ? Moi, j'y étais. Si Jagang attaque, les dégâts seront énormes. Je préfère profiter de ce qu'il me concédera.

— En attendant que tu prennes le pouvoir en D'Hara, au nom de quoi te ferions-nous confiance ?

— Vous voulez des garanties, c'est ça ? (Nathan se massa le menton.) Une armée d'harane de cent mille hommes fait mouvement au nord d'ici. Sans mon aide, vous ne la localiserez pas avant qu'elle attaque le corps expéditionnaire de Jagang. Quand votre maître aura tué Richard Rahl, les soldats d'harans seront liés à moi. À ce moment, je confierai ces troupes à l'empereur, pour augmenter sa force de frappe. Les D'Harans ont une longue habitude des sièges et des pillages. Ils compléteront à merveille les forces de l'Ordre Impérial.

— Une armée pour sceller le pacte…, souffla Jodelle, impressionnée.

— Mes chères sœurs, Jagang tente d'utiliser une prophétie pour gagner la guerre. Mais il s'est entouré d'abrutis qui se prennent pour des Prophètes. Je peux lui offrir les services d'un véritable expert. Sinon, il aura contre lui un maître de cet art, et des amateurs pour le soutenir. Ces idiots l'ont déjà mis dans une situation délicate… Vous suivez mon raisonnement ?

» Pour une insignifiante part du gâteau, j'arracherai cette épine du flanc de l'empereur. Ensuite, après tant d'années passées sous la surveillance des Sœurs de la Lumière, vous comprendrez que je serai ravi de prendre du bon temps jusqu'à la fin prochaine de mes jours.

» Si je vous aide, le Nouveau Monde tout entier ne résistera pas plus farouchement que Renwold. Que Jagang se montre déraisonnable, et ses adversaires, avec le soutien d'un vrai Prophète, finiront peut-être par l'emporter.

— Je vois ce que tu veux dire…, souffla Jodelle.

Nathan lui tendit la lettre qu'il venait d'écrire.

— Remets-lui cette missive. Elle expose mon offre et détaille mes conditions. N'oubliez pas : je suis beaucoup plus raisonnable que Richard Rahl, parce que guerroyer ne me dit rien. Qu'importe le nom du maître du monde ? L'essentiel, c'est que des centaines de milliers d'innocents ne meurent pas.

Les deux sœurs balayèrent du regard la superbe suite et sourirent au Prophète.

— Tu es rudement malin, vieil homme ! lança Jodelle. Dire que nous t'avions pris pour un vieux fou qui croupissait dans des appartements minables… Seigneur Rahl, nous transmettrons ton message à l'empereur. J'ose croire qu'il le jugera intéressant. Si Richard Rahl avait été aussi raisonnable, il ne serait pas au bord du gouffre.

— J'ai eu tout le temps du monde pour réfléchir, Jodelle…

La sœur se tourna vers la porte.

— Je ne peux pas parler au nom de l'empereur, seigneur Rahl, mais je crois qu'il appréciera ton plan. La guerre sera bientôt finie, et Jagang régnera sur le monde.

— Moi, je veux simplement que la boucherie s'arrête. Nous en profiterons tous, ma sœur… Au fait, dis à Jagang que je suis désolé, pour Vincent. Mais de toute façon, ce débile ne lui servait pas à grand-chose.

— Oui, seigneur Rahl, c'était une bouche inutile…

Chapitre 50

L e front reposant sur ses paumes, Richard se passa les doigts dans les cheveux. Quand elle entra dans le bureau, il releva les yeux et fut comme toujours émerveillé par la beauté de Kahlan. Ses magnifiques yeux verts, ses longs cheveux, son sourire si doux…

Dire que cette femme l'aimait ! Et il en éprouvait une sensation de… sécurité… qu'il n'aurait pas crue possible. S'il avait toujours rêvé d'être amoureux, la paix et la sérénité que cela lui valait dépassaient ses espoirs les plus fous. Si Shota s'avisait de menacer son bonheur…

— J'ai pensé que tu aurais faim, annonça la jeune femme, un bol de soupe fumant entre les mains. Tu travailles d'arrache-pied depuis plusieurs jours, et tu ne dors pas assez.

— Merci pour la soupe…, souffla le Sourcier.

— Richard, que se passe-t-il ? s'exclama Kahlan. Tu es pâle comme un mort !

— Je ne me sens pas très bien, je l'avoue…

— Tu es malade ? Ne me dis pas que…

— Non, ne t'inquiète pas ! Mais les minutes du procès me dépriment. J'en viens à regretter d'avoir trouvé ce livre…

— Allez, mange un peu, dit Kahlan en posant le bol sur la table.

— Qu'est-ce que c'est ? demanda Richard, plus intéressé par le mouvement de la robe de sa compagne – qui laissait voir la naissance de ses seins – que par la nourriture.

— De la soupe aux lentilles. Goûte, elle est délicieuse. Qu'as-tu découvert ?

Richard prit une cuillerée de soupe et souffla dessus pour la refroidir.

— Je n'ai pas traduit grand-chose, parce que ça prend un temps fou. Mais d'après ce que j'ai compris, les sorciers de jadis ont condamné à mort tous leurs collègues chargés d'« envoyer ailleurs » le Temple des Vents. L'« équipe du Temple », comme ils les appelaient. Une centaine d'hommes…

Kahlan s'assit en face du Sourcier.

— Qu'ont-ils fait pour mériter ça ?

— D'abord, ils ont laissé un accès au Temple, comme on le leur avait ordonné, mais très difficile à emprunter. Quand les autres ont essayé, pour récupérer leur magie de guerre, ils n'y sont pas parvenus.

— Kolo raconte que le Temple a lancé un avertissement par l'intermédiaire de la lune rouge. Tu veux dire que les anciens sorciers n'ont pas réussi à y répondre ?

— Ça ne s'est pas passé de cette façon. Ils sont retournés dans le Temple. Et c'est pour ça que la lune rouge est apparue. C'est le deuxième essai qui a échoué. Après qu'une première personne, en violant le sanctuaire, eut provoqué l'avertissement... Tu me suis ?

— Je crois..., fit Kahlan pendant que le jeune homme avalait un peu de soupe. Et cette première personne avait été dans le temple ?

— Oui, cet homme avait réussi. Et c'était bien le problème.

— Là, je perds pied...

Richard posa la cuillère et se radossa à son siège.

— L'équipe du Temple a également entreposé de la magie dans l'édifice, avant de l'envoyer ailleurs. Tu as entendu parler des horribles créatures qui virent le jour à l'époque de l'Antique Guerre ? Comme les mriswiths ou ceux qui marchent dans les rêves ?

— Bien sûr...

— Le Nouveau Monde affrontait l'Ancien, qui voulait éradiquer la magie, comme Jagang aujourd'hui. Les sorciers qui ont laissé des artefacts dans le Temple comprenaient les motivations de leurs adversaires. À leurs yeux, utiliser des êtres humains pour fabriquer des armes vivantes était maléfique et finirait par souiller l'âme du Nouveau Monde.

— Tu veux dire qu'ils sont passés dans le camp ennemi ? demanda Kahlan, fascinée. Ils se sont mis au service de l'Ancien Monde, afin d'anéantir la magie ?

— Non. Ils ne complotaient pas contre leur camp, ni contre la magie. Mais à l'inverse de leurs chefs, ils voyaient au-delà de la guerre en cours, et cherchaient à instaurer un équilibre viable. Ils pensaient que le conflit et son cortège de drames étaient dus à un mauvais usage de la magie. Et un jour, ils décidèrent d'agir.

— Comment ?

— À l'époque, la Forteresse grouillait de sorciers qui contrôlaient les deux facettes de la magie. Comparé au leur, le pouvoir de Zedd n'est rien, tout Premier Sorcier qu'il soit. Mais à partir d'un certain moment, ceux qui naissent avec le don sont devenus de plus en plus rares...

» À mon avis, l'équipe du Temple a profité de sa mission pour retirer de ce monde une partie de la magie. Ces sorciers l'ont enfermée dans le royaume des morts, où elle ne pourrait plus nuire aux êtres vivants.

— Par les esprits du bien, soupira Kahlan, de quel droit ont-ils pris une telle décision ? Ils se sont crus les égaux du Créateur, qui nous donne tout, y compris le pouvoir...

— L'homme qui a mené l'enquête partageait ton opinion, fit Richard avec un petit sourire. Il voulait savoir exactement ce qu'ils avaient fait...

— Tu as trouvé la réponse ?

— J'en suis au début de la traduction, et tu sais que la magie me dépasse, mais j'ai ma petite idée. Selon moi, l'équipe du Temple a retiré de ce monde la variante soustractive de la magie. Celle qui transformait des êtres humains en armes monstrueuses... Les sorciers leur enlevaient les caractéristiques qui ne les intéressaient pas, puis, avec la Magie Additive, ils en développaient d'autres pour fabriquer des machines à tuer.

— Mais qu'en est-il de toi, dans ce cas ? Tu es né avec le don, et tu contrôles les *deux* variantes. Si la Magie Soustractive était inaccessible, comment pourrais-tu exister ? La même question vaut pour moi, puisque le Kun Dar a pour source le pouvoir soustractif. Il y a aussi Darken Rahl, et les Sœurs de l'Obscurité... Bref, il existe encore des êtres qui maîtrisent plus ou moins les deux variantes.

— J'ignore la réponse à ces questions, avoua Richard. (Du revers de la main, il essuya son front lustré de sueur.) Et je ne suis pas sûr que mon hypothèse soit la bonne. Il me reste des centaines de pages à traduire. Quand j'aurai fini, rien ne dit que je saurai tout. Ce texte relate une enquête et un procès, ce n'est pas un cours d'histoire. À l'époque, tout le monde savait des choses aujourd'hui oubliées. Il n'y avait pas besoin d'explications...

» Pourtant, je crois que l'équipe s'est arrangée pour que la Magie Soustractive ne soit plus transmise aux descendants des sorciers. Le Kun Dar ne t'a pas été légué par un homme, c'est peut-être pour ça qu'il n'a pas été altéré. Quant à Darken Rahl, il a *appris* à utiliser la variante soustractive. Il n'est pas né avec, et ça fait peut-être toute la différence. Ces sorciers n'avaient sûrement pas prévu que leurs actes modifieraient l'équilibre et conduiraient à la quasi-disparition des enfants nés avec le don...

— Ou était-ce ce qu'ils voulaient ? C'est possible, et on les a peut-être exécutés pour cette raison. Et l'histoire de la lune rouge, dans tout ça ?

— Quand les chefs des sorciers ont tout découvert, ils ont envoyé quelqu'un réparer les « dégâts ». Pour avoir une chance de succès, il leur fallait un homme très puissant et déterminé. Ils ont choisi le plus grand zélateur de la magie qu'ils connaissaient. Un fanatique, pour tout dire. Leur procureur en chef, nommé Lothain, fut chargé de s'introduire dans le Temple des Vents.

— Et que s'est-il passé ?

— Il a emprunté le Corridor de la Trahison, comme Amelia. Pour ça, il a renié ses maîtres et ses convictions. Je ne saurais dire ce qu'il a fait précisément, parce que la description est trop « technique » pour moi. Mais si j'ai bien compris, il a parachevé l'œuvre de l'équipe du Temple, aggravant encore les choses.

» Lothain a trahi ses compagnons du Nouveau Monde. Comme il a modifié la manière dont le Temple retenait cette magie, un avertissement fut lancé. La lune rouge !

» Un autre sorcier fut envoyé. Sachant qu'il répondait à un appel, ses chefs se réjouirent, puisqu'il n'aurait pas besoin de passer par le Corridor de la Trahison. Ils pensaient qu'il réussirait sa mission, mais il n'est jamais revenu. L'homme qui prit sa suite, plus puissant et expérimenté, ne se remontra pas non plus.

» Devant la gravité de la situation, le Premier Sorcier décida d'y aller en personne. (Richard souleva son amulette.) Baraccus !

— A-t-il réussi ?

— Les autres sorciers ne le surent jamais. Il est revenu, mais son esprit semblait ne plus être là. Sans répondre aux questions de ses collègues, il alla dans son enclave privée, y déposa l'amulette, ressortit, se débarrassa de sa tenue – celle que je porte aujourd'hui – monta sur les remparts et se jeta dans le vide.

Les nerfs à vif, Kahlan attendit que le Sourcier continue.

— Après, les sorciers renoncèrent à s'introduire dans le Temple. Les « dégâts » provoqués par l'équipe, puis par Lothain, ne furent jamais réparés.

— Comment les enquêteurs ont-ils appris tout ça ? demanda Kahlan.

Richard referma un poing sur l'amulette.

— Ils ont recouru aux services d'une Mère Inquisitrice. Magda Searus, la première de toutes.

— Elle vivait à l'époque de l'Antique Guerre ? Je l'ignorais…

— Sans cela, Lothain n'aurait jamais parlé… Les sorciers qui siégeaient au procès sont les créateurs de l'ordre des Inquisitrices. Incapables d'arracher une confession à Lothain, même par la torture, ils ont créé le pouvoir qui est aujourd'hui le tien et en ont investi Magda Searus. Dès qu'elle eut touché Lothain, il avoua tout sur les agissements de l'équipe et sur les siens…

Richard baissa les yeux pour ne pas croiser ceux de Kahlan.

— Le sorcier qui a transformé Magda Searus en Inquisitrice s'appelait Merritt. Très satisfait du résultat, le tribunal a ordonné qu'on fonde un nouvel ordre, le tien, dont les membres seraient protégées par des sorciers.

» Merritt devint le sorcier de Magda. Ce n'était que justice, considérant la vie à laquelle il la condamnait, ainsi que toutes ses descendantes.

Dans un silence de mort, Richard remarqua que Kahlan affichait son masque d'Inquisitrice. Mais il n'avait pas besoin, pour deviner ses sentiments, que son visage les trahisse…

Il reprit la soupe, à moitié froide, et finit presque le bol.

— Richard…, souffla enfin Kahlan, si ces sorciers si puissants et si sages n'ont pas réussi à entrer dans le Temple…

— Comment pourrais-je y parvenir ? acheva le Sourcier.

Alors que le silence retombait, il avala les dernières cuillerées de soupe.

— Mais si nous échouons aussi, dit Kahlan, ce que m'a montré l'esprit adviendra. La mort fauchera des centaines de milliers d'innocents…

Richard aurait voulu se lever d'un bond, crier qu'il le savait et lui demander ce qu'elle attendait de lui, au juste. Mais il avala sa colère avec les dernières lentilles.

— Je sais…, se contenta-t-il de souffler.

Il racla soigneusement le bol, histoire de se calmer, puis reprit son compte rendu.

— Un des membres de l'équipe, Ricker, a fait une déclaration avant son exécution. (Il tira une feuille de parchemin d'une pile et lut sa traduction à haute voix :) « Je ne supporte plus ce que nous faisons avec le don. Les sorciers ne sont ni le Créateur ni le Gardien. Même une prostituée, aussi critiquable fût-elle, a le droit de vivre. »

— À quoi faisait-il allusion ?

— Les sorciers de ce temps-là utilisaient des gens pour se doter d'armes magiques terrifiantes. En réalité, ils détruisaient ces malheureux. Je suppose qu'ils choisissaient des cobayes qui leur paraissaient indignes d'exister. Les prostituées, les voleurs, les mendiants… On m'a déjà dit qu'un sorcier doit savoir se servir des autres. J'espère que mon interlocuteur ignorait l'origine ignoble de cet aphorisme.

— Richard, demanda Kahlan d'une voix tremblante, as-tu tiré de ta lecture la conclusion que nous avons perdu la partie ? Tu penses que nous sommes battus ?

Ne sachant que dire, le jeune homme tendit un bras et prit la main de l'Inquisitrice.

— Avant d'être exécutés, les membres de l'équipe ont fait une déclaration pour se justifier. Au lieu de sceller à jamais le Temple, un sort très simple pour eux, ils ont laissé une entrée accessible afin de pouvoir répondre à un avertissement. Selon eux, si la situation est assez grave, il reste possible de pénétrer dans l'édifice. Kahlan, je jure que j'y parviendrai !

Un instant, la jeune femme parut soulagée. Mais très vite, son regard se voila de nouveau. Richard devina sans peine ses pensées. Comme lui, lors de sa lecture, elle était horrifiée par la folie de la guerre, et le mal que les êtres humains pouvaient se faire les uns aux autres.

— Kahlan, nous n'utilisons pas la magie pour en tirer un bénéfice personnel. Ensemble, nous combattons un ennemi qui assassine de pauvres gosses. Au nom de la liberté, nous voulons en finir avec la terreur et les massacres.

Un petit sourire renaissant sur ses lèvres, l'Inquisitrice serra la main du Sourcier.

Tous les deux sursautèrent quand on frappa à la porte restée entrouverte.

— Puis-je entrer ? demanda Drefan. Ou êtes-vous trop occupés ?

— Non, tu ne nous déranges pas, répondit Richard.

Le guérisseur approcha du bureau.

— Je venais te dire que j'ai ordonné qu'on s'occupe des charrettes, comme tu le voulais. Hélas, nous en sommes déjà à ce point…

— Combien de morts, mon frère ?

— Un peu plus de trois cents, la nuit dernière… Et tous les rapports ne me sont pas encore parvenus. Comme tu l'avais prévu, les citadins ne peuvent pas s'occuper de tant de cadavres, et le nombre augmente chaque jour…

— Il est hors de question de les laisser se décomposer à l'air libre. Pour que l'épidémie se propage moins vite, il faut les enterrer rapidement. Dis aux hommes d'organiser le ramassage avec les charrettes. Je leur donne jusqu'au coucher du soleil.

— J'ai déjà précisé ce délai… Tu as parfaitement raison, au sujet des cadavres. Ce sont des foyers d'infection. Et il faut éviter que la situation s'aggrave.

— Parce qu'elle pourrait être pire ?

Le guérisseur ne répondit pas.

— Désolé, soupira Richard, c'était une question idiote. Tu as découvert quelque chose d'utile ?

— Mon frère, il n'y a pas de traitement contre la peste. En tout cas, je n'en connais aucun. Le seul espoir, c'est de rester en bonne santé ! À ce propos, être enfermé jour et nuit dans un bureau n'est pas sain. Et tu recommences à te priver de sommeil, je le vois dans tes yeux. Ne t'ai-je pas déjà averti ? Tu devrais te promener, prendre un peu l'air…

Fatigué de traduire ce maudit livre, et de se rendre malade à cause de ce qu'il y trouvait, Richard le referma et se leva.

— De toute façon, ça ne mène à rien. Allons faire quelques pas, comme tu le suggérais. (Il bâilla à s'en décrocher les mâchoires.) Kahlan, pendant que je moisissais dans cette pièce, qu'as-tu fait pour t'occuper ?

L'Inquisitrice jeta un regard furtif au guérisseur.

— J'ai aidé Drefan et Nadine…

— À faire quoi, exactement ?

— Ta future femme soigne les domestiques avec nous. Certains sont… touchés.

— La peste est dans le palais ?

— J'en ai bien peur, oui… Il y a seize malades. Quelques-uns ont des affections bénignes. Les autres…

— Je vois…

Quand Richard sortit, Raina s'écarta du mur où elle s'était adossée. À force de monter la garde, elle aussi semblait épuisée.

— Raina, nous allons faire un tour. Tu devrais nous accompagner. Sinon, Cara m'en parlera jusqu'à la fin des temps…

La Mord-Sith écarta une mèche noire de ses yeux. Elle savait que le seigneur Rahl avait raison, au sujet de Cara. Et elle se réjouissait qu'il prenne le pli, avec ses gardes du corps.

— Seigneur, dit-elle, je n'ai pas voulu vous déranger en plein travail… Mais le capitaine de la garde communale est venu me faire son rapport, et…

— Je sais, coupa le Sourcier, il y a eu trois cents morts cette nuit.

— Il me l'a dit, seigneur, mais ce n'est pas tout. Hier, on a trouvé une autre femme assassinée. Écorchée vive, comme les quatre autres.

Richard se massa le menton et constata qu'il avait oublié de se raser.

— Par les esprits du bien… La peste ne suffit pas ? Il nous faut aussi un fou qui éventre les gens ?

— C'était une prostituée, comme les précédentes victimes ? demanda Drefan.

— Le capitaine n'en est pas certain, mais il parierait que oui.

— S'il n'a pas peur de se faire prendre, le tueur devrait au moins se méfier de la peste. La maladie fait des ravages parmi ces femmes.

Du coin de l'œil, Richard aperçut Berdine au bout du couloir.

— J'aimerais m'occuper de cette affaire, mais il y a plus urgent. Raina, quand nous serons de retour, tu iras dire au capitaine de faire prévenir les prostituées. Si elles savent qu'un tueur les a prises pour cibles, ça les convaincra peut-être de se mettre au vert un moment.

» Je suis certain que tous les soldats savent où trouver ces… professionnelles. Qu'ils les avertissent au plus vite. Si elles continuent à vendre leur corps, elles tomberont tôt ou tard sur le mauvais client. Et ce sera le dernier…

Le Sourcier se tut et attendit que Berdine les ait rejoints.

— Tu ne devrais pas être en train de surveiller la sliph ? demanda-t-il quand elle arriva.

— J'ai été relever Cara, mais elle a insisté pour assurer mon tour de garde.

— Pourquoi cet acharnement ?

— Elle ne l'a pas dit, seigneur.

— Richard, intervint Kahlan, c'est à cause des rats.

— Pardon ?

— Cara tente de se prouver quelque chose... Elle déteste les rats.

— Je ne peux pas l'en blâmer..., souffla Raina.

— Ce sont d'ignobles créatures, renchérit Drefan.

— Si vous vous moquez d'elle à cause de ça, prévint l'Inquisitrice, vous en répondrez devant moi... quand elle en aura fini avec vous. Ça n'a rien d'amusant.

Personne ne semblait d'humeur à défier Kahlan. Ni à s'amuser de quoi que ce fût, d'ailleurs...

— Où allez-vous ? demanda Berdine.

— Faire une promenade. Si tu es fatiguée d'être assise, comme moi, viens avec nous.

Au moment où ils se mettaient en mouvement, Nadine tourna le coin du couloir et les aperçut.

— Que se passe-t-il ? cria-t-elle.

— Rien de spécial..., répondit Richard. Et toi, ça va ?

— Très bien, merci. J'ai passé mon temps à enfumer des chambres, comme Drefan me l'a demandé.

— Nous allions marcher un peu, annonça Kahlan. Tu as travaillé dur, Nadine. Une petite pause te dirait ?

Richard foudroya l'Inquisitrice du regard, mais elle détourna la tête.

— Bien sûr, répondit l'herboriste, un peu surprise. J'adorerais faire quelques pas.

Les six compagnons se dirigèrent vers les portes du palais. Tous les soldats qu'ils croisèrent les saluèrent, imités par les domestiques, qui semblaient en état de choc. Richard remarqua que beaucoup avaient les yeux rouges à force de pleurer.

Juste avant les portes, ils eurent la mauvaise fortune de tomber sur Tristan Bashkar. Bien qu'il n'eût aucune envie de parler avec l'ambassadeur jarien, le Sourcier dut se résigner. Cette fois, il n'avait aucune possibilité de l'éviter.

— Mère Inquisitrice, seigneur Rahl, vous me voyez ravi de vous rencontrer.

— Que voulez-vous, Tristan ? demanda Kahlan d'un ton volontairement peu engageant.

L'ambassadeur cessa d'admirer le décolleté de son interlocutrice et se tourna vers Richard.

— Je veux savoir...

— Êtes-vous venu m'annoncer la reddition de Jara ? coupa le Sourcier.

Bashkar écarta le pan de son manteau et plaqua le poing sur sa hanche droite.

— Mon délai court encore, et je m'inquiète au sujet de la peste. Seigneur Rahl, vous dirigez tout ici. Que comptez-vous faire contre ce fléau ?

— Mon possible, répondit Richard, se forçant au calme.

Tristan jeta un nouveau coup d'œil sur le décolleté de Kahlan.

— Vous comprendrez, j'espère, que j'ai besoin d'en savoir plus. (À regret, il regarda de nouveau son interlocuteur.) En toute conscience, puis-je remettre la destinée de mon pays entre les mains du responsable d'une telle catastrophe ? Pour ce que j'en sais, ce sera peut-être la pire de l'histoire des Contrées du Milieu. N'y voyez aucune offense, mais le ciel m'a dit la vérité, et vous admettrez que ma position se défend.

— Vous serez bientôt à court de temps, ambassadeur, répondit Richard. Si Jara ne me prête pas bientôt allégeance, je m'assurerai à ma manière de sa docilité. À présent, si vous voulez bien nous excuser, nous allons respirer un peu d'air frais. Dans ce hall, je sens une puanteur qui m'indispose.

Bashkar blêmit sous l'injure. Alors qu'il tournait de nouveau les yeux vers Kahlan, le Sourcier, rapide comme l'éclair, lui subtilisa son couteau et le lui plaqua sur la poitrine.

— Si je vous reprends à reluquer la Mère Inquisitrice, soyez assuré que je vous arracherai le cœur !

Richard se tourna et lança l'arme qui alla se ficher dans une poutre, au-dessus d'une entrée d'escalier.

Alors que la lame vibrait encore, il prit Kahlan par le bras et s'éloigna, sa cape jaune ondulant derrière lui comme une traîne.

L'Inquisitrice, rouge comme une pivoine, se laissa entraîner sans protester. Un grand sourire aux lèvres, les deux Mord-Sith emboîtèrent le pas à leur seigneur.

Drefan suivit le mouvement. Lui aussi souriait.

Pas Nadine.

Chapitre 51

U n chien aboyait dans le lointain à l'instant où Richard et ses cinq compagnons s'arrêtèrent devant la petite cour de la maison des Anderson. Le sol était toujours jonché de copeaux et personne ne travaillait sur les tables à découper.

Le Sourcier avança, tapa à la porte de l'atelier et attendit un moment. En l'absence de réponse, il ouvrit un des deux battants et demanda s'il y avait quelqu'un.

Là encore, il n'obtint aucune réaction.

— Clive ! cria-t-il. Darby ! Erling ! Où êtes-vous ?

Dans un silence pesant, les six visiteurs traversèrent l'atelier et montèrent à l'étage. La dernière fois, de bonnes odeurs de cuisine leur avaient caressé les narines. Aujourd'hui, la puanteur de la mort les accueillait.

Assis sur une des chaises qu'il avait fabriquées avec tant de soins, Clive Anderson serrait contre lui le cadavre de sa femme. Lui aussi ne respirait plus.

Richard se pétrifia. Derrière lui, Kahlan gémit de désespoir.

Drefan alla inspecter les chambres. Il revint très vite et secoua tristement la tête.

Incapable de bouger, le Sourcier tenta d'imaginer l'agonie de Clive. Sa femme morte dans les bras, malade au point de ne pas pouvoir se lever, il avait eu tout le temps de voir son avenir et ses rêves tomber en poussière devant ses yeux.

— Mon frère, souffla Drefan, il n'y a plus rien à faire. (Il prit Richard par le bras et le tira en arrière.) Il vaudrait mieux sortir et faire venir une charrette...

Un bras autour des épaules de Kahlan, qui sanglotait sans retenue, Richard vit Berdine et Raina, elles aussi décomposées, se frôler furtivement le bout des doigts. Un peu à l'écart, Nadine évitait de regarder les deux couples.

Le jeune homme eut soudain pitié d'elle. Parmi eux, elle était si seule... et si vulnérable. Comme s'il avait capté les pensées de son frère, Drefan alla poser une main réconfortante sur le bras de l'herboriste.

Ils redescendirent l'escalier en silence. Une fois dans l'atelier, Richard cessa de bloquer sa respiration. La puanteur, là-haut, avait failli le faire vomir.

Erling entra quelques instants plus tard et sursauta en reconnaissant ses visiteurs.

— Désolé, Erling, dit le Sourcier, nous ne voulions pas violer votre intimité, mais... Enfin, nous sommes venus vérifier que...

— Mon fils est mort, souffla le vieil homme. Hattie aussi... J'ai dû sortir, vous comprenez. Seul, je ne pouvais pas les porter.

— Une charrette viendra bientôt, mon ami. Mes soldats vous aideront.

— C'est très gentil, merci...

— Et les autres... ?

Erling leva ses yeux injectés de sang.

— Tous morts... Ma femme, Clive, Hattie, Darby, Lily... En revanche, Beth s'est rétablie. Oui, elle va bien, la pauvre petite chérie. Je l'ai conduite chez la sœur de Hattie. Pour le moment, sa maison est épargnée par la peste.

— Erling, je suis navré, dit Richard en tapotant l'épaule du vieil ébéniste. Par les esprits du bien, j'ai tant de chagrin...

— Merci... Mais pourquoi suis-je encore là, seigneur ? À mon âge, on peut mourir... Les esprits ont été injustes ! Ils n'auraient pas dû frapper les jeunes.

— Je sais... À présent, ils sont en paix dans un endroit où nous irons tous un jour. Tôt ou tard, vous les retrouverez.

Après s'être assurés qu'Erling n'avait besoin de rien, Richard et ses compagnons sortirent, traversèrent la cour et firent une pause dans la ruelle pour reprendre leurs esprits.

— Raina, dit Richard, va chercher des soldats. Dis-leur de venir avec une charrette et d'emporter les corps.

— À vos ordres, seigneur ! lança la Mord-Sith avant de partir au pas de course.

— Je ne sais que faire..., soupira le Sourcier. Comment aider un homme qui vient de perdre tous ceux qu'il aimait ? Bon sang, j'ai balbutié des platitudes, au lieu de...

— C'étaient les mots justes, mon frère, coupa Drefan. Personne n'aurait fait mieux.

— Tu l'as réconforté, renchérit Nadine. C'est tout ce qui était en ton pouvoir...

— Tout ce qui était en mon pouvoir, oui..., répéta Richard, le regard dans le vide.

Kahlan lui serra plus fort la main, et Berdine lui prit l'autre. En silence, ils formèrent un cercle de chagrin et de désespoir.

Puis Richard se dégagea et fit les cent pas en attendant le retour de Raina. Le soleil disparaissait déjà à l'horizon. À leur retour au palais, il ferait nuit noire. Mais le Sourcier refusait de partir tant que les soldats ne seraient pas venus enlever les cadavres de la maison des Anderson.

Kahlan et Berdine s'adossèrent au muret de la cour. Les mains dans le dos, Drefan, plongé dans une sombre méditation, fit quelques pas dans la ruelle. Seule comme à l'accoutumée, Nadine resta à l'entrée de la propriété, près du portail.

Richard repensa au Temple des Vents, et à la magie qu'Amelia y avait volée sur l'ordre de Jagang. Comment arrêter cette boucherie ? Malgré ses efforts, il n'imaginait aucune solution.

Revoyant le regard libidineux de Bashkar posé sur Kahlan, il sentit le sang bouillir dans ses veines.

Soudain, le Sourcier s'immobilisa. Il était juste devant Nadine, et une sensation étrange l'avait envahi.

Tous les poils de sa nuque se hérissèrent.

Il se retourna au moment où un sifflement retentit.

Le temps parut s'arrêter et les sons s'étirèrent interminablement. Dans l'air devenu aussi épais que de la boue, Richard eut l'impression de dériver au ralenti. À ses yeux, ses compagnons semblaient figés comme des statues.

Le temps lui appartenait !

Il tendit un bras et se jeta en avant. Fendant la « boue » sans difficulté, il se fia au sifflement de l'acier et attendit l'instant où tout se jouerait.

Nadine battit des paupières. Un mouvement qui parut durer une éternité.

Maître du temps et de l'espace, Richard referma le poing sur le carreau d'arbalète, l'interceptant à trois pouces du front de l'herboriste.

Comme la marée qui déferle sur une plage, le monde redevint normal, avec son flot d'images et de sons.

À une fraction de seconde près, Nadine aurait eu le crâne éclaté. Mais pour Richard, la scène avait semblé s'étirer sur une heure...

— Richard, souffla l'herboriste, comment as-tu pu attraper ce carreau ? Te voir faire m'a fichu une de ces frousses ! Même si je ne m'en plains pas, évidemment...

— Je n'ai jamais assisté à un tel prodige..., souffla Drefan, les yeux écarquillés.

— N'oublie pas que je suis un sorcier, mon frère, lâcha Richard.

Il tourna la tête vers l'endroit d'où venait le projectile. Avait-il vraiment capté un mouvement du coin de l'œil ?

— Ça va ? demanda Kahlan à Nadine, qui tremblait comme une feuille.

L'herboriste hocha la tête, gémit de terreur et ne résista pas quand l'Inquisitrice la prit dans ses bras pour la consoler.

Désormais certain d'avoir vu quelque chose, Richard partit au pas de course, Berdine sur les talons.

— Trouve des soldats ! lui cria le Sourcier. Il faut boucler la zone. Je veux coincer ce salaud !

La Mord-Sith s'engagea dans une ruelle latérale. Fou de rage, Richard continua tout droit. On avait tenté de tuer Nadine, et c'était intolérable !

Oubliant qu'elle était un pion dans le jeu de Shota – et un caillou dans sa chaussure – il ne voyait plus la jeune femme comme une menace, mais sous l'aspect d'une vieille amie venue lui rendre visite. Dans ces conditions, la rage de sa magie le submergea.

Les bâtiments défilèrent sous ses yeux et des chiens aboyèrent sur son passage. Devant lui, les passants s'écartaient en criant de terreur. Blême de peur, une femme se plaqua contre le mur d'un petit entrepôt.

Richard sauta la clôture basse derrière laquelle il avait perçu un mouvement. Sans ralentir, il dégaina l'Épée de Vérité.

Après un atterrissage en souplesse, il se mit en position de combat... et découvrit la chèvre blanche qui le dévisageait, à peine surprise par son intrusion. Le tireur s'était volatilisé. Mais son arbalète gisait sur le sol, entre la clôture et le petit abri de planches de la chèvre.

Le Sourcier regarda autour de lui. Sur un fil, des draps et des vêtements finissaient de sécher. Au-delà, une femme était penchée à son balcon, le cou tendu pour mieux voir.

Richard rengaina son arme.

— Vous avez vu quelque chose ? demanda-t-il, les mains en porte-voix.

— Un homme a filé vers la droite !

Dans cette direction, la ruelle devenait très étroite et serpentait entre des bâtiments pour déboucher sur une voie plus large. Quand il arriva à l'intersection, le Sourcier avisa une jeune femme et la prit par le bras.

— Un homme a débouché de cette ruelle. A-t-il tourné à droite ou à gauche ? Terrorisée, la passante tenta de se dégager.

— Il y a des gens partout ! cria-t-elle. De quel homme parlez-vous ?

Richard lâcha ce témoin inutile et remarqua, en haut de la rue, à gauche, un marchand ambulant qui tentait de redresser une charrette chargée à ras bord de légumes frais. Quand le Sourcier s'arrêta près de lui, le type leva les yeux.

— À quoi ressemblait l'homme qui a renversé votre charrette ?

Le marchand ajusta machinalement son chapeau à larges bords.

— Je n'en sais rien… Je cherchais un bon coin où m'installer, et j'ai entendu un bruit sourd. Après avoir percuté ma charrette, l'homme a continué tout droit. Mais je n'ai vu qu'une silhouette noire…

Richard repartit aussitôt. Ce secteur de la ville, un des plus anciens, était un labyrinthe de ruelles, de rues et d'étroits passages. Pour se repérer, le Sourcier devrait se fier à la pâle lueur du soleil couchant, à l'ouest. Mais ça ne l'aiderait pas à savoir quel itinéraire suivait sa proie, qui fuyait probablement au hasard, avec la seule intention de le semer.

Quand il croisa une patrouille de soldats, Richard ne leur laissa même pas le temps de le saluer.

— Vous avez dû croiser un homme qui courait. Quelqu'un peut me le décrire ?

— Seigneur, nous n'avons vu personne courir… À quoi ressemble votre fugitif ?

— Je n'en sais rien ! Il a tiré sur nous, puis il s'est enfui. Séparez-vous et quadrillez le coin.

Avant que les soldats aient eu le temps d'obéir, Raina débaula dans la rue, une cinquantaine d'hommes sur les talons.

— Vous savez par où il est parti ? haleta-t-elle.

— Non. J'ai perdu sa trace il y a quelques minutes. Déployez-vous et trouvez-le !

— Seigneur Rahl, dit un sergent, votre homme s'est probablement arrêté de courir. S'il n'est pas idiot, il sait que c'est le meilleur moyen de se faire remarquer.

Le sous-officier tendit un bras vers la rue, dans son dos. Des dizaines de passants allaient et venaient paisiblement ou observaient les événements de loin, intrigués par cet afflux de militaires. Le tireur pouvait être n'importe lequel de ces badauds.

— Sans une description, seigneur, autant chercher une aiguille dans une meule de foin.

— Je n'ai pas vu ce salaud ! grogna Richard, toujours furieux. Séparez-vous ! Une moitié du groupe continuera d'avancer avec moi, et l'autre rebroussera chemin.

Interrogez tout le monde, pour savoir si quelqu'un a vu un type en train de courir. Il doit marcher, maintenant, vous avez raison. Mais avant de se sentir en sécurité, il n'a sûrement pas flâné.

Son Agiel au poing, Raina vint se camper près du Sourcier.

— À présent, continuons les recherches ! En chemin, nous alerterons d'autres soldats. Si le fugitif prend peur, il peut recommencer à courir et se trahir. Une dernière chose : je le veux vivant !

La nuit était bien avancée quand ils revinrent au Palais des Inquisitrices. Alertés par des messagers, les gardes étaient sur le pied de guerre. D'autres soldats patrouillaient dans le complexe, et une souris ne leur aurait pas échappé.

Alors qu'ils entraient dans le grand hall, Kahlan, Berdine, Raina, Drefan, Nadine et Richard virent que Tristan Bashkar les y attendait. Les mains dans le dos, il marchait de long en large et s'arrêta dès qu'il les vit.

Le Sourcier s'immobilisa aussi. À part Kahlan, qui resta à ses côtés, les autres formèrent un cercle défensif autour de lui.

— Seigneur Rahl, dit le Jarien, puis-je vous parler ?

D'un coup d'œil, Richard constata que l'ambassadeur, contrairement à ses habitudes, n'avait pas écarté les pans de son manteau pour exhiber son arme.

— Un moment, messire Bashkar… (Le jeune homme tourna la tête vers ses compagnons – en gardant le diplomate dans son champ de vision.) Il est très tard, et nous aurons tous beaucoup de travail, demain. Allez vous reposer, mes amis. Sauf toi, Berdine. Désolé, mais je veux que tu files à la Forteresse pour monter la garde avec Cara.

— Toutes les deux ? s'étonna la Mord-Sith.

— N'ai-je pas été assez clair ? grogna Richard. Oui, toutes les deux ! Après cet attentat, je ne prendrai aucun risque.

— Dans ce cas, dit Raina, je surveillerai les quartiers de la Mère Inquisitrice.

— Non, tu te posteras devant la chambre de Nadine. C'est elle qu'on a voulu tuer.

— Bien, seigneur Rahl. Avant, je m'assurerai que des soldats soient en faction devant les appartements de votre future épouse.

— T'ai-je donné un ordre allant en ce sens ? demanda Richard sans dissimuler son agacement. (La Mord-Sith s'empourpra.) Tous les gardes devront patrouiller dans les jardins et autour du complexe, pour établir un périmètre de sécurité. Tous les hommes, m'entends-tu ? Le danger est dehors, pas dans le palais. Ici, Kahlan ne risque rien. Pas question que des soldats se tournent les pouces devant chez elle. C'est compris ?

— Mais, seigneur Rahl…

— Ne discute pas ! Je ne suis pas d'humeur à polémiquer.

— Richard, souffla Kahlan en lui tapotant le bras, tu es sûr que… ?

— Quelqu'un a tenté de tuer Nadine et a failli réussir ! Il vous en faut davantage pour conclure que tu n'es pas en danger ? Je ne veux plus courir de risques. Il faut protéger mon amie, point final. Drefan, à partir d'aujourd'hui, tu porteras une épée. Tous les guérisseurs sont peut-être menacés.

Les compagnons du Sourcier baissèrent les yeux et se turent.

— Parfait. (Richard se tourna vers Tristan.) Je vous écoute.

— Seigneur Rahl, je tenais à m'excuser. J'ai pu paraître insensible, mais en réalité, je m'inquiétais pour les citoyens d'Aydindril qui souffrent et meurent. Savoir des innocents dans le malheur me met hors de moi. Que cet incident, je vous en prie, ne creuse pas entre nous un fossé infranchissable. Seigneur, me ferez-vous la grâce d'accepter mes excuses ?

Richard sonda longuement le regard du diplomate.

— Bien entendu, ambassadeur. Sachez que je suis désolé de m'être laissé emporter. Moi aussi, j'ai du mal à supporter que des innocents soient frappés. (Il posa une main sur l'épaule de Nadine.) On a tenté de tuer une personne qui se sacrifie pour soigner les malades. En ville, certains en veulent aux guérisseurs parce qu'ils ne parviennent pas à enrayer l'épidémie. Il serait injuste que des thérapeutes dévoués tombent sous les coups de quelques illuminés.

— Vous avez tout à fait raison, seigneur. Accepter mes excuses est très généreux de votre part. Merci beaucoup.

— De rien, ambassadeur. N'oubliez pas que vous devez donner votre réponse demain.

— J'en ai conscience, et vous l'aurez, seigneur Rahl. En attendant, je vous souhaite une excellente nuit.

Richard salua son interlocuteur et se tourna vers ses compagnons.

— Allez, filons nous reposer ! Demain, nous aurons du pain sur la planche, et le sommeil, comme Drefan ne cesse de le rappeler, est indispensable à l'être humain. Vous avez vos ordres. Quelqu'un veut poser une question ?

Tous secouèrent la tête.

Deux heures après que Richard les eut tous envoyés au lit, Kahlan crut voir quelque chose bouger dans sa chambre.

La lampe murale, au fond de la pièce, était réglée au minimum. Les nuages voilant la lune, aucune lumière ne filtrait par la baie vitrée du balcon. Et si un tueur marchait vraiment vers le lit, l'épais tapis étouffait le bruit de ses pas. Sans la faible lueur de la lampe, il aurait été impossible d'apercevoir la silhouette. S'il y en avait bien une.

L'Inquisitrice crut de nouveau capter l'ombre d'un mouvement. Mais elle n'avait vu personne entrer, et ça pouvait être un tour de son imagination. Après une journée pareille, il était normal d'avoir les nerfs à vif.

N'était qu'on marchait vraiment dans la pièce ! Cette fois, impossible d'en douter : quelqu'un approchait de son lit. Dans le plus grand silence, et avec une rapidité remarquable.

Quand elle vit briller une lame, Kahlan retint son souffle et ne bougea pas un cil.

Un bras puissant s'abattit à plusieurs reprises avec une violence qui témoignait de la haine que l'assassin éprouvait pour sa victime.

Du bout d'un index, Richard poussa la baie vitrée qui s'ouvrit en silence. Sur un geste de son seigneur, Berdine se glissa dans la chambre et prit la position qu'il lui avait affectée. Quand elle entendit un coup discret sur la vitre – le signal convenu – elle tourna à fond la molette de la lampe.

Son couteau à la main, Tristan Bashkar se redressa, le souffle court à cause de l'effort qu'il venait de fournir.

— Lâchez votre arme, ambassadeur, dit calmement Richard.

Tristan fit tourner le couteau entre ses doigts, à l'évidence avec l'idée de le lancer.

L'Agiel de Berdine s'écrasa sur sa nuque, le forçant à tomber à genoux. Sans relâcher la pression, la Mord-Sith se baissa et lui arracha la lame. Tandis qu'il hurlait de douleur, elle le fouilla, se releva et brandit triomphalement trois couteaux.

— Tu avais raison, Richard, dit Drefan en avançant sous la lumière.

— Je n'en crois pas mes yeux, fit Nadine, debout derrière lui.

— Pourtant, ça ne fait aucun doute, déclara le général Kerson en franchissant le seuil du balcon. On dirait bien que messire Tristan Bashkar vient de perdre son immunité diplomatique.

Richard mit deux doigts devant sa bouche et siffla. Raina entra par la porte principale, un groupe de soldats d'harans sur les talons. Deux hommes se chargèrent d'allumer les autres lampes.

Debout près de Kahlan, le Sourcier, dans sa tenue de combat, regarda froidement les gardes relever sans douceur l'ambassadeur jarien.

— Tu avais deviné juste, dit l'Inquisitrice. L'attaque contre Nadine était un leurre, pour détourner l'attention de la véritable cible. Il en a toujours eu après moi.

Un instant, elle avait cru que Richard était devenu fou. Sa performance d'acteur avait convaincu tout le monde, y compris Bashkar.

— Merci de m'avoir fait confiance, dit-il.

Après qu'il lui eut révélé son plan, l'Inquisitrice avait pensé qu'il accusait Tristan à cause de leur dispute de l'après-midi. Sans le dire, elle s'était demandé si la jalousie ne finissait pas par brouiller son jugement.

Depuis qu'elle lui avait rapporté les propos de Shota, il s'était montré à deux reprises d'une extrême possessivité. Une réaction nouvelle chez lui. Même s'il n'avait aucune raison de douter de sa compagne, les prévisions de la voyante le hantaient.

Chaque fois qu'elle posait les yeux sur Nadine, Kahlan comprenait les sentiments de son bien-aimé. Dès que l'herboriste approchait de lui, elle sentait les griffes de la jalousie lui déchirer les entrailles.

Shota et l'esprit du grand-père de Chandalen n'avaient pas menti : elle n'épouserait jamais Richard. Même si elle essayait de se raisonner, parce qu'au fond, tout pouvait encore s'arranger, son cœur lui hurlait que les jeux étaient faits. Richard prendrait Nadine pour femme. Et elle devrait s'unir à un autre homme que lui.

Le Sourcier refusait d'y croire. En tout cas, il l'affirmait. Mais était-ce sincère ?

Kahlan revit Clive Anderson, mort avec le cadavre de sa femme dans les bras. Comparé à la tragédie qui avait frappé cette famille, et tant d'autres qu'elle ne connaissait pas, que pesait un mariage malheureux ? N'était-ce pas un faible prix à payer pour arrêter l'hécatombe ?

— Leurre ou non, dit Nadine en approchant de Richard, j'aurais pu y laisser la vie. Merci, Richard ! La façon dont tu as intercepté ce carreau… C'était vraiment extraordinaire !

— Mon amie, tu m'as assez remercié. (D'un seul bras, le jeune homme serra brièvement l'herboriste contre lui.) Tu aurais fait la même chose pour moi.

Kahlan étouffa une nouvelle montée de jalousie. Comme l'avait souligné Shota, si elle aimait vraiment Richard, elle devait lui souhaiter de vivre avec une femme qu'il connaissait et qu'il appréciait… un peu.

— S'il avait réussi à m'abattre, à quoi ça lui aurait servi ? Tu dis qu'il voulait détourner l'attention de sa véritable cible, mais…

— Il sait que j'ai le don, et il comptait là-dessus. S'il t'avait tuée, un attentat contre Drefan, peu après, aurait renforcé l'impression que les guérisseurs étaient visés.

— Et pourquoi n'a-t-il pas tiré directement sur Kahlan ?

Richard tourna les yeux vers le lit.

— Parce qu'il adore se servir de sa lame. Il voulait la sentir s'enfoncer dans les chairs de la Mère Inquisitrice.

Kahlan frissonna de terreur. Connaissant Tristan, elle ne pouvait contester cette analyse. Ce monstre aurait pris du plaisir à l'éventrer.

Près du lit, le Jarien se débattait en vain contre les soldats, qui lui ramenèrent sans douceur les bras dans le dos.

Kahlan détestait qu'il y ait autant de gens dans sa chambre. Jusque-là, elle l'avait tenu pour un sanctuaire. Et un lieu où elle ne risquait rien…

Un homme s'y était introduit, décidé à la poignarder à mort.

— Qu'est-ce ça signifie ? cria soudain Tristan.

— Rien de bien grave, lâcha Richard. Nous avions tous envie de voir un immonde traître poignarder une chemise de nuit remplie d'étoupe. C'est tout…

Le général Kerson fouilla le prisonnier pour s'assurer que Berdine l'avait délesté de toutes ses armes. Quand il fut satisfait, il se tourna vers Richard :

— Que devons-nous faire de lui, seigneur Rahl ?

— Coupe-lui la tête, général.

— Richard, s'écria Kahlan, tu ne peux pas faire ça !

— Tu l'as vu de tes yeux : il voulait t'assassiner.

— Mais il n'a pas réussi ! Les esprits font une distinction entre les actes et les intentions. On n'exécute pas un homme parce qu'il a poignardé un lit vide !

— Il a également tenté d'abattre Nadine.

— C'est faux ! cria Tristan. Je n'y suis pour rien ! Bon sang, je ne suis même pas sorti du palais, aujourd'hui !

— Je vois des poils de chèvre sur vos genoux. Des poils blancs, ambassadeur… Ramassés quand vous vous êtes accroupi près de la clôture pour tirer à l'arbalète.

Kahlan jeta un coup d'œil au Jarien et constata que le Sourcier disait vrai.

— Vous perdez l'esprit ! Je n'ai rien fait de tel !

— Richard, insista l'Inquisitrice, Nadine n'est pas morte. Il lui a tiré dessus, mais sans succès. On ne doit pas décapiter un homme pour ses *intentions !*

Le Sorcier porta la main à sa poitrine et ferma le poing sur son amulette. La danse avec les morts… L'absence totale de pitié…

— Alors, seigneur ? demanda Kerson.

— Richard, ne fais pas ça !

— Tristan Bashkar, vous avez tué quatre femmes. Une vraie boucherie ! Dépecer les gens vous plaît, n'est-ce pas ?

— De quoi parlez-vous ? Je n'ai jamais tué personne, à part sur les champs de bataille.

— Bien entendu, lâcha le Sourcier. De même, vous n'avez jamais tenté d'assassiner Kahlan et Nadine. Et comme tout le monde peut le voir, il n'y a pas de poils de chèvre sur vos genoux.

— Mère Inquisitrice, implora le Jarien, vous êtes toujours vivante, et dame Nadine aussi. Ne venez-vous pas de dire que les esprits font une différence entre les intentions et les actes ? Je n'ai commis aucun crime. Ne le laissez pas exécuter un innocent !

Kahlan se souvint de ce qu'on murmurait au sujet de Tristan. Sur un champ de bataille, il préférait utiliser son couteau plutôt que son épée. Car il prenait un plaisir pervers à charcuter ses adversaires...

Les prostituées avaient succombé sous les coups d'un sadique.

— Tristan, ne m'avez-vous pas dit que vous deviez souvent ouvrir votre bourse pour obtenir les faveurs d'une femme ? Et que vous accepteriez, si vous violiez nos lois, le châtiment que nous vous infligerions ?

— Et si on en décidait lors d'un procès équitable ? Je n'ai tué personne. L'avoir voulu ne revient pas à l'avoir fait !

— Pourquoi avez-vous attaqué Kahlan, Tristan ? demanda Richard. Dans quelle *intention*, puisque cela vous semble la clé de tout ?

— Je devais le faire, seigneur Rahl. Pas pour en tirer du plaisir, comme vous le pensez, mais pour sauver des vies.

— Selon vous, le meurtre est un moyen d'épargner des existences ?

— Vous avez pris des vies, seigneur ! Pas par sadisme, mais pour préserver des innocents. Voilà mon crime : avoir voulu sauver des milliers de malheureux.

» L'Ordre Impérial a envoyé des émissaires au palais de Sandilar. Ils nous ont menacés de mort si nous ne servions pas l'empereur. Javas Kedar, notre astrologue, m'a conseillé d'attendre un signe du ciel.

» Après les trois nuits de lune rouge, et le début de la peste, j'ai su ce qu'il me restait à faire. En tuant la Mère Inquisitrice, j'espérais me gagner les faveurs de l'Ordre, et éviter que la maladie frappe mon peuple. Je voulais sauver les miens, comprenez-vous ?

— Kahlan, demanda Richard, à quelle distance est Sandilar ?

— Il faut un mois pour faire l'aller-retour... Peut-être un peu moins.

— Général Kerson, envoyez des officiers prendre le commandement de l'armée et de la capitale jariennes. Qu'ils remettent à la famille royale la tête de Bashkar, en précisant qu'il a été exécuté pour avoir tenté de tuer la Mère Inquisitrice.

» Vos hommes devront proposer à Jara de se rendre selon les conditions pacifiques offertes aux autres royaumes. Dans un mois jour pour jour, le roi en personne me remettra les documents signés de sa main. Bien entendu, vos officiers l'accompagneront.

» S'il refuse de se rendre, et si nos hommes ne reviennent pas sains et saufs, le roi doit savoir que j'entrerai dans Sandilar à la tête de mon armée et que je décapiterai de mes mains *tous* les membres de sa famille. Une fois le royaume conquis, et la capitale soumise, l'occupation ne sera pas amicale. Qu'on ne manque surtout pas de le lui dire...

— Vos ordres seront exécutés, seigneur, promit Kerson en se tapant du poing sur le cœur.

— Richard, souffla Kahlan, et si Tristan disait la vérité ? Imagine qu'il n'ait pas assassiné ces femmes... Laisse-moi le toucher avec mon pouvoir, et nous saurons ce qu'il en est.

— Non ! Je refuse que ta main se pose sur lui ! C'est un monstre, Kahlan ! Pas question que tu entendes les horreurs qu'il confesserait.

— Et s'il est innocent, comme il le dit ?

Le Sourcier ferma de nouveau le poing sur l'amulette accrochée autour de son cou.

— Ma sentence n'a rien à voir avec la mort de ces malheureuses. Il a tenté de te tuer, je l'ai vu de mes yeux. Pour moi, il n'y a aucune différence entre les intentions et les actes. Il paiera pour ce qu'il prévoyait de faire, exactement comme s'il y était parvenu.

Richard se tourna vers les soldats.

— La nuit dernière, la peste a fait trois cents victimes de plus. Bashkar se serait allié aux responsables de cette catastrophe. Notre délégation partira demain à l'aube, et la tête de ce chien voyagera avec elle. À présent, retirez cette vermine de ma vue !

Chapitre 52

Q uand elle vit Drefan avancer vers elle, à l'autre bout du couloir, Kahlan posa le panier de pansements et de compresses propres qu'elle portait. Même si Richard lui avait donné cet ordre pour convaincre Tristan qu'il était tombé dans son piège, le guérisseur arborait toujours une épée. Et ce n'était peut-être pas une mauvaise idée. En ville, les vrais thérapeutes avaient très mauvaise réputation depuis qu'ils s'élevaient ouvertement contre les charlatans et leurs remèdes miracles.

— Comment vont-ils ? demanda la jeune femme quand le frère de Richard fut arrivé à sa hauteur.

— Nous avons eu un mort la nuit dernière. D'autres n'en ont plus pour longtemps. Et il y a six nouveaux cas.

— Chers esprits du bien, soupira Kahlan, que pouvons-nous faire ?

— Continuer la lutte, dit Drefan.

Tendant une main, il releva le menton de l'Inquisitrice.

— Oui, continuer… Drefan, puisqu'il y a tant de malades parmi les serviteurs, et de plus en plus de morts, est-il encore utile d'enfumer le palais ? Je ne supporte plus cette odeur.

— La fumée est totalement inefficace contre la peste…

— Alors, pourquoi continuer ?

— Les gens pensent que ça limite les dégâts, répondit le guérisseur avec un sourire désabusé. Agir les réconforte et leur donne de l'espoir. Si nous arrêtons, ils penseront que tout est fichu.

— Et ce n'est pas le cas ?

— Honnêtement, je n'en sais rien.

— Tu as entendu les derniers rapports ?

— Depuis une semaine, le nombre de morts augmente chaque jour. La nuit dernière, il y en a eu plus de six cents.

— Et nous sommes impuissants, soupira Kahlan.

Ce n'était pas tout à fait vrai. Selon Shota et l'esprit du grand-père de Chandalen, une solution se présenterait à eux. Même si l'idée de perdre Richard lui brisait le cœur, il fallait que cette horreur s'arrête. À n'importe quel prix !

— Bon, soupira Drefan, je vais faire ma ronde quotidienne en ville.

D'instinct, Kahlan posa une main sur le bras du guérisseur. Le voyant sursauter, elle la retira, habituée à ce genre de réaction. Aucun homme n'appréciait qu'une Inquisitrice le touche…

— Je sais que tu ne peux pas faire grand-chose, mais je te remercie de te dévouer ainsi. Tes paroles sont une source d'espoir pour tout le monde.

— Les mots restent la meilleure arme des guérisseurs. Souvent, ils sont même la seule. Les gens pensent que mon métier consiste à les soigner. En réalité, on y arrive rarement. Je sais depuis longtemps que ma principale mission et de réconforter ceux qui souffrent. Et de partager leur douleur…

— Comment va Richard ? Tu l'as vu, ce matin ?

— Il est dans son bureau, en bonne forme. Hier, je l'ai aidé à dormir un peu.

— Excellent… Il a besoin de repos.

Les yeux bleus de Drefan se rivèrent dans ceux de l'Inquisitrice.

— Richard a pris la bonne décision au sujet de Bashkar, j'en suis sûr. Même s'il n'en a rien montré, ça n'a pas été facile pour lui. Tuer un homme, y compris quand il a mérité la sentence, le bouleverse toujours.

— Je sais… Prononcer une condamnation à mort est un fardeau qui pèse lourdement sur ses épaules. Il m'est arrivé de donner un tel ordre. En temps de paix, on a le temps de réfléchir longuement. Pendant une guerre, il faut agir vite. La moindre hésitation peut être mortelle.

— Tu as tenu ce discours à mon frère ?

— Bien entendu ! Il sait qu'il avait raison, et que ses proches l'ont compris. À sa place, j'aurais fait la même chose. Et je n'ai pas manqué de le lui dire.

— Un jour, j'espère rencontrer une femme qui ait la moitié de ta force. Sans parler de ta beauté… Bien, je dois y aller.

Kahlan regarda le guérisseur s'éloigner… et trouva que son pantalon était toujours trop moulant ! Rouge d'embarras, elle chassa cette pensée et retourna à son travail.

Dans l'infirmerie, Nadine s'occupait des malades couchés sur deux rangées de lits. Tous étant occupés, on avait installé quelques patients sur des couvertures étendues à même le sol. Et d'autres pièces avaient été reconverties en annexes hospitalières.

— Merci, dit l'herboriste quand Kahlan eut posé près d'elle son panier de pansements propres.

Nadine s'affairait à préparer des infusions. Les autres femmes volontaires s'occupaient de changer les draps, de nettoyer les lésions des malades ou de leur donner à boire.

Quand elle en eut fini avec ses décoctions, Nadine prit une compresse, la plongea dans une cuvette d'eau et alla humidifier le front d'une femme visiblement à l'article de la mort.

— C'est agréable, n'est-ce pas ? dit-elle en tapotant l'épaule de la malheureuse, qui lui répondit d'un pauvre sourire.

Kahlan s'empara de plusieurs compresses et prit en charge une rangée de lits.

— Vous pourriez être une guérisseuse, lui souffla Nadine quand elle eut fini. La douceur est essentielle, et vous avez des doigts de velours.

— C'est tout ce que je sais faire, hélas. Je serais incapable de guérir quiconque...

— Je vous donne l'impression de faire mieux ?

Frappée par l'amertume de l'herboriste, Kahlan regarda autour d'elle. De fait, le spectacle n'avait rien d'encourageant.

— Je comprends ce que tu veux dire, mais toi, tu consacres ta vie à aider les autres. La mienne n'a qu'un but : le devoir. Et pour l'accomplir, je dois me battre.

— Que voulez-vous dire ?

— Je suis une guerrière, et rien d'autre. Ma mission est de blesser des gens pour en sauver d'autres. Les hommes et les femmes comme toi soignent les survivants quand mes semblables et moi rengainons nos armes.

— Parfois, confia Nadine, je rêve d'être une guerrière pour en finir avec la souffrance. Ainsi, les guérisseurs auraient moins de travail...

L'estomac retourné par la puanteur de la peste et l'odeur âcre de la fumée, Kahlan dut quitter la pièce. Sa résistance ayant aussi des limites, Nadine décida de l'accompagner pour s'octroyer un court répit dans le couloir.

— Je me sens impuissante, avoua-t-elle quand elles se furent assises à même le sol, dos contre le mur. Chez moi, si quelqu'un a une migraine, je lui prescris un médicament, et ça va tout de suite mieux. Lorsqu'une femme enceinte m'appelle, je soulage ses nausées, ou je l'aide à mettre son enfant au monde. Et ça me donne le sentiment d'être utile...

» Ici, je réconforte des agonisants avec l'idée que ce sera peut-être mon tour le lendemain. Mère Inquisitrice, je ne peux rien pour ces pauvres gens ! Les regarder mourir est une torture, quand on se sait impuissant à les soigner.

— Je comprends... Aider à donner la vie doit être beaucoup plus satisfaisant.

— Parfois, une future maman me confie que ça lui semble irréel, comme si ça n'avait jamais dû arriver. Elle attendait ce jour, mais sans vraiment y croire, terrorisée par les récits des autres femmes. La douleur est une telle source d'angoisse ! Certaines filles, surtout très jeunes, rêvent de se réveiller un beau matin, et de ne plus avoir le ventre rond, tout simplement !

» Quand le bébé arrive, plus moyen d'échapper à la réalité ! L'événement se produit, et rien ne l'arrêtera. Souvent, mes clientes crient de peur avant même d'avoir mal. C'est là que je peux vraiment les aider, les rassurer, leur jurer que tout se passera bien.

» Certaines comprennent seulement à cet instant-là que leur vie va irrémédiablement changer. Cette idée les terrifie, et je ne peux pas les en blâmer. Quelques femmes vivent toute leur grossesse dans l'angoisse. En général, ça s'arrange après l'accouchement.

Nadine se tut. Plongées dans leurs pensées, les deux femmes se reposèrent un peu, sursautant parfois quand un malade gémissait plus fort que d'habitude, derrière le mur.

— Nadine, dit enfin Kahlan, tu crois toujours que tu épouseras Richard, n'est-ce pas ?

L'herboriste jeta un coup d'œil à sa compagne, se gratta le nez, mais ne répondit pas.

— Ne t'inquiète pas, je ne cherche pas à t'agresser... Tout à l'heure, tu as dit que tu risquais de mourir dans un de ces lits. Imagine que ce soit moi ? Au fond, je pourrais attraper la peste, et…

— Non, ça ne se produira pas ! Ne dites pas des choses pareilles, je vous en prie !

— Si tu veux, mais ça reste une possibilité… Et s'il m'arrivait malheur, que deviendrait Richard ? Il serait si seul…

— Mère Inquisitrice, je ne vous suis pas vraiment…

— Alors, je serai claire : si tu prends ma place à ses côtés, pour quelque raison que ce soit, tu ne lui feras pas de mal, pas vrai ? Jure que tu serais gentille avec lui !

— Bien entendu… Quelle étrange question !

— Je suis sérieuse, Nadine ! Tant de choses peuvent advenir. Je veux être sûre que tu ne lui feras pas de mal.

— Lui nuire ne me viendrait jamais à l'esprit.

— Pourtant, il a souffert à cause de toi.

— C'était différent… (L'herboriste détourna le regard.) Pour le séduire, j'aurais fait n'importe quoi. Nous en avons déjà parlé, et c'est du passé.

— C'est vrai… Mais si tu finissais par… être avec lui…, je dois savoir que tu ne recommencerais pas à le torturer. Comprends-moi : il faut que je te l'entende dire, à haute et intelligible voix.

Nadine mobilisa son courage et regarda Kahlan dans les yeux. Puis elle baissa la tête.

— Si j'épouse Richard, il deviendra l'homme le plus heureux du monde. Il sera plus choyé que n'importe quel mari dans l'histoire, et je l'aimerai plus que… Bref, je ferai tout pour le rendre heureux.

Kahlan sentit les terribles griffes s'attaquer à ses entrailles. Ignorant sa douleur, elle continua d'avancer sur le chemin qu'elle s'était tracée.

— Tu jures que c'est la vérité ?

— Oui.

— Merci, Nadine. (Kahlan détourna la tête pour essuyer discrètement ses larmes.) À présent, je suis rassurée.

— Pas moi… Puis-je savoir à quoi rimait cet interrogatoire ?

— Je te l'ai déjà dit : la peste n'épargne personne. Si je devais disparaître, j'aime penser que quelqu'un s'occuperait de Richard.

— À mon avis, ce gaillard n'a besoin de personne ! Vous savez qu'il cuisine mieux que moi ?

Kahlan rit et Nadine l'accompagna de bon cœur.

— Une vraie fée du ménage, pas vrai ? plaisanta l'Inquisitrice. Avec ce garçon, tout ce qu'une femme peut espérer, c'est chevaucher aussi bien que lui !

— Seigneur Rahl !

Quand il entendit l'appel du général Kerson, Richard lâcha la main de Kahlan et se retourna. Derrière l'Inquisitrice, Cara s'arrêta net, évitant de justesse une collision.

— Que se passe-t-il, général ?

Kerson s'immobilisa, et agita la lettre qu'il tenait dans la main gauche.

Derrière lui, au milieu de ses gardes du corps, le Sourcier remarqua un soldat aux traits tirés et à l'uniforme couvert de poussière.

— Nous avons reçu un courrier du général Reibisch, apporté par le soldat Grissom.

Richard étudia le jeune messager, encore occupé à reprendre son souffle. Le pauvre puait plus qu'un cheval !

S'il avait su combien son seigneur l'envoiait ! Condamné à se cloîtrer dans un bureau, afin de traduire un texte délirant, le Sourcier aurait donné cher pour changer de place avec Grissom. D'autant plus que ce travail épuisant ne le menait apparemment à rien...

Il prit la lettre, brisa le cachet, la déplia et la lut. Quand il eut fini, il la tendit à Kahlan.

— J'ai besoin de ton avis... (Pendant que l'Inquisitrice lisait, il décida d'interroger le messager.) Comment s'en tire notre armée, dans le sud ?

— Quand je suis parti, tout allait bien, seigneur. Selon vos ordres, les Sœurs de la Lumière nous ont rejoints. Comme nous, elles attendent vos instructions.

C'était en gros le contenu de la lettre. Quand Kahlan eut fini de la lire, Richard la reprit et la passa à Kerson.

— Qu'en pensez-vous, seigneur Rahl ? demanda l'officier dès qu'il eut terminé sa lecture.

— Ça semble logique... Le moment paraît mal choisi pour rappeler ces hommes en Aydindril. Là-bas, comme le dit Reibisch, ils surveilleront les mouvements de l'Ordre Impérial. Et ils nous préviendront en cas d'attaque. (Richard reprit la lettre et la tendit à Cara.) Votre opinion, général Kerson ?

— Je suis d'accord avec Reibisch. À sa place, je voudrais appliquer la même stratégie. Puisqu'il est déjà si loin au sud, pourquoi ne pas en profiter ? Non content de nous avertir, si un assaut se profile, il mordra le cul de nos adversaires ! Hum... désolé, Mère Inquisitrice.

— Général, avant d'être roi, mon père fut un grand guerrier. Votre franc-parler me rappelle des souvenirs... (Kahlan ne précisa pas s'ils étaient bons ou mauvais.) Je trouve aussi que cette stratégie est judicieuse.

— Il a raison sur un autre point, dit Cara en rendant la lettre à Richard. S'il abandonne sa position, et que l'Ordre opte pour le nord-est, D'Hara sera sans défense, et nous apprendrons beaucoup trop tard la catastrophe. Cette région de mon pays est très peu peuplée. L'ennemi continuera vers le nord, et nous n'en saurons rien avant qu'il bifurque vers l'ouest, en direction des Contrées du Milieu.

— Sauf si Jagang s'en prend au Palais du Peuple, objecta Kerson.

— Attaquer le cœur de D'Hara serait une erreur grossière, dit la Mord-Sith. Le général en chef Trimack, qui commande la Première Phalange de la garde, écrasera ces chiens sous le talon de ses bottes. Et comme chaque fois qu'une armée a menacé le palais, aucun survivant ne pourra relater le désastre à ses supérieurs ! Dans les plaines d'Azrith, notre cavalerie taillera en pièces les bouchers de l'Ordre !

— Elle a raison, dit Kerson. Si l'ennemi s'aventure par là, les vautours feront un festin de roi – servi par le général Trimack ! Et s'il passe par le nord-est pour attaquer nos flancs, je serai rassuré de savoir que Reibisch est prêt à leur barrer la route.

Richard acquiesça d'autant plus volontiers qu'il avait une autre raison de conserver au sud l'armée de Reibisch.

— Seigneur Rahl, intervint Grissom, puis-je poser une question ?

— Bien sûr. Je t'écoute…

— Que se passe-t-il en ville, seigneur ? J'ai vu des soldats pousser des charrettes pleines de cadavres. Et j'en ai entendu d'autres, dans les rues, crier aux gens de sortir les morts des maisons.

— C'est aussi pour ça que le général Reibisch est très bien où il est, répondit Richard. La peste fait des ravages dans les Contrées du Milieu. Hier, en Aydindril, nous avons eu sept cent cinquante morts.

— Puissent les esprits du bien nous protéger…, souffla Grissom. Je craignais que ce soit un fléau de ce genre…

— Mon ami, tu vas aller donner ma réponse à Reibisch. Mais il ne faut surtout pas que tu lui apportes la peste. Le message sera donc oral. N'approche aucun soldat, et personne d'autre, d'ailleurs, à moins de dix pas. Adresse-toi aux sentinelles, qui transmettront mes ordres à leur chef.

» Voilà ma décision : j'approuve son raisonnement, et tous mes collaborateurs partagent cette opinion. Qu'il mette son plan en application et nous tienne régulièrement informés.

» Grissom, après être passé ici, tu ne peux plus rejoindre ta compagnie. Pars avec une solide escorte, et revenez tous dès que tu auras délivré mon message.

Le soldat se tapa du poing sur le cœur.

— Vos ordres seront exécutés à la lettre, seigneur Rahl.

— J'aimerais t'autoriser à rejoindre tes camarades, mon ami, mais il faut éviter de répandre l'épidémie. Ici, pour limiter les risques, nous avons réparti les hommes autour de la ville. Tu peux également le faire savoir à Reibisch.

— Seigneur Rahl, intervint Kerson, je devais aussi vous parler à ce sujet. La nouvelle… hum… n'est pas très bonne.

— J'écoute, général !

— Seigneur, la peste a touché nos hommes.

— Quel groupe ? demanda Richard, une boule d'angoisse dans la gorge.

— Tous, seigneur… Les prostituées sont venues dans les camps. À cause des meurtres, elles ont dû juger plus sûr d'exercer leurs talents hors de la cité. Je ne sais rien du mode de propagation de la maladie, mais Drefan pense que ça s'est passé ainsi.

Richard se prit les tempes entre le pouce et l'index de la main gauche et appuya très fort dessus. Il aurait aimé s'asseoir sur le sol et abandonner le combat.

— J'aurais dû laisser la vie à Tristan Bashkar, et le remettre en liberté. Il aurait exterminé ces femmes, et des milliers d'innocents seraient toujours en vie. Si je m'étais douté de ce qui nous menaçait, j'aurais étripé moi-même ces catins !

Dans son dos, le Sourcier sentit le contact apaisant de la main de Kahlan.

— Par les esprits du bien, soupira-t-il, que nous arrive-t-il ? Sans le savoir, ces pauvres filles sont devenues des armes pour Jagang…

— Vous désirez que je les fasse exécuter, seigneur ? demanda Kerson.

— Non, répondit Richard. Le mal est fait, et ça ne servirait plus à rien. Elles n'ont pas voulu nous nuire, cherchant seulement à se protéger.

Richard se souvint de la déclaration d'un des membres de l'équipe du Temple, avant son exécution.

« *Je ne supporte plus ce que nous faisons avec le don. Les sorciers ne sont ni le Créateur ni le Gardien. Même une prostituée, aussi critiquable fût-elle, a le droit de vivre.* »

— Grissom, repose-toi un peu, mange un morceau, puis réunis une patrouille et file vers le sud.

— À vos ordres, seigneur Rahl. Le repos n'est pas nécessaire. Dans une heure, je serai en chemin.

Le messager salua de nouveau et s'en fut.

— Seigneur, dit Kerson, si nous en avons terminé, le devoir m'appelle…

— Encore une minute, général. *Primo*, sépare les soldats malades des autres, et installe-les dans un camp spécial. Avec un peu de chance, nous limiterons la propagation de la maladie. *Secundo*, je ne veux plus voir de prostituées dans les cantonnements. Fais-les prévenir qu'elles risquent la mort en cas de désobéissance. Poste des archers avec les sentinelles. Qu'ils n'hésitent pas à tirer si elles continuent à approcher des hommes.

— Compris, seigneur Rahl. J'isolerai aussi les soldats encore sains qui ont couché avec ces filles. Ils s'occuperont de leurs camarades atteints par la peste…

— Excellente idée.

Une main autour de la taille de Kahlan, Richard regarda le général s'éloigner avec son escorte.

— Pourquoi n'ai-je pas prévu ce danger ? soupira-t-il. J'aurais pu éviter un désastre…

Kahlan ne sut que répondre.

— Seigneur, dit Cara, je vais aller relever Berdine dans le puits de la sliph.

— Je t'accompagne pour savoir si elle a découvert du nouveau dans le journal de Kolo. De plus, j'ai besoin de prendre l'air. Kahlan, tu viens avec nous ?

— Avec plaisir, messire Rahl.

Berdine étant concentrée sur sa lecture, la sliph vit Richard avant elle.

— Tu veux voyager, maître ? demanda-t-elle. Crois-moi, tu seras satisfait.

— Non, répondit Richard quand l'écho de la voix rauque se fut dissipé.

Berdine releva la tête, bâilla et s'étira.

— Ravie de te voir, Cara. Je n'arrivais plus à garder les yeux ouverts.

— On dirait effectivement que tu as besoin de sommeil…

— Du nouveau ? demanda Richard en désignant le journal ouvert sur la table.

Avant de se lever, Berdine jeta un regard furtif à la sliph. Puis elle ramassa le livre, le tendit à Richard et baissa la voix.

— Vous m'avez parlé de la déclaration d'un des membres de l'équipe, avant qu'on l'exécute. Vous savez, au sujet de la… femme… qui a le droit de vivre, aussi critiquable soit-elle ?

Richard saisit immédiatement l'allusion.

— Oui, c'est ce qu'a dit le sorcier Ricker.

— Exactement… Kolo le mentionne dans son texte. (Berdine désigna un paragraphe.) Lisez…

Richard étudia un moment la phrase de Kolo, puis il la traduisit mentalement.

« La prostituée critiquable de Ricker me regarde tandis que je suis assis à côté d'elle, tentant d'évaluer le mal qu'a fait l'équipe du Temple. Aujourd'hui, on m'a annoncé que nous avions perdu Lothain. Ricker a eu sa revanche… »

— Seigneur, vous savez qui est ce Lothain ?

— Il était procureur en chef, pendant le procès de l'équipe du Temple. Puis il a tenté de réparer les dégâts…

Richard leva les yeux et constata que la sliph le fixait. En approchant du muret, il se demanda comment il avait pu ne pas s'en douter plus tôt.

— Sliph ?

— Oui, maître ? Veux-tu venir en moi ?

— Pas pour le moment, non… Mais j'ai envie de te parler. Te souviens-tu de l'époque où une grande guerre faisait rage ? Une très longue période s'est écoulée depuis…

— Longue ? Je suis assez longue pour voyager… Viens, et tu seras satisfait.

— Non, je n'ai pas envie de voyager. Te rappelles-tu certains noms ?

— Des noms ?

— Oui. Il y avait un homme nommé Ricker…

— Je ne trahis jamais mes clients, maître.

— Sliph, tu étais jadis une personne, n'est pas ? Quelqu'un comme moi ?

— Non, maître, répondit la créature avec un petit sourire.

Richard posa une main sur l'épaule de Kahlan, qui l'avait rejoint.

— Une personne comme mon amie, alors ?

— Oui, j'étais une putain, comme elle.

— Sliph, intervint Kahlan, je crois que Richard voulait savoir si tu étais une femme.

— Eh bien, oui, évidemment…

— Et comment t'appelais-tu ? demanda Richard.

— Que veux-tu dire, maître ? Je suis la sliph.

— Et qui a fait de toi une créature de vif-argent ?

— Quelques-uns de mes clients.

— Pourquoi t'ont-ils choisie ?

— Parce que je ne les trahis jamais.

— Sliph, pourrais-tu être un peu plus précise ?

— Certains sorciers de la Forteresse avaient recours à mes services. C'étaient les plus puissants de tous, maître. J'étais une putain de haut vol – et très chère. Beaucoup de ces hommes luttaient pour le pouvoir. D'autres essayaient de m'utiliser pour supplanter certains de mes clients. D'autres encore venaient me voir pour prendre du plaisir, mais pas celui que je pouvais offrir. Parce que je ne trahis jamais mes clients.

— Tu veux dire qu'ils auraient aimé que tu leur révèles le nom des sorciers qui te fréquentaient ? Et peut-être d'autres détails sur leurs visites ?

— Oui. Mes clients ont eu peur que leurs ennemis se servent de moi, alors, ils m'ont transformée en sliph.

Richard se détourna et se passa une main dans les cheveux. Même au milieu d'une guerre, ces imbéciles s'étaient livrés à des querelles intestines ! Quand il eut étouffé sa colère, il se campa de nouveau face à la créature de vif-argent.

— Sliph, tous ces hommes sont morts, et plus personne ne les connaît. Aujourd'hui, les sorciers, devenus rares, ne combattent plus pour le pouvoir. Accepterais-tu de m'en révéler davantage ?

— Ils m'ont dit que je ne pourrais jamais prononcer leurs noms tant qu'ils seraient de ce monde. Leur pouvoir, ont-ils ajouté, m'en empêcherait. S'il est vrai que leurs esprits ont rejoint le royaume des morts, l'interdiction est levée et je peux parler librement.

— Lothain était un de tes clients, n'est-ce pas ? Et l'autre sorcier, Ricker, le tenait pour un hypocrite.

— Lothain... Oui, je me rappelle. Ricker est venu me prévenir que cet homme était le procureur en chef. Un être vil qui se retournerait un jour contre moi... Il voulait que je l'aide à miner sa position. Mais je ne trahis jamais mes clients.

— Ricker ne s'était pas trompé..., souffla Richard. Lothain t'a transformée en sliph pour que tu ne puisses jamais parler contre lui.

— Je lui ai pourtant dit qu'il n'avait rien à craindre. Mais pour lui, je n'étais qu'une putain, et le monde se remettrait très bien de ma disparition. Maître, il m'a fait mal, et il a pris son plaisir avec moi contre ma volonté. Après, il a éclaté de rire, et une lumière blanche a explosé dans mon esprit.

» Ensuite, Ricker est revenu, et il m'a promis de mettre fin aux agissements de Lothain et des sorciers de son genre. Debout près de mon muret, il a pleuré à cause du mal qu'on m'avait fait. Puis il a juré que la magie cesserait bientôt de détruire les gens.

— Étais-tu triste qu'on t'ait transformée ? demanda Berdine.

— Non, car ils m'ont privée de ce sentiment, en me métamorphosant.

— T'ont-ils aussi volé le bonheur ? intervint Kahlan.

— Ils ne m'ont laissé que le devoir...

En agissant ainsi, les sorciers avaient commis une erreur. Ce qui restait de la prostituée était prêt à se soumettre à quiconque payait le prix requis – la magie, évidemment. Piégés par la nature même de leur victime, ils avaient dû la surveiller pour qu'elle ne se vende pas à n'importe qui, y compris leurs pires ennemis.

— Sliph, dit Richard, je suis désolé que ces hommes t'aient fait du mal. Ils n'en avaient pas le droit.

La créature sourit.

— Ricker m'a prévenue qu'un de mes maîtres dirait un jour les mots que tu viens de prononcer. Et il m'a laissé un message pour ce client : « *Sentinelle gauche oui. Sentinelle droite non. Préserve ton cœur de la pierre.* »

— Sais-tu ce que ça signifie ?

— Il ne me l'a pas expliqué, maître...

Richard en eut la nausée. Allaient-ils tous mourir à cause d'un conflit de pouvoir vieux de trois mille ans ? Au fond, Jagang avait peut-être raison de vouloir bannir la magie du monde des vivants.

— Berdine, tu dois aller dormir, dit-il en se détournant du muret. Raina se lèvera tôt pour prendre le relais de Cara. Elle a également besoin de repos. Organisez une garde devant les appartements de Kahlan, et filez vous coucher. Moi aussi, je trouve que cette journée a assez duré !

Tiré du sommeil par la main qui secouait son épaule, Richard s'assit dans son lit, se frotta les yeux et tenta de s'éclaircir les idées.

— Que se passe-t-il ? croassa-t-il.

— Seigneur Rahl, dit une voix tremblante, vous êtes réveillé ?

Richard tenta de reconnaître la femme qui lui parlait.

— Berdine ?

Sans son uniforme de cuir, les cheveux défaits et vêtue d'une simple chemise de nuit, la jeune femme ne ressemblait pas à la redoutable Mord-Sith qu'il connaissait.

Le Sourcier sauta du lit et enfila son pantalon à la hâte.

— Que t'arrive-t-il, Berdine ? Un nouveau problème ?

— Seigneur Rahl, venez vite ! Raina est malade !

Chapitre 53

A ussi silencieusement qu'elle le put, Verna referma la porte dès que Warren eut tiré dans la pièce obscure la femme qui continuait à se débattre. Une main plaquée sur la bouche de sa proie, le futur Prophète neutralisait sa magie avec une Toile très puissante. Aussi douée qu'elle fût, Verna n'aurait pas pu faire aussi bien que son compagnon, car le pouvoir d'un sorcier était beaucoup plus fort que celui d'une magicienne.

Verna invoqua une petite flamme de paume. La femme écarquilla les yeux, puis éclata en sanglots.

— Oui, Janet, c'est moi… Si tu promets de ne pas crier, je dirai à Warren de te relâcher.

Janet hocha vigoureusement la tête. Au cas où il s'agirait d'une ruse, Verna fit glisser son dacra dans sa main droite, hors de vue de sa collègue. Puis elle indiqua à Warren de la libérer.

Dès qu'elle put bouger, Janet se jeta au cou de Verna et pleura de joie dans ses bras. Warren invoqua également une flamme de paume pour illuminer la scène. Comme le reste de la place forte, la petite pièce avait des murs de pierre noire. De l'eau suintait entre les joints des énormes blocs, y laissant de longues traces luisantes.

— Verna, je suis si contente de te voir ! Si tu savais à quel point…

La Dame Abbesse par intérim serra très fort la jeune femme qui continuait à pleurer. Mais elle garda son dacra au poing, dans le dos de Janet.

Souriante, elle essuya les larmes de son amie et caressa tendrement ses boucles noires.

Janet embrassa son annulaire gauche, un geste rituel pour demander la protection du Créateur. Même si elle ne doutait pas vraiment de sa loyauté à la Lumière, Verna fut rassurée par cette incontestable confirmation.

Inféodées au Gardien du royaume des morts, les Sœurs de l'Obscurité n'embrassaient jamais leur annulaire gauche. Cet acte hautement symbolique leur était interdit, sous peine de déchaîner la colère de leur véritable maître. Car il symbolisait le statut de « fiancées du Créateur » des Sœurs de la Lumière.

Tandis que Verna glissait le dacra dans sa manche, Janet et Warren se sourirent. Puis la sœur et son compagnon s'avisèrent de l'étrange accoutrement de la prisonnière. Pieds nus, elle portait une robe qui la couvrait du cou jusqu'aux chevilles — mais tellement transparente qu'elle aurait aussi bien pu être nue.

Verna saisit l'étrange tissu entre le pouce et l'index.

— Que fiches-tu dans une tenue pareille ? lança-t-elle.

— Toutes les esclaves de Jagang doivent la porter. Au bout d'un moment, on n'y fait plus attention.

— Je vois…, fit Verna, ravie de constater que Warren s'efforçait de regarder ailleurs.

— Verna, que fais-tu ici ? demanda timidement Janet.

— Je suis venue te sauver, idiote ! Tu croyais que je t'abandonnerais ?

— Et la Dame Abbesse t'a laissée partir ?

Verna leva la main où brillait la bague jadis portée par Annalina.

— Sans aucune difficulté, puisque c'est moi qui occupe le poste.

D'abord bouche bée, Janet se jeta à genoux et embrassa l'ourlet de la robe de sa supérieure.

— Arrête ça ! s'écria Verna. (Elle prit son amie par les épaules et la força à se relever.) Nous n'avons pas le temps de faire des simagrées.

— Mais comment est-ce possible ? Qu'est-il arrivé pour que…

— Verna, coupa Warren, mes Toiles ne tiendront pas longtemps. Nous devrions filer…

— Janet, écoute-moi bien ! Nous bavarderons plus tard, une fois sortis d'ici. Pour entrer, nous avons dû recourir à des… moyens… qui nous laissent très peu de temps pour sortir. Nous attarder serait dangereux.

— Ça, on peut le dire… Dame Abbesse, tu… vous devriez…

— Appelle-moi Verna et continue de me tutoyer. Nous sommes toujours amies.

— Verna, comment t'es-tu introduite dans la place forte de Jagang ? Tu dois partir au plus vite. Si on te découvre…

Remarquant l'anneau passé à la lèvre inférieure de Janet, Verna fronça les sourcils.

— Qu'as-tu donc à la bouche ? demanda-t-elle.

— La marque qui me désigne comme une esclave de l'empereur. (Janet fut prise de tremblements.) Verna, sors d'ici tant que tu le peux encore ! Vite !

— Un très bon conseil, approuva Warren. Filons !

— D'accord, d'accord…, souffla Verna. Maintenant que nous avons trouvé Janet, on peut s'en aller.

— Au nom du Créateur bien-aimé, je donnerais tout pour partir avec vous ! Mais c'est impossible. Si tu savais ce que Jagang m'inflige… Par bonheur, c'est au-delà de ton imagination !

Voyant les yeux de la jeune femme se remplir de larmes, Verna la serra brièvement contre elle.

— Janet, une fois encore, écoute-moi ! Tu sais que je ne te mentirais pas ? (Verna attendit que la pauvre fille ait hoché la tête.) Il y a un moyen d'interdire l'accès de ton esprit à celui qui marche dans les rêves.

— Je t'en prie, ne me torture pas avec de faux espoirs ! J'aimerais te croire, mais je sais que…

— Je te dis la vérité ! Écoute la Dame Abbesse, c'est un ordre ! Tu crois que

Jagang ne se serait pas emparé de mon esprit, s'il le pouvait ? Sans parler de ceux des autres Sœurs de la Lumière ? Mais il en est incapable, comprends-tu ?

Tremblant comme une feuille, Janet sanglota de plus belle.

— Ce que dit Verna est vrai, souffla Warren en tapotant le dos de la jeune femme. Sœur Janet, Jagang ne peut pas nous contrôler. Venez avec nous, et vous ne risquerez plus rien. Mais il faut faire vite !

— Comment me libérer de l'empereur ? Comment !

— Tu te souviens de Richard ? demanda Verna.

— Bien sûr. L'être le plus nuisible et le plus merveilleux du monde !

Verna sourit, charmée par cette judicieuse définition.

— Il a le don, c'est pour ça que je m'étais lancée à sa recherche. Mais il y a mieux ! Ce garçon est né avec le pouvoir de contrôler les deux facettes de la magie. Plus important encore, il appartient à la lignée Rahl.

» Il y a trois mille ans, lors de l'Antique Guerre, un de ses ancêtres a inventé un sort pour tenir ceux qui marchent dans les rêves loin de l'esprit des membres de son peuple. Et tous ses descendants dotés de magie ont hérité de ce pouvoir.

— Comment fonctionne-t-il ? demanda Janet, les poings serrés sur les pans du manteau de Verna.

— C'est si simple qu'on a du mal à y croire. Mais avec la magie, il en va souvent ainsi. Il suffit de lui prêter allégeance, et ce lien te protégera de l'empereur. Tant que Richard arpentera ce monde, ton esprit restera inviolable.

— Jurer fidélité à Richard me libérera de Jagang ?

— Exactement.

— Que faut-il faire ?

Verna leva un index pour étouffer les objections de Warren. Puis elle s'agenouilla et tira Janet par le bras afin qu'elle l'imite.

— Répète ce que je vais dire – avec une totale sincérité, bien entendu ! Richard est un sorcier de guerre et il nous conduit au combat contre Jagang. Nous croyons aveuglément en lui. Déclame les dévotions, crois en notre guide, et tu seras libre.

Janet croisa les mains avec une ferveur sincère.

— Maître Rahl nous guide ! récita Verna, marquant une pause entre chaque phrase pour laisser le temps à sa compagne de la répéter. Maître Rahl nous dispense son enseignement ! Maître Rahl nous protège ! À sa lumière, nous nous épanouissons. Dans sa bienveillance, nous nous réfugions. Devant sa sagesse, nous nous inclinons. Nous existons pour le servir et nos vies lui appartiennent.

Quand elle eut fini, la Dame Abbesse par intérim embrassa sa collègue sur la joue.

— Et te voilà libre, mon amie ! À présent, sortons d'ici !

— Et les autres ? s'écria Janet.

— Je donnerais cher pour les sauver, mais c'est impossible, aujourd'hui. Nous essaierons plus tard. Sinon, Jagang nous capturera. Je suis venue à ton secours parce que tu es mon amie depuis toujours. Tu te souviens, la fameuse « bande des cinq » qui s'était juré loyauté et protection ? Phoebe est déjà avec nous. Tu es la dernière du groupe… Le sauvetage des autres sœurs doit être remis à plus tard. Je te jure de ne pas les abandonner, mais pour aujourd'hui, nous ne pouvons pas en faire plus.

— Jagang a tué Christabel…, soupira Janet. J'étais présente, et ses cris hanteront mes nuits jusqu'à la fin de mes jours.

Verna eut l'impression qu'on venait de lui tirer un coup de poing dans le ventre. Dans le groupe, Christabel avait toujours été sa meilleure amie. Mais elle s'était tournée vers le Gardien…

— C'est pour ça que je suis venue, Janet ! J'avais peur de ce que Jagang pouvait te faire.

— Et Amelia ? Elle appartenait à notre bande. Tu voudrais l'abandonner ?

— Maintenant, elle est une Sœur de l'Obscurité…

— Elle l'était, corrigea Janet. Mais c'est fini.

— Quoi ? s'écria Verna.

— Sœur Janet, intervint Warren, quand on a prêté serment au Gardien, on ne peut pas revenir en arrière. Amelia vous a menti. Elle est toujours loyale au maître du royaume des morts.

— Non ! Jagang l'a chargée d'une mission liée à la magie. Pour la remplir, elle a dû renier le Gardien.

— C'est impossible, affirma Verna.

— Tu te trompes ! Elle est revenue vers la Lumière. Son serment au Créateur renouvelé, elle passe son temps à s'embrasser l'annulaire gauche en priant pour son salut.

— Tu en es sûre ? demanda Verna. L'as-tu vue embrasser son annulaire gauche ? Janet, c'est capital ! As-tu été témoin de cet acte ? Sans aucun doute possible ? Et si elle s'était embrassé un autre doigt ?

— J'étais assise près d'elle, pour la réconforter. Je l'ai vue comme je te vois.

Janet embrassa son propre annulaire et implora le Créateur de la foudroyer sur place si elle mentait.

— Elle s'est embrassée l'annulaire ? Comme tu viens de le faire ?

— Oui ! Elle pleurait et suppliait le Créateur de la tuer pour la punir.

— De quel crime ?

— Je n'en sais rien, mais elle a sûrement commis des horreurs. Quand j'ai posé la question, elle est devenue hystérique. Jagang contrôle son esprit, et il l'empêche de se suicider. Aucune de nous ne le peut. Ainsi, nous sommes condamnées à le servir.

» Verna, je refuse d'abandonner Amelia. Nous devons l'emmener avec nous. Sans moi, elle n'aurait plus aucun réconfort. Si tu savais ce que lui inflige Jagang…

Verna baissa les yeux, malade à l'idée de laisser Amelia en arrière, si elle avait vraiment renoncé au Gardien. Depuis cent cinquante ans, à l'époque de leur noviciat, les « cinq » avaient toujours été solidaires… La vie d'une Sœur de la Lumière n'étant pas un jardin de roses, les jeunes femmes s'étaient soutenues lors d'innombrables moments difficiles.

— Verna, elle est revenue vers la Lumière. De ce fait, elle a repris sa place parmi nous. Plutôt que l'abandonner, je préfère rester ici.

» Nous devons appeler Jagang "Son Excellence"… À la moindre incartade, il nous condamne à une semaine de service sous les tentes.

— Verna, il faut partir ! s'écria Warren.

Mais sa compagne lui fit signe de se taire.

— Les tentes ? Que veux-tu dire ?

— Il nous livre à ses soudards pendant sept jours. À cause de nos anneaux d'or, ces chiens ne nous tuent pas, parce que nous sommes la propriété de leur maître. Mais il y a des sorts pires que la mort, tu sais ? Dans les tentes, nous subissons… (La voix de Janet s'étrangla.) Même les sœurs âgées y ont droit. Jagang appelle ça une « indispensable leçon de discipline ».

Janet tomba à genoux, se prit la tête entre les mains et pleura comme une fontaine. Le cœur serré, Verna s'accroupit pour la prendre dans ses bras.

— Tu ignores ce que ces soldats nous font ! Oui, tu n'en sais rien du tout !

— Je comprends… Mais tout ira bien, désormais. Nous te sortirons de là.

— Pas sans Amelia ! Elle est tout ce qui me reste au monde… Si je l'abandonnais, le Créateur ne me le pardonnerait jamais. Ce serait pire que de le trahir en servant le Gardien. Amelia est mon amie, et elle est revenue vers nous.

» Jagang l'a renvoyée sous les tentes. Si je ne suis pas là à son retour, elle deviendra folle. Personne ne s'occupera d'elle ! Les Sœurs de l'Obscurité ne l'approchent plus, et les autres ne lui ont pas pardonné sa trahison. À part moi, elle n'a plus d'amie.

» Après une semaine sous les tentes, elle sera dans un état épouvantable. Verna, tu ne connais pas les soudards de Jagang… À l'exception des fractures, l'empereur nous interdit d'utiliser notre pouvoir pour soigner les malheureuses qui ont subi ce calvaire. Selon lui, ça fait partie de la leçon : nos âmes reviendront au Créateur après notre mort, mais dans ce monde, nos corps lui appartiennent.

» Si je ne suis pas là, on ne guérira même pas les os cassés d'Amelia. Et personne ne la réconfortera. Non, je ne partirai pas sans elle !

L'estomac retourné, de la bile dans la gorge, Verna crut qu'elle allait vomir.

— Comment supportez-vous ces horreurs ? demanda-t-elle.

— Nous sommes des Sœurs de la Lumière. Au nom du Créateur, nous devons tout endurer.

Verna se tourna vers Warren et l'interrogea du regard.

— Tu sais où elle est ? Nous pourrions aller la chercher, et fuir avec elle.

— Le camp s'étend sur des lieues, et il y a des milliers de tentes. Avec le nombre de femmes condamnées à ce « service », se fier aux cris de douleur ne mènerait à rien. Et si nous nous aventurons dans un cantonnement, nous finirons comme ces malheureuses…

— Quand reviendra Amelia ? demanda Verna.

— Dans cinq jours. Mais il en faudra deux de plus pour qu'elle puisse marcher…

— Sûrement pas, parce que rien ne m'interdit d'utiliser mon pouvoir pour la guérir !

— Tu as raison… Soyez ici dans cinq jours. Demain, ce sera la pleine lune. Rendez-vous quatre soirs plus tard.

— Sera-t-il possible de nous retrouver ailleurs ? Je doute que nous puissions entrer de nouveau ici.

— Je n'ai pas une grande liberté de mouvement… Et je me demande déjà comment vous avez pu entrer une seule fois.

Verna eut un sourire sans joie.

— La Dame Abbesse a quelques atouts dans sa manche. Et Warren m'a donné un coup de main. Marché conclu, nous reviendrons quatre soirs après la pleine lune.

— Verna, il y a un problème. Si Jagang ne peut plus s'introduire dans mes rêves, il comprendra que quelque chose ne va pas.

— Tu viens de prêter serment, et on ne peut pas retourner en arrière sans annuler à jamais le lien. Ton cœur appartient désormais à Richard.

— Alors, je devrai être prudente.

— Tu penses pouvoir t'en sortir ?

— Il faudra bien, puisque je n'ai pas le choix.

Verna fit glisser son dacra hors de sa manche et le tendit à Janet.

— Avec ça, tu pourras au moins te défendre.

— Non ! Si on me prend avec cette arme sur moi, je serai condamnée à servir un an sous les tentes.

— Alors, utilise ton pouvoir, puisque Jagang ne peut plus influencer ton esprit.

— Ici, ce serait sans effet. L'empereur contrôle la magie des sœurs et des sorciers qu'il a capturés. Ce serait aussi absurde que vouloir éteindre un incendie avec un dé à coudre d'eau.

— Je sais… C'est pour ça que nous ne pouvons pas libérer tout le monde. Les Sœurs de l'Obscurité auraient recours à la Magie Soustractive, et elles nous tailleraient en pièces. Janet, tu es sûre de vouloir rester ?

— Si je n'aide pas une sœur dans la détresse, à quoi rime mon serment au Créateur ? Amelia est revenue vers la Lumière. Elle pourra peut-être montrer le chemin aux autres…

Verna dut s'avouer qu'elle n'avait pas pensé à cet élément essentiel. Du coin de l'œil, elle vit que Warren ne tenait plus en place.

Janet s'en aperçut aussi. Prenant sa collègue par les épaules, elle l'embrassa sur les joues puis étreignit brièvement le futur Prophète.

— Partez avant qu'il ne soit trop tard ! Cinq jours, ce n'est pas une éternité, et je sais comment donner le change à Jagang. Avec un peu de chance, il sera occupé, et je ne le verrai pas…

— Très bien… Où nous retrouverons-nous ? Nous avons longé la côte jusqu'au port de Grafan, et je ne connais pas la région.

— La côte, dis-tu ? Vous avez dû voir le poste de garde, près des docks ?

— Oui, mais il est plein de soldats.

— Comme tu l'as dit, personne ne t'interdit d'utiliser ton don. La relève a lieu un peu avant le coucher du soleil. Attends jusque-là, puis neutralise les sentinelles. Vous serez en sécurité jusqu'à l'aube. Mais j'arriverai avant, avec Amelia…

— Le poste de garde, quatre soirs après la pleine lune…

— Oui. Dans cinq jours, nous serons libres ! À présent, allez-vous-en !

Warren prit Verna par le bras et fonça vers la porte.

Chapitre 54

Peu après son réveil, à l'aube, Richard sortit de sa chambre et alla consulter les rapports du matin. Pour la première fois, le nombre de morts dépassait la barre des mille. Un millier de drames en une nuit…

Debout près de la porte, les bras croisés, Ulic voulut savoir combien il y avait de victimes. Quasiment la première fois qu'il posait une question à son seigneur… Incapable de parler, Richard lui tendit la feuille. Événement encore plus rare, le garde du corps soupira quand il eut fini de la lire.

La cité allait à la dérive. Avec la désorganisation du commerce, il devenait de plus en plus dur de trouver à manger. Le bois de chauffe et de cuisson se faisait rare, et les autres marchandises suivaient le même chemin. Beaucoup de boutiquiers ayant fui dans les collines ou succombé à la peste, les choses ne risquaient pas de changer.

Désormais, seuls les charlatans prospéraient.

Richard s'arrêta devant une grande tapisserie qui représentait la place du marché d'Aydindril. Derrière lui, son garde du corps l'imita en silence.

L'idée de s'enfermer dans son bureau pour traduire le livre révulsait le Sourcier. De toute façon, ça ne servait à rien. Le long passage sur lequel il travaillait relatait une enquête pointilleuse sur les accords passés entre Ricker et les Andoliens, un mystérieux peuple magique. Ennuyeux à mourir, ce texte ne lui apportait rien de neuf.

Non, il ne travaillerait pas ce matin ! D'ailleurs, l'état de Raina l'empêcherait de se concentrer. En une semaine, la Mord-Sith avait vieilli de trente ans. Et on ne pouvait rien pour elle, comme pour les mille morts de la veille.

Selon Shota, le Temple des Vents enverrait tôt ou tard un nouveau message. Et le grand-père de Chandalen avait affirmé la même chose à Kahlan. Mais si ça n'arrivait pas très vite, ils seraient tous morts, et s'en ficheraient royalement.

Richard jeta un coup d'œil par une fenêtre orientée vers l'est. Entre deux pics, les premiers rayons de soleil faisaient une timide apparition. Avec les nuages qui s'accumulaient à l'ouest, il devina que la pleine lune ne serait pas visible, cette nuit.

Le Sourcier se dirigea vers les quartiers de Kahlan. La voir, il en était sûr, lui remonterait le moral.

Quand il arriva, Ulic se posta au coin du couloir près d'Egan, affecté toute la nuit à la garde de l'Inquisitrice.

— Kahlan est levée ? demanda Richard à Nancy alors qu'elle sortait de chez sa maîtresse.

La servante ferma la porte derrière elle. Puis elle s'assura qu'Ulic et Egan étaient trop loin pour l'entendre, et souffla :

— Oui, seigneur Rahl. Mais elle n'est pas en très bonne forme. Pour tout dire, elle ne se sent pas bien.

Richard agrippa le bras de la domestique. Depuis deux ou trois jours, il s'inquiétait pour la jeune femme, qui ne semblait pas dans son assiette. Mais elle lui avait dit de ne pas s'en faire. Et si… ?

— Elle est malade ? Ne me dites pas que…

— Non, non, assura Nancy, consciente d'avoir terrorisé son interlocuteur. Ce n'est pas… ça.

— Alors, qu'est-ce qui ne va pas ?

Les joues roses, Nancy se posa une main sur le bas-ventre et baissa encore le ton.

— Toutes les femmes souffrent de ce mal une fois par mois. Dans deux jours, il n'y paraîtra plus. D'habitude, je ne parle pas de ces choses-là, mais avec la peste, il vaut mieux être précis. Ne lui répétez pas mes propos, elle serait capable de me faire décapiter !

Richard soupira de soulagement et serra gentiment le bras de Nancy.

— Je serai muet comme une tombe ! Merci, mon amie. S'il devait arriver malheur à Kahlan, je…

— Je sais, seigneur. C'est pour ça que j'ai vendu la mèche…

Quand la servante se fut éloignée, le Sourcier frappa à la porte. Sur le point de l'ouvrir pour sortir, Kahlan fut surprise de le découvrir.

— Je me trompais, dit-elle en souriant.

— À quel sujet ?

— Tu es encore plus beau que dans mon souvenir.

Richard sourit. Comme prévu, la retrouver lui avait remonté le moral. Voyant qu'elle s'était dressée sur la pointe des pieds, il lui donna le baiser qu'elle attendait impatiemment.

— J'allais rendre visite à Raina… Tu m'accompagnes ?

Toute joie envolée, Kahlan hocha simplement la tête.

Aux abords de la chambre des deux Mord-Sith, ils rencontrèrent Berdine. Les yeux cernés et les traits tirés, elle portait son uniforme rouge. Bien qu'étonné, Richard ne demanda pas pourquoi.

— Seigneur, je vous cherchais, justement… Raina voudrait vous voir.

— Nous venions chez vous. (Le jeune homme posa un bras sur les épaules de la Mord-Sith.) Allons-y !

» Berdine, je vois que tu es morte d'inquiétude. Mais tous les malades ne meurent pas, tu le sais… Raina est solide comme un roc. Une Mord-Sith ne se laisse pas abattre comme ça !

Berdine acquiesça sans conviction.

Dans la chambre, Raina reposait sur le grand lit. Elle aussi était sanglée dans son uniforme rouge.

Immobile sur le seuil, Richard se pencha vers Berdine pour lui parler à l'oreille.

— Pourquoi est-elle habillée ? demanda-t-il.

— Seigneur, elle m'a demandé de lui passer son uniforme rouge… pour livrer sa dernière bataille.

Quand Richard s'agenouilla près du lit, Raina ouvrit à demi les yeux et tourna vers lui un visage ruisselant de sueur.

— Seigneur Rahl…, souffla-t-elle en lui prenant la main, je voudrais aller voir Reggie…

— Qui ?

— Le tamia… celui qui a perdu le bout de sa queue… J'aimerais lui donner à manger…

Le cœur brisé, Richard parvint encore à sourire.

— T'y conduire sera un honneur, mon amie.

Quand il la prit dans ses bras, étonné qu'elle ait perdu tant de poids, Raina lui passa un bras tremblant autour du cou et blottit la tête contre son épaule.

Dans le couloir, Berdine vint se placer sur la gauche du Sourcier et tint la main de sa compagne. Kahlan marcha sur sa droite, suivie par Ulic et Egan, plus silencieux que jamais.

En chemin, tous les soldats s'écartèrent, la tête basse, et se tapèrent du poing sur le cœur.

Un ultime salut pour la Mord-Sith.

Dans le jardin, Richard s'assit à même le sol, Raina sur les genoux. Berdine et Kahlan s'accroupirent près de lui, les yeux baissés sur l'agonisante.

Ulic et Egan restèrent un peu en arrière, les mains croisées dans le dos. Sur leurs joues, Richard vit rouler de grosses larmes qu'ils ne cherchèrent même pas à écraser.

— Sous ce banc, dit le Sourcier à Kahlan. Donne-moi la boîte…

L'Inquisitrice tendit le bras, prit la boîte et l'ouvrit.

Richard y puisa une poignée de graines et en jeta une partie devant lui. Puis il fit tomber le reste dans la paume de Raina.

Habitués à associer la présence des humains à un bon repas, deux tamias sortirent d'un buisson, la queue frétillante. Tout en se disputant, chacun désireux de chasser l'autre, ils picorèrent les graines jusqu'à ce que leurs joues soient comiquement gonflées.

Les yeux mi-clos, Raina les regarda sans réagir.

À son poignet, près de la main de Berdine refermée sur ses doigts, son Agiel oscilla faiblement.

Leur récolte terminée, les tamias filèrent entreposer leur butin dans un terrier invisible, au cœur du buisson.

Raina tendit son bras libre et le posa sur le sol, la main ouverte. Le souffle atrocement heurté, elle parvint à déplier les doigts.

Les mâchoires serrées, Berdine lui caressa le front.

Un nouveau tamia sortit du buisson. Il avança en sautillant, s'immobilisa, en quête d'une menace, puis courut vers la main de la Mord-Sith.

Richard vit qu'il lui manquait le bout de la queue.

— Reggie…, souffla Raina.

Elle sourit quand le minuscule écureuil lui grimpa dans la paume. Les pattes calées sur les doigts de la Mord-Sith, il s'assit et entreprit de récupérer les graines du bout de la langue. Quand sa bouche fut pleine, il se leva, secoua la tête pour mieux répartir sa cueillette, et se laissa retomber afin de continuer à stocker de délicieux petits trésors.

Raina eut un petit rire de gamine chatouillée.

— Je t'aime, Raina, murmura Berdine en l'embrassant sur le front.

— Moi aussi, Berdine.

Alors que Reggie lui mangeait dans la main, Richard sentit le corps de la Mord-Sith se détendre.

Sa dernière bataille livrée, elle venait de mourir dans ses bras.

Chapitre 55

D ans le bureau, Kahlan vint se placer derrière Richard, assis sur son fauteuil. Lui passant les bras autour du cou, elle posa une joue sur le sommet de sa tête et pleura sans retenue.

Le Sourcier garda les yeux baissés sur l'Agiel de Raina qu'il faisait tourner entre ses doigts. Selon les vœux de sa compagne, Berdine le lui avait solennellement remis.

La Mord-Sith avait demandé l'autorisation de rejoindre Cara dans la Forteresse, pour lui annoncer la triste nouvelle. Elle s'était aussi déclarée prête à relayer sa collègue, qui n'avait pas quitté la salle de la sliph depuis trois jours.

Richard lui avait permis de faire ce qu'elle voulait, sans limitation de temps. Si elle désirait qu'il assume la garde à sa place, ou qu'il lui tienne compagnie, un mot d'elle suffirait.

Berdine l'avait remercié. Pour le moment, avait-elle soufflé, elle préférait rester seule.

— Pourquoi le Temple ne nous a-t-il pas envoyé son message ? soupira Richard.

— Je n'en sais rien, murmura Kahlan en lui caressant les cheveux.

— Qu'allons-nous faire ? (Une question théorique, qui, hélas, n'appelait pas de réponse.) Je voudrais tant avoir un chemin à suivre…

— Tu n'espères plus rien des minutes du procès ? Aucune piste ?

— La solution pourrait se trouver dans le dernier paragraphe. Avant que j'en arrive là, nous serons tous morts.

Richard accrocha l'Agiel de Raina à son cou, près de l'amulette. Le rouge du rubis s'harmonisait parfaitement à la couleur de l'arme.

— Jagang va gagner…, dit-il après un long silence.

— Ne dis pas ça ! s'exclama Kahlan. (Elle prit la tête du jeune homme entre ses mains et le força à la regarder.) Surtout, ne baisse pas les bras !

— Tu as raison… Nous finirons par vaincre…

Ponctuant cette profession de foi dépourvue de conviction, un coup à la porte fit sursauter l'Inquisitrice.

— Qui est-ce ? demanda Richard.

— Ulic, seigneur Rahl. (Le colosse entrouvrit le battant et passa la tête dans la pièce.) Le général Kerson voudrait vous parler.

— Richard, dit Kahlan, je vais prévenir Nadine et Drefan, pour Raina…

Le Sourcier accompagna sa bien-aimée jusqu'à la porte. Dans le couloir, Kerson attendait, une pile de rapports sous le bras.

— Kahlan, je te rejoins dans quelques minutes…

L'Inquisitrice s'éloigna, Egan sur les talons. Ne pas voir une Mord-Sith leur emboîter le pas glaça le sang de Richard. D'habitude, il y en avait toujours une pas très loin…

— Mère Inquisitrice, dit Egan, des visiteurs sont venus au palais. Ils voulaient vous voir, le seigneur Rahl et vous. J'ai répondu que vous étiez trop occupés. Le seigneur a un tel fardeau sur les épaules…

— Avec tous ces problèmes, le hall des pétitions doit être plein à craquer de citoyens qui réclament un entretien.

— Ces gens-là ne sont pas dans le hall. Les gardes les ont interceptés alors qu'ils tentaient d'entrer dans une des salles de réception. Ils ne sont pas arrogants, comme beaucoup de pétitionnaires ou d'émissaires, mais ils ont une étrange façon d'insister.

Kahlan tourna la tête vers le colosse blond.

— T'ont-ils dit qui ils étaient, au moins ?

— Des Andoliens, Mère Inquisitrice.

La jeune femme s'immobilisa et prit le bras musclé du D'Haran.

— Des Andoliens ? Et les gardes les ont laissés entrer ? Des Andoliens, au palais ?

— J'ignore comment ils s'y sont introduits, Mère Inquisitrice. C'est un problème ?

La main sur la garde de son épée, Egan semblait prêt à bondir.

— Non, ils ne sont pas dangereux. L'ennui c'est que… Par les esprits du bien, comment t'expliquer ? En fait, ils ne sont pas vraiment humains…

— Ce qui veut dire ?

— Dans les Contrées du Milieu, il existe des créatures et des *peuples* magiques. Parfois, il est difficile de faire la différence entre ces catégories. Certains êtres, comme les Andoliens, sont un mélange des deux.

— La magie, encore et toujours…, marmonna Egan. Sont-ils dangereux ?

En soupirant, Kahlan s'engagea dans un couloir qui menait à l'aile des réceptions. Elle verrait Nadine et Drefan plus tard.

— Pas véritablement, si on sait s'y prendre avec eux. Personne n'en sait long à leur sujet, parce que nous préférons les éviter. Beaucoup de peuples des Contrées ne les aiment pas. Il faut dire que ce sont des voleurs patentés. Pas par cupidité, mais parce que les beaux objets les fascinent. Surtout ceux qui brillent. Entre un morceau de verre, une pièce d'or et un bouton de culotte, ils ne font aucune différence.

» On ne les aime pas parce qu'ils ressemblent à des êtres humains "normaux". On s'attend à ce qu'ils se comportent comme tel, mais c'est une erreur, puisqu'ils sont… eh bien… différents.

» En général, ils déboulent quelque part poussés par la simple curiosité. Nous leur interdisons l'accès du palais à cause du désordre qu'ils sèment partout où ils vont. C'est la solution la plus simple. Avec leur magie, dès qu'on tente de les discipliner, ils peuvent se montrer très méchants.

— Je devrais aller dire aux soldats de les expulser.

— Non, ça risquerait d'être pire. Pour traiter avec eux, il faut recourir à un protocole très spécial. Par bonheur, je le connais, et nous en débarrasser sera un jeu d'enfant.

— Comment ferez-vous ?

— Les Andoliens adorent livrer des messages. Ça les fascine encore plus que les objets brillants. Sans doute parce que s'impliquer dans nos affaires les rapproche de leur côté humain. Dans les Contrées, on les emploie souvent comme courriers. Ils sont plus fiables que tout autre moyen de communication, et en guise de paiement, ils se contentent d'un peu de verroterie. Parfois, ils travaillent même gratuitement, pour le plaisir... Je leur parlerai d'une missive urgente à livrer, et ils proposeront de s'en charger. C'est la meilleure façon de congédier un Andolien sans qu'il s'en aperçoive.

— Et ça marche avec une *bande* d'Andoliens ? demanda Egan, dubitatif.

— Par les esprits du bien, ne me dis pas qu'ils sont plus de deux ?

— Il y en a sept, Mère Inquisitrice. Six femmes qui se ressemblent toutes et un homme.

De surprise, Kahlan faillit s'emmêler les pieds et s'étaler.

— Je n'en crois pas mes oreilles. Il doit s'agir du légat Rishi et de ses six épouses, des sœurs issues de la même... portée.

Selon les Andoliens, il ne fallait pas moins de six femelles, nées en même temps, pour servir de compagnes au légat. Mais au fond, chaque peuple n'avait-il pas ses coutumes plus ou moins étranges ?

La tête tournant comme une toupie, Kahlan tenta de se concentrer malgré son chagrin. Après tant de décès, celui de Raina était comme un coup de grâce. Mais elle devait trouver un endroit où envoyer les Andoliens avec un message qui paraisse digne d'être livré.

Peut-être quelque chose lié à la peste... Oui, elle pouvait les expédier à l'autre bout des Contrées, avec un avertissement au sujet de la Mort Noire. Et pourquoi pas dans le Pays Sauvage ? Là-bas, les Andoliens étaient mieux acceptés que partout ailleurs dans l'Alliance.

Des gardes armés jusqu'aux dents surveillaient les portes de la salle de réception où on avait consigné les Andoliens. Deux d'entre eux poussèrent les lourds battants pour laisser entrer Kahlan et Egan.

Cette salle sans fenêtre était une des plus petites parmi celles où on accueillait les visiteurs de marque. Le long des murs en pierre noire, sur des piédestaux également sombres, des sculptures de toute sorte, exposées sur un fond de tentures bordeaux, s'offraient à la curiosité des visiteurs. Des bustes de monarques côtoyaient de magnifiques éphèbes aux muscles saillants, des dames majestueuses... et la représentation d'un fermier et de son bœuf.

Quatre ensembles de lampes en cristal taillé tentaient en vain de dissiper la pénombre, inévitable dans un décor à dominante noire.

Les Andoliens attendaient près d'une des trois imposantes tables en bois foncé. Les six femmes, grandes et minces, se ressemblaient effectivement comme des gouttes d'eau. Dans leurs cheveux orange vif – une teinture obtenue à partir des baies d'un arbuste très répandu dans leur pays natal – une multitude de décorations témoignaient du goût de leur peuple pour les objets brillants. Ce fatras de boutons, d'éclats de métal ou de verre, de piécettes d'or ou d'argent et de copeaux d'obsidienne devait constituer à leurs yeux un trésor inestimable.

Vêtues de robes blanches d'une élégante simplicité, les six épouses du légat ne manquaient pas de noblesse. Une qualité logique pour des femmes de leur statut, même si elles appartenaient à un peuple assez couard pour se terrer au fond d'une crevasse dès qu'un orage éclatait dans le ciel.

Plus vieux que ses compagnes, le légat, un petit homme râblé aux yeux noirs étonnamment ronds, ressemblait à un diplomate classique. Entouré d'une couronne de cheveux blancs, son crâne lisse luisait comme du bois poli. Pour obtenir ce résultat, on l'avait sans doute copieusement enduit de graisse, une pratique courante dans le lointain pays des Andoliens.

Ses robes blanches brodées de fil d'or étaient ornementées de petits objets aussi bizarres que la quincaillerie arborée par ses épouses. De loin, cet attirail lui donnait un air d'opulence. Vu de près, il ressemblait à un mendiant un peu fou qui aurait fouillé dans une décharge publique pour se parer de détritus dont les gens normaux ne voulaient plus.

Les yeux injectés de sang, il affichait un sourire idiot et semblait avoir du mal à tenir debout. Bien qu'elle ne l'eût pas vu souvent, Kahlan ne se le rappelait pas sous cet aspect…

Les six sœurs se placèrent en ligne devant lui, se redressèrent et bombèrent le torse.

— Nous sommes des filles du cycle de la lune, déclara l'une d'elles.

— Nous sommes des filles du cycle de la lune, répéta Kahlan.

Chez les Andoliens, c'était le salut traditionnel entre les femmes. Son ventre douloureux lui rappela que cette phrase avait un sens caché… et pourtant évident.

Leurs grands yeux noirs rivés sur l'Inquisitrice, les cinq autres épouses la saluèrent à tour de rôle. Quand ce fut fini, elles se séparèrent en deux groupes de trois et vinrent se camper aux côtés de leur mari.

Le légat leva une main, tel un souverain qui salue la foule. Puis il se fendit d'un grand sourire d'idiot du village.

Devant ce curieux comportement, l'Inquisitrice plissa le front. Mais avec les Andoliens, savait-on jamais ce qui était bizarre ou pas ?

— Nous sommes des enfants du cycle du soleil, dit-il d'une voix pâteuse.

Kahlan répéta aussi cette formule rituelle, mais il l'ignora, distrait par un bruit de pas, dans son dos.

Richard approchait à grandes enjambées, l'air pas commode du tout.

— Qu'ont dit ces femmes au sujet de la lune ? grogna-t-il.

Quand il s'arrêta près d'elle, Kahlan prit la main du Sourcier.

— Richard, dit-elle, espérant qu'il sentirait la tension, dans sa voix, je te présente le légat Rishi et ses épouses. Ce sont des Andoliens. Tu as dû nous entendre échanger le salut traditionnel des femmes de ce peuple, c'est tout.

— Je vois… Désolé de ma brusquerie. Quand j'ai entendu le mot « lune », ça m'a…

Le jeune homme devint soudain blanc comme un linge.

— Des Andoliens... Le sorcier Ricker était en rapport avec ce peuple... Mais...

— Nous sommes des enfants du cycle du soleil, dit le légat Rishi, le regard de plus en plus vitreux. Les deux sexes sont unis au soleil. Mais seules les femmes ont un lien avec la lune.

Richard se massa le front, à la fois confus et pensif. Kahlan lui serra la main, espérant qu'il capterait le message : pour le bien de tous, mieux valait qu'il la laisse régler cette affaire.

Elle se tourna vers l'Andolien.

— Légat Rishi, j'aimerais que...

— Notre mari a bu des nectars qui l'ont rendu heureux, annonça une des épouses, comme si c'était une nouvelle retentissante. Pour ça, il a dû se séparer de ses trophées. (L'Andolienne se rembrunit.) Il nous a un peu ralentis, il faut l'avouer. Sinon, nous serions arrivés plus tôt.

— Merci de me confier ces informations, dit Kahlan.

Quand un Andolien parlait de lui-même, il convenait de lui témoigner de la reconnaissance. Car aux yeux de cet étrange peuple, cela revenait à faire un cadeau à ses interlocuteurs.

— Légat Rishi, reprit l'Inquisitrice, je voudrais que vous livriez un message très important à...

— Désolé, coupa l'Andolien, mais ce ne sera pas possible.

Kahlan n'en crut pas ses oreilles. Depuis des temps immémoriaux, aucun membre de ce peuple n'avait refusé ce type de mission.

— Pourquoi cette réponse négative, légat Rishi ?

Une des femmes se pencha vers Kahlan.

— Parce qu'on nous a déjà confié un message très important.

— Vraiment ?

— Oui. C'est un si grand honneur, Mère Inquisitrice. Notre mari est porteur d'un message de la lune.

— Quoi ? rugit Richard.

— La lune vous transmet un message des vents, dit le légat en gloussant comme un débile mental.

Kahlan se pétrifia.

— Nous aurions pu être là plus tôt, continua l'Andolienne, mais notre mari a dû s'arrêter très souvent pour boire.

Un frisson glacé courut le long de l'échine de l'Inquisitrice.

— Être là plus tôt..., répéta Richard. Pendant que des milliers de gens mouraient, ce crétin se soûlait ? Raina est morte parce qu'il s'arrêtait dans des tavernes ?

Le poing de Richard vola vers le menton de l'Andolien. Propulsé dans les airs par l'impact, le pauvre légat atterrit le dos sur la grande table.

— Des innocents agonisent, et tu levais le coude en chemin ? rugit le Sourcier.

Fou de rage, il bondit vers la table.

— Non ! cria Kahlan. Il a un pouvoir magique !

Une silhouette rouge passa devant les yeux de l'Inquisitrice. Se jetant sur son seigneur, Cara l'écarta de sa cible et l'envoya bouler avec elle sur le sol.

Du sang sur le menton, le légat Rishi se remit péniblement en position debout. Des éclairs blancs et des volutes noires remontèrent le long de ses bras et convergèrent vers sa poitrine. Il invoquait sa magie, prêt à la déchaîner contre Richard, qui fit mine de dégainer son épée.

Cara le bouscula de nouveau, se campa devant l'Andolien et lui décocha un fantastique revers de la main sur la bouche.

Fou furieux, il parut vouloir changer de cible.

Cara le frappa de nouveau, pour qu'il oublie tout à fait le Sourcier.

Tombant dans le piège, il libéra sa magie sur la Mord-Sith.

Aussitôt, il s'affaissa en gémissant de douleur. Toujours aussi vive, Cara le prit par les pans de sa chemise avant qu'il touche le sol et lui plaqua son Agiel sur la gorge.

— Tu es en mon pouvoir ! triompha-t-elle. Ta magie m'appartient !

— Cara, cria Kahlan, ne le tue pas !

Serrées les unes contre les autres, les six sœurs tremblaient comme des poules menacées par un renard. Compatissante, l'Inquisitrice leur fit signe que tout allait bien, et qu'elles n'avaient rien à craindre.

— Cara, ne lui fais pas de mal ! Il nous apporte un message du Temple des Vents.

— Je sais, dit la Mord-Sith. On le lui a transmis par magie. Son pouvoir est à moi, et les paroles des vents y sont comme écrites sur une feuille de parchemin.

— Tu les connais, c'est ça ? demanda Richard en laissant retomber l'Épée de Vérité dans son fourreau.

Des larmes aux yeux, Cara hocha la tête.

— Je partage la magie de cet homme, et ce message en fait partie.

— Ulic et Egan, dit le Sourcier, faites sortir tous les soldats, puis fermez les portes, et assurez-vous que plus personne n'entre.

Pendant que les deux colosses obéissaient, Richard prit le légat par le col, le souleva du sol, le porta jusqu'à une chaise et l'y laissa tomber.

Un poing serré sur l'amulette et l'Agiel de Raina, il se pencha vers l'Andolien, comme s'il allait le mordre.

— Récite ce message mot pour mot, et sans chercher à jouer au plus fin. Des milliers de gens ont perdu la vie parce que tu traînais en chemin pour te soûler !

— Le message des vents concerne deux personnes...

Surpris, Richard tourna la tête. En même temps que de la bouche du légat, les mots avaient jailli des lèvres de Cara.

— C'est donc vrai, tu connais les mots, comme lui ?

— Seigneur, ils sortent tous seuls de ma gorge. Cet homme savait uniquement qu'il devait délivrer un message. Sa teneur lui était inconnue avant qu'il le récite. Et à ce moment-là, j'ai parlé en même temps que lui...

— Qui sont les deux destinataires ?

Une question que Kahlan n'aurait pas eu besoin de poser.

— Le sorcier Richard Rahl et la Mère Inquisitrice Kahlan Amnell, déclamèrent en chœur Cara et Rishi.

— Et que leur dit le Temple ?

Là aussi, Kahlan n'aurait pas eu besoin de demander. Elle vint se placer près de Richard et lui prit la main.

À part elle, Richard, Cara, le légat Rishi et les six épouses – désormais réfugiées sous une table –, il n'y avait personne dans la salle. La lumière avait baissé, comme si une main invisible était venue tourner la molette des lampes.

Le légat, blême comme un mort, semblait en transe. Du sang coulant toujours sur son menton, il se leva de sa chaise et tendit un bras vers Richard.

Cette fois, les mots sortirent de sa seule bouche.

— Les vents t'appellent, sorcier Richard Rahl. La magie qu'on leur a volée fait des ravages dans ce monde. Pour entrer dans le Temple, tu devras te marier.

» Ton épouse se nommera Nadine Brighton.

Incapable de parler, Richard posa la main de Kahlan sur son cœur et la serra entre les siennes.

Cara leva un bras et le pointa sur Kahlan. D'une voix glaciale, elle déclama seule la suite du message.

— Les vents t'appellent, Mère Inquisitrice Kahlan Amnell. La magie qu'on leur a volée fait des ravages dans ce monde. Pour aider le sorcier Richard Rahl à entrer dans le Temple, tu devras te marier.

» Ton époux se nommera Drefan Rahl.

Richard tomba à genoux et sa compagne l'imita.

Elle aurait dû éprouver quelque chose, pensa-t-elle. Mais elle se sentait engourdie, comme dans un cauchemar.

Elle avait fini par se dire que ça n'arriverait jamais. À présent, le couperet était tombé. Et tout cela allait bien trop vite pour qu'elle réagisse, comme si elle basculait d'une falaise, trop surprise pour avoir le réflexe de chercher une racine à laquelle s'accrocher.

Tout était fini. Sa vie, ses rêves, son avenir, son bonheur… Il ne lui restait plus qu'à accomplir son devoir jusqu'à ce que la mort l'en délivre.

Le teint cendreux, Richard leva les yeux vers la Mord-Sith.

— Cara, je t'en prie, ne nous inflige pas ça ! Par pitié, pas ça !

— Je ne vous inflige rien, répondit la Mord-Sith. Tel est le message des vents. Si vous voulez entrer dans le Temple, il faudra en passer par là.

— Pourquoi Kahlan doit-elle se marier ?

— Les vents exigent une épouse vierge !

Richard jeta un bref regard à l'Inquisitrice, puis plongea ses yeux gris dans ceux de Cara.

— Elle n'est pas vierge !

— C'est faux.

— Non ! Elle ne l'est plus !

Kahlan passa les bras autour du cou de taureau du Sourcier et l'attira contre elle.

— Richard, tu te trompes… Ici, je le suis encore. Pour les esprits, m'a dit Shota, c'est tout ce qui compte. Dans notre univers, celui des vivants, je suis vierge. Nous nous sommes aimés dans un autre monde, et ça ne compte pas.

— C'est de la folie ! De la folie…

— Mais cela satisfait aux exigences des vents, dit Cara.

— Ce sera votre seule chance, ajouta le légat. Si vous ne la saisissez pas, les vents ne seront plus tenus de réparer les dégâts.

— Cara, par pitié, pas ça… Il doit y avoir un autre moyen.

— Désolée, mais c'est le seul… Il dépend de vous d'arrêter le fléau. Si vous vous dérobez, l'occasion ne se présentera plus jamais, et la magie volée accomplira son œuvre jusqu'au bout.

— Les vents veulent entendre votre réponse, dit le légat. Vous devez tous les deux consentir librement à ce sacrifice. Et vos unions seront sincères et authentiques sur tous les plans. Seule la mort les brisera, et il faudra être dévoués et fidèles à vos partenaires.

— Cet homme dit la vérité telle que les vents la conçoivent, confirma Cara. Quelle est votre décision ?

À travers ses larmes, Kahlan regarda Richard. Quelque chose en lui était en train de mourir, elle le voyait comme sur le visage de Raina, dans le jardin…

— C'est notre devoir, souffla-t-elle. Et la seule façon de sauver des multitudes d'innocents. Mais si tu le désires, je refuserai.

— Combien d'autres Raina mourront dans mes bras ? Être ensemble à ce prix-là nous détruirait de toute façon.

— Et s'il y avait… un autre moyen d'arrêter l'épidémie ?

— Kahlan, je n'en ai pas trouvé. Pour la première fois, j'ai trahi ta confiance.

— C'est faux, Richard. Ensemble, nous allons arrêter l'hécatombe. (La jeune femme se blottit contre son compagnon.) Je t'aime tellement !

D'une main, le Sourcier releva le menton de l'Inquisitrice.

— Alors, nous sommes d'accord… Il n'y a pas le choix.

Les deux jeunes gens se relevèrent.

Kahlan aurait eu tant de choses à dire… Les mots coincés dans sa gorge, elle regarda Richard dans les yeux et comprit que ça n'aurait servi à rien.

Ils se tournèrent vers Cara et Rishi.

— J'accepte d'épouser Nadine.

— J'accepte d'épouser Drefan.

En larmes, Kahlan se jeta dans les bras de Richard, qui la serra au point de lui couper le souffle.

La Mord-Sith et l'Andolien les séparèrent.

— Vous êtes liés à d'autres personnes, désormais, dit Cara. Ces étreintes sont interdites, parce que vous devez être fidèles à vos partenaires.

Kahlan et Richard se regardèrent, conscients qu'ils s'étaient enlacés pour la dernière fois.

Alors, le monde de la jeune femme s'écroula.

Chapitre 56

Séparée de Richard par Cara et le légat Rishi, Kahlan tourna la tête quand elle entendit la porte s'ouvrir. Dès qu'il eut fait entrer Nadine et Drefan, Ulic la referma.

Le Sourcier se leva et se passa une main dans les cheveux. Craignant que ses jambes se dérobent, Kahlan ne bougea pas. Sa vie lui coulait entre les doigts comme de l'eau. Le devoir l'avait finalement dévorée.

Nadine regarda toutes les personnes présentes dans la salle, puis riva les yeux sur Richard, campé devant elle, la tête baissée.

— Nadine, Drefan, dit-il, vous savez que la peste a pour origine une magie volée dans le Temple des Vents. Désormais, je sais que faire pour y entrer et enrayer l'épidémie.

» Le Temple exige que Kahlan et moi nous mariions, mais pas ensemble. Désolé de vous impliquer dans ce drame, mais c'est vous deux qu'il a choisis. J'ignore pourquoi, et je doute d'obtenir un jour une explication. Mais une certitude demeure : c'est notre seule chance de vaincre la peste. Bien entendu, je ne peux pas vous forcer à jouer vos rôles. Si vous refusez, personne ne vous blâmera.

Richard toussota pour que sa voix cesse de trembler. Puis il prit la main de Nadine – sans se résoudre à la regarder dans les yeux.

— Nadine, veux-tu devenir ma femme ?

L'herboriste jeta un coup d'œil à Kahlan, qui affichait son masque d'Inquisitrice, comme le lui avait appris sa mère.

Le devoir, encore et toujours…

— M'aimes-tu, Richard ? demanda Nadine.

— Non. Je suis désolé, mais je ne t'aime pas.

La jeune femme ne parut pas étonnée. Kahlan aurait parié qu'elle s'attendait à cette réponse.

— Je serai ta femme, Richard, et je te rendrai heureux. Tu verras, avec le temps, tu finiras par m'aimer.

— Non, Nadine, ne te berce pas d'illusions. Si tu acceptes, nous serons unis, et je te resterai fidèle, mais mon cœur appartiendra toujours à Kahlan. J'ai honte de dire cela alors que je te demande en mariage, mais je refuse de te mentir.

L'herboriste réfléchit un instant.

— Beaucoup de mariages de raison finissent très bien, dit-elle. (Elle sourit, et Kahlan trouva qu'il y avait beaucoup de tendresse sur son visage.) Le nôtre aura été arrangé par les esprits, et ce n'est pas rien. J'accepte ta proposition, Richard.

Le jeune homme regarda Kahlan, dont le tour était venu. Dans ses yeux, elle vit briller une rage mortelle.

Le chagrin lui rongeait les entrailles. Comme à elle.

Sans trop savoir comment, elle se retrouva devant Drefan. Au début, les mots ne voulurent pas sortir. Mais elle lutta de toutes ses forces.

— Drefan... veux-tu... être mon mari ?

Les yeux bleus si semblables à ceux de Darken Rahl étudièrent froidement la jeune femme. Sans l'avoir voulu, elle repensa à la main du guérisseur, dans le pantalon de Cara, et faillit vomir.

— Comme l'a dit Nadine, on peut imaginer pire qu'un mariage arrangé par les esprits. Bien entendu, il n'y a aucune chance que tu m'aimes un jour ?

Incapable de répondre, Kahlan se contenta de hocher la tête.

— Eh bien, tant pis... Nous aurons quand même de bons moments. Kahlan, je t'épouserai, puisque tu me le demandes.

La jeune femme se félicita de n'avoir jamais raconté l'épisode de l'« examen » de Cara, dans l'oubliette. Sinon, le Sourcier aurait pu perdre le contrôle de ses nerfs et dégainer sa lame.

Cara et Rishi avancèrent d'un pas.

— C'est réglé, dirent-ils en même temps. Les vents sont satisfaits que toutes les parties concernées aient donné leur accord.

— Quand... ? demanda Richard d'une voix tremblante. Quand est-ce prévu ? Il faut que j'entre au plus vite dans le Temple, pour l'aider à arrêter la peste.

— Ce soir, répondirent la Mord-Sith et l'Andolien. Nous allons partir pour le Temple des Vents. Vous serez unis dès que nous arriverons.

Kahlan ne demanda pas comment ils atteindraient un endroit qui n'était plus nulle part. Pour elle, ça ne comptait pas. Ils seraient mariés dès ce soir, et ses entrailles se nouaient à cette seule idée.

— Je suis désolée pour Raina, dit Nadine à Richard. Comment réagit Berdine ?

— Très mal. Elle est seule dans la Forteresse... (Le jeune homme se tourna vers Cara.) Pouvons-nous y faire halte en passant ? Je veux la tenir au courant des derniers événements, et lui dire de monter la garde près de la sliph jusqu'à mon retour.

— J'en profiterai pour lui donner un calmant, dit Nadine.

— Permission accordée, lâcha Cara d'une voix glaciale.

Quand Richard lui annonça la nouvelle, Berdine blêmit et se jeta dans ses bras pour pleurer avec lui. L'air intrigué, la sliph les regarda, la tête hors de son puits.

Nadine sortit des fioles et des sachets de son sac, fit de savants mélanges, et indiqua à la Mord-Sith dans quel ordre et à quel moment prendre ces médicaments censés l'aider à supporter son chagrin.

Richard tenta de transmettre à sa garde du corps toutes les informations dont elle pouvait avoir besoin.

Kahlan resta à l'écart, avec le sentiment de sombrer de plus en plus vite dans un gouffre sans fond.

— Il faut partir ! lança soudain Cara. Pour arriver avant le lever de la pleine lune, nous devrons chevaucher à bride abattue.

— Comment trouverai-je le Temple des Vents ? demanda Richard.

— Vous n'aurez pas à le chercher, répondit la Mord-Sith. Quand les conditions seront remplies, c'est lui qui vous trouvera.

— Je peux laisser mon sac ? lança Nadine. Il est très lourd, et je suppose que nous repasserons par ici.

— Pas de problème, lâcha Richard d'une voix atone.

Alors qu'ils retournaient vers leurs chevaux, Kahlan dut marcher derrière le Sourcier, avec Drefan à ses côtés. En chemin, Nadine ne put s'empêcher de poser une main dans le dos de son futur mari. Même si elle avait le triomphe remarquablement modeste, ce geste était sans équivoque : à présent, cet homme lui appartenait !

Au pied du chemin qui menait à la Forteresse, alors qu'ils s'éloignaient de la ville, Kahlan entendit les hommes chargés des charrettes crier aux habitants de sortir leurs morts. Bientôt, tout cela n'aurait plus lieu d'être. La seule consolation de la jeune femme : grâce à eux, des centaines de familles survivraient.

Le miracle s'était produit trop tard pour sauver Raina. Berdine n'en avait pas parlé, mais cette atroce idée devait tourner et retourner dans sa tête.

Richard avait refusé d'emmener une escorte. En voyant son expression, même Ulic et Egan n'avaient pas discuté. Seuls le Sourcier, Kahlan, Nadine, Drefan, Cara, le légat et ses six femmes graviraient ce soir le mont Kymermosst.

L'Inquisitrice ignorait de quelle façon Richard entrerait dans le Temple des Vents. Et cette question ne l'intéressait pas. Une seule chose comptait : bientôt, son bien-aimé épouserait Nadine. Et elle s'unirait à Drefan. Une idée qui obsédait sûrement Richard...

En chemin, sans doute pour alléger l'atmosphère, le guérisseur se montra très volubile. Kahlan n'écouta pas ce qu'il racontait. Les yeux rivés sur le dos de Richard, elle s'efforçait de ne pas manquer les rares occasions où il pouvait se retourner pour lui jeter un coup d'œil.

À chaque fois, croiser son regard lui avait fait plus mal qu'un coup de poignard.

Accablée, elle ne s'intéressa pas au splendide paysage et nota avec un parfait détachement que le temps se réchauffait un peu, même si des nuages noirs s'accumulaient au-dessus des montagnes. Un orage se préparait, c'était évident. Fidèles à leur réputation de couardise, les Andoliens gémissaient dès qu'ils levaient les yeux vers le ciel...

Kahlan resserra les pans de son manteau. Depuis un moment, elle pensait à la robe de mariée bleue que Weselan lui avait amoureusement préparée. Et qu'elle ne porterait jamais.

Insensiblement, elle commençait à en vouloir à Richard. À cause de lui, elle avait fini par croire qu'elle pourrait être heureuse comme les autres femmes.

Gagnée par son enthousiasme, elle avait espéré se libérer en partie de son devoir. Peu à peu, il l'avait incitée à l'aimer…

Tout ça pour un tel désastre !

Non, elle devenait injuste ! Lui aussi était frappé par le malheur. Sa vie lui coulait également entre les doigts.

Elle repensa à leur rencontre, qui semblait remonter à une éternité. Alors qu'elle fuyait les tueurs de Darken Rahl, Richard était venu à son secours. Depuis, ils avaient vécu tant de choses ! Combien de fois l'avait-elle regardé dormir en rêvant d'être une femme normale capable d'aimer et d'être aimée ? Pas une Inquisitrice prisonnière de son devoir et interdite de sentiments…

Richard avait réussi l'impossible : être son partenaire en restant lui-même. Mais ce beau rêve était réduit en cendres.

Pourquoi les esprits les torturaient-ils ainsi ? Au fond, la réponse était simple. Comme Shota et le grand-père de Chandalen l'avaient souligné, il n'existait pas que des esprits du bien. À l'évidence, c'étaient ceux du mal qui exigeaient un tel prix pour arrêter la peste.

Et ils étaient pires que Darken Rahl, le Gardien et Jagang réunis !

En fin de matinée, ils s'arrêtèrent pour manger et laisser souffler les chevaux.

En se restaurant, Nadine et Drefan menèrent une longue conversation de spécialistes. Assis sur une souche, le légat se laissa nourrir par ses épouses. Avec sa lèvre éclatée, ce ne fut pas très facile, mais les Andoliennes s'en tirèrent très bien, transformant la corvée en une sorte de jeu érotique.

Cara s'installa dans un coin et mangea en silence.

Kahlan et Richard ne purent rien avaler. Assis chacun sur un rocher, les yeux dans le vide, ils n'échangèrent pas un mot.

Quand ils eurent fini leur repas, Cara et les autres remontèrent en selle. Le Sourcier les regarda un long moment avant de se lever. Dans ses yeux, Kahlan vit briller une rage comme elle ne lui en avait jamais connu. Les esprits avaient choisi Drefan, son frère, pour lui porter un coup terrible. Ils n'auraient pas pu lui infliger de pire tourment…

— Comment va votre bras, Drefan ? demanda Nadine quand ils se furent remis en route.

Le guérisseur leva une main et plia souplement le poignet.

— Presque aussi bien que s'il était neuf !

Kahlan se désintéressa de la conversation des deux thérapeutes. Ils jacassaient depuis le départ, parvenant à peine à troubler son silence intérieur.

— Que vous est-il arrivé, maître Drefan ? demanda une Andolienne.

— Un mécréant opposé à ma manière de lutter contre les maladies qui rongent le monde…

— Et que vous a-t-il fait ?

— Ce chien m'a donné un coup de couteau. Il m'aurait bien tué, s'il avait pu.

— Pourquoi n'a-t-il pas réussi ?

— Quand je lui ai montré *mon* couteau, il a jugé préférable de détaler. Mais oublions cette affaire sans importance !

— J'ai recousu la plaie, annonça fièrement Nadine. Et elle était rudement profonde.

Drefan foudroya du regard l'herboriste, qui se recroquevilla sur sa selle.

— Ce n'était rien, je te l'ai dit cent fois. Inutile de s'apitoyer sur moi. Des milliers de malheureux souffrent beaucoup plus.

Drefan s'adoucit quand il vit l'expression penaude de la jeune femme.

— Cela dit, tu as fait du très bon travail, digne de mes meilleurs guérisseurs. Tu t'en es très bien tirée, et je te remercie.

Nadine sourit du compliment.

Comme pour s'isoler, Drefan releva la capuche de son manteau.

Esprits du bien, pensa Kahlan, *cet homme sera bientôt mon époux. Et je devrai le supporter jusqu'à la fin de mes jours.*

Après, elle pourrait retrouver Richard.

L'idée de mourir ne lui avait jamais paru aussi douce.

Agenouillée devant le trou de la serrure, Clarissa suivait la conversation de Nathan avec les sœurs, dans la pièce attenante. Inquiète, elle frotta l'une contre l'autre ses paumes humides de sueur.

— Je suis sûre que tu comprendras, seigneur Rahl, dit Jodelle. C'est également bon pour ta sécurité.

— L'empereur est vraiment un homme prévenant, ricana le Prophète.

— Si Richard Rahl disparaît ce soir, comme tu l'affirmes, tu n'as aucun souci à te faire. Et tu obtiendras ce que tu demandes. N'est-ce pas un marché satisfaisant pour toutes les parties ?

— Je t'ai dit que le plan de Jagang avait fonctionné ! grogna Nathan. Ce soir, Richard Rahl sera anéanti. Quand les événements m'auront donné raison, j'espère que tu n'oseras plus douter de ma parole.

Clarissa dut tendre le cou pour continuer à voir le Prophète, qui s'était écarté des deux sœurs afin de prendre le temps de réfléchir.

— A-t-il accepté mes autres propositions ? demanda-t-il soudain.

— Jusqu'à la dernière, assura Willamina. Il est impatient que tu deviennes son plénipotentiaire en D'Hara. Et ravi que tu veuilles l'aider à déchiffrer les recueils de prophéties qu'il a accumulés au fil des ans.

— Où sont-ils ? demanda Nathan, agacé. Je n'ai pas envie de traverser l'Ancien Monde pour consulter des ouvrages sans valeur. En D'Hara, j'aurai du pain sur la planche pour prendre les choses en main. Le nouveau seigneur Rahl devra consolider au plus vite son autorité.

— L'empereur a pensé à ce problème. Pour te faciliter les choses, ses sorciers trieront les ouvrages et te feront parvenir ceux qu'ils jugent intéressants.

Clarissa ne fut pas étonnée par le discours de la sœur. Avant l'arrivée des visiteuses, Nathan l'avait prévenue que Jagang ne l'autoriserait pas à consulter tous ses volumes de prophéties, et qu'il ne lui révélerait pas leur localisation. Par prudence, il tiendrait à lui présenter une « sélection » soigneusement expurgée.

— Le moment venu, dit le Prophète, nous procéderons ainsi. Quand notre collaboration aura porté ses fruits, une fois le Nouveau Monde conquis, nous nous ferons pleinement confiance. À cet instant-là, je serai disposé à voir les fichus toutous de l'empereur. En attendant, je préfère éviter que des sorciers, même minables, sachent où me trouver. C'est pour ça que je ne m'attarderai pas ici.

. — Comme je te l'ai dit, l'empereur aurait été ravi de te faire parvenir ce livre. Voire de te le remettre en personne. Mais il s'inquiète qu'un sorcier aussi puissant que toi, et dont l'esprit lui est impénétrable, l'approche de si près. S'il est enthousiasmé par ta proposition, il n'en reste pas moins prudent.

— Comme moi, lâcha Nathan. C'est pour ça que je refuse qu'on sache où je suis. Notre rendez-vous de ce jour est le dernier risque que je suis disposé à prendre. Pourtant, il me faut cet ouvrage. Sans lui, impossible de savoir si aller en D'Hara n'est plus dangereux pour moi !

— Son Excellence comprend, et il veut bien accéder à ta requête. Dès qu'il aura atteint son but, ce volume ne lui sera plus d'aucune utilité. En outre, un monde où il n'y aurait plus personne pour le servir ne lui semble pas très souhaitable…

» Ce livre agit seulement lorsqu'il est entre les mains de sœur Amelia, qui est allée le chercher dans le Temple des Vents. Il te propose d'avoir l'ouvrage… ou la femme. Si tu le désires, il te l'enverra.

— Ainsi, il saura où je suis ? Désolé, Jodelle, mais je choisis le livre.

— Son Excellence n'y verra aucun inconvénient. Nous pouvons te le faire apporter à l'endroit que tu décideras. Pour des raisons de sécurité, Jagang refuse seulement que tu viennes le chercher dans son fief.

Pensif, Nathan se gratta le menton.

— Et si j'envoyais quelqu'un avec vous ? Une personne de confiance, qui aura mes intérêts à cœur. Oui, un émissaire lié à moi, afin que je ne redoute pas que Jagang fouille dans son esprit pour apprendre où je me trouve… Une personne qui n'a pas le don, bien sûr, pour que lui non plus n'ait rien à craindre.

— Un intermédiaire privé du don ? (Jodelle réfléchit quelques instants.) Et tu baisserais tes protections, pour que nous puissions nous assurer que c'est vrai ?

— Bien sûr. Je veux que mon partenariat avec Jagang bénéficie à chacun des contractants. Me vois-tu tout ficher à l'eau en essayant de le tromper ? J'entends instaurer la confiance, pas la détruire. (Nathan hésita un peu, puis s'éclaircit la gorge.) Mais cet intermédiaire, comme tu dis, est… hum… très cher à mon cœur. S'il devait lui arriver malheur, je ne le prendrais pas bien du tout. Cette femme a beaucoup de valeur à mes yeux.

Les deux sœurs sourirent.

— Une femme…, répéta Willamina. Venant de toi, ça ne nous étonne pas.

— Nathan, lança Jodelle, je suis ravie d'apprendre que tu profites pleinement de ta nouvelle liberté !

— Je suis sérieux… Si on lui fait du mal, plus question de partenariat ! Je l'envoie pour montrer que je me fie à Jagang. Ce premier pas attestera de ma sincérité.

— Nous comprenons, Nathan, dit Jodelle. Ton intermédiaire n'aura rien à craindre.

— Quand elle aura le livre, je veux qu'on l'escorte jusqu'à ce qu'elle soit hors de portée des soldats de l'Ordre. Ensuite, il faudra la laisser continuer seule. Si on la piste, je le saurai, et je tiendrai cette initiative pour un acte d'hostilité contre moi.

— Tes conditions sont raisonnables, dit Jodelle. Cette femme nous accompagnera, elle récupérera le livre et retournera auprès de toi sans être suivie. Après, tout le monde sera content.

— Parfait, conclut Nathan. Demain, Jagang sera débarrassé de Richard Rahl. Et dès que j'aurai l'ouvrage entre les mains, l'armée d'harane du sud se placera sous les ordres du corps expéditionnaire de l'empereur, comme je l'ai promis.

— Tout est clair entre nous, seigneur Rahl, dit Jodelle. (Elle esquissa une révérence.) Son Excellence sera ravi d'accueillir dans l'empire un commandant en second d'une telle qualité.

Nathan tourna la tête vers la porte du salon. Comprenant le message, Clarissa se leva et courut vers la fenêtre du fond. Tirant le rideau, elle fit mine de regarder dehors et ne broncha pas quand le battant s'ouvrit.

— Clarissa ! appela Nathan.

La jeune femme se retourna. Derrière le Prophète, debout sur le seuil, elle aperçut les deux sœurs, visiblement impatientes de s'en aller.

— Oui, Nathan ? Tu as besoin de moi ?

— J'aimerais que tu fasses une course pour moi. Il faudrait que tu accompagnes mes deux amies…

Gênée par sa robe, Clarissa slaloma entre le bureau et les chaises et suivit le Prophète dans la chambre, où il la présenta aux visiteuses.

Elles lorgnèrent son décolleté, puis échangèrent des regards entendus. Une nouvelle fois, Clarissa passait pour une putain. Bizarrement, elle commençait à ne plus s'en soucier.

— Ma chère, tu vas sortir avec ces gentes dames, qui te donneront un livre quand vous aurez atteint votre destination. Puis tu me rejoindras. Tu te souviens où nous sommes censés aller, demain ?

— Oui.

— Ce sera notre point de rendez-vous. Bien entendu, tu ne le révéleras à personne. C'est bien compris ?

— Oui, Nathan.

— Je me chargerai de lui trouver un cheval, dit Willamina.

— Quoi ? s'écria Clarissa. Je n'ai jamais fait d'équitation. Il est hors de question que…

— Aucun problème, coupa Nathan. Je dispose d'un carrosse. Il viendra prendre Clarissa ici, et vous suivra, mes chères amies. Quelqu'un a une objection ?

— En carrosse ou à cheval, quelle importance ? lâcha Jodelle. Mais avant de partir, nous devons nous assurer que cette fille n'a pas le don.

— Prenez votre temps, gentes dames. Pendant que vous œuvrez, j'irai chercher le carrosse. Et Clarissa en profitera pour emballer quelques affaires.

— Un bon programme, concéda la sœur.

— Parfait… (Nathan tourna le dos à ses visiteuses et se pencha vers sa compagne.) Ce ne sera pas long, et nous nous retrouverons vite. (Du bout d'un index, il déplaça le médaillon qui pendait au cou de la jeune femme, pour qu'il tombe exactement entre ses seins.) Je t'attendrai avec impatience. Et j'ai prévenu mes vieilles amies : s'il t'arrive malheur, leur maître le regrettera.

— Merci, Nathan. Je te ramènerai le livre, c'est promis.

— C'est moi qui te remercie, mon enfant. (Le Prophète embrassa chastement sa protégée sur la joue.) Bon voyage !

Chapitre 57

Bien que le ciel fût de plus en plus lourd de nuages, un calme irréel régnait au sommet du mont Kymermosst. Redoutant toujours une averse, les Andoliens levaient de plus en plus souvent les yeux. Quand Richard sauta de cheval, Kahlan remarqua qu'aucun souffle de vent ne fit onduler sa cape. Galant, Drefan tendit une main à sa future femme, mais elle fit mine de ne pas s'en apercevoir et descendit seule de sa monture.

À la lumière du crépuscule, les ruines, à peine visibles, évoquaient l'épine dorsale de quelque créature monstrueuse prête à ressusciter pour dévorer ses proies. Pleine lune ou pas, les nuages occulteraient toute lumière. Bientôt, une nuit d'encre tomberait sur le pic abandonné des hommes et des esprits.

Nadine vint se placer près de Richard quand il se perdit dans la contemplation du bord de la falaise. Drefan s'éloigna un peu de Kahlan, sans doute pour ne pas donner l'impression de la harceler, mais il lui jeta assez de regards pour qu'elle ne se sente pas négligée – ce qu'elle aurait cent fois préféré. Comme Nadine, il ne semblait pas tenir son mariage forcé pour une catastrophe.

Cara et le légat s'occupèrent des chevaux, puis les attachèrent aux vestiges de la clôture de ce qui devait avoir été un jardin d'agrément.

Malgré la pénombre, l'Inquisitrice apercevait encore l'arête à vif de la falaise, et la forme fantomatique des montagnes qui se dressaient dans le lointain. Jadis, son regard aurait été arrêté par le Temple des Vents, mais il avait disparu, comme volatilisé…

Cara et Rishi ordonnèrent que Kahlan prenne place sur un banc effrité, dans le jardin, et firent signe à Drefan de s'asseoir à côté d'elle. À vingt pas de là, Richard et Nadine s'installèrent aussi sur un siège rongé par le passage du temps.

L'Inquisitrice tendit le cou et vit que le Sourcier tentait également de la regarder. Hélas, Drefan se pencha en avant et obstrua son champ de vision.

La Mord-Sith et l'Andolien, ses six épouses derrière lui, se mirent en position face aux deux futurs couples.

— Nous sommes réunis, dirent ensemble Cara et Rishi, pour unir Richard Rahl à Nadine Brighton, et Kahlan Amnell à Drefan Rahl. La cérémonie les engagera à se devoir loyauté et fidélité jusqu'à ce que la mort les sépare. Conclus sous le regard des esprits, et avec leur bénédiction, ces mariages seront indissolubles.

Kahlan n'écouta pas le reste du discours, qui énonçait les droits et les devoirs des époux. Ici, il faisait si chaud, qu'elle parvenait à peine à respirer. Trempée de transpiration, sa robe blanche lui collait à la peau, et elle sentait un filet de sueur ruisseler entre ses seins.

— Quoi ? Que se passe-t-il ? demanda-t-elle quand Drefan lui prit la main pour la forcer à se lever.

— Le moment est venu, répondit le guérisseur. Suis-moi.

Comme dans un cauchemar, Kahlan se retrouva face à Cara et Rishi, son futur époux près d'elle, et trois Andoliennes en guise de témoins. Sur sa droite, entouré des autres Andoliennes, Richard, raide comme une statue, se tenait près de Nadine, qui souriait aux anges.

— Si quelqu'un a des objections à formuler contre ces unions, qu'il parle maintenant ou se taise à jamais.

— J'ai une objection ! lança aussitôt Richard.

— Laquelle ? demanda Rishi.

— Les vents ont dit que nous devions consentir librement à ces mariages. Ce n'est pas le cas. Kahlan et moi agissons contre notre volonté, parce que des innocents mourront si nous nous dérobons. Je n'ai pas choisi d'épouser Nadine, seulement de sauver des malheureux...

— Veux-tu vraiment qu'ils soient épargnés ? demanda l'Andolien. Ou est-ce un objectif qu'on te force à viser ?

— Je le veux de toute mon âme, bien entendu !

— Cette double cérémonie est indispensable pour neutraliser la magie volée au Temple des Vents. Tu aspires à secourir ces gens. Aux yeux des esprits, cela suffit pour juger que tu agis selon ta volonté. Si tu entends changer d'avis, fais-le avant de prononcer les mots qui te lieront à Nadine. Après, tu n'en auras plus la possibilité.

Un lourd silence tomba sur la scène.

Avec le sentiment d'être une noyée qui lance une dernière fois les bras hors de l'eau, Kahlan trouva la force de parler.

— Avant de me décider, je veux parler à Richard. En privé.

— Alors, fais vite, répondirent Cara et Rishi. La lune se lèvera bientôt, et le temps presse.

Les deux jeunes gens s'éloignèrent jusqu'à ce qu'ils soient sûrs d'être hors de portée d'oreille.

Le Sourcier allait trouver une solution ! Kahlan ne pouvait imaginer que ce piège se referme à jamais sur eux. Jusque-là, aucune situation n'avait été trop désespérée pour son bien-aimé.

— Richard, c'est maintenant ou jamais ! Tu as une idée qui nous permettrait de sauver les malades sans avoir à briser nos vies ?

— Désolé, j'ai essayé, mais rien ne m'est venu. Pardonne-moi, parce que je t'ai trahie...

— C'est faux ! Ne pense jamais ça ! Les esprits nous ont bloqué toutes les issues. Personne ne peut échapper à une Fourche-Étau. Ils le savent bien...

» Au moins, Jagang sera vaincu. Et il y a plus important encore. Ce soir, des milliers de couples retrouveront un avenir. Grâce à notre sacrifice, ils seront heureux et élèveront leurs enfants dans la tendresse et l'amour.

— Tu sais pourquoi je t'aime tant ? demanda Richard avec le sourire qui faisait immanquablement fondre le cœur de sa compagne. À cause de ta passion de vivre ! Même si je ne te revois jamais, à tes côtés, j'aurai connu le véritable bonheur. Et le véritable amour. Combien de gens ont eu cette chance, depuis que le monde existe ?

— Richard, si nous acceptons… (Kahlan hésita.) Nous devrons respecter nos vœux, n'est-ce pas ? Il sera impossible de… d'être ensemble… de temps en temps ?

Le Sourcier ne répondit pas. Mais les larmes qui perlèrent à ses paupières étaient assez éloquentes.

Cara s'interposa à l'instant où les deux jeunes gens allaient se jeter dans les bras l'un de l'autre.

— L'heure est venue… Quels sont vos souhaits ?

— J'en ai beaucoup ! cracha Richard. Lequel désires-tu entendre ?

— Les vents veulent savoir si vous vous plierez à leur volonté.

— Nous le ferons, lâcha Richard. Mais que les esprits ne s'illusionnent pas : ils me le paieront cher !

— Les vents n'ont que ce moyen pour neutraliser la magie qu'on leur a volée, dit la Mord-Sith avec une étrange compassion. (À son ton, Kahlan comprit pourtant que ce n'était pas *Cara* qui parlait, mais les vents eux-mêmes.) Ils ne veulent pas vous nuire.

— Un homme très sage m'a dit un jour que la manière de quitter ce monde n'importe pas. Quand on est mort, on est mort !

Richard prit la main de Kahlan – une pure provocation – et ils retournèrent dans le jardin pour se camper près de leurs « promis ».

Kahlan afficha aussitôt son masque d'Inquisitrice. Son cœur se serra quand elle pensa à Richard, si désarmé face au malheur. Après une enfance passée à apprendre à étouffer ses sentiments et ses désirs au nom du devoir, elle ne pouvait être mieux préparée à cette ultime catastrophe. Depuis sa naissance, Richard aspirait au bonheur, un état qu'il jugeait légitime. Un court moment, il lui avait fait partager cette conviction.

L'Inquisitrice n'écouta pas le discours que Cara et Rishi débitèrent à Nadine, puis à Drefan. Des mots vides de sens sur l'amour et la loyauté… Dans une bulle de solitude, elle se concentra sur Richard, avec l'espoir de lui transmettre un peu de force. Bientôt, il devrait entrer dans le Temple des Vents, et leur sacrifice n'aurait servi à rien s'il était trop affaibli pour accomplir son devoir.

Bientôt, la cérémonie serait terminée, et ils retourneraient en Aydindril. Au pire, avant de repartir, ils devraient attendre que le Sourcier ait rempli sa mission. Dans les deux cas, ce ne serait pas long, et elle rentrerait bientôt chez elle, où on l'avait conditionnée à mener la vie sans espoir qui l'attendait désormais.

— Alors, c'est oui, ou c'est non ? s'impatienta le légat.

— Pardon ? souffla Kahlan.

L'Andolien jeta un coup d'œil au ciel, de plus en plus menaçant, et prit une grande inspiration.

— Jures-tu d'honorer cet homme, de lui obéir, de t'en occuper qu'il soit en bonne santé ou malade, et de lui être fidèle jusqu'à ce que la mort vous sépare ?

Kahlan regarda le guérisseur et se demanda s'il avait promis la même chose.

— Je jure tout ce qu'on veut, pourvu que la peste cesse !

— Oui ou non ?

— Dois-je le faire pour que la magie volée au Temple cesse de tuer des innocents ?

— Oui !

Kahlan se prépara à prêter serment. Dans son cœur, ce ne serait pas à Drefan qu'elle parlerait, mais à Richard. Et ça, personne ne pouvait le lui enlever.

— Alors, oui, je jure de faire tout ce qu'il faut pour enrayer l'épidémie. Mais sachez-le, je n'irai jamais au delà, même d'un pouce, de ce qu'on exige de moi.

— Alors, avec les esprits pour témoin, et au nom de leur pouvoir, je vous déclare mari et femme.

L'Inquisitrice se plia soudain en deux, les entrailles comme déchirées de l'intérieur. Le souffle coupé, elle tenta en vain de respirer, et vit des points colorés danser devant ses yeux.

— Que t'arrive-t-il ? demanda Drefan en la prenant par la taille.

Elle faillit tomber, mais il la retint de justesse.

— Les esprits ont fait ce qu'il fallait, déclarèrent en chœur Cara et Rishi. Son pouvoir entravé, elle pourra mener une vie normale avec son époux, comme toutes les autres femmes. Sinon, Drefan aurait été en danger…

— Ils ne peuvent pas lui infliger ça ! cria Richard. Sans sa magie, elle sera vulnérable !

— Son pouvoir n'a pas disparu. Il est simplement *emmuré* en elle, afin de ne pas menacer son mari lors de leurs moments d'intimité. Ainsi l'ont voulu les esprits, et ce qui est fait ne peut être défait. (Cara et Rishi foudroyèrent le Sourcier du regard.) À présent, prononce tes vœux, ou tu perdras ta seule chance d'aider les vents…

Les yeux baissés, terrorisée par le vide qui séparait désormais son esprit de sa magie, Kahlan écouta la Mord-Sith et l'Andolien répéter leur discours à Richard. Elle n'entendit pas sa réponse, mais il dut donner la bonne, puisque les deux émissaires du Temple le déclarèrent uni pour la vie à Nadine Brighton.

Le prix dont avait parlé Shota était plus élevé que prévu. Privée de l'homme qu'elle aimait, l'Inquisitrice avait aussi perdu le libre usage de son pouvoir. Une partie d'elle-même, que cela lui plaise ou non… Et cette amputation emplissait son âme de ténèbres bien plus noires que la nuit.

— Il faut te reposer, dit Drefan en lui prenant le bras. Même dans la pénombre, je vois que tu ne vas pas bien du tout.

Le guérisseur la guida jusqu'à un banc et l'aida à s'asseoir.

— Ne t'inquiète pas, Drefan Rahl, dit le légat, ta femme n'a rien de grave. (Nerveux, il jeta un coup d'œil au ciel de plus en plus tumultueux.) Richard et Drefan, venez avec moi !

— Où ? demanda le Sourcier.

— Là où nous vous préparerons à consommer vos unions.

L'Inquisitrice leva les yeux. En dépit de l'obscurité, elle vit que Richard, la main sur la garde de son épée, était à deux doigts d'exploser de rage.

— Tout va bien se passer, dit Drefan en tapotant le dos de la jeune femme. Ne t'inquiète pas, je m'occuperai de toi, comme je l'ai juré…

— Merci…, parvint à souffler Kahlan.

Le guérisseur approcha de son frère, lui prit le bras droit et lui parla à l'oreille. Hochant de temps en temps la tête, le Sourcier parut se calmer un peu.

Quand les deux frères se séparèrent, Rishi et Cara tournèrent la tête vers les jeunes mariées.

— Vous attendrez ici ! dirent-ils ensemble.

Alors que la Mord-Sith et l'Andolien entraînaient Richard et Drefan vers le bord de la falaise, en direction des deux bâtiments qui se dressaient encore de chaque côté de la route, Kahlan se recroquevilla sur son banc comme une enfant effrayée.

Il faisait si noir qu'elle distinguait à peine le visage de Nadine, quand elle vint s'asseoir à côté d'elle.

Près des chevaux, les six Andoliennes se rongeaient les ongles d'angoisse en sondant le ciel.

— Je suis désolée, dit Nadine. Au sujet de votre pouvoir, bien sûr… Je ne me doutais pas que les esprits vous infligeraient ça. À présent, on dirait que vous êtes une femme comme les autres.

— On dirait, oui…

— Kahlan, je mentirais en prétendant que je suis navrée d'avoir épousé Richard. Mais croyez-moi, je ferai de mon mieux pour le rendre heureux.

— Décidément, tu ne comprends rien à cet homme ! Que tu sois douce comme du miel ou plus amère que du vinaigre ne changera rien pour lui. Avec la douleur qu'il éprouve, ta pire méchanceté lui fera l'effet d'une piqûre de guêpe sur un condamné qu'on vient de décapiter.

— Eh bien, fit Nadine, très mal à l'aise, j'ai un onguent qui marche à tous les coups sur les piqûres de guêpes. Richard changera d'avis, quand je…

— Tu m'as promis d'être gentille avec lui, et je t'en remercie. Mais si tu avais la bonté de m'épargner les détails, je te serais encore plus reconnaissante.

— Je comprends… (Nadine pianota sur la pierre froide du banc.) Bon sang, je n'imaginais pas mon mariage comme ça !

— Moi non plus…

— Pourtant, la suite pourrait ressembler à ce que j'ai prévu ! (Sa compassion oubliée, l'herboriste laissa libre cours à la frustration qu'elle accumulait depuis des semaines.) À cause de vous, je me suis sentie idiote d'aimer Richard et de vouloir vivre à ses côtés. Vous avez saboté le jour de mon mariage, mais il me reste une vie entière pour me rattraper. Et vous ne serez plus là pour me gâcher le plaisir.

— Nadine, ne crois pas que…

— Maintenant qu'il est à moi, je lui montrerai comment une femme peut vraiment satisfaire un homme. Un jour, il verra que je suis une aussi bonne compagne que vous, au minimum. Vous refusez d'y croire, mais je m'en fiche !

» Avant demain matin, je l'aurai rendu fou de plaisir ! Alors, nous verrons qui est la meilleure des deux, et s'il vous regrette toujours autant. Quand vous serez couchée avec son frère, tendez l'oreille, et vous entendrez mes cris d'extase ! Les hurlements que m'arrachera Richard ! Pas à vous, mais à moi !

L'herboriste se leva d'un bond et s'éloigna, les bras croisés et la tête rentrée dans les épaules.

Kahlan se demanda quand son calvaire cesserait. Non contents de la détruire, les esprits prenaient un malin plaisir à retourner le couteau dans la plaie.

Et ils insistaient, puisque Cara et Rishi choisirent cet instant pour revenir.

— Il est temps, annoncèrent-ils avec un bel ensemble.

L'Inquisitrice se leva lentement et attendit qu'on lui donne ses ordres.

— L'orage éclatera bientôt, dit l'Andolien à la Mord-Sith. Mes épouses et moi voulons descendre au plus vite de cette montagne. (Il prit Cara par le bras.) Les vents parlent par votre bouche autant que par la mienne. Vous voulez bien en terminer seule ?

— Oui. De toute façon, ce sera bientôt fini… Partez, je serai la messagère des vents…

Le légat détala sans demander son reste.

— Mère Inquisitrice, venez avec moi, dit la Mord-Sith d'une voix qui n'était pas vraiment la sienne.

— Cara, s'il te plaît, je ne pourrai pas…

— Vous le ferez, sinon la peste se répandra, et tout cela n'aura servi à rien.

— Tu ne comprends pas… Ce sont mes… mauvais jours du mois… Tu vois ce que je veux dire, n'est-ce pas ? Ce soir, il m'est impossible de…

— Cela ne vous empêchera pas de consommer votre union avec Drefan Rahl ! Obéissez, ou la Mort Noire continuera de frapper. Vous devez jouer votre rôle, qui consiste à vous donner ce soir à votre mari. Et à en tirer un peu de plaisir.

» Ou préférez-vous condamner à mort d'autres innocents ?

Nadine sur un flanc et Kahlan sur l'autre, Cara remonta la route qui menait au bord de la falaise.

Debout au bord du gouffre, par une nuit sans lune, Kahlan perdit vite le sens du temps. Partie amener Nadine à Richard, dans le bâtiment de droite, Cara était-elle absente depuis cinq minutes ou une heure ? Elle n'aurait su le dire…

Puis elle sentit le bras de la Mord-Sith se glisser sous le sien.

— Suivez-moi, dit la voix glaciale des vents.

Guidée par le Temple, Cara n'eut aucune difficulté à rejoindre le bâtiment de gauche, pourtant invisible dans l'obscurité.

Arrivée devant la porte, Kahlan reconnut l'épée de Drefan, appuyée contre un mur, dans l'entrée. Un instant, elle posa la main sur la garde enveloppée d'une bande de cuir. L'arme de l'homme qu'elle avait épousé…

À l'intérieur, un rectangle moins sombre lui indiqua la présence d'une fenêtre, ou au moins de ce qu'il en restait. Au-delà, après le bord de la falaise, s'ouvrait le gouffre où s'était jadis dressé le Temple des Vents.

— Voilà votre épouse, annonça Cara dans l'obscurité. Et femme, votre mari vous attend. Il est temps de consommer votre union. C'est votre devoir, et les vents y ont mis des conditions. D'abord, il vous est interdit de poser des questions. Ensuite, ne vous parlez surtout pas ! Les actes des vents ont des raisons qu'il ne vous appartient pas de connaître. Obéissez, si vous voulez mettre un terme à l'hécatombe.

» À présent, confirmez par la chair les vœux que vous avez prononcés. Un seul mot, de l'un ou de l'autre, et l'épreuve ultime prendra fin. Entrer dans le Temple des Vents deviendra impossible, et vous n'aurez pas de seconde chance. Impossible à arrêter, la magie meurtrière se déchaînera et la mort submergera le monde.

» Les vents se montreront lorsque vous aurez uni intimement vos corps. Après leur venue – qui ne passera pas inaperçue – il vous sera de nouveau permis de parler.

Cara força Kahlan à se tourner et l'aida à se déshabiller. N'ayant rien à dire, la jeune mariée n'eut aucun mal à tenir sa langue, comme on le lui avait ordonné.

Des frissons courant sur sa peau nue, l'Inquisitrice regarda du coin de l'œil l'épée de Drefan. Dès que ce serait fini, elle pourrait se transpercer le cœur avec. Et s'il l'en empêchait, il lui resterait toujours la falaise...

Cara la prit par un poignet, la tira en avant, la força à s'agenouiller puis la poussa jusqu'à ce qu'elle sente le bord de la paillasse.

— Votre mari vous attend. Couchez-vous près de lui.

Quand le bruit des pas de la Mord-Sith ne retentirent plus à ses oreilles, Kahlan comprit que les dés étaient jetés.

Elle était seule avec Drefan.

Chapitre 58

Tâtonnant autour d'elle pour se repérer, Kahlan effleura la jambe de Drefan. Après s'être un peu écartée, elle s'allongea sur la paillasse et sentit le contact d'une couverture. Au moins, elle ne se ferait pas mal au dos en s'étendant sur le sol nu.

Les yeux écarquillés, elle sonda l'obscurité et ne distingua rien, à part le rectangle de la fenêtre, devant eux. Incapable de contrôler les battements affolés de son cœur, elle se força au moins à réguler sa respiration.

Ce n'était pas un drame, tenta-t-elle de se convaincre. Au fond, il pouvait lui arriver de pires choses. Et de loin ! En tout cas, il ne s'agissait pas d'un viol. Enfin, pas tout à fait…

Après un long moment, Drefan lui posa sur le ventre une main qu'elle chassa en étouffant un cri.

Une réaction absurde, pensa-t-elle. Qu'était ce contact, comparé à la peste ? Et combien de malades et d'agonisants, ce soir, auraient volontiers échangé leur place contre la sienne ?

Drefan lui prit les poignets dans une main et les serra doucement pour la rassurer. Une fois encore, elle le repoussa comme si un serpent l'avait touchée. Sa « tendresse » lui était indifférente. Avait-elle juré de lui tenir la main ? D'accepter qu'il la console ? Absolument pas ! Son serment l'engageait uniquement à être sa femme, et à se donner à lui. Elle le laisserait faire s'il respectait ce contrat, dont les sentiments, y compris amicaux, étaient exclus.

Peut-être, mais il fallait quand même qu'elle se raisonne. Richard devait entrer dans le Temple, et ce qui se passerait ce soir était le prix à payer. L'esprit du grand-père de Chandalen l'avait implorée de jouer son rôle quand on le lui demanderait.

Elle se souvenait mot pour mot de cette partie de leur conversation :

« — *Quel prix devrai-je payer ?*

— *Je l'ignore. Mais sache que tu n'auras aucun moyen de te dérober. Si tu ne te plies pas à la lettre à ce qui te sera révélé, rien ne sauvera nos peuples. Quand les vents te montreront le chemin, tu devras t'y engager. Sinon, ce que je t'ai montré adviendra.* »

Les scènes de désolation étaient toujours présentes à son esprit. Et si elle ne se pliait pas à la volonté des vents, ces horreurs se réaliseraient.

Elle devait laisser Drefan remplir… son office. Résister ne rimait à rien, puisque l'issue était inévitable.

Apparemment, comme son comportement le montrait, ce ne devait pas être facile pour lui non plus. Une délicatesse qui la mettait en rage, car elle ne voulait surtout pas de sa prévenance !

Mais que désirait-elle au juste ? Qu'il soit brutal ? Qu'il la viole ? Dans tous les cas, il faudrait bien qu'elle lui permette de la toucher. Comment consommeraient-ils leur union, sans contact physique ? Et Richard devait entrer dans le Temple des Vents. Pour ça, il n'y avait qu'une solution…

Kahlan prit le poignet du guérisseur, lui souleva le bras, et reposa sa main là où il avait tenté de la mettre – sur son ventre. Puis elle le lâcha, l'invitant à continuer son exploration.

Il n'en fit rien, ses doigts inertes comme s'ils étaient en pierre. Qu'attendait-il donc ? S'ils n'avaient pas été condamnés à se taire, elle lui aurait crié d'en finir au plus vite. Et de prendre ce qui appartenait à son frère, puisque les esprits l'y autorisaient.

Elle resta étendue, la main du guérisseur sur sa peau, et tendit l'oreille, comme si elle avait dû entendre quelque chose.

Des bruits montant du bâtiment où se trouvaient Richard et Nadine, voilà ce qu'elle guettait ! Accablée, elle ferma les yeux.

La main de Drefan remonta jusqu'à ses seins. Les poings serrés, elle se força à ne pas bouger. Et si elle pensait à autre chose, pour se calmer ? Par exemple à ses cours de langue, lorsqu'elle était enfant ? Hélas, cette ruse minable ne marcha pas, et elle continua à sentir les doigts du guérisseur sur sa poitrine.

Il se montrait toujours aussi délicat, mais ce n'était pas une consolation. Qu'il la frôle était déjà une agression ! Qu'il soit doux ou non n'y changeait rien, et ne justifiait pas l'acte que les vents la forçaient à commettre. Les liens du mariage n'adoucissaient pas davantage son sort. Dans son cœur, ils restaient une imposture, et cette étreinte serait bien une forme de viol.

Kahlan eut envie de se gifler, écœurée d'être aussi égoïste et infantile. Au nom des esprits du bien, elle était la Mère Inquisitrice, pas une oie blanche débile ! Au cours de sa « carrière », elle avait connu bien pire que la perspective de commettre l'acte de chair avec un homme qui l'indifférait. Et elle avait triomphé de tous ces obstacles.

Hélas, elle n'était plus vraiment la Mère Inquisitrice. Le Temple des Vents et les esprits lui avaient également arraché son pouvoir…

Elle retint son souffle quand la main de Drefan redescendit jusqu'à son ventre puis se glissa entre ses cuisses. Comme il l'avait fait à Cara, il entreprit de violer son intimité.

Elle le haïssait, comprit-elle ! On l'avait contrainte à épouser un homme qui la révulsait.

Cara avait vécu la même humiliation, et elle n'en faisait pas toute une affaire. À sa place, elle ne serait pas comportée comme une dinde sans cervelle.

Kahlan laissa la main du guérisseur explorer son sexe. Elle était là pour sauver les victimes de la peste lancée par Jagang. C'était son devoir.

Soudain, Drefan se souleva sur les bras. Après s'être placé au-dessus d'elle, il glissa un genou entre ses cuisses et poussa doucement, pour l'inciter à écarter les jambes. Ce serait bientôt fini, pensa Kahlan alors qu'elle les sentait céder.

Drefan se coucha sur elle. Un instant, elle eut peur qu'il l'écrase, car il était aussi massif que Richard. Mais il resta en équilibre sur les coudes, pour ne pas lui faire mal. Toujours cette délicatesse dont elle ne voulait pas... Mais lui compliquer les choses était absurde. Il devait la prendre, et elle n'avait pas le droit de refuser.

Kahlan faillit gémir de douleur, car elle n'était pas prête. Mais ça n'avait plus d'importance, puisqu'il était déjà en elle, trop tendu pour sentir qu'elle souffrait.

De sa vie, elle ne s'était jamais sentie aussi impuissante. Devenue la femme de Drefan, elle venait de se donner à lui, et pas à Richard. Désormais, tout était perdu.

Les yeux fermés, les poings serrés sur les épaules, elle se pétrifia tandis qu'il allait et venait en elle. Des larmes perlèrent bientôt à ses paupières. Le nez obstrué à cause de ses sanglots, elle dut respirer par la bouche. Même ainsi, elle eut du mal à continuer à emplir d'air ses poumons. Comme si elle ne pouvait pas s'empêcher de bloquer son diaphragme.

L'acte dura plus longtemps qu'elle l'espérait, mais beaucoup moins qu'elle le redoutait.

Quand il en eut fini, Drefan s'écarta et s'étendit près d'elle. Sa mission accomplie, il ne paraissait pas particulièrement satisfait. Et elle en fut un peu soulagée.

Alors qu'il reprenait son souffle, elle s'autorisa enfin à relâcher le sien. C'était fini...

Et ça n'avait pas été si grave que ça. En réalité, ce n'était pas grand-chose. Et elle n'avait rien senti. Après tant d'hésitations stupides, elle avait franchi le pas, et l'épreuve était déjà derrière elle. Une épreuve ? Même pas, en réalité. Un non-événement...

Non, elle se trompait. Il restait quelque chose de cette étreinte forcée. Le sentiment d'être souillée !

Drefan tendit un bras et écrasa une larme, sur la joue de sa compagne. Vomissant sa compassion, elle le chassa violemment. Il n'avait toujours pas le droit de la toucher. Les caresses n'étaient pas comprises dans leur contrat.

Elle se souvint de sa nuit avec Richard. Brûlante de désir, elle s'était laissé emporter par la passion et avait crié d'extase.

Pourquoi était-ce si différent, cette fois ?

Parce qu'elle n'aimait pas Drefan, tout simplement. Pour être franche, il lui répugnait. Depuis le début, quelque chose en lui la gênait. Et la façon dont il avait traité Cara n'expliquait pas tout. Cet homme ne montrait qu'une facette de sa personnalité, et ce qui restait dans l'ombre ne devait pas être beau à voir. Sans en avoir conscience, jusqu'à ce soir, elle avait toujours lu de la fourberie dans ses yeux bleus.

Pourquoi s'en avisait-elle maintenant ? Pour consommer leur union, il avait fait montre de toute la délicatesse possible dans une telle situation. Puisqu'elle ne contrôlait plus son pouvoir, il aurait pu abuser d'elle à volonté, sans qu'elle ait la force de l'arrêter. Mais il avait été tendre et patient.

Comment le même acte pouvait-il être si différent ? Avec Richard, elle avait connu un tel plaisir. Ce soir, elle aurait donné presque n'importe quoi pour l'éprouver de nouveau. La plénitude, l'épanouissement, la volupté du désir assouvi…

Alors que la respiration de Drefan s'apaisait, Kahlan resta couchée près de lui, figée dans une attente qui semblait devoir être interminable. Pourquoi les vents ne venaient-ils pas ? Elle avait joué son rôle…

Et si Richard n'y était pas parvenu ? Au fond, pour elle, il avait suffi de subir. Mais lui, il devait être excité. Comment forcer son corps à réagir, alors qu'il savait que son frère possédait la femme qu'il aimait ?

À l'idée qu'elle épouse un autre homme, il était devenu fou de jalousie. Elle ne l'avait jamais vu ainsi, et à l'époque, il s'agissait d'une virtualité. Aujourd'hui, ce n'était plus le cas.

Mais Nadine brûlait de consommer son mariage, et elle avait assez d'expérience pour y parvenir, même dans ces circonstances. Devant une belle femme comme elle, avide de le sentir en elle, Richard n'avait sûrement pas pu résister. Forcé de passer à l'acte pour vaincre la peste, il aurait été stupide de ne pas se laisser aller. D'autant plus qu'il prendrait ainsi une revanche posthume sur Michael, qui lui avait volé Nadine. Cette motivation avait peut-être suffi à le débloquer.

La garce devait vivre le plus grand moment de sa vie. Un rêve devenu réalité. Et un cauchemar pour Kahlan…

Par la fenêtre, elle vit que le ciel était toujours tumultueux. Pourtant, il n'y avait pas un souffle de vent et l'air restait lourd et gluant. L'orage menaçait, mais il n'éclaterait pas.

L'Inquisitrice se posa une main sur le front. À force de serrer les genoux, s'avisa-t-elle, ses jambes lui faisaient mal. Elle ouvrit les cuisses, se jugeant ridicule à présent que Drefan en avait terminé. Le mauvais moment passé, elle pouvait se détendre.

Elle ferma les yeux quand le rire de Nadine retentit dans le lointain. L'herboriste mettait visiblement du cœur à l'ouvrage. Mais Richard était-il obligé de la faire rire ? Accomplir son devoir n'aurait-il pas suffi ?

Non, ce n'était pas lui qui déclenchait son hilarité ! La chienne riait pour se moquer de sa rivale vaincue.

La nuit s'étirait interminablement. Où était donc le Temple des Vents ? Drefan n'avait plus essayé de la toucher, et Kahlan lui en était reconnaissante. Cette attente n'en restait pas moins une torture.

Les heures s'ajoutèrent aux heures. Chaque fois qu'elle parvint à somnoler, l'épouse de Drefan fut tirée du sommeil par le rire rauque de Nadine.

Combien de temps Richard comptait-il faire durer cette infamie ? Depuis qu'il était avec cette garce, ils pouvaient avoir « consommé leur union » trois fois, au minimum. Et si c'était le cas ? Le Temple des Vents se faisant attendre, Richard avait peut-être décidé de patienter agréablement. Et Nadine ne s'était sûrement pas fait prier.

Respectant la volonté des vents, Drefan n'avait toujours pas desserré les lèvres. Kahlan supposa que les rires de Nadine ne comptaient pas, car elle n'utilisait aucun mot. Hélas, le message était assez éloquent comme ça.

Puisqu'ils avaient tous joué leur rôle, les vents viendraient tôt ou tard. Il fallait se résigner à attendre.

Soudain, Kahlan se demanda si elle avait vraiment rempli sa part du marché. Qu'avait dit Cara, au juste ?

« Vous devez jouer votre rôle, qui consiste à vous donner ce soir à votre mari. Et à en tirer un peu de plaisir. »

Même s'il n'avait pas paru enthousiasmé, Drefan avait retiré une satisfaction physique de leur étreinte. Nadine vivait la plus belle nuit de sa vie, et Richard ne devait pas s'ennuyer, pour y mettre autant d'ardeur.

Kahlan, elle, n'avait rien éprouvé.

Était-ce pour ça que les vents tardaient ? Non, cela semblait impossible. En revanche, ils attendaient peut-être que Nadine demande grâce. Une démarche qui correspondait à la façon d'agir du Temple : planter ses banderilles dans la chair du Sourcier et de la Mère Inquisitrice, et retourner la pointe dans la plaie pour mieux les faire souffrir.

Repenser à la phrase de Cara ramena à l'esprit de Kahlan sa merveilleuse nuit avec Richard. Dans ses bras, elle avait brûlé d'amour mais aussi, comme toutes les autres femmes, de plaisir purement charnel.

Depuis, elle se languissait de cette extase, qu'ils avaient décidé – assez stupidement – de se refuser jusqu'au mariage. Un soir, ils s'étaient presque laissé emporter par la tempête du désir, et sa frustration avait encore augmenté.

Aujourd'hui, libérée de son pouvoir d'Inquisitrice, elle était pour la première fois en mesure de prendre du plaisir avec un homme. Sans l'incendie de l'amour, mais avec toute la ferveur de la chair. Une fête des sens que les autres femmes s'offraient à volonté. Couchée près de son mari, un homme loin d'être repoussant, elle se consumait de désir pour Richard, qui serait à jamais hors de sa portée. Devait-elle se priver jusqu'à la fin de ses jours d'une des joies de la vie ?

Mais elle n'aimait pas Drefan. Et sans amour, la passion n'était qu'une coquille vide.

Et le corps, dans tout cela ? Même si les conditions n'étaient pas idéales, n'avait-il pas droit au plaisir ? Dépossédée par les esprits du seul être qui comptait pour elle – et de son pouvoir –, devait-elle se laisser priver de l'ultime joie encore à sa disposition ?

Oui, la dernière, car plus rien d'autre ne la réconforterait.

Drefan était son époux, et elle vivrait à ses côtés jusqu'à ce que la mort les sépare. Devait-elle renoncer à adoucir un peu son sort en relâchant de temps en temps sa tension ? Après tant de sacrifices, ne conservait-elle pas ce droit-là ? On lui avait pris tout le reste, et…

« Vous devez jouer votre rôle, qui consiste à vous donner ce soir à votre mari. Et à en tirer un peu de plaisir. »

Et si les vents ne venaient pas à cause d'elle ? Parce qu'elle était restée de marbre…

Drefan se tourna sur le ventre et soupira. L'attente devait l'exaspérer. À moins qu'il fût en train de s'occuper de son aura…

Kahlan pensa à la façon dont le pantalon moulant du guérisseur attirait immanquablement son regard. Copie quasiment conforme de Richard, Drefan était un très bel homme. Et elle l'avait épousé.

Furieuse contre les esprits qui l'avaient dépouillée de tout, la jeune femme sentit une digue se briser en elle. La passion était tout ce qui lui restait. Et elle avait le droit de relâcher sa tension.

Drefan sursauta quand elle lui toucha le dos. Dès qu'elle commença à le masser, il se détendit, et elle se réjouit de sentir sous sa paume des muscles puissants comme ceux de Richard.

Kahlan prit une grande inspiration, se déconnecta de sa conscience et se laissa emporter par ses sens.

Sa main descendit le long du dos de Drefan.

Quand elle découvrit ses fesses, aussi fermes qu'elles en avaient l'air dans le fameux pantalon, Kahlan dut serrer les dents pour ne pas gémir d'excitation. Au fond, pensa-t-elle, elle avait de la chance. Pour mieux la torturer, les esprits auraient pu lui imposer un avorton en guise de mari. Mais ils avaient choisi Drefan, dont toutes les femmes étaient folles. Et pas sans raison…

Bien entendu, il était moins beau que Richard, comme le reste de la gent masculine, à ses yeux. Cela dit, son succès auprès des dames n'avait rien d'immérité. À présent, mari et femme, ils s'étaient juré fidélité.

L'ultime plaisir que les esprits lui concédaient… Pourquoi le dédaigner ? Dans le contrat qui lui brisait le cœur, rien ne stipulait que son corps dût également souffrir.

Elle prit Drefan par la hanche, le força à se tourner vers elle et enroula ses jambes autour des siennes. Il ne réagit pas, même quand elle lui caressa la poitrine.

Ce revirement devait le désorienter. Eh bien, dans ce cas, elle se chargerait de lui remettre les idées en place ! Par exemple en lui taquinant un téton, puis en laissant glisser une main sur son ventre… et encore plus bas.

Déçue, elle découvrit qu'il n'était pas en condition de répondre à ses attentes. Si elle voulait du plaisir, elle devrait remédier à cette défaillance.

Elle embrassa la poitrine de Drefan, puis son ventre, mais sa respiration ne s'accéléra pas. Comme s'il ne comprenait pas où elle voulait en venir.

Kahlan aurait voulu hurler de frustration. Elle en avait assez d'être brimée, alors que tous les autres ne l'étaient pas !

Pour une fois, elle allait dominer le jeu. Elle voulait du plaisir ? Eh bien, elle l'aurait, quitte à l'obtenir de force, si on refusait de lui en donner. Et pour commencer, cet homme aurait intérêt à lui montrer un peu plus de… considération.

Elle laissa glisser sa bouche jusqu'au bas-ventre du guérisseur. Quand ses lèvres se refermèrent sur un sexe paresseux, elle sentit le goût de son propre sang, et s'obligea à l'ignorer pour arriver à ses fins.

Au début, elle redouta un fiasco. Mais quand elle se concentra vraiment sur la nature érotique de la caresse qu'elle lui dispensait, la virilité de Drefan retrouva sa vigueur en quelques instants.

Avant même qu'il fût prêt, Kahlan haletait de désir. Maintenant qu'elle était décidée à jouir, il n'était plus question que le guérisseur se dérobe. Un mari devait satisfaire sa femme, même s'il avait déjà eu son plaisir.

L'envie de relâcher d'un coup sa tension lui faisant tourner la tête, Kahlan oublia l'identité de son partenaire. Libre d'imaginer qu'il s'agissait de Richard, elle gémit de plaisir, enfourcha le bel étalon qui la conduirait à l'extase et lui saisit les hanches.

Cette fois, elle était prête à accepter l'étreinte. Mieux encore, elle la *désirait*.

Chassant l'idée désagréable qu'elle était avec Drefan, elle décida de le remplacer par Richard. Comme elle ne pouvait pas voir les yeux bleus du guérisseur, ce petit tour de prestidigitation fut d'une simplicité enfantine. Ces deux hommes se ressemblaient tant...

Se souvenant de la merveilleuse nuit, dans le lieu entre les mondes, elle refit les mêmes gestes, et se crut ramenée dans le passé. Le souffle court, en sueur, elle accéléra les mouvements de ses hanches.

À présent, Drefan haletait aussi.

Euphorique, Kahlan comprit qu'elle allait enfin expulser la frustration qui grandissait en elle depuis des semaines. Tous ces baisers que Richard lui avait donnés, prologues à un épanouissement qui n'était jamais venu ! Toutes ces caresses trop tôt arrêtées...

Ce soir, ils iraient jusqu'au bout !

Quand sa partenaire se pencha pour l'embrasser, Drefan détourna la tête. Lui passant un bras sous la nuque, elle l'attira vers sa poitrine et savoura le contact, entre ses seins, de ses joues glabres.

Elle voulut lui crier de la caresser, mais se souvint à temps qu'ils n'avaient pas le droit de parler. Entêtée, elle prit les mains du guérisseur et le força à les poser sur ses reins, comme l'avait fait Richard, cette nuit-là. Pendant qu'elle ondulait de plus en plus vite, il fallait qu'il la serre très fort, pour lui donner envie d'aller au bout de l'extase.

Enfin, elle éprouvait de nouveau du plaisir, et pour son corps, c'était comme une renaissance. Drefan ou pas Drefan, rien ne comptait plus que le zénith dont elle approchait.

La jouissance vint comme un éclair dans un ciel sans nuages. Un long cri sortant de sa gorge, Kahlan sentit ses jambes se raidir et ses doigts se contracter. Submergée par l'orgasme, elle se laissa tomber sur la poitrine de son partenaire et cria de nouveau, comme si plus rien au monde ne devait pouvoir l'arrêter. Puis la marée du plaisir reflua, et elle retrouva peu à peu sa lucidité.

Un court moment, Kahlan Amnell avait été libre. Plus de peste, d'agonisants, de responsabilités, de mission, de mariage avec Drefan et de Nadine... Seulement le plaisir, et le droit absolu de ne penser qu'à elle. Ces quelques minutes durant, son cœur et sa chair s'étaient entièrement offerts à Richard.

Elle se laissa glisser à côté de Drefan, écarta de son front des mèches noires trempées de sueur, et tenta de reprendre son souffle. Cette fois, s'avisa-t-elle soudain, le guérisseur n'avait pas connu la plénitude. Eh bien, tant pis pour lui ! Elle s'en fichait, puis qu'elle avait obtenu ce qu'elle voulait : un moment de liberté en compagnie de Richard – au moins en imagination. Stupéfaite, elle s'aperçut qu'elle en pleurait de joie.

Elle tourna le dos à Drefan, essuya ses larmes de bonheur, et sentit monter en elle, comme pour remplacer le plaisir, une inexplicable culpabilité.

Par les esprits du bien, qu'avait-elle fait de si atroce ? S'autoriser un moment de bonheur était-il un crime ? De toute façon, il lui fallait exorciser sa frustration. Alors, pourquoi ce sentiment d'être comme salie ?

Soudain, l'orage éclata et la foudre se déchaîna dans le ciel. Dans l'autre bâtiment, comme en réponse aux éclairs, Nadine cria à gorge déployée.

Toujours aussi agacée par ses hurlements, Kahlan n'eut plus l'impression qu'ils se moquaient d'elle et aiguillonnaient sa frustration. C'était déjà ça de gagné...

L'herboriste continua ses vocalises, braillant maintenant comme si on l'écorchait vive. Furieuse, l'Inquisitrice se plaqua les mains sur les oreilles. Tout le monde avait compris que cette fille vivait une nuit fabuleuse. Était-elle obligée d'insister à ce point pour faire passer le message ?

Les vents arrivèrent enfin, comme si on venait de leur ouvrir en grand une porte géante. Sous les bourrasques, les murs tremblèrent et la montagne entière vibra comme si elle allait s'écrouler.

Kahlan se souleva sur les coudes et jeta un coup d'œil par la fenêtre. Les éclairs jaillissaient du ventre noir des nuages, approchant inexorablement du sommet du mont Kymermosst.

Le Temple des Vents arrivait, l'Inquisitrice en aurait mis sa tête à couper. Cette idée la fit repenser à Richard, puisque l'ancien sanctuaire était là pour lui.

La honte revint. Comment avait-elle pu s'égarer ainsi ? Et chercher le plaisir dans les bras d'un autre homme ? Avait-elle perdu l'esprit ?

Elle ne s'était jamais sentie aussi misérable de sa vie. Avec Richard, après l'amour, elle avait eu l'impression de voler. Ce soir, il lui semblait s'être écrasée au fond d'un gouffre. S'il apprenait ce qu'elle avait fait, il ne comprendrait jamais.

Mais comment l'aurait-il su ? C'était impossible, sauf si Drefan le lui disait. Et avec la fourberie qu'elle avait lue dans ses yeux, tout était possible.

Non, il n'irait pas jusque-là ! N'est-ce pas... ?

Quand un éclair jaillit près du sommet de la montagne, l'Inquisitrice se leva d'un bond. Par la fenêtre, elle distinguait à présent la silhouette d'un bâtiment. Les vents étaient bien venus – et on ne pouvait pas en douter, comme ils l'avaient annoncé. Donc, elle avait de nouveau le droit de parler.

Kahlan se tourna vers Drefan. Il fallait qu'elle s'assure de son silence. À tout prix...

Dehors, une tempête faisait rage.

— Drefan, écoute-moi. (L'Inquisitrice posa une main sur le bras du guérisseur.) Tu dois jurer de ne jamais raconter ce que je viens de faire avec toi. (Elle enfonça ses ongles dans la chair de l'homme.) Jusqu'à la fin de mes jours, je ferai tout ce que tu voudras, mais promets-moi de ne jamais parler de cette nuit à Richard.

Un éclair zébra le ciel, juste devant la fenêtre, et illumina la pièce comme en plein jour.

Les yeux gris rivés sur Kahlan ne cillèrent pas.

— Je crains qu'il le sache déjà, lâcha une voix glaciale.

Kahlan cria d'horreur.

Chapitre 59

Comment était-ce possible ? Alors que son cri couvrait jusqu'aux roulements du tonnerre, Kahlan se répétait inlassablement cette phrase, son esprit incapable de produire une autre pensée.

Les yeux écarquillés, elle fixait Richard sans comprendre. Le monde venait de basculer sur son axe, et plus rien n'avait de sens. Face à pareille folie, aucun esprit sain ne pouvait fonctionner. Une seule chose était sûre : à la lueur des éclairs, ce n'était pas Drefan qu'elle voyait, mais Richard.

Et son expression la terrifiait. Parce qu'il n'y avait rien dans son regard. Ni colère, ni soif de sang, ni calme mortel, ni jalousie… Et même pas d'indifférence, aussi impossible que cela parût.

Les yeux d'un homme qui n'avait plus d'âme. Et plus de cœur.

Kahlan se plaqua les mains sur la bouche et recula jusqu'à ce que son dos percute le mur.

Richard avait su que c'était elle dès que Cara l'avait poussée dans la pièce ! Pour la reconnaître quand elle entrait quelque part, il affirmait ne pas avoir besoin de la voir. Et c'était vrai ! Oui, il avait tout deviné dès le début !

Pour qu'elle comprenne, il lui avait serré la main et s'était montré rassurant. Mais elle l'avait repoussé. Y compris quand il voulait essuyer ses larmes, après… En le rejetant, elle l'avait empêché de lui faire comprendre qu'il n'était pas Drefan.

— Non ! Par les esprits du bien, non ! cria-t-elle en tombant à genoux.

Richard ne se précipita pas vers elle pour la réconforter. Et il n'explosa pas non plus. Très calme, il ramassa ses habits, près de la porte, et commença à se vêtir.

Kahlan se pencha pour récupérer ses propres effets. Soudain honteuse de sa nudité, elle enfila ses sous-vêtements, puis passa sa robe à la hâte.

Des larmes roulant sur ses joues, elle approcha de l'épée posée contre le mur, s'en empara et la regarda comme si elle ne parvenait pas à en croire ses yeux. C'était l'arme de Drefan, avec une garde en cuir toute simple. Pas l'Épée de Vérité…

— Richard, c'est la lame de Drefan, pas la tienne ! Tu m'entends ? Comment est-ce possible ?

Richard récupéra l'arme et la reposa contre le mur.

— Sans ton pouvoir, je te savais incapable de te défendre. Comme Drefan devait prendre ma place à tes côtés, je lui ai donné l'Épée de Vérité. Mais pour aller au fond des choses, celle-là ne semble pas mal non plus…

— Richard, ne comprends-tu pas ? C'était toi, pas Drefan ! Entre les intentions et les actes, les esprits font une différence ! Ce n'était pas lui, et ça compte !

Hélas, pour le Sourcier, cette distinction n'existait pas, comme Tristan Bashkar l'avait appris à ses dépens.

— Richard, tu ne comprends pas ! Ce n'était pas ce que tu crois !

Le regard d'acier du Sourcier coupa les jambes de la jeune femme. Impassible, il attendit la suite, mais elle ne parvint plus à articuler un mot. Comme si ça n'avait aucune importance, il entreprit de boucler son ceinturon.

Kahlan tira sur les plis de sa robe blanche. Dehors, à la faveur des éclairs, elle voyait très nettement un immense complexe là où s'ouvrait un peu plus tôt un gouffre vertigineux. Quand la lumière de la foudre se dissipait, le Temple des Vents disparaissait, et on voyait de nouveau les pics environnants, dans le lointain.

— Richard, arrête de mettre tes bottes et parle-moi ! Demande des explications ! Dis qu'il n'y en a aucune, si tu le penses ! Injurie-moi ! Traite-moi de catin, frappe-moi, hurle-moi ta haine ! Mais ne m'ignore pas, je t'en prie !

Le jeune homme se détourna et enfila son tricot de peau noir. Pour qu'il cesse de se vêtir, Kahlan tendit un bras, lui arracha des mains sa tunique et la serra contre ses seins.

— Richard, par pitié ! Je t'aime !

Renonçant à la tunique, le Sourcier reprit l'épée de Drefan et la fixa à son ceinturon.

— Richard, parle-moi ! Les esprits se sont joués de nous, essaie de le comprendre ! Le grand-père de Chandalen me l'a dit : « *Les vents ont décidé que tu serais le chemin qui mène au succès.* » Tout est de leur faute !

Richard leva sur l'Inquisitrice des yeux de nouveau vides. Comprenant qu'elle ne lui rendrait pas sa tunique, il noua la cape d'or sur ses épaules.

Alors qu'il se dirigeait vers la porte, Kahlan le prit par le bras, à deux mains, et le força à se tourner vers elle.

— Richard, je t'aime, tu dois le croire ! Je t'expliquerai tout plus tard, mais pour l'instant, fais-moi confiance ! Dans mon cœur, il n'y a pas de place pour un autre homme. C'est la vérité, je te conjure de le croire !

Le Sourcier prit la jeune femme par le menton et lui passa le pouce sur la bouche. Puis il le tint à la lumière de l'orage, pour qu'elle voie bien la traînée rouge.

— « *Mais sur ce chemin* », cita-t-il, « *la foudre le frappera, car sa bien-aimée le trahira dans son sang.* »

Des mots qui déchirèrent le cœur de Kahlan…

Elle plaqua la tunique contre sa bouche pour étouffer un nouveau cri. Alors que Richard sortait, il lui vint enfin à l'esprit qu'elle avait commis le seul acte dont elle se fût jamais affirmée incapable : le trahir. Et elle avait choisi la pire façon possible. Celle qui le briserait à coup sûr…

En larmes, elle courut derrière son bien-aimé, ignorant la morsure du vent et les menaces de cette nuit de folie. Elle devait mettre du baume sur la blessure qu'elle venait de lui infliger. Alors qu'elle l'aimait plus que tout, elle l'avait poignardé dans le dos.

À la lueur de l'orage, elle aperçut la silhouette sombre de Richard, sur la grande route. Au moment où il atteignait le bord de la falaise, elle se jeta sur lui et le retint par un bras.

Le ciel se déchaînait et les roulements de tonnerre se répercutaient jusque dans les os de l'Inquisitrice. Devant eux, là où aurait dû béer le gouffre, le Temple des Vents apparaissait par intermittence, à la faveur des éclairs les plus violents. Entre ces explosions de lumière, il n'y avait rien.

— Richard, que comptes-tu faire ?

— Arrêter la peste, bien entendu !

— Quand reviendras-tu ? Tu sais que je serai là pour t'attendre ?

Le Sourcier plongea son regard mort dans celui de la jeune femme.

— Il n'y a plus rien, dans ce monde, pour me donner envie d'y revenir.

— Non, tu devras ressortir du Temple ! Je t'attendrai, et tu sais que je t'aime. Si tu ne reviens pas, que vais-je devenir ?

— Tu as un mari. Vous êtes liés par un serment… et une certaine étreinte.

— Tu ne peux pas me laisser seule ! Si tu ne reviens pas, je ne te pardonnerai jamais !

Méprisant, Richard se tourna vers le bord du gouffre.

— N'oublie pas que tu as une femme ! cria Kahlan. Pour honorer *ton* serment, tu dois revenir.

Un coup de tonnerre plus fort que les autres fit trembler la montagne.

— Nadine est morte, lâcha Richard par-dessus son épaule. Mon serment est nul et non avenu. Pas le tien ! Plus rien ne me retient ici.

Une gerbe d'éclairs zébra le ciel, illuminant le Temple des Vents. Le Sourcier sauta dans le vide qui n'en était plus un.

— Richard, je suis toujours là pour toi ! Nous trouverons une solution ! Reviens-moi, je t'en prie !

Quand le ciel redevint sombre, le Temple disparut. Un nouvel éclair illumina brièvement ses tours jumelles, puis il se volatilisa encore.

Kahlan tomba à genoux et serra contre son cœur la tunique noire de Richard. Elle avait détruit l'homme qu'elle aimait…

Du coin de l'œil, elle aperçut une silhouette vêtue de rouge. Courant vers le gouffre, Cara bondit au moment où un éclair ramenait pour une fraction de seconde le Temple dans le monde des vivants. Elle se réceptionna sur la route, dans le ciel, et disparut en même temps que le bâtiment et Richard.

Kahlan sonda le vide, prête à bondir dès que la foudre lui révélerait les contours du Temple. À chaque fois, il ne lui parut pas assez… matériel… et ses jambes refusèrent de bouger. Pourquoi restait-elle là ? En temps normal, elle aurait pris le risque sans même s'en soucier.

Soudain, elle comprit. Richard ne voulait pas d'elle ! Parce qu'elle l'avait trahi…

Comment pouvait-il lui faire ça ? Il lui avait juré un amour éternel, même par-delà la mort. Plus que d'une promesse, il s'était agi d'un serment…

Qu'elle avait prêté aussi. Avant de le trahir.

Au cœur de l'orage, l'Inquisitrice entendit soudain les échos d'un rire malveillant qui lui glaça les sangs.

Drefan déboula près d'elle. Seul.

— Où est Nadine ?

— Quand elle a vu que c'était moi, elle est devenue folle. Un peu plus tard, elle s'est jetée dans le vide.

Richard lui avait dit qu'elle était morte, pensa Kahlan. Il le savait, parce qu'il était un sorcier. Dans ses yeux, juste avant qu'il plonge vers la lumière, elle avait vu la lueur de la magie.

— Et Richard ? demanda Drefan.

— Il est parti, répondit l'Inquisitrice, le regard toujours rivé sur le gouffre obscur.

Sur la route du Temple des Vents, dans un silence irréel, Richard dégaina son épée. Surpris par le contact du cuir, il se souvint qu'il ne s'agissait pas de l'arme qu'il portait d'habitude.

Oui, il n'était plus le Sourcier de Vérité ! Et il s'en félicitait, car en matière de *vérité*, justement, il venait d'en prendre plus que pour son compte.

Ici, ce n'était ni le jour ni la nuit. Pourtant, une lumière crépusculaire lui permettait de s'orienter. Tournant la tête, il chercha l'endroit où le soleil aurait dû finir de disparaître, et ne le trouva pas. Rien de surprenant, car il n'y en avait pas, c'était évident. Parce qu'il n'était plus dans le monde des vivants…

Ce lieu appartenait au royaume des morts. Une niche isolée, obscure et ignorée de tous, y compris du Gardien. Les sorciers de jadis avaient trouvé l'endroit idéal pour dissimuler le Temple. L'équivalent du mont Kymermosst, dans le monde des vivants…

Les murs noirs de l'immense édifice se dressaient devant lui, ses tours jumelles perdues dans des tourbillons de brume. La moitié manquante du mont était ici depuis trois mille ans. Introuvable, sauf pour quelques élus…

Désormais, Richard savait où il allait. Dans son esprit, des flots de connaissance se déversaient – le cadeau de bienvenue du Temple à un sorcier de guerre.

Tout ce qu'il avait besoin de savoir, et beaucoup plus encore, se gravait dans son esprit. Une nouvelle naissance… ou au moins, la première fois de sa vie qu'il s'éveillait vraiment à la conscience. Une juste récompense, pour le prix qu'il avait dû payer.

— Seigneur Rahl !

À bout de souffle, Cara déboula près de son seigneur. Agiel au poing, elle sonda les alentours. Mais son arme, ici, ne lui servirait à rien. Incidemment, elle n'aurait pas davantage de pouvoir dans le monde des vivants, désormais.

Richard évalua la distance qui le séparait encore du Temple. Presque rien, en réalité. Et il savait comment entrer, maintenant…

— Retourne d'où tu viens, Cara. Tu n'as rien à faire ici.

— Seigneur Rahl, que se passe-t-il ?

— Rentre chez toi.

Comme si elle n'avait pas entendu, la Mord-Sith dépassa son seigneur pour s'assurer qu'aucun danger ne le guettait. La pauvre ne savait rien des périls qui abondaient en ces lieux. C'était bien au-delà de sa compréhension.

— Mon devoir est de protéger le seigneur Rahl…, marmonna-t-elle, furieuse.

— Je ne suis plus le seigneur Rahl, Cara, souffla Richard.

Toujours sourde à ce qu'il disait, la Mord-Sith étudia les piliers noirs qui marquaient la naissance d'un corridor menant à l'entrée du Temple. À côté, sur des murs tout aussi sombres, taillés dans de l'obsidienne, trônaient deux skrins, les gardiens affectés à la frontière entre le monde des morts et celui des vivants. Pour Cara, il s'agissait de simples statues. Pas pour Richard, qui les voyait frémir d'impatience…

La Mord-Sith leva une main pour interdire à son seigneur d'avancer. Puis, tous les sens en alerte, elle sonda le passage, son regard s'attardant sur les ossements qui gisaient aux pieds des skrins…

— Seigneur Rahl, quel est cet endroit ?

— Tu ne pourras pas y entrer, Cara.

— Pourquoi ?

Richard se retourna, contempla le chemin qu'il avait parcouru et pensa à tout ce qu'il laissait derrière lui.

Absolument rien, en réalité !

— Parce que c'est le Corridor de la Déloyauté…

Richard regarda les deux skrins jumeaux, puis les os des deux sorciers qui avaient tenté d'emprunter ce chemin, des millénaires plus tôt. Le message de Ricker transmis par la sliph ne s'était jamais effacé de son esprit. Et à présent, il le comprenait.

« Sentinelle gauche oui. Sentinelle droite non. Préserve ton cœur de la pierre. »

Il leva son bras gauche, le poing fermé, en direction du skrin perché sur le mur de droite. La première phrase de Ricker lui indiquait quel bras utiliser et quel skrin *libérer*. S'il avait choisi le mauvais bras, ou l'autre gardien, il n'aurait jamais pu entrer dans cette enclave du royaume des morts. Un des pièges tendus par Ricker à ses ennemis…

Son serre-poignet chauffa, mais le rembourrage de cuir protégea sa peau du pouvoir qui s'accumulait dans le cercle de métal. Bientôt, une lueur verte enveloppa son poing. Le skrin de droite, soumis à l'autorité dont tout sorcier de guerre héritait à la naissance, se mit à briller aussi. Momentanément immobilisé, il ne bloquerait plus le chemin du visiteur.

Richard regarda le gardien de gauche et l'appela par son nom, un son guttural qui le tira de sa rigidité minérale. L'obsidienne craqua et s'effrita un peu tandis que la créature se tournait vers son maître, avide d'entendre ses ordres.

— La femme en rouge n'appartient pas à ce monde, dit Richard. Escorte-la jusqu'au monde des vivants, sans lui faire de mal. Après, reviens prendre ton poste.

Le skrin sauta du mur et enveloppa Cara de ses ailes.

— Seigneur Rahl, s'écria la Mord-Sith, quand rentrerez-vous chez vous ?

— Je suis chez moi…, répondit simplement Richard.

Dans une explosion de lumière, le skrin disparut, en route pour le monde des vivants avec la Mord-Sith.

Richard se retourna vers le Temple. Au sommet du fronton, les quatre vents et le devin montaient la garde sur le fief de la magie. Sur les murs qui servaient de perchoirs aux skrins, des runes d'or composaient les messages et les avertissements laissés là par les sorciers de jadis. Comme il s'en doutait, Richard les déchiffra sans l'ombre d'une difficulté.

Dans ce monde où ne soufflait jamais aucune bourrasque, sa cape battit sur ses épaules quand il s'engagea dans le Corridor de la Déloyauté. Un phénomène normal, en un lieu où se déchaînaient continuellement des tourbillons de pouvoir dont la puissance dépassait l'imagination.

Un éclair explosant soudain devant elle, Kahlan leva un bras pour se protéger les yeux. Un instant, elle vit la route qui conduisait au Temple des Vents. De très loin, elle aperçut le dos de Richard, qui s'engageait résolument dans une sorte de corridor. Puis Cara s'écrasa sur le sol, à ses pieds. Au même moment, le tonnerre gronda et le Temple s'évanouit de nouveau.

La Mord-Sith se releva souplement, bondit sur Kahlan et la prit par les épaules.

— Qu'avez-vous fait ? cria-t-elle.

La gorge serrée par le chagrin, l'Inquisitrice baissa les yeux.

— Bon sang, qu'avez-vous fichu ? explosa Cara. Richard a le cœur brisé. Pourtant, j'avais tout arrangé.

— Que dis-tu ? lança Kahlan en relevant la tête.

— Vous êtes ma Sœur de l'Agiel, et je vous avais promis, quoi qu'il arrive, d'empêcher Nadine de mettre la main sur Richard.

— Cara, explique-toi ! Qu'as-tu fait ?

— Ce que vous vouliez, bien entendu ! Je devais répéter fidèlement les paroles des vents, mais rien ne m'obligeait à *agir* selon leur volonté. Alors, j'ai conduit Nadine jusqu'à Drefan, et je vous ai dirigée vers le bâtiment où Richard attendait. Vous n'avez pas compris ? Il fallait me faire confiance. Oui, il le fallait…

Kahlan se jeta dans les bras de la Mord-Sith.

— Mon amie, pardonne-moi ! J'aurais dû croire en toi. Comment ai-je pu me tromper à ce point ?

— Le seigneur Rahl a dit qu'il allait remonter le Corridor de la Déloyauté. Et qu'il ne reviendrait jamais. Comment lui avez-vous brisé le cœur ?

— Le Corridor de la Déloyauté ? (Kahlan se laissa tomber à genoux.) J'ai accompli la prophétie… Grâce à moi, Richard a pu entrer dans le Temple, et il arrêtera la peste. Mais pour cela, je l'ai détruit. Et moi avec…

— Vous ne vous êtes pas limitée à ça…, souffla Cara.

— Que veux-tu dire ?

La Mord-Sith brandit son Agiel.

— Il n'a plus aucun pouvoir… Sans son lien avec le seigneur Rahl, une Mord-Sith redevient une femme comme les autres. Nous existons pour protéger le seigneur. Quand il quitte ce monde, nous ne sommes plus rien.

— Jusqu'à ce qu'un nouveau seigneur Rahl le remplace, dit Drefan dans le dos de Kahlan. Et me voilà !

— Vous, le seigneur Rahl ? Pour ça, il faudrait que vous ayez le don !

— Don ou pas, je suis le dernier de la lignée. Et il faut bien que quelqu'un tienne les rênes de l'empire d'haran.

— La Mère Inquisitrice s'en chargera, dit Kahlan en serrant contre son cœur la tunique noire du Sourcier.

— Oublies-tu que tu as perdu ton pouvoir, très chère ? Tu n'es même plus une Inquisitrice, alors la *Mère* Inquisitrice ! (Drefan tendit un bras, prit Kahlan par le poignet et la força à se relever.) En revanche, tu es mon épouse, et tu m'obéiras au doigt et à l'œil, comme tu l'as juré.

Cara voulut s'interposer pour qu'il lâche sa proie. D'un revers de la main, il l'envoya bouler sur le sol.

— Mord-Sith, tu es désormais une vipère sans venin. Si tu veux survivre, obéis-moi. Sinon, disparais de ma vue ! Pour l'instant, nous sommes les seuls à savoir que ton Agiel est redevenu une banale lanière de cuir. Gardons le secret, et tu pourras faire mine de me protéger, comme n'importe quel seigneur Rahl.

— Vous n'avez pas droit à ce titre, grogna Cara en essuyant le sang qui coulait de sa bouche.

— Tu crois ça ? (Drefan dégaina à demi l'Épée de Vérité puis la laissa retomber dans son fourreau.) En tout cas, je suis le Sourcier.

— C'est faux ! rugit Kahlan. Richard est le seul véritable Sourcier.

— Richard ? Quel Richard ? Puisqu'il a quitté ce monde, me voilà maître de D'Hara et Sourcier de Vérité ! (Drefan tira Kahlan vers lui et posa sur elle les yeux brûlants de haine de Darken Rahl.) Et tu es mon épouse, Kahlan Amnell. Je sais qu'il nous reste encore à consommer cette union, mais ce n'est ni le lieu ni l'endroit. Il faut rentrer au palais, où des tâches importantes nous attendent.

— Drefan, tu ne poseras jamais les mains sur moi ! Essaie, et je te couperai la gorge.

— Tu as prêté serment devant les esprits, et tu devras tenir parole. (Le guérisseur sourit.) De toute façon, tu es une putain, et tu adoreras ça. Je veux que tu aimes ce que nous ferons ensemble. À mes yeux, c'est très important.

— Comment oses-tu m'insulter ainsi ? Je ne suis pas une catin, et surtout pas la tienne !

— Vraiment ? Alors, comment as-tu trahi Richard ? Et si tu ne l'as pas fait, pourquoi est-il parti ainsi, sans un regard en arrière ? À mon avis, pendant que tu croyais être avec moi, tu as dû faire montre d'un bel enthousiasme. Et Richard t'a vue sous ton vrai jour, celui d'une putain ! Quand ce sera moi pour de bon, tu auras également du plaisir. J'y tiens beaucoup…

Chapitre 60

— Warren, réveille-toi! dit Verna en secouant doucement son compagnon. Quelqu'un vient.

— Je suis réveillé, marmonna le futur Prophète avant de se frotter les yeux.

Verna jeta un coup d'œil aux fenêtres, pour s'assurer que les cadavres des gardes ne s'étaient pas affaissés. De loin, ainsi installés, ils donneraient l'impression de sonder les environs. La lumière de la lampe posée sur la table suffisait à peine pour qu'on aperçoive les silhouettes des morts. Afin qu'elles ne les trahissent pas, Verna et Warren évitaient de passer devant les fenêtres.

— Comment vas-tu? demanda la sœur.

— Beaucoup mieux. Pour le moment, en tout cas.

Un peu plus tôt, Warren avait encore perdu conscience. Les crises étaient de plus en plus rapprochées, et Verna ne pouvait rien faire. Dans combien de temps les migraines le tueraient-elles? Incapable de répondre, elle s'en tenait à leur plan. Selon une prophétie, la seule chance de Warren était de rester avec elle. Dans tous les autres cas, il ne survivrait pas.

Osant regarder par une fenêtre, Verna constata que deux silhouettes avançaient toujours vers le poste de garde. Dans le lointain, sur les collines, des myriades de feux de camp brillaient comme des lucioles. L'armée de Jagang attendait toujours l'ordre de passer à l'action.

Des centaines de milliers de soudards dormaient sous ces tentes. Impatiente de partir loin de ce nid de tueurs, Verna se réjouit qu'ils n'aient pas eu la possibilité de retourner dans la place forte de l'empereur. Le type de magie qu'ils avaient utilisé ne fonctionnait pas deux fois. Et les gardes ne se seraient pas laissé abuser de nouveau par les sortilèges de Warren.

Par bonheur, une seule intrusion avait suffi. Janet et Amelia seraient bientôt là. Ensuite, ils fuiraient tous ensemble.

Étaient-ce bien les amies de Verna qui approchaient?

Bien sûr que oui! On était la quatrième nuit après la pleine lune, comme convenu. Amelia avait dû terminer son « service » sous les tentes, comme l'avait dit Janet.

Dans quel état serait la pauvre fille ? À coup sûr, il faudrait la soigner, et ça risquait d'être long, alors que l'aube ne tarderait plus à se lever.

En attendant, Warren et Verna avaient dormi à tour de rôle. Pour rejoindre le général Reibisch, ils devraient faire un long chemin, et ne pas se reposer eût été absurde. D'autant plus que le voyage commencerait au pas de course. Quand l'alarme sonnerait dans la place forte, il vaudrait mieux en être le plus loin possible.

Verna aurait donné cher pour voler au secours des autres sœurs prisonnières de Jagang. Mais elle avait appris que le mieux était l'ennemi du bien. En vingt-deux ans d'errance dans le Nouveau Monde, elle avait eu largement le temps d'apprécier les vertus de la prudence. Libérer toutes les sœurs était impossible. Et si elle se faisait prendre en tentant un absurde pari, la situation de ces malheureuses serait encore pire. Un individu conscient de ses limites savait avancer pas à pas. En temps voulu, les sœurs échapperaient au joug de celui qui marche dans les rêves. La patience aussi était une qualité vitale.

Pour l'heure, il convenait de filer d'ici, d'obtenir des informations utiles auprès de Janet et d'Amelia et de trouver de l'aide pour Warren. Sans lui, leur cause serait en danger. En herbe ou pas, un Prophète était un sacré atout dans leur manche. À condition que les migraines ne finissent pas par le tuer.

Avancer pas à pas, se répéta Verna. *Sois prudente, réfléchis et tu auras toutes les chances de réussir.*

Quand on frappa à la porte, elle alla l'entrouvrir pendant que Warren lançait le « qui va là » que tout garde normal aurait beuglé.

— Deux esclaves de Son Excellence, les sœurs Janet et Amelia.

Verna ouvrit en grand la porte, tira la première femme par son manteau, fit de même avec l'autre et leur indiqua de ne pas approcher des fenêtres.

— Merci, Créateur bien-aimé, soupira-t-elle. J'ai cru que vous n'arriveriez jamais !

Les deux sœurs tremblaient de tous leurs membres. Amelia avait le visage tuméfié, et elle semblait tenir debout par miracle.

Warren approcha et prit la main de Verna. Comme elle, il s'étonna de la terreur qui brillait dans les yeux des deux femmes. En principe, elles étaient sauvées…

— Qu'est-ce qui ne va pas ? demanda Verna.

— Tu nous as menti, souffla Janet.

— Pardon ?

— J'ai fait prêter à Amelia le serment censé la protéger de Jagang. Mais ça n'a pas fonctionné.

— Quoi ?

— Non, Verna, ça n'arrête pas celui qui marche dans les rêves. Il a libre accès à mon esprit, à celui d'Amelia, au tien et à celui de Warren.

— Tu te trompes, mon amie. Mais pour être protégée, il faut y croire.

— Avant que je répète les dévotions, Jagang était dans mon esprit. Il a entendu tout ce que tu m'as dit, et il lisait mes pensées.

Verna blêmit. Elle n'avait pas envisagé cette possibilité…

— Avant, je veux bien ! Depuis, tu es protégée.

— Au début, oui… Mais la nuit de la pleine lune, Jagang s'est de nouveau introduit dans mon esprit. À mon insu, malheureusement. Ne me doutant de rien, j'ai fait prêter serment à Amelia, et j'ai cru que nous étions hors de danger. Oui, j'ai pensé que nous pourrions fuir…

— Et c'est la vérité, coupa Verna. Nous partirons très bientôt.

— Personne ne s'évadera, mon amie. Jagang te contrôle, tout comme Warren. Il s'est glissé dans vos esprits dès la nuit de la pleine lune. (Des larmes perlèrent aux paupières de Janet.) Je suis désolée, Verna. Vous n'auriez pas dû venir à mon secours. Hélas, ça vous coûtera la liberté…

— Janet, insista Verna, de plus en plus inquiète, c'est impossible ! Le lien nous protège.

— Ce serait vrai si Richard Rahl vivait toujours. Mais il a quitté ce monde pendant la nuit de pleine lune…

Alors que des larmes coulaient sur ses joues, Janet eut un rire malveillant.

— Richard est mort ? demanda Verna.

— Non ! Non ! cria soudain le futur Prophète en se prenant la tête entre les mains.

— Warren, que se passe-t-il ?

— Son Excellence veut me charger d'une mission…

— De quoi parles-tu, bon sang ?

— L'empereur a un nouveau Prophète à son service… Moi ! Maître, par pitié, cessez de me torturer ! J'obéirai !

Warren se laissa tomber sur le sol et se recroquevilla comme un enfant malade. Agenouillée près de lui, Verna n'eut pas le loisir de l'aider. Sans crier gare, une douleur comme elle n'en avait jamais connu explosa dans son crâne. La vue brouillée, vidée de ses forces, elle bascula en avant et s'écrasa sur le sol.

Un rire moqueur retentit dans sa tête. Jagang jubilait, et il ne le cachait pas.

Verna implora le Créateur de lui faire perdre conscience. Hélas, il resta sourd à ses prières.

— Je suis navrée, dit Janet. Vous n'auriez pas dû venir. Désormais, vous serez les esclaves de l'empereur.

La Mord-Sith blonde, Cara, suivit Drefan dans la salle d'audience. Lui obéissant, elle portait en permanence son uniforme rouge. Il adorait voir ces femmes ainsi vêtues, comme si elles ondulaient dans un fourreau de sang. Leur présence lui permettait de penser sans cesse au feu d'artifice de débauche qui l'attendait.

Jetant un coup d'œil à Cara, il eut un sourire mauvais. Elle restait uniquement pour Kahlan, il ne se faisait pas d'illusions. Et il s'en fichait, l'important étant qu'elle soit là. Bien qu'elle fût aussi inoffensive qu'un agneau, l'avoir parmi sa suite confirmait le statut du seigneur Rahl.

Et il détenait le titre, désormais, comme les voix venues des éthers le lui avaient promis. Grâce à son intelligence et à sa sagesse, il avait pu les entendre, et se laisser guider vers un fabuleux triomphe. Comme toujours, l'attention qu'il accordait aux détails avait fait la différence. Porté au pouvoir par la seule force de son esprit supérieur, il avait le génie en guise de « don », et aucune magie n'aurait pu le servir aussi bien que son extraordinaire intellect.

Il était au-dessus du commun des mortels, et pour de bonnes raisons. Un homme à l'esprit vif, à l'instinct infaillible et au sens moral surdéveloppé, comme en témoignait son dédain des misérables prétextes qu'affectionnaient les femmes pour laisser libre cours à leur bestialité.

Parfois, sa propre vertu le grisait comme un vin capiteux.

Kahlan leva les yeux quand elle le vit entrer. Depuis la fameuse nuit, sur le mont Kymermosst, elle affichait un masque qu'elle croyait sûrement indéchiffrable. Quelle idiote ! Pour lui, ce visage prétendument fermé était un livre ouvert où il lisait une infinité d'émotions inavouables.

Il avait capté les regards furtifs qu'elle lui jetait depuis le premier jour. Comme toutes les autres, elle le désirait, avide qu'il consente à lui donner du plaisir.

Qu'elle tente de le cacher l'excitait au plus haut point. Les insultes dont elle l'accablait témoignaient de l'intensité de sa lubricité. Et plus elle prétendait être dégoûtée à sa seule vue, plus il savait qu'elle brûlait d'envie d'être sa chose.

Quand elle ne pourrait plus résister, la récompense serait à la hauteur de l'attente et de la frustration qu'il avait résolu d'endurer. Ce jour-là, il lui donnerait tout ce qu'elle voulait – et il entendrait enfin ses cris.

— Bien le bonjour… seigneur Rahl, dit le général qui parlait avec sa future… partenaire.

— Que se passe-t-il ? grogna Drefan.

Il détestait que des soldats s'adressent à Kahlan sans tenter de le contacter d'abord.

— Le général Kerson me fait son rapport matinal, c'est tout, lâcha Kahlan, glaciale.

— Pourquoi n'est-il pas venu me voir ? Toutes les informations doivent être transmises en priorité au seigneur Rahl !

— Comme vous voudrez, seigneur, fit Kerson en échangeant un regard dubitatif avec Kahlan. Mais j'avais pensé…

— Faites la guerre, général, et laissez-moi le soin de réfléchir.

— À vos ordres, seigneur !

— Alors, ce rapport ?

Kerson regarda de nouveau Kahlan, qui hocha légèrement la tête. Ces deux imbéciles le croyaient-ils assez stupide pour ne pas voir leur manège ? Comme toujours, il ne releva pas, ravi de les abuser. Qu'ils continuent donc à le penser aveugle !

— Eh bien, seigneur Rahl, la peste est presque terminée…

— Auriez-vous l'obligeance d'être plus précis, général ? Pour un guérisseur, « presque terminée » ne veut pas dire grand-chose.

— En une semaine, le nombre de décès a beaucoup baissé. Ce matin, je n'en ai que trois à annoncer. Presque toutes les personnes malades au moment du départ du seigneur… de Richard Rahl… se sont remises. J'ignore ce qu'il a fait, mais…

— Mon frère est mort, général, voilà le seul exploit qu'il a accompli ! C'est Drefan Rahl, le plus grand guérisseur du monde, qui a terrassé l'épidémie.

Le masque de Kahlan se craquela, mis à mal par une fureur difficile à contrôler. Bientôt, la terreur et la douleur le fissureraient. Oui, très bientôt…

— Richard est entré dans le Temple des Vents ! cria l'Inquisitrice déchue. Il s'est sacrifié pour sauver les malades ! C'est lui le héros, pas toi !

— Foutaises ! lâcha Drefan avec un petit rire. Que savait-il de l'art de guérir ? Moi, c'est mon métier. Le seigneur Rahl a sauvé le monde de la Mort Noire. À ce propos, général, vous feriez bien de ne laisser personne l'ignorer...

Kahlan fit de nouveau un signe de tête « discret ».

— Je n'y manquerai pas, seigneur. Tout le monde saura que le seigneur Rahl en personne a vaincu l'épidémie.

Kahlan parut ravie de la réponse ambiguë du militaire. Une fois encore, Drefan ne releva pas. Pour le moment, lui apprendre à respecter son mari n'était pas une priorité. Mais elle ne perdrait rien pour attendre.

— Avez-vous autre chose à me dire, général ?

— Eh bien, seigneur, il semble qu'une de nos unités ait... disparu.

— Quoi ? Comment des soldats peuvent-ils se volatiliser ? Retrouvez-les, Kerson. L'armée doit être au complet pour affronter l'Ordre Impérial. Je détesterais devoir déposer les armes devant Jagang à cause de l'incurie de mes officiers.

— Je comprends, seigneur Rahl. Des éclaireurs sont déjà partis à la recherche de ces... hum... hommes du rang vagabonds.

— C'est à cause du lien, Drefan, dit Kahlan. Les D'Harans ne te sont pas loyaux. L'armée se débande parce qu'elle ne se sent plus unie à son chef. Sans seigneur Rahl, ces hommes...

Une gifle magistrale fit tomber l'Inquisitrice à la renverse.

— Debout, femme ! cria Drefan. (Il attendit qu'elle se soit relevée, et ajouta :) J'interdis à mon épouse de se monter insolente. C'est compris ?

Une main sur le nez, la jeune femme tenta en vain de l'empêcher de saigner. La vue du précieux liquide qui coulait entre ses doigts faillit arracher un cri d'extase à Drefan. Comme il était impatient de fendre scientifiquement sa chair, pour l'entendre hurler à s'en casser les cordes vocales. Bientôt, elle serait couverte de sang !

Mais il attendrait jusqu'à ce qu'elle l'implore de s'occuper de lui. Comme Nadine. La perversité de cette garce l'avait vraiment diverti. Et il s'était délecté de sa surprise, puis de sa terreur, avant de la jeter dans le vide. Quasiment écorchée vive, mais encore consciente, pour qu'elle puisse se repentir de sa mauvaise nature pendant sa chute. Ces merveilleux instants avaient provisoirement rassasié sa faim.

Pour agir, il attendrait que la corruption de Kahlan, un être pourri jusqu'à la moelle, remonte à la surface, comme lors de cette fabuleuse nuit. Pauvre idiot de Richard ! Qu'avait-il pensé en découvrant que sa bien-aimée, une putain aussi impure que les autres, rêvait de se faire besogner par son frère ? Le fantastique crétin ! Assez abruti pour ne jamais surveiller son dos quand il le fallait. À savoir à chaque instant !

Oui, Drefan attendrait. La catin aurait besoin d'un peu de temps pour se remettre d'avoir provoqué la mort de Richard. Mais ça irait vite, à cause du désir qui lui rongeait les entrailles.

Suprêmement pervers, il la prit dans ses bras.

— Pardonne-moi, mon épouse, je ne voulais pas te faire mal. Mais je m'inquiète tant pour ta sécurité. Apprendre que des soldats ont abandonné leur poste m'a fait perdre mon sang-froid.

— Je comprends…, souffla Kahlan en se dégageant.

Quelle piètre menteuse !

Du coin de l'œil, Drefan vit que Cara était prête à bondir. Si elle attaquait, il la taillerait en pièces. Sinon, elle pouvait encore lui servir.

Kahlan leva un index à l'attention de la Mord-Sith, qui renonça à contrecœur à ses intentions belliqueuses.

L'ancienne Inquisitrice devait se croire terriblement intelligente. Comment pouvait-elle penser qu'il ne la voyait pas donner des ordres dans son dos ? Mais pour l'instant, ça n'avait pas d'importance.

— Général Kerson, dit Drefan, je veux qu'on retrouve ces soldats indignes. Sans discipline, l'Ordre Impérial nous écrasera. Dès que vous aurez mis la main sur ces déserteurs, faites exécuter tous leurs officiers.

— Quoi ? Je devrais tuer mes hommes parce qu'ils n'ont plus de lien avec…

— Je veux qu'ils soient décapités pour crime de haute trahison. Avec cet exemple, leurs camarades réfléchiront à deux fois avant de se décider à rejoindre l'ennemi.

— Seigneur Rahl, ils n'ont…

— Silence, général ! En refusant de servir D'Hara, sans même parler du seigneur Rahl, ces hommes sont passés dans le camp adverse. Leur trahison met en danger la vie de ma femme, et de tous mes sujets.

Fier de sa tirade, Drefan passa l'index sur les lettres du mot « Vérité » qui ornait la garde de *son* épée. Une arme qu'il détenait de plein droit.

— D'autres nouvelles, général ?

Kerson et Kahlan échangèrent encore un de leurs absurdes regards de conspirateurs.

— Non, seigneur Rahl.

— Dans ce cas, vous pouvez disposer. (Drefan se tourna vers Kahlan et lui tendit le bras.) Viens, ma chérie. Je meurs d'envie de prendre le petit déjeuner avec toi.

Chapitre 61

L'esprit embrumé, Richard descendit de l'estrade où se dressait le trône du sorcier, à l'entrée du Corridor des Vents. Alors qu'il s'éloignait, l'écho de ses pas retentit à l'infini. Sur ce siège, il s'était senti à sa place. Après tout, n'était-il pas le seul sorcier de guerre ? L'unique détenteur du don capable de maîtriser les deux variantes de magie ?

Comparée au Temple des Vents, la Forteresse du Sorcier était une vulgaire cabane. La taille de ce complexe dépassait la compréhension humaine. Et pas un bruit n'y résonnait, à part ceux qu'il produisait, ou qu'il désirait entendre, les tirant ainsi du néant.

Dans chaque arche du plafond, très haut au-dessus de sa tête, des aigles auraient pu voler sans jamais se douter qu'ils étaient prisonniers. Et les majestueux faucons des montagnes, s'ils s'étaient aventurés en ces lieux, y auraient décrit sans entraves leurs fantastiques acrobaties aériennes.

Sur les côtés, soutenus par d'énormes piliers, des murs plus impressionnants que des falaises se perdaient dans les incroyables altitudes de la voûte. À intervalles réguliers, des fenêtres géantes laissaient entrer la lumière diffuse omniprésente dans le sanctuaire de la magie.

Au moins, Richard pouvait voir ces invraisemblables cloisons. Le bout du Corridor, lui, restait invisible, trop lointain et comme protégé par un rideau de brume.

Ici, presque tout était de la couleur d'un brouillard de fin d'après-midi : le sol, les colonnes, les murs et le plafond. En réalité, on les eût dits composés de brume solidifiée.

Richard se fit l'effet d'être une puce égarée dans un des grands canyons de son pays natal. Mais aussi immense qu'il fût, ce lieu avait des limites. Une notion inconnue à l'extérieur de ses murs, où s'étendait le royaume des morts.

Naguère, le jeune homme aurait été angoissé et émerveillé par le Temple des Vents. Aujourd'hui, il n'éprouvait rien, à part une étrange torpeur.

Ici, le temps n'avait pas de sens, sinon celui qu'il voulait bien consentir à lui donner. Que signifiaient les minutes, les heures et les jours au cœur même de l'éternité ? S'il était arrivé un siècle plus tôt, pas quelques semaines, Richard aurait à peine remarqué la différence – et encore, à condition de le vouloir. En ces lieux, la vie aussi était dépourvue de signification – un concept *étranger*, comme l'idée que l'éternité puisse avoir une fin. Pourtant, le jeune homme vivait, contrevenant à toutes les règles en vigueur depuis trois mille ans dans le Temple. Doté d'une sensibilité malgré sa non-vie, l'édifice conservait son unique visiteur dans l'écrin de pierre de sa magie.

Le long du corridor, sous chaque arche, entre deux colonnes, Richard étudia les niches murales où dormaient des objets magiques arrachés au monde des vivants pour assurer sa sauvegarde. L'esprit plein d'un savoir nouveau, il aurait pu les utiliser tous, aussi dangereux qu'ils fussent. Détenteur de la sagesse des vents, il comprit sans peine pourquoi les sorciers des temps passés avaient voulu soustraire ces armes à la férocité des hommes.

Avec les connaissances offertes par les vents, arrêter la peste avait été facile. Le livre responsable du fléau n'était plus là, mais pour le neutraliser, il ne fallait pas nécessairement l'avoir entre ses mains. Volé dans le Temple, il restait lié au pouvoir des vents. Et nourri par leur énergie. Afin de le rendre inoffensif, il avait suffi de couper le cordon qui lui transmettait cette puissance.

En réalité, c'était si simple que Richard s'en voulait de ne pas avoir compris beaucoup plus tôt. Des milliers de morts, à cause de son ignorance… Moins ignare, il aurait eu l'idée de tisser une Toile investie des deux facettes de son don. Aussitôt, le livre aurait cessé d'obéir à Jagang. Une atroce hécatombe, alors que la solution était si évidente…

Par bonheur, il avait pu utiliser son pouvoir thérapeutique pour guérir la plupart des innocents frappés par le mal avant qu'il ait neutralisé le livre. La Mort Noire ne ferait plus de victimes.

Cette victoire lui avait tout coûté. Le prix fixé par les esprits en échange de centaines de milliers de vie. À la fois dérisoire et exorbitant…

Nadine était morte avant la fin de ce combat, et il la pleurait sincèrement.

S'il l'avait pu, Richard aurait éliminé Jagang et la menace que l'Ancien Monde continuait à faire peser sur le Nouveau. Mais d'ici, c'était impossible. L'Ordre Impérial, partie prenante du monde des vivants, n'avait plus rien à craindre de lui. De sa nouvelle résidence, il pouvait seulement agir contre la magie volée au Temple pour ravager l'univers de la vie. Et cette mission-là était remplie…

Car plus personne n'entrerait dans le sanctuaire, il s'en était assuré, connecté au cœur même du pouvoir de l'antique édifice. Le Corridor de la Trahison à jamais fermé, Jagang ne répéterait pas son monstrueux forfait.

Richard s'immobilisa et dégaina son arme. Non, celle de Drefan ! La garde qu'il serrait n'était pas celle de l'Épée de Vérité. Du noyau même de son âme, il laissa sa volonté couler comme un torrent, charriant avec elle le pouvoir qu'il avait reçu à la naissance. Alors qu'il avait toujours dû lutter pour invoquer une ridicule étincelle de magie, son don lui obéit comme un cheval docile. À travers son bras, il se déversa dans l'épée de son frère.

Guidé par l'esprit de Richard, le pouvoir altéra les éléments de l'arme jusqu'à ce qu'elle devienne la copie conforme de celle que Zedd lui avait remise, dans un passé qui semblait si lointain. Désormais, il tenait l'Épée de Vérité, investie de la même magie que le modèle original – au détail près qu'elle n'était pas, comme la vraie, habitée par les mânes de tous ceux qui l'avaient maniée avant lui.

Des sorciers étaient morts en tentant de fabriquer l'Épée de Vérité. Ceux qui avaient réussi, prudents, avaient confié au Temple le secret de leur succès. Un sortilège à la disposition de Richard, comme tout le savoir que contenait le sanctuaire…

Il brandit l'arme et, pour le simple plaisir d'éprouver quelque chose, se laissa envahir par sa fureur. Mieux valait la colère que rien, au point où il en était…

Conscient qu'il n'aurait plus besoin d'une épée, désormais, Richard expulsa d'un coup toute sa rage. Le vide revint, accablant et stérile.

Il jeta l'épée en l'air, la maintint en lévitation, la regarda tourner lentement sur elle-même, puis la pulvérisa d'une simple pensée. Avant qu'il ne le renvoie au néant, le nuage de poussière métallique sembla vouloir retomber sur lui comme pour l'ensevelir.

De nouveau vide et seul, Richard reprit son chemin vers le bout du corridor.

Sentant une présence dans son dos, il se retourna lentement. Un esprit, encore…

Ils venaient de temps en temps, toujours pour l'implorer de rentrer chez lui avant qu'il ne soit trop tard. Car un jour, le chemin du retour lui serait interdit.

Ce spectre-là lui glaça les sangs.

Était-ce vraiment celui de Kahlan ?

En tout cas, il flottait devant lui, diffusant la même lumière brumeuse que le reste du décor, mais peut-être avec un peu plus d'intensité. Et c'était bien Kahlan ! Pour la première fois depuis des semaines, le cœur de Richard s'affola dans sa poitrine.

— Kahlan, tu es morte ? Te voilà devenue un esprit, à présent ?

— Non, répondit l'apparition. Je suis la mère de Kahlan.

Le cœur de Richard se calma aussitôt. Se détournant, il continua à avancer dans le corridor.

— Que veux-tu ? demanda-t-il, sans dissimuler son agacement.

L'esprit le suivit, comme ses semblables le faisaient parfois, intrigués par l'étrange créature qui errait dans leur monde.

— Je t'ai apporté quelque chose…

— Quoi ? s'écria Richard en faisant volte-face.

L'esprit lui tendit une rose. Dans ce monde sans couleur, le vert soutenu de la tige et le rouge vif des pétales furent une fête pour les yeux du jeune homme. Et ses poumons s'emplirent d'un parfum qui manqua le faire soupirer de bonheur.

Des sensations qu'il avait déjà oubliées – ou volontairement biffées de sa mémoire.

— Et que suis-je censé en faire ?

Le spectre insista pour qu'il prenne la fleur.

Ces esprits ne l'effrayaient pas, car même ceux de ses anciens ennemis ne pouvaient pas lui nuire. Désormais, il savait comment se défendre.

— Merci, dit-il en saisissant la rose.

Distraitement, il glissa la tige dans sa ceinture.

Puis il reprit son chemin. Mais le spectre de la mère de Kahlan le suivit encore. Il détestait regarder ce fantôme en face. Bien qu'il n'eût pas vraiment de traits, les contours de son visage lui rappelaient trop celui de la femme qui lui avait brisé le cœur.

— Richard, puis-je m'entretenir avec toi ?

— Si tu y tiens…

— Je voudrais te parler de ma fille.

Le jeune homme s'arrêta et se retourna.

— Pourquoi ?

— Parce qu'elle est une part de moi. La chair de ma chair, comme tu es celle de ta mère. Kahlan est mon seul lien avec le monde des vivants, où j'ai autrefois résidé. Et où tu dois retourner !

Richard reprit de nouveau sa route.

— Je suis enfin chez moi, sans aucun désir de revenir en arrière. Le monde dont tu parles est un enfer, j'ai payé pour le savoir. Si tu espérais que je transmette un message à ta fille, excuse-moi, mais ça m'est impossible. À présent, laisse-moi en paix.

Il leva une main pour chasser l'esprit du corridor.

La mère de Kahlan écarta les bras, l'implorant de ne pas déchaîner son pouvoir.

— Il n'est pas question de message… Kahlan sait que je l'aime. Mais tu dois m'écouter !

— En quel honneur ?

— À cause de ce que j'ai fait à ma fille.

— De quoi parles-tu ?

— Du sens du devoir que je lui ai inculqué. *« Les Inquisitrices ne connaissent pas l'amour, Kahlan. Seulement le devoir… »* Voilà ce que je lui ai répété, sans jamais lui expliquer ce que j'entendais par là ! Richard, je l'ai emprisonnée dans sa mission, sans lui laisser d'espace pour vivre.

» Plus que toutes les Inquisitrices que j'ai connues, elle aspirait à connaître le bonheur. Le devoir a étouffé ses désirs, et à cause de ce conflit, elle est devenue une formidable protectrice pour son peuple. Comprends-tu ce que je veux dire ? Consciente d'être privée de toute joie, elle s'est battue corps et âme pour que les *autres* soient heureux. Et elle a appris à se contenter de minuscules plaisirs, quand sa mission la laissait un peu en paix.

— Où veux-tu en venir ?

— N'aimes-tu pas la vie, jeune homme ?

Richard accéléra le pas.

— Je sais tout du devoir, parce que je suis né pour servir. Mais j'en ai fini avec ça, comme avec tout le reste.

— Toi aussi, tu comprends mal le sens du mot « devoir ». Quand on est né pour servir, comme tu dis, le devoir est une forme d'amour qui s'exprime d'une infinité de façons. Il ne consiste pas à renoncer au bonheur, mais à l'offrir aux autres. Richard, ce n'est pas un fardeau, quand on le voit ainsi, mais un cadeau du ciel.

» Retourne près de Kahlan, je t'en prie. Elle a besoin de toi.

— Elle est mariée, à présent. Dans sa vie, il n'y a plus de place pour moi.

— Et dans son cœur ? Crois-tu qu'un autre t'en ait chassé ?

— Quand je suis parti, elle a crié qu'elle ne me pardonnerait pas.

— N'as-tu jamais lancé, par désespoir, des choses que tu ne pensais pas ? Et que tu aurais tout donné pour n'avoir jamais dites ?

— Je ne peux pas retourner auprès d'elle. Un autre homme partage sa vie, et elle lui a juré fidélité. En plus, elle a… Non, je ne rebrousserai pas chemin !

— Même si elle est l'épouse d'un autre, et que ne pas l'avoir te brise le cœur, ne l'aimes-tu pas assez pour vouloir apaiser son chagrin ? Cet amour dont tu parles tant serait-il égoïste ? Réfléchis bien, Richard, avant de répondre à cette question !

— En mon absence, elle a trouvé le bonheur. Qui parle d'égoïsme ? Kahlan n'a plus besoin de moi.

— Richard, ma rose t'a-t-elle fait plaisir ?

— Oui, répondit le jeune homme en pressant le pas. Elle est très jolie, merci.

— Dans ce cas, envisageras-tu de revenir en arrière ?

Agacé, Richard se retourna vers l'esprit.

— Merci pour la rose ! En échange, en voilà un millier, pour t'éviter de penser que je te dois quelque chose.

Il tendit une main. Une pluie de fleurs tomba de la voûte, tourbillon rouge battu par un vent venu de nulle part.

— Mon cœur saigne, Richard, parce que je ne suis pas parvenue à te convaincre, seulement à te blesser. Je vais te quitter, à présent…

L'apparition se volatilisa, laissant sur le sol un tapis de pétales semblable à une mare de sang.

Les jambes tremblantes, Richard se laissa tomber à genoux. Bientôt, devenu un esprit, il n'aurait plus à errer dans ces limbes où il se sentait écartelé entre deux mondes. Bien qu'il pût se nourrir à volonté, et dormir dès qu'il en éprouvait le besoin, il ne resterait pas en vie éternellement. Dans le royaume des morts, c'était impossible.

Bientôt, spectre parmi les spectres, il serait délivré du vide qui l'avait envahi.

Naguère, Kahlan avait comblé ce vide. Oui, elle était tout pour lui. Entre ses mains, il avait cru son cœur en sécurité. Comment avait-il pu se tromper à ce point ? Quel pauvre idiot ! Un gamin qui se berçait d'illusions…

Soudain, il leva la tête et regarda autour de lui. Puis, mentalement, il fit l'inventaire des artefacts entreposés dans ce corridor. La fontaine de claire vision ! Elle était quelque part, et il savait comment l'utiliser.

Il se leva, traversa le couloir et, entre deux colonnes, découvrit la fontaine de pierre aux deux bassins rectangulaires superposés. Le plus bas était au niveau de ses hanches, l'autre placé un peu plus haut que sa tête. Sur la pierre gris anthracite, des runes ornementées donnaient le mode d'emploi de l'artefact.

Le bassin inférieur était rempli à ras bord d'un liquide argenté qui rappelait beaucoup la sliph. Mais ce n'était qu'une illusion d'optique, il le savait.

Prenant l'aiguière d'argent posée au pied de la fontaine, Richard la plongea dans le premier bassin, la vida dans celui du haut et répéta la manœuvre jusqu'à ce qu'il soit plein.

Penché en avant pour poser les mains sur les symboles requis, assez largement écartés, il lut à haute voix les antiques mots de pouvoir gravés dans la pierre, devant lui. Quand ce fut fait, il se concentra sur la personne qu'il désirait observer et, d'une pensée, ordonna au liquide de couler devant ses yeux.

Comme de l'eau bouillante qui déborde d'une marmite, le fluide forma devant son visage un fin rideau d'argent où apparut, comme dans un miroir, l'image de Kahlan.

Un étau lui comprimant la poitrine, Richard faillit crier le nom de la femme qu'il avait tant aimée.

Vêtue de sa robe blanche d'Inquisitrice, elle approchait de la porte de ses quartiers. Quand elle s'immobilisa, les doigts sur la poignée, le jeune homme crut que son cœur allait exploser dans sa poitrine.

Drefan apparut derrière Kahlan, lui posa les mains sur les épaules et se pencha pour lui murmurer à l'oreille :

— Kahlan, mon épouse, mon cher amour, es-tu prête à aller au lit ? Je brûle d'envie de serrer dans mes bras ton corps brûlant de désir !

Richard écarta ses mains de la pierre, ferma les poings et recula en titubant. Dans une gerbe de flammes, la fontaine explosa, et des éclats de pierre volèrent dans les airs, trop violemment propulsés pour retomber sur le sol à portée de vue du sorcier de guerre ivre de fureur. Les plus gros fragments sifflèrent à ses oreilles, décrivirent de larges ellipses et se fracassèrent en percutant les dalles de marbre.

Le fluide magique retomba en pluie aux pieds de Richard.

Dans chaque flaque, et jusqu'au cœur de la plus petite goutte, il voyait toujours le visage de Kahlan.

Il se détourna et détala comme un voleur pris sur le fait. Dans son dos, des flammes léchèrent le sol, faisant s'évaporer le maudit liquide. Dans la vapeur qui envahit l'air, il continua à voir le visage de celle qui l'avait trahi. Fermant de nouveau les poings, il renvoya au néant l'immonde brume qui le torturait.

Au centre du couloir, hébété, il se laissa tomber à genoux, les yeux vides.

Quand un ricanement monta à ses oreilles, il n'eut aucune peine à le reconnaître. Une fois de plus, son père revenait le tourmenter !

— Un problème, mon fils ? railla Darken Rahl. Tu n'aimes pas le mari que j'ai choisi pour ton grand amour ? Drefan, la chair de ma chair, uni à la Mère Inquisitrice ? Désolé de te contrarier, mais elle n'aurait pas pu trouver mieux. C'est un bon garçon, et elle semble l'apprécier. Mais tu le sais déjà, pas vrai ? Franchement, tu devrais te réjouir de son bonheur. Ces deux-là étaient faits l'un pour l'autre !

Le rire de Darken Rahl se répercuta dans tout le corridor.

Richard ne prit pas la peine de bannir le spectre qui le narguait. Quelle importance, désormais ?

— Alors, tendre épouse, que dis-tu de ma proposition ? Une nuit torride te tente ? Comme celle que tu as passée avec mon frère, en croyant te donner à moi ?

De toutes ses forces, Kahlan propulsa son coude dans le plexus solaire du guérisseur. Pris de court, il se plia en deux de douleur, le souffle coupé.

— Je t'ai prévenu, Drefan : si tu me touches, je t'égorgerai !

Avant qu'il ait assez récupéré pour prétendre que sa colère cachait un désir dévorant, ou pour la menacer d'user de sa force, Kahlan se glissa dans le salon, referma la porte et mit le verrou en place.

Elle resta immobile dans la pénombre, tremblant de tous ses membres. Un instant, elle avait cru… Oui, elle aurait juré que Richard était avec elle ! Au point de crier son nom, de l'implorer de revenir, de lui hurler son amour…

Kahlan plaqua les mains sur ses entrailles, douloureuses comme si on les déchirait de l'intérieur. Quand cesserait-elle de penser à lui ?

Richard ne reviendrait jamais ! Jamais !

Traversant le salon, l'Inquisitrice se dirigea vers la chambre… et se ramassa sur elle-même, prête à combattre, quand une silhouette lui barra la route.

— Désolée…, souffla Berdine. Je ne voulais pas vous faire peur.

Kahlan soupira, se redressa et ouvrit les poings.

— Mon amie… (Elle enlaça la Mord-Sith.) Je suis si contente de te voir ! Et toi, tu te remets un peu ?

En quête de réconfort, Berdine posa sa tête sur l'épaule de l'Inquisitrice.

— Je sais que des semaines ont passé, mais la mort de Raina… On dirait que c'était hier, vous comprenez ? Je lui en veux tellement de m'avoir abandonnée ! Quand la colère retombe, je pleure parce qu'elle me manque tellement… Si elle avait tenu quelques jours de plus, elle s'en serait sortie. Oui, quelques jours…

— Je sais…, souffla Kahlan. (Elle s'écarta de la Mord-Sith et murmura :) Que fais-tu ici ? Je croyais que tu étais allée relever Cara, dans la salle de la sliph.

— D'abord, je devais vous parler.

— Dois-je comprendre qu'il n'y a personne pour surveiller la sliph ? (La Mord-Sith acquiesça.) Berdine, il ne faut pas la laisser seule ! Si un ennemi s'introduit à notre insu en Aydindril…

— C'est vrai, mais ce que j'ai à vous dire est important. Et à quoi servons-nous, là-haut ? Sans notre pouvoir, Cara et moi sommes incapables d'arrêter un sorcier… Il faut que je vous parle, Mère Inquisitrice, et c'est impossible dans la journée, parce que Drefan traîne toujours dans vos jambes.

— Berdine, sois prudente ! S'il t'entend l'appeler autrement que « seigneur Rahl », il…

— Drefan n'est pas le seigneur Rahl, Mère Inquisitrice !

— Tu as raison, mais nous n'avons pas mieux, pour l'instant…

— Cara et moi avons décidé de le tuer, annonça soudain Berdine. Et il nous faut votre aide.

— Nous ne pouvons pas l'assassiner…

— Détrompez-vous ! Nous nous cacherons sur le balcon et vous l'attirez dans cette chambre. Une fois qu'il se sera déshabillé, ses couteaux hors de portée, nous passerons à l'action.

— Berdine, nous ne pouvons pas faire ça.

— Si ce plan vous déplaît, nous en imaginerons un autre. L'essentiel est qu'il meure.

— Non, il doit vivre, au contraire.

— Vous voulez partager la couche de ce porc ? Tôt ou tard, il décidera de faire valoir ses droits d'époux.

— Berdine, écoute-moi bien ! Si ça devait arriver, j'en passerais par là. Pour sauver des vies, je supporterais un viol. Drefan est le seul seigneur Rahl que nous ayons. Tant que nous n'aurons pas trouvé une solution, lui seul empêchera l'armée de se débander. Pour le moment, sa manière agressive de commander désoriente les militaires. Mais ils ont l'habitude d'obéir au seigneur Rahl. Il agit en tant que tel, et les soldats, dubitatifs, se demandent s'il n'est pas vraiment leur maître.

— Il ne l'est pas ! insista la Mord-Sith.

— Bien sûr, mais tout l'édifice repose quand même sur lui. Si nous le tuons, l'armée se disloquera, et l'Ordre Impérial envahira les Contrées du Milieu. Sur ce point précis, Drefan a raison.

— Vous êtes la Mère Inquisitrice, rappela Berdine. Le général Kerson vous est loyal. C'est pour ça qu'il reste ici, même après la disparition du lien. Beaucoup d'officiers réagissent comme lui. C'est vous qu'ils suivent, pas Drefan. S'il disparaît, ils vous demeureront fidèles, et leurs hommes ne leur désobéiront peut-être pas.

— *Peut-être*, dis-tu ? On ne risque pas tout sur un tel pari. De plus, même si je ne l'aime pas, Drefan ne mérite pas la mort. Sa façon d'agir me révulse, mais il tente sincèrement de maintenir l'unité dans notre camp. Avec mon aide, il réussira sans doute.

— Pas durablement, et vous le savez.

— Berdine, Drefan est mon mari, et j'ai juré de lui être loyale.

— Alors, pourquoi lui refusez-vous votre lit ?

Kahlan voulut répondre, mais elle ne trouva pas ses mots.

— C'est à cause du seigneur Rahl, n'est-ce pas ? Vous pensez toujours qu'il reviendra. Et vous l'espérez !

— Non… (L'Inquisitrice détourna la tête.) S'il avait dû revenir, il serait déjà là…

— Et s'il n'avait pas fini de neutraliser la magie qui a provoqué la peste ? Ça expliquerait son retard…

Glacée, mais pas de froid, Kahlan enroula les bras autour de son torse. Berdine se trompait, elle était bien placée pour le savoir.

— Mère Inquisitrice, vous voulez qu'il revienne, n'est-ce pas ?

— Je suis mariée à Drefan…

— Ce n'était pas ma question ! Vous voulez quand même le revoir !

Kahlan secoua la tête.

— Il disait qu'il m'aimerait toujours, et que son cœur était à moi. Il avait juré de… Berdine, il m'a abandonnée ! Je sais que je l'ai blessé, mais s'il m'aimait vraiment, il m'aurait donné une chance…

— Pourtant, vous désirez toujours son retour.

— Non ! Je ne veux plus souffrir de cette façon-là, sous son regard vide et froid. L'aimer était une erreur depuis le début ! Je ne l'attends plus, et je le fuirais, même s'il revenait !

— Je ne vous crois pas… Vous êtes bouleversée, comme moi depuis la mort de Raina. Mais si elle revenait, je lui pardonnerais d'être morte, et je lui ouvrirais les bras.

— Ce n'est pas comparable… Je n'aurai jamais plus confiance en Richard. Quoi que j'aie fait, il n'avait pas le droit de me traiter ainsi. Après tant de promesses, s'en aller de cette façon… Il a trébuché sur le premier obstacle, et je n'aurais pas cru cela possible. Avec lui, je me sentais en sécurité, mais c'était une illusion.

— Mère Inquisitrice, vous ne pensez pas un mot de ces bêtises ! La confiance est une affaire de réciprocité ! Si vous l'aimez, fiez-vous à lui, quoi qu'il arrive, comme vous voudriez qu'il le fasse.

— J'en suis incapable, Berdine, sanglota Kahlan. C'est trop douloureux. Je ne m'exposerai plus jamais à une telle souffrance. De toute façon, c'est fini. La peste est vaincue depuis des semaines, et il ne reviendra pas.

— Mère Inquisitrice, j'ignore ce qui s'est passé sur cette montagne, mais posez-vous cette question : si la situation était inversée, comment auriez-vous réagi ?

— Crois-tu que je ne me le demande pas à chaque instant ? À sa place, je me serais sentie trahie, et incapable de pardonner. Oui, s'il m'avait fait ça, je le haïrais, comme il me hait !

— Là, vous vous trompez..., souffla Berdine. Le seigneur Rahl peut être blessé et ne plus savoir où il en est. Mais vous détester, c'est impossible !

— Tu as tort ! Il m'abomine, et c'est aussi pour ça que je n'ai aucune chance de le reconquérir. Je lui ai fait trop mal ! Comment pourrais-je le regarder de nouveau dans les yeux ? Ou lui demander de me faire de nouveau confiance ?

Berdine passa un bras autour du cou de Kahlan et l'attira vers elle.

— Kahlan, ne fermez pas votre cœur, je vous en prie ! Une Sœur de l'Agiel vous en conjure !

— Ça ne changera rien... Quoi que je pense ou que j'espère, je ne vivrai pas avec lui. L'oublier est la seule issue. Pour sauver des milliers de vies, les esprits m'ont forcée à épouser Drefan. Je dois respecter mon serment, et Richard n'a pas le droit de m'en détourner.

Chapitre 62

Réveille-le ! ordonna la voix dans la tête de Verna.

La Sœur de la Lumière cria de douleur comme si des milliers de guêpes, grouillant sur son corps, la piquaient toutes en même temps. Elle tapa frénétiquement sur ses jambes, ses bras, ses épaules et son visage, mais n'écrasa bien sûr aucun insecte.

Réveille-le ! répéta la voix.

Celle de Son Excellence Jagang.

Verna prit le chiffon, dans la cuvette, et releva la tête de Warren, écroulé sur la table. Lui humidifiant les joues puis le front, elle lui caressa les cheveux et le secoua doucement. Sa perte de conscience était très récente. En principe, elle devait pouvoir le ranimer.

— Warren ! Warren, je t'en supplie, reviens à toi !

Le futur Prophète gémit dans son délire. Verna lui passa le chiffon sur les lèvres, lui frotta le dos de l'autre main, puis l'embrassa sur la bouche. Le voir terrassé par la douleur lui brisait le cœur. Entre les tourments infligés par l'empereur et les migraines dues à l'éveil de son don, il vivait un calvaire.

Verna posa les doigts sur la nuque de son compagnon et libéra un flot de Han chaud et réconfortant. Avec un peu de chance, ça lui donnerait la force d'émerger de son gouffre mental.

— Warren ! Réveille-toi, s'il te plaît ! Sinon, Son Excellence perdra patience, et tu souffriras davantage. Je t'en prie !

Sans se soucier des larmes qui ruisselaient sur ses joues, Verna secoua de nouveau Warren. S'il ne se réveillait pas, Jagang les torturerait tous les deux. Contre lui, toute résistance se révélait inutile. Dès qu'il se faisait insistant, trahir ses convictions les plus profondes devenait étrangement facile.

Pour protéger ceux qu'elle aimait, Verna avait tenté de mettre fin à ses jours. Celui qui marche dans les rêves l'en avait empêchée. Désireux d'exploiter les talents de ses nouveaux prisonniers, il les garderait en vie jusqu'à ce qu'ils ne lui servent plus à rien.

Richard était sûrement mort, puisque le « lien Rahl » ne les défendait plus contre les intrusions mentales de Jagang.

Sans le moindre effort, l'empereur forçait Verna à faire ce qu'il voulait, comme si elle avait perdu le contrôle des gestes et des pensées les plus simples. Quand son maître désirait qu'elle lève un bras, le membre obéissait de lui-même. Pire encore, Jagang contrôlait son Han. Sans le lien, la sœur n'était plus qu'une marionnette dont il tirait les fils.

Warren gémit de nouveau et bougea une main. Quand le don le plongeait dans l'inconscience, seule Verna parvenait à l'en arracher. Une chance, sinon l'empereur l'aurait déjà envoyée servir sous les tentes...

Leur connexion affective lui permettait d'atteindre le futur Prophète, même quand il était en transe. Le réveiller à ces moments-là – induits par le don pour améliorer sa résistance en attendant de trouver une aide adéquate – pouvait être très dangereux. Verna le savait, mais elle n'avait pas le choix. Contrainte de le ranimer avec son amour, elle le poussait à chaque fois un peu plus vers la mort. Jagang s'en fichait, pourvu que le Prophète lui obéisse.

— Désolé..., marmonna Warren, je ne... pouvais... pas...

— Je sais, souffla Verna. Réveille-toi complètement, à présent. Son Excellence veut que nous nous remettions au travail.

— C'est impossible... Ma tête me fait si mal...

— Je t'en prie, Warren !

Verna aurait tout donné pour cesser de pleurer et de gémir. Mais la morsure de milliers de dards invisibles le lui interdisait.

— Warren, tu sais comment il nous punit quand nous n'obéissons pas. Il faut que tu recommences à consulter les livres. Je les prendrai sur l'étagère, ne t'inquiète pas. Dis-moi lesquels il te faut, et je me chargerai du reste.

Le futur Prophète hocha la tête et se redressa, l'air un peu plus alerte. Verna poussa la lampe vers lui et tourna à fond la molette. Puis elle tapota le volume qu'il lisait avant de sombrer dans le néant.

— Tu en étais à ce passage, dit-elle. Son Excellence veut apprendre ce qu'il signifie.

— Je n'en sais rien ! (Warren se plaqua les poings sur les tempes.) Par pitié, maître, cessez de me torturer ! Les prophéties ne se révèlent pas encore à moi dès que je le leur ordonne. Je suis un Prophète débutant, et...

Il hurla de douleur et se contorsionna sur sa chaise.

— Je vais essayer ! Oui, essayer ! Laissez-moi en paix un instant.

Soudain libéré de la douleur, Warren, encore haletant, se pencha sur le recueil de prophéties.

— « *Mépriser le passé* », lut-il à haute voix, « *ranime la même disgrâce modelée pour un nouvel usage et un nouveau maître...* » Créateur bien-aimé, j'ignore ce que ça signifie ! Envoyez-moi une vision, je vous en supplie !

Alors que le carrosse s'immobilisait, Clarissa jeta un coup d'œil dehors. Malgré la pénombre et la poussière qui tourbillonnait dans l'air, elle distingua les contours d'une place forte de pierre si sinistre que son cœur s'affola dans sa poitrine.

Se tordant les doigts, elle attendit que le soldat vienne lui ouvrir la portière.

— Clarissa, souffla-t-il, nous y sommes.

La messagère de Nathan prit la main que l'homme lui tendait et descendit du véhicule.

— Merci, Walsh.

L'autre ami du Prophète, Bollesdun, perché sur le banc du cocher, tirait sur les rênes pour empêcher les chevaux de détaler.

— Ne traînez pas surtout, dit-il. Nathan ne veut pas que vous restiez là-dedans plus de quelques minutes. Si ça tourne mal, à deux, nous ne pourrons pas faire grand-chose.

Clarissa n'en doutait pas un instant. Ils étaient passés devant une forêt de tentes qui lui avait donné le tournis. Comparée à cette armée, la meute de loups qui avait rasé Renwold était une goutte d'eau dans l'océan.

— Ne vous inquiétez pas, dit Clarissa en relevant la capuche de son manteau. Ma visite sera très brève, et Nathan m'a dit comment me comporter.

Malgré son angoisse, elle devait accomplir sa mission, parce qu'elle l'avait promis au Prophète. Cet homme l'avait sauvée, puis rendue plus heureuse que jamais. Pour lui, et afin d'épargner des innocents, elle irait jusqu'au bout.

Aussi terrifiée qu'elle fût, elle ne reculerait pas. En ce monde, il n'existait pas d'homme plus doux, plus compatissant et plus courageux que le Prophète. Et il avait besoin d'elle…

Walsh à ses côtés, Clarissa passa sous une arche à la grille de fer relevée puis s'engagea dans un tunnel d'accès à la voûte en berceau. Au bout, deux colosses vêtus de manteaux de fourrure et armés jusqu'aux dents montaient la garde près de quatre torches crépitantes.

Walsh désigna Clarissa, le visage soigneusement dissimulé par sa capuche.

— L'émissaire du seigneur Rahl, lâcha-t-il d'une voix lasse, comme s'il s'acquittait d'une corvée, le plénipotentiaire officiel de Son Excellence Jagang.

— On nous a prévenus…, grogna un des deux types. (Il tendit un pouce vers une porte bardée de fer.) Allez-y, quelqu'un vous attend, à ce qu'il paraît.

— Très bien, fit Walsh en rajustant son ceinturon. Il faut que je ramène cette dame ce soir. Vous vous rendez compte, les gars ? Pas moyen de passer la nuit ici. Le seigneur Rahl est foutrement exigeant.

Le soldat grogna, comme s'il compatissait, habitué aux exigences du service nocturne.

— Au fait, le seigneur Rahl voulait aussi savoir si son émissaire aurait l'honneur de saluer l'empereur en son nom.

— Désolé, il est parti ce matin, avec presque toute sa suite. Il ne reste que quelques personnes, pour s'occuper des affaires courantes.

Clarissa faillit soupirer de déception. Nathan avait espéré que Jagang serait là, mais sans trop y croire, car il le jugeait trop malin pour prendre des risques face à un sorcier aussi puissant que lui.

Walsh tapa sur l'épaule du garde.

— Merci, mon gars, dit-il en prenant le bras de la jeune femme.

— Passez la porte et continuez tout droit. Au fond du couloir, une femme vous attend. La dernière fois que je l'ai vue, elle marchait de long en large à côté du deuxième carré de torches.

Soldats de l'Ordre Impérial, Walsh et Bollesdun s'entendaient à merveille avec les autres membres de l'armée. Sans eux, Clarissa ne s'en serait sûrement pas sortie aussi bien, lors des nombreux contrôles qu'avait subis le carrosse. Très décontractés, les deux hommes avaient franchi sans difficulté tous ces obstacles.

Clarissa se souvenait trop bien du calvaire enduré par les femmes de Renwold. Toutes les nuits, elle rêvait de Manda Perlin, livrée à la lubricité des soudards près du cadavre de son mari.

Comme le garde l'avait annoncé, une femme les attendait près du second carré de torches.

Quand elle s'immobilisa devant leur « hôtesse », Clarissa vit du premier coup d'œil qu'on l'avait récemment battue. Le visage tuméfié, les yeux rouges, la lèvre inférieure gonflée... Devant ce spectacle, même Walsh eut un mouvement de recul.

— Je viens voir la sœur Amelia, au nom du plénipotentiaire de Son Excellence.

— Enfin..., soupira la femme. Je suis Amelia, et j'ai le livre. Croyez-moi, j'espère ne jamais le revoir !

— Le plénipotentiaire de l'empereur m'a également chargée de présenter ses respects à sœur Verna, une de ses connaissances. Est-elle ici ?

— Je ne suis pas sûre que...

— Si on ne m'autorise pas à la voir, Son Excellence ne sera pas ravi d'apprendre qu'une esclave a refusé d'accéder aux requêtes de son plénipotentiaire. Étant moi-même au service de l'empereur, sachez que je m'assurerai de ne pas porter le blâme, dans cette affaire.

Clarissa se sentit ridicule d'employer un langage aussi pompeux. Mais comme Nathan l'avait prévu, ce petit discours fit des miracles.

Amelia fixa longuement l'anneau d'or passé à la lèvre de son interlocutrice. Puis elle capitula.

— Loin de moi l'idée de déplaire à Son Excellence... Veuillez me suivre, je vous prie. De toute façon, le livre est par là aussi.

Toujours flanquée de Walsh, la main sur la garde de son épée courte, Clarissa suivit Amelia dans les entrailles de la sinistre place forte. Au bout d'un long couloir, ils tournèrent à droite. Comme Nathan le lui avait conseillé, Clarissa grava soigneusement l'itinéraire dans sa mémoire, au cas où elle devrait battre en retraite précipitamment.

Amelia s'arrêta devant une porte, jeta un bref coup d'œil à l'émissaire du Prophète, ouvrit et fit signe aux deux visiteurs d'entrer. Dans la pièce, une femme debout lisait par-dessus l'épaule d'un homme assis à une table devant un épais grimoire.

La femme leva les yeux. Un peu plus âgée que Clarissa, encore très séduisante, elle semblait ployer sous le poids d'une humiliation insupportable pour une personne plus habituée à commander qu'à obéir. Sa détresse était-elle physique, ou mentale ? À première vue, c'était impossible à dire.

— Je vous présente sœur Verna, dit Amelia.

Comme les deux autres femmes, Verna portait un anneau à la lèvre.

Plongé dans sa lecture, l'homme à la tignasse blonde en bataille ne daigna pas lever la tête.

— Enchantée de vous connaître, dit Clarissa.

Sans répondre, Verna se pencha de nouveau sur son compagnon.

— Où est le livre ? demanda l'émissaire de Nathan en abaissant sa capuche.

— Je vous le donne tout de suite…, souffla Amelia.

Elle approcha d'une étagère où reposaient une centaine de volumes. Nathan serait déçu d'apprendre qu'il y en avait si peu. Cela dit, il se doutait que Jagang ne conservait pas tous ses trésors au même endroit.

Amelia tira un livre d'une rangée et le posa sur la table en grimaçant comme si son contact la dégoûtait.

— Le voilà…

La couverture noire qui semblait absorber toute la lumière ambiante correspondait à la description de Nathan. Du bout d'un index, Clarissa la souleva.

— Que faites-vous ? cria Amelia.

— Je sais comment m'assurer qu'il s'agit du bon ouvrage. S'il vous plaît, ne vous en mêlez pas.

— Comme vous voudrez… Mais croyez-moi, c'est le livre que vous venez chercher, et que Son Excellence m'a autorisée à vous remettre.

Sous le regard angoissé d'Amelia, Clarissa tourna délicatement la page de garde. Puis elle sortit de sous son manteau la petite bourse que Nathan lui avait remise, l'ouvrit, et versa un peu de poudre sur la page de titre blanche.

Aussitôt, des mots apparurent. *Confié aux vents par le sorcier Ricker.*

C'était le bon livre. À part le nom du sorcier, qu'il ne connaissait pas, Nathan lui avait cité mot pour mot cette phrase.

— Sœur Amelia, dit Clarissa en refermant le volume, auriez-vous l'obligeance de nous laisser quelques instants ?

Sans protester, l'esclave de Jagang se retira.

— Puis-je savoir ce qui se passe ? demanda Verna.

— D'abord, montrez-moi votre bague.

— Pourquoi donc ?

— Pardonnez-moi, mais j'insiste.

Verna capitula et tendit la main. Sur sa chevalière, Clarissa reconnut le motif solaire que Nathan lui avait longuement décrit.

— Je ne comprends toujours pas…, commença Verna. (Posant pour la première fois les yeux sur le garde du corps de la visiteuse, elle sursauta, puis tapota l'épaule de son compagnon.) Walsh ?

En entendant ce nom, Warren releva enfin la tête.

— Bonjour, Dame Abbesse, dit le soldat. Salut, Warren ! Comment allez-vous, tous les deux ?

— Pas très bien…

— Le seigneur Rahl m'a chargée de récupérer ce livre, dit Clarissa. (Elle plissa les yeux à l'attention de ses interlocuteurs.) Je suis… liée… à lui.

— Richard est mort…, soupira Verna.

— Je sais. Mais c'est Nathan Rahl, le nouveau maître de D'Hara, qui m'a chargée de vous transmettre ses salutations.

Verna en resta bouche bée et Warren se leva si vite qu'il renversa sa chaise.

— Vous avez compris ? demanda Clarissa. Dans ce cas, je vous conseille de vous décider vite.

— Mais Nathan ne…

— S'il en est ainsi, veuillez m'excuser, mais le *seigneur Rahl* m'attend. Et vous savez qu'il a tendance à s'impatienter pour un rien…

Verna regarda Walsh, qui l'encouragea d'un signe de tête.

Se jetant à genoux, la sœur prit Warren par la manche de sa tunique violette et l'obligea à s'accroupir près d'elle.

— Fais comme moi ! lança-t-elle au futur Prophète. (La tête basse et les mains croisées, elle récita :) « Maître Rahl nous guide ! Maître Rahl nous dispense son enseignement ! Maître Rahl nous protège ! À sa lumière, nous nous épanouissons. Dans sa bienveillance, nous nous réfugions. Devant sa sagesse nous nous inclinons. Nous existons pour le servir et nos vies lui appartiennent. »

Warren répéta les dévotions avec un petit temps de retard sur sa compagne.

Après quelques secondes de recueillement, Verna se leva d'un bond, cria de joie puis éclata de rire.

— Le Créateur en soit loué, je suis libre ! Jagang a été chassé de mon esprit ! Et il n'y reviendra plus !

Clarissa soupira de soulagement. Si Verna n'avait pas obtempéré, ç'aurait été la dernière erreur de sa vie.

Enlacés, les deux anciens prisonniers pleuraient de joie. Clarissa les tira par le bras pour les ramener à la réalité.

— Nous devons partir d'ici, mais d'abord, j'ai une autre mission à accomplir pour le seigneur Rahl. Il veut que je cherche certains livres.

— Lesquels ? demanda Warren.

— *Le Jumeau de la montagne*, *Le Septième travail de Selleron*, *Le Livre de l'inversion et du double* et *Les Douze mondes accessibles à la raison*.

— *Les Douze mondes* sont là, dit Warren en désignant la table. Et je crois avoir vu les autres dans cette pièce.

Clarissa approcha de l'étagère.

— Aidez-moi à les trouver. Nathan veut absolument savoir s'ils sont ici.

Ils vérifièrent les titres sur le dos des volumes, et sortirent ceux dont elle était vierge. Quand ils eurent terminé, seul le *Livre de l'inversion et du double* manquait à l'appel.

— Nous nous contenterons de cette moisson, dit Clarissa en se frottant les mains pour les débarrasser de la poussière. Nathan m'a prévenue qu'il en manquerait peut-être. Notre résultat n'est pas si mauvais que ça.

— Que veut-il faire avec ces ouvrages ? demanda Warren.

— Il tient surtout à ce que Jagang ne les ait pas. Selon lui, ce serait dangereux.

— Tous les grimoires peuvent l'être, dit Verna.

— Laissez-moi me charger de ça, éluda Clarissa. (Elle remit à sa place le volume qu'étudiait Warren.) Nathan voulait savoir où étaient ceux-là. À présent nous pouvons partir. Un carrosse m'attend, et…

— Un carrosse ? répéta Verna. Deux de mes amies sont prisonnières ici. Puisque vous avez un véhicule, pourquoi ne pas les emmener avec nous ?

— De qui s'agit-il ? demanda Walsh.

— Janet et Amelia.

Le soldat hocha la tête. Apparemment, il soutenait la motion.

— Mais Nathan a dit…, commença Clarissa.

— Si elles jurent fidélité au… seigneur Rahl…, elles aussi seront libres, insista Verna. (Elle toucha du bout d'un index l'anneau passé à la lèvre de Clarissa.) Vous ignorez ce qu'ils font aux femmes, ici… Mais vous avez vu le visage d'Amelia, n'est-ce pas ?

— Je sais très bien comment ces brutes traitent les femmes. (Des images de la mise à sac de Renwold revinrent à l'esprit de la protégée du Prophète.) Prêteront-elles serment ?

— Bien sûr ! Que refuseriez-vous de faire, pour pouvoir partir d'ici ?

— Rien…, avoua Clarissa.

— Dans ce cas, il faut nous dépêcher, dit Walsh. Il y a assez de place dans le carrosse, mais si nous tardons trop, nous finirons tous dans un donjon.

Verna acquiesça et sortit au pas de course.

En attendant qu'elle revienne avec ses amies, Clarissa ouvrit le fermoir de la superbe chaîne en or qu'elle portait autour du cou. Perplexe, Warren la regarda tirer un livre de l'étagère et le poser sur la table.

La jeune femme glissa le médaillon à la place du volume. Du bout d'un doigt, elle le poussa au fond de l'étagère, reprit le livre et le remit en place.

— Qu'est-ce que vous fichez ? demanda Warren.

— J'obéis aux ordres de Nathan.

Verna revint à cet instant, flanquée d'Amelia et d'une autre femme. Toutes les trois rayonnaient de joie.

— Elles ont prêté serment, souffla la compagne de Warren. Désormais, le seigneur Rahl les protège. Filons d'ici !

— Il était temps ! lança Walsh avec un petit sourire à l'attention de Verna.

À l'évidence, pensa Clarissa, ces deux-là se connaissaient depuis longtemps.

Walsh à ses côtés, elle prit la tête de la petite colonne qui se mit en chemin vers la sortie. Alors que l'odeur de moisissure des murs leur donnait une vague nausée, ils avancèrent en silence et croisèrent très peu de gardes. Comme le leur avait annoncé la première sentinelle, Jagang et sa cour s'étaient absentés, prenant sans doute leurs quartiers provisoires dans les pavillons de l'empereur.

Selon Nathan, Jagang se déplaçait toujours avec une horde de gens. Pour les loger, il disposait d'énormes tentes presque aussi confortables que des palais. À part quelques soldats, et une poignée d'esclaves de sexe féminin, Son Excellence n'avait laissé personne dans la place forte, aujourd'hui.

Au détour d'un couloir, ils virent avancer vers eux une des pauvres filles affublées d'un anneau à la lèvre. Portant deux lourdes casseroles fumantes – à l'odeur, il devait s'agir d'un ragoût de mouton – elle était vêtue comme toutes les autres esclaves, à part Verna. Bref, à l'instar d'Amelia et Janet, elle aurait tout aussi bien pu être nue comme un ver.

Quand elle les aperçut, la pathétique créature se plaqua d'instinct contre le mur pour les laisser passer.

Clarissa s'arrêta devant elle et la dévisagea.

— Manda ? Es-tu Manda Perlin ?

— C'est bien moi, maîtresse…

— Tu ne me reconnais pas ? Je suis Clarissa, de Renwold. Clarissa !

Manda étudia la robe, les bijoux et la splendide coiffure de son interlocutrice. Puis elle la regarda en face, et écarquilla les yeux.

— Clarissa, c'est vraiment toi ?

— Puisque je te le dis !

— J'ai peine à te reconnaître… Tu sembles si différente, et… Mais tu portes un anneau ! Alors, ces brutes t'ont également capturée à Renwold ?

— Non.

— Je suis si contente pour toi ! Si tu savais ce qui s'est passé…

Clarissa prit dans ses bras la jeune femme, qui ne lui avait jamais autant parlé depuis qu'elles se connaissaient. Et surtout pas sans chercher à l'humilier ! Longtemps, elle avait haï cette fille égoïste et cruelle. Aujourd'hui, elle lui faisait pitié.

— Manda, nous allons partir d'ici. Veux-tu nous accompagner ?

— C'est impossible…, souffla Verna en tirant Clarissa par sa manche.

— Je vous ai libérées, et j'ai accepté que vos collègues viennent avec nous. À mon tour de sauver une amie !

— Si vous présentez les choses comme ça…, capitula Verna.

— Une amie ? répéta Manda, des larmes aux yeux.

— Oui. Et je vais te sortir d'ici.

— Tu ferais ça pour moi, après tout ce que je… (Manda se jeta au cou de Clarissa.) Oh oui, je t'en supplie, amène-moi avec toi !

Clarissa saisit la jeune beauté par les poignets et la repoussa.

— Ouvre bien tes oreilles, parce que je ne te donnerai qu'une chance. La magie de mon maître peut te protéger de celui qui marche dans les rêves. Pour ça, tu dois jurer fidélité au seigneur Rahl. Sincèrement, je précise…

— Je promets de lui être loyale ! cria Manda en se jetant à genoux.

— Alors répète ces mots, et pénètre-toi de leur sens, sinon, ça ne marchera pas.

Clarissa récita les dévotions en laissant des silences pour que Manda puisse les déclamer à son tour. Dès que ce fut terminé, Verna et elle l'aidèrent à se relever.

Comme les choses pouvaient changer ! À Renwold, terrorisée par l'épouse du riche Rupert, Clarissa avait souvent baissé la tête ou fait un détour pour ne pas attirer son attention. Et aujourd'hui…

— À présent, on se dépêche ! lança Walsh. Nathan nous a dit de ne pas traîner ici.

À l'entrée, le soldat dut improviser une histoire pour expliquer la présence à ses côtés d'une petite colonie de femmes. Le plénipotentiaire de Son Excellence, affirma-t-il, avait des appétits insatiables. Le chef des gardes lorgna les esclaves quasiment nues, eut un sourire obscène et flanqua une grande claque dans le dos de Walsh.

Pendant que le soldat s'installait sur le banc du cocher, à côté de Bollesdun, les autres fuyards s'entassèrent dans le carrosse. Alors qu'il démarrait, Clarissa poussa Janet et Manda entre les deux sièges, souleva le couvercle du sien, qui servait aussi de coffre, et en sortit un manteau. S'attendant à libérer Verna et Warren, et pas un petit régiment d'esclaves, elle n'en avait emporté qu'un. Verna étant habillée normalement, elle donna le vêtement à Manda puis distribua des couvertures à Janet et Amelia, qui parurent soulagées de pouvoir enfin dissimuler leurs charmes.

Clarissa s'assit près de la portière droite, le livre noir sur les genoux. En quête de réconfort, Manda prit place à côté d'elle et Amelia s'installa près de l'autre portière. En face, Verna, Warren et Janet se disposèrent selon la même configuration.

Manda continuant à murmurer des remerciements entre ses sanglots, Clarissa lui passa un bras autour des épaules et tenta de la convaincre qu'elle avait suffisamment exprimé sa gratitude. Pourtant, elle ne trouvait pas désagréable que Manda Perlin en personne la traite comme une reine, au lieu de l'insulter. Encore un miracle de Nathan ! L'homme qui avait changé sa vie, et qui sauverait le monde !

Ils durent s'arrêter trois fois pour subir des contrôles peu amicaux. Au dernier poste de garde, on les fit tous sortir du carrosse pour mieux les examiner. Sans manteau ni couvertures, Janet, Manda et Amelia firent leur petit effet.

Appelant un chat un chat, Walsh expliqua que ces esclaves étaient destinées à partager la couche du plénipotentiaire de l'empereur. Impressionnés, les soudards les laissèrent passer.

Le port atteint, ils tournèrent à droite et longèrent la côte. Quand ils eurent dépassé les dernières tentes, Clarissa soupira de soulagement.

Pendant qu'ils gravissaient une colline, plus d'une heure après avoir aperçu le dernier soldat de l'Ordre, une gerbe de feu illumina le ciel derrière eux.

Des vivats éclatèrent sur le siège du cocher. Walsh se pencha, se retint d'une main au banc et, la tête à l'envers, sourit à Clarissa à travers la fenêtre.

— Bien joué, gente dame ! Vous avez réussi !

Clarissa sourit de satisfaction. Alors que Walsh réintégrait sa place, et continuait à brailler de joie avec son camarade, l'écho d'une formidable explosion fit sursauter Manda et ciller les autres passagers.

Une petite flamme brûlant dans sa paume, Verna se pencha vers la protégée de Nathan.

— De quoi parlait-il ? Qu'avez-vous réussi ?

— Nathan m'a envoyée chercher le livre qui repose sur mes genoux. Il voulait aussi que les autres disparaissent, parce qu'ils étaient dangereux. Surtout si Warren et vous étiez obligés d'interpréter les prophéties pour Jagang, lui fournissant des informations qu'il aurait sûrement utilisées à des fins contestables…

— Je vois… Nous avons été bien inspirés de prêter serment au… seigneur Rahl…, si je comprends bien ?

— Nathan voulait que je vous donne une chance. Mais dans tous les cas, je devais laisser le médaillon avant de partir. Avec Warren et les prophéties, Jagang aurait pu finir par l'emporter, et ça justifiait tous les sacrifices…

Maussade, Verna se contenta de soupirer. Puis elle regarda Warren, dont le sourire béat la surprit.

— Après tant d'années, dit-il, je vais enfin rencontrer le Prophète. Il y a quelques jours, je me croyais fichu, et me voilà sur le point de voir en face le grand Nathan !

— Ce qui s'appelle aller de mal en pis…, marmonna Verna. Dire que j'ai juré allégeance à ce vieux fou !

— Nathan n'est pas vieux ! s'insurgea Clarissa. Il est plus fringant que bien des jeunots !

— Si tu savais, ma pauvre enfant…, ricana Verna.

— Et il n'est pas fou non plus ! C'est l'homme le plus gentil, généreux et génial que j'aie connu !

Verna jeta un coup d'œil au décolleté de Clarissa. Quand elle releva les yeux, ils exprimaient un mépris vaguement condescendant.

— Je te crois sur parole, mon enfant…

— Vous avez juré loyauté à un homme digne de confiance ! insista Clarissa. En plus d'être doux et compatissant, c'est un puissant sorcier. Je l'ai vu réduire en cendres un de ses jeunes collègues.

— Un autre sorcier ? s'étonna Verna.

— Oui, Vincent ! Il était venu voir Nathan avec un second sorcier et deux sœurs nommées Jodelle et Willamina. Ils ont tenté de nuire au seigneur Rahl, et il leur a donné une petite leçon.

Perplexe, Verna plissa le front.

— Après, les survivants se sont montrés très polis, et Jagang a accepté de remettre le livre à Nathan. Il lui a même proposé un choix : l'ouvrage ou Amelia. À présent, il a les deux ! Nathan a des projets fantastiques, vous savez ? Un jour, il régnera sur le monde.

Après avoir échangé un regard inquiet avec Warren, Verna se tourna vers Amelia.

— Pourquoi ce livre est-il si important ?

— Je l'ai volé dans le Temple des Vents…, répondit la sœur d'une voix tremblante. Étant la seule à pouvoir l'utiliser, j'ai lancé la peste sur les ennemis de l'empereur. Par ma faute, des milliers d'innocents sont morts. Et Jagang a pu se débarrasser de Richard Rahl.

» Le Créateur en soit loué, Nathan Rahl l'a remplacé, et sa magie nous a arrachées aux griffes de l'empereur.

— Créateur bien-aimé, murmura Verna, j'espère que tu as aussi prévu quelque chose pour nous protéger de Nathan ! Sinon, nous aurons reculé pour mieux sauter…

Chapitre 63

Dès qu'il reconnut l'esprit qui flottait vers lui, Richard se leva d'un bond du trône du sorcier. S'il ne pouvait pas invoquer les spectres qu'il désirait voir – et recevait parfois la visite de parfaits étrangers – il aurait identifié cette âme parmi des centaines de milliers. Parce qu'il avait un lien profond avec elle.

Dans un passé récent, il avait haï et redouté la personne dont il contemplait à présent les mânes. Pour s'en libérer, il avait dû la comprendre, lui pardonner de l'avoir torturé, et la tuer afin de l'affranchir de ses propres tourments.

Plus tard, cet esprit lui avait permis de retrouver Kahlan dans le lieu mystérieux entre les mondes où ils s'étaient aimés.

— Bonjour, Richard..., souffla l'apparition avec ce qui semblait être un sourire.

— Bonjour, Denna...

— Je vois que tu portes toujours un Agiel, mais ce n'est plus le mien.

— Il appartient à une autre Mord-Sith morte à cause de moi.

— Oui, Raina. Je l'ai connue dans le monde des vivants, et je la connais ici. Comme elle est arrivée dans le royaume des morts après la violation du Temple des Vents, elle ne peut pas venir te voir. Car elle ne compte pas parmi ceux qui contrôlent les forces impliquées dans cette affaire... Sache quand même que son esprit est en paix. Dans l'autre monde, tu l'as libérée de ses chaînes, et c'est pour ça qu'elle m'a envoyée à toi.

— J'ai offert ton Agiel à Kahlan, dit Richard. Comme je te l'ai juré un jour, elle est la seule capable de me faire souffrir plus que toi.

— Tu te trompes. C'est toi, Richard, et toi seul, qui peux t'infliger une plus grande douleur que celle dont je t'ai fait l'offrande.

— Pense ce que tu veux, et présente les choses comme ça te chante. Je ne me sens pas d'humeur à polémiquer. Et je suis content de te revoir.

— Tu risques de changer d'avis, quand j'en aurai fini avec toi.

Richard sourit. Même morte, Denna restait fidèle à elle-même.

— Ici, tu ne peux rien contre moi.

— Tu en es sûr ? Ton corps ne risque rien, c'est vrai, mais tu n'es pas à l'abri pour autant.

— Et comment t'y prendrais-tu ?

L'esprit leva un bras.

— Les souvenirs, Richard... Je peux les ramener à ta mémoire, et les rendre réels. N'oublie pas que nous avons un passé commun.

— Et dans quel but le ferais-tu ?

— C'est à toi de le décider, mon petit chien...

Un éclair explosa dans la tête de Richard. Autour de lui, les contours du Temple des Vents disparurent, remplacés par un décor qu'il connaissait trop bien : le château de Tamarang.

Voilà qu'il retournait en enfer !

Après l'avoir capturé, Denna l'avait torturé pendant des jours dans le fief de la reine Milena...

Plus faible qu'un enfant, l'esprit embrumé, il suivait sa maîtresse dans la grande salle du banquet. Les poignets à vif à cause des fers qu'elle utilisait pour l'attacher à une poutre, il avait aussi les pieds en sang, et chaque pas était une torture. Quand Denna s'arrêtait pour parler à des invités, il attendait derrière elle, les yeux rivés sur sa natte.

La Mord-Sith contrôlait sa vie et son destin. Livré à sa volonté, il n'avait plus rien mangé depuis le jour de sa capture. Et il aurait tout donné pour avaler quelque chose.

Elle ne l'avait pas nourri entre les séances de dressage. Pour survivre encore un peu, il lui fallait manger...

Une fois assise à table, Denna claqua des doigts et désigna le sol, derrière sa chaise. Richard se laissa tomber sur le parquet, soulagé de ne pas devoir rester debout.

Quelle soirée merveilleuse ! Il n'était pas suspendu par les poignets, Denna ne le torturait pas et il avait le droit de s'asseoir...

Autour de lui, les convives s'empiffraient. Les narines caressées par de délicats arômes, il crevait de faim. Ces porcs se goinfraient, et il devait les regarder, assis comme un chien, se régaler de tout ce qui lui était interdit.

Il pensa à l'époque où il était sur les routes avec Kahlan. Le soir, près d'un feu de camp, ils se régalaient d'un lapin rôti ou de bouillie de flocons d'avoine additionnée de délicieuses baies rouges. Imaginant une succulente cuisse de lapin croustillante, il se passa la langue sur les lèvres. Ces dîners avec Kahlan étaient les meilleurs moments de sa vie. Une nourriture simple mais délicieuse, et la plus douce compagnie qui soit.

Désormais, ces joies lui étaient interdites, et il appartenait à une autre femme.

Longtemps après le début du repas, un serviteur lui apporta une assiette de gruau. La tenant entre ses mains, il couva du regard l'infâme mixture qu'il aurait refusé de goûter en toute autre circonstance. Mais il n'avait que ça...

Forcé de poser l'assiette sur le sol, il dévora sa pitance comme un chien, se fichant comme d'une guigne du rire des invités.

Il se remplissait l'estomac, et cela seul importait !

On ne lui donna rien d'autre que l'ignoble gruau. Pourtant, il s'en régala, trop affamé pour faire le difficile. Et trop heureux, aussi, d'être libéré de la pire des tortures : voir les autres se faire exploser le ventre pendant que le sien restait désespérément vide et douloureux. La satisfaction d'un besoin des plus simples, mais devenu intolérable à force de ne pas être comblé…

Il lécha jusqu'à la dernière miette de nourriture. Pour survivre, bien sûr, et se laisser une chance d'échapper un jour à sa prison. Mais aussi, et peut-être surtout, parce qu'il avait décidé de se contenter – non, de se réjouir ! – du peu qu'on lui concédait. Désormais, ce serait sa manière de se révolter contre l'injustice d'un sort sur lequel il n'avait aucune influence…

L'éclair explosa de nouveau dans la tête de Richard.

Presque douloureusement, les couleurs de Tamarang s'effacèrent pour céder la place aux pâles brumes du Temple des Vents.

À genoux, haletant de terreur, il leva les yeux sur le spectre de Denna. Son ancienne maîtresse avait raison : elle pouvait encore le torturer. Mais aujourd'hui, elle l'avait fait par amour.

Il se leva péniblement, les jambes encore mal assurées. Comment avait-il pu croire qu'il était un ignorant, avant que le Temple des Vents lui dispense sa science ? Il avait acquis des connaissances, mais perdu le contact avec son cœur. Tout au long de sa vie, il aurait pu voir, mais il avait choisi d'être aveugle.

Il repensa au message de Ricker, transmis par la sliph, qu'il avait stupidement ignoré.

« *Sentinelle gauche oui. Sentinelle droite non. Préserve ton cœur de la pierre.* »

Il n'avait pas su protéger son cœur de la pierre, et cela avait failli tout lui coûter.

— Denna, merci pour le don que fut cette douleur.

— As-tu appris quelque chose, Richard ?

— Oui, qu'il est temps de rentrer chez moi.

— Merci d'avoir été à la hauteur de ce que j'attendais de toi…

— Si tu n'étais pas un esprit, je t'embrasserai.

— L'intention suffit, Richard…, soupira mélancoliquement Denna.

Un moment, le jeune homme resta les yeux dans les yeux avec une femme qui n'aurait pas dû exister pour lui. Et pour laquelle il n'aurait pas dû exister non plus.

— Denna, dis à Raina que nous l'aimons tous.

— Elle le sait. Les vrais sentiments traversent toutes les frontières.

— Alors, tu as compris à quel point nous t'aimons aussi.

— C'est pour ça que j'ai plaidé ta cause, lorsque tu t'es lancé à la recherche des vents.

Richard tendit un bras vers le spectre.

— M'accompagneras-tu jusqu'à la sortie ? Près de toi, avant de quitter ces lieux où règne le vide, je connaîtrai quelques instants de paix. Car le pire est encore devant moi.

Denna flotta au côté du jeune homme alors qu'il arpentait le Corridor des Vents pour la dernière fois. Ils ne parlèrent plus, car les mots manquaient de puissance pour exprimer ce qu'ils éprouvaient.

Le spectre de Darken Rahl attendait non loin de la porte du Temple.

— Tu vas quelque part, mon fils ? demanda-t-il d'une voix dont l'écho se répercuta dans tout le corridor.

— Chez moi, oui…

— Là-bas, il n'y a plus rien pour toi ! Ta chère Kahlan appartient à un autre homme. Et elle s'est unie à lui devant les esprits.

— Même si j'essayais de te l'expliquer, tu ne comprendrais pas pourquoi je rentre à la maison.

— Kahlan est la femme de Drefan, mon autre fils ! Tu ne la récupéreras pas !

— Ce n'est pas pour ça que je rebrousse chemin…

Richard passa froidement devant le spectre de son père. Pourquoi se justifier devant le responsable de tant de malheurs ?

Denna l'accompagna encore un peu.

Juste devant les portes, Darken Rahl réapparut, lui barrant le chemin.

— Tu ne peux pas partir !

— Et comment m'arrêterais-tu ?

— Il vaudrait mieux que tu n'en fasses pas l'expérience, mon fils…

— Tu dois le laisser passer, intervint Denna.

— S'il accepte les exigences…

— Denna, de quoi parle-t-il ?

— Les esprits ont déterminé les conditions requises pour que tu pénètres dans notre monde. Puisqu'il n'existait qu'un seul chemin possible pour toi, ils ont fait venir Darken Rahl et lui ont demandé de décider quel prix tu devrais payer. En d'autres termes, quel sacrifice il te faudrait consentir. C'est lui qui a eu l'idée du mariage de Kahlan avec Drefan. Et cela lui donne le droit de fixer un prix si tu entends partir.

— Le bannir sera plus simple, dit Richard. À présent, je sais comment faire. Je l'expulserai du Temple, puis je m'en irai.

— Hélas, ce n'est pas si facile, soupira Denna. Parti du monde des vivants, tu as dû traverser le royaume des morts pour atteindre les vents, qui sont le domaine des âmes. Pour retourner chez toi, il te faudra retraverser le territoire du Gardien. Les esprits ont le droit de t'imposer un paiement. Cependant, il devrait être honnête, considérant les forces et les mondes impliqués, et te laisser la possibilité de t'en acquitter.

— Il n'y a pas d'échappatoire ? demanda Richard en se passant une main dans les cheveux.

— Si Darken Rahl choisit un prix raisonnable, tu devras jouer le jeu.

Arborant son ignoble rictus, l'ancien maître de D'Hara flotta vers son fils.

— J'ai deux conditions insignifiantes, dit-il. Si tu y souscris, tu retrouveras ton cher frère et sa nouvelle épouse.

— Je t'écoute ! Mais prends garde à ce que tu diras. Si tu m'imposes un prix trop élevé, et que je décide de rester ici, je tourmenterai ton âme jusqu'à la fin des temps. Tu sais que ce n'est pas une menace en l'air, car les vents m'ont conféré ce pouvoir.

— À toi de dire si le jeu en vaut la chandelle, mon fils. Moi, je parie que tu accepteras.

Richard préféra ne pas montrer qu'il était prêt à tout. Sinon, Darken Rahl aurait mis la barre encore plus haut.

— Donne-moi ton prix, et ma décision suivra. À un moment, je voulais rester ici. Changer de nouveau d'avis ne m'effraie pas.

Darken Rahl approcha encore. Le contact de son âme corrompue faillit faire reculer Richard. Mais il résolut de ne pas bouger d'un pouce – et sans invoquer un champ de force protecteur.

— En fait, il sera assez élevé, mais ça ne t'arrêtera pas. Je te connais bien, Richard : un héros au cœur pur. Et pour cette femme, tu ferais n'importe quoi.

Darken Rahl ne se vantait pas. Pour l'avoir presque détruit, il connaissait parfaitement son fils.

— Parle ou ôte-toi de mon chemin !

— Pour commencer, parlons du savoir que le Temple t'a offert. Tu ne le détenais pas avant ton arrivée, et tu repartiras sans lui. De retour chez toi, tu seras tel que tu étais avant ton séjour ici.

— J'accepte, dit Richard, que cette demande n'étonna pas.

—Mon fils, quelle grandeur d'âme ! Décidément, tu es un bon garçon. Une honte pour ma lignée, si Drefan n'avait pas survécu. Venons-en au second point. Celui-là, je me demande s'il passera aussi facilement…

D'une voix sifflante, Darken Rahl énonça sa deuxième exigence.

— Il en a le droit ? demanda Richard, les jambes tremblantes. Peut-il m'imposer ça ?

— Oui, souffla Denna.

Richard tourna le dos aux deux spectres. La tête baissée, il posa une main sur ses yeux et appuya très fort.

— Le jeu en vaut la chandelle, dit-il. Je paierai le prix.

— Je le savais ! triompha Darken Rahl. Pour elle, tu ne reculerais devant rien.

Richard se concentra pour reprendre ses esprits. Puis il se tourna vers le spectre de son ancien ennemi.

— Ton choix m'a permis de voir ton esprit dans toute sa nudité. C'était une erreur grossière, très cher père. À présent, je vais retourner contre toi le vide glacial qui t'habite.

— Tu as accepté le prix que j'ai édicté en vertu du pouvoir dont on m'a investi, mon fils. À part me bannir du Temple, tu ne peux rien contre moi. Mais ça ne changera rien, car le monde des âmes reprendra à son compte les conditions que j'ai posées.

— C'est vrai, concéda Richard. Mais ça ne m'empêchera pas de me venger de tout le mal que tu m'as fait, y compris aujourd'hui. En t'en tenant à la première exigence – que je juge équitable – tu aurais échappé à mon courroux.

Richard libéra un ruisselet de Magie Soustractive pure, sans une once de pouvoir additif. Un sortilège qui revenait à déchaîner une tempête de néant. Une sorte d'anti-Lumière absolue aspira le spectre de Darken Rahl.

Un cri monta des insondables ténèbres où il venait de plonger, livré aux tourments du Gardien en un royaume où ne brillait pas une seule étincelle de la Lumière du Créateur.

Cette privation totale de « clarté » était la pire torture que pouvait infliger le maître du royaume des morts. Et Darken Rahl la subirait pour l'éternité.

Richard se retourna vers la porte.

— Je suis désolée, souffla tendrement Denna. À part lui, personne ne t'aurait demandé une telle chose.

— Je sais…, lâcha Richard avant d'invoquer l'éclair qui le ramènerait chez lui. Par les esprits du bien, je sais !

Chapitre 64

Faisant osciller les deux Agiels pendus à son cou, Drefan glissa une main sous le bras de Kahlan et l'attira vers lui.

— N'est-il pas temps d'en finir avec cette comédie, mon épouse ? Cède enfin à ta passion, et avoue que tu brûles de désir pour moi.

L'Inquisitrice soutint le regard du fils de Darken Rahl.

— Es-tu vraiment fou, Drefan ? Ou fais-tu semblant pour une raison qui me dépasse ? J'ai accepté ce mariage afin de sauver des innocents, pas parce que j'en avais envie. Quand ouvriras-tu les yeux ? Je ne t'aime pas, et je ne t'aimerai jamais !

— Ai-je parlé d'amour ? C'est ta lubricité qui m'intéresse.

— N'imagine pas que je…

— Tu l'as déjà fait ! Et tu en redemanderas !

Kahlan enrageait qu'il ait si aisément deviné ce qui s'était passé avec Richard, cette nuit-là. Il y faisait sans cesse allusion, conscient de la blesser plus cruellement à chaque fois. Sa « faute » la poursuivrait jusqu'à la fin de ses jours, comme une tache impossible à effacer.

Dehors, l'orage s'éloignait déjà de la ville. À sa fenêtre, la jeune femme avait longtemps contemplé les éclairs, qui lui rappelaient Richard… et des souvenirs qu'elle aurait préféré oublier.

— N'y compte pas ! cria-t-elle.

— Tu es ma femme, et tu as juré devant les esprits.

— C'est vrai, Drefan, et je ne reviendrai pas sur ma parole. Mais les esprits semblent satisfaits par ce que je leur ai donné. S'ils demandaient plus, la peste ne serait pas terminée. (Kahlan se dégagea.) Si tu me veux, il faudra me violer. Je ne partagerai pas ton lit de mon plein gré, et m'y forcer ne sera pas facile.

— J'attendrai que tu cèdes à ta passion, dit Drefan avec l'assurance tranquille des véritables fous. Il faut que ça te plaise, comprends-tu ? Je suis impatient de t'entendre m'implorer d'éteindre ta flamme.

Il se détourna, s'éloigna, mais fit volte-face quand l'Inquisitrice le rappela.

— Que font à ton cou les Agiels de Berdine et de Cara ?

Le contact d'un Agiel était douloureux uniquement quand une Mord-Sith le maniait – ou quand on avait été dressé par une de ces femmes, comme c'était le cas de Richard, devenu « sensible » à celui de Denna. Pour Drefan, il s'agissait d'objets décoratifs, et ce choix témoignait de son obscénité.

De toute façon, il n'aurait rien risqué : en l'absence de lien avec le seigneur Rahl, la magie des lanières de cuir rouge ne fonctionnait plus.

— Eh bien, très chère, je suis le seigneur Rahl, à présent… (Drefan souleva les deux Agiels pour mieux les examiner.) Bref, ce sont des symboles de mon autorité. Après tout, Richard en arborait un, et tu as toujours le tien.

— Pour nous, ce ne sont pas des symboles d'autorité, mais un témoignage de respect pour les femmes qui les détenaient.

— Que veux-tu que ça me fiche ? Les soldats sont impressionnés de me voir avec ces colifichets autour du cou. Que demander de plus ? Bonne nuit, très chère. Et si tu as besoin de quelque chose, n'hésite surtout pas à m'appeler.

En marmonnant un juron bien senti, Kahlan ouvrit d'un coup d'épaule la porte de ses quartiers. Morte de fatigue, elle ne rêvait plus que de son lit. Hélas, son esprit en ébullition l'empêcherait de trouver le sommeil. Comme chaque soir…

Berdine l'attendait dans le salon.

— Il est enfin allé au lit ? demanda-t-elle.

— Oui, et je ne tarderai pas à l'imiter.

— Désolée, mais c'est impossible, parce que vous devez venir avec moi.

— Où ? demanda Kahlan, angoissée par l'air sinistre de la Mord-Sith.

— À la Forteresse.

— Que se passe-t-il ? C'est la sliph ? Quelqu'un a tenté de s'introduire en Aydindril ?

— Non, aucun rapport avec cette étrange créature…

— Quoi d'autre, alors ?

— Rien de spécial… Je me sens seule, et je veux que vous me teniez compagnie.

— Berdine, je sais ce que tu traverses, mais il est tard, j'ai mal à la tête et je suis épuisée. Depuis le début de l'après-midi, j'ai tenu un conseil de guerre avec Drefan, le général Kerson et une kyrielle d'officiers. Le nouveau « seigneur » veut que nous nous repliions en D'Hara. Abandonner les Contrées à l'Ordre ne le dérange pas, tant qu'il conserve son fief. Tu te doutes que les débats furent houleux…

» J'ai besoin de repos pour repartir à l'assaut demain matin. Kerson n'est pas certain que Drefan soit dans l'erreur. Moi, je le sais !

— Vous dormirez plus tard ! En route pour la Forteresse !

Kahlan sonda les yeux de la Mord-Sith et vit qu'elle ne s'adressait pas à la femme devenue son amie, mais à « maîtresse » Berdine. Une professionnelle froide, efficace… et dangereuse.

— Je ne bougerai pas, sauf si tu me dis pourquoi nous y allons.

— En route pour la Forteresse ! répéta Berdine. (Elle prit le bras de l'Inquisitrice.) Vous pouvez chevaucher ou, si vous préférez, voyager ligotée en travers de votre selle. Mais vous viendrez !

Dans les yeux de Berdine, Kahlan n'avait jamais lu une telle détermination. Pour la première fois, la Mord-Sith la terrorisait.

— Si c'est tellement important, allons-y. Mais j'aimerais savoir pourquoi il le faut.

Sans daigner répondre, Berdine serra plus fort le bras de l'Inquisitrice et la tira vers la porte.

— Pas de danger…, souffla-t-elle après avoir entrouvert le battant pour inspecter le couloir. Suivez-moi !

— Berdine, tu me fais peur ! Que se passe-t-il ?

Toujours muette, la Mord-Sith tira sa compagne dans le couloir et l'entraîna vers l'escalier de service.

Elles traversèrent les entrailles du palais, où les patrouilles étaient beaucoup moins nombreuses. Les rares qu'elles rencontrèrent, sans doute prévenues par Berdine, firent mine de n'avoir rien vu.

Deux grands hongres harnachés attendaient devant les écuries.

— Enfilez ça, souffla la Mord-Sith en lançant un manteau militaire à Kahlan. Avec votre robe blanche, tout le monde vous reconnaîtrait, et il ne faut pas que Drefan ait vent de cette histoire.

— Pourquoi ne doit-il rien savoir ?

Agacée, Berdine se pencha, saisit une cheville de l'Inquisitrice et lui glissa de force le pied dans un énorme étrier conçu pour une botte d'homme.

— En selle ! siffla-t-elle en flanquant une claque sur les fesses de l'Inquisitrice.

Kahlan décida de capituler. Même sous la torture, Berdine ne lui aurait rien dit. Alors, autant en finir le plus vite possible.

Elles chevauchèrent en silence jusqu'à la Forteresse, laissèrent leurs montures dans le paddock et traversèrent au pas de course les salles et les couloirs déserts.

Juste avant le corridor qui menait au repaire de la sliph, elles aperçurent Cara, occupée à monter la garde devant une porte. Comme sa collègue, elle affichait une impassibilité de mauvais augure.

Berdine s'immobilisa devant la porte. Saisissant d'une main la poignée, elle prit de l'autre le bras de Kahlan.

— Ne vous avisez pas de me décevoir, Mère Inquisitrice, dit-elle d'un ton effrayant de sobriété. Sinon, vous découvrirez pourquoi les gens ont tellement peur des Mord-Sith. Cara et moi serons dans la salle de la sliph…

Sans un regard en arrière, Cara s'éloigna à grandes enjambées.

Berdine ouvrit la porte, poussa l'Inquisitrice en avant et referma derrière elle.

Kahlan leva les yeux… et croisa le regard de Richard. Le souffle coupé, elle crut que son cœur allait s'arrêter de battre.

La lumière des bougies dansant dans ses yeux gris, il était en tout point semblable à l'homme dont le souvenir restait gravé dans sa mémoire. Seule l'Épée de Vérité manquait au tableau.

Déchirée par des sentiments contradictoires, Kahlan se demanda si elle réussirait à dire un mot.

— La peste est finie, lâcha-t-elle finalement.

— Je sais.

La pièce semblait si petite. Comment respirer avec un air tellement lourd ?

Malgré la fraîcheur ambiante de la Forteresse, le front de Richard ruisselait de sueur. Une goutte roula sur sa joue, y laissant un sillon humide.

— Si tu le sais, que fais-tu ici ? Cette visite est inutile, Richard. Je suis mariée, et nous n'avons plus rien à nous dire. Après ce qui s'est passé, être seuls ainsi n'est pas convenable.

Le jeune homme baissa les yeux, accablé par le ton glacial de son ancienne compagne.

Le contraire du résultat qu'elle espérait obtenir.

Esprits du bien, faites qu'il le dise ! Oui, je veux entendre qu'il me pardonne.

— J'ai demandé à Cara et à Berdine de t'amener ici, parce que je voulais te parler. M'accorderas-tu une entrevue ?

— Bien sûr, Richard…

Le jeune homme hocha la tête en guise de remerciement. Il semblait souffrir, de l'angoisse dans son regard d'habitude si serein.

Kahlan voulait son pardon, l'unique chose qui mettrait du baume sur son cœur brisé. Et les seuls mots qui gardaient encore un sens pour elle…

Mais elle restait là, les bras ballants, désespérée qu'il fixe le mur au lieu de la regarder.

Il ne dirait rien, elle le devina. Sauf si elle lui forçait la main.

— Tu es venu pour me pardonner, Richard ?

— Non, Kahlan. Ce n'est pas la raison de ma visite.

L'Inquisitrice se détourna, les poings plaqués sur le ventre. Ainsi, au moins, elle n'aurait plus les bras ballants.

— Je vois…

— Kahlan, je ne suis pas là pour te pardonner, parce que ce serait mal ! Veux-tu que je te pardonne d'être humaine ? De boire quand tu as soif ? De manger lorsque ton estomac gronde ? D'aimer la caresse du soleil sur ton visage ?

Kahlan s'essuya les yeux avant de se retourner.

— De quoi parles-tu ?

Richard prit la rose passée à sa ceinture et la tendit à la jeune femme.

— Ta mère me l'a donnée…

— Ma mère ?

— Oui. Elle m'a demandé si cette fleur me plaisait. Quand j'ai répondu par l'affirmative, elle a voulu savoir si je comptais revenir vers toi. Il m'a fallu longtemps pour comprendre son raisonnement.

— Et que signifie-t-il ?

— Que nous sommes faits pour apprécier la vie. Est-il critiquable que tu aimes une fleur quand ce n'est pas moi qui te l'ai offerte ? Au nom de quoi devrais-je te pardonner cela ?

— Richard, je ne me suis pas contentée de respirer une rose…

Mettant un genou en terre, Richard posa un poing sur son ventre.

— Kahlan, jadis, j'ai eu un lien charnel avec une femme – celle qui m'a mis au monde. Et tu as partagé la même connexion avec ta mère. Dans cette vie, c'est le seul lien de chair que nous ayons.

Il déplaça son poing, le posant sur son cœur.

— Après, c'est là que se tissent tous les autres. Et que se prêtent les serments de loyauté. Tu n'as pas donné ton cœur à celui que tu croyais être Drefan. Il est resté à moi, à cet instant et pour toujours.

» Le Temple et les esprits t'ont presque tout volé. Tu as choisi de faire avec le peu qu'ils te laissaient, et de continuer à vivre. Pour ne pas tourner le dos à ton humanité, tu as tiré le meilleur parti de ce qu'on te concédait. C'était un combat pour la vie, et pour affirmer ton droit à une part de bonheur.

» Kahlan, tu n'es pas à moi, et encore moins mon esclave. Je n'ai rien à te pardonner, parce que ton cœur ne m'a pas trahi. Te proposer mon absolution pour un crime inexistant serait d'une ignoble arrogance.

— Tu m'as blessée, Richard, dit l'Inquisitrice, les mains tremblantes. Avec toi, je croyais que mon cœur était en sécurité, quoi qu'il arrive. Et tu es parti sans même écouter mes explications.

— Je sais…

Son autre genou s'écrasant sur le sol, Richard baissa la tête.

— Et c'est la raison de mon retour. Je viens implorer *ton* pardon, parce que je suis le vrai coupable, et le responsable de l'authentique douleur. La trahison fut de mon fait, et je n'aurais pas pu commettre une pire faute. Il n'y a rien à dire pour ma défense, je le sais…

» Je suis navré de t'avoir abandonnée, Kahlan. Je t'ai frappée en plein cœur, et pour expier ce crime, je m'agenouille devant toi. Accorde-moi ton pardon. Ne le méritant pas, je ne puis l'exiger. Mais permets-moi de l'implorer.

— Me pardonneras-tu, Richard ?

— Dans mon cœur, il n'y a que de l'amour pour toi, même si nous ne vivrons jamais ensemble. Si la mort de Nadine m'a libéré, tu portes toujours des chaînes, et je dois m'y résigner. Mais qu'on ne me demande pas de cesser de t'aimer. Si tu le veux, je te pardonnerai…

» Pourtant, le seul bien qu'il me reste à gagner dans cette vie, si tu veux bien me l'offrir, c'est *ton* pardon.

Déchirée par le doute quelques instants plus tôt, Kahlan sentit déferler en elle un raz-de-marée de certitudes.

Elle s'agenouilla près de Richard, posa les mains sur ses épaules et le força à la regarder.

— Je te pardonne, Richard. De tout mon cœur, je t'aime et je te pardonne !

— Merci…, souffla le jeune homme avec un sourire mélancolique.

Kahlan ferma les yeux, émerveillée par le miracle qui se produisait en elle. Chassé par la joie, le vide refluait, comme si elle redevenait enfin elle-même.

— Sur le mont Kymermosst, quand je prononçais mes vœux à côté de Drefan, c'était à toi qu'ils s'adressaient, dans le secret de mon cœur.

— Les miens t'étaient destinés, Kahlan…

— Alors, qu'allons-nous faire ?

— Rien, parce que tu es liée à Drefan.

Du bout des doigts, Kahlan caressa les joues de son bien-aimé.

— Mais que deviendras-tu ? Et qu'en sera-t-il de nous deux ?

— La suite n'a aucune importance. J'ai eu ce que j'étais venu chercher. Kahlan, tu m'as rendu mon cœur.

— La vie qui nous attend est insupportable… De plus, le monde a encore besoin de nous, et c'est urgent. Drefan veut se retirer en D'Hara avec son armée et attendre l'Ordre sur son terrain.

— Non ! explosa Richard. Tu ne peux pas le laisser faire ça ! Si le Nouveau

Monde se divise, Jagang s'en emparera morceau après morceau, et D'Hara sera sa dernière prise. Jure que tu empêcheras mon frère de tout gâcher !

— Je n'ai pas besoin de jurer… Tu es le seigneur Rahl, et moi la Mère Inquisitrice. À nous deux, nous réussirons.

— Tu devras agir seule, Kahlan. Hélas, je ne pourrai pas t'aider…

— Pourquoi ? Tu es revenu, et tout s'arrangera. Nous trouverons une solution. Le Sourcier est là pour ça, après tout !

— Kahlan, je suis à l'agonie…

— Quoi ? Que veux-tu dire ? Richard, tu ne mourras pas, voyons ! Pas après… Non, je sens que tout va bien. Avec ton retour, plus rien de mal ne peut arriver.

Mais il y avait cette douleur, dans les yeux de Richard. Et les difficultés qu'il avait à ne pas vaciller, même à genoux…

— Pour me laisser repartir, les esprits ont exigé un paiement.

Une quinte de toux interrompit le jeune homme.

— Quel paiement ? Richard, réponds !

— Le Temple des Vents m'a offert tout le savoir qu'il contient. J'ai compris comment utiliser mon pouvoir, et arrêter l'épidémie fut un jeu d'enfant. Il suffisait de couper le flot d'énergie qui alimentait le livre maudit et rendait sa magie active dans notre monde…

— Si je comprends bien, ce savoir t'a été repris, et la peste frappera de nouveau ?

— Non, la Mort Noire est vaincue. Mais pour rentrer chez moi, j'ai effectivement dû renoncer à mes nouvelles connaissances.

— En somme, tu es le même homme qu'avant ?

— Non… Il y avait une autre condition. Pour revenir, j'ai dû prendre en moi la magie du livre volée, afin qu'elle épargne le monde des vivants.

— Quoi ? Ne me dis pas que…

— Oui, j'ai la peste, Kahlan.

Retirant une main de ses épaules, l'Inquisitrice tâta le front du jeune homme. Il était brûlant de fièvre !

— Pourquoi ne me l'as-tu pas dit plus tôt ?

— Je suis venu chercher ton pardon. Mais je voulais qu'il soit sincère, pas dicté par la pitié.

— Richard, il ne faut pas que tu meures ! Esprits du bien, protégez-le !

— Les esprits du bien ne sont pour rien dans tout ça… C'est Darken Rahl qui a eu l'idée de nous marier à Drefan et à Nadine, et c'est encore lui qui a posé les conditions de mon retour.

— Richard, tu es revenu en sachant que ça te tuerait ? Pourquoi avoir commis cette folie ?

— Dans le Temple des Vents, je serais mort un jour ou l'autre, mais sans ton pardon. Alors, j'ai choisi de partir, avec l'espoir qu'il te resterait encore assez d'amour pour me donner ton absolution. Comment aurais-je continué à vivre en sachant que je t'avais blessée à mort ?

— Et tu crois que ton agonie ne me brisera pas à jamais ? Richard, nous devons trouver une solution ! Tu as sûrement une idée, comme d'habitude.

Les mains sur l'estomac, le jeune homme se laissa tomber sur le flanc.

— Je suis désolé, mais c'est irréversible. J'absorbe la magie du livre volé. Quand je mourrai, son pouvoir disparaîtra avec moi.

— Richard, je t'en supplie, accroche-toi ! Ne te laisse pas mourir !

— Je ne peux pas lutter, Kahlan… Mais je ne regrette rien, parce que je suis en paix, à présent. (Il tendit une main et caressa l'Agiel pendu au cou de l'Inquisitrice.) Quand j'ai compris, avec l'aide de Denna, je n'ai plus eu une once d'hésitation.

Richard roula sur le dos, prêt à accueillir la fin.

— Il y a une solution ! s'écria Kahlan. Avant qu'on te reprenne ces connaissances, tu as dû savoir que faire. Essaie de t'en souvenir, je t'en prie.

— Il faut… que je… me repose… Navré, mais… je suis à bout de… forces.

Kahlan prit la main gauche de Richard entre les siennes et éclata en sanglots. Le voir revenir pour le perdre aussitôt était plus qu'elle n'en pouvait supporter.

Elle déplia les doigts du jeune homme, pour poser une joue contre sa paume, et vit une marque noire sur sa chair. À travers ses larmes, elle reconnut des mots.

Trouver le livre, et le détruire pour vivre.

L'Inquisitrice saisit la main droite de Richard. Là aussi, il avait écrit quelque chose.

Une pincée de sable blanc sur troisième page. Puis un grain de noir.

Il y avait trois autres mots, dans une langue qu'elle ne connaissait pas.

Conscient qu'il oublierait la solution, Richard s'était laissé un message – dont il n'avait pas gardé le souvenir.

Le livre ! Elle devait le trouver !

Kahlan se leva et sortit en trombe.

— Cara ! Berdine ! Au secours !

Les deux Mord-Sith sortirent du repaire de la sliph au moment où l'Inquisitrice déboulait de la passerelle circulaire.

Elle les agrippa par leurs uniformes, luttant pour parler malgré sa gorge serrée. Quand elle réussit, un discours incompréhensible jaillit de ses lèvres.

— Plus lentement ! cria Berdine.

Les Mord-Sith saisirent Kahlan par les bras et la plaquèrent contre un mur.

— On ne comprend pas un mot, renchérit Cara. Respirez, arrêtez de pleurer et calmez-vous !

— Richard… Richard… Il a la peste… Je dois trouver le livre !

— Le seigneur Rahl… a la peste ? répéta Berdine.

— Oui ! Il faut retrouver le livre qui a été volé au Temple des Vents. Sinon, il mourra. (Kahlan se dégagea de la prise des deux femmes.) Par pitié, aidez-moi ! Richard a la peste !

— Que devons-nous faire ? demanda Cara.

— Je vais aller dans l'Ancien Monde. C'est la seule solution !

— L'Ancien Monde ? s'étrangla Berdine. Vous savez où est le livre ? Le seigneur Rahl vous l'a dit ?

Kahlan secoua la tête. Elle n'avait pas le temps de parler. Il fallait agir, et vite !

— J'ignore où est ce livre, mais c'est la seule chance de Richard. Pour revenir dans ce monde, et obtenir mon pardon, il a absorbé la magie maléfique. Si nous ne faisons rien, il sera mort pour avoir voulu me dire qu'il regrettait… Je dois partir !

— Mère Inquisitrice, souffla Berdine, l'Ancien Monde est vaste. S'il se meurt de la peste, comment espérez-vous trouver le livre ?

Trop émue, la Mord-Sith avait oublié une précision vitale. *À temps !* Comment dénicher l'artefact avant que Richard n'ait rendu le dernier soupir ?

— Je dois essayer ! Ne dites pas à Drefan que Richard est de retour. Il serait capable de l'achever !

— Ne vous inquiétez pas pour ça, fit Cara. Drefan ne saura rien, et nous nous occuperons de Richard en votre absence. Dans la Forteresse, il sera en sécurité. Mais faites vite ! Et si vous ne trouvez rien, revenez avant…

Kahlan entra dans la salle de la sliph et courut vers le muret du puits.

— Veux-tu voya…, commença la créature.

— Oui, et tout de suite !

— Où dois-je te conduire ?

— Dans l'Ancien Monde !

— Où, exactement ? Je connais beaucoup d'endroits, là-bas. Dis-moi lequel, nous voyagerons, et tu seras contente.

Folle de frustration, Kahlan écouta la créature de vif-argent réciter une liste de noms qui ne lui disaient rien.

— Amène-moi à l'endroit où tu as conduit ton maître, quand il est venu me chercher. Juste avant mon premier voyage en toi.

— Je connais ce lieu.

Kahlan releva sa robe et sauta sur le muret.

— Partons ! cria-t-elle. La vie de ton maître est en jeu. (Elle tourna la tête vers la porte.) Cara, Berdine, protégez Richard !

— Que devons-nous dire à Drefan quand il s'étonnera de votre absence ? demanda Berdine.

— Je n'en sais rien ! Inventez une histoire !

— Nous veillerons sur Richard jusqu'à votre retour, dit Cara. Puissent les esprits du bien être avec vous !

— Dites-lui que je l'aime ! S'il… dites-lui que je l'aime !

Les dernières paroles de l'Inquisitrice résonnaient encore dans la salle quand la sliph, un bras autour de sa taille, la plongea dans son corps de vif-argent. S'étouffant à demi avec l'étrange liquide, Kahlan pria les esprits du bien de l'aider à trouver ce qu'elle cherchait.

Battant des bras, elle s'enfonça dans le corps liquide de la sliph. Cette fois, il n'y eut pas d'extase. Seulement une terreur plus noire que la nuit.

Chapitre 65

— **C**'est ta faute, et tu le sais ! dit Anna en se tordant le cou pour regarder son compagnon.

Assis avec elle sur le sol, au centre de la pièce, Zedd leva des yeux furibards.

— C'est toi qui as cassé le miroir hors de prix de cette gente dame.

— Ça, c'était un accident ! Mais qui a détruit leur autel ?

— J'essayais de le nettoyer… Comment aurais-je pu prévoir qu'il prendrait feu ? C'est la faute de ces idiots, après tout. Qui aurait l'idée de semer des fleurs séchées autour d'un lieu sacré ? Mais dis donc, il me semble bien que c'est toi qui as renversé du jus de myrtille sur la plus belle robe de la femme du chef ?

La Dame Abbesse releva le menton.

— La carafe était trop pleine, et c'est un sorcier de ma connaissance qui l'avait remplie. Et qui a cassé la poignée fétiche du couteau de notre maître ? Le pauvre homme ne trouvera jamais une aussi jolie racine pour la remplacer. Il était furieux, et je le comprends.

— Tu crois que je m'y connais en couteaux ? s'indigna Zedd. Je suis un sorcier, pas un rémouleur. Et encore moins un maréchal-ferrant !

— Voilà qui explique ce malheureux incident, avec le cheval de l'ancien.

— Une accusation montée de toutes pièces ! Je suis sûr de ne pas avoir laissé ouvert le fichu portail. Enfin, presque sûr… De toute façon, le vieux hibou est assez riche pour s'acheter un étalon aussi fringant et rapide. Cela dit, je comprends qu'il n'ait pas digéré le coup que tu as fait à sa troisième épouse. Comment t'es-tu débrouillée pour lui teindre les cheveux en vert ?

— Le mieux est souvent l'ennemi du bien… Je pensais que son crâne, avec ces herbes, sentirait merveilleusement bon. J'ai voulu lui faire une surprise, et… hum… c'était raté. (Ne voulant pas en rester là, Anna repassa à l'attaque.) Mais la toque en peau de lapin du chef, qui l'a bousillée ? Et par pure paresse, en plus ? Tu n'aurais pas pu aller voir de temps en temps, pendant qu'elle séchait sur le feu ? Ce couvre-chef incrusté de perles était une œuvre d'art irremplaçable. Et il ne te l'a pas envoyé dire !

— Avons-nous jamais prétendu être de bons domestiques ? Au moins nous ne les aurons pas pris en traître.

— Tu as raison, ils se sont mis dans le pétrin tous seuls. S'ils avaient demandé, nous leur aurions dit la vérité sur nos talents de serviteurs.

— Absolument ! approuva Zedd.

Après un court silence, Anna s'éclaircit la gorge.

— Et maintenant, que vont-ils faire de nous, selon toi ?

Ligotés dos à dos, les bracelets anti-magie toujours autour des poignets, la Dame Abbesse et le Premier Sorcier attendaient le résultat du débat houleux qui se déroulait dans un coin de la pièce.

Le chef à la toque calcinée, sa première épouse, le chaman et plusieurs notables de la tribu si doak se plaignaient amèrement des deux esclaves achetés à prix d'or aux Nangtongs. S'il ne comprenait pas tout, Zedd avait en gros suivi les délibérations.

— Pour limiter leurs pertes, dit-il, ils ont décidé de se débarrasser de nous.

— Que vont-ils faire ? demanda Anna alors que les Si Doaks se taisaient enfin. Tu crois qu'ils nous libéreront ?

Sous les regards furibards des esclavagistes dépités, Zedd baissa d'un ton.

— Nous aurions dû mettre un peu plus de cœur à l'ouvrage, souffla-t-il. Je crois que nous sommes dans la mouise, gente dame.

— Pourquoi, railla Anna, ils vont nous rendre aux Nangtongs et récupérer leurs couvertures miteuses ?

Les Si Doaks se levèrent, l'air très peu commode.

— Si ce n'était que ça… Ces excellents commerçants espèrent rentrer dans leurs frais, voire obtenir une petite compensation pour les dégâts que nous avons occasionnés. Du coup, ils vont nous emmener en voyage. Mais je crains, chère amie, que l'excursion se termine mal. Afin de tirer le maximum de nos carcasses, ils ont résolu de nous vendre à des cannibales.

— Des cannibales ?

— C'est exactement ce qu'ils ont dit.

— Zedd, tu as réussi à te débarrasser d'un Rada'Han. Ces ridicules bracelets ne devraient pas t'arrêter. Si tu peux nous les enlever, c'est le moment ou jamais…

— J'ai bien peur qu'on nous fasse rôtir avec ces détestables babioles aux poignets. Anna, nous nous sommes bien amusés, avouons-le. Mais je crains que la suite soit moins drôle…

Verna passa un bras autour de la taille de Warren, qui titubait comme un ivrogne. De l'autre côté du futur Prophète, Janet le soutenait également de son mieux. Suivie par Walsh et Bollesdun, Clarissa ouvrait courageusement la marche. Avec quelques pas de retard, Amelia et Manda la fermaient.

— Walsh, souffla Verna, tu es sûr que Nathan voulait nous rencontrer ici ? Dans le bois de Hagen ?

— Oui, répondit le soldat par-dessus son épaule.

— C'est bien le nom qu'il m'a dit, confirma Clarissa.

Verna soupira d'agacement. Le choix du lieu était du Nathan tout craché ! Même sans les mriswiths, éliminés par Richard, elle continuait à détester ce bois. Selon elle, le Prophète n'avait pas toute sa tête. Et l'endroit du rendez-vous confirmait son diagnostic.

Des filaments de mousse pendaient un peu partout, tels les haillons d'un cadavre géant. S'enroulant autour de leurs chevilles, des racines à demi pourries manquaient sans cesse de les faire trébucher. Et la puanteur devenait de plus en plus ignoble à chaque pas.

Verna ne s'était jamais enfoncée aussi loin dans le bois de Hagen. À présent, elle savait pourquoi !

— Comment vas-tu, Warren ? souffla-t-elle.

— Je me porte comme un charme…, marmonna le futur Prophète d'une voix pâteuse.

— Ce ne sera plus long, je te le jure… Bientôt, Nathan s'occupera de toi.

— Nathan… Il faut le prévenir…

Ils approchaient d'une clairière où se dressaient d'antiques ruines envahies par la végétation. Près des vestiges d'un mur, une série de colonnes décrépites évoquaient irrésistiblement l'épine dorsale de quelque monstre géant fossilisé depuis des lustres.

Alors que Walsh et Bollesdun écartaient les dernières branches pour leur faciliter le passage, Verna aperçut un feu de camp, au milieu d'un cercle de pierres irrégulier. À côté des flammes, elle crut reconnaître le muret d'un puits. Elle ignorait qu'un tel endroit existât dans le bois de Hagen. Sachant que fort peu de gens s'y aventuraient, et qu'aucun n'en revenait vivant, cela ne la surprit pas.

Vêtu comme un noble de haut rang, Nathan se leva pour accueillir ses visiteurs. Verna le trouva étrangement grand, hors de son environnement habituel, et plus impressionnant que d'habitude, sans un Rada'Han autour du cou.

Quand il eut accueilli le petit groupe d'un sourire – ce fameux sourire Rahl, confiant jusqu'à l'arrogance –, Walsh et Bollesdun éclatèrent de rire et continuèrent lorsqu'il leur flanqua de grandes claques dans le dos.

Clarissa se jeta au cou du Prophète et le serra si fort qu'il dut grogner pour qu'elle ne l'étouffe pas. S'écartant un peu, elle brandit fièrement le livre noir, dont il s'empara vivement.

Puis il fit à la jeune femme un sourire libidineux qui indigna Verna.

— Content de te revoir, chère amie, dit-il en avançant vers la sœur. Je suis ravi que tu t'en sois tirée.

— Honorée de vous rencontrer, *seigneur Rahl…*

— Verna, tu devrais cesser de foudroyer les gens du regard. Sinon tu finiras plus ridée qu'une pomme reinette. (Il étudia les autres visiteurs.) Janet, je suis content que tu te sois jointe à nous. (Il plissa le front.) Et toi aussi, Amélia ? (Il regarda la troisième femme restée un peu à l'écart.) Et qui avons-nous là ?

Clarissa fit signe à son amie d'avancer. Les mains serrant le col de son manteau, pour qu'il ne bâille pas, la jeune femme obéit.

— Nathan, dit Clarissa, c'est Manda, une amie de Renwold.

— Seigneur Rahl, fit la jeune beauté en s'agenouillant, ma vie vous appartient.

— Renwold ? répéta Nathan avec un regard perplexe pour Clarissa. Tu as de la chance de t'être libérée des griffes de Jagang, mon enfant.

— C'est grâce à Clarissa, déclara Manda en se relevant. La femme la plus courageuse que j'aie connue !

— C'est gentil, mais très exagéré, dit la protégée du Prophète. Si les esprits du bien ne t'avaient pas mise sur mon chemin, je n'aurais même pas su que tu étais là.

Nathan sourit et regarda de nouveau Verna.

— Et ce jeune homme est le fameux Warren, je suppose ?

— Nathan, commença Verna, en tentant sans grand succès d'adoucir son expression, je…

— En principe, on dit « seigneur Rahl ». Mais eu égard à notre vieille amitié, je t'autorise à continuer à m'appeler par mon prénom.

— Nathan, reprit Verna, sa patience déjà bien entamée, c'est bien Warren, et je te supplie de l'aider. Il commence à avoir des visions, et je lui ai retiré son collier il y a quelque temps. Plus rien ne le protège de son don. Les migraines le tueront bientôt, si tu n'interviens pas. Sauve-le, et je ferai tout ce que tu voudras !

— Le sauver ?

— Oui, je t'en prie !

— Inutile de m'implorer, très chère, je me ferai un plaisir de donner un coup de main à ce pauvre garçon. Qu'il vienne donc devant le feu.

Warren tenta de se présenter et parvint seulement à marmonner des phrases sans suite. Verna et Janet l'aidèrent à s'asseoir à l'endroit que Nathan désignait, puis elles restèrent près de lui pour l'empêcher de s'effondrer.

Nathan retroussa ses jambes de pantalon et s'assit en tailleur sur le sol de pierre. Posant le livre à côté de lui, il plissa le front pour mieux examiner son « jeune » collègue. D'un geste nonchalant, il indiqua aux deux femmes de s'écarter. Tissant une Toile élémentaire, il maintint Warren en équilibre, puis avança vers lui jusqu'à ce que leurs genoux se touchent.

— Warren ! tonna-t-il de sa voix profonde et autoritaire. (Le futur Prophète ouvrit les yeux.) Lève les bras !

Quand Warren eut obéi, Nathan l'imita et leurs doigts entrèrent en contact.

— Laisse ton Han couler dans mes mains, souffla Nathan. Ouvre le septième portail, et ferme tous les autres. Tu comprends ce que je veux dire ?

— Oui…

— Très bien, mon garçon. Allez, fais-le ! Ce sera plus facile si tu m'aides un peu.

Une douce aura enveloppa les deux hommes. Autour d'eux, l'air bourdonna de pouvoir.

Verna écarquilla les yeux. Ce que le vieux Prophète était en train de faire la dépassait complètement. Pourtant, elle ne manquait pas d'expérience. À ses yeux, Nathan avait toujours été une énigme. Déjà blanchi sous le harnais alors qu'elle était une fillette, il était tenu pour un… original…, y compris par les sœurs les plus enclines à l'indulgence.

Certaines femmes, au palais, pensaient qu'il était exclusivement doué pour les prophéties. D'autres le soupçonnaient de cacher délibérément l'étendue de son pouvoir. Enfin, un autre groupe, non négligeable, le redoutait au point de ne jamais s'aventurer dans les quartiers où il était incarcéré.

Verna l'avait toujours tenu pour une source de problèmes.

Et voilà que ce vieux fou s'efforçait de sauver l'homme qu'elle aimait !

À intervalles réguliers, la lumière brillait plus fort autour d'un des deux

Prophètes. Puis elle s'éloignait, attendait un peu et revenait sur ses « pas » comme si elle avait oublié quelque chose.

À part Walsh et Bollesdun, qui rêvassaient près du puits, tous les autres regardaient la scène avec des yeux ronds. Et Verna ne comprenait pas mieux ce qui se passait que cette petite dinde de Manda !

Elle trépigna de frustration quand les deux hommes, sans bouger un cil, lévitèrent à quelques pouces du sol. Lorsqu'ils se reposèrent sur la pierre, elle respira un peu mieux…

— Et voilà ! annonça Nathan en tapant des mains. Tu devrais être tiré d'affaire.

Des vantardises de vieux fou ! pensa Verna. En si peu de temps, nul n'aurait pu stabiliser le don de Warren.

— Nathan, s'exclama pourtant le futur Prophète, c'est incroyable ! Je n'ai plus mal à la tête, et je me sens si… vivant.

Le vieil homme ramassa le livre noir et se leva.

— Ce fut un plaisir pour moi aussi, très cher. Ces idiotes de Sœurs de la Lumière ont mis trois cents ans à me libérer de mes migraines ! Mais comme toujours, elles pataugeaient dans l'ignorance. (Il jeta un coup d'œil en coin à Verna.) Désolé, Dame Abbesse, je ne voulais pas vous offenser.

— Il n'y a pas de mal, marmonna la sœur. (Elle vint se camper près de Warren.) Merci, Nathan. Je me rongeais les sangs pour lui. Tu n'imagines pas à quel point je suis soulagée.

— Nathan, dit Warren, soudain décomposé, maintenant que j'ai l'esprit plus clair, je m'aperçois que nous avons, sans le vouloir, révélé à Jagang le sens d'une prophétie qui…

Entendant Nathan et Clarissa crier, Verna voulut bondir, mais elle sentit un objet pointu se plaquer entre ses omoplates.

Amelia venait d'enfoncer un dacra dans la cuisse gauche du Prophète. Manda plaquant un couteau sur la gorge de Clarissa, c'était logiquement Janet qui menaçait Verna.

— Ne bouge pas, vieil idiot, lâcha Amelia, ou je libérerai mon Han, et tu tomberas raide mort. (Elle regarda les deux soldats.) Pas un geste, ou je le tue !

— Warren a vu juste, dit Janet. Il a bien fourni à Son Excellence de très précieuses informations.

— Mes amies, cria Verna, que faites-vous ?

— Nous obéissons aux ordres de Son Excellence, bien sûr, répondit Amelia.

— Mais vous avez juré fidélité au seigneur Rahl…

— Pas sincèrement, à ce qu'on dirait…

— Vous pourriez être libres et ne plus servir Jagang !

— Si ça avait marché la première fois, qui sait ? Mais quand le lien fut brisé, après la mort de Richard, Son Excellence nous a punies. Nous ne prendrons plus ce risque…

— Ne faites pas ça ! implora Verna. Nous sommes amies, et je suis venue vous sauver. Prêtez serment, et vous ne risquerez plus rien de Jagang.

— Ma petite chérie, j'ai peur que ça lui soit impossible…

La voix sortait de la bouche d'Amelia, mais ce n'était pas la sienne. Pour l'avoir entendue dans sa tête, Verna la reconnut sans peine. Jagang s'était offert une nouvelle marionnette.

— À présent, mon loyal et fidèle plénipotentiaire, rends-nous le livre. Amelia et moi en avons encore besoin.

Nathan tendit le bras droit. De sa main libre, Amelia s'empara de l'ouvrage.

— Et maintenant, lâcha le vieux Prophète, tu me tues ou nous restons là jusqu'à la fin des temps ?

— Ne t'impatiente pas, ta fin est proche. Tu n'as pas tenu parole, seigneur Rahl. De toute façon, je déteste les subordonnés qui m'interdisent l'accès à leur esprit.

» Avant d'en finir avec toi, je veux te montrer comment les véritables esclaves obéissent. Regarde bien, car je vais égorger ta chère petite protégée !

Respire !

Kahlan expulsa le vif-argent de ses poumons et aspira frénétiquement un air qui lui parut amer et étranger.

Refusant de prendre le temps de stabiliser ses sens, elle enjamba le muret, sauta sur le sol et regarda autour d'elle.

À la lueur d'un feu de camp, elle découvrit la scène inquiétante que de sinistres paroles, entendues alors qu'elle émergeait de la sliph, lui avaient fait redouter.

Dès qu'elle le vit, l'Inquisitrice reconnut Nathan, même si elle ne l'avait jamais rencontré. Richard le lui avait décrit, et il ressemblait tellement à un Rahl !

Une femme lui avait enfoncé un dacra dans la cuisse. Dans le puits, Kahlan avait entendu son nom : Amelia, le monstre responsable de la peste.

Kahlan repéra aussi Verna, menacée par une deuxième femme. À ses côtés, un homme assez jeune semblait paralysé d'effroi. Un peu plus loin, une superbe fille tenait un couteau sur la gorge d'une dame vêtue de splendides atours.

Avant d'être libérée par la sliph, l'Inquisitrice avait suivi une bonne partie de la conversation. La voix qui sortait de la bouche d'Amelia ressemblait à s'y méprendre à celle de Marlin, le tueur venu éliminer Richard. Et c'était celle de Jagang !

L'image de l'amulette du Sourcier explosa dans la tête de Kahlan.

Une fois engagé dans un combat, tout le reste est secondaire. Frapper devient un devoir, un but et un désir. Aucune règle n'est plus importante que celle-là, et rien ne permet de la violer. Frapper !

Son père l'avait élevée dans le même esprit : tuer ou être tuée. Ne jamais hésiter ni attendre : frapper !

Richard était aux portes de la mort. Ce n'était plus le moment de réfléchir, mais d'agir !

Kahlan plongea en avant, s'empara au passage de l'épée courte d'un des soldats postés près du puits et bondit sur Amelia.

Elle avait une fraction de seconde pour arrêter la tueuse avant qu'elle ne libère son Han dans le dacra. À la vitesse de l'éclair, sa lame s'abattit et trancha le bras de la sœur au niveau du coude.

Ensuite, tout se déroula au ralenti devant les yeux de l'Inquisitrice.

Alors qu'Amelia s'écroulait, Verna se retourna et planta son dacra dans le ventre de la femme qui la menaçait, trop surprise pour réagir. Pendant que le jeune homme, sortant de sa torpeur, bondissait sur la fille au couteau, Nathan tendit les mains vers la belle dame, qui tenta de se dégager pour courir vers lui.

Le vieux Prophète cria de rage quand la superbe fille, une main refermée sur les cheveux de sa proie, lui coupa la gorge avec une joie sauvage.

Kahlan vit le geyser de sang une seconde avant que des éclairs jaillissent des mains du Prophète et de l'autre homme.

Son épée tenue à deux mains, Kahlan l'enfonça dans le cœur d'Amelia, clouée au sol comme un papillon sur une planche.

La femme qui avait menacé Verna s'écroula, foudroyée par la magie du dacra. La meurtrière de la belle dame, frappée par les deux éclairs, explosa avant que le cadavre de sa victime n'ait touché le sol.

Tout fut fini si vite que le deuxième soldat n'eut pas le temps de dégainer son épée.

Hébété, Nathan avança vers le cadavre de la dame aux si beaux atours. Le dépassant, Kahlan s'agenouilla près de la morte et manqua vomir devant l'atroce spectacle de sa gorge béante.

Elle se releva et barra le chemin au Prophète.

— C'est trop tard, Nathan, elle n'est plus de ce monde. Ne regardez pas, je vous en supplie ! J'ai vu dans ses yeux combien elle vous aimait. Ne gâchez pas tous vos souvenirs ! Conservez l'image de ce qu'elle était vivante !

— Elle s'appelait Clarissa…, souffla le vieux Prophète. C'était une femme courageuse, qui a sauvé beaucoup de gens. Oui, une femme courageuse…

Il tendit les bras, les mains tournées vers le cadavre. Une lumière aveuglante entoura la dépouille de Clarissa, la dissimulant à la vue.

— Des flammes de ce feu jusqu'à la Lumière, bon voyage vers le monde des esprits, murmura Nathan.

Quand la lumière disparut, il ne restait plus que des cendres à l'endroit où était tombée sa protégée.

— Les autres nourriront les vautours, lâcha Nathan en guise d'oraison funèbre pour les trois séides de Jagang.

Verna reglissa son dacra dans sa manche. Alors qu'un des soldats rengainait son arme, le deuxième alla récupérer la sienne dans la poitrine d'Amelia.

— Nathan, dit le jeune homme, je suis désolé. J'ai interprété pour Jagang une prophétie qui lui a été très utile. Je ne voulais pas, mais il m'a forcé. Et…

— Je comprends, Warren… Tu n'as rien fait de mal. Celui qui marche dans les rêves contrôlait ton esprit, et tu n'avais pas le choix. Mais il n'a plus de pouvoir sur toi, désormais.

Le vieux Prophète arracha le dacra de sa cuisse et regarda Verna.

— Tu m'as ramené des traîtresses, Sœur de la Lumière. Des meurtrières, même… Mais je sais que ce n'était pas intentionnel. Parfois, les prophéties se jouent de nous, et nous les servons sans le savoir. Il arrive à tout le monde de se surestimer, et de se croire maître du destin, alors qu'il n'en est rien.

— Je voulais les tirer des griffes de Jagang. Il ne m'est jamais venu à l'esprit qu'elles pouvaient te jurer fidélité sans engager vraiment leur cœur et leur âme.

— Je comprends…, répéta le Prophète.

— Cela dit, je me demande ce qui t'est passé par la tête, Nathan ? Toi, le seigneur Rahl ? (Verna baissa les yeux sur les cendres de Clarissa.) Au moins, tu n'as pas changé sur un point. Avec toi, les petites catins ne font pas long feu !

Le poing de Nathan jaillit, percuta le menton de Verna, qui craqua sinistrement, et l'envoya voler dans les airs.

Du sang coulant de sa bouche, la Sœur de la Lumière s'écrasa sur le sol et ne bougea plus.

Warren courut s'agenouiller à côté d'elle.

— Nathan, cria-t-il, tu lui as brisé la mâchoire ! Un coup pareil aurait pu la tuer !

— Si j'avais voulu sa mort, dit le vieil homme en s'assouplissant le poignet, elle ne respirerait déjà plus. Puisque tu tiens tant à elle, guéris-la ! J'ai entendu dire que tu étais doué pour ça. Maintenant que ton don est stabilisé, ça ne devrait te poser aucun problème. Pendant que tu y es, mets-lui un peu de plomb dans la cervelle…

Warren posa les mains sur le visage de la sœur inconsciente.

Kahlan ne fit aucun commentaire. Dans les yeux de Nathan, elle avait également vu de l'amour, quand il regardait Clarissa. Et de la fureur, lorsque Verna avait insulté la morte…

Le Prophète se baissa et ramassa le livre noir qui gisait à côté d'Amelia. Puis il le tendit à l'Inquisitrice.

— Tu te nommes Kahlan, n'est-ce pas ? Je t'attendais… Toujours les prophéties, bien sûr… Je suis content d'avoir été exact au rendez-vous. Maintenant, dépêche-toi, car le temps presse ! Donne le livre au seigneur Rahl, j'espère qu'il parviendra à le détruire.

— Dans le Temple des Vents, il aurait su que faire. Mais pour en partir, il a dû renoncer à ses nouvelles connaissances. Heureusement, il a écrit un message dans sa main : *« Une pincée de sable blanc sur troisième page. Puis un grain de noir. »* Il y avait trois autres mots, mais j'ignore ce qu'ils signifient.

Nathan posa une main sur l'épaule de l'Inquisitrice.

— Ce sont les trois Carillons : Reechani, Sentrosi, Vasi. Je n'ai pas le temps de t'en dire plus, mais sache qu'il faut les réciter après le sable blanc, et avant le grain noir. C'est essentiel !

— Reechani, Sentrosi, Vasi…, répéta Kahlan.

Il fallait qu'elle les mémorise, car dans leur graphie originale, elle aurait du mal à les prononcer.

— Richard a du sable blanc et du noir, n'est-ce pas ?

— Oui, il me l'a dit.

Nathan secoua la tête, comme s'il réfléchissait en silence.

— Les deux sables…, marmonna-t-il. (Il haussa les épaules.) Grâce aux prophéties, je sais en partie ce qu'il a enduré. Reste à ses côtés. L'amour est un don trop précieux pour qu'on… l'égare.

— Je sais… (Kahlan sourit.) Puissent les esprits du bien le ramener un jour dans votre cœur, Nathan. Je ne vous remercierai jamais assez de votre aide. Vous savez, à part venir ici, j'ignorais que faire…

Nathan serra la jeune femme dans ses bras. Probablement plus pour se consoler, pensa-t-elle, que pour la réconforter.

— Tu as bien agi. Qui sait, les esprits du bien t'ont peut-être guidée... Retourne chez toi, à présent, ou nous perdrons notre seigneur Rahl.

— La boucherie est terminée..., souffla Kahlan.

— Non. Elle vient à peine de commencer.

Nathan se détourna et leva les poings. Un éclair en jaillit, déchira le ciel nocturne et fila vers le nord-ouest.

Du coin de l'œil, l'Inquisitrice vit que Verna se relevait avec l'aide de Warren, qui essuyait le sang maculant encore sa mâchoire redevenue comme neuve.

— Nathan, qu'avez-vous fait ?

— Jagang va avoir une mauvaise surprise... Je viens de donner au général Reibisch l'ordre de passer à l'attaque.

— À l'attaque de qui ?

— Du corps expéditionnaire de l'empereur. Ces chiens ont rasé Renwold. Ils se préparent à frapper encore le Nouveau Monde, mais ils n'en auront pas l'occasion. La prophétie affirme que cette bataille sera courte. Féroces comme à l'accoutumée, les D'Harans auront écrasé leurs ennemis avant demain. Et selon leur excellente habitude, ils ne feront pas de prisonniers.

Verna approcha, l'air penaud. Une expression que Kahlan ne lui avait jamais vue.

— Nathan, j'implore ton pardon...

— Je n'ai rien à faire de tes...

— Nathan, coupa Kahlan, une main posée sur le bras du vieil homme, écoutez-la, pour votre propre bien.

Le Prophète hésita un long moment avant de capituler.

— Je t'écoute...

— Nathan, je te connais depuis toujours, et parfois, j'ai dû mal comprendre tes actes. Là, j'ai cru que tu voulais prendre le pouvoir, et... Pardonne-moi de t'avoir agressé parce que je me sentais coupable à cause de la trahison de mes amies. Parfois, j'ai tendance à juger un peu vite. À présent, je sais que ta relation avec Clarissa était... Eh bien, elle t'adorait, et tu... S'il te plaît, excuse-moi, Nathan.

— Te connaissant, Verna, ce petit discours a dû t'arracher la gorge ! Je te pardonne, puisque tu y tiens tant !

— Merci, soupira la sœur.

Le Prophète se pencha et embrassa Kahlan sur la joue.

— Puissent les esprits du bien veiller sur toi. Dis à Richard que je lui rends son titre. Un de ces jours, nous nous reverrons peut-être...

Une main sur sa taille, il poussa Kahlan vers le puits de la sliph.

— Merci, Nathan. Maintenant, je comprends pourquoi Richard vous aime bien. Et pourquoi Clarissa vous *aimait*. Je crois qu'elle a vu le vrai Nathan Rahl.

Nathan sourit, puis il se rembrunit.

— Quand tu seras de retour, pour sauver Richard, tu devras donner à son frère ce qu'il désire vraiment...

— Tu veux voyager ? demanda la sliph.

— Oui. Vers Aydindril.

— Richard est vraiment vivant ? demanda Verna.

— Il est malade, mais il se rétablira quand il aura détruit le livre.

— Walsh, Bollesdun, dit Nathan en se détournant, mon carrosse attend. Partons d'ici.

— Mais…, commença Warren. Si tu t'en vas… Je voulais étudier avec toi.

— On naît Prophète, jeune homme, on ne le devient pas.

— Où iras-tu ? demanda Verna. Tu ne peux pas… Enfin, il faut que… Je veux dire, nous devons savoir où te trouver, si nous avons besoin de toi.

Sans se retourner, le Prophète tendit un bras vers le nord-ouest.

— Tes Sœurs de la Lumière sont par là, Dame Abbesse. Va les rejoindre, et épargne-toi la peine de me suivre, puisque tu n'y arriverais pas, de toute façon. Les sœurs n'ont rien à craindre de celui qui marche dans les rêves. Pendant l'absence de Richard, j'ai transféré le lien sur moi. S'il survit, la magie vous unira tous à lui. Adieu, Verna et Warren…

Kahlan se pressa un poing sur le ventre.

S'il survit…

— Sliph, dit-elle, partons vite !

Un bras de vif-argent s'enroula autour de sa taille.

Chapitre 66

L'homme sourit, réjoui par la manière dont sa proie se débattait. Il adorait cette combativité vouée à l'échec – une occasion d'enseigner à la femme qu'elle ne pouvait rien contre un être physiquement et intellectuellement supérieur. Fasciné, il admira le fluide vital qui coulait de la bouche et du nez de la pauvre garce. Sur sa mâchoire, une entaille pissait le sang.

— Continue à te tortiller, et tes poignets seront à vif, dit-il. Tu ne casseras pas cette corde, mais essaie encore, si ça t'amuse.

Elle lui cracha dessus et il la gifla de nouveau. Puis il enfonça son pouce dans la blessure, sur sa mâchoire, et contempla avec ravissement la traînée de sang qui maculait un côté de son cou.

Pour l'avoir déjà manipulée, il connaissait son aura, et savait quel filament stimuler pour la priver de ses ressources. Prendre le contrôle de cette idiote n'avait pas été long. Non, pas long du tout…

Elle continua à lutter contre ses liens, et ses dents grincèrent sous l'effort. Cette catin-là était forte, mais pas assez. Sans son pouvoir et son arme, elle redevenait un être humain comme les autres. Et aucune personne normale ne pouvait s'opposer à lui.

Quand il commença à déboutonner l'uniforme rouge, le long de son flanc, la femme tira violemment sur les cordes qui lui immobilisaient les poignets et les chevilles.

Ce spectacle enchanta son tortionnaire. Les voir combattre et saigner ajoutait à sa plénitude. Pour parfaire l'extase, il lui décocha une autre gifle.

Mais pourquoi ne criait-elle pas ? Elle l'aurait dû l'implorer, gémir, hurler… Pas d'impatience, elle y viendrait tôt ou tard.

La dernière gifle l'ayant sonnée, elle roula des yeux, manqua perdre conscience, mais parvint à s'en empêcher. Très lentement, il ouvrit la tunique pour dévoiler ses seins et le haut de son torse.

Glissant les doigts sous la ceinture du pantalon de cuir, il le tira vers le bas – juste assez pour ce qu'il entendait faire.

À présent, tout l'abdomen de la femme était découvert. Il le tâta, impressionné par la fermeté de ses muscles. Cette catin était couverte de merveilleuses cicatrices.

Où les avait-elle récoltées ? Bien qu'elles ne fussent pas récentes, à voir leur aspect, les plaies avaient dû pisser le sang.

— On m'a déjà violée, lâcha-t-elle, et trop de fois pour que j'en aie tenu le compte. Désolé de te décevoir, mais tu n'es pas très doué, espèce de porc stupide ! Si tu ne descends pas plus mon pantalon, tu n'arriveras à rien ! Allez, dépêche-toi, je n'ai pas que ça à faire !

— Cara, je ne songe pas un instant à te violer ! Ce serait très mal, sais-tu ? De ma vie, je n'ai jamais pris une femme de force. J'aime que mes partenaires me désirent.

— Espèce de bâtard pervers ! ricana la Mord-Sith.

Elle osait se moquer de lui ! Levant une main, il s'apprêta à la frapper, mais se ravisa. Quand ça commencerait, très bientôt, il faudrait qu'elle soit consciente.

— Bâtard ? répéta-t-il, fou de rage. Oui, à cause d'une gourgandine comme toi !

Il la cogna entre les seins, simplement afin de lui couper le souffle. Les dents serrées pour ne pas crier, la Mord-Sith tenta de se rouler en boule, mais ses liens, conçus pour la garder en extension maximale, le lui interdirent.

Drefan prit une grande inspiration pour retrouver son calme. Il ne devait pas se laisser déconcentrer par la langue de vipère de cette femme.

— Je vais te donner une dernière chance…, susurra-t-il. Où est Richard ? Les soldats ne parlent plus que de son retour, et du lien qu'ils sentent de nouveau. Où l'avez-vous caché, toi et ta foutue putain de collègue ?

Les voix venues des éthers l'avaient également averti du retour de son frère. Pour rester à la place qui lui revenait de droit, il devait l'éliminer.

— Et mon épouse adorée, où est-elle partie ?

Selon les voix, elle voyageait avec la sliph. Mais la maudite créature de vif-argent ne trahissait jamais ses clients.

Cara cracha de nouveau sur le guérisseur.

— Je suis une Mord-Sith, espèce de crétin ! Si tu savais ce qu'on m'a infligé, tu n'insisterais pas. Comparée à ma formation, ta petite séance est une partie de plaisir, et tu ne m'arracheras pas un mot.

— Cara, tu fais erreur. Face à un homme de ma compétence, tu ne résisteras pas longtemps.

— Fais ce que tu veux de moi, Drefan ! Bientôt, le *vrai* seigneur Rahl te taillera en pièces.

— Et comment s'y prendra-t-il, d'après toi ? (Drefan tira à moitié l'Épée de Vérité de son fourreau.) C'est moi qui le découperai en morceaux. Où est Richard, j'ai hâte de commencer !

La Mord-Sith lui crachant de nouveau au visage, il ne put s'empêcher de lui expédier un revers de la main sur les lèvres. Déjà éclatées, elles lâchèrent un nouveau flot de sang.

Puis il se détourna pour récupérer un des « ustensiles » dont il avait eu la sagacité de se munir. Une simple marmite de fer qu'il posa à l'envers sur le ventre de sa proie.

— Tu crois me faire cuire là-dedans, abruti ? Je suis bien trop grosse, et tu devras me débiter d'abord en quartiers. Faut-il donc que je t'explique tout ?

La stratégie de la Mord-Sith n'était pas idiote. En l'insultant, elle espérait le pousser à la tuer. Il finirait par le faire, bien entendu, mais pas avant qu'elle ait parlé.

— Te faire cuire ? Cara, tu te trompes du tout au tout ! Me prendrais-tu pour un tueur fou ? Quelle erreur ! Je ne suis pas un meurtrier, mais la main de la justice. Cette marmite n'est pas pour toi, mais pour les rats…

Attentif à tous les détails, Drefan vit les yeux bleus de sa proie s'écarquiller une fraction de seconde. Exactement la réaction qu'il guettait.

— Des rats ? Serais-tu stupide au point de croire que j'en ai peur, comme les autres femmes ? Petit bâtard, je suis d'une autre trempe qu'elles ! Chez moi, j'adorais apprivoiser ces rongeurs !

— Vraiment ? Tu mens très mal, ma chère. Mon épouse m'a raconté que tu craignais ces bestioles plus que tout au monde.

Cara ne répondit pas, afin de ne pas trahir sa peur. Mais elle se lisait dans ses yeux.

— J'ai un sac plein de rats, bien gras et féroces.

— Si tu me violais, qu'on s'amuse un peu ? Ne te vexe pas, mais je commence à m'ennuyer.

— Combien de fois devrai-je te répéter que je ne viole pas les femmes ? Elles me désirent et m'implorent de m'occuper d'elles ! (Drefan remonta les manches ornées de dentelle de sa tunique.) Cara, j'ai d'autres projets pour toi. Il faut que tu me dises où est mon cher frère.

— Jamais ! (La Mord-Sith détourna la tête.) Torture-moi avant que je ne m'endorme, accablée d'ennui. Je ne voudrais pas manquer ça !

— Tu vois ? Je disais bien que vous finissiez toujours par me supplier !

Drefan appuya sur la marmite, passa une chaîne autour du ventre de Cara pour fixer l'ustensile, puis, glissant un doigt sous le bord, s'assura de l'étanchéité de son montage.

Desserrant la chaîne, il souleva la marmite, prit un rat dans le sac et le glissa dessous.

La Mord-Sith ne broncha pas.

Le deuxième rongeur tenu par la peau du cou, il le brandit devant le visage de Cara, le laissant se débattre et couiner tout son soûl.

— Tu vois, je ne t'avais pas menti. Ils sont gras à souhait !

— C'est assez agréable, souffla Cara, le front ruisselant de sueur. Il me réchauffe le ventre, et ça me donne sommeil.

Drefan poussa le deuxième rat sous la marmite, et en ajouta un troisième. Par manque de place, il en resta là, tira de nouveau sur la chaîne et la noua.

— Ils te donnent sommeil, dis-tu ? railla-t-il. À mon avis, ils te tiendront plutôt éveillée, et tu auras une envie folle de parler, et de trahir Richard. Les putains comme toi n'ont pas d'honneur, c'est bien connu !

— Berdine sera bientôt là, et elle t'écorchera vif !

— Tu viens de la relever, je t'ai vue faire. Et je suis passé à l'attaque après son départ. Nous avons du temps devant nous, chère Cara. De toute façon, quand elle reviendra, je lui réserve une petite surprise.

Avec des pinces, Drefan alla récupérer un des boulets de charbon placés dans une poêle, au-dessus d'une multitude de chandelles. Puis il le posa sur le fond de la marmite.

— Tu veux connaître la suite, chère amie ? Le charbon fera chauffer la marmite, et les rats détesteront ça. Du coup, ils voudront sortir…

Le souffle court, la Mord-Sith ne lança pas une de ses cinglantes reparties. Où était son ironie, maintenant ? Elle se taisait, morte de peur.

— Et comment sortiront-ils, d'après toi, quand ils commenceront à cuire ?

— Égorge-moi et finissons-en, bâtard !

— Quand la chaleur leur roussira le nez, les rongeurs paniqueront. Pour s'enfuir, ils seront prêts à n'importe quoi. Tu devines où ils se creuseront un tunnel, Cara ?

Cette fois, la Mord-Sith ne trouva rien à dire.

Drefan dégaina son couteau et, avec la poignée, tapota le fond de la marmite.

— Comment ça se passe, là-dedans, mes petits amis à moustache ?

Cara tressaillit. Désormais, constata Drefan, très satisfait, elle ne parvenait plus à cacher son angoisse. Et elle contrôlait de moins en moins bien son corps.

Avec une lenteur délibérée, il posa six boulets de charbon supplémentaires sur la marmite.

— Où est Richard ?

La Mord-Sith ne répondant pas, d'autres boulets chauffés au rouge vinrent rejoindre les premiers, formant un cercle bien régulier.

Drefan se pencha sur Cara. Blanche comme un linge, elle était inondée de sueur.

— Où l'avez-vous caché, sales putains ?

— Tu es fou, Drefan ! Je déteste ce que tu me fais, mais si je dois mourir comme ça, tant pis ! N'espère pas que je trahirai le seigneur Rahl.

— Je suis le seigneur Rahl ! Après la mort de Richard, personne ne me disputera plus ce titre. Le dernier fils vivant de Darken Rahl sera le maître légitime de D'Hara.

La Mord-Sith détourna la tête, mais il la vit déglutir péniblement. Son souffle s'affolait de plus en plus, et elle tremblait un peu.

— Tout ça évolue très bien, on dirait… Je te reposerai la question quand les rats commenceront à te dévorer les entrailles. Tu imagines, leurs dents et leurs griffes déchirant ta chair, puis s'attaquant à tes intestins ? Au cas où tu l'ignorerais, très chère, ce sont les viscères les plus sensibles à la douleur du corps humain. Intéressant, non ?

Cara se contorsionna, ses yeux écarquillés rivés sur le plafond. Elle ne criait pas encore, mais Drefan devina que ça ne tarderait plus. D'un bref coup d'œil, il s'assura que du sang suintait déjà de sous la marmite.

— Eh bien, on dirait qu'ils ont déjà chaud aux pattes… Prête à parler, Cara ?

La Mord-Sith cracha une dernière fois, puis elle reprit difficilement son souffle. Désormais, elle tremblait de tous ses membres. Soudain, elle se raidit, tous les muscles tétanisés, haleta comme un petit chien, et ne parvint plus à contenir les larmes qui perlaient à ses paupières.

Enfin, elle poussa son premier cri.

Extatique, Drefan se frotta les mains. Ce n'était qu'un début, et ça promettait beaucoup. Même si elle parlait, il n'avait aucune intention de la libérer des rats. Car elle risquait d'arrêter de crier, et ce serait une grande perte.

Soucieuse de le satisfaire, Cara hurla à gorge déployée.

Aussi délicieux que ce fût, Drefan prêta pourtant attention à un nouveau détail. Comme toujours, sa vigilance de tous les instants se révélait payante.

Souriant, il se tourna vers le puits de la sliph.

Respire !

Kahlan expulsa le vif-argent de ses poumons. Avant même de les remplir d'air, elle sentit que quelque chose clochait.

Un cri atroce se répercuta dans toute la salle. Ses sens encore amplifiés par le voyage dans la créature, l'Inquisitrice crut que ses tympans allaient exploser.

Alors qu'elle prenait appui sur le muret, encore trop désorientée pour réagir, des mains puissantes la saisirent et la tirèrent en avant. Étourdie par les sons et la lumière, elle tenta en vain de comprendre ce qui se passait.

Son agresseur lui arracha le livre noir. Puis il entreprit de lui lier les poignets avec une corde.

Alors que sa vision se stabilisait, elle tenta de résister quand l'homme la tira loin du puits. D'un coup de poing dans le ventre, il lui coupa le souffle et la vida de ses forces.

Elle tomba à genoux, incapable de résister lorsque son agresseur lui tira les bras dans le dos avant de finir de lui ligoter les poignets.

Kahlan tenta de libérer son pouvoir. Hélas, les esprits l'en avaient privée afin qu'elle puisse épouser Drefan.

Elle n'avait aucune défense. Et c'était le frère de Richard, justement, qui l'attaquait !

Cara gisait sur le sol, les poignets liés au-dessus de sa tête, les bras tenus en extension par la corde nouée à un anneau, dans le mur. Les chevilles entravées de la même façon, elle avait sur le ventre une marmite renversée d'où montait une odeur de charbon chauffé au rouge et de chair calcinée.

Drefan enfonça un genou dans les reins de l'Inquisitrice pour la forcer à se pencher en avant. Alors qu'il peaufinait le nœud de sa corde, elle tenta de lui mordre la jambe. Furieux, il la gifla si fort que sa vision se brouilla. Consciente d'être perdue si elle s'évanouissait, Kahlan lutta pour rester aussi lucide que possible.

Avec les bras liés dans le dos, elle ne put conserver son équilibre et s'étala sur le sol, face contre terre. Drefan s'agenouilla sur son dos, lui coupant de nouveau le souffle, et commença à lui ligoter les chevilles. Le nez en sang, l'Inquisitrice sentit ses doigts s'engourdir, tant la corde lui serrait les poignets.

Cara hurla à lui en percer les tympans. Comment un son pareil pouvait-il sortir d'une gorge humaine ? On eût dit des cris de bête prise au piège… ou dévorée vivante.

Du sang ruisselait de sous la marmite. Était-il possible que…

— Où est Richard ? demanda Drefan.

Il saisit Kahlan par les cheveux et lui releva la tête.

— Richard ? Il est mort, tu le sais bien.

Un coup de genou dans les reins coupa de nouveau le souffle de l'Inquisitrice. En attendant qu'elle puisse parler, Drefan se tourna vers Cara.

— Alors, ta langue se délie ? Où as-tu caché Richard ?

La Mord-Sith cria à s'en casser les cordes vocales. Les poumons vides, elle se tut, et haleta pour reprendre sa respiration.

— Mère Inquisitrice, gémit-elle quand ce fut fait, pourquoi lui avez-vous parlé des rats ? Au nom des esprits du bien, pourquoi lui avoir fourni cette arme ?

Kahlan comprit qu'elle avait deviné juste. Elle se pétrifia, horrifiée.

Un sang épais, presque noir, maculait les flancs de la Mord-Sith. Sous la marmite de plus en plus chaude, une griffe se fraya un passage, laissant un sillon rouge sur la chair de Cara. Saisissant la situation en détail, Kahlan réussit par miracle à ne pas vomir.

Cara cria de plus belle et tira sur les cordes qui l'immobilisaient.

L'Inquisitrice rampa sur le ventre, approcha de son amie et tenta de défaire la chaîne avec ses dents. Mais Drefan la tira en arrière par les cheveux.

— Ton tour viendra bientôt, délicieuse épouse !

Sur ces mots, il la propulsa en arrière.

Kahlan percuta un mur, glissa lentement vers le sol et atterrit sur un objet dur. Des larmes de douleur roulant sur ses joues, elle comprit qu'elle était tombée sur le sac de Nadine, rempli de demi-cornes et de fioles. Avec peine, elle roula sur le côté pour s'en écarter, puis tenta de réguler sa respiration.

Drefan braqua sur elle le regard froid de Darken Rahl.

— Dis-moi où est Richard, et je libérerai Cara.

— Taisez-vous, Mère Inquisitrice ! cria la Mord-Sith. Surtout, ne lui révélez rien !

— Même si je le voulais, ce serait impossible, parce que j'ignore où vous avez caché Richard.

L'œil attiré par un détail, comme toujours, Drefan alla ramasser le livre qu'il avait arraché à Kahlan.

— Tu es partie si loin chercher de la lecture ? ironisa-t-il. (Remarquant que Kahlan regardait fixement l'ouvrage, il haussa les épaules.) Là où tu vas, tu n'en auras plus besoin.

— Non ! cria l'Inquisitrice quand elle comprit ce qu'il allait faire.

Drefan approcha du puits de la sliph et tendit le bras au-dessus du vide.

— Dis-moi où est Richard. Sinon, adieu le joli grimoire !

Une Fourche-Étau, pensa Kahlan. Si elle sauvait le livre en implorant Cara de parler, Drefan tuerait Richard. Et si elle ne disait rien, la disparition de l'ouvrage signerait également la perte du jeune homme.

— Tant pis…, soupira le guérisseur.

Il lâcha le livre noir. Alors que la sliph, d'habitude, adorait observer les gens qui venaient dans sa salle, elle semblait s'être réfugiée dans les profondeurs de la terre. Sans doute parce que les cris l'avaient effrayée.

— Drefan, laisse partir Cara. Je t'en supplie ! Fais de moi ce que tu veux, mais relâche-la !

— Ne t'inquiète pas, dit le guérisseur avec un sourire que l'Inquisitrice avait déjà vu sur un visage – celui de Darken Rahl. Le moment venu, je m'occuperai très bien de toi. (Il se tourna vers la Mord-Sith.) Alors, les rats s'en sortent bien ? Toujours rien à me dire, très chère ?

Cara l'insulta entre ses dents serrées.

Drefan fouilla dans le sac et en sortit un énorme rongeur. Le tenant par la peau du cou, il l'agita devant les yeux de la Mord-Sith, qui secoua follement la tête, puis il baissa lentement le bras. Furieux d'être prisonnier, l'animal battit des pattes en couinant. Ses griffes laissèrent des sillons sanglants sur les joues, les lèvres et le menton de Cara.

— Par pitié, éloigne-le de moi !

— Où est Richard ?

— Esprits du bien, je vous en prie, aidez-moi, aidez-moi, aidez-moi !

— Où est Richard ?

— Maman ! cria soudain Cara. Au secours ! Sauve-moi des rats ! Maman !

L'esprit brisé par la terreur, la Mord-Sith, redevenue une fillette, implorait la protection de la femme qui lui avait donné le jour. Comme le disait Richard, le seul lien charnel qui existât vraiment en ce monde...

Kahlan éclata en sanglots. C'était sa faute ! Elle avait parlé à Drefan de la phobie des rats de son amie.

— Cara, pardonne-moi ! Je ne savais pas !

Coupée du monde, la redoutable Mord-Sith continua à appeler sa mère.

L'Inquisitrice mobilisa toutes ses forces pour se libérer une main. Si elle y parvenait, elle aurait une petite chance de renverser la situation. Mais la corde était si serrée... À force de tirer, elle réussit simplement à s'entailler les poignets.

Elle appuya ses mains contre le sac de Nadine, avec l'espoir de trouver un moyen de couper ses liens. Mais le bagage lui-même était en tissu, et sa poignée en bois poli.

Alors, le contenu, peut-être ? Penchée sur le côté, elle chercha la fermeture du sac. Un simple bouton, qu'elle trouva assez vite, et tenta aussitôt d'ouvrir. Mais avec les bras dans le dos, et les doigts engourdis, ce geste si simple devenait une terrible épreuve. Grattant le bouton avec l'ongle de son pouce, elle tenta de le faire sortir de sa fente, puis essaya de couper le fil qui l'attachait au tissu. Hélas, il était prévu pour résister à une charge considérable et à des utilisations très fréquentes. Alors que la jeune femme se désespérait, le bouton consentit enfin à s'ouvrir normalement.

Kahlan entreprit de vider le sac en jetant les fioles et les demi-cornes à un endroit où elle pourrait les voir.

Si elle n'agissait pas vite, Cara allait mourir en appelant sa mère.

Un jour, se demanda l'Inquisitrice, quand viendrait sa propre fin, implorerait-elle l'aide de la femme qui l'avait mise au monde ?

Du coin de l'œil, elle vit que Drefan agitait un nouveau rat devant le visage de la Mord-Sith. Après avoir brisé la nuque du précédent, il le lui avait posé sur la gorge, comme une étole de fourrure.

Les dents serrées, Kahlan continua à vider le sac. Sa Sœur de l'Agiel avait besoin d'assistance, et elle devait voler à son secours. Sinon, elle n'en aurait plus pour longtemps.

Elle se tordit le cou pour étudier les marquages, sur les demi-cornes. Celle qu'elle cherchait n'était pas là.

Elle ramassa une à une celles qui gisaient derrière elle, et, du bout des doigts, s'efforça d'identifier les symboles. Oui, elle y était : deux cercles barrés d'une ligne horizontale !

Non, il y avait *trois* cercles. Elle devait chercher encore.

Enfin, elle trouva la demi-corne marquée de deux cercles barrés d'une ligne horizontale. À présent, il allait falloir l'ouvrir sans renverser son contenu. Du bout des doigts, elle tira sur le bouchon.

Nadine l'avait prévenue qu'un contact avec du poivre-chien, sur les mains, ou encore mieux le visage, tétanisait momentanément le patient. Et Drefan avait d'urgence besoin d'un traitement de ce genre.

Très enfoncé, pour éviter un accident, le bouchon lui résista un long moment. Quand elle sentit qu'il allait céder, elle cessa d'insister. Pour l'heure, elle ne voulait pas encore ouvrir la demi-corne.

Avec les mains dans le dos, la lancer sur Drefan était impossible. Si elle ne trouvait pas très vite une idée, Cara serait bientôt morte, et le guérisseur, comme il l'avait promis, s'occuperait de sa « chère épouse ».

— Maman, enlève les rats de sur Cari, je t'en prie, gémit Cara. S'il te plaît, s'il te plaît, s'il te plaît !

Kahlan comprit que la fin ne tarderait plus. Elle devait agir, même si elle n'avait pas encore de plan, et improviser au fur et à mesure.

— Drefan ! appela-t-elle.

Le fils de Darken Rahl tourna la tête.

— Tu veux bien me dire où est Richard ?

L'Inquisitrice se souvint soudain d'une phrase de Nathan. *« Quand tu seras de retour, pour sauver Richard, tu devras donner à son frère ce qu'il désire vraiment… »*

— Richard ? Qu'ai-je à faire de cet imbécile ? C'est toi que je veux, et tu le sais depuis le début.

— Ne t'impatiente pas, mon épouse, fit Drefan avec un sourire satisfait. Je m'occuperai bientôt de toi.

— Non, je refuse d'attendre ! Je te veux, et tout de suite ! Jouer cette comédie m'est insupportable. J'avoue que tu avais raison. C'est toi que je désire.

— J'ai dit que tu devais…

— Je suis comme ta mère ! lança Kahlan. (À ces mots, le guérisseur se figea.) J'ai autant envie de toi que cette putain désirait Darken Rahl !

Drefan fit volte-face, prêt à charger comme un taureau qu'on provoque avec une cape rouge.

— Que veux-tu dire ?

— Tu le sais très bien ! Je brûle d'envie que tu me possèdes, comme il possédait ta mère. Toi seul peux me prendre ainsi ! Fais-le maintenant, je t'en supplie !

Drefan se releva, fit jouer son impressionnante musculature et sourit.

— Je savais que tu finirais par céder à ta nature profondément pervertie, jubila-t-il.

Hésitant, il jeta un coup d'œil à Cara.

— Oui, tu avais raison, Drefan, comme toujours. Tu es tellement plus intelligent que moi ! J'ai essayé de te tromper, mais c'était sans espoir. Tu as lu la vérité en moi. À présent, viens, je t'en conjure !

Toute sa folie s'afficha enfin sur le visage du guérisseur. Après s'être passé la langue sur les lèvres, il avança vers l'Inquisitrice.

Qu'avait-elle donc réveillé en lui ? Son visage et ses expressions corporelles avaient radicalement changé. Ce n'était plus un homme, mais un monstre qui approchait d'elle. Et ses yeux désormais bestiaux brillaient de haine. Oui, il la vomissait !

Paniquée, Kahlan tira sur le bouchon de la demi-corne. Qu'avait-elle fait, au nom des esprits du bien ? Avec les talons, elle tenta de se propulser en arrière, mais elle était déjà contre le mur.

Comment allait-elle lui jeter au visage la poudre de poivre-chien ?

Esprits bien-aimés, qu'ai-je fait ?

Entre ses doigts, le bouchon sortit de son logement.

— Dis-moi à quel point tu veux que je te fasse jouir !

— Je te désire à en mourir ! Donne-moi le plaisir que tu es le seul à pouvoir me dispenser !

Drefan se pencha et leva son couteau.

Kahlan plongea vers lui, se retourna sur le ventre, et lui jeta au visage la poudre paralysante. Enfin, elle *espéra* la lui avoir lancée au visage…

Face contre le sol, il lui était impossible de savoir si elle avait réussi. Mais elle l'apprendrait très vite. En cas d'échec, une lame s'enfoncerait bientôt dans sa chair, et ce serait le début de son calvaire. Où Drefan frapperait-il en premier ? Sûrement pas au cœur, ou dans un autre organe vital, puisqu'il entendait prendre son temps pour la tuer…

L'Inquisitrice parvint à tourner la tête et vit qu'il titubait en arrière, battant des bras pour ne pas tomber. Mais il perdit ce combat-là, et s'écroula sur le dos, le souffle court.

Kahlan roula sur le côté et rampa vers Cara. Elle aurait voulu passer très loin de Drefan, mais dans ce coin de la pièce, il n'y avait pas assez de place. Alors qu'elle était presque hors de sa portée, il tendit un bras et lui saisit la cheville. Elle rua pour se dégager, mais il ne lâcha pas prise, et commença à la tirer vers lui.

De l'autre bras, il tâtonnait autour de lui. Il n'y voyait plus, comprit Kahlan.

De la poudre jaune maculait une de ses joues et son cou. Elle avait raté ses yeux, son nez et sa bouche, et la plus grande partie du poivre-chien avait manqué la cible. Avec une si petite dose, il ne serait pas affecté longtemps.

Esprits du bien, faites que ça suffise !

La corne était tombée de l'autre côté du guérisseur, hors de portée de l'Inquisitrice.

Quand Drefan tira de nouveau sur sa jambe, elle ne résista pas, pour profiter de la force d'inertie, et lui décocha à la tête un fabuleux coup de pied. La botte ripa sur sa tempe, lui arrachant à demi une oreille. Fou de douleur, il lâcha sa proie.

Kahlan rampa et sentit les doigts du guérisseur frôler de nouveau sa cheville. Cette fois, elle était trop loin pour qu'il parvienne à les refermer dessus.

Quand elle percuta Cara, Kahlan s'assit et se pencha sur son amie.

— Accroche-toi, je t'en prie ! Je suis là, et je vais chasser les rats, c'est juré !

— Oui, maman, chasse-les ! J'ai si mal…

L'Inquisitrice s'assit sur les talons pour être à la hauteur de la marmite. Se tordant le cou, elle réussit à voir ce qu'elle faisait. Mais la chaîne, quand elle la saisit, lui brûla les doigts, la forçant à la lâcher. Elle la reprit, serra les dents et s'attaqua au nœud.

Un premier maillon glissa, et les autres suivirent. Du coin de l'œil, Kahlan regarda où en était Drefan. S'il luttait toujours pour respirer, il avait tendu les jambes et plaqué les bras le long de ses flancs. Que fichait-il donc ?

Le nœud presque défait, la chaîne se détendit un peu. Consciente que ça ne suffirait pas, Kahlan insista, quitte à laisser la peau de ses doigts sur le métal brûlant.

Le souffle redevenu régulier, Drefan ne bougeait plus. Que préparait-il ?

L'Inquisitrice cria de joie quand la chaîne glissa le long de la marmite. Tournant toujours le dos à la Mord-Sith, elle glissa les doigts sous le bord de l'ustensile et le renversa.

Trois rats couverts de sang et affolés s'écrasèrent sur le sol, se contorsionnèrent pour se remettre sur leurs pattes et détalèrent en couinant.

— Je l'ai fait, Cara ! Je t'ai débarrassée des rats !

Les yeux révulsés, la Mord-Sith délirait. Quand elle aperçut son ventre dévasté, par-dessus son épaule, Kahlan dut détourner le regard pour ne pas vomir.

Elle rampa jusqu'aux mains de son amie et tenta de la dégager. Tendu au maximum par les tractions de Cara, le nœud résista. Dans l'impossibilité de la défaire, l'Inquisitrice devrait le couper.

Le couteau de Drefan gisait près de son propriétaire. Aussi immobile qu'un cadavre, le guérisseur semblait inoffensif.

Kahlan rampa vers l'arme. Avant que son ennemi se réveille, elle devrait avoir tranché ses liens et ceux de Cara. Sinon, tout ça n'aurait servi à rien.

Au moment où elle allait saisir la garde du couteau, Drefan se redressa, la ceintura, et la souleva du sol comme si elle ne pesait rien. Puis il lui plaqua sur la gorge l'arme qu'il avait ramassée dans le même mouvement.

— Bien joué, le coup de la poudre de poivre-chien ! Par bonheur, j'ai appris à utiliser mon aura pour neutraliser ses effets. À présent, ma petite catin d'épouse, tu vas payer le prix de ta perversité naturelle !

Chapitre 67

Richard titubait en direction de la salle de la sliph. De la chambre où Berdine et Cara l'avaient caché, pas très loin de là, il avait entendu des cris. Depuis combien de temps gisait-il sur un lit, inconscient ? Il n'aurait su le dire, mais les hurlements l'avaient tiré de son hébétude.

Quelqu'un avait besoin d'aide. Et le dernier cri, il le savait, était sorti de la gorge de Kahlan.

Sa tête semblait sur le point d'exploser. La vue brouillée, il se cognait partout. Un instant, il avait douté de pouvoir marcher. Mais il avait réussi, parce qu'il le fallait.

Pieds nus, sans chemise, il portait seulement son pantalon. Malgré la fraîcheur ambiante, dans les sous-sols de la Forteresse, il ruisselait de sueur et brûlait de fièvre.

Sa volonté animait un corps qui n'appartenait déjà plus vraiment au monde des vivants.

Arrivé devant la salle de Kolo, il se stabilisa en agrippant le chambranle de la porte, puis entra.

Un couteau dans une main, Drefan avait ceinturé Kahlan de l'autre bras. Un peu plus loin, chevilles et poignets liés, Cara gisait sur le sol. Le ventre en charpie, elle respirait encore, mais ça ne durerait plus longtemps.

Que se passait-il donc ici ?

— Drefan, peux-tu me dire ce que ça signifie ?

— Richard ! s'exclama le guérisseur. Exactement l'homme que je cherchais !

— Eh bien, me voilà. Tu peux lâcher Kahlan.

— Ne t'inquiète pas, cher frère, j'en aurai vite fini avec elle. C'est toi qui m'intéresses.

— Pourquoi ?

— Serais-tu idiot ? Pour récupérer le titre de seigneur Rahl, bien entendu ! Il me revient de droit. Les voix me l'ont dit, et mon père aussi. Je suis né pour être le seigneur Rahl !

Dans le corps et l'esprit de Richard, la peste paraissait ne plus être qu'une très vague réalité. Étrangement, cette scène aussi ressemblait à un mauvais rêve.

— Lâche ton arme, Drefan, oublie tout ça, et laisse partir Kahlan.

Le guérisseur éclata de rire. Son hilarité calmée, il plissa les yeux et parla avec une conviction de dément.

— Elle crève d'envie de moi, et tu es bien placé pour le savoir, cher frère. Tu as vu sa vraie nature. Une putain, comme toutes les autres ! Nadine, ma mère, les filles des bordels… Pour expier, elle doit mourir.

Richard croisa le regard de Kahlan. Que se passait-il vraiment, et comment allait-il la tirer de là ?

— Tu te trompes, mon frère. Ta mère t'aimait, et elle l'a prouvé en se sacrifiant pour que tu survives. S'il te plaît, laisse partir Kahlan. Veux-tu que je te supplie ?

— C'est mon épouse ! Je ferai d'elle ce qui me chante !

Drefan enfonça sa lame dans le bas du dos de l'Inquisitrice. Quand l'acier percuta l'os, Richard frémit comme s'il venait d'encaisser le coup. La jeune femme gémit de douleur et écarquilla les yeux.

Lorsque le guérisseur la lâcha, elle s'écroula mollement et ne bougea plus.

Richard tenta de s'éclaircir les idées. Était-ce un rêve, ou la réalité ? Depuis son retour, il avait fait tant de cauchemars. Celui-là ressemblait aux autres. Enfin, presque… Parce qu'il ne savait même plus s'il était encore vivant ! Autour de lui, la pièce tournait follement.

Drefan dégaina l'Épée de Vérité. La note métallique familière résonna dans la salle comme le tintement d'un carillon qui arrache un dormeur au sommeil en plein milieu d'un cauchemar.

Richard vit la fureur de la magie briller dans les yeux de son frère.

— Je vais bien, mon amour, souffla Kahlan en levant les yeux vers son bien-aimé. Tu n'as pas d'arme… Va-t'en d'ici ! Fais-le pour moi, je t'en prie ! Sors de cette pièce !

La rage qui faisait luire le regard de Drefan sembla soudain dérisoire, comparée à la fureur qui se déchaînait dans le cœur du Sourcier.

— Lâche cette épée, Drefan. Sinon, je te tuerai.

— Comment ? (Le guérisseur cisailla l'air avec sa lame.) À mains nues, contre de l'acier ?

Richard se souvint des paroles de Zedd, le jour où il lui avait remis l'Épée de Vérité. La lame n'était qu'un outil. Un authentique Sourcier n'en avait pas besoin.

— Exactement, mon frère. Et avec la haine qui brûle dans mon cœur.

Richard avança.

— Te tuer sera un plaisir, même si tu n'as pas d'arme.

— Je suis l'arme, Drefan Rahl !

Richard bondit, avalant la distance qui le séparait de son adversaire. Kahlan lui cria de fuir, mais il l'entendit à peine.

Frapper, voilà tout ce qui comptait !

Drefan leva l'épée avec l'intention de fendre le crâne de son frère.

L'ouverture rêvée ! Un mouvement vers l'avant était toujours plus rapide qu'un coup porté de haut en bas.

Prêt à danser avec les morts, Richard redevint l'authentique Sourcier de Vérité.

Il se laissa tomber sur le genou gauche, passa sous la garde de Drefan, et tira profit de sa vitesse acquise pour augmenter la puissance de son coup. Les doigts tendus et raidis, il propulsa son bras vers sa cible.

Avant que la lame n'ait pu le toucher, sa main percuta le ventre de Drefan, déchira la chair et les muscles, se referma sur la colonne vertébrale et la brisa comme une vulgaire brindille.

Le guérisseur recula, percuta le puits de la sliph et s'écroula dans un geyser de sang.

Richard se pencha sur Kahlan, qui haletait de douleur. Refusant de la souiller avec le sang de Drefan, il lui prit le visage de la main gauche.

Du coin de l'œil, il vit bouger le bras de son frère.

— Richard, souffla sa bien-aimée, je ne sens plus mes jambes ! Que m'a-t-il fait, par les esprits du bien ? Je ne peux plus les bouger !

Richard se concentrait déjà. Pour sortir du Temple, il avait dû renoncer à un trésor de connaissances. Mais il restait un sorcier, et il avait déjà utilisé son pouvoir pour guérir.

Sa tête tournait et son estomac menaçait de se vider. Il ignora sa souffrance, parce que rien ne devait l'arrêter, même pas la mort.

Grâce à Nathan, il avait appris que son pouvoir s'éveillait quand il en avait vitalement besoin. Et lorsque sa colère brisait toutes les digues. De sa vie, il n'avait jamais eu autant besoin de la magie. Et ses fureurs précédentes lui semblaient à présent des caprices d'enfants…

— Richard, je t'aime ! Je veux que tu le saches, si nous… si nous…

— Ne parle pas…, souffla le Sourcier. (Voir le visage tuméfié de Kahlan, et sentir son angoisse lui serrait le cœur, mais il devait lutter, pas se laisser abattre par l'adversité.) Je vais te soigner. Laisse-moi faire, et tout ira bien. Tu retrouveras l'usage de tes jambes, je te le jure.

— Richard, j'avais le livre, et je l'ai perdu. J'ai tant de peine. Échouer si près du but…

Avec le sentiment de sombrer dans un gouffre sans fond, Richard comprit ce que Kahlan voulait dire. Il n'y avait plus rien à faire, et il allait mourir. Tout était joué.

— S'il te plaît, Richard, occupe-toi de Cara.

— Non. Il ne me reste pas assez de force pour vous guérir toutes les deux.

Pour soigner une personne, un sorcier devait absorber sa souffrance. Et tuer Drefan avait quasiment épuisé toutes ses réserves d'énergie.

— Je t'en prie, fais ce que je te demande ! Si tu m'aimes, commence par Cara. Ce qui lui arrive est ma faute ! Oui, ma faute ! (L'Inquisitrice ravala un sanglot.) J'ai perdu le livre qui t'aurait permis de survivre. Comme ça, nous serons ensemble pour toujours.

Elle avait raison. S'ils mouraient tous les deux, ils se retrouveraient dans le monde des esprits. Et elle n'avait pas envie de continuer à vivre sans lui.

Le Sourcier se pencha pour embrasser sa compagne sur le front.

— Accroche-toi, je t'en conjure ! Ne baisse pas les bras, et n'oublie pas que je t'aime.

Il se tourna vers la Mord-Sith. Alors qu'il était déjà malade comme un chien, voir son ventre déchiqueté lui retourna à peine un peu plus l'estomac. Mais il capta sa souffrance, et la sentit déchirer ses propres entrailles.

— Cara, je suis là… Surtout continue à lutter, pour que je puisse t'aider.

Richard passa les mains au-dessus de l'abdomen de la Mord-Sith. Elle ne semblait pas l'avoir entendu, perdue dans un monde affreux qui n'appartenait qu'à elle.

Le Sourcier ferma les yeux. Ouvrant en grand son âme et son cœur, il se laissa emporter par un torrent de compassion. Son seul désir, en cet instant, était de rendre son intégrité physique à Cara. Même s'il doutait d'en avoir la force, il essaierait jusqu'à son dernier souffle.

Immergé dans le tourbillon de souffrance de la Mord-Sith, il partagea toutes ses atroces sensations. Les dents serrées, le souffle bloqué, il attira le mal en lui, sans ériger de digue pour lui interdire de le submerger entièrement. Tous ses membres tremblèrent, et son esprit menaça de basculer dans la folie. Le premier raz-de-marée de douleur absorbé, il en aspira un deuxième, puis un troisième, les défiant de venir à lui comme s'ils étaient des bêtes sauvages lancées dans une charge mortelle.

Le monde devint un océan de douleur où il dérivait comme un fétu de paille. Dans ces eaux plus brûlantes que de la lave, on eût dit que l'essence même de son être était condamnée à fondre lentement.

Le temps cessa d'exister et l'univers se réduisit à cette éternelle seconde d'agonie.

Quand il fut certain d'avoir absorbé toute la douleur de Cara, il libéra son pouvoir. Un contre-courant de bonté, d'amour et de désir de soulager…

Ignorant où diriger cette rivière bienfaisante, il la laissa couler à sa guise, et eut le sentiment d'être aspiré tout entier dans l'esprit et le corps de Cara. Comme une terre longtemps privée de pluie, elle s'imbibait de cette déferlante de tendresse et de bienveillance.

La force essentielle de toute guérison !

Quand Richard rouvrit les yeux et releva la tête, il vit que ses bras reposaient sur la peau redevenue lisse du ventre de la Mord-Sith. Même si elle ne semblait pas s'en apercevoir, toujours prisonnière de l'horreur, il lui avait rendu un corps intact.

Se retournant, le Sourcier vit que Kahlan, couché sur le flanc, respirait de plus en plus mal. Le visage couleur de cendre sous la sueur et le sang, elle avait fermé les yeux.

— Richard, souffla-t-elle quand il revint à ses côtés, libère-moi les mains. Je veux pouvoir te serrer contre moi quand…

Quand elle mourrait. Des mots qu'elle n'avait plus la force de prononcer.

Richard ramassa le couteau qui gisait près de l'Inquisitrice et s'attaqua aux cordes. Sa colère était revenue, constata-t-il, mais elle lui semblait lointaine, comme un phare perdu dans une nuit brumeuse. Autour de lui, il ne distinguait plus les contours de la pièce.

Le souffle de Kahlan parvenait à ses oreilles comme s'ils avaient été à cent pas l'un de l'autre. Et il ne la voyait presque plus…

Dès qu'il lui eut libéré les poignets, elle lui passa un bras autour du cou et l'attira vers elle. Par un miracle de volonté, il réussit à ne pas s'écrouler sur son corps martyrisé.

— Richard, je t'aime, je t'aime…, murmura-t-elle.

Quand il se pencha pour l'embrasser, le Sourcier vit la mare de sang, sous les reins de l'Inquisitrice.

Sa colère se réveilla, plus impérieuse que jamais.

Prenant Kahlan dans ses bras, il implora les esprits de l'épargner.

— Par pitié, donnez-moi la force de sauver la femme que j'aime, sanglota-t-il. Ne me suis-je pas plié à toutes vos exigences ? M'avez-vous vu reculer devant un sacrifice ? Assister à la mort de cette femme n'a jamais fait partie de notre pacte. Avant de quitter ce monde, aidez-moi à la sauver.

C'était son seul désir, et l'unique chose qui comptât, alors qu'il vivait ses derniers moments. Savoir que Kahlan renaîtrait, délivrée du mal que lui avait fait Drefan.

Il la serra contre lui et se laissa de nouveau emporter par le torrent de compassion. Irrésistiblement attirée, la douleur de Kahlan se déversa en lui comme des eaux soudain libérées par la rupture d'un barrage.

Une seconde fois – la dernière de sa vie – il laissa couler dans un autre corps son amour, sa chaleur et sa bonté.

Kahlan eut un petit cri.

Richard vit que ses bras brillaient, comme si un esprit était entré dans son corps pour le soutenir.

Où était-il *déjà* un spectre ?

Et alors ? Qu'en avait-il à faire, si cela l'aidait à arracher Kahlan aux griffes de la mort ? Pour accomplir cet ultime miracle, il était prêt à payer n'importe quel prix.

Kahlan cria quand elle sentit le pouvoir circuler en elle. Ses jambes picotèrent, leur première sensation depuis le coup de couteau de Drefan.

Richard la tenait dans ses bras, et la lumière qui émanait de son corps l'enveloppait comme une brume apaisante.

En comparaison, l'extase que prodiguait la sliph n'était rien. De sa vie, elle n'avait jamais connu d'expérience comparable. La magie du jeune homme guérissait son corps et remplissait son esprit d'une paix qu'elle n'aurait pas cru possible.

Plus d'angoisse, de douleur, d'inquiétude… Une nouvelle naissance, aussi fabuleuse que la première – non, davantage, car elle était consciente et en garderait le souvenir jusqu'à l'ultime seconde de sa vie.

Réfugiée dans les bras de Richard, tandis que sa magie se répandait en elle, l'Inquisitrice pleura de joie et implora les esprits du bien que le temps et la terrible histoire du monde consentent à s'arrêter là.

Lorsque le Sourcier s'écarta un peu d'elle, Kahlan essaya de bouger les jambes et les sentit aussi vigoureuses qu'avant. Son intégrité physique revenue, elle était guérie !

Richard essuya le sang, sur ses lèvres, et la regarda dans les yeux.

S'agenouillant à son tour, elle l'embrassa, ivre de bonheur de mêler ses larmes aux siennes.

Puis elle s'écarta de lui et le regarda comme si elle le voyait pour la première fois. Ce qu'ils venaient de partager, impossible à décrire avec des mots, semblait au-delà de toute compréhension.

L'Inquisitrice se leva et tendit les mains au Sourcier, l'invitant à renaître avec elle.

Il bougea une main, vacilla et tomba face contre terre.

— Richard !

Kahlan s'accroupit, fit rouler le jeune homme sur le dos et constata que sa poitrine se soulevait à peine. Brûlant de fièvre, les yeux fermés, chaque inspiration lui coûtait un effort surhumain.

— Richard, je t'en prie, ne me quitte pas ! Ne me quitte pas !

» Richard, j'ai perdu le livre ! Pardonne-moi, je t'en supplie ! Après m'avoir rendu un avenir, tu ne peux pas mourir et me laisser seule !

— Le voilà ! lança une voix rauque qui se répercuta dans toute la salle.

Kahlan leva la tête, terrorisée. Qui lui parlait ? Drefan mort, Cara inconsciente, il…

Soudain, elle comprit.

Se retournant, elle vit le visage de la sliph penché sur elle. Puis un bras de vif-argent lui tendit le livre noir.

— Mon maître en a besoin, dit la créature. Prends-le.

— Merci ! cria Kahlan en s'emparant du volume.

Consciente qu'il lui restait peu de temps pour agir, elle se pencha sur Richard… et faillit éclater en sanglots. Il ne portait pas le ceinturon où étaient accrochées les deux bourses de sable de sorcier.

L'Inquisitrice courut vers Cara. Toujours attachée, elle secouait la tête en marmonnant, encore prisonnière de sa terreur, comme si elle ignorait que Richard venait de la guérir.

Un jour, Zedd avait confié à l'Inquisitrice que le don était impuissant contre les maladies de l'esprit.

— Cara, où aviez-vous caché Richard, Berdine et toi ? Et où sont ses affaires ?

La Mord-Sith ne répondit pas. Après que Kahlan eut récupéré le couteau, et tranché ses liens, elle resta étendue sur le dos, coupée du monde.

L'Inquisitrice lui prit la tête entre ses mains et la força à la regarder.

— Cara, tout va bien, à présent ! Les rats sont partis, et Richard t'a guérie. Tu n'as plus rien à craindre.

— Les rats… Maman, chasse-les, je t'en prie…

— Cara, ils sont partis. (Kahlan prit la Mord-Sith dans ses bras.) Je suis ta Sœur de l'Agiel, et il me faut de l'aide. Reviens à toi, par pitié !

Pas de réaction.

— Cara, Richard mourra si tu ne m'aides pas. Il y a des milliers de pièces dans la Forteresse. Si tu ne me dis pas où sont ses affaires, je ne les trouverai jamais. Richard t'a soignée, et maintenant, il a besoin de toi pour survivre. Tu m'entends ? Richard a besoin de toi !

Comme si elle venait de se réveiller en sursaut, le regard de la Mord-Sith se riva sur Kahlan.

— Richard ?

— Oui ! Dépêche-toi ! Il me faut son ceinturon. Sinon, il mourra !

Cara se massa les poignets, aussi lisses qu'avant son inutile combat contre les cordes. Puis elle se tâta le ventre. Même ses anciennes cicatrices avaient disparu.

— Je n'ai plus rien…, souffla-t-elle. Le seigneur Rahl m'a guérie !

— Oui, mais nous nous réjouirons plus tard ! Richard agonise. J'ai le livre, et il me manque encore les bourses qu'il porte à son ceinturon.

La Mord-Sith s'assit comme si un ressort l'avait propulsée, tira sur sa tunique de cuir et ferma deux boutons pour qu'elle ne batte pas sur sa poitrine.

— Son ceinturon ? Compris ! Restez avec le seigneur Rahl, je vais le chercher.

— Fais vite, surtout !

Cara se leva, vacilla un peu, puis sortit en trombe de la salle. Le livre noir serré contre son ventre, Kahlan se pencha sur Richard. Désormais, chaque inspiration pouvait être la dernière. Pour les sauver, il avait consumé le peu de forces qu'il lui restait.

— Esprits du bien, aidez-le ! Donnez-lui encore du temps, par pitié ! Il a tellement souffert… Laissez-moi détruire cet atroce livre avant qu'il…

Incapable d'achever sa phrase, Kahlan se pencha et embrassa Richard sur les lèvres.

— Accroche-toi ! Bats-toi pour moi, s'il te plaît ! Si tu m'entends, sache que nous avons de nouveau le livre. Et j'ai découvert comment le détruire ! Alors, ne baisse pas les bras…

L'Inquisitrice approcha de la porte, posa le livre sur le sol et l'ouvrit à la troisième page. Ainsi, tout serait prêt lorsque Cara reviendrait.

Étudiant la page, elle comprit ce que Lily et Beth avaient voulu dire avec leurs mots d'enfants. Le « dessin » représentait un désert où des dunes s'alignaient à l'infini. Comme il s'agissait d'un ouvrage magique, on avait l'impression – mais en était-ce vraiment une ? – d'une véritable profondeur qui donnait le vertige. Et des runes couvraient bien l'impossible surface blanche.

Plissant les yeux, Kahlan distingua, dans l'enchevêtrement de lignes, une minuscule lueur qui grossit devant ses yeux pour devenir un vortex multicolore…

— Mère Inquisitrice ! cria Cara, en la secouant par l'épaule. Vous ne m'entendez pas ? Voilà cinq fois que je le répète : j'ai le ceinturon !

Kahlan battit des paupières, puis secoua la tête pour s'éclaircir les idées. Prenant le ceinturon, elle ouvrit le rabat de la pochette où Richard gardait ses bourses de sable. Cara debout derrière elle, une main sur son épaule, elle ouvrit la première et saupoudra la page d'une pincée de sable blanc.

Les couleurs bouillonnèrent comme du sang dans un chaudron. L'Inquisitrice détourna les yeux, prit l'autre bourse et l'ouvrit délicatement.

Elle s'immobilisa, désorientée. Avant le grain de sable noir, elle devait faire autre chose. Mais quoi ?

Les mots ! Nathan lui avait parlé de trois Carillons, à prononcer avant d'utiliser le sable noir. Trois mots, oui, mais lesquels ?

Impossible de s'en souvenir ! Son esprit les poursuivait, et quand il allait les rattraper, ils se réfugiaient dans un coin sombre de son cerveau, puis disparaissaient comme par magie. Malgré tous ses efforts, ces trois mots se refusaient à elles.

Richard les avait écrits dans la paume de sa main ! Les voir réveillerait sans doute sa mémoire !

L'Inquisitrice se retourna, fit un pas en avant et se pétrifia.

Appuyé contre le muret du puits, là où il était tombé, miraculeusement vivant malgré son atroce blessure, Drefan brandissait l'Épée de Vérité. Richard gisait près de là, à portée d'un coup mortel. Et son frère allait le tuer.

— Non ! cria l'Inquisitrice.

Avec un rire de dément, Drefan baissa son bras droit.

Kahlan tendit une main et invoqua le Kun Dar.

Aucune lueur bleue ne crépita autour de ses doigts. Coupée de son pouvoir, elle ne pouvait plus protéger Richard.

Cara bondit, mais elle était trop loin, et la lame approchait du cou de son seigneur.

Un bras de vif-argent jaillit du puits, saisit au vol le poignet de Drefan et l'immobilisa. Un deuxième bras s'enroula autour de la tête du guérisseur.

— Respire ! susurra la sliph d'une voix aguichante. Je veux que tu me donnes du plaisir. Respire !

La poitrine de Drefan se gonfla quand il s'emplit les poumons de vif-argent.

Il s'immobilisa et n'exhala pas. Lorsque la créature le lâcha, il glissa sur le côté et poussa son dernier soupir.

Un liquide rouge coula de sa bouche et de son nez.

Kahlan eut l'impression qu'un voile se déchirait au plus profond d'elle-même. En une fraction de seconde, elle retrouva le contact avec son pouvoir et eut la sensation euphorisante d'être de nouveau entière.

Drefan mort, les esprits la libéraient.

Jusqu'à ce que la mort les sépare… Les mots prononcés lors de la cérémonie. Son serment devenu sans objet, les vents lui avaient rendu sa magie.

L'Inquisitrice revint à la réalité quand elle entendit le râle de Richard. Paniquée, elle rampa vers lui, s'agenouilla, lui prit la main droite et lui ouvrit les doigts.

Les mots n'étaient plus là ! Le sang de Drefan les avait effacés !

Kahlan cria de rage, puis elle retourna près du livre ouvert. Elle ne se souvenait plus des trois Carillons ! Et plus elle insistait, plus ils se dérobaient à elle, comme pour la narguer.

Que faire ? Ajouter le grain de sable noir, en sautant une étape ?

Non ! Pour négliger les indications d'un sorcier comme Nathan, il fallait être totalement idiot.

Elle se pressa les poings sur les tempes, comme pour expulser les mots de sa tête.

Cara s'agenouilla près d'elle et la prit par les épaules.

— Mère Inquisitrice, que faites-vous ? Le seigneur Rahl ne respire presque plus. Dépêchez-vous !

— Cara, je ne me souviens plus des mots ! Nathan me les a dits, mais ils ont disparu de ma mémoire !

Kahlan retourna près de Richard et lui caressa le visage.

— Réveille-toi, par pitié ! Les mots ! Il faut prononcer les mots ! Tu dois les connaître !

Le jeune homme lutta pour respirer et sa poitrine se souleva à peine. Il n'allait pas se réveiller, mais partir très bientôt pour le royaume des morts.

Kahlan retourna à côté du livre et ramassa la bourse de sable noir. Elle devait essayer quand même ! Après tout, ça marcherait peut-être. Il y avait une chance…

Elle ne parvint pas à faire bouger ses doigts. C'était idiot ! Sans les Carillons, Richard ne serait pas sauvé, et qui savait quelle catastrophe elle provoquerait. Élevée au milieu de sorciers, elle avait appris qu'on ne violait pas impunément leurs exigences. Ce que Nathan avait dit était incontournable.

Folle de rage, elle tapa du poing sur le sol.

— Je ne me souviens pas !

— Mère Inquisitrice, calmez-vous, souffla Cara. (Elle passa un bras autour des épaules de Kahlan.) Inspirez à fond. Voilà, c'est très bien. Encore une fois… À présent, imaginez ce… Nathan. Pensez au moment où il vous a révélé les mots, et à votre joie, en apprenant que vous pouviez sauver Richard.

Kahlan se concentra… et hurla de rage.

— Inutile, rien ne vient ! Richard va mourir parce que j'ai oublié trois mots ridicules. Les foutus Carillons de Nathan !

— Les trois Carillons ? répéta Cara. Reechani, Sentrosi, Vasi ? Ceux-là ?

— Oui, c'est ça ! Reechani, Sentrosi, Vasi ! Je me souviens ! Merci, mon amie.

Kahlan saisit un grain de sable noir entre le pouce et l'index.

— Reechani, Sentrosi, Vasi, répéta-t-elle, à toutes fins utiles.

Puis elle jeta le grain de sable sur la page.

Un bourdonnement retentit dans l'air, qui sembla danser et vibrer devant les yeux des deux femmes. Des lumières colorées y tourbillonnèrent, gagnant en intensité à mesure que le son devenait plus fort. Éblouie, Kahlan dut détourner le regard.

Des rayons de lumière zébrèrent les murs de pierre. Cara se protégea les yeux avec une main. L'Inquisitrice l'imita, car baisser la tête ou la tourner ne suffisait plus.

Puis une masse d'obscurité apparut, aussi noire qu'une pierre de nuit ou que la couverture du livre. Forçant les lumières colorées à retourner dans l'ouvrage, elle aspira toute la lumière de la salle jusqu'à ce qu'elle soit plongée dans l'obscurité.

Alors retentirent des gémissements affreux. Soulagée de ne pas voir qui les poussait, Kahlan eut envie de se boucher les oreilles pour ne plus les entendre. Mais les hurlements des âmes, elle le savait, continueraient d'éclater sous son crâne.

Dans ce vacarme d'un autre monde, elle entendit les échos d'un rire atrocement familier mourir sur un cri qui semblait promis à durer jusqu'à la fin des temps.

Quand le silence revint, la lumière des bougies réapparut. À l'endroit où reposait le livre, un petit tas de cendres restait le seul témoignage de son existence.

Kahlan et Cara coururent vers Richard, qui venait d'ouvrir les yeux. Encore mal en point, il ne semblait plus aux portes de la mort, et sa respiration s'améliorait chaque fois qu'il reprenait son souffle.

— Que s'est-il passé ? demanda-t-il. Je respire bien, et ma tête ne paraît plus sur le point d'exploser.

— La Mère Inquisitrice vous a sauvé, annonça Cara. Comme je vous l'ai souvent dit, les femmes sont bien plus fortes que les hommes !

— Cara, souffla Kahlan, par quel miracle connaissais-tu les trois Carillons ?

La Mord-Sith haussa les épaules.

— Ils faisaient partie du message confié par les vents au légat Rishi. Quand vous avez parlé des « trois Carillons », ils me sont venus à l'esprit, sans doute par le biais de la magie de Rishi, comme les autres paroles des vents.

Pour lui montrer sa gratitude, Kahlan posa la tête sur l'épaule de la Mord-Sith, qui lui tapota tendrement le dos.

Richard battit des paupières, se frotta les yeux et s'assit sans trop de difficulté. Voyant que Kahlan entendait l'enlacer, Cara la retint.

— Mère Inquisitrice, puis-je passer la première ? Si je vous laisse commencer, je serai morte de vieillesse avant de le serrer dans mes bras.

— Tu as raison, mon amie. Je t'en prie, ne te prive pas !

Alors que la Mord-Sith étreignait son seigneur et lui soufflait à l'oreille des mots qui ne regardaient qu'eux, l'Inquisitrice se tourna vers la sliph.

— Je ne te remercierai jamais assez d'avoir sauvé Richard. Désormais, je te considère comme une amie, et ma gratitude te sera acquise jusqu'à mon dernier souffle.

Le visage de vif-argent s'éclaira d'un magnifique sourire. Puis la sliph baissa les yeux sur le cadavre de Drefan.

— Il n'avait pas de pouvoir, mais il utilisait son talent de guérisseur pour enrayer l'hémorragie et se donner le temps de tuer mon maître. Quand on ne contrôle aucune magie, me respirer est mortel. Je suis heureuse de l'avoir emmené en voyage… vers le royaume des morts.

Richard se leva, attendit que ses jambes cessent de trembler, et passa un bras autour de la taille de Kahlan.

— Sliph, ma gratitude t'est également acquise. J'ignore ce que je pourrais faire pour toi, mais si tu as une requête à ma portée, il te suffit de la formuler.

— Merci, maître. Je serais contente que tu voyages avec moi. Et ça te satisferait aussi.

Même s'il ne tenait pas très bien debout, Richard avait de nouveau cette lueur, dans le regard, qui rassurait Kahlan depuis leur rencontre.

— J'ai très envie de voyager, mon amie. Dès que j'aurai repris des forces, nous repartirons ensemble, je te le jure.

— Tu vas bien ? demanda Kahlan à Cara. Je veux dire… *vraiment* bien ?

— Les fantômes du passé me collent toujours aux basques… Par bonheur, je sais comment les combattre. Ma Sœur de l'Agiel, merci de m'avoir aidée. Les Mord-Sith ont rarement besoin de secours, mais avec un seigneur Rahl comme Richard, et une Mère Inquisitrice telle que vous, tout devient possible… (Cara se tourna vers le Sourcier.) Pendant que vous soigniez la Mère Inquisitrice, votre corps brillait, comme si un spectre guidait vos mains.

— Je crois que les esprits du bien m'ont soutenu. J'en mettrais même ma tête à couper !

— J'ai reconnu celui qui vous assistait. C'était Raina.

— Oui, tu as raison… Dans le Temple des Vents, Denna m'a confié qu'elle est en paix. Et qu'elle sait que nous l'aimons.

— Il faudra le dire à Berdine…, murmura Cara.

Richard passa son bras libre autour de la taille de la Mord-Sith. Lentement, les trois survivants se dirigèrent vers la porte.

— Oui, il faudra le lui dire, répéta le Sourcier.

Chapitre 68

Quelques jours plus tard, alors que Richard était quasiment rétabli, l'oncle de Tristan Bashkar, le roi Jorin de Jara, entra en Aydindril avec une compagnie de cent lanciers, chacun exhibant une tête coupée fichée sur la pointe de son arme.

Derrière une fenêtre, Kahlan regarda ces soldats, sous l'œil vigilant des D'Harans, se déployer pour former une haie d'honneur devant l'entrée du Palais des Inquisitrices. Quand ils eurent terminé, les porte-étendards en position près des portes, le souverain, l'astrologue Javas Kedar sur les talons, remonta lentement cette avenue improvisée.

— Cara, va chercher Richard, souffla Kahlan sans se retourner. Qu'il me retrouve dans la salle du Conseil.

La Mord-Sith sortit aussitôt, au pas de course, comme à son habitude.

Kahlan Amnell, Mère Inquisitrice des Contrées du Milieu, gagna la salle du Conseil. Sous les images géantes de Magda Searus et de Merritt, elle prit place sur son Prime Fauteuil et attendit l'arrivée de son sorcier.

Elle leva les yeux quand il entra. Sa cape d'or sur les épaules, l'amulette au rubis autour du cou, ses serre-poignets brillant comme de petits soleils, il avança vers sa bien-aimée, l'Épée de Vérité de nouveau présente sur sa hanche.

— Bonjour, ma reine ! lança-t-il d'une voix qui se répercuta dans toute la salle. Comme te sens-tu, pour ton dernier jour de liberté ?

Kahlan riait rarement lorsqu'elle trônait sur le Prime Fauteuil. En ces lieux sacrés, cela lui semblait franchement incongru. Elle s'esclaffa pourtant comme une enfant, et eut quelques difficultés à reprendre son sérieux. Surtout quand elle vit les gardes, rayonnants, mobiliser toute leur énergie pour ne pas pouffer à leur tour.

— Je me porte à merveille, seigneur Rahl !

— Qui attendons-nous ? demanda Richard. Il paraît qu'un roi est arrivé en ville avec des têtes piquées sur les lances de son escorte ?

— Tu te souviens du monarque de Jara ? Celui à qui tu as envoyé la tête de Tristan, et une demande de reddition ?

— C'est ce roi-là ? (Richard prit place sur un plus petit fauteuil, près de l'Inquisitrice.) De qui nous apporte-t-il les crânes, à ton avis ?

— Nous n'allons pas tarder à le savoir…

Les gardes ouvrirent les doubles portes pour laisser passer Jorin et son astrologue.

Quand il fut devant l'estrade, le roi rejeta sur son épaule gauche sa cape violette ourlée de fourrure de renard blanche et s'agenouilla. Derrière lui, telle son ombre, l'astrologue l'imita à la hâte.

— Relève-toi, mon enfant, dit Kahlan, ainsi que l'exigeait le protocole.

— Mère Inquisitrice, vous revoir est une joie pour moi.

Tiré à quatre épingles, sa chevelure grisonnante coupée en brosse, ce souverain était l'un des plus impressionnants des Contrées. Majestueux sans verser dans la pompe, il portait à la hanche une épée élégante mais sobre sans rapport avec les armes d'apparat qu'affectionnaient trop de têtes couronnées. Et contrairement à ces guerriers de cour, Kahlan le savait capable de la dégainer lorsque ça s'imposait.

— Cette joie est réciproque, roi Jorin, répondit-elle. Puis-je vous présenter le seigneur Richard Rahl, maître de l'empire d'haran et… mon futur époux ?

— Je l'ai entendu dire, oui… Toutes mes félicitations.

— Roi Jorin, intervint Richard, quelle est votre réponse à mon ultimatum ?

Soupirant intérieurement, Kahlan pensa à la tâche harassante qui l'attendait : faire du Sourcier un diplomate aguerri. À première vue, elle en aurait pour un moment.

Jorin éclata de rire.

— Appartenir à un empire dont le maître ne m'assomme pas avec ses bavardages sera un plaisir, seigneur Rahl. (Le roi tendit un pouce vers l'astrologue, dans son dos.) Pour les longs discours, j'ai ce qu'il me faut à la maison…

— Dois-je comprendre que Jara m'offre sa reddition ? insista Richard.

— C'est exactement ça, seigneur Rahl. Il y a quelque temps, une délégation est venue à Sandilar pour nous « inviter » à nous joindre à l'Ordre Impérial. Sur les instances de Javas Kedar, ici présent, nous attendions un signe du ciel. Tristan a décidé de prendre les choses en main, et de conclure avec l'Ordre un pacte avantageux pour nous.

» Quand la peste a frappé, je dois avouer que nous avons pris ce fléau pour une preuve de la puissance de Jagang. De quoi avoir peur, vous me le concéderez. Après votre victoire sur la Mort Noire, seigneur Rahl, j'ai décidé que nous avions assez attendu. À n'en pas douter, ce bon Javas lira bientôt dans le ciel quelque signe qui étaiera ma décision. Sinon, il y a d'autres astrologues dans mon royaume.

Rouge comme une pivoine, Kedar s'inclina de nouveau.

— Majesté, soyez sûr que le ciel nous apportera bientôt l'éclatante confirmation de votre sagesse. Comme je vous l'ai dit, j'en fais mon affaire.

— J'y compte bien, Javas, j'y compte bien…

— Et les têtes ? demanda Richard.

— La délégation de l'Ordre Impérial, bien entendu ! Un petit cadeau, pour vous prouver ma bonne foi. Et ma détermination, tant que nous y sommes. J'estime qu'il s'agit d'un traitement adéquat pour des monstres qui lancent la peste contre un ennemi, et tuent des innocents. Ce crime révèle leur véritable nature, et montre ce qui se cache sous une avalanche de beaux discours.

— Merci, roi Jorin, dit Richard en inclinant la tête.

— Au fait, qui a ordonné l'exécution de mon neveu ?

— Moi, répondit le Sourcier. Caché sur le balcon, en compagnie de la Mère Inquisitrice, je l'ai vu entrer dans sa chambre et larder de coups de couteau une chemise de nuit bourrée d'étoupe. Il pensait tuer Kahlan, roi Jorin.

Le monarque haussa les épaules.

— La justice est la même pour tous, qu'on soit puissant ou miséreux. Je ne vous chercherai pas querelle pour ça, seigneur Rahl. De toute façon, Tristan ne servait plus dignement son peuple. Moi, j'attends avec impatience le jour où nous serons débarrassés de l'Ordre Impérial.

— Avec votre aide, Majesté, cet instant béni viendra plus vite encore.

Jorin s'inclina, puis il alla signer les documents officiels et parler de logistique avec les officiers d'harans.

Richard et Kahlan voulurent se lever, mais un garde approcha au pas de course.

— Quoi, encore ? demanda l'Inquisitrice.

— Trois hommes demandent à parler au seigneur Rahl.

— Et qui sont-ils ?

— Ils n'ont pas donné leurs noms, Mère Inquisitrice. À les en croire, ils représentent les Raug'Moss.

— Qu'on les fasse entrer, ordonna Richard.

Kahlan lui prit discrètement la main et la serra quand trois hommes en longs manteaux à capuchon, les mains croisées sur la poitrine, se présentèrent devant l'estrade.

— Je suis le seigneur Rahl, annonça simplement Richard.

— Oui, répondit l'homme qui se tenait un pas devant ses compagnons, nous sentons le lien. Je vous présente les frères Kerloff et Houck. (Il baissa sa capuche, révélant un visage ridé entouré d'une couronne de cheveux gris.) Je suis Mardsen Taboor.

— Bienvenue en Aydindril, dit Richard en étudiant les trois hommes avec une méfiance non dissimulée. Que puis-je faire pour vous ?

— Nous cherchons Drefan Rahl, répondit Taboor.

— Désolé, mais votre haut prêtre est mort.

Kerloff et Houck échangèrent un regard surpris.

— Notre haut prêtre, dites-vous ? Je suis le haut prêtre des Raug'Moss, et je portais ce titre bien avant la naissance de Drefan.

— Pourtant, il prétendait diriger votre confrérie.

— Seigneur Rahl, j'ai peur que votre frère ait eu tendance… (Taboor hésita, cherchant ses mots) à distordre la réalité. S'il vous a dit cela, c'est qu'il entendait vous abuser pour des raisons que je crains d'imaginer…

» Sa mère nous l'a confié alors qu'il marchait à peine. Nous l'avons élevé, conscients de ce que ferait son père s'il se découvrait un fils né sans le don. Drefan était un être… potentiellement dangereux. Dès que nous nous en sommes aperçus, nous l'avons… hum… consigné… dans notre communauté, pour l'empêcher de nuire.

» C'était un guérisseur de talent, seigneur Rahl. Avec le temps, nous espérions qu'il trouverait la paix. En soignant les autres, il aurait pu finir par se convaincre de sa propre valeur.

» Il y a quelque temps, Drefan a disparu, juste après que nous eûmes découvert les cadavres mutilés de plusieurs de nos frères. Depuis, nous le cherchons. Partout où il a été, de pauvres filles sont mortes sous d'horribles tortures…

» Comme son père, Drefan a toujours eu une attitude très malsaine envers les femmes. Darken Rahl aussi aimait les faire souffrir. S'il a physiquement échappé à son géniteur, j'ai peur que votre frère ait hérité d'une partie de sa perversité. Ici, j'ose espérer qu'il n'a blessé personne.

Richard attendit un long moment pour répondre.

— La peste a frappé cette ville et fait des milliers de victimes. Sans se soucier de sa propre survie, Drefan, fidèle à l'idéal des Raug'Moss, a lutté contre ce fléau. Sans lui, l'hécatombe aurait été pire. À sa manière, il a contribué à enrayer l'épidémie, et cela lui a coûté la vie.

— Est-ce ainsi que vous voulez qu'on se souvienne de lui ? demanda Mardsen Taboor, le front plissé.

— C'était mon frère… En partie grâce à lui, j'ai appris la puissance du pardon.

Kahlan serra de nouveau la main de son bien-aimé.

— Merci de nous avoir reçus, seigneur Rahl. À votre lumière, nous nous épanouissons.

— Merci, souffla Richard.

Les trois guérisseurs firent mine de s'en aller, mais leur haut prêtre se ravisa.

— J'ai connu votre père, seigneur. Vous n'avez rien pris de lui, à l'inverse de Drefan. Comme pour Darken Rahl, bien peu de gens pleureront sa mort. Dans vos yeux, je vois briller la flamme d'un guerrier, et celle d'un authentique guérisseur. Pour un sorcier, comme pour nous, l'équilibre est essentiel, sinon il est perdu. D'Hara est entre de bonnes mains, seigneur. En cas de besoin, n'hésitez jamais à faire appel à nous.

Quand les portes se furent refermées sur les trois Raug'Moss, Ulic poussa un soupir à fendre l'âme.

— Seigneur Rahl, d'autres émissaires veulent vous voir.

— Si vous vous sentez assez bien, se hâta d'ajouter Cara.

— On nous sollicite sans cesse, et les journées n'ont que vingt-quatre heures. (Richard se leva et tendit la main à Kahlan.) Le général Kerson s'en occupera. N'avons-nous pas plus urgent à faire, ma douce reine ?

— Tu es sûr d'être assez remis ? demanda l'Inquisitrice.

— Je ne me suis jamais porté aussi bien ! Tu n'as pas changé d'avis, j'espère ?

— Sûrement pas ! Si le seigneur Rahl se sent d'attaque, qu'attendons-nous ? Mes bagages sont prêts.

— Il était temps, marmonna Berdine.

Alors qu'elles attendaient l'arrivée de Richard dans la salle de la sliph, Kahlan tapota gentiment le bras de Cara.

— Elle ne nous aurait pas menti, mon amie. Si elle dit que tu peux voyager, tu n'as rien à craindre.

Les quatre gardes du corps du seigneur Rahl affirmant qu'ils devaient accompagner Richard et Kahlan pour les protéger, la sliph les avait tous soumis à une épreuve.

La Mord-Sith blonde était la seule à pouvoir les suivre. Sans doute, selon le Sourcier, parce qu'elle avait été liée au légat Rishi, qui devait maîtriser, aussi vaguement que ce fût, les deux variantes de la magie. Effrayée par tout ce qui touchait au don, Cara voyait d'un mauvais œil cette immersion forcée dans le vif-argent.

— Dans cette pièce, ajouta Kahlan, tu as surmonté des obstacles bien plus périlleux. Et une Sœur de l'Agiel te tiendra la main pendant tout le trajet.

Dubitative, la Mord-Sith jeta un bref regard au puits.

— Tu dois le faire, dit Berdine. Il faut qu'une Mord-Sith, au moins, assiste au mariage du seigneur Rahl et de la Mère Inquisitrice.

Le front plissé, Cara se pencha vers sa collègue.

— Le seigneur Rahl t'a guérie, il y a quelque temps. Depuis, te sens-tu un lien… spécial… avec lui ?

— Oui, et c'est pour ça que je veux que tu y ailles. Ne t'inquiète pas pour moi, je me porte mieux. Et Raina aussi aurait voulu que tu les accompagnes… (Berdine flanqua une claque sur l'estomac d'Ulic.) De toute façon, il faut que quelqu'un reste ici pour garder un œil sur ces garnements !

Les deux colosses roulèrent de gros yeux.

Cara posa une main sur le bras de Kahlan.

— Depuis que Richard vous a guérie, souffla-t-elle, vous sentez aussi ce lien particulier ?

— Je le sentais avant, mon amie ! Ce dont tu parles a un nom : l'amour. Se soucier d'un être à cause de ce qu'on partage avec lui, pas seulement parce que la magie vous y force. Depuis qu'il t'a soignée, tu sais à quel point il t'aime.

— Je le savais avant, Mère Inquisitrice.

— Mais sans doute pas avec autant d'intensité.

Cara saisit son Agiel et le fit tourner entre ses doigts.

— Vous voulez dire qu'il est un Frère de l'Agiel ?

— Avec tout ce que nous avons traversé, je pense que nous sommes une famille, oui…

Richard choisit cet instant pour arriver.

— Je suis prêt ! lança-t-il. On se met en route ?

Pour voyager, il devrait se séparer de l'Épée de Vérité, dont la magie était incompatible avec celle de la sliph. Il était allé déposer l'arme dans l'enclave du Premier Sorcier, où personne ne pourrait s'en emparer. À part Zedd, évidemment.

Mais le vieux sorcier, même s'il refusait de le croire, n'était sûrement plus de ce monde.

— Alors, Cara, tu t'es décidée ? J'aimerais tant que tu sois là. Pour nous, c'est très important.

— Ai-je le choix ? grogna la Mord-Sith. Sans l'une d'entre nous à vos côtés, vous seriez aussi vulnérable qu'un nouveau-né. Un jour, il faudra apprendre à vous protéger tout seul.

Souriant, Richard se tourna vers la créature de vif-argent.

— Sliph, je t'avais demandé de dormir, mais tu t'es réveillée. Peux-tu me dire pourquoi ?

— Maître, tu ne m'as pas plongée dans le sommeil dont toi seul sais me tirer. J'étais au repos, et d'autres que toi ont le droit de m'appeler lorsque je dors ainsi.

— Si un de nos ennemis te demande de voyager, ne peux-tu pas refuser ? Ou simplement ne pas répondre à son appel ? Nous ne pouvons tolérer que tu aides les sorciers de Jagang à nous nuire.

Pensive, la sliph plissa son front argenté.

— Ceux qui m'ont créée voulaient que je sois ainsi. S'ils ont le pouvoir requis, je dois prendre en moi tous les voyageurs qui le demandent. Mais si je dormais vraiment, maître, toi seul aurais la possibilité de me réveiller.

— J'ai essayé, et ça n'a pas marché !

— Parce que tu n'avais pas sur toi l'argent indispensable…

— L'argent ? répéta Richard.

La sliph tendit un bras et toucha un de ses serre-poignets.

— Cet argent-là…

— Veux-tu dire que… ? Quand j'ai croisé les poignets, pour t'endormir, ça n'a pas fonctionné parce que je ne portais pas ces ornements ? Ai-je bien compris ?

— Oui, maître.

Richard réfléchit un long moment.

— Et quand tu dors ainsi, est-ce douloureux ou désagréable ?

— Non, maître, c'est un délice, parce que je retrouve le reste de mon âme.

— Quoi ? Lorsque tu dors, tu vas dans le monde des âmes ?

— Oui, maître. On m'a interdit de révéler cela à quiconque, sauf à toi. Comme tu m'as posé la question, tu ne seras pas en colère que je t'aie répondu.

— Merci, sliph, tu viens de nous donner le moyen d'empêcher qu'on t'utilise contre nous. Et j'ai plaisir à savoir que dormir te sera agréable…

Richard s'approcha de Berdine et la prit dans ses bras.

— Jusqu'à notre retour, assure-toi que tout se passe bien.

— C'est moi qui commande ? demanda la Mord-Sith.

Richard fronça les sourcils, méfiant.

— Avec Ulic et Egan, bien entendu…

— Vous êtes sûre de bien avoir entendu, maîtresse Berdine ? demanda Ulic. Vous ne prétendrez pas que le seigneur Rahl ne vous a jamais donné un ordre de ce genre ?

Pendant que Richard aidait Kahlan à grimper sur le muret, la Mord-Sith fit une grimace au colosse.

— Je ne suis pas sourde ! *Nous* commandons…

Après avoir ajusté le couteau fixé sur son épaule et la bandoulière de son sac à dos, Kahlan prit la main de Cara et la tira sur le muret.

— Sliph, dit Richard, un grand sourire sur les lèvres, nous voulons voyager !

Chapitre 69

espire.

Kahlan s'arracha à l'extase de la sliph et se remplit les poumons d'air. Alors qu'ils s'asseyaient sur le muret du puits, elle flanqua une grande claque dans le dos de Cara.

— Respire ! Exhale la sliph et prends une grande goulée d'air.

À contrecœur, la Mord-Sith expulsa le vif-argent et inspira à fond. Kahlan se souvint qu'il avait été très dur, pour elle, de se réaccoutumer à l'oxygène. Tout au long du voyage, la pauvre Cara n'avait pas lâché la main de ses deux compagnons.

— C'est là que vous vouliez aller, annonça la sliph. Le trésor des Jocopos…

Richard baissa la tête, car la voûte était beaucoup trop basse pour lui, et sonda la grotte.

— Je ne vois pas l'ombre d'un trésor…

— Il est dans la salle suivante, dit Kahlan. On doit nous attendre, puisqu'on nous a laissé une torche.

— Sliph, demanda le Sourcier, es-tu prête à dormir ?

— Oui, maître. J'ai hâte d'être avec mon âme.

Penser à ce que les sorciers avaient infligé à la créature de vif-argent fit frissonner Kahlan.

— Seras-tu malheureuse quand je te réveillerai pour voyager de nouveau ?

— Non, maître. Je suis toujours disposée à faire plaisir à mes clients.

— Tant mieux… Merci pour ton aide, que nous n'oublierons jamais. À présent, dors bien…

La créature sourit tandis que Richard, les yeux fermés, croisait les poignets pour invoquer la magie requise.

Le visage de vif-argent se détendit, puis se fondit dans la masse de liquide brillant. Les poings de Richard émirent une vive lueur et les serre-poignets brillèrent si fort que l'Inquisitrice put voir les muscles et les os à travers la chair de son bien-aimé. Les deux faces des ornements parurent se rapprocher et former une boucle pour dessiner le symbole de l'infini.

Le vif-argent refléta l'aveuglante lumière. Puis la sliph s'enfonça dans son puits et disparut au sein d'insondables ténèbres.

Richard prit la torche et ouvrit la marche jusqu'à la salle suivante.

— Le trésor des Jocopos, annonça Kahlan avec un geste circulaire.

Richard leva la torche, dont la lumière fit briller des montagnes d'objets en or.

— Maintenant, je comprends pourquoi on l'appelle comme ça. (Le Sourcier désigna des étagères à demi vides.) On dirait qu'il manque quelque chose...

— Tu as raison... Lors de ma première visite, à côté des objets précieux, il y avait des piles de rouleaux de parchemin. (Kahlan huma l'air.) Une autre chose a changé : l'odeur pestilentielle a disparu.

La dernière fois, elle avait eu du mal à respirer, tant la puanteur l'avait prise à la gorge.

Baissant les yeux, l'Inquisitrice remarqua que le sol était couvert d'une fine couche de cendres.

— Je donnerais cher pour savoir ce qui s'est passé ici...

Ils reprirent leur chemin et débouchèrent à l'air libre alors qu'un soleil somptueux émergeait à l'horizon oriental.

Une prairie verdoyante s'étendait devant eux à perte de vue.

— On dirait les plaines d'Azrith, au printemps, dit Cara. Avant que le plein été ne les carbonise.

Main dans la main, Kahlan et Richard avancèrent parmi les hautes herbes semées de fleurs des champs. Une matinée magnifique pour une petite promenade à travers le Pays Sauvage.

Et une journée parfaite pour se marier.

Longtemps avant d'atteindre le village, ils entendirent l'écho de roulements de tambour, de chants et de rires.

— On dirait que les Hommes d'Adobe festoient, fit Richard. En quel honneur, selon toi ?

Kahlan capta le malaise, dans la voix du Sourcier. Elle le partageait, car les banquets, en général, servaient à invoquer les esprits en vue d'un conseil des devins.

Chandalen vint à leur rencontre à quelques centaines de pas du village. Portant sur les épaules la peau de coyote d'un ancien, il avait enduit ses cheveux de boue et arborait ses plus belles armes.

Tout sourires, il avança vers ses amis et gifla d'abord Kahlan.

— Que la force accompagne la Mère Inquisitrice, dit-il.

— Du calme, souffla Richard en saisissant au vol le poignet de Cara. Nous t'en avons parlé : c'est leur façon de saluer les gens.

Kahlan rendit sa claque à l'Homme d'Adobe afin de signifier qu'elle respectait sa force.

— Que la force accompagne Chandalen et son peuple. Bonjour, mon ami. Rentrer chez soi est toujours un grand moment. (Elle désigna la peau de coyote.) Te voilà devenu un ancien ?

— Je remplace Breginderin, qui est mort de la fièvre.

— L'Homme Oiseau et les autres ont fait un très bon choix.

Chandalen vint se camper devant Richard et l'étudia un moment. Naguère, les deux hommes s'étaient violemment opposés. Finalement, le chasseur gifla le Sourcier – nettement plus fort que Kahlan.

— Que la force accompagne Richard Au Sang Chaud, dit-il. Content de te revoir, mon ami. Et je suis ravi que tu veuilles épouser la Mère Inquisitrice. Comme ça, elle ne sera plus tentée de me choisir.

Richard rendit sa gifle et son salut rituel à l'Homme d'Adobe.

— Chandalen, ajouta-t-il, merci d'avoir protégé Kahlan lorsque vous voyagiez ensemble. (Il tendit un bras vers la Mord-Sith.) Je te présente Cara, notre amie, et notre protectrice.

Chandalen étant le protecteur de son peuple, ce mot avait un sens très profond pour lui. Menton levé, il regarda la Mord-Sith et la gratifia d'une gifle encore plus forte que celle qu'il avait décochée à Richard.

— Que la force accompagne la protectrice Cara.

Richard se félicita que la Mord-Sith ne porte pas son gant renforcé de fer. Sinon, le « salut » qu'elle rendit à Chandalen lui aurait brisé la mâchoire.

Bien qu'un peu sonné, le chasseur sourit de bon cœur.

— Que la force accompagne Chandalen, dit Cara. Seigneur Rahl, j'adore cette coutume. (Elle tendit une main et suivit du bout de l'index quelques-unes des cicatrices qui couvraient le torse du chasseur.) Celle-là est très jolie… La douleur a dû être exquise.

— *Mère Inquisitrice*, demanda Chandalen dans sa langue natale, *que veut dire le dernier mot ?*

— *Il signifie… hum… que cette blessure t'a fait très mal.*

Formé par Kahlan en personne, l'Homme d'Adobe maîtrisait très bien son langage, mais quelques subtilités lui échappaient encore.

— Oui, confirma-t-il, j'ai beaucoup souffert. Au point d'appeler ma mère en pleurant.

— Cet homme m'est très sympathique, fit Cara en levant un sourcil à l'attention de Kahlan.

Chandalen examina la Mord-Sith des pieds à la tête, appréciant ses courbes sous l'uniforme de cuir rouge.

— Tu as de très beaux seins, dit-il.

L'Agiel de Cara vola dans sa paume.

— Ne t'emballe pas ! lança Kahlan en lui prenant le poignet. Les coutumes du Peuple d'Adobe sont parfois déconcertantes. Il voulait dire que tu es une très belle femme, assez forte et saine pour élever de magnifiques enfants. Bref, c'était un compliment. (Elle se pencha vers la Mord-Sith et ajouta à voix basse :) Ne lui dis surtout pas que tu aimerais le voir sans boue dans les cheveux. Sinon, il se sentira autorisé à te faire les enfants en question…

Cara réfléchit un moment, consciente que ces informations étaient d'une grande importance. Puis elle se retourna, se pencha un peu, souleva sa tunique et dévoila une vilaine cicatrice, sur son omoplate, que le pouvoir thérapeutique de Richard avait épargnée.

— Celle-là m'a fait un mal de chien, comme la tienne. (Chandalen eut un grognement approbateur.) J'en avais d'autres, sur le torse et le ventre, mais le seigneur Rahl les a toutes effacées. Plutôt dommage, avec le mal que je me suis donné pour les récolter.

Richard et Kahlan emboîtèrent le pas au chasseur et à la Mord-Sith. Après une longue conversation sur les armes, ils se lancèrent dans un débat passionné au sujet du pire endroit où être blessé. Visiblement, Cara était impressionnée par l'étendue des connaissances de son nouvel ami.

— Chandalen, demanda Kahlan, pourquoi avez-vous organisé un banquet ?

— Pour ton mariage, bien entendu, répondit le chasseur par-dessus son épaule, comme si l'Inquisitrice le dérangeait.

— Mais… comment savez-vous que nous venons célébrer notre union ?

— L'Homme Oiseau nous l'a dit, évidemment…

Dès qu'ils entrèrent dans le village, une foule exubérante les entoura. Passant entre les jambes des adultes, les gamins venaient toucher l'« Homme et la Femme d'Adobe vagabonds », ainsi qu'ils les surnommaient. Comme de juste, tous leurs amis proches les giflèrent de bon cœur.

Savidlin accourut, tapa dans le dos de Richard et sourit à Kahlan, que sa femme, Weselan, étreignait à lui en couper le souffle. Le fils du couple, Siddin, se jeta au cou de l'Inquisitrice et lui débita un long discours auquel Cara et Richard ne comprirent pas un mot.

— *Nous sommes venus nous marier*, dit Kahlan à Weselan. *Bien entendu, j'ai apporté la merveilleuse robe que tu m'as confectionnée. Tu te souviens que je t'ai demandé d'être mon témoin ?*

— *Comment aurais-je pu oublier ?*

Avisant un homme aux longs cheveux argentés, Kahlan le désigna à Cara.

— C'est le chef du Peuple d'Adobe, souffla-t-elle.

Splendide dans son pantalon et sa tunique en peau de daim, l'Homme Oiseau gifla gentiment ses visiteurs puis serra l'Inquisitrice dans ses bras.

— *La fièvre est terminée*, dit-il. *L'esprit du grand-père de Chandalen t'a certainement beaucoup aidée.* (Kahlan acquiesça.) *Je suis content de te voir, mon enfant. T'unir à Richard Au Sang Chaud sera une joie. Tout est déjà prêt pour la cérémonie.*

— Qu'a-t-il dit ? demanda le Sourcier.

— Qu'ils ont tout préparé pour notre mariage, traduisit Kahlan.

— Je déteste que des gens sachent des choses qu'on ne leur a pas dites…

— *Richard Au Sang Chaud est mécontent de nos préparatifs ?*

— *Pas du tout, bien au contraire ! Mais il s'étonne que vous nous ayez attendus. Moi aussi, pour être franche, car nous avons fixé la date il y a deux jours.*

L'Homme Oiseau désigna une des aires surélevées délimitées par quatre poteaux et couvertes d'un toit de chaume où les gens de son peuple cuisinaient, dînaient ou travaillaient l'argile.

— *C'est cet homme, là-bas, qui nous l'a dit.*

— Vraiment ? grogna Richard quand Kahlan eut fini de traduire. Eh bien, je crois qu'il est temps d'aller voir ce type qui en sait aussi long que nous sur nos vies.

Alors qu'ils se détournaient, Kahlan vit l'Homme Oiseau se gratter le nez pour dissimuler un sourire.

Se frayer un chemin dans la foule ne fut pas facile. Le village entier, adultes, enfants et vieillards mélangés, imitait les évolutions des danseurs costumés qui se déhanchaient au rythme d'une musique endiablée.

Presque tous ces braves gens saluèrent Richard et Kahlan sur leur passage. D'habitude réservées à l'extrême, des jeunes filles vinrent bravement les féliciter et leur souhaiter tout le bonheur du monde. La fête commençait à peine, et elle promettait d'être somptueuse.

Autour des cuisinières, affairées sous leurs structures à toit de chaume, des légions de gourmands, attirés par de délicieuses odeurs, imploraient qu'on le laisse goûter les merveilles gastronomiques en préparation. Les bras chargés de plateaux et de paniers, une horde de jeunes filles distribuaient les diverses spécialités à mesure qu'elles sortaient du feu.

Autour d'un feu de cuisson, à l'écart des autres, des femmes mitonnaient un plat très spécial réservé aux conseils des devins et aux fêtes exceptionnelles. Prudemment laissées en paix par les villageois, elles présenteraient elles-mêmes ce mets à quelques convives triés sur le volet.

Pas vraiment ravie que des gens s'agglutinent ainsi autour du Sourcier et de la Mère Inquisitrice, Cara parvint à ne pas trop montrer son hostilité. Prête à bondir si besoin était, elle s'abstint judicieusement de brandir son Agiel sous le nez de tout le monde. Mais une simple flexion du poignet suffirait pour qu'il vole dans sa paume…

Voyant que des femmes apportaient des tombereaux de nourriture sous l'aire désignée par l'Homme Oiseau, Richard prit Kahlan par la main et accéléra le pas.

Quand ils atteignirent leur objectif, les deux jeunes gens se pétrifièrent de surprise.

— Zedd…, souffla Richard.

Resplendissant dans une tunique du dernier chic, le sorcier aurait pu en remontrer à bien des souverains en matière de majesté. N'était son éternelle tignasse blanche en bataille, on lui eût sans hésiter décerné le titre d'empereur.

Assis près d'une femme replète en robe noire, le grand-père de Richard piochait allégrement dans le panier de nourriture qu'une jeune beauté lui présentait.

— Zedd ! cria Richard en sautant sur la plate-forme de bois.

— Te voilà enfin, mon garçon, fit le vieil homme, presque distraitement.

— Tu es vivant ! Je savais bien que tu avais survécu !

— Bien sûr que je suis viv…

Écrabouillé par les bras puissants du Sourcier, Zedd ne put jamais terminer sa phrase.

— Richard, cria-t-il en tapant sur l'épaule de son petit-fils, tu m'étrangles ! Fichtre et foutre, tu veux me briser les côtes ? Vas-tu me lâcher, à la fin ?

Richard consentit à laisser un peu d'air à son grand-père. Hélas, Kahlan en profita pour se jeter sur lui et l'enlacer.

— Richard ne voulait pas croire à votre mort, mais je pensais qu'il se berçait d'illusions !

Alors que le sorcier tentait de se dégager de cette nouvelle étreinte, la femme en noir se leva.

— Contente de te voir, Richard…

— Anna ! Vous êtes vivante aussi !

— Et ce n'est pas grâce à ton vieil idiot de grand-père ! (Annalina désigna Kahlan.) Je suppose qu'il s'agit de la Mère Inquisitrice ?

Après avoir enlacé la vieille dame, Richard fit les présentations sous le regard de Zedd, qui en profita pour engloutir un énorme morceau de gâteau.

Quand le Sourcier en arriva à la Mord-Sith, elle ne lui laissa pas le loisir de parler.

— Je suis la garde du corps du seigneur Rahl ! fit-elle, vibrante de défi et de fierté.

— Elle se nomme Cara, corrigea Richard, et c'est notre amie, bien avant d'être notre protectrice. Cara, voici Zedd, mon grand-père, et Annalina Aldurren, la Dame Abbesse des Sœurs de la Lumière.

— L'ancienne Dame Abbesse, précisa Anna. Ravie de rencontrer une amie de Richard.

— Zedd, dit le jeune homme, je n'en crois pas encore mes yeux ! Quelle merveilleuse surprise ! Mais comment as-tu su la date de notre mariage ?

— Rien de plus simple, mon garçon : je l'ai lue.

— Où ça ?

— Dans le trésor des Jocopos, bien sûr !

— Ils écrivaient sur l'or ? s'étonna Kahlan.

— Mais non ! s'impatienta le vieux sorcier en agitant un nouveau morceau de gâteau. Je ne parle pas de la quincaillerie, mais du véritable trésor des Jocopos. Les rouleaux de parchemin truffés de prophéties ! Avec Anna, nous les avons brûlés pour que l'Ordre ne mette pas la main dessus. Mais avant, j'en ai lu quelques-unes, et j'ai appris que votre mariage était pour bientôt. Anna a pu calculer le jour exact. Elle a l'air de rien, comme ça, mais elle est très douée pour interpréter les prédictions.

— Ce n'était pas bien difficile, dit modestement la Dame Abbesse. Toutes étaient très simples à comprendre, et ça les rendait plus dangereuses encore. Si Jagang se les était appropriées…

— Donc, vous êtes venus dans le Pays Sauvage pour détruire ces parchemins, résuma Richard.

— Oui, confirma Zedd. Mais si tu savais quel calvaire nous avons vécu !

— Un cauchemar…, confirma Anna.

Le sorcier braqua un index squelettique sur son petit-fils.

— Pendant que tu te tournais les pouces en Aydindril, nous en avons bavé, tu peux me croire !

— Que vous est-il arrivé ?

— En parler est déjà une torture, gémit Anna.

— J'en ai des frissons en ce moment même, renchérit Zedd. Nous avons été capturés, et détenus dans d'ignobles conditions. C'était horrible ! Je me demande comment nous nous en sommes sortis vivants.

— Qui vous a capturés ? demanda Richard.

— Les Nangtongs, mon garçon, rien que ça !

— Pourquoi diantre vous ont-ils emprisonnés ? demanda Kahlan, perplexe.

— Afin de nous sacrifier ! révéla le vieil homme en tirant sur sa tunique pour la défroisser. Nous avons failli finir saignés à blanc par ces sauvages. À chaque seconde, la mort rôdait autour de nous.

— Les Nangtongs ont recommencé à se livrer à leurs rites barbares ? demanda Kahlan, pas vraiment convaincue.

— C'est à cause de la lune rouge, dit Zedd. Pour être franc, ils crevaient de peur et tentaient seulement de se protéger.

— Quoi qu'il en soit, j'irai les voir, et il leur en cuira, parole de Mère Inquisitrice.

— Vous auriez pu être tués..., souffla Richard, accablé d'inquiétude rétrospective.

— Foutaises ! s'exclama Zedd. Un Premier Sorcier et une Dame Abbesse sont plus futés qu'une bande de sauvages errants ! Pas vrai, Anna ?

— Eh bien, à dire vrai...

— La gente dame a raison, coupa le vieux sorcier, c'est un rien plus compliqué que ça. Et absolument affreux ! Après, nous avons été vendus comme esclaves, et...

— Comment ? s'écria Richard. On a osé vous...

— Aussi vrai que verrue de verrat, mon garçon ! Les Si Doaks nous ont achetés, et forcés à travailler comme des bêtes de somme. Mais nous ne leur avons pas plu – à cause de l'incompétence d'Anna, je crois. Du coup, ils nous ont revendus à des cannibales.

— Des mangeurs de chair humaine ? s'exclama Richard, blanc comme un linge.

— Eh oui, mon garçon ! Par bonheur, il s'agissait du Peuple d'Adobe, et nos propriétaires ont contacté Chandalen. Me connaissant, il a joué le jeu, et nous a achetés pour nous libérer des Si Doaks.

— Pourquoi ne pas vous être enfuis ? demanda Kahlan. Avec vos pouvoirs, ça aurait dû être facile.

Zedd désigna ses poignets nus.

— Ils les avaient neutralisés avec des bracelets magiques. Mes enfants, nous étions impuissants. De pauvres esclaves sous le joug de maîtres sans pitié !

— Ça paraît affreux, concéda Richard. Comment vous êtes-vous débarrassés des bracelets ?

— Nous ne nous en sommes *pas* débarrassés, mon garçon !

Très las, Richard se prit la tête d'une main et leva l'autre.

— Alors, pourquoi ne les avez-vous plus ?

— Comment t'expliquer... Contre ce genre de blocage, je... nous... n'étions pas assez stupides pour tenter d'utiliser notre pouvoir. Sans entrer dans les détails, ça aurait simplement renforcé le sort de neutralisation. La seule solution était d'attendre que ces bracelets perdent leur pouvoir. Une fois loin des Si Doaks, alors que nous brûlions les parchemins, ils sont tombés d'eux-mêmes.

— Si je comprends bien, c'était votre plan depuis le début ?

— Évidemment, tu nous prends pour des abrutis ?

— C'était même un plan *génial*, si on réfléchit bien, souffla Anna avec une étrange amertume.

— Mon garçon, pontifia Zedd, la magie est dangereuse. Comme tu l'apprendras un jour ou l'autre, le plus difficile, pour un sorcier, est de savoir quand il ne doit pas recourir à son pouvoir. Et c'était une de ces occasions...

» Nous devions trouver le trésor des Jocopos. Dans un contexte si défavorable, j'ai jugé qu'il fallait nous passer de la magie. (Il croisa fièrement les bras.) Le succès prouve que j'avais raison, comme d'habitude.

— Des soldats sont venus par ici, dit soudain Chandalen. (Il tendit un bras vers le sud-est.) Une grande colonne, chargée de récupérer ce que Zedd et Anna ont brûlé. Pendant qu'ils s'en occupaient, mes hommes et moi avons repoussé les envahisseurs.

» À l'ouest, il y a eu une terrible bataille contre le corps expéditionnaire de Jagang. Cette armée est maintenant détruite. Quand j'étais là-bas, j'ai parlé à un homme appelé Reibisch. Selon lui, un certain Nathan l'a envoyé écraser nos ennemis.

— J'avoue ne pas tout comprendre, pour le coup…, soupira Richard.

— Tu finiras par apprendre, mon garçon, le consola Zedd. Les affaires des sorciers sont très complexes. Un jour, quand tu te décideras à faire quelque chose de ton don, au lieu de rester assis avec tes petits copains pendant que je risque ma peau, tu comprendras de quoi je parle. Au fait, qu'as-tu fichu pendant que je me chargeais du travail important ?

— Ce que j'ai fichu ?

Attendrie, Kahlan posa une main sur l'épaule du jeune homme, très occupé à trouver par quel bout commencer.

— Eh bien, je suis le seigneur Rahl, désormais. Le maître de D'Hara, et tout le tremblement…

Zedd se rassit et s'empara d'un poivron rôti.

— Le seigneur Rahl, hein ? Évidemment, tu dois être débordé par la paperasserie…

Alors qu'Anna reprenait place auprès de son compagnon d'aventures, le Sourcier se gratta pensivement la tête.

— Zedd, tu peux sans doute éclairer ma lanterne… Pourquoi les livres, dans l'enclave du Premier Sorcier, sont-ils dans un tel désordre ?

— C'est une sorte de protection, mon garçon. Je sais exactement comment ils sont rangés, et si quelqu'un y touche, je m'en aperçois du premier coup d'œil. Malin, non ? (Le vieux sorcier sursauta comme si on venait de lui enfoncer une aiguille dans les fesses.) Qu'ai-je entendu, au juste ? Fichtre et foutre, Richard, qu'es-tu allé faire dans l'enclave ? C'est un endroit dangereux. Et d'abord, comment y es-tu entré ? (Il braqua un index sur la poitrine du jeune homme.) Cette amulette, tu l'as prise dans l'enclave ? Richard, quand cesseras-tu de faire n'importe quoi ? Et l'Épée de Vérité, où l'as-tu laissée ? Bon sang, je te l'ai confiée, et tu ne devais jamais t'en séparer ! Tu ne l'as pas donnée à quelqu'un, j'espère ?

— Hum… Donnée ? Sûrement pas ! Je l'ai laissée dans l'enclave, puisque je ne pouvais pas voyager avec dans la sliph.

— La quoi ? Qu'es-tu encore allé dénicher ? Richard, tu es le Sourcier, un homme inséparable de son arme. Tu ne peux pas la déposer ici ou là, comme une vulgaire paire de bottes.

— Le jour où tu me l'as remise, tu as dit qu'elle n'était qu'un outil. La véritable arme, c'est le Sourcier lui-même.

— J'ai dû raconter un truc dans ce genre, parce que je pensais que tu n'écoutais pas ! Dis-moi, tu n'as pas farfouillé dans les livres, au moins ? Ces textes-là ne sont pas pour tes yeux, il s'en faut de loin !

— J'en ai pris un seul. *Tagenricht ost fuer Mosst Verlascendreck Gresclechten…*

— C'est du haut d'haran, fit Zedd avec un geste nonchalant. Plus personne n'est capable de le déchiffrer. Même avec ton incroyable talent pour te fourrer dans le pétrin, tu ne risquais rien d'un texte que tu n'es pas fichu de lire. Cela dit, tu ne m'as toujours pas expliqué comment tu es entré dans l'enclave !

— Ce n'était pas très difficile… (Richard se rembrunit, hanté par de pénibles souvenirs.) Un jeu d'enfant, même, comparé à ce que j'ai dû faire pour accéder au Temple des Vents.

Zedd et Anna se levèrent d'un bond.

— Le Temple des Vents ! s'écrièrent-ils en chœur.

— *Enquête et procès sur l'affaire du Temple des Vents*, c'est la traduction du titre de ce livre. Incidemment, j'ai appris à lire le haut d'haran, depuis notre séparation. (Richard posa un bras sur les épaules de Kahlan.) Jagang y a envoyé sœur Amelia. Pour emprunter le Corridor de la Trahison, elle a dû renier le Gardien.

» Avec la magie volée dans le Temple, elle a provoqué une épidémie de peste qui a fait des milliers de victimes. Selon les ordres de Jagang, les premières furent des enfants. Impuissants, nous avons regardé ces pauvres gosses mourir. Puis nos amis furent frappés…

» Je n'avais pas le choix : il fallait que j'arrête la Mort Noire. Sinon, cet incendie aurait consumé le monde.

Une des femmes chargées du plat spécial approcha, les bras lestés d'un plateau de lanières de viande séchée joliment disposées. Elle le présenta d'abord à Chandalen, qui était désormais un ancien. L'Homme d'Adobe se servit, mordit sa viande et se tourna vers Richard.

Conscient du défi implicite, le Sourcier prit un très gros morceau.

Jusque-là, Kahlan avait toujours refusé de goûter ce « mets ». Cette fois, elle accepta et en prit une bouchée sous le regard perçant de Chandalen.

Zedd piocha à son tour dans le plateau, que la femme présenta ensuite à Anna. Kahlan voulut intervenir, mais le vieux sorcier la fit taire d'un regard glacial.

Ils mangèrent en silence un moment.

— C'était qui ? demanda Richard quand il eut terminé.

— Le chef des hommes qui ont tenté de s'approprier le Trésor des Jocopos.

— Pardon ? s'étrangla Anna.

— Nous luttons pour la survie, dit Richard. En cas de défaite, nous mourrons tous, et le monstre qui a lancé la peste contre des enfants régnera sur les ruines du monde. La magie disparaîtra, et tous les survivants seront réduits en esclavage. Les Hommes d'Adobe font cela pour mieux connaître leurs ennemis, et préserver leurs familles. Mangez, Anna, ça vous aidera à mieux combattre.

Ce n'était pas Richard, mais le seigneur Rahl qui venait de prononcer cette dernière phrase.

Anna le regarda un moment en silence, puis elle recommença à mâcher.

— Sœur Amelia…, souffla-t-elle après avoir avalé sa dernière bouchée. Si elle est vraiment entrée dans le Temple des Vents, elle sera plus dangereuse que jamais.

— Elle est morte, lâcha Kahlan, encore hantée par les horreurs de ces dernières semaines.

— Tu en es sûre ? demanda Anna.

— Certaine, puisque je lui ai transpercé le cœur avec une épée. Elle avait planté un dacra dans la cuisse de Nathan, pour le tuer.

— Nathan…, grogna Anna. Où était-il ? Nous devrons bientôt repartir sur sa piste.

— Nous ? répéta Zedd en foudroyant la Dame Abbesse du regard.

— Ça s'est passé à Tanimura, dans l'Ancien Monde, juste après que Richard fut revenu du Temple des Vents. Nathan m'a aidée à lui sauver la vie, grâce aux trois Carillons.

Le souffle coupé, Zedd et Anna se regardèrent.

— Les trois Carillons…, répéta la Dame Abbesse. Tu veux dire qu'il t'en a parlé, sans te les révéler ?

— Pas du tout. Il m'a cité Reechan…

— Tais-toi ! crièrent ensemble Zedd et Anna.

— Nathan ne t'a pas précisé qu'il faut avoir le don pour prononcer ces mots à voix haute ? demanda Anna, empourprée du cou jusqu'au front. Ce vieux fou ne t'a pas prévenue ?

— Ce n'est pas un vieux fou ! s'indigna Kahlan. Sans les trois Carillons, Richard serait mort peu après son retour. Nous avons tous une dette envers Nathan…

— Je m'en acquitterai en lui offrant un beau collier, marmonna Anna. Avant qu'il ne provoque davantage de catastrophes. Zedd, nous devons le trouver, c'est urgent. (La vieille dame se rassit et ajouta dans un murmure :) Et nous occuper de cette… délicate affaire.

— Kahlan, lorsque tu as dit les trois Carillons, c'était dans ta tête, pas à voix haute ?

— Bien sûr que si ! Comme je les avais oubliés, Cara me les a remis en mémoire. Puis je les ai répétés deux ou trois fois.

— Tant que ça ? soupira Zedd, accablé.

— Qu'allons-nous faire, à présent ? souffla Anna.

— Si vous nous disiez où est le problème ? intervint Richard.

— Cette histoire ne te concerne pas, mon garçon. Contente-toi de ne jamais prononcer ces trois mots à voix haute. C'est compris, tout le monde ?

— Zedd, gémit Anna, si Kahlan a libéré…

Le vieux sorcier fit signe à sa compagne de se taire.

— Qu'aurais-je dû faire ? demanda Kahlan, sur la défensive. Richard avait absorbé la magie mortelle du livre volé aux vents par Amelia. Frappé par la peste, il agonisait. Si je n'avais pas agi, il serait mort quelques minutes plus tard… Il fallait le laisser quitter ce monde ?

— Bien sûr que non, mon enfant, dit Zedd. Tu as fait ce qu'il fallait. (Il leva un sourcil à l'attention d'Anna.) Nous reparlerons de ça plus tard.

— Tu n'as rien à te reprocher, Kahlan, renchérit Anna. Et nous te sommes tous très reconnaissants.

— Fichtre et foutre, Richard, grommela Zedd, le Temple des Vents est dans le royaume des morts. Comment y es-tu entré ?

— C'est une longue histoire, et nous vous la raconterons un autre jour. (Richard sourit, mais Kahlan ne fut pas dupe un instant, consciente qu'il était très mal à l'aise.) Pour le moment, nous préférerions penser à notre mariage.

— C'est tout à fait normal, mon garçon, assura Zedd. Le reste peut attendre. Mais le Temple des Vents… (Il leva un index, incapable de ravaler la question qui lui brûlait les lèvres.) Qu'as-tu dû sacrifier pour en sortir ?

— Le savoir…

— Et qu'en as-tu ramené ?

— La compréhension…

Le vieux sorcier enlaça les deux jeunes gens.

— C'est excellent pour toi, mon garçon. Excellent. Et très bien pour vous deux. Vous avez mérité de savourer cette journée. Oublions les… hum… complications qui nous attendent, et célébrons votre union dans la joie.

Chapitre 70

Toute la journée, ils rirent, parlèrent et dansèrent avec leurs amis du Peuple d'Adobe. Les joues toujours un peu roses, Kahlan fit de son mieux pour ne pas penser sans cesse au décolleté vertigineux de sa robe bleue. Ce ne fut pas vraiment facile, face à la horde de gens qui défilèrent devant elle pour la féliciter de sa splendide poitrine.

Quand Richard lui demanda de quoi il retournait, elle jugea préférable de mentir et affirma qu'on couvrait sa tenue de compliments.

Puis le soleil sombra à l'horizon, sonnant l'heure de la cérémonie.

Kahlan saisit la main de Richard comme si rien d'autre au monde n'aurait pu l'aider à rester sur ses jambes. La trouvant splendide dans sa robe bleue, le jeune homme ne l'avait pratiquement pas quittée des yeux un instant.

Kahlan se réjouit qu'il apprécie à ce point le chef-d'œuvre de Weselan. Elle rêvait depuis si longtemps de porter cette robe… et d'épouser Richard. Souvent retardée, leur union, quelques jours plus tôt, avait paru impossible. Mais les obstacles avaient disparu de leur chemin – non sans qu'ils en paient le prix – et ce soir, rien ne viendrait leur gâcher la fête.

Persuadé qu'ils s'adressaient à la tenue de sa compagne, Richard répéta les compliments des Hommes et des Femmes d'Adobe. Délicieux malentendu, tous l'approuvèrent avec enthousiasme, ravis qu'il partage leur avis sur les seins de sa future épouse.

Magnifique dans son costume de sorcier de guerre, Richard faisait battre plus fort le cœur de l'Inquisitrice chaque fois qu'elle posait les yeux sur lui. Elle allait enfin l'épouser ! Comme si elle avait du mal à y croire, ses genoux tremblaient sous le superbe tissu bleu de la robe.

Derrière elle, Cara lui tapota gentiment l'épaule. Debout à ses côtés, Weselan rayonnait de fierté. Témoin de Richard, Savidlin semblait au moins aussi heureux que sa femme. Placé derrière le Sourcier, avec Anna, Zedd grignotait discrètement une énième part de gâteau.

Kahlan implora les esprits du bien qu'aucune catastrophe, cette fois, ne vienne gâcher la fête. Aussi irrationnel que ce fût, elle continuait à s'inquiéter, comme s'il n'était pas possible que tout se passe sans accrocs.

L'Homme Oiseau se campa devant les deux fiancés et joignit les mains. Dans son dos, le village entier s'était massé pour entendre le Sourcier et la Mère Inquisitrice prononcer leurs vœux.

Quand tout le monde eut fait silence, l'angoisse de Kahlan céda la place à une joyeuse anticipation.

L'Homme Oiseau parla et Chandalen se chargea de la traduction pour Richard et ses invités.

— *Ces deux enfants ne sont pas nés au sein du Peuple d'Adobe, mais leur force et leur courage les ont rendus dignes d'y être admis. Ils se sont liés à nous, et nous nous sommes unis à eux. Depuis, ils sont nos amis et nos protecteurs. Leur volonté de se marier devant nous prouve la sincérité de leur engagement.*

» Comme les autres membres de notre peuple, ils n'entendent pas seulement s'unir devant les vivants. Ainsi qu'ils le souhaitent, les esprits de nos ancêtres seront parmi nous, aujourd'hui, pour bénir leurs épousailles. Accueillons-les en nos cœurs, afin qu'ils partagent notre joie.

Richard serra plus fort les mains de Kahlan. Comme elle, comprit-elle, il avait eu du mal à y croire jusqu'au dernier moment. Mais c'était bien réel, et plus merveilleux encore que tout ce qu'elle avait imaginé.

— *Les mots que vous allez prononcer, Richard et Kahlan du Peuple d'Adobe, vous engageront devant tous les membres de cette communauté, et au plus profond de vos cœurs. Ce sont des paroles très simples, mais d'un très grand pouvoir.*

L'Homme Oiseau regarda le Sourcier.

— *Richard, veux-tu prendre cette femme pour épouse, puis l'aimer et l'honorer jusqu'à la fin des temps ?*

— Oui, répondit le jeune homme d'une voix qui porta jusqu'au dernier rang de villageois.

Quand l'Homme Oiseau la regarda, Kahlan eut soudain le sentiment qu'il ne parlait pas seulement au nom de son peuple. Les esprits du bien s'exprimaient par sa bouche, et elle aurait juré entendre les échos de leurs voix dans chacun de ses mots.

— *Kahlan, veux-tu prendre cet homme pour époux, puis l'aimer et l'honorer jusqu'à la fin des temps ?*

— Oui, répondit l'Inquisitrice, d'un ton aussi assuré que celui du Sourcier.

— *Alors, devant votre peuple et devant les esprits, je vous déclare unis pour l'éternité.*

Pas un murmure ne monta de la foule avant que Richard ait pris Kahlan dans ses bras pour l'embrasser. Un geste salué par un joyeux vacarme que la jeune femme entendit à peine.

Elle aurait juré évoluer dans un rêve si familier qu'il en était devenu réel. Être avec Richard, vivre à ses côtés et l'aimer jusqu'à la fin des temps.

Une marée humaine déferla sur les époux pour les féliciter. Zedd et Anna. L'Homme Oiseau et les anciens. Weselan et toutes les femmes du village.

Des larmes dans les yeux, Cara étreignit Kahlan.

— Merci d'avoir tous les deux porté un Agiel le jour de votre mariage. Ainsi, Hally, Raina et Denna ont été avec nous. Encore merci de rendre grâces au sacrifice des Mord-Sith.

Du bout d'un pouce, Kahlan écrasa une larme, sur la joue de son amie.

— Ma Sœur de l'Agiel, merci d'avoir affronté la magie de la sliph pour être avec nous.

Avec la foule qui se pressait autour d'eux, Kahlan redouta un instant que Richard et elle finissent par ne plus pouvoir respirer. On leur offrit de la nourriture, des fleurs et une multitude d'autres présents aussi simples que venus du fond du cœur.

Alors que les festivités reprenaient, l'Inquisitrice s'efforça de dire un petit mot gentil à tous. Un peu à l'écart, Richard entreprit d'interroger les chasseurs de Chandalen sur la bataille dont ils avaient été témoins.

Soudain, la cape d'or se gonfla sur ses épaules. Et il n'y avait pas un souffle de vent.

Richard se redressa de toute sa taille et sonda les environs, au-delà de la foule. Une main volant vers la garde de son épée, il découvrit, à sa grande déconvenue, qu'il ne la portait pas.

Les villageois se turent. Sans se concerter, Zedd et Anna vinrent se camper à côté des deux jeunes mariés. Agiel au poing, Cara joua des coudes et se posta devant son seigneur, qui la tira doucement derrière lui.

Dans un silence de mort, la foule s'écarta pour laisser passer les deux étrangers qui approchaient. Certaines mères prirent leurs enfants dans leurs bras et reculèrent, imitées par quelques hommes.

Une grande silhouette et une petite qui lui tenait la main… Sans savoir encore si elle devait être soulagée, Kahlan reconnut Shota et Samuel.

Superbe comme à son habitude, la voyante se dirigea vers l'Inquisitrice, ses yeux sans âge rivés sur elle. Puis elle lui prit la main et l'embrassa sur la joue.

— Je suis venue te féliciter de ton triomphe, Mère Inquisitrice, et de ton mariage.

Jetant la prudence aux orties, Kahlan étreignit Shota.

— Merci de ta visite, mon amie.

Souriante, la voyante se dégagea, chercha le regard de Richard et lui caressa la joue du bout d'un index.

— Tu t'es bien battu, et tu as mérité ta récompense.

Kahlan se tourna vers les villageois. Shota les effrayait tellement qu'ils n'osaient même pas prononcer son nom. Et comment les en blâmer, puisque la jeune femme avait pendant longtemps réagi comme eux ?

— *Shota est venue nous présenter ses vœux de bonheur*, dit-elle. *Elle nous a aidés à combattre l'Ordre, et elle est désormais une amie. J'espère que vous l'accueillerez en tant que telle, parce qu'elle le mérite, et que je me réjouis de sa présence.*

Son petit discours terminé, l'Inquisitrice se tourna vers l'invitée de dernière minute.

— Je leur ai dit que…

— J'ai compris, ne t'inquiète pas…

— *Bienvenue chez le Peuple d'Adobe, Shota*, dit l'Homme Oiseau.

— *Merci de ton hospitalité, honorable ancien. Je te donne ma parole que Samuel et moi ne vous ferons aucun ennui, aujourd'hui.* (Shota se tourna vers Zedd.) Une trêve de vingt-quatre heures ?

— Une trêve, oui, acquiesça le vieux sorcier.

Samuel tendit un bras interminable pour refermer la main sur le sifflet en os pendu au cou de l'Homme Oiseau.

— C'est à moi ! Donne !

— Samuel, tiens-toi bien ! grogna Shota en flanquant une claque sur la nuque de son compagnon.

L'Homme Oiseau retira le sifflet de son cou. Puis il le tendit à Samuel.

— *Un cadeau pour un ami du Peuple d'Adobe…*

Le compagnon de Shota prit délicatement cet inestimable trésor et sourit, dévoilant ses dents pointues.

— *Merci, Homme Oiseau*, dit Shota.

Samuel souffla dans le sifflet. Apparemment capable d'entendre le son qu'il produisait, inaudible pour une oreille humaine, il sembla satisfait.

Alors que les conversations reprenaient, Kahlan fut soulagée de ne pas voir fondre sur eux un vol de vautours. Par bonheur, Samuel ne savait pas se servir de son nouveau jouet. Ravi, il se le passa autour du cou et reprit la main de Shota.

La voyante riva ses yeux de feu sur Richard et Kahlan. Un instant, la foule et le village disparurent, comme si les deux jeunes gens avaient été seuls avec leur ancienne ennemie.

— N'allez pas croire, à cause de mes félicitations, que j'ai oublié ma promesse…

— Shota…, commença Kahlan.

Le regard brillant, la maîtresse de Samuel leva un index pour la faire taire.

— Vous avez mérité ce beau mariage, et je suis heureuse pour vous. Je respecterai votre union, et je vous protégerai autant que possible, parce que je vous dois beaucoup. Mais n'oubliez pas mon avertissement : si vous avez un fils, je ne le laisserai pas vivre. N'ayez aucun doute là-dessus.

— Shota, rugit Richard, je ne permettrai pas qu'on nous menace le jour de…

L'index de la voyante se leva de nouveau.

— Ce n'est pas une menace, mais une promesse. Je ne la fais pas pour vous nuire, mais afin de protéger le reste du monde. Un long combat nous attend. La victoire finale ne sera pas compromise par le fléau que vous risquez de lâcher sur l'univers. Sur ce plan, Jagang suffit amplement…

Pour une raison inconnue, Kahlan ne parvenait pas à parler. Et Richard aussi semblait réduit au silence.

Mais l'Inquisitrice croyait Shota : elle n'agissait pas ainsi par méchanceté.

La voyante lui prit la main et déposa un objet sur sa paume.

— Voilà mon cadeau de noce. Une preuve d'amour pour vous deux, et pour tous les êtres vivants. (Elle eut un étrange sourire.) Une curieuse profession de foi, pour une voyante, n'est-ce pas ?

— Shota, dit Kahlan, j'ignore si tu as raison, à propos de notre fils, mais je suis sûre que la haine ne te motive pas.

— Tant mieux… Ne te sépare jamais de mon cadeau, et tout ira bien. Surtout, obéis-moi : garde-le sur toi quand vous êtes ensemble, et vous serez heureux pour toujours. Sinon, vous souffrirez parce que je devrai tenir ma promesse.

Kahlan baissa les yeux et découvrit un très joli collier. Une pierre noire pendait à la délicate chaîne en or.

— Qu'est-ce que…

D'un index, Shota releva le menton de Kahlan et la regarda dans les yeux.

— Tant que tu porteras ce collier, vous n'aurez pas d'enfant.

— Et si nous…, commença Richard d'une voix bizarrement douce.

Shota lui intima de nouveau le silence.

— Vous vous aimez. Profitez l'un de l'autre, après avoir si durement combattu pour être ensemble. Savourez les moments qui sont devant vous. Depuis toujours, vous désirez être unis. Ne gâchez pas tout.

Richard et Kahlan hochèrent tous les deux la tête.

À sa grande surprise, l'Inquisitrice n'éprouvait pas de colère, tant elle était soulagée que la voyante n'ait pas l'intention de saboter leur union. Tout cela semblait irréel. On eût dit la conclusion d'un traité, entre deux nations, au sujet d'une obscure querelle territoriale. Le genre de situation qu'elle avait vécu cent fois dans la salle du Conseil – un pacte signé sans regret ni émotion.

Shota pivota sur les talons et fit mine de s'éloigner.

— Shota, l'appela Richard, pourquoi ne resterais-tu pas ? (La voyante se retourna.) Tu as fait un long voyage…

— Oui, renchérit Kahlan, nous serions contents que tu restes.

La voyante eut un sourire énigmatique en regardant l'Inquisitrice passer le collier autour de son cou.

— Votre invitation me comble de joie, mais nous devons rentrer chez nous, et ce n'est pas la porte à côté…

Kahlan approcha d'un plateau et le délesta d'une pile de morceaux de pain de tava qu'elle enveloppa dans un napperon récupéré sur une table.

— Prends ça pour la route, en remerciement de ta visite… et de ton cadeau.

Shota embrassa la jeune femme sur la joue et accepta le paquet. Pour une fois, sans doute parce qu'il était content, Samuel ne tenta pas de s'en emparer.

Richard vint se placer près de Kahlan et lui prit la main. Avec une curieuse lueur dans le regard, la voyante embrassa également le jeune homme sur la joue.

— Merci à tous les deux, souffla-t-elle.

Puis elle se volatilisa. Littéralement.

— Qu'est-il arrivé à Shota ? demanda Zedd, toujours à l'endroit où l'Homme Oiseau avait célébré le mariage.

À côté de lui, Anna et Cara ne cachaient pas leur perplexité.

— Nous avions conclu une trêve, continua le vieux sorcier, puis elle est partie sans dire un mot.

— Elle nous a parlé…, souffla Kahlan.

— Quand ? demanda Zedd. Elle a filé trop vite pour avoir pu s'adresser à vous.

— C'est dommage, ajouta Anna, parce que j'aurais aimé avoir une petite conversation avec elle.

Kahlan regarda Richard, qui tourna la tête vers son grand-père.

— Elle nous a dit de très gentilles choses. La connaissant, elle ne tenait pas à ce que d'autres les entendent.

— Ça, je n'en doute pas, ricana le vieil homme.

Tapotant d'un index la pierre noire du collier, Kahlan enlaça Richard et le tira vers elle.

— Qu'en penses-tu ? murmura-t-elle.

— Pour l'instant, elle a raison : nous sommes ensemble, et c'est tout ce qui compte. Réjouissons-nous que notre rêve se soit réalisé, et remettons le reste à plus tard. J'ai eu mon compte d'ennuis, et nous n'en avons pas terminé avec Jagang. Dans les temps qui viennent, je voudrais simplement être près de toi et t'aimer.

— Motion adoptée, seigneur Rahl. Les choses étant ce qu'elles sont, ne nous compliquons pas la vie.

— Elle se compliquera bien assez toute seule, j'en ai peur. Alors, marché conclu ?

— Marché conclu ! fit Kahlan, oubliant instantanément Shota, l'avenir et tous les obstacles qu'il leur restait à franchir.

La fête se prolongea après la tombée de la nuit, et elle durerait probablement jusqu'à l'aube. Quand Kahlan souffla à Richard qu'elle était fatiguée, il se leva et demanda à l'Homme Oiseau la permission de se retirer avec son épouse.

Ils avaient décidé de dormir dans la maison des esprits, un endroit très spécial pour eux, depuis une certaine nuit.

— La journée a été longue, dit l'Homme d'Adobe. Reposez-vous bien.

Les deux jeunes gens saluèrent tout le monde et s'en furent. Dans la maison des esprits, enfin seuls, ils n'éprouvèrent pas le besoin de se parler.

Pour exprimer leur amour, les mots seraient superflus.

Le dos bien droit et le torse bombé, Berdine regarda les portes du Palais des Inquisitrices s'ouvrir pour laisser passer douze Mord-Sith en uniforme rouge.

Soucieux de ne pas paraître inquiets, mais trahis par leur précipitation brouillonne, les gardes d'harans se placèrent en configuration défensive, à bonne distance des redoutables furies.

Les Mord-Sith ne leur accordèrent aucune attention. Pour elles, tant qu'ils ne les ennuyaient pas, les soldats réguliers ne comptaient pas plus que des moustiques.

Le petit groupe s'immobilisa devant Berdine.

— Contente de te voir, dit Rikka, une femme dont l'autorité était reconnue par toutes ses collègues.

— Bienvenue à vous toutes… Mais que fichez-vous ici ? Le seigneur Rahl avait ordonné que vous attendiez son retour au Palais du Peuple.

Prudente, Rikka sonda les environs avant de continuer la conversation.

— Nous avons appris qu'il était ici, et décidé de le rejoindre, pour mieux le protéger. Les autres sont restées au palais, au cas où il finirait par y revenir. Nous le suivrons lorsqu'il rentrera chez lui.

— Je crois que c'est ici, « chez lui »…

— Comme il lui plaira ! Où est-il ? Nous voudrions nous présenter, et commencer à le protéger.

— Il est parti vers le sud, pour se marier.

— Pourquoi n'es-tu pas avec lui ?

— Il m'a ordonné de rester ici et de m'occuper de tout en son absence. Mais Cara l'accompagne.

— Cara ? Excellent. Avec elle, il ne lui arrivera rien. (Rikka réfléchit un moment, l'air maussade.) Tu dis qu'il va se marier ?

— C'est normal, puisqu'il est amoureux.

Toutes les Mord-Sith se regardèrent, stupéfaites.

— Amoureux ? Un seigneur Rahl ? J'ai du mal à y croire. (Rikka ricana.) À mon avis, il mijote quelque chose. Mais nous le découvrions bien assez tôt. Où sont les autres ?

— Hally est morte en tentant de protéger le seigneur Rahl.

— Une noble fin. Et Raina ?

— Elle aussi est morte, il y a peu de temps. (Berdine força sa voix à ne pas trembler.) Tuée par l'ennemi…

— Désolée pour toi, souffla Rikka.

— Le seigneur Rahl l'a pleurée, comme Hally.

Muettes de saisissement, les Mord-Sith écarquillèrent les yeux.

— Cet homme finira par nous poser des problèmes, marmonna Rikka.

— À mon avis, fit Berdine, il dira la même chose de toi.

Un idiot tapait à la porte, et l'ignorer ne semblait pas suffire à le décourager. Agacée, Kahlan embrassa Richard, s'enveloppa dans une couverture et se leva.

— Ne bougez pas, seigneur Rahl, dit-elle, je me charge de cet importun.

Pieds nus, elle traversa la pièce sans fenêtre, ouvrit la porte, plissa les yeux et reconnut l'« importun ».

— Zedd, que se passe-t-il ?

Cessant un instant de grignoter une part de gâteau, le vieux sorcier tendit à l'Inquisitrice un panier rempli de morceaux de pain de tava.

— J'ai pensé que vous auriez faim…

— C'est très gentil, merci.

Zedd recommença à manger et jeta un regard critique sur les cheveux de la jeune femme.

— Tu n'arriveras jamais à les démêler, mon enfant.

— Merci pour vos conseils cosmétiques, Zedd.

Kahlan voulut fermer la porte, mais il s'y accrocha d'une main.

— Les anciens s'inquiètent. Ils aimeraient savoir quand vous libérerez la maison des esprits.

— Rassurez-les : dès que nous en aurons terminé, nous ne manquerons pas de le leur dire.

L'air pas commode, Cara approcha et saisit Zedd par le col de sa tunique.

— Mère Inquisitrice, je vais m'assurer qu'il ne vous dérange plus.

— Merci, mon amie.

Kahlan claqua la porte sur le visage hilare du sorcier.

Puis elle rejoignit Richard, posa le panier, s'allongea auprès du jeune homme et l'enveloppa dans sa couverture.

— Un grand-père par alliance casse-pieds, expliqua-t-elle.

— J'ai entendu. Le coup de l'estomac vide et des cheveux emmêlés… Un grand classique !

— Bon, où en étions-nous ?

Quand il l'embrassa, Kahlan se souvint. Richard lui faisait une – longue – démonstration de magie…